la Reine des Neiges

JOAN D. VINGE | *ŒUVRES*

L'HÉRITAGE DES ÉTOILES
LES PROSCRITS DE LA BARRIÈRE
PARADIS
LE VAISSEAU FLAMME
LES YEUX D'AMBRE
LA REINE DES NEIGES | *J'ai Lu* 1707*****

JOAN D. VINGE

la Reine des Neiges

traduit de l'américain par France-Marie WATKINS

Éditions J'ai Lu

Ce roman a paru sous le titre original :

THE SNOW QUEEN

PROLOGUE

La porte se referma silencieusement sur eux, étouffant la musique légère, la musique, la folle gaieté de la salle de bal. La perte soudaine de la vue et de l'ouïe fit naître en lui une sensation de claustrophobie. Il crispa la main sur la trousse d'instruments qu'il portait sous son manteau.

Il entendit le rire amusé de la femme à côté de lui, dans l'obscurité, et brusquement la lumière jaillit de nouveau, illuminant la petite pièce où ils se trouvaient. Ils n'étaient pas seuls. Il sursauta, nerveux bien qu'il s'y fût attendu, bien que cela lui fût déjà arrivé cinq fois en cette remarquable nuit et se reproduirait encore. Cette fois, cela se passait dans un salon, sur le divan mou qui semblait incongru dans une forêt de sombres pieds de meubles saupoudrés d'or. L'idée insolite lui vint qu'il avait vu en une seule nuit une plus grande diversité de styles et de goût qu'en quarante ans, chez lui à Kharemough.

Mais il n'était pas à Kharemough ; il était à Escarboucle et cette nuit du Festival était la plus étrange qu'il avait jamais vécue et qu'il vivrait jamais. Vautrés sur le divan dans des poses inconsciemment abandonnées, un homme et une femme dormaient profondément, ivres du vin drogué de la bouteille à moitié vide tombée par terre. Il regarda la tache violacée qui s'étendait sur l'épais tapis façonné, en essayant de respecter autant qu'il le pouvait leur intimité.

— Vous êtes certaine que ce couple a également été... intime ?

— Tout à fait certaine. Absolument.

Sa compagne souleva de ses épaules le masque de

plumes blanches, révélant une masse de cheveux presque aussi blancs, enroulés comme un nœud de vipères autour de sa tête, au-dessus de son visage jeune et animé. Le masque grotesque contrastait bizarrement avec la douceur de ses traits : le nez crochu, aiguisé, d'un prédateur, les énormes yeux aux pupilles noires d'un chasseur nocturne qui le foudroyaient comme pour une promesse de vie et de mort dans la balance... *Non*. Quand il regarda les yeux de la jeune femme, il n'y eut aucun contraste, aucune différence. Elle rejeta sa cape de plumes blanches.

— Vous autres, les Kharemoughis, vous êtes si vertueux ! Et quels hypocrites !

Elle rit encore, d'un rire à la fois clair et noir.

Il ôta à contrecœur son propre masque moins compliqué : une absurde créature de rêve, moitié poisson, moitié fantaisie pure. Il n'aimait pas avoir à dévoiler son expression. Elle l'examina dans la lumière impitoyable et feignit l'innocence.

— Ne me dites pas, docteur, que vous n'aimez vraiment pas regarder ?

— Je suis un biochimiste, Majesté, pas un voyeur.

— Allons donc ! répliqua-t-elle avec un sourire bien trop âgé pour sa figure. Tous les médecins sont des voyeurs. Sinon, pourquoi choisiraient-ils de l'être ? A part les sadiques, naturellement, qui adorent simplement le sang et la douleur.

Craignant de répondre, il passa devant elle, se dirigea vers le divan et posa sa trousse par terre. Au-delà de ces murs, la liesse était à son comble, dans la ville d'Escarboucle, célébrant la visite cyclique du Premier ministre dans ce monde, durant toute une nuit de joie débordante. Il ne s'était jamais attendu à la passer avec la reine de ce monde... et certainement pas en faisant ce qu'il s'apprêtait à faire.

La dormeuse était tournée vers lui. Il vit qu'elle était jeune, de taille moyenne, forte et en belle santé. Son visage souriant était tanné par le soleil et les intempéries, sous des cheveux blond cendré. Son corps était pâle ; elle devait bien le protéger du froid aigre qui sévissait hors de la ville. A ses côtés, le jeune homme avait un peu moins de trente ans, des cheveux noirs et un teint clair et pouvait être un autochtone ou un extramondien ; mais il ne comptait pas. Leurs masques de Festival aux yeux creux, posés sur le dossier du canapé, semblaient réprobateurs comme des dieux protecteurs impuissants. Il badigeonna l'épaule de la jeune femme avec un antiseptique, pratiqua la minuscule incision pour insérer le traceur sous la peau, des gestes de routine qui le rassuraient. La reine l'observait attentivement, muette à présent qu'il avait besoin de silence.

Un tumulte s'éleva derrière la porte verrouillée ; il entendit des voix légèrement avinées protester bruyamment. Il sursauta et eut un mouvement de recul, comme un animal pris au piège.

— Ne vous inquiétez pas, docteur, dit la reine en lui posant la main sur le bras. Mes gens veilleront à ce qu'on ne nous dérange pas.

— Pourquoi diable me suis-je laissé entraîner là-dedans ? marmonna-t-il davantage pour lui seul que pour elle.

Il retourna à son travail mais ses mains tremblaient.

— Vingt-cinq ans supplémentaires de jeunesse, c'est alléchant, non ?

— Cela me fera une belle jambe si je dois les passer dans une colonie pénitentiaire !

— Maîtrisez-vous, docteur. Si vous n'achevez pas ce que vous avez commencé ce soir, vous n'aurez pas gagné vos vingt-cinq ans. L'accord ne vaut que si j'ai au moins un enfant-clone parfaitement normal parmi les Etésiens de cette planète.

— Je connais les conditions, marmonna-t-il en refermant la courte incision. Mais j'espère que vous comprenez bien qu'un implant de clone, dans ces circonstances, n'est pas seulement illégal mais extrêmement imprévisible. C'est une opération délicate. Les chances de produire un clone qui soit ne fût-ce qu'une réplique approximative de la personne originale ne sont pas particulièrement bonnes dans les conditions les mieux contrôlées, alors moins encore...

— Donc, plus vous pratiquerez d'implants cette nuit, mieux cela vaudra pour vous et moi, n'est-ce pas ?

— Oui, Majesté, dit-il en se dégoûtant lui-même. Sans doute.

Il retourna doucement la dormeuse sur le dos et replongea la main dans sa trousse.

1

Là, à Tiamat, où il y a plus d'eau que de terre, la ligne aiguë entre l'océan et le ciel est floue ; tous deux se confondent. L'eau est aspirée de la surface brillante de la mer et retombe en averses capricieuses. Des nuages passent sur les faces rouges flamboyantes des Jumeaux et s'épanouissent en arcs-en-ciel, par dizaines chaque jour au point que l'on cesse de s'en étonner. Au point que plus personne ne s'en émerveille, ne lève les yeux...

— C'est malheureux, dit soudain Moon en tirant fortement sur la barre.

— Quoi donc ? demanda Sparks. (Et il se baissa vivement tandis que la voile faseyante se gonflait et que le gui passait au-dessus de sa tête ; la pirogue à balancier plongea comme un poisson volant.) Ce qui est malheureux, c'est que tu ne fasses pas attention ! Qu'est-ce que tu cherches, à nous couler ?

Moon fronça les sourcils, troublée dans sa rêverie.

— Ah, va te noyer...

— Je le suis déjà à moitié, c'est ça l'ennui.

Sparks fit une grimace à l'eau qui clapotait autour de leurs bottes de kliskine imperméable et reprit l'écope. Le dernier grain lui avait fait perdre sa bonne humeur naturelle, pensa Moon, ainsi que les paniers de provisions trempés. A moins que ce ne soit la fatigue. Il y avait près d'un mois qu'ils étaient en mer et faisaient des sauts de puce d'île en île, le long de l'archipel du Vent. Et, depuis la veille, ils avaient dépassé les Vents, poussés au-delà des cartes qu'ils connaissaient, lancés à travers l'océan vers trois îles isolées, un sanctuaire de la Mère de la Mer. Leur embarcation était bien petite pour une telle expédition et ils n'avaient que les étoiles et une vague carte des courants pour les guider. Mais ils étaient des enfants de la Mer tout autant que ceux de leur mère de naissance ; et comme ils accomplissaient une mission sacrée, Moon savait qu'Elle serait bonne.

Elle contempla la tête de Sparks qui prenait feu alors que la roue binaire du double soleil de Tiamat surgissait des nuages pour attiser des flammes dans le roux de ses cheveux et sa barbe naissante, pour projeter l'ombre de son corps mince et musclé dans le fond du bateau. Elle soupira, incapable de rester irritée quand elle le regardait, et saisit tendrement une mèche rutilante.

— Les arcs-en-ciel... Je parlais des arcs-en-ciel. Personne ne les apprécie. Et s'il n'y avait plus un seul arc-en-ciel ?

Elle repoussa le capuchon de son ciré moucheté et le délaça au cou. Des tresses aussi blanches que de la crème tombèrent dans son dos. Elle avait des yeux couleur de brume et d'agate humide. Elle regarda à travers la voile en pince de crabe, cligna des yeux en examinant les nuages bouleversés et découvrit des rubans bondissants de lumière réfractée, pastel ici, presque invisible, et là éclatants de couleurs vives en écharpes entrecroisées.

Sparks jeta par-dessus bord une nouvelle coquille d'eau, pour la renvoyer chez elle, avant de lever le nez pour suivre le regard de Moon. Même sans le hâle, il avait la peau foncée pour un îlien. Mais ses cils et ses sourcils étaient pâles, au-dessus des yeux à la couleur changeante comme la mer.

— Allez ! Nous aurons toujours des arcs-en-ciel, cousine. Tant que nous aurons les Jumeaux et la pluie. Une simple question de diffraction, je vais te montrer...

Elle avait horreur de l'entendre parler technique, avec son arrogance inconsciente.

— Je sais ! Je ne suis pas idiote ! s'exclama-t-elle en tirant violemment la mèche cuivrée.

— Ouille !

— Mais j'aime quand même mieux entendre Grandman nous raconter que c'est la promesse d'abondance de la Dame, plutôt que d'écouter ce marchand les transformer en quelque chose qui ne sert à rien. Et toi aussi. N'est-ce pas, mon enfant d'étoile ? Avoue-le !

— Non ! protesta-t-il en repoussant la main de Moon, l'air furieux. Ne te moque pas de ça ! Mère de Nous Tous !

Il lui tourna le dos, en pataugeant. Elle imagina ses mains crispées sur les croix-dans-le-cercle corrodées : le gage que son père extramondien avait donné à sa mère au dernier Festival. C'était une chose qui se dressait entre eux comme une lame, cet héritage qu'il ne partageait pas avec elle, ni avec personne de leur connaissance. Ils étaient des Etésiens et leur peuple avait rarement des contacts avec les Hiverniens épris de technique qui fréquentaient les extramondiens... sauf aux Festivals, quand la jeunesse aventureuse et joyeuse de ce monde entier se rassemblait à Escarboucle ; quand on se masquait et qu'on oubliait les différences, pour célébrer la visite cyclique du Premier ministre et une tradition encore bien plus ancienne.

Leurs mères, qui étaient sœurs, étaient allées à Escarboucle, au dernier Festival, et elles étaient revenues à Neith portant, comme sa mère l'avait dit à Moon, « le souvenir vivant d'une nuit magique ». Sparks et elle étaient nés le même jour mais sa mère à lui était morte en couches. Leur grand-mère les avait élevés tous deux pendant que la mère de Moon était en mer avec la flottille de pêche. Ils avaient grandi ensemble, comme des jumeaux, pensait-elle souvent ; d'étranges jumeaux changés par des fées, grandissant sous le regard vaguement inquiet des îliens provinciaux. Mais il y avait toujours eu une partie de Sparks où elle n'avait pas accès, qu'elle ne pouvait partager : cette partie qui entendait murmurer les étoiles. Il marchandait subrepticement aux colporteurs de passage des babioles mécaniques d'autres mondes, il perdait des journées à les démonter et à les remonter et finissait par les jeter à la mer avec dégoût, en même temps que les effigies propitiatoires.

Moon cachait à Grandman et au monde les secrets

techniques de Sparks, reconnaissante au moins qu'il lui en parle mais nourrissant un ressentiment secret. Aussi bien, son propre père était peut-être un Hivernien ou un extramondien, mais il lui suffisait de se forger un avenir sous son propre ciel. Elle avait donc du mal à rester patiente avec Sparks qui ne s'en contentait pas, qui était pris au piège dans l'espace, entre l'héritage de sa vie et celui qu'il voyait dans la lumière des étoiles.

— Ah ! Sparks, murmura-t-elle en se penchant pour poser une main froide sur son épaule, et masser les muscles durs à travers l'épaisseur des vêtements et du ciré. Je ne me moque pas. Je n'en avais pas l'intention. Pardon, dit-elle en pensant *J'aimerais mieux ne pas avoir de père du tout que de passer ma vie avec une ombre.* Ne sois pas triste. Regarde !

Des étincelles bleues dansaient sur l'océan, au-delà des étincelles rouges scintillant dans les cheveux du garçon. Des poissons volants passaient comme l'éclair bien haut au-dessus de la houle et, maintenant, elle apercevait nettement l'île, sous le vent, la plus haute des trois. Une dentelle serpentine marquait la lointaine rencontre de la mer et de la côte.

— Regarde ! L'endroit du choix ! Et là... des ondins !

Avec un respect timide, elle envoya un baiser du bout des doigts. De longs cous bringés, sinueux, se dressaient hors de l'eau autour d'eux et devant eux ; des yeux d'ébène les examinaient avec sagacité. Les ondins étaient les enfants de la Mer et les porte-bonheur du marin. Leur présence signifiait immanquablement que la Dame souriait.

Sparks se retourna, souriant aussi, et prit la main de Moon.

— Ils nous guident. Elle sait pourquoi nous venons. Nous sommes vraiment venus, nous allons enfin être choisis.

Il prit dans la sacoche à sa hanche la flûte de coquillage torsadé et libéra des trilles joyeux. Les têtes des ondins se balancèrent en mesure et leurs sifflements et leurs cris étranges chantèrent en contrepoint. Les légendes disaient qu'ils pleuraient une perte terrible et un tort épouvantable ; mais aucune des histoires ne s'accordait sur la perte ou le tort.

Moon écouta leur musique sans la trouver triste. Elle avait soudain la gorge trop serrée pour chanter : dans son esprit, elle voyait une autre grève, lointaine dans le temps, où deux enfants ramassaient un rêve qui traînait comme un coquillage rare, dans le sable aux pieds d'une inconnue. Elle suivit le souvenir à travers le temps enfui...

Moon et Sparks couraient pieds nus sur les murs rugueux entre les parcs peu profonds de la rade, le filet se balançant entre eux comme un hamac, porté d'une épaule à l'autre. Leurs pieds calleux claquaient et pataugeaient le long des chemins de pierres sèches, insensibles aux écorchures et à l'eau glaciale. Dans les parcs, les klis, généralement inertes comme des pierres sur les fonds d'algues, faisaient surface avec une hâte maladroite pour voir passer les enfants. Ils soufflaient de l'écume et grognaient de faim ; mais le filet était vide ; son fardeau de foin de mer séché avait été déjà versé dans les parcs de la famille pour le repas de midi.

— Dépêche-toi, Sparkie !

Moon, en tête comme d'habitude, tira sur le filet, pour traîner son cousin plus petit comme un poisson récalcitrant. Elle écarta de sa figure sa frange blanche, les yeux sur le profond chenal coupant droit vers le port au-delà des pêcheries. Déjà, on apercevait le sommet des hautes voiles fourchues de la flottille de pêche.

— Mais je me dépêche, Moon. C'est presque comme si c'était aussi ma mère qui rentrait ! Dis, tu crois que Grandman nous fera des galettes au miel ?

Sparks redoubla d'efforts et bientôt elle l'entendit haleter derrière elle.

— C'est sûr ! Je l'ai vue qui prenait le pot.

Ils continuèrent de courir, dansant sur les pierres inégales vers la plage, étincelante au midi, et le village. Moon imagina la figure tannée souriante de sa mère telle qu'elle l'avait vue pour la dernière fois, il y avait trois mois ; les lourdes nattes couleur de sable cachées sous le bonnet de laine, l'épais chandail à col roulé, le ciré et les bottes qui la rendaient semblable au reste de l'équipage, quand elle avait lancé son dernier baiser alors que le bateau de pêche à double coque virait de bord dans le vent de l'aube.

Mais, aujourd'hui, elle revenait. Ils descendraient tous à la salle des fêtes, avec les autres familles de pêcheurs, pour festoyer et danser. Et, très tard dans la nuit, elle se blottirait sur les genoux de sa mère (bien qu'elle soit un peu trop grande pour cela), serrée dans ses bras solides, et regarderait Sparks, sous des paupières lourdes, pour voir s'il s'endormirait le premier, sur les genoux de Grandman. Il y aurait le même crépitement et le ronflement de flammes dans l'âtre, l'odeur de la mer et des bateaux imprégnant les cheveux de sa mère, le même murmure hypnotique des voix tandis que Grandman reprenait sa fille à la mer, qui était la Mère de tous.

Moon bondit sur le sable doré de la plage. Sparks sauta du mur derrière elle et leurs ombres s'enchevêtrèrent sous le soleil. Les yeux fixés sur les petites maisons de pierre du village et sur les bateaux abattant les voiles dans la baie, elle faillit passer comme le vent devant l'inconnue qui attendait et les observait. Presque... Sparks lui rentra dedans quand elle s'arrêta dans une glissade.

— Fais attention, cervelle de poisson !

Un nuage de sable enveloppa leurs mollets. Moon se rattrapa à Sparks pour garder l'équilibre et le serra à lui faire oublier son indignation. Il se dégagea, calmé, et le filet tomba, oublié comme le village, la baie, la réunion. Moon tirailla le bord de son vieux chandail rouille.

La femme leur souriait. Ellc avait un visage ovale radieux, brûlé de vent, un parka gris, le gros pantalon et les lourdes bottes des îliens, mais elle n'était pas de Neith, ni d'aucune autre île...

— Est-ce que... Est-ce que vous êtes surgie de la mer ? haleta Moon et, à côté d'elle, Sparks resta bouche bée.

L'inconnue rit et ce rire rompit le charme comme un caillou brisant une vitre.

— Non, je l'ai simplement traversée. A bord d'un vaisseau.

— Pourquoi ? Qui êtes-vous ? demandèrent-ils en même temps.

En réponse à tous deux, l'inconnue montra le médaillon qu'elle portait au bout d'une chaîne : un trèfle barbelé, ressemblant à un bouquet de hameçons, scintillait de l'éclat sinistre d'un œil de serpent.

— Savez-vous ce que c'est ?

Elle tomba sur un genou dans le sable, ses tresses noires cascadant devant elle, et les enfants s'approchèrent en clignant des yeux.

— Sibylle... ? souffla timidement Moon et, du coin de l'œil elle vit Sparks serrer sa propre médaille dans sa main.

Mais c'était surtout cette femme qu'elle regardait et elle devinait pourquoi ces yeux sombres, attirants, semblaient s'ouvrir sur l'infini. Une sibylle était le moyen de transmission terrestre de la sagesse surnaturelle, choisie selon le jugement de la Dame, et qui, par tempérament et par l'étude, avait la force de supporter une visitation sacrée.

L'inconnue hocha la tête.

— Je suis Clavally Pierrebleue Etésienne, dit-elle en posant ses mains sur son front. Demandez et je répondrai.

Ils ne demandèrent rien, effarés à la pensée qu'elle saurait répondre à toutes les questions qu'ils pourraient imaginer, ou auxquelles la Dame Elle-même répondrait par la voix de Clavally, pendant que la sibylle serait en transe.

— Pas de questions ? (Le ton officiel s'adoucissait de bonne humeur.) Alors, dites-moi qui vous êtes, vous qui savez déjà tout ce que vous avez besoin de savoir.

— Je suis Moon, dit la petite fille en écartant les cheveux de ses yeux. Moon Marchalaube Etésienne, et voici mon cousin, Sparks Marchalaube Etésien... et je n'en sais pas assez pour demander quoi que ce soit, avoua-t-elle toute contrite.

— Moi si, déclara Sparks en s'avançant, sa médaille tendue. Qu'est-ce que c'était, ça, autrefois ?

— *Input*... (Clavally la prit, fronça légèrement les sourcils et se mit à murmurer. Ses yeux prirent une teinte de quartz fumé, bougèrent rapidement comme ceux d'un rêveur et sa main se crispa sur le disque.) Signe de l'Hégémonie... deux croix liées dans un cercle symbolisent l'unité de Kharemough et de ses sept mondes subordonnés... médaille accordée pour services valeureux, soulèvement de Kispah : « Ce à quoi tous peuvent aspirer, celui-ci l'a trouvé. A notre fils bien-aimé Temmon Ashwini Sirus, ce jour 9:113:07. » Langue officielle de Kharemough, le sandhi. Et l'Hégémonie... *Stop analyse.*

Sa tête retomba sur sa poitrine, comme lâchée par une force invisible. Elle vacilla légèrement sur ses genoux, soupira et s'assit sur ses talons.

— Eh bien ?

— Mais... Mais qu'est-ce que ça veut dire ?

Sparks regarda le disque, qui se balançait toujours devant son parka et fit une sorte de moue incertaine. Clavally secoua la tête.

— Je ne sais pas. La Dame ne fait que parler par ma bouche, pas à moi. C'est le Transfert... c'est comme ça.

Les lèvres de Sparks tremblaient. Moon demanda vivement :

— L'Hégémonie... Qu'est-ce que c'est, Clavally ?

Les yeux de Clavally s'arrondirent un peu.

— Les extramondiens ! L'Hégémonie, c'est ainsi qu'ils se nomment. C'est donc une chose d'extramonde... Je ne suis jamais allée à Escarboucle. Mais comment est-ce que ceci est arrivé ici, si loin de l'astroport, et des Hiverniens ? Vous êtes des gaiconçus, n'est-ce pas ? Vos mères sont allées au dernier Festival ensemble et elles ont eu la chance de revenir avec vous... et avec ce souvenir ?

Sparks hocha la tête, aussi impressionné par cette logique adulte que par les transes de la Dame.

— Alors... mon père n'est pas un Etésien ? Il n'est même pas de Tiamat ?

— Cela, je ne peux te le dire, répondit Clavally en se relevant (et Moon vit passer une ombre sur son visage quand elle regarda Sparks). Mais je sais que les gaiconçus sont particulièrement bénis. Savez-vous pourquoi je suis ici ?

Ils secouèrent la tête.

— Savez-vous ce que vous voulez être quand vous grandirez ?

— Ensemble, répondit Moon sans réfléchir.

De nouveau, le rire clair.

— Tant mieux ! Je fais ce voyage dans les îles du Vent pour convaincre tous les jeunes Etésiens, avant qu'ils s'établissent dans la vie, de se souvenir qu'ils peuvent se consacrer à la Mer autrement qu'en étant pêcheurs ou pisciculteurs. Ils peuvent servir la Dame en servant leur prochain comme je le fais, en étant sibylles. Certains d'entre nous sont nés avec une graine spéciale, qui n'attend que le toucher de la Dame pour germer et croître. Quand vous serez assez grands, peut-être entendrez-vous tous deux Son appel et irez-vous au lieu du choix.

— Ah, fit Moon en frissonnant. Je crois que je l'entends maintenant !

Elle pressa ses mains froides sur son cœur battant, où germait la graine de rêve. Sparks s'écria :

— Moi aussi ! Moi aussi ! Est-ce que nous pouvons y aller maintenant ? Nous pouvons aller avec vous, Clavally ?

Clavally releva le capuchon de son parka pour se protéger d'une soudaine rafale de vent.

— Non, pas encore. Attendez un petit peu, jusqu'à ce que vous soyez sûrs de ce que vous entendez.

— Combien de temps ?

— Un mois ?

La sibylle posa les mains sur les petites épaules des enfants.

— Comptez plutôt par années.

— Des années !

— Vous serez sûrs, alors, que ce n'est pas simplement le cri des oiseaux de mer que vous entendez. Mais rappelez-vous bien que ce ne sera pas vous qui choisirez la Dame, mais la Dame qui vous choisira, dit Clavally en regardant surtout Sparks.

Moon s'étonna de ce regard et carra résolument les épaules.

— Très bien. Nous attendrons. Et nous nous souviendrons.

La sibylle laissa retomber ses mains.

— Et maintenant, je crois qu'on vous attend.

Le temps reprit son cours et ils s'élancèrent pour courir — non sans se retourner souvent — vers le village.

— Moon, tu te rappelles la dernière chose qu'elle nous a dite ?

Les notes cristallines se turent quand Sparks abaissa sa flûte et retourna en interrompant le souvenir de Moon. Les ondins se turent aussi et regardèrent vers le bateau.

— Clavally ?

Moon pilota la pirogue autour du promontoire à l'entrée de la rade. La côte de l'île du Choix était escarpée, aussi barbelée que le trèfle que portait la sibylle.

— Tu veux dire que ma mère nous attendait ?

— Non. Que la Dame nous choisissait, et pas le contraire. Eh bien... qu'est-ce que nous ferons si elle n'en choisit qu'un ?

Sparks jeta un coup d'œil vers les brisants et força ses yeux à revenir vers Moon. Elle rit et assura :

— Elle nous choisira tous les deux. Comment peut-Elle faire autrement ? Nous sommes des gaiconçus, nous portons bonheur.

Sparks caressa distraitement le rembourrage de mousse, où les deux moitiés de la pirogue de bois avaient été assemblées. *Inséparables*... Il fronça les sourcils.

— Oui, mais si elle ne nous prend pas tous les deux ? Personne ne *fait* de vous un devin, pas vrai, simplement parce qu'on passe l'épreuve ? Nous devrions nous jurer mutuellement, tout de suite, que si un seul est choisi, il refusera. Pour l'autre.

— Pour nous deux, rectifia Moon.

Mais Elle nous choisira tous les deux. Pas un instant Moon n'avait douté, depuis ce jour d'autrefois, qu'elle viendrait dans cette île et entendrait la Dame l'appeler. Pour la moitié de sa vie, cela avait été son plus cher désir et elle avait pris soin de le partager avec Sparks, de ne pas laisser ses rêves stellaires sans espoir le détourner de leur but commun.

Elle tendit le bras et Sparks le prit sombrement ; ils échangèrent leur salut, chaque main serrant un poignet. La poignée de main devint un enlacement et dans le cœur de Moon les doutes se dissipèrent comme brume au soleil.

— Sparkie, je t'aime... plus que tout au monde, dit-elle en l'embrassant, en goûtant le sel sur ses lèvres. Que la Mère de la Mer en témoigne, mon cœur t'appartient, aujourd'hui et à jamais.

Il répéta fièrement ces mots, d'une voix claire et, ensemble, ils burent un peu d'eau de mer dans le creux de leurs mains pour sceller le vœu.

— Personne ne pourra dire après ce voyage que nous sommes trop jeunes pour prêter serment !

Ils avaient prêté celui de leur amour alors qu'ils étaient à peine assez âgés pour réciter la formule et tout le monde avait ri. Mais ils étaient restés fidèles l'un à l'autre et, au fil des ans, ils avaient tout partagé, y compris les premiers attouchements hésitants des lèvres, des mains, de la chair...

Moon se rappelait une crique cachée dans la baie sous le vent ; de chaudes mains de pierre rugueuse avaient reçu leurs corps frémissants alors qu'ils s'aimaient dans l'éclat de midi, au son de la marée chuchotant sur la plage, tout en bas. Au dernier instant, cela avait été une union des âmes, une élévation, une plénitude que rien d'autre au monde ne pourrait lui donner, pensait-elle. Ensemble, ils allaient entrer dans cette nouvelle vie et ils appartiendraient enfin à leur monde aussi totalement qu'ils s'appartenaient l'un à l'autre... Les lèvres de Sparks lui frôlèrent l'oreille ; elle se pencha et le reprit dans ses bras. L'embarcation, livrée à elle-même, vogua vers la plage.

— Tu vois quelque chose ?

Sparks contempla une dernière fois le bateau, échoué sur la plage et fermement soutenu par des coquillages et un brise-lames, au-dessus de la ligne de marée haute. Le totem familial sculpté sur sa proue le regardait de ses trois grands yeux peints. La marée descendait et elle avait déjà exposé une assez grande largeur de sable mouillé miroitant pour qu'ils soient hors d'haleine après avoir halé la pirogue. Un des ondins était venu sur la plage et les avait laissés caresser timidement son lisse pelage bringé. Sparks n'avait jamais été assez près d'un ondin pour le toucher ; ils étaient aussi grands que lui et deux fois plus lourds.

— Pas encore... Ah ! Ici ! cria Moon en agitant frénétiquement le bras, car elle avait suivi l'avance laborieuse de l'ondin remontant sur la plage. Ici, près du ruisseau, un sentier. Ce doit être celui dont me parlait Grandman.

Il alla la rejoindre vers le ruisselet d'eau douce, les coquillages crissant sous ses pieds. Le cours d'eau avait laissé une large bande de limon rouge dans l'ocre, ce rouge quadrillé de petits chenaux verts. En amont, Moon attendait pour s'engager dans les collines.

— Nous suivons le ruisseau ?

Elle acquiesça, en se tournant vers la pente bleu-vert abrupte. Des sommets dénudés, en pierre écarlate, se dressaient encore plus haut. Ces îles étaient neuves sur l'échelle temporelle de la Mer ; leur échine griffait toujours le ciel, l'âge ne l'avait pas émoussée.

— On dirait qu'il va falloir grimper, dit Sparks, les mains dans les poches, l'air indécis.

— Eh oui... Aujourd'hui, nous danserons dans le gréement.

Moon regarda l'ondin redescendre vers la plage. Sa main picotait encore du contact avec l'épaisse fourrure. Mais, vite, elle se retourna vers Sparks, très consciente de ce que signifiait leur présence en ce lieu.

— Alors, tu viens ? ajouta-t-elle impatiemment. C'est le premier pas qui coûte.

Ils le firent ensemble. C'était un pas qui avait été déjà fait, pensa Moon en montant... *combien de fois ?* Elle trouva la réponse gravée sur la pente, où le passage des pieds avait usé la légère pierre volcanique, au point que, parfois, ils suivaient un étroit chemin encaissé entre des parois montant jusqu'aux genoux. *Et combien sont-ils à avoir grimpé pour être refusés ?* Elle se récita une courte prière, les yeux baissés car la piste devenait une étroite corniche au-dessus d'un précipice de fougères et de broussailles impénétrables. Le vent tombé, tout était silencieux. Elle n'avait vu aucune trace de vie, rien de plus gros qu'un insecte. Parfois, tout de même, le lointain cri d'un oiseau... Le ruisseau semblait lui faire signe entre les branches, bien loin au-dessous d'elle et, sur sa gauche, la paroi tapissée de vert s'élançait tout aussi haut. Elle avait beau être habituée à l'équilibre précaire des matelots et aux chemins étroits entre les parcs à poissons, ces contrastes lui donnaient le vertige.

Sparks s'était cramponné à un buisson et se frottait la figure.

— Ce n'est pas pour les âmes faibles, marmonna-t-il sans vouloir parler tout haut.

— C'est justement, souffla-t-elle en s'épongeant aussi le front de sa manche.

— Tu crois que c'est une épreuve ?

Avec prudence, ils contournèrent un petit éboulis de pierres.

— Madame ! (mi-juron, mi-prière). C'est assez pour moi !

— Jusqu'où ça va comme ça ? Et si la nuit tombe ?

— Je ne sais pas... La vallée se referme, là-haut.

— Je croyais que tu disais que Grandpa avait fait ça, quand il était jeune. Je croyais que tu savais.

Moon hésita.

— Grandman m'a dit qu'il a renoncé et fait demi-tour. Il n'a pas trouvé la grotte.

— Et c'est maintenant que tu me le dis ! s'écria Sparks et puis il rit. Ce n'est pas du tout comme je pensais.

Tout en bas, le ruisseau formait une boucle. Au-delà du tournant suivant, la corniche s'élargit et le sentier aussi. Dans cette vallée abritée du vent de mer, la chaleur se réverbérait sur les parois rocheuses. Moon ôta son gros parka ; Sparks portait déjà le sien noué autour de ses épaules. Elle était en nage, sa chemise plaquée sur sa poitrine, et elle la délaça jusqu'à la ceinture pour se gratter en soupirant.

— J'ai chaud. Vraiment chaud, tu sais ! Que font les gens quand ils ont trop chaud ? On peut toujours remettre d'autres vêtements mais il y a des limites à ce qu'il est possible d'enlever.

Elle décrocha la gourde de sa ceinture et but un peu d'eau. Quelque part devant eux, elle entendit une espèce de rumeur mais ne pensa qu'à de la graisse grésillant dans une marmite.

— Nous n'aurons probablement pas à nous inquiéter, dit Sparks avec bonne humeur. Le gros de l'été est encore loin. Nous serons sûrement morts avant qu'il fasse trop chaud. (Son pied glissa, il tomba sur un genou et grogna :) Peut-être encore plus tôt.

Les pieds lourds comme des pierres, elle l'aida à se relever.

— Très drôle. On voit déjà l'Etoile d'Eté. Je l'ai aperçue entre mes doigts il y a... Ah ! souffla-t-elle.

D'un revers de main elle se frotta le visage. Sparks s'appuya contre la paroi. Après le dernier tournant de la piste, la rumeur devint un grondement d'eau bondissant dans le précipice, sur des rochers, un sacrifice argenté tombant éternellement vers la mort. Et là, le sentier s'arrêtait.

Haletants et désorientés, ils s'immobilisèrent dans la cacophonie et les embruns de la cataracte.

— Ça ne peut pas finir ici ! s'écria Sparks. Nous savons que c'est le bon chemin. Alors, où est-ce ?

— Ici !

Accroupie, Moon se penchait au bord du précipice, à côté du rideau d'eau, ses cheveux humides tombant sur ses doigts ruisselants. Elle les rejeta en arrière et se leva.

— Des points d'appui dans la pierre... Soudain, ce n'est pas...

Elle secoua la tête, ne trouvant pas de mots, se retourna et vit l'expression furieuse de Sparks.

— Qu'est-ce que ça veut dire ? criait-il dans la vallée, vers la mer. Quelle autre preuve voulez-Vous ? Devons-nous nous tuer ?

Moon le tira par le bras, cette colère exacerbant sa fatigue.

— Non ! Elle veut que nous soyons sûrs. Et nous le sommes.

Elle s'assit par terre, ôta ses bottes et mit un pied pardessus le rebord. Puis elle commença à descendre, laissant le rugissement et l'écume engourdir ses sens et sa peur. Sparks la suivit. Elle se dit que d'innombrables personnes étaient passées par là, durant d'innombrables années... (un pied cherchant un point d'appui)... elle y arriverait aussi... (un autre pas, les doigts cramponnés à un rebord de pierre)... cette descente ne différait pas des escalades dans le gréement, où elle était grimpée tant de fois... (et de nouveau)... en se fiant toujours à la Mère de la Mer pour placer sûrement ses mains et ses pieds... (des crampes dans les doigts ; elle se mordit la lèvre)... Elle se concentra sur sa foi en la Dame, en elle-même, parce que si jamais elle doutait, elle... (son pied tâtonnait sur la paroi gluante, sans trouver de crevasse, de corniche, sans...).

— Sparks ! cria-t-elle. Ça finit-là !

— *... corniche...*

Elle entendit le mot, déformé par le rugissement et par sa terreur, elle s'y cramponna désespérément, collée contre le rocher.

— *A droite !*

Elle allongea une jambe vers la droite et ouvrit les yeux quand son pied trouva la saillie de pierre. A demi aveuglée, elle la vit disparaître derrière la chute d'eau. D'une torsion de tout le corps, elle se hissa et passa dans la fissure. Sparks la suivit et elle tendit une main pour l'aider.

— Merci.

Il se secoua, agita ses mains engourdies.

— C'est moi qui te remercie.

Moon respira profondément. Tous deux s'enfoncèrent dans la fissure et comprirent, alors que leurs yeux s'adaptaient à la pénombre verte, qu'elle pénétrait dans ce versant de la vallée.

— Nous y sommes, ça doit être ça ! Nous y sommes... le lieu du choix...

Ils s'arrêtèrent encore une fois, tendant instinctivement leurs mains l'un vers l'autre, le souffle court. Ils attendirent. Rien ne les touchait à part quelques petites éclaboussures d'écume. Sparks tira Moon.

— Viens donc. Allons plus loin.

La fissure se perdait dans l'ombre, très haut au-dessus de leurs têtes, faisant penser à des mains jointes dans la prière, tandis qu'ils suivaient l'étroite anfractuosité au cœur du rocher. Sparks se cogna brusquement contre la paroi, dans un virage.

— Nous aurions dû apporter une chandelle ! grogna-t-il et Moon s'étonna.

— Il ne fait pas noir ! C'est bizarre mais la lumière devient plus verte...

— Qu'est-ce que tu racontes ? J'ai l'impression d'être enterré vivant ! Je ne te vois même pas.

— Allons, avance, dit-elle avec un début de malaise. Il ne fait pas si noir. Tu n'as qu'à ouvrir les yeux. Viens, Sparkie ! insista-t-elle en le tirant par le bras. Tu ne sens rien ? Comme de la musique...

— Non. Cet endroit me donne la chair de poule.

— Viens !

— Non, attends...

Il fit un pas, quelques autres. Moon était maintenant envahie par la musique qui partait de sa tête et se répandait dans son corps comme la circulation de son sang. Cela la caressait comme de la soie, avec un goût d'ambroisie et la lumière verte de la mer.

— Tu ne le *sens* pas ?

— Moon ! supplia Sparks alors qu'il se cognait contre un autre mur, dans l'obscurité. Arrête, Moon ! Ça ne sert à rien. Je n'y vois pas, je n'entends rien... Je tombe... Moon...

— Mais non, voyons ! Tu ne peux pas ! protesta-t-elle en se tournant vers lui, affolée de voir ses yeux fixes comme ceux d'un aveugle, son expression égarée. Tu ne...

— Je ne peux plus respirer, c'est comme du goudron. Nous devons faire demi-tour, avant qu'il soit trop tard.

La main de Sparks se crispa autour de celle de Moon et il voulut la tirer vers lui, l'éloigner de la musique et de la lumière. Elle s'efforça de se dégager.

— Non ! Retourne sans moi.

— Moon, tu as promis ! Nous avons promis... Tu *dois* venir.

— Pas du tout !

Elle arracha sa main et le vit reculer en chancelant, surpris et blessé.

— Sparks, je suis navrée...

— Moon...

— Pardonne-moi, murmura-t-elle en reculant, dans les bras de la musique. Je le dois ! Je ne peux pas m'arrêter maintenant, je n'y peux rien, c'est trop beau. Viens avec moi ! Essaie, je t'en supplie, essaie !

Et, en parlant, elle s'éloignait de lui.

— Tu as promis. Reviens, Moon !

Elle courut jusqu'à ce que la fissure s'élargisse, et déboucha dans un espace insolite, éclairé par la flamme tout à fait ordinaire d'une lampe à huile. L'or soudain l'éblouit comme si elle arrivait des ténèbres. Quand elle recouvra la vue, quand le chant étincelant se tut et la libéra, elle ne fut pas surprise de voir Clavally qui attendait, en compagnie d'une personne inconnue... Clavally, dont jamais elle ne pourrait oublier le sourire.

— Tu es... Moon ! Ainsi, tu es venue !

— Je me suis souvenue, répondit-elle, illuminée par la joie d'être choisie, en essuyant des larmes.

2

La ville d'Escarboucle est posée comme une immense coquille en spirale dressée au bord de la mer, dans les hautes latitudes du nord sur la plus grande île de Tiamat. Elle respire au rythme profond de la marée et sa forme ancienne semble appartenir à l'océan, comme si elle était sortie du ventre de la Dame de la mer. On l'appelle la Cité sur des Echasses, parce qu'elle se hasarde sur des pylônes au bord de l'eau ; son sous-sol caverneux fournit un abri sûr aux navires et les protège des caprices de l'océan et du temps. On l'appelle Stellaport, parce qu'elle est le centre du commerce avec l'extramonde, bien que le véritable astroport soit à l'intérieur des terres et interdit au peuple de Tiamat. On l'appelle Escarboucle, parce qu'elle étincelle comme un joyau mais elle peut être aussi scrofuleuse, selon les points de vue.

Sa ressemblance avec la maison rejetée d'une créature de la mer est trompeuse. Escarboucle est une ruche de vie sous presque toutes ses formes, humaines et inhumaines. Ses bas quartiers ouverts sur la mer, foyers des ouvriers, des matelots, des immigrants des îles, montent et se fondent dans le Dédale où le rassemblement du tech et du non-tech, locaux et extramondiens, humains et non-humains, catalyse un environnement de créativité vibrante et de vice imaginatif. La noblesse d'Hiver rit, discute, gaspille son argent, essaie les modes exotiques de stimulation en coudoyant les colporteurs d'extramonde qui les apportent. Ensuite, les aristocrates remontent vers leurs quartiers, les niveaux supérieurs, et rendent hommage à la Reine des Neiges, qui voit tout et sait tout, qui contrôle les courants d'influence et de puissance s'écoulant comme de l'eau dans les circonvolutions de la ville. Et ils ont du mal à imaginer qu'une règle de vie qui dure depuis près de cent cinquante ans, sous sa même domination, ne durera pas éternellement.

— ... Rien ne dure éternellement !

Arienrhod, debout, seule et silencieuse, écoutait indiscrètement les voix sortant du haut-parleur, dans la base sculptée du miroir. Ce miroir était aussi un écran de vision mais obscur en ce moment, ne lui révélant que sa figure. Les aristocrates invisibles parlaient d'un selyx aux cordes cassées et non de l'avenir ; mais cela revenait au même car la cassure du premier et la fin du second étaient intimement liées et elle était tout absorbée par l'avenir... ou le manque d'avenir.

Elle se tenait devant le mur, qui était aussi une fenêtre s'élevant vers le pinacle pointu du toit. Elle était au sommet du monde, car elle était la Reine des Neiges et se trouvait dans son sanctuaire, tout en haut de la ville. Elle voyait de là ses replis abrupts, les ondulations du versant de la montagne et de la mer grise mouchetée de blanc. Ou bien, comme à présent, le ciel où la nuit devenait une forge incandescente illuminée par cinquante mille soleils :

le bouquet stellaire dans lequel ce système vagabond s'était aventuré, il y avait des milliers de millénaires. Les étoiles, pas plus que la neige aveuglante, ne l'émouvaient depuis plus d'années qu'elle ne pouvait se rappeler. Mais une étoile, insignifiante, ordinaire, éveillait en elle une émotion plus sombre que l'émerveillement. L'Etoile d'Eté, celle dont l'éclat plus vif annonçait leur approche de la Porte Noire, qui avait capturé les Jumeaux errants et en avait fait de perpétuels prisonniers.

La Porte Noire était un phénomène que les extramondiens appelaient un trou noir tournoyant, et parmi les choses qu'ils ne partageaient pas avec le peuple de la reine, il y avait le secret de l'utilisation de ces ouvertures sur d'autres réalités, pour voyager plus rapidement que la lumière. Elle savait seulement que la Porte donnait accès à sept mondes habités, dont certains si loin que leur distance dépassait son entendement. Ils étaient liés entre eux, et avec d'innombrables mondes inhabitables, parce que la Porte Noire laissait passer les vaisseaux stellaires dans une région où l'espace s'enroulait comme de la ficelle, revenait sur lui-même et formait des nœuds de manière que loin devenait près et que le temps était pris au piège.

Et ils étaient également liés en tant que mondes tributaires de l'Hégémonie de Kharemough. Des mondes autonomes — elle sourit légèrement — grâce au décalage du temps relatif acquis par les vaisseaux en transit passant par les Portes. Mais elle était une alliée loyale de l'Hégémonie car, sans elle, les clans d'Hiver n'auraient pas accès à la technologie de l'extramonde, qui leur donnait de la dignité, des buts et des plaisirs... qui les haussait au-dessus des Etésiens, des pêcheurs et pisciculteurs superstitieux empestant le goémon et confits en tradition.

En échange, Tiamat offrait aux voyageurs une escale et un havre, un lieu de repos ou de rendez-vous pour améliorer les longs passages entre les autres mondes de l'Hégémonie. C'était un carrefour unique car lui seul orbitait autour de sa Porte. Même si l'orbite était longue, elle était quand même plus près et plus accessible que tout autre monde, de plusieurs années-lumière.

Arienrhod tourna le dos aux étoiles et retourna silencieusement, sur la matière synthétique sensuelle du tapis pastel, vers le miroir. Elle contempla son reflet avec le même masque de porcelaine inexpressif qu'elle utilisait pour recevoir des représentants de commerce d'extramonde ou des délégations de la noblesse. Elle examina les torsades complexes de ses cheveux d'un blanc de lait, sous le diadème aux étoiles de neige, la perfection de sa peau translucide, elle passa une main sur sa joue, sur sa gorge couverte de bijoux, sur la soie scintillante de sa robe, douce comme une caresse, en sentant la jeunesse de son corps, aussi admirable aujourd'hui qu'il y a cinquante ans, au jour de son couronnement. Mais était-ce vrai ? Les sourcils légèrement froncés, elle se regarda de plus près. *Oui*... De la satisfaction, dans les yeux couleur de brume et d'agate humide.

Il y avait une autre raison, pour laquelle les extramondiens venaient à Tiamat en portant des cadeaux. Elle détenait la clef pour vieillir en restant jeune. Les mers de ce monde étaient une fontaine de Jouvence, à laquelle les riches et les plus puissants buvaient en payant et c'était elle seule qui en contrôlait la source... le massacre des ondins. C'était son jugement calculé qui décidait quel négociant ou personnage officiel d'extramonde servirait le mieux les intérêts d'Hiver, en échange de cet agrément... C'était son bon plaisir, pas si capricieux, qui accordait à ses favoris les droits d'exploitation de la mer, ou le droit à une précieuse fiole de liquide argenté. On disait que l'importance de la faveur dont jouissait un aristocrate pouvait s'estimer à sa jeunesse apparente.

Mais rien ne dure éternellement. Pas même la jeunesse éternelle. Arienrhod fronça de nouveau les sourcils. Le vaporisateur doré brilla quand sa main se crispa. Elle le porta à sa bouche et aspira l'épais brouillard d'argent. Il glaça sa gorge et lui fit monter les larmes aux yeux. Puis elle poussa un soupir de soulagement, après la légère appréhension. L'état de conservation idéal était maintenu par un renouvellement quotidien de l'« eau de vie », comme l'appelaient par euphémisme les extramondiens. Elle trouvait le terme amusant ne fût-ce que pour son hypocrisie : ce n'était pas de l'eau mais un extrait du sang d'une créature propre à Tiamat, d'un ondin ; et elle avait autant de rapport avec la mort — celle des ondins — qu'avec la longue vie d'un être humain. Tous ceux qui en prenaient le savaient aussi bien qu'elle, sur un niveau ou un autre. Mais qu'était la vie d'un animal à côté de l'éternelle jeunesse ?

Jusqu'à présent, la technologie n'avait pas réussi à reproduire l'extrait, un virus bénin qui augmentait la faculté du corps de se renouveler sans erreur génétique. Le virus mourait vite en dehors du corps de son hôte initial, quel que soit le soin avec lequel il était cultivé. Sa demi-existence, dans tout autre mammifère, était aussi limitée tant il en fallait pour la demande constante. Et cela signifiait la prospérité, tant qu'Hiver régnerait.

Mais l'Etoile d'Eté était déjà visible en plein jour ; le printemps était officiel, le Changement arrivait, même les Etésiens devaient le savoir. Ce monde passait enfin dans son plein été, l'époque où les tensions anormales créées par leur approche du trou noir provoquaient une accélération de l'énergie des Jumeaux et, à Tiamat, la chaleur devenait insoutenable. Les Etésiens seraient forcés de quitter leurs montagnes dans les îles équatoriales pour émigrer vers le nord et leur invasion déséquilibrerait le *statu quo* d'Hiver.

Mais ce n'était qu'une partie du plus grand Changement que subirait le peuple d'Arienrhod. L'approche du trou noir par les Jumeaux ferait aussi de Tiamat un monde perdu pour l'Hégémonie... Elle retourna à la fenêtre et contempla les étoiles. A mesure que les Jumeaux se rapprochaient de la Porte Noire, alors que l'autre captive tourmentée, l'Etoile d'Eté, brillait d'un nouvel éclat dans le ciel de Tiamat, la stabilité de la Porte elle-même se détériorait. Le passage de Tiamat au reste de l'Hégémonie, et le retour, n'étaient plus si simples ni certains. Tiamat cessait alors d'être un rendez-vous et une escale pour les voyageurs de l'Hégémonie, la vente de l'eau de vie et l'apport de la technologie cessaient de même. Tiamat devenait un monde sous embargo ; l'Hégémonie ne permettait à aucune base technologique locale de se développer et, sans la connaissance vitale de la fabrication des marchandises importées, la société d'Hiver se désintégrerait rapidement et irrévocablement. Même sans l'arrivée des Etésiens lors du Changement pour la précipiter, le monde tel qu'elle le connaissait cesserait d'exister. Elle avait horreur de la perspective d'une vie dans un tel monde. Mais, dans le fond, cela ne la concernerait guère, se dit-elle. *Il paraît que la mort est l'ultime expérience sensuelle.*

Son rire résonna dans la salle silencieuse. Oui, elle pouvait rire de la mort en ce moment, même si elle avait une dette envers elle depuis cent cinquante ans. Bientôt, elle réclamerait le remboursement ; et les Etésiens l'encaisseraient au prochain Festival, le dernier, parce que c'était dans l'ordre des choses. Mais ce serait elle, Arienrhod, qui rirait la dernière. Au précédent Festival, il y avait près d'une génération, elle avait semé parmi les Etésiennes, à leur insu, les neuf graines de sa propre résurrection : neuf clones d'elle-même, élevés parmi les Etésiens, acceptés par eux comme les leurs, qui apprendraient leurs coutumes et, étant les enfants de son esprit, sauraient les manipuler le moment venu.

Elle avait surveillé la croissance des enfants, toujours persuadée qu'il y en aurait au moins un qui serait exactement ce qu'elle était... et il y en avait eu un. Un seul. Le pessimisme du médecin extramondien, il y avait près de vingt ans, n'avait pas été de la simple aigreur ; trois clones avaient été perdus dans des fausses couches, d'autres étaient nés difformes ou attardés et émotionnellement perturbés. Une seule enfant était, lui rapportait-on, parfaite à tous les points de vue... et elle en ferait la Reine d'Eté.

Elle se baissa et ramassa sur une table basse un petit iconocube orné. La figure, à l'intérieur, aurait pu être une image d'elle-même enfant. Elle fit tourner le cube, en regardant le visage rieur changer d'expression en trois dimensions. Le colporteur îlien qui suivait la croissance de la petite fille avait pris cet hologramme et, quand elle le contemplait, elle était animée de singulières émotions inattendues. Parfois, elle rêvait de voir de cette enfant autre chose que ce portrait... de la toucher ou de la bercer, de la regarder jouer, de la voir grandir et se transformer : de se voir elle-même telle qu'elle avait dû être, il y avait si longtemps qu'elle ne s'en souvenait plus.

Mais non. Une enfant vêtue d'étoffes épaisses et grossières, de peaux de poisson huileuses, mangeant probablement avec ses doigts dans quelque hutte de pierre ouverte au vent, non, elle ne supporterait pas de se découvrir ainsi, de voir le microcosme auquel ce monde serait réduit dans quelques années, quand les extramondiens l'abandonneraient encore une fois. Néanmoins, cela n'aurait peut-être pas à se reproduire, du moins pas si totalement, si son plan pouvait être mis à exécution. Elle regarda de plus près le visage, si semblable au sien, mais là, si près, il y avait quelque chose de différent... qui manquait.

L'expérience, voilà ce qui manquait. C'était tout. Bientôt, se promit-elle, elle trouverait un moyen de faire venir l'enfant, de lui expliquer les choses, de lui montrer à quoi elle devait s'attendre. Et comme elle expliquerait tout cela à elle-même, la jeune fille comprendrait. Il ne fallait pas laisser mourir le peu de technologie que les extramondiens leur laissaient. Cette fois, il fallait la conserver et l'entretenir, essayer au moins de ne pas accueillir les extramondiens comme des barbares, quand ils reviendraient...

Elle traversa brusquement la pièce, coupa le son des banalités interminables de la cour, en tournant une perle à la base du miroir, puis elle en tourna une autre et l'audiovidéo lui transmit les images d'un autre œil caché. L'incorruptible discrétion des espions mécaniques et le plaisir infini de les manipuler l'avaient amenée à en faire installer par milliers dans un réseau qui recouvrait toute la ville. L'omniscience et la licence étaient la fleur et l'épine d'une même plante, chacune répondant à ses besoins en se nourrissant d'une même source.

Elle regardait maintenant une image de Starbuck, allant et venant impatiemment au cœur du miroir. Les muscles ondulaient à chaque mouvement, sous la peau foncée d'extramondien. C'était un homme puissant qui paraissait trop grand pour l'intimité de la chambre. Il était presque nu, attendant qu'elle vienne à lui. Elle le contempla avec une franche admiration, un kaléidoscope d'images passionnées dans son souvenir, oubliant pour le moment qu'il commençait à l'ennuyer comme les autres. Elle l'entendit marmonner un juron et jugea qu'elle l'avait fait attendre assez longtemps.

Starbuck n'était certainement pas patient ; et son humeur ne s'améliorait pas de savoir qu'Arienrhod le savait et s'en servait contre lui. Il aurait pu tuer le temps de l'attente en envisageant le mince fil séparant l'amour de la haine, mais il n'avait pas non plus l'habitude de la réflexion. Il jura encore, plus fort, certain qu'elle l'observait et que cela l'amuserait. Sa principale fonction était de la garder satisfaite, de toutes les façons, comme il en avait été pour tous ses prédécesseurs. Il avait les facilités mentales d'un intellectuel mais il était guidé par les penchants d'un marchand d'esclaves et une totale absence de moralité. Ces qualités, alliées à sa force physique, avaient libéré le jeune homme connu sous le nom de Herne d'une existence sans avenir, dans son monde natal de Kharemough, et lui permettaient de réussir sa carrière dans le commerce de vies humaines et autres denrées lucratives. Des qualités idéales pour son rôle actuel de Starbuck, mâle Numéro Un.

— Qui est Starbuck ?

Il posa la question à la carafe ornée de miroirs, sur la petite table à côté du lit, rit soudain et se versa un verre de vin local. (Dieux ! Ce que ces mondes attardés trouvaient pour s'enivrer ! Il faillit cracher. Et les choses auxquelles un homme s'habituait...) Encore aujourd'hui, il passait une partie de son temps dans son ancienne peau de Herne, à boire et à jouer avec des extramondiens de rencontre, à goûter les plaisirs du Dédale. Et, bien souvent, ils le regardaient en face, avec des yeux chassieux, et lui posaient l'éternelle question : Qui est Starbuck ?

Il aurait pu leur répondre que Starbuck était un traître, le conseiller extramondien de la reine de ce monde qui manœuvrait pour protéger ses intérêts contre ceux de l'Hégémonie. Il aurait pu leur dire que Starbuck était le Chasseur avec sa meute, aux ordres de la reine pour massacrer les ondins. Il aurait pu dire que Starbuck était l'amant de la reine et le resterait jusqu'à ce qu'un rival plus rapide, plus astucieux le supplante et devienne le nouveau Starbuck... car la reine était selon la tradition l'incarnation de la Mère de la Mer ; elle avait beaucoup d'amants, comme la mer a beaucoup d'îles. Tout cela aurait été vrai, et bien d'autres choses aussi. Il aurait même pu répondre qu'il était Starbuck, celui qui amassait les secrets dont il avait besoin pour maintenir ferme la position de la reine dans les négociations... et ils auraient ri, comme il riait.

Parce que Starbuck aurait pu aussi facilement être l'un d'eux ou rien de tout cela. Il lui suffisait d'être un extra-mondien. Et le meilleur. L'anonymat de Starbuck était assuré par le rite et la loi ; il existait au-dessus et au-delà de toute autorité, de toutes représailles à part celles de la reine.

Starbuck se retourna, pour regarder les vêtements incongrus disposés sur une étagère, contre le mur de miroir à côté de la porte de glace : son costume de cour en soie noire et en cuir, le casque-cagoule qui masquait son identité, qui rendait Herne interchangeable avec des dizaines d'hommes aussi affamés de pouvoir et dépourvus de scrupules. Le casque avait une crête hérissée de pointes aiguës comme les bois d'un cerf, symbole du pouvoir arrogant que tout homme rêvait de détenir, du moins l'avait-il cru la première fois qu'il s'en était coiffé. Plus tard seulement, il avait compris qu'il appartenait à une femme, tout comme le véritable pouvoir... et comme lui.

Il s'assit brusquement sur le grand lit aux couvertures rabattues et regarda ses reflets multiples l'imiter à l'infini. Voyait-il le reste de sa vie ? Sa figure s'assombrit et il chassa l'image, en passant une main dans ses cheveux noirs et bouclés. Il y avait plus de dix ans qu'il était Starbuck et il était résolu à le rester... jusqu'au Changement. Il exerçait un pouvoir et le savourait, et peu importait à quelle fin ni où se trouvait la véritable source du pouvoir.

Peu importait ? Il regarda ses bras musclés, son corps encore ferme et juvénile grâce au privilège. Et au massacre des ondins... Non, le massacre n'avait aucune importance, ce n'était qu'un moyen vers une grande fin. Mais la source, oui, avait de l'importance. Elle comptait... Arienrhod. Elle détenait tout ce qui avait le pouvoir de l'émouvoir, la beauté, la fortune, le contrôle absolu... la jeunesse éternelle. Dès le premier instant où il l'avait vue dans la salle d'audience du palais, avec son précédent Starbuck à côté d'elle, il avait compris qu'il tuerait pour la posséder, pour être possédé par elle. Il imagina son corps pressé contre lui, le voile nuptial de ses cheveux, le joyau cramoisi de sa bouche amère... la puissance, le privilège et la passion incarnés.

Ainsi, il trouva tout naturel de glisser inconsciemment du lit sur un genou, alors que la porte s'ouvrait et rendait réelle la vision.

3

— ...*Le temps du Changement est sur nous ! L'Etoile d'Eté nous guide vers le salut...*

Moon serrait ses bras autour d'elle dans l'aube brumeuse, sur le port, en frissonnant autant de froid que d'angoisse. La respiration qu'elle retenait jusqu'à l'étouffement formait un nuage blanc quand elle exhalait et se dissipait dans l'haleine grise de la mer comme un esprit, une âme en fuite.. *Je ne pleurerai pas.* Elle s'essuya la joue.

— *Nous devons nous préparer pour la Fin et le nouveau Commencement !*

Elle se retourna pour regarder derrière sa grand-mère, au bout du quai embrumé, le vieillard fou dont les rugissements déferlaient comme une vague sur le château de sable de son sang-froid. « Ah, tais-toi ! Espèce de vieux fou de... » Elle marmonna à peine les mots d'une voix chevrotante alors qu'elle voulait les hurler. Sa grand-mère la regarda, sa figure ridée pleine de compassion. Moon se détourna, honteuse d'avoir du ressentiment, furieuse d'en avoir honte. Une sibylle ne s'exprimait pas ainsi ; une sibylle était pleine de sagesse, de force et de pitié. Elle fronça les sourcils. *Je ne suis pas encore une sibylle.*

— *Nous devons chasser les Mauvais de notre sein, nous devons jeter leurs idoles dans la Mer !*

Naimy le Fou brandit ses poings vers le ciel couvert ; les manches élimées de sa longue robe sale retombèrent sur ses bras. Des chiens aboyaient autour de lui, en gardant prudemment leurs distances. Il se faisait appeler le Prophète d'Eté et il errait d'île en île pour prêcher la parole de la Dame telle qu'il l'entendait, déformée par sa divine folie. Quand Moon était petite, elle avait peur de lui, jusqu'à ce que sa mère lui dise qu'il n'y avait pas de raison ; et elle s'était moquée de lui, jusqu'à ce que sa grand-mère le lui défende ; et elle avait eu honte de lui, jusqu'à ce qu'elle comprenne en grandissant qu'elle devait le supporter. Mais en ce moment, sa patience était à bout... *et je ne suis pas encore une sibylle !*

On disait que Naimy le Fou était né hivernien. Elle avait entendu dire qu'il était autrefois un incroyant adorateur de technique... qu'il avait défié les lois de la nature en versant le sang d'une sibylle. Que, pour le châtier, la Dame l'avait rendu fou ; que c'était ainsi qu'il purgeait sa peine. Le symbole trifolié porté par les sibylles était un avertissement contre la profanation, contre l'intrusion en territoire sacré. On disait que c'était mortel de tuer une sibylle, mortel d'aimer une sibylle, mortel d'être une sibylle... et l'on voulait parler ainsi d'une morte-vivante. *Mortel de tuer une sibylle...*

— *Voilà le Pécheur qui adore de faux dieux ! Voyez-le !*

La main noueuse se tendit, jaillissant comme une flèche accusatrice.

La tête de Sparks s'éleva dans la trajectoire, à l'extrémité de la jetée, tandis qu'il gravissait l'échelle de coupée. Sa figure se durcit d'une résolution haineuse quand ses yeux se posèrent au loin sur le vieillard, puis sur Moon. *Mortel d'aimer une sibylle...*

Moon secoua la tête comme pour réfuter une autre accusation muette. Mais il s'était détourné d'elle et regardait leur grand-mère, montrant à Moon toutes les choses qu'elle avait aimées et qu'elle perdait. Elle comprit enfin ce que l'on voulait dire, quand on disait que c'était *mortel d'être une sibylle*.

« Mais je ne suis pas encore une sibylle. » La protestation s'étouffa dans sa gorge.

D'en bas, quelqu'un appela Sparks ; il lança une réponse avant de s'avancer vers eux, grand, pâle et résolu. La marée descendait ; la surface de la baie était bien au-dessous de la jetée. Tout ce qu'elle voyait du vaisseau des marchands hiverniens, qui allait emmener Sparks, c'était la pointe de son mât, comme un doigt pointé qui lui faisait signe.

— Eh bien, je crois que c'est tout. Toutes mes affaires sont à bord ; ils sont prêts à appareiller.

Il regarda ses pieds en s'arrêtant devant elles, soudain intimidé. Il ne s'adressa qu'à sa grand-mère.

— Je suppose... Ma foi, je viens dire adieu.

— *Préparez-vous à la Fin !*

Grandman leva une main, caressa la joue du garçon.

— Sparks... Dois-tu partir déjà ? Attends au moins que ta tante Lelark revienne de la mer.

— Je ne peux pas, dit-il en reculant. Je ne peux pas. Il faut que je parte maintenant. Et puis, ce n'est pas pour toujours...

Comme s'il craignait que, s'il attendait, demain deviendrait trop facilement toujours.

— Ah ! mon enfant chéri... Mes enfants bien-aimés !

La grand-mère leva son autre bras, les étreignit tous les deux comme elle l'avait fait si souvent.

— Que ferai-je sans vous ? Vous avez été toute ma joie, depuis la mort de votre grand-père... Dois-je vous perdre maintenant, et tous deux à la fois ? Je sais que Moon doit partir, mais...

— *Repens-toi, pécheur !*

Moon sentit plus qu'elle ne vit la bouche de Sparks se crisper alors qu'il se redressait et regardait d'un air furieux Naimy le Fou.

— Depuis toujours son destin l'appelle, et le mien aussi, Grandman. Mais je ne savais pas qu'il nous guiderait sur des chemins séparés.

Il referma sa main sur sa médaille d'extramonde, comme pour un serment, et s'écarta d'elles.

— Mais à Escarboucle ! s'écria la grand-mère en secouant la tête et c'était presque un juron, plus qu'une protestation.

— Ce n'est qu'une ville, répliqua-t-il en souriant. Ma mère y est allée et elle est revenue avec moi. Qui sait avec quoi je reviendrai ? Ou avec qui.

Moon se détourna, les mains crispées sur les manches de son parka comme si elle étranglait quelque chose. *Tu n'as pas le droit de me faire ça !* Elle s'avança jusqu'au bord du quai, regarda par-dessus le parapet la longue jetée luisante verdie, le navire marchand qui se balançait patiemment, tout en bas. Elle respira profondément l'air humide, aspira les odeurs de goémon, de poisson et de bois imprégné de sel... elle écouta le murmure des voix, sur le bateau, les grincements, le clapotis et le crissement des amarres, pour ne pas entendre...

— *Votre monde en vient à une Fin !*

— Au revoir, Grandman, dit Sparks, sa voix étouffée par une embrassade.

Soudain, tout ce que voyait et entendait Moon, si terriblement familier, devint curieusement étranger, comme si elle voyait tout cela pour la première fois... en sachant que ce n'était pas vrai mais que sa perception avait changé. Deux larmes salées coulèrent le long de son nez et tombèrent dans la baie. Elle entendit Sparks passer derrière elle, vers la coupée, sans ralentir.

Elle se retourna, lui barrant le chemin.

— Sparks ! Sans un mot...

Il recula légèrement. Elle se ressaisit, fit appel à sa fierté pour parler normalement.

— Il n'y a pas de danger. Je ne suis pas encore une sibylle.

— Non, je sais. Ce n'est pas pour ça que...

Il s'interrompit, repoussant sur son front son bonnet de laine.

— Mais c'est pour ça que tu pars ! dit-elle, sans savoir si c'était une constatation ou une accusation.

Il baissa brusquement les yeux.

— Oui... Probablement.

— Sparks...

— Mais seulement en partie ! Tu le sais bien, j'ai toujours senti cette attirance, Moon, murmura-t-il en se tournant vers le lit du vent, vers Escarboucle. Il faut que je découvre ce qui me manque.

— Ou qui ?

Elle se mordit aussitôt la lèvre, mais il haussa les épaules.

— Peut-être.

— Quand je reviendrai de mon initiation, insista-t-elle désespérément, ce ne sera pas différent, nous pourrons être encore ensemble ! *(Je peux avoir les deux, je peux...)* Ce sera comme avant, c'est possible. Comme nous avons toujours voulu être...

Elle n'arrivait même pas à se convaincre.

Une voix monta d'en bas, se brisant en écho contre la paroi de la jetée.

— Hé, mon gars ! Tu viens ? La marée ne va pas attendre toute la journée !

— Dans une minute ! cria Sparks et il fronça les sourcils. Non, Moon, tu le sais bien. « Mortel d'aimer une sibylle... »

— Ce n'est que de la superstition !

Ils se regardèrent dans les yeux et, en cet instant, elle sut qu'il comprenait la vérité, comme elle, comme il avait toujours tout partagé avec elle. Non, ce ne serait plus jamais comme avant.

— Tu auras changé, d'une manière que je ne pourrais jamais changer, maintenant. Je ne peux pas rester ici, comme je suis. Je dois changer aussi. Je dois mûrir, apprendre... Il faut que j'apprenne qui je suis réellement. J'ai toujours cru que tu le savais. Je pensais... que devenir devin répondrait à toutes les questions.

La nouvelle émotion qu'elle avait vue pour la première fois quand elle était revenue vers lui, dans la caverne cachée, sur l'île du Choix, assombrit les yeux du garçon. Une expression d'envie, d'accusation, qui l'excluait.

— Eh bien, pars, si c'est vraiment pour cela que tu t'en vas, dit-elle avec défi, ne voulant pas s'avouer vaincue. Mais ne t'en va pas par amertume, parce que tu es blessé ou parce que tu veux me faire du mal. Parce que, si c'était ainsi, tu ne reviendrais jamais. Et... et je ne sais pas si je pourrais le supporter, Sparkie...

Son courage l'abandonna. Il leva les mains mais alors qu'elle tendait les bras vers lui, il les laissa retomber. Il tourna les talons en secouant la tête, sans pardon, sans compréhension et même sans chagrin. Il longea la jetée et descendit par l'échelle de coupée.

Moon sentit sa grand-mère à côté d'elle, regardant avec elle Sparks qui sautait sur le pont alors qu'une vague élevait le bateau vers lui. Il disparut dans la cabine, sur la large plate-forme réunissant les deux coques et ne reparut pas. Les matelots larguèrent les amarres, les voiles fourchues déferlèrent le long des mâts et se gonflèrent de vent humide.

Le brouillard se dissipait, le monde s'éclaircissait. Moon voyait maintenant le chenal menant vers la haute mer et elle suivit des yeux le catamaran qui devenait de plus en plus petit en virant de bord dans la baie. Elle entendit ses moteurs démarrer, une fois éloigné des docks d'Eté. Il atteignit enfin l'entrée du chenal et se fondit dans la muraille de brume pour disparaître subitement comme un vaisseau fantôme. Moon se frotta les yeux, la figure, mouillant ses mains de larmes et de brume. Comme une dormeuse qui s'éveille, elle se tourna vers sa grand-mère, toute petite et voûtée par le chagrin. Elle regarda, derrière elle, les filets étendus et les treuils le long du quai, le vieil entrepôt au pied de la rue abrupte du village, elle imagina son cottage, plus loin... et sa pirogue à balancier sur la plage, attendant de l'emporter loin de tout ce qui lui restait au monde.

— Grandman ?

Sa grand-mère lui serra fortement la main ; au fond des yeux gris délavés, Moon vit une résolution de conserver avant tout l'espoir et la foi.

— Eh bien, ma petite fille, il est parti. Nous ne pouvons que réciter une prière pour qu'il nous revienne. Maintenant, la Dame t'attend. Plus vite tu partiras toi aussi, plus tôt tu me reviendras ! Au moins, ce pauvre vieux fou ne sera pas là pour saluer ton départ ! dit la vieille dame en prenant le bras de sa petite-fille pour suivre le quai.

Moon se retourna et constata avec soulagement que Naimy le Fou était parti. Grandman se reprit et fit son signe triple.

— Pauvre âme perdue...

Moon pinça les lèvres et sentit sa force revenir. Sparks était parti pour Escarboucle par dépit... et elle n'entendait pas s'en aller à la dérive. Son propre destin l'attendait au-delà de la mer, celui qu'elle avait attendu toute sa vie ; la beauté de sa vocation lui gonfla le cœur. Elle pressa le pas, en entraînant sa grand-mère.

4

Sparks était sur le pont, plaqué contre le mât par le vent glacé, et il écoutait les moteurs peiner contre la grosse mer. En regardant droit devant, il distingua Escarboucle, au bord de l'eau, comme une incroyable vision de rêve. Il y avait une éternité qu'ils naviguaient vers elle sur une mer mouchetée de blanc, comme ils avaient vogué éternellement vers le nord le long des côtes de cette île illimitée. Il avait vu la ville grandir, de la taille d'un petit ongle à une chose qui dépassait son entendement. Elle semblait maintenant s'étaler comme une tache en travers du ciel, et pour lui il n'y avait plus rien d'autre au monde.

— Eh ! dis donc, Etésien ! cria le marchand, interrompant sa rêverie, en lui donnant une petite tape de sa main gantée. Je n'ai pas besoin d'un autre mât ! Si tu ne trouves rien à faire d'utile sur le pont, rentre avant de geler à mort.

Sparks entendit le rire aigu d'un matelot et, en se

retournant, il vit le sourire du marchand qui compensait le mordant de son propos.

Il se détacha du mât, sentant une petite résistance quand ses gants s'arrachèrent à la mince couche de glace.

— Excusez-moi...

Son haleine s'éleva comme un nuage et l'aveugla à demi. Il était tellement emmitouflé dans d'épais vêtements qu'il pouvait à peine bouger les bras et, pourtant, le vent du nord le transperçait jusqu'à l'os. Seul un courant chaud longeant la côte ouest empêchait Escarboucle d'être prisonnière des glaces. Il ne sentait plus sa figure et n'aurait su dire s'il pouvait encore sourire.

— Par Notre Dame, quelle ville ! Comment pourrait-on imaginer une chose pareille !

— Ta Dame n'a rien à voir là-dedans, mon gars. Et Elle n'a rien à faire des gens qui y vivent, depuis ce temps-là. Ne l'oublie jamais, tant que tu seras là. (Le marchand secoua la tête et pinça les lèvres en contemplant la ville.) Non... Personne ne sait vraiment comment Escarboucle a été créée. Ni pourquoi. Pas même les extramondiens, je crois... mais note qu'ils ne nous le diraient pas, même s'ils savaient.

— Pourquoi ?

— Pourquoi nous feraient-ils part de tous leurs secrets ? Ils viennent ici échanger leurs machines contre ce que nous avons. Nous n'en voudrions pas, si nous savions en fabriquer nous-mêmes.

— Non, probablement...

Sparks tenta de remuer ses doigts engourdis, dans ses moufles. Le marchand hivernien et son équipage ne parlaient que d'échanges commerciaux, en naviguant d'île en île, et il commençait à en avoir par-dessus la tête. La seule chose qui l'avait impressionné durant cet interminable voyage — jusqu'à présent — c'était de les voir traiter aussi librement avec les Etésiens qu'avec les Hiverniens, comme si la différence entre les deux n'était d'aucune importance.

— Où sont tous les vaisseaux stellaires ?

— Les quoi ? s'esclaffa le marchand. Ne me dis pas que tu t'attendais à en voir en plein ciel ! Par tous les dieux ! Tu t'imagines qu'il y en a un pour chaque étoile ? Après toutes les histoires tech que tu m'as extirpées depuis des années ! A croire que les Etésiens ont vraiment la tête aussi dure qu'on le raconte !

— Non ! protesta Sparks, vexé. Simplement... Je voulais simplement savoir où était l'astroport, c'est tout.

— Mais oui... C'est dans l'intérieur des terres, et territoire interdit pour nous. Dis donc, tu es bien sûr de ce que tu fais, Sparks, en allant à Escarboucle ? Est-ce que tu comprends bien à quoi tu t'engages ?

Sparks hésita et se tourna vers la mer. Le visage de Moon au moment de la séparation flottait sur l'horizon ; il entendit sa voix dans les cris des oiseaux marins. *Mortel d'aimer une sibylle...* Une douleur froide le frappa soudain à la gorge, comme un poignard de glace. Il ferma les yeux en frissonnant ; la voix, la vision disparurent.

— Je sais ce que je fais.

Le marchand haussa les épaules et s'éloigna.

Le vaisseau marchand cognait doucement le dock flottant où se trouvait Sparks, comme un patineur sur l'eau noire et calme. Il était tout petit à côté des autres navires, plus hauts, plus longs, lesquels semblaient petits à leur tour, comparés à l'étendue du mouillage qui évoquait un épais tapis d'algues. Et, réduisant tout cela à l'insignifiance, Escarboucle se dressait comme une gigantesque bête de garde. Des pylônes assez gros pour contenir une maison, incrustés de moules et de bernicles, formaient une forêt couronnée par le plateau supportant la ville, festonné de chaînes, de cordages, de treuils et d'incompréhensibles appendices. L'odeur de la mer se mêlait à d'autres, plus exotiques et moins agréables ; le sous-sol du port suintait d'innombrables relents. Une large chaussée, hérissée d'autres formes inconnues, s'élevait des docks flottants du port artificiel et plongeait dans les entrailles de la ville... Sparks songea soudain à un monstrueux animal affamé.

— Tiens-t'en aux bas quartiers, mon gars ! hurla le marchand pour se faire entendre dans le tumulte de cris, de claquements métalliques, de grincements qui se répercutait dans cet étrange bas-fonds pris entre la terre et la mer. Cherche la boîte de Gadderfy dans la ruelle des Pervenches. Elle te louera une chambre.

— Merci, murmura Sparks distraitement.

Il jeta son sac sur l'épaule et frissonna dans le vent froid qui tourbillonnait autour de lui.

— Nous faisons escale quatre jours, si jamais tu changes d'avis !

Sparks secoua la tête. Il tourna les talons et se mit à marcher puis à grimper. Le marchand le suivit des yeux jusqu'à ce qu'il soit avalé par la ville.

— Hé, toi, dégage ! Qu'est-ce que t'as, t'es aveugle ?

Sparks se jeta de côté dans une pile de caisses tandis qu'une maison sur patins apparaissait au-dessus de lui au sommet de la rampe, basculait lentement et descendait par où il était monté. Tout en haut, à une petite fenêtre, il vit une figure trop petite pour appartenir à cette voix, avec des yeux qui ne se tournèrent même pas pour voir s'il s'était écarté du chemin. Il se ramassa, tout éberlué, en pensant *C'est vrai... tout est vrai !* mais il n'était plus qu'à moitié content.

Craignant de se laisser influencer par ses pensées, il se remit en marche, en suivant la rue principale qui entamait sa longue ascension en spirale. Maintenant, il restait prudemment sur le bas-côté. La rue était interminable, montant en pente douce, en tournant, entre de grands murs d'entrepôts et de magasins aux yeux béants, d'immeubles d'appartements ornés de balcons. Il n'y avait pas de ciel, rien que le dessous de la spirale suivante, luisant d'une espèce de phosphorescence striée. De part et d'autre, des ruelles semblables aux pattes d'un mille-pattes s'éloignaient à la recherche du jour, du vrai ciel du monde qu'il avait toujours connu, lointain et gris, impossible à atteindre au bout des ruelles au-delà des murailles aux volets fermés contre la tempête.

Il devait contourner des monceaux de marchandises, des piles de détritus devant les entrepôts, une foule de gens sans expression, en essayant lui-même de rester impassible. Il y avait des pêcheurs parmi eux, habillés à peu près comme lui, mais surtout des boutiquiers, des ouvriers et d'autres dont il ne pouvait même pas imaginer le métier. Et, partout, il voyait des êtres semi-humains, semblait-il, au sexe indéterminé, qui effectuaient avec une précision mécanique des tâches que des êtres humains n'auraient pu accomplir à deux. Il en aborda un, timidement, et lui demanda :

— Comment est-ce que vous faites ça ?

La chose continua de charger des caisses, sans daigner répondre.

Sparks commençait à avoir l'impression de marcher depuis une éternité dans la Rue, et de tourner en rond. Toutes les ruelles se ressemblaient, le bruit, la foule, la puanteur l'accablaient. Des baraques de fortune encombraient les alvéoles de cette ruche, s'appuyaient contre des bâtiments infiniment plus anciens et aussi éternels que l'océan. Ici, rien ne se passait isolément, tout était par deux, par trois, par dix et chaque impression en bousculait une autre. Le poids écrasant de la ville pesait sur le plafond fragile au-dessus de sa tête, sur ses propres épaules. Les murs de catacombes se pressaient autour de lui, l'enfermaient, au point... *Au secours !* Il chancela contre une façade anormalement chaude, se blottit dans un nid d'emballages de rebut et se plaqua les mains sur les yeux.

— Hé, l'ami, ça ne va pas ?

Une main le secoua doucement.

Sparks releva la tête, ouvrit les yeux et battit des paupières. Une femme solide, en combinaison d'ouvrier, se penchait sur lui et hochait la tête.

— Dis donc, ça n'a pas l'air d'aller. Tu me parais tout vert. Tu as le mal de terre, matelot ?

Il sourit faiblement, sentant le vert virer au rouge sur ses joues.

— Sans doute, répondit-il, heureux de ne pas bafouiller. Ça doit être ça.

La femme le regarda de plus près.

— Tu es un Etésien ?

— Comment l'avez-vous deviné ? demanda Sparks en reculant contre le mur.

— Ton accent. Et il n'y a que les Etésiens pour s'habiller de peaux graisseuses. Tu arrives tout droit des pêcheries, hein ?

Il baissa les yeux sur son ciré, avec une gêne soudaine.

— Ouais.

— Allons, c'est pas grave. Attention que la grande ville ne te mange pas, petit, t'entends ? Pas vrai, Polly ?

— Tu as raison, Tor.

Sparks se pencha pour regarder la femme et il vit un de ces semi-humains en métal, dont la peau mate reflétait à peine la lumière. Il était incapable de dire si la chose était mâle ou femelle. Elle avait abaissé une troisième jambe, un peu comme une queue, et y était commodément assise. A la place de la figure, une vitre recouvrait un tableau de senseurs.

Tor tira d'une poche de sa combinaison un petit flacon plat et le déboucha.

— Tiens. Voilà qui va te remonter.

Il prit le flacon, avala une gorgée... et s'étrangla quand le liquide sirupeux s'embrasa dans sa bouche. Il avala convulsivement, les yeux pleins de larmes. Tor éclata de rire.

— On peut dire que tu es confiant !

Sparks prit une nouvelle gorgée, l'avala posément, sans haut-le-cœur, et déclara :

— Pas mauvais.

Il rendit le flacon et Tor rit encore.

— Euh... est-ce que... est-il...

Il se détacha du mur, en regardant l'être métallique, sans trop savoir comment poser sa question sans offenser. Tor sourit ironiquement ; elle repoussa une mèche de cheveux ternes derrière son oreille. Sparks pensa qu'elle devait avoir le double de son âge.

— Est-ce que c'est un homme dans ce costume en fer-blanc ? Non, mais il le croit, c'est tout. Pas vrai, Pollux ?

— Tu as raison, Tor.

— Est-ce qu'il est... euh...

— Vivant ? Pas comme nous l'entendons. C'est un servo... un automate, un robot, ce que tu voudras. Un appareil servomécanique. Il n'agit pas, il ne fait que réagir.

Sparks examinait l'être, de haut en bas, l'air hésitant.

— Ça ne lui fait rien que...

— Que nous parlions de lui ? Non. Rien ne lui fait rien, il est au-dessus de ça. Un vrai petit saint. Pas vrai, Pollux ?

— Tu as raison, Tor.

— C'est moi qui l'entretiens et je peux garantir qu'il ne lui manque aucune pièce. Il a un petit court-circuit quelque part, cependant, ce qui limite un peu son vocabulaire. Tu l'as peut-être remarqué.

— Eh bien... ouais... un peu...

Sparks se dandina d'un pied sur l'autre et se demanda si c'était contagieux. Tor riait.

— Au moins il n'est pas coincé sur « va te faire foutre ». Dis donc, où est-ce que t'as trouvé ça ?

Elle avança brusquement la main vers la médaille d'extramonde qu'il portait et il recula vivement, hors d'atteinte.

— Ça me vient de mon... Je... euh... un marchand me l'a donnée.

Tor le regarda et il eut l'impression que son crâne était en verre. Mais elle laisssa simplement retomber sa main.

— Ma foi... Ecoute, Etésien, tu ne veux pas rester avec moi et Polly, jusqu'à ce que tu t'habitues aux usages d'Escarboucle ? Moi, je viens juste de quitter mon travail et nous descendions voir un peu ce qui se passe en bas. Rigoler un peu, se payer une bordée, miser un coup ou deux... T'as de l'argent sur toi ?

Sparks hocha la tête.

— Eh bien, ce serait l'occasion de doubler la somme ! Viens donc avec nous. J'ai dans l'idée que ça va être une sacrée éducation pour toi, Pollux.

— Tu as raison, Tor.

Sparks les suivit dans la ruelle, vers le crépuscule qui s'assombrissait au-delà des murs antitempête. Tor s'arrêta devant la porte discrète d'un entrepôt, frappa deux coups, puis trois et la porte s'entrouvrit, d'abord d'une ligne, avant de s'ouvrir pour les laisser entrer dans une obscurité caverneuse. Sparks hésita mais finit par obéir au geste impatient de Tor en entendant un brouhaha révélant qu'ils n'étaient pas seuls.

— Combien mises-tu ? lui cria Tor dans le vacarme, de l'autre bout de la vaste salle.

Elle remettait déjà une poignée de pièces à un petit homme ratatiné noyé dans une cape. Ils se trouvaient au bord d'une foule de spectateurs à genoux, accroupis, assis, leur attention concentrée sur une petite arène au milieu d'eux. Sparks rejoignit Tor en s'efforçant d'y voir à travers le brouillard de fumée âcre planant dans l'air étouffant.

— Sur quoi ? demanda-t-il.

— Sur le bloodwart, tiens donc ! Seul un crétin parierait pour un starl contre un bloodwart ! Allez, donne, voyons un peu combien tu vaux.

Elle avait les yeux étincelants et Sparks sentit de l'électricité vibrer tout autour de lui. L'homme à la cape ricana et fit sauter des jetons dans sa main.

— Des tas de gens sont des crétins, alors.

Tor répondit par un bruit grossier. Derrière elle, le murmure de la foule se brisa comme une vague et les échos allèrent se perdre dans les recoins noirs ; la salle attendait. Sparks vit deux êtres — un humain et l'autre non — s'avancer dans l'espace dégagé, en portant de longues caisses. La peau de la créature étrangère était huileuse, ses bras terminés par de longs tentacules en guise de doigts.

— Est-ce qu'ils vont...

— Eux ? Dieux, non ! C'est que les soigneurs. Allez, dépêche-toi, place ta mise !

Sparks fouilla dans son sac et y prit deux pièces.

— Bon, voilà... euh, vingt.

— Vingt ! C'est tout ce que tu as ? s'écria Tor visiblement déçue.

— C'est tout ce que je parie.

L'homme ratatiné prit les pièces sans commentaire et alla se fondre dans la foule.

— Dis voir, c'est pas illégal ni rien, hein ? demanda Sparks un peu inquiet.

— Bien sûr que si... Dégage-nous un chemin à travers

ces gens de la haute, Pollux. Nous voulons une place au premier rang pour le dernier des grands richards que voici !

— Tu as raison, Tor.

Pollux avança résolument. Sparks entendit des jurons et des cris de douleur sur son passage.

— Mais ne t'en fais pas, Etésien, ce n'est pas les paris ni le combat à mort qui sont illégaux, c'est juste l'importation des bêtes réservées.

Tor tira et Sparks, sans trop savoir comment, se trouva déjà presque à l'arène.

— Oh, pardon... dit-il en marchant sur une main baguée.

Une bonne moitié de la foule était composée d'ouvriers ou de matelots, mais l'autre scintillait de bijoux, dans la pénombre ; certains hommes avaient la peau couleur de terre ou des cheveux comme des nuages. Il se demanda s'ils étaient teints. Tor le tira encore, pour le faire asseoir au premier rang et il obéit, en repliant ses longues jambes sous lui. Pollux resta debout derrière eux, appuyé sur sa jambe-siège ; il y eut quelques cris inutiles : « Assis, là devant ! » Tor prit son flacon, but et le tendit à Sparks.

— Tiens, finis.

La saveur fluctuante de la fumée tissait déjà autour de la tête de Sparks un doux cocon qui le séparait de lui-même et de tout le reste. Il porta le flacon à ses lèvres et but immodérément : il en restait beaucoup à finir. Sa gorge douloureuse le fit tousser. Tor lui tapota le genou.

— Ça vous met dans l'ambiance, hein ?

— Pour n'importe quoi ! répliqua-t-il d'une voix rauque.

— Plus tard, plus tard, dit-elle en ôtant sa main.

Effaré, Sparks tourna la tête comme elle pour regarder par-dessus la cloison basse et le mouvement lui causa un vertige, comme la brusque chute du bateau dans un creux profond. L'énergie contenue de cette salle se communiquait à lui et le long soupir de la foule impatiente fut aussi le sien, au moment où les soigneurs ouvraient les cages et reculaient vivement.

Si la créature aux doigts-fouet l'avait estomaqué (bien

que, soudain, plus rien ne l'étonnât) elle n'était qu'un avant-goût. Maintenant, il voyait s'étaler sous ses yeux une masse de tentacules charnus qui se convulsait, qui tâtonnait, qui glissait, en entraînant le corps, une énorme outre flasque violacée et marbrée.

— Le bloodwart, chuchota Tor.

La chose n'avait pas de tête, à moins que le corps et la tête ne fassent qu'un mais, parmi les tentacules, claquaient de longues pinces coupantes. Sparks perçut leur cliquetis dans le silence soudain. Un mouvement brusque, à l'autre extrémité du carré, attira son attention (« Le starl », marmonna Tor) sur une ombre visqueuse, noir sur noir : la peau mouchetée d'une créature sinueuse longue comme le bras. Il surprit le reflet d'un croc dénudé quand le starl feula tout au fond de sa gorge. Les tentacules du bloodwart fouettèrent le vide mais il n'émit aucun son, pas même quand le starl frappa et arracha un lambeau de peau du corps-outre. Les tentacules jaillirent et s'enroulèrent autour de la tête étroite du starl.

— Du poison, chuchota joyeusement Tor.

Le starl se mit à hurler et son cri se perdit dans le rugissement affamé de la foule. Sparks se pencha, tendu comme un arc, vaguement étonné que son cri de protestation sorte de sa gorge comme un encouragement. Le starl se dégagea et mordit sauvagement les tentacules et le corps mou, dans un paroxysme de douleur. Le bloodwart tâtonna, s'affala, brandit de nouveau ses tentacules suintants. Et Sparks, exultant dans la perte de son innocence, ouvrit toute grande la porte à ses sens éveillés, pour absorber le ballet de la mort.

Une éternité plus tard, mais bien trop tôt, le starl, les flancs haletants, était repris dans les débris de tentacules déchiquetés et le bloodwart reprenait des forces pour l'hallali. Sparks vit le blanc des yeux fous du starl, la gueule ouverte, blanche et rouge, il entendit la plainte étranglée dans le silence soudain quand les pinces trouvèrent sa gorge. Du sang jaillit ; son ciré et sa figure en sueur en furent éclaboussés.

Il recula vivement, en s'essuyant, puis il contempla sa main couverte de sang. Et brusquement, il n'eut plus besoin de regarder, pas besoin de voir la vessie aplatie se remplir et rougir ou la rougeur couler par les flancs déchiquetés, tandis que le bloodwart vidait sa victime de son sang... Soudain, il n'avait plus de voix pour participer au chœur assourdissant de jurons et d'acclamations. Il se détourna mais il n'y avait aucun moyen d'échapper à l'insanité de la foule.

— Tor, je...

Et en se retournant, il découvrit qu'elle était partie, que Pollux était parti et que le sac contenant ses affaires avait disparu avec eux.

— Je te dis, fiston, nous n'avons pas de travail municipal pour un Etésien. Tu ne peux pas t'occuper de mécanique, tu ne connais pas les codes sociaux, tu n'as aucune expérience.

L'employé au placement regardait Sparks, par son petit guichet, comme s'il avait devant lui un enfant attardé.

— Oui, mais comment est-ce que j'aurai de l'expérience si personne ne veut m'embaucher ? protesta Sparks en élevant la voix et cela lui fit mal à la tête.

— Bonne question, grogna l'employé.

— Ce n'est pas juste !

— La vie n'est point juste, fiston. Si tu veux travailler ici, faudra que tu changes ton affiliation de clan.

— Pas question !

— Alors, retourne-t'en d'où tu viens avec ta peau de poisson puante et cesse de faire perdre leur temps aux vraies personnes !

L'homme qui faisait la queue derrière lui le repoussa, d'un gant incrusté de métal.

Sparks pivota et vit la main gantée former un poing deux fois comme le sien. Il se détourna, s'éloigna sous les rires et sortit de la salle de placement dans la rue. Une nouvelle journée éclaircissait la ruelle, au-delà des murs aux volets protecteurs, après une nuit où des nuages de tempête avaient obscurci les étoiles ; mais l'obscurité n'était pas tombée sur les rues de la ville. Il n'avait eu aucun moyen de cacher sa rage et son humiliation, ni la honte de vomir tout ce qu'il avait bu, et fait, et vu.

Ensuite, il avait dormi comme une souche sur un tas de caisses et rêvé que Moon le contemplait, qu'elle savait tout et avait pitié de lui... Pitié ! Sparks pressa les doigts sur ses yeux douloureux, pour ne plus la voir.

Au pied de la longue pente de la rue s'étendait le port sous la ville, où le petit vaisseau du marchand attendait pour le ramener. Il avait l'estomac crispé de rage, de nausée et de faim. En moins d'un jour, il avait tout jeté, ses bagages, ses idéaux, son respect de lui-même. Il ne lui restait plus qu'à retourner l'oreille basse aux îles, ayant perdu ses rêves, pour vivre avec la pitié de Moon jusqu'à la fin de ses jours. Il fit une grimace. Ou bien il pouvait admettre qu'il avait appris la bonne leçon : Escarboucle l'avait simplement dépouillé de ses illusions, lui enseignait qu'il n'avait rien, qu'il n'était rien... et qu'il était le seul dans cette ville perdue à s'en soucier. Le reste était entre ses mains.

Ses mains vides... Il les regarda, en posa une sur la sacoche à sa ceinture, la seule chose que Tor et Escarboucle lui avaient laissée : sa flûte. Il l'en retira avec précaution, d'un geste tendre, la porta à ses lèvres et permit aux mélodies du temps perdu d'apaiser sa perte de tout.

Il remonta la rue, sans but, fermant les yeux et les oreilles au mouvement perpétuel. Des inconnus le regardaient, maintenant qu'il ne faisait plus attention à eux. Il ne les remarqua pas, avant que quelque chose sonne sur le pavé devant lui. Il s'arrêta et baissa les yeux. Il y avait une pièce de monnaie à ses pieds. Il se baissa, la ramassa lentement, la retourna entre ses doigts.

— Tu gagnerais plus si tu travaillais dans le Dédale, tu sais. Là-bas, les auditeurs ont plus d'argent à jeter... et savent mieux apprécier les artistes.

Sparks, surpris, leva les yeux et vit une femme aux cheveux noirs tressés, avec un bandeau sur le front. La foule se séparait comme un courant, autour d'eux, et il eut l'impression qu'ils étaient ensemble sur une île. Elle avait l'âge de sa tante Lelark, ou un peu plus, et portait une longue robe de velours élimé et un large collier de plumes. Elle avait une canne dont le bout paraissait incandescent. Cette canne s'éleva, le long du corps de

Sparks, jusqu'à sa figure et la femme sourit. Elle ne le regardait pas. Ses yeux étaient morts, il y manquait quelque chose, comme si une flamme avait été soufflée.

— Qui es-tu ? demanda-t-elle.

Aveugle !

— Sparks... Marchalaube, dit-il en ne sachant trop où regarder et il finit par baisser les yeux sur la canne.

Elle avait l'air d'attendre une suite.

— *Etésien !* conclut-il comme un défi.

— Ah ! Je m'en doutais. Rien de ce que j'entends à Escarboucle n'est aussi sauvage ou nostalgique. Suis mon conseil, Sparks Marchalaube Etésien. Monte dans les hauts quartiers, dit-elle et, plongeant la main dans le sac perlé accroché à son épaule, elle lui tendit une poignée de torus. Bonne chance pour toi dans la ville.

— Merci.

Il prit les pièces en hésitant. Elle sourit, abaissa sa canne et repartit, en lui disant :

— Passe à ma boutique, un jour, dans la ruelle des Citronniers. Demande celle qui fait les masques ; n'importe qui t'indiquera le chemin.

Il hocha la tête, se souvint et dit vivement :

— Oui, d'accord. Peut-être.

Il la regarda partir. Et puis il monta vers les hauts quartiers. Dans le Dédale où les façades étaient décorées de lumières, peintes de rayures, de cercles, d'arcs-en-ciel ; où les couleurs, les formes, les costumes variaient à l'infini, où les enseignes et les cris des bonimenteurs promettaient le paradis et l'enfer et tout ce qu'il peut y avoir entre les deux. Trouvant un coin de rue relativement calme, sous des bannières fleuries, il s'arrêta et joua pendant des heures, accompagné par le joyeux tintement des pièces que jetaient les passants, moins qu'il n'espérait mais bien mieux que rien.

Enfin, l'arôme de cent épices diverses l'attira et il alla dépenser quelques-unes de ses pièces à régaler son estomac vide d'un festin de délices bizarres. Ensuite, il remplaça son ciré par une chemise de soie rouge et des colliers de verre et de cuivre qui lui coûtèrent le reste de son argent. En retournant le soir vers son coin de rue, pour tenter de gagner son logement pour la nuit, il chanta à part lui une prière d'action de grâces à la Dame, pour le don de sa musique. Grâce à elle, il pourrait survivre à Escarboucle, tout en apprenant les règles de sa nouvelle vie...

Quatre extramondiens en combinaison de spationautes sans insignes, qui l'avaient suivi dans la ruelle, l'entourèrent brusquement et le traînèrent dans l'ombre entre deux immeubles.

— Qu'est-ce que vous voulez...

Il secoua la tête, dégagea sa bouche d'une main qui empestait le lubrifiant et, en clignant fébrilement des yeux dans la pénombre, il vit les trois autres. Il crut distinguer des dents blanches dans un sourire de triomphe mais fut bien certain de voir briller le métal d'un objet mortel tenu par l'un d'eux tandis que d'autres mains se tendaient pour le serrer à la gorge.

Rejetant la tête en arrière, il la sentit s'écraser contre la figure de celui qui était derrière lui, il entendit un grognement de douleur et se servit de son coude et de ses lourdes bottes. L'homme recula en jurant tout bas. Sparks se libéra et ouvrit la bouche pour appeler au secours.

Mais devant lui, l'ombre armée le devança et fit feu. Son cri mourut dans sa gorge alors qu'un éclair noir le frappait. Il tomba à plat ventre, comme une marionnette aux fils coupés, et sa tête heurta les pavés. Pourtant, il ne ressentait aucune douleur, rien qu'un impact sourd, et la vibration de mille synapses cessant de fonctionner dans un corps incapable de réagir. Une bande d'acier se resserrait autour de sa gorge et il entendit son propre râle.

Un pied le retourna. Les ombres se penchèrent sur lui ; cette fois, il vit nettement les sourires tandis qu'ils découvraient de la terreur dans ses yeux.

— Combien lui en as-tu collé, doigts-de-lard ? On dirait qu'il s'étrangle.

— Laisse-le s'étrangler, la petite lavette. Un cerveau endommagé ne fera pas baisser son prix en extramonde.

L'homme à qui il avait donné un coup de tête essuyait le sang d'une lèvre fendue.

— Ouais, il est joli, hein ? Pas simplement de la racaille pour les mines, que non. On va toucher un paquet pour lui sur Tsieh-pun.

Des rires, une botte lourde appuyée sur son ventre...

— Continue de respirer, mon joli. Voilà qui va mieux.

L'un d'eux s'accroupit et enchaîna les mains inertes de Sparks avec des menottes. L'homme à la figure ensanglantée se baissa à son tour en tirant quelque chose de sa poche et pressa un bouton à la base. Un étroit rayon de lumière jaillit, de la longueur d'une main ; les doigts de l'autre main s'enfoncèrent dans sa bouche, trouvèrent la langue.

— Tes derniers mots, joli petit ?

Au secours ! Mais son cri fut silencieux.

5

— Dieux ! J'ai horreur de cette corvée !

L'inspecteur de police Geia Jerusha Pala-Thion tira sur le pan de sa cape écarlate prise dans la porte de l'engin de patrouille. Le véhicule trembla légèrement, en planant sur ses repoussoirs dans la cour du palais, tout en haut de la Rue d'Escarboucle.

Son sergent la regarda, un petit sourire ironique plissant son visage brun couvert de taches de rousseur.

— Comment ! Vous n'aimez pas rendre visite à Sa Majesté, inspecteur ? demanda-t-il innocemment.

— Tu me comprends, Gundhalinu.

D'un geste brusque, elle fit tourner sa cape pour la jeter sur une épaule et cacher son uniforme bleu. Une broche portant le sceau hégémonique retenait ses plis. Elle eut un mouvement d'irritation.

— Je veux dire, BZ.... j'ai horreur d'avoir à me déguiser comme un personnage de strobe costumé, pour jouer au spationaute avec la Reine des Neiges.

Gundhalinu tapota l'écusson sur le devant de son casque à large bord. Celui de l'inspecteur avait été vaporisé d'or mais le sien était encore blanc et il n'avait pas de cape.

— Vous devriez être heureuse que le commandant n'ait pas collé une plante verte là-haut, inspecteur, pour vous rendre plus impressionnante... Il faut avoir le physique de l'emploi, quand on rappelle la loi universelle aux amants de la Mère, pas vrai ?

— Fumier.

Ils se mirent en marche vers les lourdes portes de l'entrée d'honneur, en foulant le pavage aux dessins complexes. Au fond de la cour, deux domestiques hiverniens frottaient les pierres avec des brosses à long manche. Ils étaient toujours là, à frotter, à maintenir une parfaite propreté. De l'albâtre ? se demanda Jerusha en baissant les yeux et elle pensa au sable, à la chaleur, au ciel. Il n'y avait rien de tout cela ici, ni autre part dans cette espèce de pâtisserie de pierre glacée qu'était la ville. Cette cour était le point de départ de la Rue, le commencement du monde, le commencement de tout à Escarboucle. *Ou la fin.* Elle vit le ciel froid des hautes latitudes, indifférent, au-delà des murs antitempête.

— Arienrhod ne croit pas plus que nous à cette comédie. Le seul bien possible qui peut en sortir, ce serait qu'elle nous croie aussi bêtes que nous en avons l'air.

— Oui, mais que faites-vous de tous leurs rites primitifs et de leurs superstitions, inspecteur ? Enfin quoi, ces gens croient encore aux sacrifices humains ! Ils se collent des masques, ils organisent des orgies dans la rue chaque fois que l'Assemblée vient en visite...

— Est-ce que tu ne fais pas la fête quand le Premier ministre passe à Kharemough toutes les quelques dizaines d'années pour te laisser lui baiser les pieds ?

— Ce n'est pas la même chose. Lui, c'est un Kharemoughi, riposta Gundhalinu en se redressant, pour se garder de la contamination. Et nos fêtes sont dignes.

Jerusha sourit.

— Question de degré. Et avant que tu prononces des jugements culturels, sergent, tu devrais réfléchir et étudier les ethnographies pour comprendre réellement les traditions de ce monde.

Elle composa ses traits pour leur donner un masque de dignité officielle, qu'elle laissa voir au sergent avant de le présenter aux gardes de la reine. Ils se tenaient au garde-à-vous, dans leur propre imitation costumée de la police extramondienne. Les immenses portes rongées par le temps s'ouvrirent devant elle sans hésitation.

— Oui, madame...

Leurs bottes cirées résonnèrent dans le couloir menant à la Salle des Vents. Gundhalinu paraissait peiné. Il était sur Tiamat depuis un peu moins d'une année standard et l'assistant de Jerusha depuis encore moins de temps. Elle l'aimait bien et pensait qu'il l'aimait aussi ; elle sentait qu'il était bien parti pour devenir un officier de carrière compétent. Mais son monde natal était Kharemough, le monde qui dominait l'Hégémonie, dominé à son tour par la technocratie qui produisait les machines les plus sophistiquées de l'Hégémonie. Elle soupçonnait Gundhalinu d'être un cadet d'une grande famille, forcé d'embrasser cette carrière par les lois de succession rigides et il était tech jusqu'à la moelle. Un peu tristement, Jerusha pensa qu'il pourrait écouter cent fois les bandes d'orientation sans jamais apprendre la tolérance.

— Ma foi, dit-elle plus charitablement, je peux te dire qu'un porteur de masque correspondrait sans doute à tous tes préjugés, et aussi aux miens, et c'est Starbuck. Et, qui ou quoi qu'il soit d'autre, c'est un extramondien.

Elle contempla les fresques de froides scènes d'Hiver, en se demandant combien de fois elles avaient été peintes et repeintes. Mais déjà, en pensée, elle voyait Starbuck debout à droite de la reine, avec un sourire méprisant sous cette fichue cagoule de bourreau tandis qu'il toisait les représentants impuissants de la Loi.

— Il porte un masque pour la même raison que tous les autres voleurs et assassins, bougonna aigrement Gundhalinu.

— C'est assez vrai. La preuve vivante qu'aucun monde n'a le monopole de la répression... et que la lie a tendance à remonter à la surface.

Jerusha ralentit en entendant le soupir d'un géant endormi, au fond des entrailles de la planète. Elle respira profondément en pestant contre l'Epreuve de l'Air, qui faisait partie du rite à chaque visite au palais et frissonna sous sa cape, pas seulement à cause du froid. Jamais elle ne parvenait à surmonter la peur, pas plus qu'elle ne revenait de sa stupéfaction de ce qui la causait : cet endroit qu'on appelait la Salle des Vents.

Un représentant de la noblesse les attendait au bord de l'abysse et elle fut heureuse que, pour une fois, la reine ne juge pas bon de les faire attendre. Moins elle y penserait, moins elle aurait de mal à traverser. Cela signifiait qu'Arienrhod était de bonne humeur ou, simplement, qu'elle était préoccupée par d'autres affaires que des harcèlements mesquins. Jerusha n'ignorait rien du réseau et du système d'espionnage que la reine avait fait installer dans toute la ville et en particulier dans le palais ; elle adorait organiser de petites épreuves pour démoraliser ses adversaires... et il était évident, aux yeux de Jerusha, qu'elle adorait voir trembler ses victimes.

Jerusha reconnut Kirard Set, un ancien de la famille Wayaway, un des favoris de la reine. On disait qu'il avait assisté à quatre visites de l'Assemblée et pourtant sa figure, sous l'élégant turban, était encore celle d'un tout jeune homme. « Ancien. » Jerusha le salua cérémonieusement, fortement consciente des pattes-d'oie commençant à se dessiner aux coins de ses propres yeux, et plus encore de l'appel gémissant de l'abysse évoquant le rire affamé de damnés sans repentir. *Qui a pu vouloir construire une chose pareille ?* Elle se posait la question chaque fois qu'elle venait en se demandant si la plainte du vent n'était pas en réalité la voix de ses créateurs, ces ancêtres lointains qui avaient rêvé et bâti cette cité hantée, dans le nord. A sa connaissance, personne ne savait qui ils étaient, ni ce qu'ils avaient fait avant l'écroulement de l'empire interstellaire à côté duquel l'actuelle Hégémonie était insignifiante.

Partout ailleurs, elle aurait sans doute cherché une sibylle, pour essayer d'obtenir une réponse, qui serait probablement obscure et inintelligible. Même ici sur Tiamat, les sibylles erraient dans les îles lointaines comme des occultistes ambulants, croyant parler par la voix de la

Mère de la Mer. Mais la sagesse était réelle, encore intacte même si les Tiamatiens avaient perdu la vérité qui l'inspirait, tout comme ils avaient oublié l'origine et la raison d'être d'Escarboucle. Il n'y avait pas de devins dans la ville, de par la loi hégémonique, commodément renforcée par le dégoût des Hiverniens pour tout ce qui sentait le « primitif ». L'adroite propagande hégémonique les maintenait dans la croyance que cette pratique n'était qu'un mélange de charlatanisme superstitieux et de folie maladive. L'Hégémonie n'osait pas éliminer les sibylles d'un monde habité mais elle les tenait bien à l'écart. Les devins étaient les porteurs de la sagesse perdue du Vieil Empire, destinée à donner à la civilisation construite sur ses ruines la clef de ses secrets enfouis. Et s'il y avait une chose que les riches et les puissants Hégémoniens ne voulaient pas, c'était voir ce monde se dresser sur ses propres pieds et devenir assez fort pour leur refuser l'eau de vie.

Jerusha se rappela soudain, avec clarté, l'unique devin qu'elle avait vu à Escarboucle, il y avait dix ans, peu de temps après son arrivée pour sa première mission. Elle l'avait vu parce qu'elle avait été envoyée pour surveiller son exil de la ville, elle avait suivi la foule railleuse qui poussait son compatriote effrayé et rétif vers le port et l'envoyait à la dérive dans un bateau. Il y avait là un chasseur de sorcières, en fer, au cou hérissé de pointes ; on avait poussé le devin avec une longue perche car les gens craignaient la contamination.

Arrivés à la plongée abrupte vers la rade, les gens l'avaient poussé trop fort et il était tombé. Les pointes pénétrèrent dans sa gorge et lui ouvrirent la joue. Le sang du devin que la foule avait eu si peur de verser se répandit et coula comme un collier de bijoux sous son menton, sur sa chemise (d'un bleu ciel profond et elle fut saisie par la beauté du contraste). Frappée de terreur comme les autres, elle le regarda s'asseoir en gémissant, les mains à sa gorge, et ne fit rien pour l'aider...

Gundhalinu lui donna un petit coup de coude hésitant. Elle sursauta, gênée, et regarda la figure vaguement méprisante de l'Ancien des Wayaway.

— Quand vous serez prête, inspecteur.

Elle hocha la tête.

L'Ancien porta à ses lèvres le petit sifflet accroché à une chaîne à son cou et s'avança sur le pont. Jerusha le suivit en regardant fixement devant elle, sachant ce qu'elle verrait si elle baissait les yeux : le puits terrifiant qui servait d'accès pour l'entretien de l'usine automatique, un entretien dont on n'avait jamais eu besoin à sa connaissance, depuis mille ans que l'Hégémonie était au courant. Il y avait des ascenseurs-capsules fermés, permettant aux techniciens d'accéder sans danger à tous les innombrables niveaux, et aussi une colonne d'air s'élevant dans ce puits au centre creux de la spirale d'Escarboucle, à la manière d'un courant d'air se formant dans une cheminée. C'était la seule partie de la ville qui n'était pas entièrement fermée par les murs-tempête ; les aigres vents du ciel s'y engouffraient librement en aspirant le souffle des souterrains caverneux. Même tout là-haut, il y avait une forte odeur marine et le vent hurlait et sifflait en se heurtant aux irrégularités de la pierre.

Il y avait aussi, suspendus dans les airs comme d'immenses mobiles informes, des panneaux transparents, d'une matière élastique, souple, qui ondulaient et se gonflaient comme des nuages, créant des contre-courants traîtres. Et il n'y avait qu'un seul chemin pour traverser la salle et passer aux niveaux supérieurs du palais ; là, le couloir devenait un pont-levis enjambant le gouffre, assez large pour y marcher aisément dans un air silencieux, mais il était rendu mortel par les violentes rafales.

L'aîné des Wayaway donna un coup de sifflet musical et s'avança avec assurance lorsque l'air, autour de lui, se calma. Jerusha suivit en manquant de lui marcher sur les talons, tant elle tenait à profiter avec Gundhalinu de cette poche d'air immobile. L'Ancien continua de marcher, d'un pas régulier ; il donna un autre coup de sifflet, puis un troisième. L'air paisible les entourait toujours mais, derrière elle, Jerusha entendit Gundhalinu prendre en vain le nom d'un dieu, alors qu'il se laissait un peu distancer et que le vent lui léchait le dos.

C'est de la folie ! Elle répétait la litanie de peur et de ressentiment qui accompagnait chacune de ses traversées. *Quelle espèce de dément irait construire cette attraction de sadique ?...* Elle savait bien que la technologie qui l'avait conçue pouvait facilement la circonvenir, si ce n'était qu'une mesure de sécurité. Au niveau tech permis aux Hiverniens de Tiamat, c'était possible. Mais elle se doutait que, quel que fût le malade mental qui avait imaginé cette épreuve, elle ne servait que trop les desseins de la reine actuelle.

Ils étaient déjà à mi-chemin. Elle gardait les yeux rivés sur le dos de l'Ancien en écoutant les notes monotones, charmeuses de vents, refouler les hurlements de mort au-dessus de l'abîme béant. Il ne s'agissait pas de quelque charme magique mais de la télécommande de contrôles automatiques qui détournaient le rideau de vent pour qu'il protège les voyageurs au lieu de les détruire. Savoir cela n'était pas d'un grand réconfort quand elle songeait à toutes les possibilités d'erreur humaine, ou de panne d'un système aussi antique. Autrefois, il y avait d'innombrables petits appareils de commande qui faisaient ce que faisait à présent l'homme au sifflet mais, à sa connaissance, le seul qui fonctionnait encore était accroché à la ceinture de Starbuck.

Sauvée. Elle posa le pied sur la fermeté de l'autre bord, en maîtrisant l'irrésistible envie de laisser ses jambes mollir et de s'asseoir. Le visage en sueur, Gundhalinu lui sourit vaillamment. Elle se demanda si, comme elle, il essayait de ne pas penser au retour. En regardant de nouveau devant elle, elle vit du triomphe dans la démarche de Wayaway, alors qu'elle le suivait dans la salle d'audience.

Même là, si près du pinacle d'Escarboucle, l'immensité de cette salle l'écrasait ; elle imagina qu'elle pourrait contenir une villa entière de Newhaven, son monde natal. Des tentures aux fraîches couleurs pastel tombaient des ogives géométriques, d'un plafond soutenu par des piliers, scintillantes et tintantes de mille clochettes d'argent ciselées à la main.

Et, au bout de l'immense tapis blanc — importé d'extramonde — la Reine des Neiges était assise sur son trône, telle une déesse incarnée, une aigle des neiges dans une aire protégée par les glaces. Inconsciemment, Jerusha resserra sa cape autour d'elle.

— Plus froid que le Karoo, marmonna Gundhalinu en se frottant les bras.

L'Ancien des Wayaway leur fit signe d'attendre à l'entrée et s'avança pour les annoncer. Jerusha était sûre que les yeux sombres, là-bas, sous la couronne de cheveux pâles, les avaient aperçus mais Arienrhod ne fit rien pour les accueillir. Comme toujours, c'était d'abord elle qui avait retenu l'attention de Jerusha mais, à présent, en suivant le regard de la reine, une lueur aveuglante, le bourdonnement et le crépitement d'un rayon d'énergie frappant sa cible, l'en détourna.

— *Schact !* souffla Gundhalinu.

Des exclamations retentirent et ils virent le groupe de courtisans s'écarter alors que l'éclair jetait par terre un des leurs.

— Un duel... ?

La voix de Gundhalinu était incrédule. La main de Jerusha se crispa sur la croix impériale, sur sa boucle de ceinture, en maîtrisant difficilement son horreur. La reine se moquait-elle donc de l'autorité de la police au point de mettre en scène un assassinat, en sa présence ? Elle ouvrit la bouche pour protester, pour exiger... mais avant qu'elle trouve ses mots, la victime se redressa, sans brûlure, sans blessure ; aucun sang ne souillait la pureté neigeuse du tapis. Une femme, constata Jerusha, bien que les modes curieuses prisées par la noblesse rendent une confusion possible. Il y avait une légère distorsion de l'air, quand elle bougeait ; elle portait un champ répulseur. Elle se releva avec grâce et fit une révérence à la reine tandis que les autres riaient et applaudissaient. Gundhalinu jura encore à mi-voix, l'air écœuré. Quand le groupe se dispersa, Jerusha aperçut la haute silhouette noire, le scintillement froid du métal et comprit que le rôle de l'assassin avait été tenu par Starbuck.

Dieux ! Mais qu'étaient donc ces imbéciles décadents qui tentaient de se brûler mutuellement, pour s'amuser ? Ils traitaient comme un jouet une arme capable d'estropier et de tuer, ils ne comprenaient pas la fonction réelle ni la signification de la technologie, pas plus qu'un animal choyé ne comprenait son collier de pierreries. *Oui, mais la faute à qui, sinon à nous ?* Arienrhod surprit soudain son expression. Les yeux à la couleur singulière restèrent posés sur elle ; la reine sourit. Ce n'était pas un sourire plaisant. *Qui prétend que l'animal familier ne comprend pas le collier ? Ou que le sauvage ne reconnaît pas le mensonge qui fait de lui un sous-humain ?*

L'Ancien des Wayaway les avait annoncés et s'éloignait à reculons ; Starbuck vint se placer à côté du trône. Sa figure cachée était tournée vers eux, comme si lui aussi était curieux de l'effet de sa comédie. *Nous sommes tous des sauvages au fond du cœur.*

— Tu peux approcher, inspecteur Pala-Thion.

La reine leva une main lasse. Jerusha ôta son casque et s'avança, Gundhalinu sur ses talons. Elle était certaine que sa figure, comme la sienne, n'exprimait que le minimum de respect. Les nobles s'étaient écartés, prenaient des poses de mannequins hologrammiques de vitrine, et la regardaient saluer avec un manque d'intérêt évident. Elle se demanda brièvement pourquoi ils trouvaient amusant de jouer avec la mort. Ils étaient tous des favoris à la figure juvénile, âgés en réalité d'on ne savait combien d'années. Elle avait toujours entendu dire que les buveurs d'eau de vie devenaient pathologiquement jaloux de leur longue jeunesse. Etait-il vraiment possible qu'un moment vienne où l'on avait connu tout ce que l'on pouvait désirer ? Non, pas même en un siècle et demi. A moins qu'ils ne sachent pas, tout simplement, que Starbuck ne les ait pas avertis du danger ?

— Votre Majesté...

Elle leva les yeux, à demi vers Starbuck puis vers Arienrhod trônant sur l'estrade. Le doux visage de jeune fille était gâché, transformé en un masque, comme celui de Starbuck, par la trop profonde sagacité des yeux.

Arienrhod leva un doigt, le geste léger coupant court à ce qu'allait dire Jerusha.

— J'ai décidé que, désormais, tu t'agenouilleras quand tu te présenteras devant moi, inspecteur.

Jerusha serra les dents. Il lui fallut attendre un moment, et respirer profondément.

— Je suis un officier de la police hégémonique, Majesté. J'ai prêté serment d'allégeance à l'Hégémonie.

Délibérément, elle regardait le dossier du trône, à travers la reine, autour d'elle. Les surfaces de verre soufflé, les étincelantes spirales et les ombres l'éblouissaient du même éclat hypnotique que le Dédale ; l'art bizarre catalysait le mélange changeant des cultures d'Escarboucle.

— Mais l'Hégémonie t'a mise en poste ici pour me servir, inspecteur, reprit Arienrhod. Je te demande simplement l'hommage dû à tout souverain indépendant, déclara-t-elle en insistant un peu sur le mot *indépendant*, par le représentant d'un autre.

— Demande et sois damnée...

Jerusha entendit Gundhalinu souffler les mots derrière elle, presque silencieusement, et vit les yeux de la reine se tourner brusquement vers lui pour le graver dans sa mémoire. Starbuck descendit une marche du trône, nonchalamment, l'arme toujours dans sa main gantée. Mais de nouveau, la reine leva un doigt et il s'immobilisa, sans un mot.

Jerusha hésita aussi, sentant le paralyseur peser lourdement sur sa hanche et l'indignation frémissante de Gundhalinu derrière elle. *Mon devoir est de maintenir la paix.* Elle tourna légèrement la tête, vers Starbuck, vers Gundhalinu.

— Ça va, BZ, murmura-t-elle, aussi bas que lui mais pas assez. Nous nous mettons à genoux. Ce n'est pas si déraisonnable, après tout.

Il répondit dans une langue qu'elle ne connaissait pas, ses pupilles se dilatèrent. Sur les marches du trône, le poing de Starbuck se referma autour de son arme.

Jerusha regarda la reine, observée par les spectateurs soudain intéressés dont les regards pesèrent sur ses épaules quand elle mit un genou en terre et courba le front. Au bout d'une seconde il y eut un froissement, un crissement de cuir et Gundhalinu tomba lourdement à côté d'elle.

— Votre Majesté...
— Tu peux te relever, inspecteur.
Jerusha se redressa.
— Pas toi ! cria la reine alors que Gundhalinu s'apprêtait à se relever. Tu restes à genoux jusqu'à ce que je te permette de te lever, extramondien !
Starbuck, comme une extension de la volonté de la souveraine, s'approcha du sergent, laissa tomber une main lourde sur son épaule, la serra et le força à retomber sur les genoux. Starbuck marmonna quelques mots dans la langue inconnue. Les poings de Jerusha se crispèrent sous sa cape et se rouvrirent lentement.
— Ote ta main de lui, Starbuck, dit-elle sèchement, avant que je t'arrête pour voies de fait sur un officier de police.
Starbuck sourit ; elle vit ses yeux se plisser insolemment, dans les fentes du masque. Il ne bougea pas avant que la reine lui fasse signe.
— Lève-toi, BZ, dit Jerusha avec douceur en maîtrisant sa voix avec difficulté.
Elle lui tendit la main pour l'aider à se relever et le sentit trembler de fureur. Il ne la regarda pas ; ses taches de rousseur ressortaient, rouge sang sur la peau foncée.
— S'il était à moi, je le disciplinerais pour lui faire passer cette arrogance, dit Arienrhod qui les observait.
La punition suffit. Jerusha tourna la tête et répondit, en regardant délibérément Starbuck, toujours à côté d'elle :
— Il est citoyen de Kharemough, Majesté, il n'est l'homme de personne, que de lui-même.
La reine sourit, avec un rien d'approbation cette fois.
— Il se peut que le commandant Lioux-Sked t'ait envoyée à moi comme autre chose qu'un simple gage féminin, après tout.
Ce qui prouve que tu n'es pas omnisciente. La bouche de Jerusha esquissa à son tour un petit sourire pincé.
— En plaidant l'indulgence de Votre Majesté, qu'il me soit permis dans ce cas de faire comprendre que... (un mouvement brusque et, avec un pinçon bloquant les nerfs, elle prit le pistolet de la main de Starbuck) ... que ces armes ne sont pas des jouets.

La crosse métallique se nicha au creux de sa main, le tube se pointa comme un doigt quand il fit un pas vers elle et elle entendit le gloussement surexcité des courtisans.

— Une arme à énergie ne devrait jamais être braquée sur quoi que ce soit à moins qu'on désire le désintégrer, dit-elle et Starbuck s'immobilisa brusquement, tendu, frémissant ; elle abaissa l'arme. Une fois sur cinq, le champ répulsif ne protège pas d'un coup direct. Votre Noblesse ne devrait jamais l'oublier.

La reine laissa échapper un petit rire et Starbuck tourna la tête vers le trône. Arienrhod fit un geste curieux avec ses doigts et répliqua :

— Nous connaissons fort bien les limites et les dangers de votre matériel d'extramonde.

Jerusha, ahurie, rendit l'arme à Starbuck, la crosse en avant.

— Tu regretteras ça, garce, grinça-t-il entre ses dents, pour elle seule, en lui arrachant l'arme brutalement pour lui faire mal à la main, et il retourna vers le trône.

Elle grimaça involontairement.

— Eh bien... Avec la permission de Votre Majesté, je vais présenter le rapport mensuel du commandant sur les conditions du crime dans la ville.

Arienrhod acquiesça et posa une main possessive sur le bras de Starbuck, comme on flatterait l'encolure hérissée d'un chien. Les courtisans sortirent à reculons de la présence de la reine. Jerusha réprima un sourire de compassion peinée. Ce rapport n'avait pas plus d'importance que les centaines qui l'avaient précédé ni que les suivants ; elle-même aurait préféré être ailleurs. Elle baissa sa main sur l'enregistreur à sa ceinture et entendit la voix de son commandant dévider les statistiques des attaques à main armée, des vols, des arrestations et des inculpations, des criminels et victimes extramondiens et locaux. C'était une litanie sans objet qui ranimait toutes ses frustrations et ses regrets familiers. Rien, cela ne signifiait rien.

La police hégémonique était une force paramilitaire stationnée dans tous les mondes de l'Hégémonie, pour protéger ses intérêts et ses citoyens... ce qui entraînait généralement la protection des structures du pouvoir local. Ici, à Tiamat, avec la technologie de bas niveau et la faible population (dont la moitié au moins n'était pas prise en considération par l'Hégémonie), la force de police n'était constituée que d'un seul régiment, dont l'action se limitait surtout à l'astroport et à Escarboucle.

Et ses activités étaient restreintes, encore plus limitées ; les policiers séparaient des ivrognes, arrêtaient des petits voleurs minables, c'était un cycle sans fin d'inculpations futiles alors que, sous leur nez, s'étalait le vice le plus flagrant de la galaxie civilisée, alors que les plus abominables profiteurs de l'humanité se retrouvaient impunément et ouvertement dans les maisons de plaisir où ils étaient chez eux.

Le Premier ministre symbolisait peut-être l'Hégémonie mais il ne la contrôlait plus, si jamais il l'avait vraiment gouvernée. L'économie dirigeait tout ; les marchands et les négociants avaient toujours été ses véritables bases et leur seul souverain s'appelait Profit. Et il y avait bien des sortes de commerces, bien des espèces de commerçants...

Jerusha leva les yeux vers Starbuck, arrogant et nonchalant à la droite de la reine, le symbole vivant du pacte singulier d'Arienrhod avec les puissances de l'obscurité et de la lumière, et de sa manipulation. Il représentait tout ce qu'il y avait de pourri, de vénal et de corrompu dans l'humanité... et à Escarboucle.

Comme dans d'autres mondes hégémoniques, le crime et le châtiment, à Tiamat — ou plutôt à Escarboucle — étaient partagés entre la juridiction de deux cours, l'une présidée par un magistrat local choisi par les Hiverniens et statuant selon les lois locales, l'autre par un Juge Suprême qui rendait la justice selon les lois de l'Hégémonie et devant qui comparaissaient des extramondiens. La police fournissait des clients à toutes deux et, de l'avis de Jerusha, ils n'auraient pas dû manquer. Mais Arienrhod tolérait, encourageait même, la présence de la lie des bas-fonds de l'Hégé, créant ainsi une espèce de limbes, un terrain neutre à portée commode des Portes. Et Lioux-

Sked, ce pompeux lèche-bottes de commandant, n'avait pas le courage de s'y opposer. Si seulement elle avait eu son rang, et ses moyens...

— As-tu des commentaires à faire sur ce rapport, inspecteur ?

Jerusha sursauta et se sentit stupidement transparente. Elle interrompit l'enregistrement, un prétexte pour baisser les yeux.

— Aucun, Majesté.

Aucun que tu voudrais entendre. Aucun qui changerait quoi que ce soit.

— Officieusement, Geia Jerusha ?

La voix de la reine avait changé. Jerusha la regarda en face ; elle vit le visage d'une vraie femme à la place d'un masque de reine. Elle aurait presque pu faire confiance à ce visage... presque croire qu'il y avait un être humain sous les rites et les mensonges, que l'on pourrait toucher... *presque.* Elle regarda de nouveau Starbuck à côté de la reine, son homme de main, son amant.

— Je n'ai pas d'opinion officieuse, Majesté, répondit-elle en réprimant un soupir. Je représente l'Hégémonie.

Starbuck dit quelque chose dans la langue inconnue ; au ton, elle devina la grossièreté de l'insulte. La reine éclata de rire, d'un rire léger, innocent, incongru. Elle fit un geste.

— C'est bon, tu peux te retirer, inspecteur. Si je voulais écouter un récit mécanique de loyauté, j'importerais un coppok. Leur plumage au moins est plus attrayant.

L'Ancien des Wayaway reparut, s'inclina et les fit sortir tous deux de l'auguste présence.

Jerusha était de nouveau dans la cour du palais, enfin, et regardait fixement l'engin de patrouille. Des fêlures scintillantes partaient en étoile d'un point d'impact au milieu du pare-brise. *Ainsi, on en venait là !*

— Il y a bien des commentaires que je pourrais faire là-dessus, dit-elle en crispant le poing, furieuse de ce vandalisme, avant de saisir la poignée de la portière. Mais je ne tiens pas à me donner en spectacle ici.

Elle s'installa sur le siège cahotant et Gundhalinu monta de l'autre côté.

— D'ailleurs, tout ce que je trouve à dire, c'est que je suis fatiguée et j'ai l'impression d'avoir reçu des crachats. Parfois, je me demande si nous avons vraiment une responsabilité dans ce monde.

Elle chercha dans sa poche un paquet d'iestas, en fit tomber deux dans sa main et mordit les graines résistantes comme du cuir ; le goût acide la calma un peu.

— Finalement... Tu en veux ? proposa-t-elle.

Gundhalinu se tenait raide aux commandes, et regardait fixement entre le quadrillage de la destruction. Durant tout le chemin du retour, il avait gardé le silence, traversé la Salle des Vents comme si c'était une rue déserte. Il tapa sur le code d'allumage, qui ne répondit pas. Jerusha rempocha son paquet.

— Es-tu capable de conduire, sergent, ou dois-je prendre les commandes ?

Le ton sec, brusquement officiel, le fit grimacer.

— Oui, inspecteur, j'en suis capable.

Il hocha la tête, sans cesser de regarder droit devant lui. Elle vit des mots se bousculer dans sa gorge et il les ravala, comme un enfant coléreux. L'engin s'éleva lentement, recula et fit demi-tour pour repartir vers la ville.

— Qu'est-ce que Starbuck a dit juste avant que la reine nous congédie ?

Elle parlait d'une voix impersonnelle, volontairement. Elle savait reconnaître certains caractères idéographiques kharemoughis — d'après les modes d'emploi de leur matériel d'exportation — mais elle ne s'était jamais donné la peine d'apprendre le sandhi. La police employait la langue de l'endroit où elle était stationnée.

Gundhalinu s'éclaircit la gorge.

— Sauf votre respect, madame, ce salaud a dit : « Si c'est ça que l'Hégémonie envoie pour la représenter, elle doit manquer de couilles ces temps-ci. »

— C'est tout ? répliqua Jerusha avec un son qui était presque un rire. C'est un compliment, voyons. Je m'étonne que la reine ait trouvé ça drôle. Je me demande si elle a vraiment compris. A moins qu'elle n'ait cru que cela n'insultait que nous.

— D'ailleurs, marmonna méchamment Gundhalinu, elle a celles de Starbuck.

Cette fois, elle rit franchement.

— Oui, et grand bien lui fasse. Ainsi, Starbuck est de Kharemough ?

— Oui.

— A toi, qu'est-ce qu'il a dit ?

Il secoua la tête.

— Il n'y a absolument rien que tu puisses dire que je n'aie pas entendu, BZ.

— Je sais, inspecteur, répondit-il en la regardant enfin, ses taches de rousseur rougissant vivement. Mais je ne peux pas, ça ne vous dirait rien, il faudrait avoir été élevé à Kharemough. Une question d'Honneur.

Elle l'avait déjà entendu parler d'Honneur, avec cette majuscule dans le ton, cette singulière emphase.

— Je vous remercie... d'avoir pris mon parti contre Starbuck. Je n'aurais pas pu répliquer moi-même à ses insultes sans perdre davantage la face.

Les mots cérémonieux, la sincère gratitude, prirent Jerusha par surprise. Elle regarda dehors où la noblesse et les domestiques les dévisageaient à travers le pare-brise étoilé tandis qu'ils planaient devant les belles demeures de la haute ville.

— On ne perd pas l'Honneur quand on est insulté par un homme qui n'a jamais su ce que signifiait ce mot.

— Merci, murmura-t-il en braquant pour éviter un enfant qui jonglait sur leur passage avec des cerceaux dorés. Mais je me le suis attiré, je sais bien. Et je vous ai causé de l'ennui, j'ai embarrassé la police. Si vous voulez me congédier, comme assistant, je le comprendrai.

Elle s'adossa dans le siège moulé, et agita les doigts de la main meurtrie par Starbuck.

— Peut-être serait-il préférable que tu ne m'accompagnes pas quand je rends visite à la reine, BZ. Pas parce que je te reproche ce que tu as fait, mais parce que Starbuck a une arme qu'il peut utiliser contre toi, maintenant ; et ça ne te créerait que des difficultés. A moi aussi par contrecoup et nous aurions du mal à les empêcher de traîner le nom de l'Hégé dans la boue. A part ça... Sincèrement, BZ, je t'aime bien et je serais déçue si tu étais si pressé de me quitter.

Encore que tu ne serais probablement pas le premier.

Un petit sourire de soulagement éclaira la figure du sergent.

— Non, madame. Je suis content... plus que content... Quant à rester en plan quand vous irez voir la reine... cocagne !

Le sourire s'étala, contagieux. Jerusha hocha la tête.

— Ne crois pas que si je pouvais m'en tirer en t'envoyant à ma place, je ne le ferais pas !

Elle rit, très brièvement, puis elle soupira, dégrafa sa lourde cape et la rejeta. Elle ôta son casque doré en forme d'œuf.

— On devrait suspendre ça à un arbre, tiens. Dieux, j'en ai assez, assez ! Je ne sais pas ce que je donnerais pour faire un travail honnête, quelque part où les gens veulent une véritable police et non des bouffons.

Gundhalinu la regarda ; il avait perdu le sourire.

— Si vous obteniez votre mutation ?

— Est-ce que tu as une idée du temps qu'il faut pour la demander et l'obtenir ? (Elle secoua la tête et soupira. Le casque posé sur ses genoux, elle défit le col haut de sa tunique.) D'ailleurs, j'ai essayé. Rien à faire. Il paraît qu'on a besoin de moi ici, dit-elle avec une amertume aussi brûlante que de l'acide.

— Et si vous donniez votre démission ?

— Et si tu te taisais ?

Docilement, Gundhalinu regarda de nouveau les commandes. Ils étaient maintenant dans le Dédale et avançaient plus lentement dans la rue embouteillée. Le soir obscurcissait déjà le ciel au-delà des murs-tempête. Jerusha contempla les ruelles sordides, les tavernes vulgaires qui semblaient railler ses ambitions et ses rêves... Et tenait-elle tellement à faire du meilleur travail ? Courrait-elle le risque de perdre le rang que lui avait accordé Lioux-Sked, uniquement pour faire d'elle une offrande respectable à la reine ? Elle passa une main dans ses cheveux auburn. Après tout, dans cinq ans tout changerait, n'importe comment. L'Hégémonie quitterait Tiamat et l'enverrait ailleurs, n'importe où serait préférable à cette ville. De la patience, c'était tout ce qu'il fallait. Les dieux savaient qu'il était assez dur pour une femme de faire carrière dans les Bleus, même à l'époque actuelle, et plus encore d'atteindre un poste d'autorité.

Elle jeta un coup d'œil au fond d'une autre ruelle devant laquelle ils passaient. Celle-ci était en majorité violet-bleu, les murs peints, les lumières, les drapeaux ; c'était la ruelle de l'Indigo... Un mouvement imprécis déclencha une sonnerie d'alarme dans son subconscient.

— BZ ! Recule ! Allume le projo, j'ai vu quelque chose dans cette ruelle.

Elle colla son casque sur sa tête et tira sur la jugulaire tout en ouvrant sa porte d'une poussée.

— Suis-moi ! cria-t-elle en sautant, courant déjà tandis que l'engin de patrouille s'immobilisait en se balançant à l'entrée de la ruelle sinistre.

De lourdes odeurs de cuisine planaient ; l'étroit boyau était bordé de petites gargotes désertes. A la vue d'un phare rouge et d'un uniforme bleu, les rares passants rasaient les murs et s'efforçaient de disparaître. A mi-chemin, elle était certaine que c'était à mi-chemin... Elle ralentit le pas, alluma la torche électrique de son casque et la dirigea vers les crevasses noires criblant l'immeuble délabré sur sa gauche. Sa lumière ne révéla rien dans la première, à part une pile de barils de fer, rien du tout dans la suivante. Elle entendait les pas de Gundhalinu qui se rapprochait, derrière elle... *Des voix*.

Son phare inonda la troisième alcôve, plus profonde que les autres et y surprit trois silhouettes — non, quatre... cinq — dont une penchée sur une victime étendue, quelqu'un de vivant — avec une lumière à la main.

— Que personne ne bouge !

Elle avait le paralyseur au poing et le braquait.

— Bleu !

Une confusion de mouvement, comme des insectes

éblouis ; un mouvement qui parut faux. Elle tira, vit une arme valser et un homme tomber.

— J'ai dit que personne ne bouge ! Lève-toi, toi à la lampe ; éteins-la et lance-la ici. Tout de suite !

Gundhalinu s'arrêta à côté d'elle, armé de son paralyseur, mais elle garda les yeux fixés sur le quatrième homme qui lui obéissait. Le crayon lumineux glissa sur les pavés et vint heurter la botte de Jerusha.

— A plat ventre, maintenant, ordure, les bras en croix. Arrache leurs dents, BZ, je te couvre.

Gundhalinu s'avança vivement, elle l'observa pendant qu'il se penchait sur chaque voyou à tour de rôle et lui tâtait les vêtements. Puis son regard se porta sur leur victime, couchée sur le côté, inerte ; elle fronça les sourcils et s'approcha pour voir la figure de près.

— MMM-mmm...

Elle distingua dans la lumière crue un visage juvénile et des cheveux roux, elle vit la terreur dans les yeux exorbités, perçut le râle d'une respiration pénible. Elle s'accroupit. Gundhalinu fouillait le dernier des trafiquants d'esclaves.

— BZ, trouve-moi la clef des menottes qu'ils ont collées à ce garçon. Il a encaissé un sacré choc, je crois qu'il a besoin d'antigel. (Elle ouvrit la petite trousse de secours à son ceinturon, y prit une seringue déjà remplie d'un stimulant.) Je ne sais pas si tu vois ma tête, petit, mais imagine un grand sourire. Tu vas aller.

En souriant, elle ouvrit la chemise et injecta le remède dans les muscles de la poitrine. Il poussa un petit grognement de douleur ou de protestation. Elle lui souleva la tête et la posa sur ses genoux. Gundhalinu se pencha, un trousseau de clefs à la main, pour lui enlever les menottes. Les mains du garçon retombèrent mollement à ses côtés.

— Je sais comment je peux bien me servir de ça, dit le sergent en riant.

— Très bien. Fais ça, approuva-t-elle en décrochant ses propres fers pour les lui donner. Tiens. Traitement égal conformément à la loi.

Gundhalinu se releva et alla passer les menottes aux

trois pourvoyeurs de marchands d'esclaves. Un frisson parcourut le corps du jeune homme ; il se mit à aspirer de l'air à grands coups, avec un soulagement évident. Les paupières retombèrent sur les yeux fous, couleur d'océan. Jerusha remonta sur son front les mèches cuivrées plaquées de sueur.

— Il vaut mieux faire un appel radio, BZ. Nous n'arriverons jamais à entasser toute la compagnie à l'arrière. Je crois que notre jeune ami se ranime.

Gundhalinu acquiesça.

— Tout de suite, inspecteur.

Le trafiquant qu'il enjambait releva la tête et cracha.

— Une bonne femme ! Une foutue bonne femme bleue ! Merde, qu'est-ce que vous dites de ça ! Refaits par une femme !

Gundhalinu lui donna un coup de pied, au passage ; l'homme grommela. Jerusha s'adossa contre le mur, son paralyseur sur son genou.

— Et ne l'oublie jamais, bougre de salaud ! Nous ne pouvons peut-être pas arriver au cœur de tout ce qui est pourri dans cette ville, mais nous pouvons facilement couper quelques doigts !

Gundhalinu retourna vers leur engin. Si un passant se demandait ce qui s'était passé, il ne s'arrêtait pas pour poser la question. Jerusha était certaine que les gens intéressés le savaient déjà. Le garçon gémit faiblement et porta les mains à sa poitrine. Il ouvrit les yeux et les cligna dans la lumière vive.

— Tu crois que tu peux t'asseoir ?

Il hocha la tête, posa les mains par terre et se hissa, le dos au mur. Il saignait du nez et avait une écorchure au menton ; sa figure et sa chemise étaient tachées d'huile. Il tâtonna, parmi les colliers cassés à son cou.

— Zut. Ah zut ! Je viens de les acheter ! marmonna-t-il, les yeux encore un peu vagues.

— Peu importe l'emballage, du moment que la marchandise est inta...

Elle s'interrompit brusquement en voyant la médaille d'honneur ternie parmi les perles multicolores.

— Où as-tu trouvé ça ? demanda-t-elle avec une brusquerie involontaire et il referma vivement les doigts autour de l'emblème.

— C'est à moi !

— Personne ne te dit le contraire... Bouge pas !

Du coin de l'œil, elle avait surpris un mouvement ; elle leva son arme. Le trafiquant d'esclaves qui était près de l'entrée de la ruelle vacilla, à moitié levé avec les mains liées derrière lui.

— A plat ventre, ordure ! Sinon gare à toi !

Il retomba, les yeux fulgurant de haine.

— Il... bafouilla le garçon et il pressa une main sur sa bouche. Il allait me couper... Ils allaient me vendre. Ils disaient qu'ils... que je...

Il frémit et fit un effort pour se maîtriser.

— Les muets ne parlent pas... encore que là où tu allais, on n'aurait pas compris un mot de ce que tu disais. Et d'ailleurs, ils s'en seraient foutus... Non, ce n'est pas joli, joli, hein ? Mais ça arrive tout le temps. Seulement ceux-là ne recommenceront pas. Tu es d'extramonde ?

— Ouais... Je veux dire non. Pas ma mère. Mon père, oui.

Il resserra les doigts autour de sa médaille, le regard farouche perdu dans la nuit. Elle s'efforça de ne pas trahir sa surprise.

— Et la médaille était à lui, dit-elle comme si c'était un fait avéré, sans se soucier vraiment d'où lui venait cette médaille et plus intéressée à présent par la possibilité de crimes plus graves. Mais tu as été élevé ici ? Tu te considères comme un citoyen de Tiamat ?

Il se frotta la bouche, en clignant des yeux. Il hésita, l'air un peu méfiant.

— Probablement.

Gundhalinu reparut ; le faisceau de sa lampe s'allia à la torche de Jerusha pour faire reculer les ténèbres.

— Ils vont arriver d'un moment à l'autre, inspecteur, annonça-t-il, puis il se tourna vers le garçon. Ça va, maintenant ?

Le jeune homme regarda le visage brun du sergent, ses taches de rousseur, et faillit rester bouche bée avant de se rappeler les bonnes manières.

— Pas trop mal, oui. Merci... Merci... Je ne sais pas comment... Enfin, merci.

— Tu veux nous repayer ça ? demanda-t-elle en souriant et il acquiesça. Fais attention où tu mets les pieds. Et prépare-toi à déclarer sous serment que tu es un citoyen de Tiamat. (Elle sourit à Gundhalinu.) Pas seulement attaque à main armée et tentative d'enlèvement mais tentative de s'emparer d'un citoyen d'une planète interdite pour l'emmener dans l'extramonde, dit-elle en se relevant. Je me sens de mieux en mieux.

— Et quelqu'un d'autre se sent de plus en plus mal, répliqua Gundhalinu en riant, parlant des prisonniers.

Le garçon se releva en s'appuyant lourdement contre le mur.

— Qu'est-ce que ça veut dire ? Je ne peux même pas aller dans un autre monde, même si je le veux ?

Gundhalinu avança une main pour le soutenir tandis que Jerusha consultait sa montre.

— Dans ton cas, tu le pourrais peut-être. Si ton père était un extramondien, ça changerait tout, si tu pouvais le prouver. Naturellement, une fois parti d'ici, pas question que tu reviennes... Tu ferais mieux de voir ça avec un avocat.

— Pourquoi ? demanda Gundhalinu. Tu avais l'intention d'émigrer ?

Le garçon eut soudain l'air hostile.

— Je le voudrai peut-être un jour. Si vous venez ici, pourquoi est-ce que vous ne nous laissez pas partir ?

— Parce que vos cultures n'ont pas encore atteint une maturité adéquate, cita Gundhalinu.

Le garçon regarda les trafiquants d'extramonde, puis de nouveau Gundhalinu qui fronça les sourcils. Jerusha brancha son enregistreur.

— Si tu veux bien, je vais te demander quelques détails, pour commencer. Ensuite, nous nous occuperons de te conduire au centre médical pour...

— Je n'en ai pas besoin. Je vais bien.

Il se redressa en rajustant ses vêtements.

— Tu n'es sans doute pas le meilleur juge, tu sais. Mais enfin, c'est toi que ça regarde. Rentre chez toi et tâche de passer une bonne nuit. Quoi qu'il en soit, nous avons besoin de savoir où nous pouvons te trouver, s'il le faut. Quel est ton nom ?

— Sparks Marchalaube Etésien.

— Etésien ? (A retardement, elle reconnut son accent.) Il y a combien de temps que tu es en ville, Sparks ?

— Oh... pas très longtemps.

— Mmm. *(Ça expliquait beaucoup de choses.)* Pourquoi es-tu venu à Escarboucle ?

— C'est aussi contre vos lois ? railla-t-il.

Gundhalinu grogna sa désapprobation.

— Pas que je sache. Tu as un emploi et, dans ce cas, lequel ?

— Oui. Je suis musicien ambulant. (Soudain, le garçon se tâta, fouilla sous sa chemise, à sa ceinture.) Ma flûte...

Jerusha éclaira les coins d'ombre, d'un mouvement de sa torche frontale.

— C'est ça ?

Sparks se jeta à quatre pattes à côté d'un des trafiquants et ramassa des morceaux.

— Non... Oh non !

Sa figure se crispa de chagrin. Le trafiquant rit et il lui décocha un coup de poing sur la bouche. Jerusha intervint, le fit lever et l'entraîna.

— Ça suffit, Etésien... Tu as passé un mauvais moment ici, parce que personne ne t'avait appris les règles. Et personne ne le peut, c'est ça le problème. Retourne dans tes îles paisibles, pendant que tu le peux. Rentre chez toi, Etésien... et attends encore cinq ans. Ta place sera ici, après le Changement.

— Je sais ce que je fais !

Tu crois ça, mon gaillard, pensa-t-elle en regardant la figure meurtrie et les débris de la flûte qu'il serrait encore dans ses mains.

— Dans ce cas, puisque tu n'as plus les moyens de gagner ta vie, je vais t'inculper de vagabondage. A moins, bien sûr, que tu quittes la ville dès demain.

N'importe quoi pour te remettre à bord d'un bateau et te faire partir d'ici, avant qu'Escarboucle détruise encore une vie !

Sparks n'en crut pas ses oreilles. La colère le reprit et elle comprit qu'elle avait perdu.

— Je ne suis pas un vagabond ! La... celle qui fabrique des masques dans la ruelle des Citronniers. C'est là que j'habite.

Jerusha entendit arriver un autre engin de patrouille et un bruit de bottes dans la ruelle.

— C'est bon, Sparks. Si tu as un domicile, je pense que tu es libre de rentrer chez toi. *(Seulement tu n'y rentreras pas, imbécile.)* Mais j'aurai quand même besoin d'enregistrer ta déposition de victime, pour mettre à l'ombre ces sangsues une fois pour toutes. Passe demain au siège de la police ; tu me dois au moins ça.

Le garçon acquiesça de mauvaise grâce et sortit de la ruelle. Elle ne s'attendait pas à le revoir.

6

— Qu'est-ce que tu veux dire, tu ne sais pas ce qui est arrivé au garçon ?

Arienrhod se pencha, l'air furieux, sur la tête baissée du marchand. Ses doigts s'enfoncèrent comme des griffes dans les accoudoirs capitonnés de son fauteuil.

— Pardonnez-moi, Majesté, marmonna-t-il en levant des yeux de rongeur terrifié. Je ne pensais pas qu'il vous intéressait, je croyais que c'était seulement la fille. Je lui ai dit d'aller chez Gadderfy dans la ruelle des Pervenches, mais il n'y est pas allé. Si vous voulez que je fouille la ville...

— Non, ce n'est pas la peine, dit-elle en se forçant à parler d'une voix rassurante car elle ne voulait pas que le vieux meure de peur à cette idée. Mes méthodes sont plus efficaces que les tiennes. Je le trouverai moi-même, si j'estime avoir besoin de lui. *(Et je crois qu'il fallait que je le trouve moi-même.)* Tu dis qu'il a décidé de venir ici parce que... Moon... est devenue une sibylle, alors qu'il n'a pas été accepté ? *(Comme c'était difficile de s'appeler par un autre nom !)* Qu'espère-t-il trouver à Escarboucle ?

— Je ne sais pas, Majesté, murmura le marchand en tordant entre ses mains sa ceinture de cuir repoussé. Mais comme je vous l'ai dit, ils étaient voués l'un à l'autre ; ils ont toujours été ensemble. Je suppose qu'il était blessé dans son orgueil, de ne pouvoir se joindre à elle dans la supercherie. Et son père était un extramondien, il porte toujours cette médaille... Je suppose qu'il est curieux.

Elle hocha la tête, sans le regarder. Depuis des années, il lui apportait des nouvelles de deux enfants grandissant ensemble, des amoureux d'enfance unis par un invisible lien de loyauté... qui pourrait peut-être servir à attirer la fille à Escarboucle, à l'arracher à l'idée fixe de sa superstition. Arienrhod ne pouvait lui en vouloir d'aspirer au plus grand honneur, dans son monde limité ; cela prouvait simplement qu'elles étaient toutes deux la même femme. Mais l'obsession de Moon l'avait rendue rétive quand le marchand avait essayé de l'intéresser à la technologie hivernienne alors que cela avait captivé le garçon, sans doute à cause de son père d'extramonde. Moon, au moins, n'avait jamais rejeté son cousin à cause de ses goûts, comme l'aurait fait tout autre Etésien. C'était pour cela qu'Arienrhod avait toléré leurs rapports, dans l'espoir que cela aiderait à préparer Moon à son destin. Heureusement, il ne l'avait pas mise enceinte, même des Etésiennes étaient stériles et savaient en profiter. S'il était ici au palais, et l'attendait...

— Tu es sûr que Moon « étudie » en ce moment avec les sibylles, sur leur île ? Est-ce qu'elle y sera en sécurité ?

— Tout autant qu'ailleurs en Eté, Majesté. Probablement davantage. Il se peut même qu'elle soit de retour à Neith quand j'y referai escale.

— Et tu dis que les sibylles et les devins que tu as vus ne sont pas réellement dérangés... ?

La voix de la reine s'altéra. Elle avait espéré faire venir la jeune fille avant qu'elle risque de contracter la maladie des sibylles mais, à présent, il était trop tard.

— Oui, Majesté. Ils contrôlent totalement leurs crises. Je n'en ai jamais vu un seul qui en soit incapable.

Cette assurance la réconforta. Elle examina la fresque, derrière le marchand. Tant que la fille était saine d'esprit, le reste importait peu ; la maladie pourrait même être un avantage, une protection, si à cause d'elle les Etésiens avaient confiance en Moon. Elle regarda de nouveau l'homme.

— Alors tu lui apporteras un message de son cousin, que je te remettrai. Je veux qu'elle vienne à Escarboucle.

Il fallait que Moon vienne de son plein gré ; jamais les Etésiens ne laisseraient, sans réagir, enlever une sibylle.

Le marchand restait tête basse ; elle ne voyait pas son expression mais elle surprit une légère agitation.

— Mais, Majesté... Si elle est devenue une sibylle, elle risque d'avoir peur de venir en ville.

— Elle viendra, affirma Arienrhod en souriant. Je la connais, elle viendra. *(Si elle croit son amant en danger, elle viendra.)* Tu m'as bien servi, marchand. Tu mérites d'être récompensé.

Elle s'aperçut avec irritation qu'elle avait oublié le nom de cet homme. *Dieux, je dois me faire vieille.* Son sourire se dissipa un peu. Rapidement, elle pressa plusieurs touches lumineuses sur l'accoudoir.

— Je crois que tu vas découvrir que les dettes, pour les achats de ta nouvelle cargaison, ont toutes été remboursées.

— Merci, Majesté !

Elle regarda les bajoues ridées de l'homme s'affaisser quand il s'inclina très bas ; elle détestait la laideur que l'âge infligeait, tout en savourant sa propre invulnérabilité.

Elle le congédia, sans même l'avertir de garder pour lui cette entrevue. C'était un parent lointain mais loyal ; peu importait qu'il l'interroge sur cette singulière sollicitude ou sur son objet bizarre, elle savait qu'il ne poserait jamais de questions et ne la trahirait pas. D'autant moins qu'il était bien payé.

Elle se leva de son fauteuil, dans le petit salon où elle l'avait reçu et alla ouvrir les panneaux blancs coulissants de l'entrée. Starbuck attendait, comme elle le voulait, dans la grande salle au-delà. Il avait avec lui ses Limiers, les chasseurs amphibies de Tsieh-pun, idéalement faits pour la capture des ondins. Les Limiers se tenaient groupés dans le fond de la salle, agitant des bras tentaculaires en grognant entre eux une vague conversation.

Mais Starbuck était accoté, avec son insolence publique habituelle, contre une massive console samathaine, sur la gauche, très près de la porte. Elle se demanda s'il avait écouté ; jugea que c'était plus que probable et se dit que cela n'avait pas grande importance.

Il portait son capuchon, il était toujours en noir, mais au lieu de son costume de courtisan c'était une combinaison thermique utilitaire, chargée d'équipement pour la chasse. Son couteau refléta la lumière quand il se redressa. Il s'inclina cérémonieusement mais elle avait surpris de l'intérêt et des questions dans ses yeux noirs.

— Tu pars déjà ? demanda-t-elle froidement.

— Oui, Majesté, si tel est votre bon plaisir.

Elle détecta une légère raillerie d'un rite répété entre égaux.

— C'est mon bon plaisir. *(Oui, crains-moi, mon trop confiant chasseur. Tu n'es pas le premier, de loin, et tu ne seras sûrement pas le dernier.)* Plus tôt tu seras parti, mieux cela vaudra. Tu chasses dans la réserve Wayaway, cette fois ?

— Oui, Majesté. Le temps est clair là-bas, et promet de durer, dit-il ; puis il hésita et s'approcha d'elle. Souhaite-moi bonne chance pour la chasse...

Il lui caressa le bras à travers l'étoffe diaphane. Il souleva son masque et elle attira son visage vers elle, à deux mains, pour lui donner un baiser prometteur de plus grandes récompenses.

— Chasse bien.

Il s'inclina et tourna les talons. Elle le regarda rassembler ses Limiers et partir à la recherche de la vie et de la mort.

7

« Input... »

Un océan d'air... un océan de pierre. Elle volait. Avec des yeux immenses, Moon contemplait les hautes parois de roche stratifiée qui l'aspiraient dans les terres creusées de gorges, une incommensurable immensité de pierre érodée, comme du macramé, teintée de violet, de vert, de cramoisi, de gris. Elle était prisonnière dans le ventre d'un oiseau transparent, un vaisseau aérien en vol ; des cadrans, des boutons, des symboles inconnus clignotaient et cliquetaient sur le panneau, devant elle. Mais elle était paralysée par sa transe et ne pouvait les atteindre tandis que l'arête pourpre se dressait comme une muraille sur sa ligne de vol.

Le vaisseau vira de bord de lui-même, survola l'arête et plongea dans un gouffre profond. Moon avait le vertige. Sur le panneau, un voyant rouge s'alluma, bourdonna et l'altitude se stabilisa. D'où elle venait, où elle allait, où existait cette mer pétrifiée, c'étaient autant de mystères qu'elle ne pourrait jamais résoudre, pas plus que les pourquoi et les comment. Le ciel était d'un indigo sans nuages, noircissant vers le zénith, éclairé par un seul minuscule soleil argenté. Elle ne voyait d'eau nulle part...

« Input... »

Un océan de sable. Une plage infinie, une mer de dunes sans grève dont les marées ondoyaient sans fin dans le vent éternel... Son vaisseau survola le sable en suivant les ondulations et elle ne pouvait savoir, d'où elle était assise, casquée contre la fournaise de lumière, tout en haut de son dos blindé, si c'était réellement vivant ou non...

« Input... »

Un océan d'humanité. La foule moutonnait autour d'elle au carrefour de deux rues, poussait et l'entraînait comme une traîtresse lame de fond. Des machines grondaient, claquaient, accéléraient en la croisant, en la dépassant, bloquant les rues, assaillant ses narines avec leurs vapeurs âcres, ses oreilles par leur bruit assourdissant. Un inconnu au visage brun, tout habillé de marron, avec une casquette à visière, des bottes brillantes, la prit par le bras, éleva la voix dans une langue inconnue, l'interrogea. Elle vit son expression changer subitement et il la lâcha...

« Input... »

Un océan de nuit. Une totale absence de lumière et de vie... une impression d'âge macrocosmique... d'activité microcosmique... la certitude qu'elle ne pénétrerait jamais dans son cœur secret, même si elle revenait mille fois dans ce néant de minuit, dans ce vide de rien, rien du tout...

« ... Stop analyse ! »

Elle entendit les mots se répercuter, sentit sa tête retomber mollement, retint sa respiration tandis que la fin d'une nouvelle transe la projetait dans son propre monde. A genoux, elle s'assit sur ses talons, détendit consciemment tous ses muscles et respira profondément, consciente de toutes ses réactions.

Enfin, elle ouvrit les yeux, dans la présence rassurante de Danaquil Lu qui lui souriait, assis sur une chaise de bois de l'autre côté de la pièce. Maintenant, Moon contrôlait son corps pendant le Transfert ; on n'avait plus besoin de la maintenir, de la relier au monde réel. Elle sourit à son tour, avec une fierté lasse, et changea de position pour s'asseoir en tailleur sur la natte.

Clavally apparut sur le seuil, interceptant un instant la flaque de soleil qui chauffait le dos de Moon. La jeune fille tourna la tête et la vit passer dans la deuxième flaque de lumière sous la fenêtre ; distraitement, Clavally laissa tomber une main pour lisser les cheveux bruns toujours ébouriffés de Danaquil Lu. C'était un homme calme, presque timide, mais il riait facilement des caprices constants de Clavally. Moon le trouvait un peu mal à l'aise, ou déplacé, là dans l'île, dans ces pièces taillées à même la roche poreuse. Elle ne savait pas d'où il venait mais elle voyait parfois de la nostalgie dans ses yeux. Quelquefois, elle le surprenait à la regarder, avec une expression indéfinissable, comme s'il l'avait déjà vue quelque part. Il avait de vilaines cicatrices sur le cou et la joue, qui faisaient supposer qu'une bête fauve l'avait griffé.

— Qu'est-ce que tu as vu ?

Clavally posait la question qui était presque un rite en soi. Pour aider Moon à contrôler le Transfert, à maîtriser les rites du corps et de l'esprit guidant une sibylle, ils lui posaient des questions aux réponses prévisibles, qui leur avaient été posées lors de leur propre entraînement. Moon s'était aperçue qu'elle ne savait jamais quels mots elle prononcerait en réponse. Elle était comme emportée dans une vision, dans un abîme de ténèbres vaste comme la mort... dans un monde de rêve, vibrant, au sein d'une autre réalité. Un fil mystique liait chaque question à un rêve différent, ainsi Clavally ou Danaquil Lu pouvaient la piloter dans ses Transferts, amoindrir la terrifiante étrangeté par des prédictions de ce qu'elle verrait.

— Je suis allée de nouveau dans le Néant.

Moon secoua la tête, rejetant les échos affolants du rêve, les ombres qui envahissaient encore son souvenir. Les premières choses qu'on lui avait apprises, après son initiation, c'étaient les blocages mentaux et la concentration disciplinée qui préserveraient sa raison, qui l'empêcheraient d'entendre les mille pensées secrètes de l'esprit omnivoyant de la Dame ou d'être emportée dans l'extase de la Dame chaque fois qu'on lui posait une question.

— Pourquoi y allons-nous plus souvent qu'ailleurs ? On a l'impression de se noyer.

— Je ne sais pas, répondit Clavally. Nous nous noyons peut-être... il paraît que ceux qui se noient ont aussi des visions.

— J'espère bien que non, marmonna Moon, inquiète.

Des rires. Clavally s'accroupit à côté de Danaquil Lu et lui frotta les épaules avec une tendresse distraite ; les colliers de coquillages qu'il portait tintèrent mélodieusement. Le froid humide des nuits dans ces chambres de pierre l'ankylosait et provoquait des douleurs mais il ne se plaignait jamais. *C'est peut-être pourquoi...* Les mains de Moon se crispèrent sur ses genoux et elle les observa tous les deux.

— Ton contrôle est excellent, Moon, dit Danaquil Lu

en souriant sous les caresses de Clavally mais aussi à la jeune fille. Tu fais des progrès à chaque Transfert. Tu as une très forte volonté.

Moon se releva.

— J'ai besoin d'air... murmura-t-elle faiblement.

Elle sortit vite, en sachant fort bien que ce n'était pas d'air dont elle avait besoin.

Elle descendit en courant par le sentier menant au bras de mer où étaient les bateaux et suivit l'étroite péninsule éventée, bleu-vert, qui s'élevait au-dessus du bleu-vert de la mer. Haletante, elle se jeta dans les hautes herbes salées et s'assit, les bras autour de ses genoux, contemplant la haute falaise exposée au sud, où depuis quelques mois elle vivait comme un oiseau dans une aire. Elle se retourna vers la mer et distingua à l'horizon voilé de brume bleue la côte déchiquetée de l'île du Choix, dont celle-ci était la petite sœur... en se rappelant avec la netteté d'un rêve de Transfert l'instant de la décision de la Dame, qui avait arraché sa vie de celle de Sparks. *Je ne regrette rien !* Son poing s'abattit dans l'herbe humide et s'ouvrit, sans force.

Elle leva le bras pour regarder la mince ligne blanche à son poignet, que Clavally avait coupé, comme elle avait coupé le sien, avec un croissant de métal, il y avait de longs mois. Danaquil Lu avait rapproché leurs poignets, pour que leur sang se mêle et tombe goutte à goutte, en chantant un cantique à la Mère de la Mer, ici même. Là, dominant la Mer, Moon avait été consacrée quand on avait passé à son cou la chaîne avec le trèfle barbelé. Elle avait été accueillie dans une nouvelle vie alors qu'ils buvaient à tour de rôle à la même coupe d'eau de mer, initiée par ce lien du sang dans cette sainte confrérie. Tremblante de peur elle était tantôt brûlante et glacée, prise de vertige en sentant planer sur elle la présence de la Dame... Elle s'était évanouie entre eux et s'était réveillée le lendemain encore faible et fiévreuse, emplie de crainte respectueuse. Elle était devenue une des rares élues ; à voir les cicatrices aux poignets de Clavally et de Danaquil Lu, il était évident qu'ils n'en avaient initié que six ou sept autres avant elle. Elle prit le trèfle dans sa main, en se rappelant Sparks qui tenait ainsi son symbole de ce qui les séparait ; elle tenait le sien avec prudence, à cause des pointes acérées. *Mortel d'aimer une sibylle... d'être une sibylle...*

Mais ne pas aimer, et être une sibylle ! Elle se retourna jalousement vers la falaise, imagina Clavally et Danaquil Lu partageant leur amour en son absence. Les paroles amères de Sparks, lors de leur séparation, n'étaient plus qu'une fine cicatrice blanche à la surface de son esprit, comme la mince ligne à son poignet. Le temps et les souvenirs de toute une vie avaient balayé sa peine comme une vague effaçant des pas sur le sable, laissant un miroir lisse, des reflets d'amour et de désir. Elle l'avait toujours aimé, elle le désirerait toujours. Jamais elle ne pourrait renoncer à lui.

Clavally et Danaquil Lu étaient voués l'un à l'autre, et c'était comme un petit démon dans la poitrine de Moon. Pour les îliens, l'amour charnel était aussi naturel que la croissance, mais ils étaient réservés, sur leur vie privée ; elle avait donc passé bien des heures en méditations solitaires qui, trop facilement, devenaient des rêves éveillés nostalgiques et envieux. Une des choses qu'elle avait apprises sur les sibylles et les devins, c'était qu'ils n'étaient pas plus qu'humains ; le chagrin, la colère, toutes les petites frustrations de la vie germaient toujours des graines de sa vocation, et l'enfer restait pavé de bonnes intentions. Elle avait ri, pleuré, souffert et rêvé des caresses de Sparks...

— Moon ?

Elle sursauta, prise de remords, en entendant la voix de Clavally.

— Tu vas bien ?

Clavally s'assit dans l'herbe à côté d'elle. Moon eut soudain la gorge serrée, elle ressentit une brusque émotion dépassant celle que toute question lui causait maintenant ; une abandonnée assoiffée de compassion. Elle se maîtrisa... tout juste.

— Oui... Mais parfois, je... Sparks me manque.

— Sparks ? Ton cousin ? Ah oui, je me souviens. Je vous ai vus ensemble. Vous disiez que vous vouliez rester ensemble pour toujours. Mais pourquoi n'est-il pas venu avec toi ?

— Il est venu ! Mais la Dame... l'a rejeté. Toute notre vie, nous avons parlé de faire cela ensemble... et puis Elle l'a refusé.

— Et tu es venue ici quand même.

— Il le fallait. Toute ma vie j'ai rêvé, attendu d'être une sibylle. D'avoir ma *raison d'être* dans le monde.

Moon changea de position, serra ses genoux contre elle tandis qu'un nuage cachait brusquement le soleil et à leurs pieds, la mer devint dans son ombre d'un gris maussade.

— Et il ne pouvait pas le comprendre. Il a dit des choses stupides, méchantes. Il... Il est parti pour Escarboucle ! Il est parti furieux. Je ne sais pas s'il reviendra un jour.

Elle leva les yeux vers ceux de Clavally et y vit la compassion contre laquelle elle se défendait depuis si longtemps, elle comprit qu'elle avait eu tort de porter seule son fardeau.

— Pourquoi la Dame ne nous a-t-Elle pas choisis tous les deux ? Nous avons toujours été ensemble ! Elle ne sait donc pas que nous sommes pareils ?

— Elle sait que vous ne l'êtes pas, Moon. C'est pourquoi Elle n'a choisi que toi. Il y avait en Sparks quelque chose qui n'est pas en toi, ou le contraire, alors quand Elle a frappé vos cœurs, là dans la grotte, Elle a entendu une fausse note du sien.

— Non ! s'écria Moon en contemplant l'île du Choix où des nuages s'amoncelaient. Je veux dire qu'il n'y a rien de mauvais chez Sparks. Est-ce parce que son père n'était pas un Etésien ? Parce qu'il aime la technologie ? La Dame pensait peut-être qu'il n'était pas un vrai croyant ? Elle ne prend pas d'Hiverniens pour en faire des devins.

Moon passait une main entre les herbes salées, comme pour y chercher une explication.

— Si, elle en choisit.

— Vraiment ?

— Oui. Danaquil Lu est hivernien.

— Ah ? Mais... comment ? Pourquoi ? J'ai toujours entendu dire... tout le monde dit qu'ils ne sont pas croyants. Et... Et qu'ils ne sont pas comme nous.

— Les voies de la Dame sont impénétrables. Il y a une espèce de puits au cœur d'Escarboucle, qui plonge dans la Mer du haut du palais de la reine. Lors de sa première visite à la cour, Danaquil Lu a franchi le pont qui enjambe le puits... et la Mère de la Mer l'a appelé et lui a dit qu'il devait être un devin... Les gens sont des fruits doux et amers à la fois, où qu'on les trouve. La Dame cueille ceux qui conviennent à Ses goûts, et ne semble pas se soucier qu'ils L'adorent, ou autre chose, murmura Clavally et son regard se fit lointain, tourné vers les cavernes de la falaise. Mais peu d'Hiverniens essaient de devenir devins parce qu'on leur enseigne que c'est une folie, ou du charlatanisme superstitieux. Il est rare qu'ils en voient car les devins n'ont pas le droit de pénétrer à Escarboucle. Les extramondiens les haïssent, je ne sais pas pourquoi. Et quoi que les extramondiens haïssent, les Hiverniens le détestent aussi. Mais ils croient à la force de la vengeance de la Dame... Ils ont une perche, terminée par un collier hérissé de pointes, pour que nul ne soit « contaminé » par du sang de devin...

Moon songea à Naimy le Fou... et à Danaquil Lu. Elle caressa le trèfle tatoué à la base de son cou, sous la laine ivoire de son chandail.

— Danaquil Lu...

— ... a été puni et chassé d'Escarboucle. Il ne peut jamais y retourner, du moins pas tant que la Reine des Neiges sera sur le trône. Je l'ai rencontré pendant une de mes tournées dans les îles. Je crois que, depuis que nous sommes ensemble, il est heureux... ou au moins content. Et il m'a appris beaucoup de choses... Je sais que ce doit être mal, mais je suis heureuse qu'on l'ait exilé, avoua Clavally en baissant subitement les yeux.

— Alors tu sais ce que j'éprouve !

Clavally hocha la tête en souriant. Elle retroussa la manche de son parka et montra les petites cicatrices à son poignet.

— Je ne sais pas pourquoi nous sommes choisis... mais ce n'est pas parce que nous sommes parfaits.

— Je sais. Mais si ce n'est pas à cause de son intérêt pour la technologie, comment Sparks serait-il moins parfait que moi...

— ... alors que pour toi rien ne saurait être plus parfait que l'amant dont tu te souviens ?

Moon baissa la tête, penaude.

— La première fois que je vous ai vus, j'ai eu une impression... au bout d'un moment on a de ces intuitions... que si tu venais ici, tu serais choisie. Tu... tu *sonnais* juste. Mais Sparks... il y avait de l'indécision.

— Je ne comprends pas.

— Tu dis qu'il est parti furieux. Tu crois qu'il est parti tout autant pour de mauvaises raisons que de bonnes, qu'il a fait cela pour te blesser ? Qu'il t'en voulait d'avoir réussi tandis qu'il échouait ?

— Mais j'aurais éprouvé la même chose si c'était lui...

— Vraiment ? Aucun de nous ne peut sans doute... Toute la bonne volonté du monde ne peut nous retenir d'avaler l'hameçon appâté d'envie. Mais Sparks t'en voulait de ce qui est arrivé. Toi, tu te serais simplement blâmée toi-même.

Moon cligna des yeux, fronça les sourcils, se rappela leur enfance, leurs si rares désaccords... Mais quand il leur arrivait de se disputer, Sparks s'enfuyait et la laissait seule. Il réprimait sa colère, il la gardait pour lui pendant des heures, des jours. Et, dans l'espace vide qu'il laissait, elle tournait sa propre colère contre elle-même. A chaque fois, elle allait le trouver, lui faisait des excuses, même quand elle savait qu'il avait tort.

— Oui, probablement, avoua-t-elle. Même si ce n'est la faute de personne. Mais ça aussi, c'est mal.

— Oui... seulement ça ne fait de mal à personne qu'à toi. Et c'est là toute la différence, je crois.

Deux gouttes de pluie tombèrent sur la tête découverte de Moon ; elle leva les yeux, étonnée, et remonta son capuchon pendant que Clavally se relevait et se tournait vers la plage.

Elles coururent s'abriter sous un bouquet de fougères arborescentes. Pendant quelques minutes, la pluie noya tous les autres sons. Elles attendirent en silence, aveuglées par un rideau d'un gris plombé, jusqu'à ce que le grain s'éloigne vers le large à califourchon sur le vent. Moon se détacha du tronc noir et contempla les perles des gouttelettes dans la fragile dentelle du feuillage, les regarda tomber. Elle avança une main.

— Il ne pleut déjà plus.

Sa colère contre Sparks était passée aussi rapidement que le grain et avait eu peu d'effet sur l'ensemble de sa vie. Mais quand ils se reverraient, il y aurait tant de choses différentes entre eux...

— Je sais que les gens doivent changer, mais je me demande s'ils savent quand s'arrêter.

Clavally secoua la tête ; elles repartirent par le sentier, en évitant le petit torrent qu'il était devenu au centre.

— La Dame Elle-même ne pourrait te répondre. J'espère que tu découvriras que Sparks a trouvé seul la solution, quand tu le reverras.

Moon rebroussa chemin de quelques pas et contempla la mer agitée, en direction de ses îles.

8

— ... Et une partie des richesses du dernier Festival a été consacrée à une nouvelle subvention pour moi, pour que je puisse travailler sans interruption aux masques... Il y a près de dix-neuf ans. Comme le temps passe, masqué dans le rythme des jours ! Voilà bien le rythme de la création... la création individuelle, la création universelle. Des plumes rouge orangé, s'il te plaît.

La faiseuse de masques tendit la main. Sparks se pencha sur les plateaux disposés sur le seuil, entre eux, et lui en donna une poignée. Malkin, le chat gris efflanqué, allongea subrepticement une patte parmi les plumes restant dans le plateau. Sparks le repoussa et continua de séparer les rangs de perles multicolores, pour les jeter dans les bols appropriés. Il baissait et relevait les yeux à en avoir le vertige, pour essayer de la regarder travailler tout en travaillant lui-même.

— Je ne sais pas comment tu fais. Comment est-ce que tu peux créer tant de masques, et tous différents, alors que...

Il s'interrompit, hésitant encore sur les mots malgré tout ce qu'elle lui avait dit pour le rassurer.

— ... je ne peux pas distinguer une plume rouge d'une verte ? dit-elle en souriant, la tête levée pour le regarder avec les fenêtres obscures de ses yeux et le senseur de lumière sur son front. Tu sais, au début, ce n'était pas facile. Mais je voulais apprendre, j'avais besoin de créer moi-même quelque chose de beau. Je ne pouvais pas peindre ni dessiner, mais ça, c'est plutôt comme la sculpture, une création de toucher et de texture. C'est un artisanat héréditaire, dans la famille Ravenglass, tu sais, comme la cécité. Etre aveugle de naissance, et puis recevoir une moitié de vue... parfois je pense que ça attise l'imagination. Toutes les formes sont vagues et merveilleuses, on voit en elles ce qu'on veut voir. J'ai deux sœurs, aveugles elles aussi, qui ont leurs ateliers en ville. Et beaucoup d'autres parents qui fabriquent des masques, sans qu'ils soient tous aveugles. Il faut énormément d'énergie créatrice, pour assurer qu'il y aura un masque pour chacun de ceux qui danseront dans les rues au prochain Festival. Et tu veux savoir ? confia-t-elle, les yeux brillants de fierté. Les miens sont les plus beaux. C'est moi, Destinée Ravenglass Hivernienne, qui ferai le masque de la Reine d'Eté... Un bout de velours rouge, s'il te plaît.

Sparks passa le morceau de tissu, en caressant sa douceur entre ses doigts.

— Mais tant de travail... la moitié d'une vie de travail... et pour une seule nuit ! Et puis tout disparaît ! Comment peux-tu le supporter ?

— Je le supporte parce que c'est important, pour l'identité de Tiamat en tant que monde séparé... notre héritage. Les rites du Changement sont une tradition qui remonte aux temps obscurs d'avant l'Hégémonie, avant que ses dirigeants posent le pied sur notre monde... et une partie remonte même au temps où nous étions nous-mêmes extramondiens...

— Comment le sais-tu ? Comment sais-tu ce qu'on faisait avant que les premiers vaisseaux descendent hors de la Grande Tempête ? interrompit Sparks, en empruntant malgré lui le langage du mythe.

— Tout ce que je sais, c'est ce que j'entends à la tridi. Les extramondiens ont des archéologues, qui étudient les vestiges et les ruines du Vieil Empire. Ils disent que nous sommes venus ici, réfugiés d'un monde appelé Trista, après une guerre interstellaire, vers la fin du Vieil Empire. Ces figures fantastiques que je fabrique ont été des créatures réelles, elles figuraient sur les blasons et les étendards des familles des premiers vaisseaux, qui ont engendré Etésiens et Hiverniens. Tu dois sans doute en reconnaître, en Eté elles ont encore une signification. Ton patronyme, Marchalaube, est un des noms originaux, une douzaine... Tu ne le savais pas ? Mais quand l'Hégémonie est arrivée, on nous a fait abandonner nos traditions « primitives ». Alors maintenant, nous ne les ressortons que pour le Festival, moins pour fêter la visite du Premier ministre que pour notre propre héritage.

— Ah...

Sparks était encore dérouté et troublé par la façon qu'avaient les Hiverniens sans Dame de considérer l'histoire. Mais pour rien au monde il ne l'aurait avoué.

— Et puis d'abord, certaines choses sont belles justement parce qu'elles sont éphémères. Pense à l'épanouissement d'une fleur, ou à une chanson quand tu la joues, à un arc-en-ciel... pense à l'amour.

« Et s'il n'y avait plus d'arcs-en-ciel... » Sparks se souvint et se mordit la lèvre.

— Alors c'est stupide de se souvenir et de regretter qu'elles aient disparu, sans doute ?

— C'est humain, dit-elle en penchant un peu la tête, comme si elle écoutait les pensées du garçon. Mais pour l'artiste, la véritable joie, c'est la création. Quand on sent quelque chose se créer entre ses mains, on est vivant, l'énergie afflue, on grandit. Quand l'objet est achevé, on cesse de grandir, de vivre. On ne vit plus que pour la prochaine création. Tu ne le sens pas, quand tu joues ta musique ?

— Si... probablement. Je n'y ai jamais pensé, mais... oui, je crois.

Il prit sa flûte et fit courir ses doigts sur les imperceptibles bourrelets laissés comme des cicatrices sur le coquillage blessé, quand elle le lui avait réparé. Elle avait travaillé avec un tel art que le son était resté presque intact.

— L'aile de scarabée bleu-violet, s'il te plaît... Merci. Je ne sais pas comment je faisais avant que tu viennes.

Malkin vint se frotter contre la hanche de Destinée et se blottit sur ses genoux, en pétrissant l'étoffe de sa jupe ample.

Sparks rit, un petit rire aigre, penaud et moqueur, qui apprit à Destinée que sa vérité remontait le courant. Malgré ce qu'elle lui avait prédit le premier jour, la concurrence des innombrables délices du Dédale était trop dure pour sa légère musique des îles ; il gagnait avec ses chansons des rues à peine de quoi manger. Il renifla, respira dans la confusion de senteurs exotiques celles de l'herboristerie newhavenaise à côté et du restaurant samathain en face. Si elle ne lui avait pas donné asile dans son arrière-salle, au lieu de dormir sous le regard vigilant de mille masques d'esprits, il coucherait dans le ruisseau... ou pire.

Il la contempla, enfin reconnaissant qu'elle l'ait forcé à aller se présenter à la police d'extramonde pour déposer et porter plainte contre les trafiquants. Il se rappelait la surprise de la Bleue qui lui avait sauvé la vie, quand elle l'avait revu, et de son remords. Il soupira.

— Est-ce que vraiment les extramondiens vont faire leurs paquets et s'en aller ? Avant le prochain Festival ? Tout abandonner ici ? C'est difficile à croire.

— Oui, presque tous s'en iront, assura-t-elle en tortillant une cordelette dorée pour faire un gland. Ils commencent déjà à se préparer, et nous aussi. Tu sentirais les changements si tu montais là-haut. Est-ce que ça t'attriste ?

Il sursauta parce qu'il ne s'attendait pas à cette question-là.

— Je ne sais pas. En Eté, tout le monde dit que ce sera un grand jour, le Changement, que nous viendrons dans notre ville. Et ça me fait horreur de voir les extramondiens aveugler l'Hiver avec un tas de gloire, alors qu'ils prennent tout ce qu'ils veulent et puis s'imaginent qu'ils peuvent nous laisser tomber et nous oublier. Mais...

Il serra sa médaille, la retourna entre ses doigts.

— Mais tu as été aveuglé par la gloire, tout comme nous.

Elle cassa son nœud, en essayant de caresser le dos argenté de Malkin endormi.

— Je...

Elle sourit, en l'observant avec son troisième œil.

— Où est le mal ? Il n'y en a pas. Tu m'as demandé une fois si je n'étais pas fâchée de ne pouvoir quitter notre monde, alors que je pourrais faire guérir ma cécité ailleurs. Tu pensais que j'étais fâchée que l'on m'ait donné ces senseurs à la place, de devoir me contenter d'une demi-vision au lieu de recouvrer complètement la vue. Si je considérais cela avec des yeux parfaits, c'est peut-être ce que je verrais aussi. Mais je l'ai considéré avec des yeux aveugles... alors pour moi c'est merveilleux.

— Merveilleux... Et après le Festival, tout sera fini.

Il s'adossa contre le mur de la boutique, en regardant au fond de la ruelle.

— Oui. Le dernier Festival. Ensuite, les extramondiens nous abandonneront et les Etésiens devront de nouveau remonter vers le nord et la vie telle que je l'ai connue cessera. Cette fois, le choix de la Reine d'un Jour sera sérieux... Le masque de la Reine d'Eté sera ma dernière et ma plus belle création.

— Qu'est-ce que tu feras, après le Festival ?

— Je commencerai une nouvelle vie, dit-elle en serrant un dernier nœud. Comme tout le monde à Escarboucle. C'est pourquoi ça s'appelle le Changement, tu sais.

Elle éleva le masque terminé, comme une offrande aux passants de la ruelle. Certains s'arrêtèrent en souriant.

— Pourquoi t'appelle-t-on Destinée ? Tes parents, je veux dire.

— C'est ma mère. Tu n'as pas deviné ? Pour la même raison que tu t'appelles Sparks, qui veut dire étincelle. Les gaiconçus ont des noms particuliers.

— Tu veux dire qu'il y a deux Festivals...

— Eh oui. Et c'était un lourd fardeau à porter, un nom pareil pendant toute une vie. Sois heureux de ne pas y être obligé.

— Il me suffit de trimballer Etésien à Escarboucle ! rétorqua-t-il en riant. C'est comme une ancre, ça m'empêche d'aller où je veux.

Il reprit sa flûte, la porta à ses lèvres, la reposa et se tourna vers l'entrée de la ruelle alors qu'un murmure de surprise volait vers eux de bouche en bouche.

— Qu'est-ce qu'il y a ?

Destinée posa le masque et plissa le front d'un air inquiet.

— Quelqu'un remonte la ruelle. Quelqu'un de riche.

Il vit la qualité des vêtements avant de distinguer la figure des inconnus s'engageant dans cette étroite venelle. Ils étaient six ou sept, des hommes et des femmes, mais son regard était attiré par celle qui précédait le groupe. La somptuosité de son costume exotique n'eut plus aucune importance quand il vit enfin son visage...

— Sparks ?

La main de Destinée trouva son bras et le serra. Il ne répondit pas. Lentement, il se leva en sentant le monde reculer et disparaître, le laissant seul dans un espace intime avec...

— Moon !

Elle s'arrêta, sourit en le reconnaissant et attendit qu'il s'approche.

— Moon, qu'est-ce que tu...

Les hommes de la suite se précipitèrent, le saisirent par les bras et voulurent l'entraîner.

— Qu'est-ce qui te prend, gredin ? Tu oses aborder la Reine ?

Mais elle leva une main et leur fit signe de le lâcher.

— Laissez. Je lui rappelle quelqu'un, c'est tout... N'est-ce pas, Sparks Marchalaube Etésien ?

Tout le monde la regarda mais personne avec autant de

stupeur incrédule que Sparks. Elle était Moon, elle était bien Moon... mais pas tout à fait Moon, aussi. Il secoua la tête. *Non, pas Moon. La Reine.* Ainsi, c'était la Reine des Neiges, la Reine d'Hiver ! Gêné, un peu effrayé, il tomba à genoux devant elle.

Elle se pencha, lui prit la main et le fit lever.

— Ce n'est pas nécessaire, murmura-t-elle et, relevant la tête, il vit qu'elle l'examinait avec une telle intensité qu'il se troubla et rougit. C'est bien rare de trouver un Etésien respectueux. A qui t'ai-je fait penser, au point que tu as cru la voir ?

Même la voix était identique, et pourtant quelque chose dans le ton le raillait.

— Ma... ma cousine, Majesté. Ma cousine Moon, bafouilla-t-il. C-comment avez-vous su qui j'étais ?

Elle rit.

— Si tu étais hivernien, tu ne le demanderais pas. Rien, dans cette ville, n'échappe à mon attention. J'ai appris ton remarquable talent de musicien. D'ailleurs, je suis venue ici aujourd'hui uniquement pour te rencontrer. Pour te demander de venir au palais jouer pour moi.

— Moi ? (Sparks se frotta les yeux, doutant soudain d'être réveillé.) Mais... personne n'écoute jamais ma musique...

— Les gens de qualité écoutent, dit Destinée derrière lui. Est-ce que je ne te l'avais pas prédit ?

Le regard de la reine suivit celui de Sparks quand il se retourna.

— Eh bien, faiseuse de masques, comment va ton travail ? As-tu déjà commencé le masque de la Reine d'Eté ?

Destinée courba solennellement le front.

— Majesté, mon travail avance mieux que d'ordinaire, grâce à Sparks. Mais ce n'est pas encore le moment de la Reine d'Eté, dit-elle en souriant. L'Hiver règne encore. Prenez soin de mon musicien, madame. Il va me manquer.

— Les meilleurs soins possibles, murmura la reine.

Sparks retourna sur le seuil, ramassa sa flûte et la glissa dans la bourse à sa ceinture. Puis, d'un mouvement impulsif, il prit les deux mains de Destinée, se pencha par-dessus les plateaux et l'embrassa.

— Je reviendrai te voir.

— Je le sais bien, va. Mais ne fais pas attendre ton avenir.

Il se redressa et retourna auprès de la reine,en clignant des yeux car la réalité et l'illusion lui brouillaient la vue. La suite de la souveraine se referma autour de lui comme les pétales d'une fleur inconnue, et elle l'emmena.

9

— Je vais lui demander de me transporter. Je ne peux pas attendre plus longtemps ici. Il s'est déjà passé trop de temps.

Moon était à la fenêtre du cottage de sa grand-mère et regardait le village à travers la vitre ondulée. Sa mère était assise à la lourde table de bois où la grand-mère écaillait du poisson. Moon leur tournait volontairement le dos, honteuse d'avoir besoin d'une béquille pour étayer sa résolution.

— Ce marchand ne repassera pas avant des mois. Pensez au temps qui s'est écoulé depuis que Sparks m'a réclamée.

Et elle était arrivée trop tard d'un mois ; le marchand qui avait apporté le message était déjà reparti en mer. Elle crispa les mains sur le rebord de bois de la fenêtre, parmi les coquillages que Sparks et elle avaient ramassés sur la plage dans leur enfance. Il faudrait attendre trop longtemps, avant de voir un autre navire arriver d'Escarboucle ; le port le plus proche où elle pouvait espérer en trouver un était dans la baie de Shotover, au bord d'Hiver, et ce serait une trop longue traversée pour la tenter seule.

Mais aujourd'hui, dans les champs au-dessus du village, un étranger s'occupait de réparer un vaisseau volant, comme celui qu'elle avait vu dans une de ses transes ; ce n'était pas un Hivernien mais un extramondien, le premier à mettre le pied à Neith, un homme à la peau cuivrée et aux curieux yeux voilés. Son vaisseau volant avait fait un atterrissage forcé ; Moon l'avait vu descendre du ciel ce matin-là, dans le village, et avait été interrogée par les villageois étonnés. Elle avait été soulagée et assez fière de leur expliquer ce qu'était cet objet et qu'il n'y avait pas à en avoir peur.

L'extramondien avait paru soulagé, aussi, que les villageois aient suffisamment connu la technologie pour ne pas s'affoler. En l'écoutant parler, Moon avait vu qu'il était aussi inquiet qu'eux de sa présence parmi eux. Ils étaient tous partis quand il les avait chassés, le laissant travailler en paix, dans l'espoir que s'ils ne faisaient pas attention à lui il disparaîtrait vite.

Moon devait agir tout de suite, avant qu'il reparte. Il devait aller à Escarboucle ; tous les extramondiens étaient de là-bas. S'il acceptait de l'emmener...

— Mais, Moon, tu es une sibylle, maintenant, dit sa mère.

Avec irritation, et quelque remords, Moon se retourna.

— Je n'oublie pas mes devoirs ! On a besoin de sibylles partout !

— Pas à Escarboucle, insista sa mère. Ce n'est pas ta foi que je mets en doute, ma chérie, mais ta sécurité. Tu es la fille de la Mer, à présent. Je sais que je ne peux pas t'interdire de vivre ta vie, mais à Escarboucle, ils ne veulent pas de sibylles. S'ils apprennent ce que tu es...

— Je sais...

Elle se mordit la lèvre, en songeant à Danaquil Lu. Elle souleva son symbole, au bout de la chaîne, et le prit dans sa main.

— Je le sais. Je cacherai bien mon trèfle, tant que je serai là-bas. Ce sera seulement jusqu'à ce que je le retrouve.

— Il a tort de te demander d'y aller. Il doit bien savoir qu'il te met en danger. S'il pensait à toi, il ne te le demanderait pas. Attends qu'il vienne te chercher. Attends qu'il devienne un homme et cesse de ne penser qu'à lui.

Moon secoua la tête.

— C'est de Sparks que nous parlons, maman ! Il ne me dirait pas de venir s'il n'avait pas des ennuis. S'il n'avait pas besoin de moi ! Je le connais.

Et je l'ai déjà trahi une fois. Elle retourna à la fenêtre, ramassa un coquillage. *Je l'aime.* Sa mère se leva et s'approcha d'elle. Moon sentit l'hésitation, qui tenait jusqu'à sa propre mère à l'écart d'elle, maintenant, même lorsqu'elles étaient côte à côte. A la table, la grand-mère écaillait toujours les poissons, en se concentrant sur son travail.

— Oui, tu le connais. Mieux que moi, je pense. Tu le connais mieux que je ne te connais, murmura sa mère en la prenant par l'épaule pour la tourner vers elle, d'un air à la fois respectueux et attristé. Ma fille est une sibylle. L'enfant de mon cœur et de mon corps... et pourtant j'ai parfois l'impression de ne pas te connaître du tout.

Moon baissa la tête et posa sa jouc sur la main calleuse de sa mère.

— Maman... Ne dis pas ça.

La mère sourit, comme si une question muette avait reçu sa réponse. Moon se redressa et lui prit la main.

— Je sais que je viens à peine de rentrer. Et je voulais tant passer ces moments avec toi, souffla-t-elle, les larmes aux yeux. Mais il faut au moins que je parle à cet extramondien.

Sa mère hocha la tête, souriant toujours. Elle alla prendre le ciré au pied du petit lit de Moon et le lui tendit.

— Je sais... Et je sais aussi que la Dame ira avec toi, même si je ne le peux pas.

Moon enfila le ciré par la tête et sortit. Elle suivit le chemin rocailleux jusqu'aux champs en terrasses, courant à demi de crainte de voir le vaisseau de l'extramondien s'élever dans le ciel pluvieux avant qu'elle l'atteigne. Et quand elle grimpa sur le parapet bordant la terrasse où se trouvait l'engin, un sifflement aigu résonna dans l'air humide tout autour d'elle, dans un bruit de moteur qui démarrait.

— Attendez !

Elle se mit à courir et la poignée d'enfants curieux massés au bord du champ la montrèrent du doigt et agitèrent la main, croyant qu'elle leur faisait signe. Mais l'homme, dans le vaisseau, passa la tête à sa portière pour la regarder, lui aussi, et le sifflement se tut.

Il sauta à terre. Il portait des vêtements d'îlien mais taillés dans une matière qu'elle n'avait jamais vue. Elle ralentit, comprenant qu'il n'allait pas partir sans elle. Il mit les poings sur ses hanches et, en s'approchant, elle vit soudain combien il était grand ; elle lui arrivait à peine à l'épaule.

— Alors, qu'est-ce qui se passe, petite demoiselle ?

Elle s'arrêta, réduite par le ton de cette voix à l'insignifiance d'une enfant importune dans un champ boueux, sur une île rocheuse isolée.

— Je... je croyais que vous décolliez.

— Ça ne va pas tarder, dès que j'aurai chargé mes outils à bord. Pourquoi ?

— Si tôt ? (Moon baissa les yeux sur son ciré et s'accrocha à sa résolution. S'il fallait partir immédiatement, eh bien, soit.) J'aimerais vous demander un service, avant que vous partiez.

Il ne la regardait pas ; il referma un compartiment sous le pare-brise arrondi à l'avant de l'engin et le claqua du plat de la main.

— Si vous voulez une explication sur le fonctionnement du vaisseau magique, je crains de ne pas avoir le temps. Je suis en retard pour un rendez-vous.

— Je sais comment ça vole, mon cousin me l'a dit, répliqua-t-elle sèchement. Je veux simplement que vous m'emmeniez à Escarboucle.

Cette fois, il la dévisagea avec un certain étonnement. Elle se força à sourire, comme si elle avait parfaitement le droit de demander cela. Avant de se baisser pour ramasser sa trousse à outils, il ouvrit plusieurs fois la bouche, hésita et puis il dit :

— Désolé, mais je ne vais pas à Escarboucle.

Elle fit un pas, se plaçant entre lui et la portière ouverte vers laquelle il se dirigeait.

— Où allez-vous, alors ?

— A la baie de Shotover, si ça vous intéresse. Maintenant, si vous permettez...

— Ça ne fait rien. C'est très bien, au contraire. Voulez-vous m'y conduire ?

Il repoussa sur son front ses cheveux noirs raides, laissant une trace boueuse ; il n'avait pas de barbe mais une moustache noire encadrait sa bouche tombante.

— Et, au nom de mille dieux, pourquoi ferais-je cela ?

— Eh bien... Je suis prête à faire ce que vous demanderez, pour vous dédommager.

Elle hésita, en voyant son expression s'assombrir et ajouta précipitamment :

— Je... j'ai fait une erreur, n'est-ce pas ?

Brusquement, il éclata de rire.

— Allons, ce n'est pas grave, petite fille, dit-il en passant devant elle pour fourrer la trousse à outils dans l'espace entre les deux sièges. Mais vous ne devriez pas être si empressée à partir avec le premier inconnu que vous voyez. Vous risquez de vous trouver dans une situation pire que celle où vous croyez être.

— Ah... ! s'exclama Moon, les joues brûlantes, en plaquant ses mains sur sa figure. Oh non, ce n'est pas ce que je voulais dire ! Ici, dans les îles, lorsque quelqu'un veut aller quelque part, si on y va on... on l'emmène, c'est tout... Excusez-moi.

Elle commença à s'éloigner et buta contre une ornière ; elle avait l'impression d'être exactement l'enfant idiote qu'il croyait.

— Eh, attendez une minute ! s'écria-t-il d'une voix encore irritée mais beaucoup moins cinglante. Pourquoi voulez-vous aller là-bas ?

Elle se retourna, s'efforça de se rappeler le trèfle caché sous son ciré, et sa dignité de sibylle.

— Je veux trouver à Shotover un bateau pour m'emmener à Escarboucle. C'est très important pour moi.

— Ce doit l'être, pour qu'une Etésienne veuille monter dans une machine volante avec un extramondien.

Moon pinça les lèvres.

— Ce n'est pas parce que nous n'employons pas la technologie d'extramonde que nous pâlissons à sa vue !

Il rit encore, avec approbation, comme s'il aimait qu'on lui réponde du tac au tac.

— D'accord, alors. Si ce n'est qu'un petit baptême de l'air que vous voulez, mademoiselle, vous l'avez.

— Moon, dit-elle en tendant la main. Moon Marchalaube Etésienne.

— Ngenet ran Ahase Miroe.

Il lui prit la main et la serra, pas par le poignet comme elle en avait l'habitude. Il ajouta, comme à la réflexion :

— Le nom de famille en premier. Montez à bord et attachez la ceinture.

Elle monta résolument, par l'autre porte, ne regardant pas plus loin que l'instant présent, et prit en tâtonnant le harnais de sécurité. L'intérieur de cet engin était différent de celui de sa transe ; il lui parut plus simple. Elle serra les courroies faussement familières. Ngenet ran Ahase Miroe grimpa aux commandes et verrouilla les portes ; le sifflement reprit, plus étouffé cette fois, pas plus bruyant que le bourdonnement du sang aux oreilles de Moon.

Il n'y eut aucune sensation de mouvement quand ils quittèrent le sol mais quand elle vit Neith et son village s'éloigner et rapetisser sous elle, elle éprouva un spasme de souffrance, comme si quelque chose en elle s'était déchiré. Elle pressa ses mains contre sa poitrine, sentit le trèfle sous ses vêtements et chanta un hymne silencieux.

L'engin vira de bord et survola la mer, vers le grand large.

10

Jerusha Pala-Thion regardait l'immensité bleue miroitante parsemée des tertres verts des îles. Elle se l'imaginait coulant sous l'engin de patrouille comme des eaux souterraines, elle se voyait prise dans une boucle infinie du temps, libérée de la suffocante inanité de son devoir... Clignant des yeux, elle se tourna vers Gundhalinu qui lisait, assis aux commandes verrouillées sur pilotage automatique.

— Dans combien de temps arriverons-nous à Shotover, BZ ?

Il leva les yeux, les rabaissa sur le chronomètre du tableau de bord.

— Encore deux heures, inspecteur.

Elle soupira et changea de position.

— Vous ne voulez vraiment pas lire un de mes livres, inspecteur ?

Il lui proposa un volume écorné des légendes du Vieil Empire, dont il se repaissait durant la moitié de ses loisirs. Celui-ci était en tiamatan ; elle lut le titre, *Récits du Passé Futur*.

— Non, merci. C'est plus intéressant de s'ennuyer, dit-elle en jetant distraitement une graine d'iesta dans la boîte à détritus. Comment un honnête technocrate comme toi peut-il supporter de lire ces imbécillités, BZ ? Je m'étonne que ça ne te démolisse pas le cerveau.

Il s'indigna.

— C'est basé sur des données archéologiques solides et des analyses de Transferts de sibylles ! C'est... (Il sourit, l'air béat.) C'est ce qu'il y a de mieux après le bonheur d'être ici.

— Escarboucle, après ça, est ce qu'il y a de mieux. Et si c'est un échantillon, fini le bon vieux temps et bon débarras.

— C'est précisément de ça que je cherche à m'évader en lisant. La véritable Escarboucle était...

— Quoi que c'était, ça devait être aussi affreux. Et, de plus, tout le monde se foutait de changer les choses, tout autant que maintenant, répliqua-t-elle en fronçant les sourcils sur l'eau bleue. Parfois, je me fais l'effet d'une bouteille à la mer, éternellement ballottée par la marée, sans jamais atteindre un rivage. Le message que je porte, la signification que je cherche à donner à ma vie, rien ne se réalisera jamais... parce que ça n'intéresse personne.

Gundhalinu posa son livre et dit avec douceur :

— Le commandant sait vraiment mettre à l'épreuve vos saints ancêtres, pas vrai ?

Elle le regarda fixement.

— J'ai pu entendre tout ce que vous disiez hier, tous les deux, de la salle de garde. Vous avez plus de culot que moi, inspecteur.

— J'ai peut-être moins de patience, après toutes ces années. Note que ça ne change pas grand-chose.

Elle tirailla distraitement l'insigne de son lourd manteau. Ils volaient toujours vers la baie de Shotover, au bord d'Eté, aussi près des antipodes de l'univers de Lioux-Sked qu'il était possible, à un aussi bref délai.

— Le quart du tour de la planète en engin de patrouille, pour un rapport de contrebande « possible » !

— « Pendant que les vrais criminels traitent ouvertement à Escarboucle et nous rient au nez », cita Gundhalinu avec un sourire affligé. Oui, madame, ça empeste. Mais si nous arrêtons vraiment quelqu'un qui trafique des marchandises sous embargo... On parle beaucoup de ça, depuis quelque temps.

— La reine en parle.

Jerusha grimaça en se rappelant la royale manifestation d'hypocrisie qu'elle avait eue à subir lors de sa dernière visite officielle.

— C'est ce que je ne comprends pas, inspecteur. Je croyais qu'elle voulait mettre la main sur toute la haute technologie possible, pour Tiamat ; elle ne cesse de parler d'indépendance technologique. Elle se fiche que ce soit illégal. Merde, je crois même qu'elle le préfère !

— Elle se fiche de Tiamat, de la technologie et du reste, sauf si cela a une influence sur sa propre position. Et certaines des marchandises de contrebande l'ont embarrassée, ces derniers temps.

— Je ne vois vraiment pas comment !

— Les clients des trafiquants ne sont pas tous des cinglés inoffensifs.

Jerusha avait lu des rapports sur la contrebande dans l'intérieur d'Hiver, avec beaucoup d'intérêt et plus qu'un peu de compassion ; les quelques navires de contrebandiers indépendants qui parvenaient à se faufiler dans le réseau de surveillance de l'Hégémonie pouvaient faire de petites fortunes, avec une cargaison d'enregistrements et de manuels techniques, de piles et de pièces détachées introuvables. Il y avait toujours de riches aristocrates hiverniens obsédés par ce qui faisait briller les choses, avec des laboratoires secrets dans leurs domaines des îles ; des savants amateurs fous, essayant de percer les secrets de l'atome et de l'univers. Il y en avait d'autres qui stockaient discrètement de la technologie en prévision du prochain départ des extramondiens, dans l'espoir de se créer de petits fiefs personnels, sans se douter que l'Hégémonie avait les moyens de les en empêcher. Il y avait même quelques extramondiens devenus indigènes, qui vivaient là dans le désert de l'eau et qui n'appréciaient pas tous les restrictions imposées par l'Hégé sur leur monde adoptif.

— Quelqu'un harcèle Starbuck et les Limiers quand ils vont à la chasse et il paraît qu'ils ont de moins en moins de chance. Les ondins doivent être bien décimés, depuis le temps et ça doit compromettre les bénéfices de la reine... et son degré de contrôle sur nous. Ce harcèlement suppose des systèmes de brouillage sophistiqués et du matériel comm, et ça ne peut venir que d'un seul endroit.

— Hum ! Alors si nous arrêtions des contrebandiers, nous aurions une piste, pour savoir qui se livre au harcèlement ?

— Peut-être. Je ne retiens pas ma respiration. Tout ce voyage est une perte d'énergie, à mon avis. *(Et c'est exactement ce que voulait Lioux-Sked.)* Entre nous, j'espère que nous ne trouverons rien. Ça te choque, BZ ? demanda-t-elle en riant de l'expression du sergent. Tu sais, je n'aime pas l'avouer mais j'ai parfois du mal à me persuader que ces contrebandiers de tech commettent un crime, ou même un délit. Ou que ceux qui protestent contre l'abrègement de la vie d'une espèce afin de prolonger celle d'une autre ont tort. Il m'arrive de penser que tout ce qui me dégoûte à Escarboucle est lié à l'eau de vie. Je crois que la ville est pourrie et corrompue parce que sa survie dépend d'un acte corrompu.

— Est-ce que vous le penseriez toujours si vous aviez les moyens de vous payer l'immortalité, inspecteur ?

réussirait à lui éviter un chagrin ou une douleur était importante, plus que tout...

Un bruit dans le fond de la salle lui fit rouvrir les yeux. Elle se tourna vers une porte ouverte. Ses yeux s'arrondirent, s'arrondirent encore mais son esprit refusait de croire à ce qu'ils voyaient. C'était vivant, et ça bougeait. Ça se tenait sur deux jambes comme un être humain mais les pieds étaient larges et palmés, les mouvements onduleux comme des algues dans le courant. Le corps gris-vert, asexué, luisait d'une mince pellicule d'huile ; c'était nu, à part une ceinture tressée à laquelle étaient accrochés des objets inconnus ; les bras se divisaient en six tentacules minces comme des fouets. Des yeux nacrés, sans pupilles, se fixaient sur elle comme ceux d'un esprit de la mer.

Moon se leva, la gorge trop sèche pour les cris qu'elle voulait pousser ; elle plaça la chaise entre elle et la chose de cauchemar, tout en portant la main à son couteau. Mais la créature laissa échapper alors une toux gutturale et recula vivement, disparaissant par la porte avant que Moon puisse croire qu'elle l'avait vue.

A sa place se tenait maintenant un inconnu, qui devait avoir le double de son âge, couronné de cheveux blonds raides retombant sur son œil. Il portait un parka de pêcheur mais son pantalon était d'un vert acide dans la lumière sans flamme de la salle.

— N'y touche pas, jeune maîtresse, je t'ai marquée, dit-il et il tendit le bras, montrant dans sa main un objet qu'elle ne put identifier. Jette-le par terre. Doucement, tout de suite.

Elle dégaina son couteau de pêche, ne sachant trop comment prendre la menace. Il agita impatiemment la main et elle jeta par terre la lame courbe. Il avança juste assez pour la ramasser.

— Qu'est-ce que vous voulez ?

A sa voix aiguë, elle comprit à quel point elle avait peur.

— Viens donc par ici, Silky ! dit-il en se tournant vers la porte et des sons sifflants inintelligibles lui répondirent, qui le firent ricaner. Oui, précisément aussi enchantée de te connaître que toi de la trouver ici. Viens donc la voir de plus près.

Avec prudence, la créature entra dans la salle. Les mains de Moon se crispèrent sur les têtes d'animaux, sur le dossier de la chaise. La chose lui fit soudain penser à une figure héraldique douée de vie.

— Je... je n'ai pas d'argent.

L'homme la toisa et éclata de rire.

— Alors nous sommes logés à la même enseigne, pour le moment. Mais pas pour la même raison. Allons, reste calme, et il ne t'arrivera rien.

— Cress ! Qu'est-ce qui se passe ici ?

Une troisième personne inconnue apparut, humaine celle-là, mais tout aussi inattendue. Moon vit une petite femme boulotte à la peau bleu-noir et aux cheveux argentés s'arrêter et joindre les mains avec surprise.

— Mon chou, tu n'obtiendras jamais un rendez-vous de la petite en la menaçant d'un pistolet, dit-elle sans sourire tout à fait, tout en examinant Moon.

Cette fois, l'homme ne rit pas.

— Je ne sais pas ce qu'elle sait, mais elle ne devrait pas être là, Elsie.

— C'est évident. Qui es-tu, petite ? Qu'est-ce que tu fais ici ?

Les mots étaient courtois, mais la voix d'acier.

— Une amie... Je suis une amie de Ngenet Miroe. Est-ce que vous êtes Elsevier, est-ce vous qu'il vient voir ? répondit Moon et elle prit l'initiative en voyant que sa réponse faisait son effet. Il est allé à votre recherche. Je peux aller le chercher...

Elle regarda vers la porte.

— Pas la peine. Nous allons l'attendre avec toi.

La femme noire fit un geste ; l'homme abaissa son arme et la fourra dans la poche où avait disparu le couteau de Moon. Tous deux se détendirent un peu. La chose-esprit siffla une question aux sonorités presque humaines.

— Silky aimerait savoir ce qui l'a retardé.

— Des ennuis de moteur, répéta machinalement Moon, toujours derrière sa chaise.

— Ah, ça explique tout, dit la vieille femme mais Moon sentit qu'elle n'était pas entièrement satisfaite. Ma foi, pas la peine de rester debout en l'attendant, pas vrai ? Mes vieilles jambes en craqueraient. Assieds-toi, ma jolie, nous allons tous nous asseoir au coin du feu et faire connaissance, jusqu'à ce qu'il revienne. Cress, apporte-nous des bières aussi, tu veux ?

Avec détresse, Moon vit la femme et le cauchemar s'approcher de sa table. Mais la créature s'accroupit au bord de l'âtre, les yeux baissés, le corps luisant à l'éclat rouge du radiateur. Ses tentacules plats pianotaient sur la pierre dans un mouvement cadencé, hypnotique ; certains de ces tentacules étaient balafrés, amputés, déformés par de vieilles cicatrices. La vieille traîna une chaise et s'assit à côté de Moon avec un sourire qui se voulait encourageant. Elle dégrafa un ciré trois fois trop grand, révélant un simple vêtement tout d'une pièce d'un ton orangé aussi vif que le vert du pantalon de l'homme.

Moon contourna lentement sa chaise et s'assit à son tour. L'homme revint avec trois chopes et en posa une sur le bord de l'âtre. Moon regarda les tentacules du démon de la mer caresser le verre, l'envelopper et le soulever. Elle prit sa chope et but, à grandes gorgées. L'homme s'assit à côté d'elle, en face de la vieille, et lui sourit largement.

— On peut dire que t'as une sacrée descente, jeune maîtresse !

La vieille fit « tss-tss » d'un air réprobateur et avala délicatement une gorgée.

— Laisse-la. Parle-nous un peu de toi, mon chou. Je ne crois pas que tu nous aies donné ton nom. Moi, je suis Elsevier, tu le sais, et lui c'est Cress. Et ça, c'est Silky, le... l'associé de feu mon mari. Naturellement, Silky n'est pas son nom mais nous ne pouvons pas prononcer le sien. C'est un Dillyp, de Tsieh-pun, d'un autre monde, tout comme nous, dit-elle sur un ton paisiblement rassurant. Tu es une des... collègues de Miroe ?

— Je suis Moon, je...

Elle hésita, consciente de son hésitation mais elle n'était

pas sûre d'eux, elle ne savait pas quel serait le plus mauvais choix, de la vérité ou du mensonge.

— Je viens de faire sa connaissance. Il m'a emmenée dans sa machine.

— Et il t'a amenée ici ? grogna Cress en se penchant vers elle. Comme ça ? Et qu'est-ce qu'il t'a dit ?

— Rien, marmonna Moon avec un mouvement de recul qui la rapprocha de la vieille. Et ça m'est égal, vraiment. Je vais simplement à Escarboucle. Il... il a dit que vous comprendriez, expliqua-t-elle à Elsevier en regardant au fond des yeux indigo dans leur réseau de rides.

— Que je comprendrais quoi ?

Moon aspira profondément, et tira de son chandail son emblème de sibylle.

— Ceci.

Elsevier sursauta, Cress se tassa sur sa chaise. La chose dans la cheminée siffla une question et Cress s'exclama :

— C'est une sibylle !

— Eh bien... (presque un soupir) nous sommes honorés, murmura Elsevier en regardant les autres et Cress hocha la tête. Il paraît que cette moitié de Tiamat n'est pas l'endroit idéal pour une sibylle. Ça ne m'étonne pas de Miroe, qu'il se mêle de ça !

Elle sourit soudain, mais avec une immense lassitude.

— Non, ce n'est rien... Simplement je te vois si jeune et si pleine de sagesse que je me sens vieille et bête.

Moon baissa les yeux sur ses doigts qui se crispaient sur le bois.

— Je ne suis qu'un réceptacle de la sagesse de la Dame, dit-elle, répétant timidement les paroles traditionnelles. Je... Je pensais qu'aucun extramondien ne croyait au pouvoir de la Dame. Tout le monde dit que vous obligez les Hiverniens à haïr les sibylles et les devins. Pourquoi ne me détestez-vous pas ?

— Vous ne le savez pas ? s'exclama Cress, ahuri, et il regarda Elsevier puis la créature. Elle ne sait pas ce qu'elle est.

— Bien sûr que non, Cress. L'Hégé veut maintenir ce monde dans des ténèbres technologiques et les sibylles sont des phares de savoir. Mais si seulement quelqu'un savait comment utiliser ces lumières !... Nous pourrions créer notre propre petit âge d'or, dans ce monde. Tu sais, Cress, il se pourrait bien que nous soyons les gens les plus dangereux à avoir jamais visité cette planète...

Le front de Moon se plissa.

— Comment cela, je ne sais pas qui je suis ? Je suis une sibylle. Je réponds aux questions.

— Oui, mais pas aux bonnes. Pourquoi vas-tu à Escarboucle, Moon, si tu ne t'attends qu'à de la haine ?

— Je... Il faut que je retrouve mon cousin.

— C'est la seule raison ?

— C'est la seule chose qui importe.

Il m'appartient. Moon baissa les yeux sur le trèfle.

— Ce n'est pas simplement un parent que tu cherches, n'est-ce pas ?

— Non.

— (Avec une grande douceur :) Un amant ?

Elle acquiesça, en avalant un peu de bière pour se défaire de la crampe dans sa gorge.

— Le seul que j'aimerai jamais. Même si je ne le retrouve pas...

Elsevier posa sur son bras une main noueuse.

— Oui, mon enfant, je sais. Il arrive que l'on trouve un être pour qui on marcherait pieds nus sur des charbons ardents. Pourquoi est-il si différent des autres ?

Moon secoua la tête. *Et qu'est-ce qui le rend si différent de moi ?* Elle releva les yeux.

— Etes-vous d'Escarboucle ? Peut-être l'avez-vous vu là-bas. Il a des cheveux roux...

— Non, hélas ! Nous ne sommes pas de la ville. Simplement en visite... temporairement.

Elsevier se tourna vers la porte comme si elle se rappelait brusquement pourquoi ils attendaient.

— Ah... Que vouliez-vous dire, en parlant des bonnes quest...

La porte de l'auberge s'ouvrit à la volée et alla claquer contre le mur. Moon se retourna comme les autres, laissant sa phrase en suspens. Deux personnes surgissaient de l'obscurité, un homme mince de taille moyenne et une grande femme solide, tous deux extramondiens, chaudement vêtus de la même manière et coiffés de casques. Et armés.

— Des Bleus, marmonna Çress en remuant à peine les lèvres.

Elsevier porta une main à sa gorge et ramena les deux pans de son ciré sur sa tenue orangée. Elle regarda la noirceur de sa peau, laissa retomber sa main.

— Qu'est-ce que c'est ? demanda Moon en se retenant de bondir car Silky s'était réfugié près d'elle. Qui sont-ils ?

— Des gens que tu n'as pas intérêt à mieux connaître, dit calmement Elsevier en levant sa chope avant de s'adresser aux intrus. Eh bien, inspecteur, c'est une surprise. Vous êtes loin de chez vous, ce soir.

— Pas aussi loin que tu l'es de chez toi, j'imagine.

La grande femme s'avança, les scruta en gardant l'arme au poing.

— Excusez-moi, je ne comprends pas ce que vous voulez dire, répliqua Elsevier et elle se hérissa d'indignation. C'est une réunion privée d'honnêtes citoyens de l'Hégémonie, et je considère votre irruption comme un outrage à...

— Te fatigue pas, techlegger, gronda la femme en bleu, la mâchoire en avant, l'arme pointée. On a vu arriver votre vaisseau, vous êtes illégalement sur cette planète. Je vais tous vous embarquer, comme suspects de trafic de marchandises interdites. Debout, tous, les mains sur la tête.

Moon resta assise, figée, ses yeux allant d'Elsevier à Cress ; mais ils ne regardaient que les inconnus. Dans sa main, le trèfle lui entamait la peau ; comprenant juste assez pour avoir peur, elle le fit rapidement glisser sous son chandail.

Mais la femme en uniforme surprit le mouvement et s'approcha ; Moon vit son froncement de sourcils changer, devenir la même incrédulité qu'elle avait vue chez les deux Hiverniens ivres, sur le quai. Derrière elle, l'homme se déplaçait d'un côté, avec vigilance, alors qu'Elsevier et Cress se levaient. Moon sentit Elsevier lui donner un petit coup de coude et elle se leva à son tour, gauchement, en faisant grincer sa chaise sur le plancher.

— Vas-y, Silky, souffla Elsevier en ramenant Moon en arrière tandis que la créature bondissait de la table et se ruait vers la porte du fond.

Moon heurta du dos le montant de la cheminée ; les deux policiers hésitaient entre les cibles. Cress rafla une chope sur la table et la lança ; elle s'écrasa contre l'appareil lumineux suspendu aux poutres et le fit voler en éclats. Une averse d'étincelles électriques et de mousse tomba dans la soudaine obscurité.

— Cavalez !

— BZ ! Arrête-le !

— Ne te mêle pas de ça, Moon !

Elsevier l'écarta sans ménagement ; elle trébucha contre sa chaise et tomba à demi sur la table. Elle entendit un cri derrière elle, du bruit et, vaguement, elle distingua la policière qui bondissait pour saisir Elsevier par le ciré. Moon tâtonna, sa main se referma autour d'une autre chope qu'elle souleva et abattit de toutes ses forces sur le bras de la femme en uniforme. Un cri de douleur, Elsevier se dégagea et poussa Moon vers la sortie.

— On ne frappe jamais, jamais un Bleu, ma petite fille, souffla-t-elle en haletant. Mais merci. Maintenant, cavale !

Moon s'élança dans l'arrière-salle, l'esprit aussi flou que les événements, et par une autre porte dans une ruelle obscure.

Cress surgit à côté d'elle et lui indiqua la gauche.

— Par ici ! Là, c'est un cul-de-sac. Elsie ?

— Présente. (La porte claqua derrière eux.) N'en parle pas ! Vite, au LB !

Ils coururent. Moon prit la vieille femme par la main, pour lui communiquer de l'énergie et de la rapidité. Elle aperçut devant eux la créature, à la clarté rougeâtre des étoiles, qui disparaissait dans un trou d'ombre : derrière eux, la porte s'ouvrit et un cri retentit. Sa main libre s'engourdit soudain jusqu'au poignet ; la panique lui donna des ailes.

Cress s'arrêta dans une glissade là où elle avait vu disparaître le monstre. Elle vit une palissade dorée par la nuit et Cress qui se glissait entre deux planches pourries. Elle le suivit, en traînant Elsevier derrière elle, et faillit tomber sur un amoncellement de bois d'épaves. Cress gesticula frénétiquement :

— Vite, au LB ! Pendant que je bouche le trou.

— Par ici.

Elsevier tira Moon par le bras et l'entraîna à travers un dédale de détritus, de monceaux de bois, de marchandises de rebut. Cress traîna un tronçon d'arbre mort aux branches épineuses devant la brèche mais, au moment où il se retournait une des branches se prit dans son parka et le ramena brutalement. En se retournant, Moon le vit se débattre et se dégager juste avant qu'une pile de voiles moisies lui bouche la vue. Elsevier trébucha dans l'ombre sur un obstacle et Moon tendit vivement le bras pour la retenir.

Devant elle, de l'autre côté de la cour baignée d'ombre et de l'or des étoiles, elle aperçut un engin de métal cabossé posé sur un tas de fumier. Une trappe était ouverte dans le flanc, d'où descendait une rampe.

— Qu'est-ce que c'est ?

— La sauvegarde, haleta Elsevier.

Elles atteignirent la rampe, montèrent ensemble et trouvèrent Silky qui les attendait au sommet.

— Branché ?

La créature grogna une affirmation et leva un tentacule.

— Alors bouclons-nous, on se tire d'ici. Et Cress ?

Elsevier s'appuyait contre une paroi, une main pressée sur son cœur ; elle se retourna vers la trappe mais on ne voyait que l'amas d'ordures et le ciel incandescent.

Moon alla se pencher sur la rampe. Cress arrivait en courant. Brusquement, il trébucha et tomba de tout son long. Il resta un instant assommé et, quand il se releva et se remit à courir, il avait l'air d'un homme qui marche au fond de l'eau, tous ses mouvements ralentis.

— Le voilà !

Il arriva au pied de la rampe, s'arrêta, et la contempla pendant plusieurs secondes, les bras croisés sur le ventre, avant de commencer à monter. Moon vit derrière lui un de leurs poursuivants contourner la pile de voiles.

— Cress ! Vite !

Alors même qu'elle le lui criait, il s'arrêta en levant des yeux désespérés vers le sommet de la rampe.

— Vite, voyons !

Il secoua la tête et chancela. Au fond de la cour, Moon vit les deux officiers de police ; l'un d'eux visait Cress. Il cria :

— Bouge pas !

Moon sauta sur la rampe, descendit, empoigna la manche du parka de Cress et le hissa à travers la trappe. La rampe se télescopa et remonta, la porte se ferma dans un chuintement douloureux aux oreilles. Cress se cramponna au montant de la porte intérieure quand Moon trouva son équilibre et le lâcha. Elle avait toujours la main à demi paralysée ; elle la regarda et poussa un petit cri de stupeur en la voyant couverte de sang.

— Cress, va à l'avant et...

Elsevier s'interrompit en voyant Cress s'écrouler. Moon aperçut alors la tache rouge sur le parka et comprit que ce sang n'était pas le sien.

— Ah ! mes dieux, Cress !

— Que s'est-il passé ? demanda Moon en se jetant à genoux et en tendant les mains vers lui.

Il repoussa sa main rougie.

— Non !

Elle vit alors le manche de son propre couteau à écailler saillir de la poche au centre de la tache qui s'étalait.

— N'y touchez... pas... Ça jaillirait... Elsevier ?

Moon retomba sur ses talons, croisa les mains.

— Cress, comment c'est arrivé ?

Elsevier s'assit par terre à côté de lui, posa une main contre sa joue et Silky apparut à la porte derrière elle. Cress tenta de rire. Il était blême.

— J'aurais dû laisser sa dague à la jeune maîtresse... tombé sur la foutue lame, en courant. Mets-moi dans le congélateur, Elsie... J'ai... J'ai mal...

Il fit un effort pour se relever, serra les dents et gémit quand on l'aida à se mettre debout.

— Silky, prends les commandes !

Silky passa devant tandis qu'elles soutenaient Cress

jusqu'à la cabine et l'allongeaient sur une couchette dans l'espace étroit.

— Cette idée de mettre son couteau dans ta poche ! Mon pauvre chéri, c'est incroyablement stupide, tu sais.

Elsevier se baisa le bout des doigts et les posa légèrement sur les yeux de Cress.

— Je suis un astrogateur, pas... pas un tueur à gages. Qu'est-ce que tu veux que j'en sache ?

Il toussa ; un filet de sang coula du coin de sa bouche sur sa joue, vers son oreille. Elsevier recula et un cône de matière transparente fumée s'abaissa sur la couchette, en cachant le blessé.

— Dors bien, murmura-t-elle comme une bénédiction mais elle secoua la tête, en réponse à la question muette de Moon. Non. Ça va le maintenir en vie jusqu'à ce que nous puissions le faire soigner. Si jamais nous pouvons sortir de cette atmosphère avant que ces Bleus appellent sur nous la colère des cieux. Va t'attacher, ma petite fille, l'accélération risque d'être pénible, la première fois.

Elsevier alla s'installer dans un siège capitonné, devant un tableau de commande. La créature était assise dans un second fauteuil, ses tentacules posés au-dessus d'un panneau de voyants. Devant eux, un hublot au verre épais offrait une autre vue de la cour. Moon prit le troisième siège moulé et boucla son harnais. Silky posa une question gutturale.

— Quoi, qu'est-ce que je vais faire ? répliqua sèchement Elsevier. Nous ne pouvons pas l'abandonner à la police, une sibylle ! Pas après qu'elle s'est battue pour me sauver, tu sais ce qu'ils feraient... Décolle !

Moon se pencha en avant, l'oreille tendue, et fut violemment repoussée contre le dossier par le déferlement d'une vague invisible. La surprise lui arracha un cri puis elle eut la respiration coupée par une pression croissante qui chassait l'air hors de ses poumons. Elle se débattit comme une personne qui se noie et sans plus de succès ; finalement, elle se laissa aller contre le siège rembourré, incapable de croire à ce qui lui arrivait. Entre les deux sièges avant, elle ne voyait plus du tout la cour ni le sol, rien que des étoiles. Soudain, la lune tomba comme une pierre derrière le hublot et disparut. Elle ferma les yeux et se sentit aspirée dans un tourbillon de cauchemar, noir et sans fond.

Mais parmi les eaux tumultueuses de sa sombre panique, elle retrouva le souvenir d'autres ténèbres, plus totales, plus absolues que ce qu'elle connaîtrait jamais, le cœur noir du Transfert. *Le Transfert*... C'était la même chose. Elle se cramponna à cette ancre et, lentement, le poids rassurant de la familiarité chassa la peur. Elle concentra sa pensée sur les rythmes disciplinés de l'esprit et du corps qui maintenaient le fil ténu de sa raison attaché à la réalité et, peu à peu, elle s'appliqua à endurer l'épreuve.

Elle rouvrit les yeux, vit que les étoiles étaient toujours là dehors, tourna la tête pour regarder par-dessus le panneau de voyants et de cadrans clignotant à côté d'elle. Vaguement, elle perçut la voix d'Elsevier, tendue, presque inaudible, et les réponses de la créature, toutes aussi inintelligibles les unes que les autres.

— ... Vérification. Pas encore de signaux de poursuite. Espérons qu'ils n'avaient pas de relayeurs... le temps qu'ils appellent, nous serons peut-être à l'abri... Est-ce que les écrans sont au vert ?

Silky répondit, dans sa langue étrangère incompréhensible.

— Je l'espère aussi... mais tiens-toi prêt à changer de vitesse.

(Réponse.)

— Affirmatif, nous sommes amortis. D'ailleurs, ils cherchent des contrebandiers faisant route vers l'intérieur... Ils ne regardent pas assez derrière eux... Pourvu que ça dure.

(Réponse.) Un faible rire.

— Bien sûr... Temps écoulé ?

Moon referma les yeux, rassurée, et se laissa emporter. Ils volaient dans cette cabine de métal, elle ne savait comment, mais cela ne ressemblait en rien à son vol avec Ngenet. Elle se demanda pourquoi et comment, se demanda vaguement si c'était ainsi dans un vaisseau aérien d'extramonde... Ses yeux s'ouvrirent brusquement.

— Elsevier !
— Oui... Ça va, Moon ?
— Que faisons-nous ? Où allons-nous ?
— Nous partons... Temps écoulé ?
(Réponse.)
— Hors du puits ! (Un petit rire triomphant.) Réduis l'énergie... autant économiser ce qui nous reste pour le rendez-vous.
L'étau se desserra autour de Moon, la pression cessa aussi vite qu'elle avait commencé. Elle s'étira avec soulagement. Délivrée du poids écrasant, elle avait l'impression de ne rien peser, de s'élever comme une bulle dans la mer, de se soulever de son siège capitonné contre les courroies qui la retenaient. Affolée, elle baissa les yeux et ses mains se crispèrent sur le harnais.
— Aaaah, Silky, je me fais trop vieille pour ça. Ce n'est pas une façon de gagner sa vie, pour une personne civilisée.
(Réponse.)
— Naturellement, c'est le principe de la chose ! Tu ne crois pas que j'aurais poursuivi l'œuvre de TJ pour de l'argent ? Et certainement pas pour l'amour de l'art ! Et d'abord, il n'y aura plus de voyages. Nous ne tirerons pas un traître cavvie de celui-là, nous avons encore toutes les marchandises à bord... Ah ! pauvre Miroe ! Les dieux savent ce qu'il est devenu ! (Le déclic d'une fermeture ; Moon vit se dresser la tête argentée d'Elsevier au-dessus du dossier, devant elle.) Mais nous ne le saurons jamais, à présent, dit-elle en se retournant. Moon, es-tu...
— N'ayez pas peur ! dit Moon en levant des yeux émerveillés. C'est la présence de la Dame. La cabine est pleine de la Mer, c'est pourquoi nous flottons... C'est un miracle.
Elsevier lui sourit un peu tristement.
— Non, mon enfant, seulement une absence de miracle. Nous sommes hors de portée de ta déesse, hors d'atteinte de ton monde. Il n'y a simplement plus de gravité, aussi loin, pour te maintenir assise. Viens à l'avant, tu comprendras ce que je veux dire.
Moon se détacha en hésitant et se repoussa du siège.

Elsevier se précipita et l'attrapa par la jambe avant qu'elle aille s'écraser contre le cône semblable à celui qui protégeait Cress, suspendu au-dessus de sa couchette verticale.

— Doucement !

Elsevier l'attira vers le hublot et la fit regarder en bas. Très loin au-dessous d'eux, on voyait la courbe de la sphère de Tiamat, une bulle bleue mouchetée de blanc sur le fond des étoiles.

Au fond du cœur, elle avait su ce qu'elle découvrirait ; mais, tandis qu'elle flottait vers la vitre, la vue surpassait tout ce qu'elle avait imaginé et elle ne put que souffler :

— Que c'est beau... beau...

Elle pressa ses mains contre la froide transparence.

— Attends d'avoir franchi la Porte Noire, et de voir ce qu'il y a de l'autre côté.

— Ah, oui...

Une petite graine de sombre doute germa dans l'esprit de Moon. Elle détourna la tête.

— La Porte Noire ? Mais c'est par là que les extramondiens vont dans d'autres mondes...

De nouveau, elle regarda dehors, contempla le monde entier qui lui avait paru si immense et si varié, tout là-bas sous ses pieds comme un flotteur de pêche en verre bleu.

— Non... Non, je ne peux pas franchir la Porte avec vous. Je dois aller à Escarboucle. Je dois retrouver Sparks.

Fermement, elle se repoussa du hublot et se retint au dossier de Silky.

— Voulez-vous me ramener là-bas, maintenant ? Pouvez-vous... Voulez-vous me déposer à terre, à l'astroport ?

— Te ramener ? (Un pli creusa le front d'Elsevier entre les yeux violets et elle porta une main à sa bouche.) Ah ! Moon, ma petite fille... J'ai peur que tu n'aies pas compris. Nous ne pouvons pas te ramener, vois-tu. Ils nous traqueront et, d'ailleurs, nous sommes à court d'énergie et... Non, nous n'avons aucun moyen de retourner. Plus maintenant. Quand je t'ai parlé de la Porte, je ne te proposais pas un choix, hélas !

12

— C'est à vous, ce véhicule ?

Jerusha se tenait à côté de l'aéroglisseur, sur le quai, et son haleine se givrait dans l'air glacial de la nuit. Avec mauvaise humeur, elle fronçait les sourcils à l'homme grand et fort qui s'y appuyait, avec la même assurance factice que les techleggers du bar. Gundhalinu était à côté d'elle et se balançait sur ses talons en dissimulant mal son irritation et son dépit.

— Il est à moi, comme c'est mon droit le plus absolu.

L'homme avait une voix rocailleuse. Il fit brusquement un geste vers sa figure ; on y voyait mal mais il était manifestement extramondien, de D'doille, pensa-t-elle, ou de Numéro Quatre.

— Vous avez fait tout le chemin d'Escarboucle pour me coller simplement une contravention pour stationnement abusif, inspecteur ?

Jerusha grimaça, utilisant son énervement pour masquer son malaise. Elle gardait les bras croisés sur sa lourde capote, soutenant le bras que la fille du bar avait frappé avec une chope. Il brûlait intensément, brûlait jusqu'au centre de son corps grelottant ; la douleur lui donnait la nausée et seule sa fureur lui gardait les idées claires. Une vieille femme et une poignée de marginaux l'avaient ridiculisée, et ce qui la rongeait le plus c'était le soupçon que c'était arrivé parce qu'elle l'avait voulu. Elle jura à part elle. Son devoir était de faire respecter la loi, pas de l'arranger à sa convenance ! Au moins, celui-là ne lui avait pas échappé.

— Non, citoyen Ngenet, nous sommes venus vous accuser de tenter d'acheter des marchandises sous embargo.

La figure de Ngenet exprima la surprise peinée. *Dieux, ce que je donnerais pour en voir un, seulement une fois, lever les mains et dire : « Je l'avoue » !*

— Je serais curieux de savoir sur quelle preuve vous

vous fondez pour porter cette accusation. Vous ne trouverez pas...

— Je le sais. Vous n'avez pas eu le temps de conclure le marché. Mais vous avez été vu en présence de l'un des extramondiens qui nous ont échappé.

— Qu'est-ce que vous racontez ?

Elle faillit croire qu'il ne le savait pas.

— Une femme, âgée d'environ dix-sept ans standard, des cheveux et le teint clairs.

Ngenet s'éloigna de son engin, l'air furieux.

— Elle ne fait pas partie de la bande !

— Elle était avec les contrebandiers quand nous sommes allés procéder à l'arrestation, intervint Gundhalinu. Elle a frappé l'inspecteur, elle s'est enfuie avec les autres.

— C'est une Etésienne des îles du Vent, elle s'appelle Moon Marchalaube. Je l'ai emmenée en stop et je l'ai laissée à l'auberge parce que... (Il se tut brusquement. Jerusha se demanda ce qu'il avait peur de dire.) Elle n'est au courant de rien.

— Alors pourquoi les a-t-elle aidés à s'enfuir ?

— Qu'est-ce que vous feriez, bons dieux, si vous débarquiez à peine d'Eté et si deux extramondiens armés faisaient irruption sur vous ? Au nom de mille dieux, qu'auriez-vous pensé à sa place ? Vous ne lui avez pas fait de mal... ?

Jerusha fit une petite grimace, la changea en sourire.

— Ce serait plutôt le contraire.

Elle se demanda, avec plus d'intérêt, pourquoi il cherchait à protéger cette fille. *Sa maîtresse ?*

— Vous dites qu'ils se sont tous échappés ?

Gundhalinu rit amèrement.

— Pour un homme qui ne sait rien, t'as l'air de beaucoup t'inquiéter de ce qui s'est passé ce soir !

Ngenet ne lui répondit pas, attendant la réponse.

— Tous, dit Jerusha. Leur engin a quitté l'espace de Tiamat sans dégâts.

Elle vit son expression se modifier, mais ce n'était pas tellement du soulagement.

— Tous ? Vous voulez dire qu'elle est partie avec eux ?

Il parlait difficilement, comme si ces mots lui étaient

étrangers. Elle hocha la tête, tout en serrant son coude droit pour tenter de supprimer la douleur.

— Parfaitement. Ils l'ont emmenée. Et vous voudriez me faire croire qu'elle n'était qu'un témoin innocent, une indigène ?

Ngenet se détourna et frappa de son poing ganté le pare-brise givré de son aéroglisseur.

— Ma faute...

— Et la mienne. Si nous les avions solidement maintenus, il ne lui serait rien arrivé.

Voilà ce qui arrive quand on essaie de changer les règles du jeu.

— Qu'est-ce qu'elle est pour vous, citoyen Ngenet ? demanda Gundhalinu plus poliment. Un peu plus qu'une inconnue de passage ?

— C'est une sibylle, déclara-t-il en se retournant vers eux. Peu importe que vous le sachiez maintenant.

Jerusha haussa les sourcils. Le vent soufflant de la baie la griffait de ses ongles glacés.

— Une sibylle ? Pourquoi est-ce que cela changerait quelque chose pour nous ?

— Voyons, inspecteur ! s'exclama-t-il sur un ton aussi aigre que le vent.

— Nous sommes des officiers de police, nous faisons respecter la loi... *(menteuse)* et la loi protège les sibylles, même sur Tiamat.

— Comme elle protège les ondins ? Comme elle protège ce monde du progrès ?

Elle vit Gundhalinu se figer comme un chasseur flairant sa proie.

— Depuis combien de temps vivez-vous dans l'intérieur, citoyen Ngenet ?

— Depuis toujours, répliqua-t-il non sans fierté. Et mon père avant moi. Et son père. C'est mon monde natal.

— Et vous n'aimez pas notre façon de le gouverner, accusa Gundhalinu.

— Et comment, que je ne l'aime pas ! Vous cherchez à étouffer l'avenir de cette planète, vous laissez une ordure comme Starbuck s'essuyer les pieds sur vous, pendant qu'il massacre des êtres innocents pour le plaisir de quelques salauds pourris de fric qui veulent vivre éternellement. Vous faites de la loi et de la justice des sujets de dérision, vous...

— Vous aussi, citoyen Ngenet ! gronda Gundhalinu en s'avançant et Jerusha vit nettement toutes les idées ancrées dans sa tête. Inspecteur, il me paraît probable que cet homme est impliqué dans des activités criminelles plus graves que la contrebande. Je crois que nous devrions le ramener en ville...

— Pour l'inculper de quoi ? De se conduire comme un imbécile arrogant ? Nous n'avons aucune preuve contre lui.

— Mais il...

— Nom des dieux, sergent, j'ai dit que nous le laissons aller !

Il lui avait accidentellement heurté le coude et elle le perdit de vue dans l'éblouissement de trente-six étoiles de douleur. Elle cligna des yeux et se tourna vers Ngenet.

— Mais cela ne veut pas dire que je vous absous, Ngenet. Votre présence ici et votre attitude sont assez discutables pour justifier une suppression de votre permis de conduire cet engin. Je le confisque. Nous le ramènerons en ville.

— Vous ne pouvez pas faire ça ! protesta Ngenet en se redressant de toute sa taille. Je suis un citoyen de l'Hégémonie...

— Et contraint de m'obéir, trancha-t-elle, obligée de lever ses yeux furieux vers lui. Vous êtes un citoyen de Tiamat, par votre propre choix. Si c'est ça que vous voulez, eh bien, vivez comme eux.

— Et comment vais-je surveiller ma plantation ?

— Comme tous les autres Hiverniens. Prenez un bateau, traitez avec les marchands. Vous vous arrangerez très bien, si c'est seulement pour cela qu'il vous le faut... A moins que vous ne préfériez revenir avec nous à Escarboucle et laisser fouiller électroniquement votre plantation pour chercher la contrebande ?

Elle le vit soudain à court de mots et en fut très contente.

— Ce ne sera pas nécessaire.

— Je vais vous reconduire à votre plantation avant d'emmener le vaisseau à Escarboucle... BZ, pilote le patrouilleur et rentre.

Gundhalinu acquiesça ; elle vit qu'il était déçu.

— Vous ne voulez pas que je vous suive, inspecteur ?

— Non. Je ne crois pas que le citoyen Ngenet fera une bêtise. Il ne me fait pas l'effet d'un homme stupide.

Ngenet grogna une espèce de rire.

— Allons, partons.

Elle désigna de la tête l'engin de patrouille, l'air sombre. *Ça va être un long voyage.*

— Bien, madame. A Escarboucle, alors.

Gundhalinu la salua et s'éloigna. Elle le suivit des yeux quand il monta dans l'appareil, regarda le patrouilleur se soulever de la terrasse de pierre du quai. Le ciel se couvrait de nouveau ; elle frissonna plus violemment. *A Escarboucle, au moins, il y avait le chauffage central.* Elle rêva soudain de la caresse du vent tiède embaumé de sillipha, des éternels après-midi d'été de son enfance sur Newhaven.

— Eh bien, citoyen Ngenet...

Il s'approcha et referma la main, doucement mais fermement, sur le bras douloureux. Elle réprima un cri et sursauta de surprise et de crainte. Il leva son autre main et la lâcha.

— Je voulais simplement m'en assurer. La petite Etésienne vous a fait mal, inspecteur. Vous feriez sans doute mieux de me laisser examiner ça.

— Ce n'est rien. Montez.

Elle s'écarta, en serrant les dents. Il haussa les épaules.

— Jouez les martyres si vous voulez, mais ça ne m'impressionne pas. Comme vous dites, je ne suis pas stupide.

— J'aime mieux attendre de consulter un médecin à l'astroport.

— Je suis un médecin qualifié.

Il se retourna, appuya d'une main sur un écusson au flanc de l'aéroglisseur et un compartiment s'ouvrit mais dans le mauvais éclairage, elle ne put voir ce qu'il contenait. Ngenet y prit une sacoche, la posa par terre et l'ouvrit.

— Naturellement, dit-il avec un sourire ironique, vous me considéreriez plutôt comme un vétérinaire. Mais les instruments du diagnostic sont les mêmes.

Elle plissa légèrement le front, sans comprendre, mais le laissa lui prendre la main et passer le scanner le long de son bras.

— Hum... Fracture du radius. Je vais mettre une attelle provisoire et vous administrer un calmant.

Elle se laissa faire en silence quand il serra et referma le tube rigide de l'attelle autour de son bras. Puis il lui pressa au creux de la main nue une petite compresse spongieuse. Elle sentit un bienheureux engourdissement éteindre le feu dans son bras et soupira.

— Merci, murmura-t-elle en le regardant ranger la sacoche, et en se demandant soudain s'il la considérait comme une femme crédule. Vous savez que ce n'est pas cela qui va me faire changer d'avis, Ngenet.

Il referma le compartiment d'un geste brusque.

— Je ne l'espérais pas. Je suis indirectement responsable de votre blessure et ça ne me plaît pas. D'ailleurs, je pense vous devoir quelque chose.

— Pourquoi ?

— Pour m'avoir donné à choisir le moindre de deux maux. Si votre sergent zélé en avait fait à sa tête, je serais probablement un déporté.

Elle sourit faiblement.

— Pas si vous n'avez rien à cacher.

— Qui d'entre nous n'a vraiment rien à cacher, inspecteur Pala-Thion ? railla-t-il en ouvrant la porte de l'aéroglisseur. Vous ?

Elle fit le tour de l'engin, attendit qu'il lui ouvre de l'intérieur et monta avec précaution.

— Vous serez le dernier à le savoir, Ngenet, dans un cas comme dans l'autre.

D'une seule main, elle boucla son harnais. Il ne répondit pas mais continua de sourire en mettant en marche. Et, tout à coup, elle ne fut plus du tout certaine qu'il serait le dernier.

13

— ... ainsi sa présence ici nous porte à croire que cet homme est mêlé aux entraves à la chasse aux ondins. Mais j'ai confisqué son aéroglisseur. Je ne crois pas que sans cet engin il pourra causer beaucoup d'ennuis à vos chasseurs.

Arienrhod reposa sa tête contre le coussin parfumé qui la protégeait du dossier froid du trône, en écoutant l'inspecteur lui faire son rapport qui l'intéressait plus qu'elle ne se permettait de le montrer. Elle comprit le regard que la policière jeta à Starbuck, quand elle eut fini, et sentit plus qu'elle ne vit la réaction de son amant. Il avait chassé le rustaud arrogant qui était l'assistant de Pala-Thion, il y avait quelque temps, et en avait été fort amusé ; elle-même avait ri des fantasmes qu'il élaborait, sur ce qu'il ferait à cette femme s'il en avait l'occasion. Elle ne se souciait pas particulièrement du passé de Starbuck mais ce passé avait tendance à faire irruption dans le présent d'une manière qui la surprenait parfois... alors qu'il ne l'étonnait plus guère autrement.

— Qui est cet homme, inspecteur ? Pourquoi ne l'as-tu pas arrêté si tu le savais coupable ?

La reine parlait d'une voix sèche, rendue coupante par le besoin de découvrir un mystère plus profond qui entourait la baie de Shotover.

— Je n'avais pas suffisamment de preuves, répondit rituellement Pala-Thion comme si c'était une phrase qu'elle avait répétée cent fois. Comme c'est un extramondien, il est soumis à la juridiction de l'Hégémonie, Majesté, alors son identité ne peut vous être d'aucune utilité.

Son expression devint un tant soit peu plus butée.

— Naturellement, inspecteur.

Et je peux la découvrir assez facilement, extramondienne. Arienrhod baissa les yeux vers la tête aux reflets brillants et cuivrés de Sparks Marchalaube, assis sur les marches du trône, l'air mal à son aise. Elle avait renvoyé la foule de courtisans bavards, à l'arrivée de l'inspecteur, et pour une raison personnelle, elle avait prié le garçon de rester. Jerusha l'avait regardé avec une surprise évidente. Et Arienrhod avait vu Sparks se redresser avec une certaine fierté quand l'inspecteur avait incliné la tête comme pour le féliciter de son nouvel état.

— As-tu vu également la jeune Etésienne que ton extramondien a prise en stop ?

Pala-Thion sursauta ; elle n'avait pas mentionné cette fille.

— Oui... Oui, Majesté, répondit-elle en touchant inconsciemment le mince plâtre sur son bras droit. Mais elle n'est pas restée pour être interrogée. Elle s'est enfuie avec les contrebandiers. Ils... ils nous ont échappé, comme vous le savez... et ils l'ont emmenée hors planète.

— Non !

Arienrhod se pencha en avant, lâchant ce cri du cœur sans pouvoir le retenir. *Partie... Partie ?* Elle se détendit, puis elle se radossa avec grâce en sentant trois paires d'yeux posés sur elle. Ceux de l'inspecteur avaient une expression calculatrice ; la reine comprit qu'elle avait dû remarquer la stupéfiante ressemblance. Mais Pala-Thion les abaissa de nouveau, comme si elle était incapable d'aller jusqu'à l'aboutissement logique de son soupçon.

— Connais-tu le nom de cette fille ? J'ai des raisons de croire qu'elle serait peut-être une... une parente.

Et que Pala-Thion pense dc cela ce qu'elle voulait !

— Elle s'appelle Moon Marchalaube, Majesté.

Comme Arienrhod s'y attendait, elle maîtrisa sa réaction, cette fois, malgré l'émotion qui l'envahissait. Mais, à ses pieds, le jeune garçon, entendant le nom et comprenant enfin, laissa tomber sa flûte. Elle roula de la marche sur le tapis, jusqu'aux pieds de Jerusha, sans aucun bruit, sans rompre le silence de la salle. Pala-Thion regarda le jeune homme pendant un long moment, avant de relever la tête.

— Je suis navrée, Majesté, dit-elle en jetant de nouveau un coup d'œil à Sparks, comme si elle venait de comprendre qu'il y avait un lien entre eux. Je crois que personne ne voulait que les choses se passent ainsi.

Pas aussi navrée que moi. Arienrhod fit tourner une bague autour de son pouce. *Et pas aussi navrée que tu le seras, extramondienne !*

— Tu peux disposer, inspecteur.

Jerusha s'inclina très bas et repartit d'un pas rapide vers la Salle des Vents, sa cape rouge volant derrière elle. Les mains d'Arienrhod se crispèrent, tremblantes. Sparks se leva, ramassa sa flûte et hésita, désorienté, éperdu de chagrin.

— Majesté, je... Puis-je partir ?

Ses yeux verts étaient baissés, sa voix s'entendait à peine.

— Oui, va. Je t'appellerai quand j'aurai besoin de toi.

Arienrhod leva une main. Sparks quitta le trône sans la génuflexion d'usage. Elle le regarda qui partait en l'oubliant déjà, ses cheveux comme un sang neuf dans la blancheur de la salle, comme une bête blessée cherchant un trou pour se cacher, douloureuse, abandonnée, vulnérable... magnifique.

Depuis qu'il était là, elle sentait se réveiller quelque chose en elle. Un renouveau de jeunesse, de désir... Mais pas le désir qu'elle avait éprouvé pour Starbuck, ni pour aucun de ses centaines d'autres amants, pour cette chair sans âme empressée d'assouvir les besoins insatiables du pouvoir. Quand elle considérait Sparks Marchalaube, oui, elle rêvait d'avoir ce corps mince et souple à côté d'elle dans le lit, de le caresser, de le sentir contre elle. Mais, si elle le regardait, elle voyait aussi sa figure, la fraîcheur de son émerveillement, l'innocence de sa gratitude... ces choses qu'elle méprisait chez les autres et qu'elle s'était refusées pendant le long règne d'Hiver. Il était le bien-aimé de Moon — son *alter ego*, son « autre », la fille de son esprit — et, mi-homme, mi-garçon, sa présence soufflait sur les braises éteintes de son enfance oubliée et faisait naître une douce chaleur dans les froids corridors de son âme.

Mais il n'avait pas réagi quand elle lui avait fait comprendre subtilement, puis moins subtilement, qu'elle le désirait. Il avait battu en retraite, en marmonnant, l'air peureux, derrière la protection de son serment à l'« autre ». Et il y restait, résistant comme le roc à toute tentation, tandis que le dépit inattendu allumait un brasier dans le cœur et le corps de la reine. Mais à présent... A présent qu'ils avaient tous deux perdu leur avenir... Elle tenta de le faire retourner, par la force de sa volonté, de l'obliger à la regarder.

Il s'arrêta, solitaire au milieu d'un champ de neige, et tourna la tête. Il avait une expression tragique tandis qu'elle le retenait avec son regard en pensant : *Nous l'avons perdue tous les deux...*

Enfin, il se détourna et repartit vers l'escalier en spirale montant aux niveaux supérieurs.

— Maintenant que tu as perdu le poisson, tu jetteras peut-être l'appât.

Elle pivota pour regarder Starbuck, percevant l'envie qui s'insinuait dans sa voix chaque fois qu'il parlait du garçon.

— Débarrasse-toi de cette lavette d'Etésien et de son fichu sifflet, Arienrhod. Il me donne envie de vomir. Rejette-le à la ruelle où tu l'as trouvé, avant que je...

— Avant que tu... Quoi, Starbuck ? Tu me donnes des ordres, à présent ?

Elle se pencha vers lui, en levant son sceptre. Il eut un léger mouvement de recul et baissa les yeux.

— Non. Je te le demandais, Arienrhod. C'était une simple prière. Débarrasse-toi de lui. Tu n'en as pas besoin, maintenant que la fille...

Elle abattit violemment le sceptre sur la main posée sur l'accoudoir du trône ; il poussa un petit cri de douleur.

— Je t'ai dit de ne jamais en parler !

Elle mit une main sur ses yeux, pour ne plus le voir. Elle avait perdu la partie, perdu ! Son plan, son avenir, tout avait disparu dans cet unique coup du sort. Des neuf graines qu'elle avait pu planter, une seule fleur parfaite s'était épanouie... et maintenant elle avait disparu. A cause de l'incompétence touche-à-tout de ces mêmes extramondiens dont elle espérait briser le cycle de tyrannie. S'ils avaient su ce qu'elle projetait, ils n'auraient pu réduire plus efficacement ses plans à néant. Et maintenant... que faire ? Il faudrait recommencer, trouver un nouveau plan, moins subtil, moins fragile... et aussi plus dangereux pour elle. Mais il faudrait aussi du temps, pour calculer les possibilités...

Et, en attendant, elle se vengerait sur les responsables. Oui, c'était possible.

— Lioux-Sked. Je veux qu'il me paie ça, je veux que les Bleus en souffrent. Je veux qu'on s'occupe de lui, qu'on m'en débarrasse.

— Tu veux faire tuer le commandant de la police, à cause de ça ? s'écria Starbuck avec stupeur.

Elle secoua la tête, en jouant avec ses bagues.

— Non. C'est trop facile. Je veux le ruiner. Je veux qu'il soit totalement humilié, je veux qu'il perde tout, sa position, le respect de ses amis, son respect pour lui-même. Je veux que la police soit déshonorée. Tu connais le genre de personnes qui peuvent lui faire ça. Va dans le Dédale et arrange cette affaire.

Les yeux sombres de Starbuck remplirent les fentes dans la noirceur de son masque, brillant de curiosité.

— Pourquoi, Arienrhod ? Pourquoi tout cela à cause d'une gamine étésienne que tu n'as jamais vue ? D'abord le garçon pour l'attirer ici, et maintenant ces mesures, parce qu'elle a été enlevée... Au nom des sept niveaux de l'enfer, que peut-elle bien être pour toi ?

— Elle est pour moi... Elle était pour moi quelque chose que je ne pourrais jamais t'expliquer, même si je le voulais.

Elle lui avait simplement donné le squelette de l'affaire, pas la chair, quand sa jalousie du jeune flûtiste avait commencé à le rendre insupportable. Tant qu'il était certain qu'elle ne s'intéressait que superficiellement à d'autres amants, il était tranquille ; mais Sparks était quelque chose de plus et elle n'était pas la seule à le comprendre. Elle n'aimait pas le côté possessif de Starbuck mais, comme toutes ses autres faiblesses, cela avait son utilité. Elle lui avait donc révélé l'existence de la jeune fille, mais pas les raisons de son intérêt.

— Puisqu'elle a disparu, tu n'as pas besoin de savoir qui elle était, d'ailleurs. Oublie-la.

Comme je le dois...

— Et le garçon ? demanda-t-il, maussade.

— Oublie-le aussi, si ça peut te faire plaisir. (Elle le vit s'assombrir encore. *Plus on se retire, plus on est avidement poursuivi.* Elle songea à Sparks.) Occupe-toi de Lioux-Sked et tu me feras grand, grand plaisir.

Elle allongea le bras et lui effleura la main. Il se radoucit un peu.

— Et Pala-Thion ? C'est par sa faute que les contrebandiers ont pu quitter la planète. Tu veux que... que j'arrange quelque chose pour elle, aussi ?

— Non. J'ai d'autres projets pour elle. Elle paiera sa dette... Crois-moi, elle paiera. Maintenant, va. Je veux que tout cela aille vite.

Il s'inclina et quitta la salle. Elle resta seule dans le grand silence blanc.

14

Sparks était vautré en travers de son lit, dans ses appartements privés, traçant et retraçant du bout des doigts le dessin d'une vigne inconnue sculptée sur le chevet. *Partie. Elle est partie.* Il se répétait les mots comme il refaisait le dessin, inlassablement. Il n'avait pas la force de croire, pas la force de réagir, de bouger, de sentir. Pas de larmes. Comment pouvait-elle être partie, disparue de son monde aussi irrévocablement que si elle était morte ? Non, pas Moon, qui avait fait partie de sa vie depuis sa naissance. Pas Moon, qui avait fait serment d'être à lui pour toujours...

Moon qui avait violé son serment, qui était devenue une sibylle. Pourquoi ? Pourquoi lui avait-elle fait ça ? Pourquoi était-elle partie maintenant ? Parce qu'elle croyait qu'il ne reviendrait jamais ? Alors pourquoi n'était-il pas retourné à Neith depuis longtemps ? S'il avait été là-bas quand elle était revenue, rien ne serait arrivé.

Mais il n'y était pas retourné. D'abord à cause de tout ce qui avait mal tourné et ensuite, quand la reine était venue et l'avait trouvé, parce que tout allait bien. Et, toujours, à cause d'Escarboucle. Neith et tout le monde étésien paraissaient aussi lointains et gris qu'un banc de brume ; à présent, la seule réalité était le kaléidoscope d'images de la ville qui ranimaient tous ses sens et sa certitude qu'il ne se contenterait plus jamais de ce petit monde étroit des îles et de la mer. La Mer... la mer n'était qu'une touche d'eau sur une boule de pierre, pour la population de la ville. Les gens juraient par mille dieux et les priaient rarement, et les solutions qu'ils voulaient, leurs machines les leur donnaient.

Il avait une de ces machines sur la table, dans la pièce voisine. Au début, il avait rempli le vaste espace ridicule que la reine lui avait réservé d'instruments qui parlaient, chantaient et même écoutaient, qui prenaient et montraient des images, qui lui disaient l'heure ou la distance vers les étoiles les plus proches. Il avait quelquefois essayé de les démonter et découvert que leurs rouages tombaient en poussière dans sa main, ou qu'ils étaient vides, avec seulement des écailles de métal, peintes de traces d'insectes et quadrillées de filaments. Mais la reine l'avait encouragé, l'avait laissé explorer les appareils techniques du palais, elle l'avait même envoyé dans les innombrables magasins du Dédale pour en acheter toujours plus.

Il se demandait encore pourquoi elle l'avait choisi et pourquoi elle le récompensait si généreusement pour le peu qu'il avait à offrir, mais il s'interrogeait moins qu'au début. Il avait commencé à remarquer que la reine l'observait, quand il jouait pour elle, avec une intensité qui n'avait aucun rapport avec la musique, qui faisait trébucher ses doigts sur la flûte, qui lui donnait l'impression d'être nu devant elle. Et plus tard, il y avait eu une caresse, un mot chuchoté, un baiser, une rencontre fortuite dans un lieu isolé... Et elle ressemblait tant à Moon qu'il avait du mal à détacher ses yeux d'elle, du mal à ne pas croiser son regard, à ne pas être ému, à ne pas répondre au désir qu'il voyait.

Mais elle n'était pas Moon, elle était la Reine d'Hiver sans âge et en la voyant traiter avec les extramondiens et la noblesse qui se présentaient à la cour, cette vérité s'imposait à lui de plus en plus. Elle possédait bien des choses qui manquaient à Moon à cause de sa jeunesse : la sagesse, le jugement calculateur, la profonde expérience perçant sous le sourire sagace. Et d'autres choses que Moon n'aurait jamais, des choses qu'il avait de la peine à définir... Et elle ne pourrait jamais devenir les souvenirs, jamais elle ne serait celle avec qui il avait tout partagé.

Pourtant, elles étaient si semblables, et le passé était si lointain que, parfois, comme la ville, Arienrhod devenait la réalité et Moon seulement un reflet. Et cela l'effrayait ; la peur de perdre sa propre réalité le retenait quand il aurait voulu accepter son invitation.

Mais, à présent, le fil qui l'avait lié à sa vie d'Eté était coupé. Moon n'était plus là. Elle était partie, partie. Il n'avait plus aucune raison de rentrer au pays... jamais ils ne démêleraient l'imbroglio qu'ils avaient fait de leur vie. Jamais plus il ne la reverrait ; jamais plus il ne se coucherait auprès d'elle, comme il s'était allongé la première fois sur la natte tressée, devant la cheminée, tandis que le vent hurlait et secouait les volets dans une noirceur de minuit et que Grandman dormait paisiblement dans la pièce voisine... Les larmes vinrent enfin et il roula sur le ventre pour les enfouir dans la douceur de son oreiller.

Il sentit plus qu'il n'entendit entrer un courant d'air froid quand la porte s'ouvrit et se referma. Il se redressa en s'essuyant les joues et voulut se lever en reconnaissant la reine. Mais elle lui posa une main sur l'épaule et le força à rester sur le lit.

— Non. Ce soir, nous ne sommes pas reine et sujet, mais simplement deux personnes qui ont perdu toutes deux celle qu'elles aimaient.

Elle s'assit à côté de lui, le drapé de sa robe plissée dénudant une épaule. On la voyait rarement habillée avec une telle simplicité, sans autre bijou qu'un collier de feuilles de métal ciselé sur une cordelière de soie.

Il s'essuya encore les joues, chassant sa gêne mais pas son étonnement, le chaos de son esprit. En la voyant à côté de lui, il se posait enfin des questions.

— Je... Je ne comprends pas, Majesté. Comment saviez-vous ? Au sujet de Moon ? Moon et moi ?

— Tu demandes encore comment je sais les choses, depuis le temps que tu es ici ?

Il baissa les yeux, appuya ses mains sur ses genoux.

— Mais... Pourquoi nous ? Parmi tous les gens du monde... Nous ne sommes que des Etésiens.

— Tu n'as rien deviné, même un tout petit peu, Sparks ? Regarde-moi... Je t'ai rappelé quelqu'un... Je te rappelle Moon, n'est-ce pas ?... Tu croyais que je ne comprenais pas. Mais je voyais bien, je savais que cela te... troublait. Elle est ma parente, ma chair et mon sang, aussi proche de moi que tu l'es d'elle.

— Vous êtes... ?

Il essaya d'imaginer une parenté, expliquant l'incroyable ressemblance.

— La tante de Moon ? La sœur de son p...

— Moon n'a pas de père... plus de père. Et nous ne l'avons plus, toi et moi. Je n'ai jamais eu l'occasion de la voir, mais elle était très importante, aussi précieuse pour moi que pour toi. Peut-être plus encore. J'avais espéré, avec le temps, que nous pourrions l'avoir avec nous, ici en ville.

Elle le quitta des yeux, regarda nerveusement la chambre, une table sculptée. Il déclara catégoriquement :

— Elle ne serait pas venue. Plus maintenant qu'elle était une sibylle.

— Tu crois ? Pas même pour toi ? insista-t-elle en le tenant toujours par l'épaule.

Il soupira.

— Je n'ai jamais été aussi important pour elle que d'être une sibylle. Mais pourquoi ne m'avez-vous pas parlé d'elle et de vous et... et de nous ?

Curieusement, il ne s'adressait plus à la reine mais à la seule personne qui comprenait sa perte.

— Je t'aurais parlé. Je le fais maintenant. Mais je voulais savoir quel genre d'amant ma... ma parente choisirait entre tous les hommes. Je voulais d'abord te connaître. Et j'approuve son choix, de tout cœur.

La main se resserra un instant et retomba ; d'un geste irrité, elle repoussa une mèche sur son front, ce qui en libéra d'autres. Sparks ne l'avait jamais vue ainsi, lasse, troublée et déçue. Si femme, si semblable à lui... semblable à Moon...

— Maintenant, je ne connaîtrai jamais Moon, Sparks. Je n'ai que toi pour me parler d'elle, pour me la rappeler. Dis-moi ce que tu te rappelles le mieux, ce que tu ressens de plus profond pour elle. Qu'aimait-elle... qu'aimais-tu chez elle plus que le reste ? Dis-moi combien tu l'aimais...

La nuit de feu et de vent lui revint à la mémoire, avec mille autres images de Moon en surimpression : la petite fille tournoyant, les bras écartés, sur une plage étincelante ; l'adolescente emmitouflée halant à côté de lui un plein filet de poissons brillants sur un pont gelé ; et l'amante, chuchotant des mots tendres, chaude sur son cœur.

— Je ne peux pas. Je ne peux pas vous parler d'elle... Maintenant qu'elle n'est plus là, murmura-t-il, la voix brisée.

— Oui, elle est partie, Sparks.

Arienrhod ôta son diadème, secoua ses cheveux qui tombèrent en cascade sur ses épaules et dans son dos, sur les couleurs de nuage de sa robe simple.

— Mais tu ne l'as pas perdue. Si tu ne le veux pas... Nous nous ressemblons beaucoup, elle et moi, n'est-ce pas ?

Il la regarda, contempla la chute de cheveux ivoire, le mince corps juvénile, l'étoffe soyeuse drapée sur de petits seins haut placés... les lèvres, les yeux de mousse et d'agate qui posaient une question, le visage qui répondait.

— Oui.

— Alors, laisse-moi être Moon pour toi.

Elle lui écarta une mèche sur le front, d'un geste qui ranima de nostalgiques souvenirs ; il sentit son cœur battre plus vite. Il croyait entendre la voix de la Mer mais ne savait si elle le bénissait ou le maudissait, et cela lui était égal. Il brûlait et la Mer elle-même ne pouvait éteindre la flamme de son désir. Il tendit les mains vers elle, pour la première fois, caressa son épaule nue et la fraîcheur de son bras.

Avidement, elle l'attira sur le lit à côté d'elle, en guidant ses mains.

— Montre-moi combien tu l'aimais...

Allongé, les yeux fermés, Sparks absorbait les messages de ses autres sens, aiguisés par la lourdeur de son corps las. Il respira la chaude odeur musquée d'Arienrhod à côté de lui, sentit la douce pression de son corps contre lui. Elle ne sentait pas la mer mais les coûteux parfums importés et, pourtant, il percevait en elle la présence de la Mer ; elle était l'incarnation de la Dame, vêtue d'écume, couronnée d'un vol d'oiseaux de mer, ses lèvres étaient roses comme l'aurore, rouges comme le sang... des lèvres qui l'attendaient depuis des siècles. Il écouta le rythme de sa respiration paisible et ouvrit les yeux pour la contempler. Elle souriait dans son demi-sommeil... elle aurait pu être celle qu'il avait nommée à l'instant où il s'était abandonné...

La stupéfaction lui serra la gorge à l'idée qu'il était couché à côté de la Reine d'Hiver mais une profonde tendresse l'envahissait. De tout son cœur, il voulait lui donner l'amour, la loyauté, la vie qu'il avait voués à son double perdu.

— Arienrhod... souffla-t-il à son oreille. Arienrhod, je veux être le seul pour toi, ne faire qu'un avec toi.

Elle ouvrit alors les yeux et le contempla d'un air de tendre reproche.

— Non. Non, mon amour.

— Pourquoi ? protesta-t-il en la serrant dans ses bras. J'étais le seul pour Moon. Laisse-moi être le seul pour toi. Je ne suis pas qu'un poisson parmi les autres dans le filet. Je ne veux pas te partager avec une centaine d'autres.

— Mais tu dois me partager, Sparks. Je suis la reine, je suis le pouvoir. Rien ne m'impose de limites, nul ne me commande, je ne le permettrai pas, parce que cela affaiblit ma puissance. Jamais il n'y aura qu'un seul être, homme ou femme. Parce que je suis l'Unique. Mais il n'y en aura jamais un autre comme toi...

Elle l'embrassa légèrement sur le front et sa main se referma sur la médaille d'extramonde reposant sur sa poitrine.

— Mon enfant des étoiles...

Il frissonna.

— Qu'est-ce que tu as ?

— Elle m'appelait comme ça.

Il se souleva sur un coude et la regarda sourire.

— Si je ne peux pas être le seul, alors je veux être le seul qui compte pour toi.

Dans sa pensée, il voyait la silhouette vêtue de noir, moqueuse, qui se tenait toujours à la droite de la reine, qui le harcelait et l'insultait à chaque occasion, avec une joie mauvaise attisée par la plus amère des jalousies.

— Je veux défier Starbuck.

— Starbuck ? s'exclama Arienrhod avec une franche surprise puis elle éclata de rire. Mon amour, tu es trop nouveau ici pour comprendre ce que tu dis. Et tu es bien trop jeune et vivant pour tout rejeter. Parce que c'est cela que tu ferais si tu défiais Starbuck. Le geste me flatte, mais je l'interdis. Crois-moi quand je te dis qu'il ne compte pour rien dans mon cœur. Depuis la première nuit de Festival, quand j'ai mis le casque de la Reine d'Hiver... il y a si longtemps... (son expression changea, elle ne le voyait plus) il n'y a eu personne dans mon lit, ni dans ma vie, qui m'ait fait regretter le temps où je n'étais qu'Arienrhod, où je vivais dans un monde ignorant mais libre, où les souhaits et les rêves avaient une signification parce qu'ils se réalisaient toujours. Tu me fais rêver d'une innocence perdue... tu me fais rêver. Tu n'as pas besoin de faire ou d'être autre chose pour que je t'aime, et veuille te préserver de tout mal. Starbuck pourrait te tuer avec n'importe quelle arme de ton choix, y compris les mains nues. Et, d'ailleurs, Starbuck doit être un extramondien, il doit avoir les connaissances et les relations, parmi les siens, pour m'aider à les tenir en respect.

— Je suis assez extramondien, riposta Sparks en montrant sa médaille, en la faisant tourner en l'air au-dessus d'elle, au bout de la chaîne. Et je fais suffisamment partie de ce monde pour les haïr autant que toi. J'ai écouté et observé, j'ai beaucoup appris sur la cour et aussi sur la ville, et comment les extramondiens s'en servent. Et ce que je ne sais pas, tu peux me l'apprendre... (Il sourit, d'un sourire que Moon aurait compris.) Je sais la seule chose que j'ai besoin de savoir, même si tu ne me crois pas... comment défier Starbuck et être vainqueur.

Il cessa de sourire. Arienrhod l'examina en silence, le mesura et le soupesa des yeux. Il crut voir une ombre passer sur son visage avant qu'elle hoche la tête.

— Eh bien, défie-le. Mais si tu fais cela et si tu échoues, je te traiterai de petit fanfaron vaniteux et je ferai l'amour avec lui sur ta tombe.

Elle saisit la médaille et la chaîne et attira Sparks sur elle. Il lui prit de nouveau les lèvres, avec violence.

— Je n'écouterai pas. Et si je ne peux pas être ton seul amant, je serai le meilleur !

15

C'était le matin du grand jour. Starbuck se préparait lentement, délibérément, dans la pièce la plus reculée de son appartement privé ; chaque mouvement précis le rassurait, à chaque petite décision, il était certain de sa maîtrise absolue. Il portait la combinaison de sa tenue de chasse, au lieu de son élégant et funèbre costume de courtisan, afin d'être à l'aise et d'avoir la liberté de ses mouvements. Il enfila avec soin ses gants de cuir noir et se coiffa de son heaume. L'idée lui vint que c'était peut-être la dernière fois qu'il porterait le masque ou accomplirait le rite et ses muscles se crispèrent. Mais il chassa dédaigneusement cette pensée... comme il allait se débarrasser de Sparks Marchalaube.

Ainsi, pensa-t-il, ce jeune morveux croyait pouvoir être Starbuck, il avait eu le toupet de lancer un défi... et Arienrhod avait accepté. Il s'en serait révolté si le combat n'avait été si absurde qu'elle ne pouvait le prendre au sérieux. Jamais elle ne laisserait un rustaud ignorant de l'intérieur, avec une médaille de bazar, se targuer d'être un extramondien, à moins qu'elle sache qu'il n'avait pas la moindre chance de gagner.

Non, elle voulait simplement s'amuser ; c'était bien d'elle, d'imaginer cela. Elle n'était plus la même depuis qu'elle avait appris la nouvelle, à propos de la cousine de Marchalaube, elle devenait maussade et capricieuse, encore plus difficile à vivre que d'habitude. Il aurait cru que rien au monde ne pouvait ébrécher son armure d'égoïsme suprême ou ébranler son inébranlable arrogance. Qu'avait donc été cette fille pour Arienrhod, qu'elle l'ait suivie de loin pendant tant d'années ? Il aurait donné cher pour savoir ce qui rendait la reine vulnérable...

Il savait déjà ce que le garçon avait été pour elle, qu'elle avait finalement réussi à l'attirer dans son lit, après la plus longue poursuite dont elle avait jamais eu besoin. Le gamin devait être fou ou alors il avait feint exprès l'innocence récalcitrante. L'un ou l'autre, et cela avait réussi. En voyant la figure d'Arienrhod, quand elle regardait ce garçon, il était fou de rage, rongé par une jalousie que jamais aucun de ses amants n'avait provoquée.

Mais cela n'avait plus d'importance. C'était perdre son temps que de s'inquiéter ; elle en avait déjà assez de lui. Une fois passé l'amusement de la chasse, une fois que l'objet insaisissable n'était plus qu'un amant sans intérêt, il était logique qu'elle décide de se débarrasser de lui comme de tous les autres. C'était normal. Cela correspondait à l'Arienrhod qu'il avait toujours connue. Elle serait de nouveau à lui, elle lui reviendrait, comme à chaque fois parce qu'il savait ce qu'elle voulait, en tout, et il était capable de le lui donner.

Et ce serait un plaisir de s'occuper pour elle de cette petite affaire, en tuant ce jeune salaud exaspérant. Arienrhod avait accordé au garçon le choix des armes ; ça ne le gênait pas non plus parce qu'il était maître dans n'importe quelle arme et le gamin n'était qu'un pauvre joueur de flûte. Presque indigne de lui... mais il y prendrait quand même plaisir.

Starbuck s'examina dans le grand miroir et fut satisfait. Bouclant son ceinturon, il quitta son appartement et se dirigea vers la Salle des Vents, où Arienrhod avait ordonné que la rencontre aurait lieu. Il en avait été surpris mais n'avait pas protesté. La noblesse et les domestiques qu'il croisa dans les couloirs s'écartèrent de lui en lui jetant des regards furtifs et nerveux. (Même ces lavettes trop gâtées de la jeunesse dorée l'avaient toujours traité avec respect, ostensiblement.) Ils étaient tous au courant du défi, ils savaient que c'était le jour, mais aucun ne saurait jamais qui était celui qui l'avait lancé... ni ce que serait l'issue bien qu'elle fût aisée à deviner.

Il se demanda quelle arme choisirait le garçon. Une impatience électrique lui faisait picoter les mains ; il remua les doigts. Les défis étaient rares, le genre de choses dont aucun Hivernien respectable n'aimait admettre la persévérance dans leur moitié du monde, un vestige des temps obscurs avant que l'Hégémonie n'apporte ses lumières dans cette planète perdue, d'un temps où la reine était réellement la Mère de la Mer aux yeux de son peuple, où les hommes se battaient pour ses faveurs divines... tout comme à présent. Ce n'était pas ce rappel d'une ère non civilisée qui le gênait. Il aimait se mettre à l'épreuve, contre d'autres hommes, prouver au monde — à Arienrhod, à lui-même — chaque fois qu'il gagnait, qu'il était le meilleur de ceux qui cherchaient à l'abattre. Pas seulement le plus fort mais aussi le plus intelligent. C'était pourquoi il avait toujours gagné et gagnerait toujours. Même s'il était né Sans-Classe sur Kharemough avec tout le monde sur le dos qui lui faisait manger de la merde ; il avait lutté pour échapper à cet égout, pour se hisser dans une situation de puissance que le plus cultivé des technocrates de Kharemough ne pouvait espérer atteindre. Il avait tout ce qu'ils avaient et plus encore : l'eau de vie. Combien d'entre eux avaient gaspillé des fortunes pour effacer un jour de chaque semaine, ou de chaque mois de vieillissement ? Tous les jours il buvait à la fontaine de Jouvence, cela faisait partie du métier. Tant qu'il donnait à Arienrhod ce qu'elle voulait, il aurait tout ce qu'il pouvait désirer et jamais il ne vieillirait. Et tant qu'il garderait la jeunesse, tous les défis du monde ne pourraient l'en priver.

Il arriva à la salle d'audience. Elle était déserte, vaste et silencieuse comme si elle retenait sa respiration. Il la traversa et son passage ne troubla pas le silence. Il se demanda l'effet que cela faisait de détenir le pouvoir pendant cent cinquante ans, comme Arienrhod. Ou simplement de vivre aussi longtemps, de voir le retour des extramondiens et la renaissance d'Hiver... d'assister au renouveau de la civilisation et d'avoir le choix des plaisirs. Il aurait voulu savoir ce qu'un homme — ou une femme — ressentait après tout cela et il se demanda si, en vivant aussi longtemps, il commencerait à comprendre les méandres de l'esprit d'Arienrhod.

Depuis longtemps, il avait perdu le compte des femmes qu'il avait connues, des technocrates de grande famille aux esclaves ; il en avait détesté certaines et il les avait presque toutes utilisées, il en avait respecté une ou deux mais jamais il n'en avait aimé aucune. Rien ne lui apportait la preuve que l'amour était autre chose qu'un mot. Seuls les faibles et les perdants croyaient à l'amour ou aux dieux...

Mais jamais il n'avait connu personne comme Arienrhod. Elle était moins femme qu'élément ; son magnétisme était créé par toutes les choses qu'il jugeait désirables. Elle l'avait fait croire malgré lui à sa propre vulnérabilité et, de ce fait, il avait presque cru au pouvoir de dieux inconnus... ou de déesses. Et il n'aurait pas cent cinquante ans de jeunesse et de plaisir, cent cinquante ans pour tenter de résoudre ces mystères, même s'il le voulait. Il n'avait que cinq ans avant d'avoir à quitter à jamais ce monde... ou à mourir. Dans cinq ans, tout prendrait fin au Changement et Arienrhod mourrait... et il mourrait avec elle à moins de partir à temps. Il l'aimait, lui qui n'avait jamais aimé personne que lui-même. Mais il ne pensait pas l'aimer plus que la vie.

Elle l'attendait sur la plate-forme quand il entra dans la Salle des Vents. L'abîme gémissait et soupirait avidement derrière elle. De légères rafales soulevaient ses cheveux d'une blancheur laiteuse et les laissaient retomber sur la blancheur de sa cape de cérémonie. Cette cape était faite de duvet d'oiseaux arctiques, mouchetée d'argent, douce et légère comme un nuage. Il se rappelait sa caresse sur sa peau. Elle l'avait portée six fois, à chacun de ses précédents défis, la première fois quand c'était lui qui l'avait lancé.

Les Limiers se tenaient sur la gauche, le pelage luisant, les paupières internes à demi closes sur les yeux nacrés sans expression. Ils étaient là pour porter serment d'allégeance au vainqueur et pour se débarrasser discrètement du cadavre du vaincu. Jamais, en dix ans, il n'avait compris leurs interminables conversations marmonnées et ne l'avait jamais regretté. Il ne savait pas quelle était leur vie sexuelle ni même s'ils avaient un sexe. Dans d'autres mondes, ils étaient employés comme esclaves ; mais les êtres humains aussi. Il se demanda un instant ce qu'ils pensaient, quand ils tournèrent la tête pour l'observer, s'ils pensaient même à quelque chose de concevable par l'homme, en dehors de la mort.

Il s'inclina cérémonieusement devant Arienrhod, puis devant le garçon.

— Je suis venu. Nomme ton arme.

C'était la première fois qu'il n'avait pas le choix. Les yeux de la reine se posèrent sur lui quand il prononça les paroles rituelles, mais son regard n'avait rien de rassurant, ce n'était qu'une réaffirmation de cette froideur qu'elle manifestait depuis l'arrivée du garçon. Serait-elle encore coiffée de ce sale petit Etésien ? Croyait-elle réellement qu'il avait une chance ?

Starbuck serra les poings, soudain dérouté. Il était furieux contre elle. Elle ne s'en tirerait pas comme ça ! Il allait tuer ce morveux et, ensuite, elle le reprendrait dans son lit, qu'elle le veuille ou non. Il fit un effort pour se concentrer et emprisonner sa colère croissante dans une camisole de force.

— Eh bien, quel est ton choix ?

— Le vent.

Sparks sourit et fit un geste, en expliquant :

— Nous nous tiendrons là, sur le pont, et celui qui

maîtrise les vents mieux que l'autre y sera encore quand ce sera fini.

Lentement, il tira la flûte de sa bourse et la tendit.

La voix de Starbuck se brisa sur un rire stupéfait. Ainsi, le gosse avait une imagination égale à son toupet... et à sa stupidité ! Avec leurs sifflets, les nobles pouvaient créer un espace calme autour d'eux, quand ils franchissaient le gouffre, mais ils ne pouvaient manipuler deux espaces à la fois. Avec sa propre boîte de contrôle, il savait produire des accords et des contrepoints qui le protégeraient et repousseraient les assauts. Si le morveux se croyait mieux équipé qu'un noble, avec sa misérable flûte en coquillage, alors il allait avoir la plus grande surprise de sa vie... et la dernière.

Arienrhod recula, sa cape tourbillonnant autour d'elle comme du brouillard, comme les panneaux translucides au-dessus du pont, les laissant tous deux face à face.

— Que le meilleur gagne.

Elle avait la figure parfaitement impassible.

Sans attendre que Sparks avance le premier, Starbuck passa devant lui et s'avança sur le pont. Il le traversa presque nonchalamment, ses doigts pressant la séquence mélodieuse des boutons à sa ceinture. Une fois, le vent l'effleura et il frémit mais personne ne le remarqua, il en était sûr. Il s'arrêta enfin, plus qu'à mi-chemin, et se retourna pour attendre, une main sur la hanche, l'autre à sa ceinture. Jamais il ne s'était immobilisé au-dessus de l'abîme ; les entrailles grondantes de la machinerie de la ville paraissaient infinies, au-dessous de lui, et le pont bien trop fragile. Il pressait automatiquement les boutons, gouvernait les fluctuations du vide qui l'entourait en prenant bien soin de ne pas regarder en bas.

Sparks porta sa flûte à ses lèvres et s'avança sur le pont ; la pureté cristalline des notes parvint nettement aux oreilles de Starbuck. Il vit avec étonnement que le truc marchait... la musique enveloppait le garçon comme un charme, il avançait dans un air calme, sans qu'aucun souffle n'agite ses cheveux flamboyants ou la soie de sa chemise verte. Il devait avoir passé beaucoup de temps à analyser cet endroit. Mais cela ne lui servirait pas à grand-chose.

Starbuck appuya sur un autre bouton quand Sparks eut dépassé le bord. Les panneaux translucides dansèrent ; le vent monta d'un coin inattendu et frappa comme un serpent le dos du garçon. Il chancela et tomba sur un genou, tout au bord du pont sans garde-fou ; mais pas un instant ses doigts ne lâchèrent la flûte et il repoussa adroitement le courant d'air en se rejetant en arrière et en se rétablissant d'un coup de reins. Puis il se remit en marche, la figure sombre de rage ; un torrent de sons aigus ruisselait devant lui, protégeant son avance, brouillant les feintes et les parades sonores de Starbuck.

Starbuck vacilla et parvint difficilement à garder son équilibre quand le vent le gifla à toute volée. Des larmes lui montèrent aux yeux, il cligna fébrilement des paupières, il essaya de voir alors qu'il aurait dû écouter. Le vent le surprit par-derrière et le jeta à terre. A quatre pattes, il retrouva ses commandes et stabilisa sa bulle d'air avec une adresse désespérée alors qu'il se remettait debout. Les panneaux à vent claquaient et battaient et Sparks passa de nouveau à l'attaque, avec un sombre sourire. Starbuck manqua perdre pied mais il réussit à riposter dans une cacophonie de notes heurtées. Il comprenait enfin que la lutte ne serait pas inégale... du moins pas de la manière qu'il avait imaginée. Il se dit qu'il n'avait pas accordé suffisamment d'attention à la musique de ce garçon pour se rendre compte de sa virtuosité, avec ce fichu coquillage. Il était capable de créer des harmoniques et ses doigts étaient si rapides que les notes devenaient des accords. Et il jouait son jeu comme s'il s'était préparé à l'affrontement avec toute l'habileté de son oreille de musicien et de son intelligence du technicien qu'il rêvait d'être.

Mais c'était un jeu de mort et, entre tous les arts que possédait Starbuck et que Sparks aurait pu choisir, la manipulation des vents était celui auquel il s'était le moins exercé. Il commença à transpirer ; pour la première fois, aussi loin qu'il se souvenait, il craignit pour sa vie. Le vent l'assaillit alors qu'il se croyait en sécurité. Il réagit violemment et le renvoya sur trois points différents ; il entendit l'exclamation de surprise de son adversaire alors qu'il était brusquement enveloppé et projeté en avant. Mais il resta sur le pont et reprit son équilibre avant qu'une autre rafale l'achève.

Starbuck jura tout bas. Il y avait trop de choix, aucun moyen de prévoir l'effet qu'aurait le mélange confus de leurs commandements sonores différents, même s'ils pouvaient se deviner. Il se ramassa sur lui-même et avança vers Sparks en concentrant toute sa pensée sur sa protection au lieu de l'assaut. Plus ils seraient près l'un de l'autre, moins le gamin pourrait se permettre de compromettre sa propre stabilité en créant autour d'eux des sautes de vent. Il se répétait que, si seulement il pouvait mettre la main sur cette flûte et la briser, alors il aurait une chance d'en finir...

Un violent direct glacé le jeta par terre, il s'étala sur le flanc en battant désespérément des bras, ses pieds dépassant d'un bord, sa tête et ses épaules de l'autre. Pendant une éternité, il regarda droit dans le puits noir sans fond, où luisaient faiblement les spirales des voyants des machines, comme le feu perdu au cœur d'une Porte Noire, il perçut l'odeur de la mer et sa lamentation. En cet instant, il resta immobile, en attente, les mains crispées sur le rebord du pont en dos-d'âne, hypnotisé par l'imminence de la mort.

Mais le dernier coup impalpable ne tomba pas, ni ne monta pour le faire passer par-dessus bord. Délivré de sa paralysie, il releva la tête et vit Sparks Marchalaube pétrifié comme lui, incapable d'aller à la curée.

Il se releva, sur le tablier d'un mètre de large, ne réagissant plus que par instinct. Environné d'un trou d'air protecteur, il se précipita et arriva presque à portée du garçon avant qu'il se secoue enfin et lui envoie une double rafale. Mais il la para aisément et, en même temps, il leva son pied botté de toute sa force pour frapper son adversaire à l'aine.

Sparks s'écroula avec un cri de bête blessée. La flûte restait dans sa main mais ne lui servait plus à rien, n'était pas un danger pour son rival... Starbuck recula lentement en savourant sa victoire, regrettant seulement que le morveux souffre trop pour se soucier de ce qui allait maintenant lui arriver. Starbuck se redressa pour regarder Arienrhod, toujours debout près du bord, très loin, comme un rêve insaisissable. Dans un instant, la route vers elle serait ouverte. Ses doigts dansèrent sur les boutons à sa ceinture. Arienrhod fit un geste imperceptible.

Deux notes discordantes entrèrent en collision. Suffoqué, Starbuck perdit pied quand le vent s'abattit sur lui. Pas le garçon... pas le garçon... lui ! Il tombait...

— Arienrhod !

Il hurla son nom, comme une malédiction, comme une prière, comme une accusation, tout en tombant. Et les échos le suivirent dans les ténèbres.

16

La Porte Noire occupait entièrement l'écran au centre de la paroi, un tourbillon flamboyant ressortant sur les ténèbres ambrées du lointain champ d'étoiles. Au cœur de cette multitude stellaire, il y avait eu jadis une surabondance d'épaves cosmiques pour assouvir la faim des trous noirs ; au fil des âges, elles avaient été consommées en majeure partie et le mortel excrément de la radiation gravifique du trou avait diminué. Mais il avait capturé l'étoile que les Tiamatains appelaient l'Etoile d'Eté et la gardait prisonnière sur une courte longe, en siphonnant sa chromosphère. Les particules de poussière et de molécules montaient en dégageant leur potentiel d'énergie tandis qu'elles étaient aspirées et détruites... tout comme le vaisseau était aspiré...

Elsevier sentit la faim de la Porte l'attirer, sentit le premier picotement de sensation physique, le lent mouvement incontrôlable de son corps sans poids vers l'image du mur... sentit aussi la faim dans son esprit où elle sondait sa secrète terreur du démembrement. Le cocon élastique transparent qui l'entourait la repoussa doucement et la rassura.

Elle baissa les yeux sous ses pieds flottants, vers le centre de gravité du vaisseau où Moon était suspendue dans une autre chrysalide captant la lumière. Elle s'agitait, comme un papillon impatient de naître ; sa combinaison de vol rose vif brillait des reflets du pupitre de commande suspendu autour d'elle. Une couronne en résille d'argent planait, inutile, au-dessus de ses cheveux argentés, la couronne que Cress aurait dû porter, le casque symb des astrogateurs. Moon leva les yeux et vit Elsevier qui la regardait. La vieille femme observa dans le regard de la jeune fille un conflit d'émotions.

— Tu es prête, Moon ?

— Non...

Elsevier sursauta, craignant ce que leur causerait une soudaine révolte de la petite. Elle croyait l'avoir persuadée que le voyage n'était qu'un bref détour de leur chemin, pour aller trouver son cousin. Mais si elle refusait d'entamer un Transfert, maintenant...

— Je ne sais pas quoi faire. Je ne comprends rien. Je ne comprends pas comment...

Elsevier respira. C'était du doute qu'elle avait vu dans les yeux de Moon, pas du refus. Sa propre conscience coupable l'avait égarée.

— Tu n'en as pas besoin, Moon. Pour ça, laisse-moi faire. Fais-moi confiance. Je n'ai pas encore envie de rencontrer le Comptable. Programme simplement toutes les données comme je te l'ai montré.

Moon se tourna vers l'écran, sans un mot, sa crainte tempérée par la vague compréhension du terrifiant pouvoir de la Porte. Ils étaient au-dessus de son pôle de rotation, déjà pris dans le courant de son cœur gravifique noir, cette force si inexorable que la lumière elle-même ne pouvait s'en libérer. Ce trou, de vingt mille masses solaires, était assez grand pour qu'un vaisseau spécialement conçu tombe au-delà de l'horizon du conduit avant d'être déchiqueté par le raz de marée de forces agissant contre sa masse. Mais seul un astrogateur bien au courant de la physique des singularités et en connexion symbiotique avec les ordinateurs du bord, pouvait maintenir l'équilibre critique de ses stabilisateurs. Seul un astrogateur — ou une enfant ignorante d'une planète attardée dont l'esprit était déjà en symbiose avec la plus formidable banque de données de l'espace connu et du temps.

— Vous voulez que je commence le Transfert ? Elsevier...

Moon leva de nouveau les yeux, l'air résolu. Elsevier respira profondément, pour retarder l'inévitable. Mais l'instant inévitable était déjà passé et maintenant, elle devait parler.

— Oui, Moon. Garde les yeux sur l'écran et commence le Transfert.

Et que les dieux me pardonnent comme ils te protègent, mon enfant. Parce que tu ne reverras jamais ton monde. Moon ferma les yeux, un instant, comme si elle priait sa déesse, puis elle les fixa sur le tourbillon scintillant.

— *Input...*

Elsevier pressa un bouton à la télécommande de sa ceinture au moment où le corps mince de la jeune fille frémissait en entrant en transe ; les données concernant leur entrée passèrent rapidement à travers l'image de l'écran et disparurent. Si elle avait raison — et elle ne pouvait se permettre une erreur — ça devrait suffire pour commencer la programmation nécessaire dans le système de pilotage. Sans les implants d'astrogateur, aucun être humain ne pouvait utiliser pleinement les circuits symb de l'ordinateur de bord, mais le Transfert de la sibylle fournirait les renseignements que les ordinateurs ne pouvaient donner.

— Y est ? Fille a mal ?

La voix de Silky, parlant un mauvais sandhi, lui parvint dans un chuchotement sifflant, dans le silence du poste de commande.

— Comment veux-tu que je le sache ? répliqua-t-elle, rendue hargneuse par le doute.

Elle le regarda, les sourcils froncés. Son corps amphibie luisait, à travers son cocon, son aspect soyeux provoqué par l'huile antidéshydratation. Il paraissait singulièrement troublé ; elle pensa soudain qu'il devait se sentir en sympathie avec cette jeune innocente arrachée au monde qu'elle connaissait, à la merci de traîtres étrangers.

— Elle peut mourir ?

— Silky, nom des dieux ! jura Elsevier et elle se mordit la lèvre, en se tournant vers le maléfice en expansion de la Porte. Tu sais que je ne peux pas répondre... mais tu sais que je ne l'aurais pas fait si je pensais qu'elle courait ce risque. Tu le sais, Silky... Mais quel choix avions-nous ? Il fallait bien essayer. Je lui ai dit que ce serait une longue transe, elle l'a acceptée.

— Elle trop jeune. Elle pas savoir. Tu lui mens, dit-il, plus près des reproches qu'il ne l'avait jamais été.

— Je lui revaudrai ça, marmonna Elsevier en fermant les yeux. Je veillerai à ce qu'elle ait tout ce qu'il faut pour être heureuse sur Kharemough.

Elle les rouvrit et regarda de nouveau Moon, dont le corps vêtu de rose était inerte, mollement appuyé contre les parois du cocon. N'y avait-il vraiment que six jours tau qu'ils avaient fait ce maudit atterrissage à Tiamat, qu'ils avaient battu précipitamment en retraite vers leur vaisseau sans rien d'autre que Cress entre la vie et la mort et, à sa place, une étrangère en transe ?

Et le temps pressait, la police allait les chercher dans tout l'espace de Tiamat, ils ne pouvaient courir le risque d'être pris avec une citoyenne kidnappée à bord. La petite voulait retourner chez elle... mais il n'y avait aucun moyen de la renvoyer. Cress devait aller à l'hôpital et les seuls capables de le sauver étaient sur Kharemough, au-delà de la Porte.

Mais seul Cress pouvait la leur faire franchir.

C'était là qu'elle s'était souvenue que Moon était une sibylle ; une fois, TJ lui avait parlé d'une sibylle qu'il avait vue, qui était entrée en transe et avait fait marcher un polarisateur de champ pour sauver cinq personnes, lors d'un accident industriel. Cette sibylle ignorait tout de la machinerie sophistiquée ; alors peu importait que celle-ci sache à peine ce qu'était une machine. Elle n'était qu'un réceptacle, comme elle disait ; et son devoir était de servir tous ceux qui avaient besoin d'elle... elle pouvait leur faire passer la Porte, sains et saufs.

Mais quand Elsevier avait tenté de l'expliquer à Moon, elle s'était heurtée à une barrière aussi infranchissable que la Porte. Moon restait fermement attachée sur son siège à bord du LB et refusait de mettre le pied à l'intérieur du grand vaisseau.

— Ramenez-moi ! Il faut que j'aille à Escarboucle !

Sa figure était comme un poing fermé et elle avait répondu à tous les arguments imaginables par ces deux mêmes phrases, inamovibles et inébranlables.

— Mais, Moon, jamais les extramondiens ne te laisseront retourner s'ils te trouvent avec nous. Ton monde est proscrit. Ils nous condamneront tous aux camps de scories sur Grande Bleue, et crois-moi, mon enfant, mieux vaut la mort.

— Ça m'est égal, si je ne reviens pas. Sans lui, rien ne compte.

Ah, petite fille, que tu as de la chance de croire que c'est aussi simple... et que tu es naïve ! Et pourtant, une voix intérieure disait à Elsevier que c'était vrai ; depuis la mort de TJ, elle ne vivait qu'à moitié...

— Je sais, je sais vraiment que c'est ce que tu penses maintenant. Mais si tu ne peux pas songer à toi, alors pense à Cress, avait-elle imploré alors en passant une main sur la fraîche coquille translucide soufflant sur les braises fragiles de la vie du blessé. Il va mourir, Moon. Si nous n'arrivons pas à Kharemough, il mourra. Tu es une sibylle. C'est ton devoir.

— Je ne peux pas faire ce que vous demandez ! répliqua Moon en secouant la tête, ses tresses ondulant autour d'elle. Je ne peux pas. Je ne sais pas comment. Je ne peux piloter un vaisseau stellaire.. Et je ne peux pas quitter Sparks !

— Ce ne sera que pour quelques semaines !

Les mots avaient échappé à Elsevier exaspérée ; mais avant qu'elle puisse les rattraper, elle vit Moon relever brusquement la tête.

— C-combien de temps ?

— Environ un mois, aller.

Heure du bord. Et, pendant ce temps, plus de deux ans auraient passé sur Tiamat. Mais Elsevier ne le dit pas ; l'inspiration naquit de la nécessité.

— Seulement un mois dans un sens et dans l'autre,

Moon. Si tu avais pris un navire marchand de Shotover à Escarboucle, tu aurais mis aussi longtemps. Aide-nous à passer la Porte, aide Cress... et si tu tiens encore à retourner quand nous serons à Kharemough, je te ramènerai, je te le promets.

— Mais comment pourrais-je ? Je ne sais pas piloter un vaisseau stellaire !

— Tu peux faire n'importe quoi, être n'importe quoi, répondre à toutes les questions sauf une. Tu es une sibylle, et il est temps que tu apprennes ce que ça veut dire, ma petite fille. Fais-moi confiance.

Les mots l'avaient étouffée quand elle s'était penchée pour déboucler le harnais de sécurité de Moon.

Un *clac* violent résonna dans le vaisseau et fit retomber Elsevier dans le présent.

— Silky ? Qu'est-ce que c'est que ça ? Quelque chose se balade...

Les contrepoids protecteurs du cocon l'avaient immobilisée. Elle ne pouvait libérer un doigt ni tourner la tête ; elle ne pouvait que regarder droit devant elle le cancer étincelant qui s'étalait sur l'écran.

— Montre.

Elle poussa un petit soupir de soulagement et de dépit en la voyant collée contre une double étoile, au bas de l'écran. Les images des étoiles étaient attirées vers le centre de l'image ; le trou noir portait une couronne étoilée, symbole de son pouvoir sur la lumière elle-même. *Négligente !* Un objet plus important que sa montre, laissé libre, aurait pu percer un trou dans la carlingue...

— Cette montre était toute neuve ! J'ai supporté trop longtemps ces voyages. Seule, les années me pèsent trop. TJ était ma force, Silky... et il n'est plus là.

Elle perçut une faible vibration dans les fibres du vaisseau ; levant les yeux, elle ne vit plus le champ des étoiles mais uniquement le rougeoiement infernal illuminant leur chute dans le néant.

— Elle contrôle les stabilisateurs de champ, Silky, sinon nous ferions déjà des cabrioles. Je savais qu'elle pouvait nous maintenir !

Mais si cela lui détruit le cerveau ? Si quelque chose arrivait à la petite à cause de ça, elle ne se le pardonnerait jamais. Jamais. Durant les quelques jours que Moon avait passés avec eux, elle avait réaffirmé par sa présence toutes les choses auxquelles TJ avait toujours cru. Avec de la souplesse et de l'indépendance d'esprit, elle s'était remise du choc de sa brutale transplantation, elle avait commencé à chercher les possibilités propitiatoires qu'ils offraient. En combinaison de vol de couleur gaie, à la place de ses tristes vêtements tissés à la main, aucun étranger n'aurait pu la prendre pour une citoyenne de seconde classe de l'Hégémonie, jugée indigne de sa pleine part de connaissances. Mais la mécanique-sibylle d'une civilisation infiniment plus savante que la leur l'avait jugée et trouvée digne.

TJ avait toujours rêvé que tous les êtres intelligents aient un jour une chance égale de se réaliser. C'était pour cela qu'il s'était lancé dans la contrebande vers Tiamat, contre les protestations inutiles d'Elsevier qui lui disait qu'il se transformait en vulgaire fraudeur. « Il y a fraudeurs et fraudeurs, mon cœur », avait-il répondu en souriant. Et, déjà, elle savait qu'aucune protestation humaine n'aurait pu faire taire la voix intérieure qui le guidait... pas même la sienne.

L'Hégémonie empêchait le développement technologique de Tiamat au moyen de restrictions et d'embargos (Elsevier se rappelait encore ses sermons, dans leur petit appartement), maintenait la population à un niveau où les gens n'étaient que des enfants gâtés à qui l'on donnait des jouets sélectionnés que des parents-maîtres rendraient plus tard inoffensifs. Et tout cela pour cette précieuse horreur, l'eau de vie, qui séduisait les privilégiés et les puissants en leur faisant espérer une éternelle jeunesse.

Si une société technologique indépendante se développait à Tiamat, si on laissait la planète mûrir toute seule durant le siècle où elle était coupée de l'Hégémonie, qui sait ce que l'on trouverait au retour ? Un monde capable de lui tenir tête, qui ne convoiterait plus ses joujoux technologiques parce qu'il fabriquerait les siens, un monde qui préférerait garder son immortalité pour lui et

Jerusha caressa la tête brune bouclée, ne trouvant pas de mots alors que, soudain, elle comprenait ce que cela signifiait pour cette enfant, dont le symbole normal de fermeté et de stabilité, de confiance, s'était détruit. Elle s'aperçut, enfin, que le chagrin de la petite fille désorientée avait profondément pénétré ses défenses et touché son cœur.

Elle détacha les bras noués autour de sa taille et prit les petites mains tièdes.

— Merci, Andradi. Merci d'avoir demandé cela. J'aimerais bien partir avec toi, mais ma mission ici n'est pas terminée. Ton papa... Ton père n'a pas fait ça lui-même, Andradi. N'écoute pas ce que tout le monde dit, ne le crois jamais. C'est quelqu'un qui a voulu lui faire du mal. Je ne sais pas encore qui. Mais je trouverai et je le lui ferai payer cher. Et quand j'y serai arrivée, je t'enverrai un message pour que tu saches qu'il — ou elle — a payé. Ensuite, je pourrai peut-être rentrer aussi chez moi.

La tête bouclée s'inclina gravement et les yeux sombres se levèrent de nouveau vers Jerusha.

— Bon... Quand je serai grande, moi aussi je serai une Bleue.

Jerusha sourit sans ironie ni condescendance.

— Oui, je crois que ce serait bien possible.

Elles se retournèrent ensemble quand Marika entra, voilée de gris ; elle fit signe à sa fille et, à contrecœur, Andradi s'écarta de Jerusha.

— Tout est prêt, dit-elle d'une voix aussi lasse et grise qu'elle. Vous pouvez nous accompagner à l'astroport, Jerusha.

— Bien, madame, murmura l'inspecteur et elle sortit du salon avec soulagement.

Jerusha laissa l'aéroglisseur à un mécanicien dont elle remarqua à peine la présence et se dirigea vers la lourde porte de verre séparant le garage caverneux des bureaux de la police. Toute cette ruelle était occupée par les bureaux, les cellules, et par le palais de justice, un bloc massif de rectitude morale sur le patchwork multicolore du Dédale. Officiellement, c'était la ruelle de l'Oliveraie mais tout le monde, y compris ses habitants, l'appelaient la ruelle Bleue.

Elle se souvint juste à temps qu'elle devait s'arrêter, pendant la seconde nécessaire pour que les doubles battants s'ouvrent devant elle sur le corridor anonyme. Elle songeait encore au trajet qu'elle venait d'effectuer, à sa raison, à l'incroyable et affreuse séquence d'événements qui avaient secoué tout le monde dans...

— Pardon, officier. Pardon, officier. Pardon, officier.

Quelque chose saisit sa manche d'uniforme quand elle entra dans la salle de garde bondée. Distraitement, elle se tourna vers la feuille de plastique sans visage protégeant une tête pleine de cerveaux électroniques... un polrob, qui lui barrait le chemin avec une insistance stupide.

— Inspecteur, rectifia-t-elle aussi mécaniquement que le robot.

Quelqu'un la poussa dans le dos.

— Excusez-moi, inspecteur. Je dois faire mon rapport et retourner au boulot. Un type de Numéro Quatre a fait des réflexions séditieuses sur l'Hégémonie au Stardock Bar. Et il raconte que les sibylles ont accès à la science interdite. On dirait qu'il est drogué.

— Oui, bon, autorisation 77 A. Fichez-le et nous irons l'arrêter.

La drogue. Ne pense pas à la drogue. Elle traversa la salle, en s'appliquant à ne pas regarder du côté du bureau personnel de Lioux-Sked, ou qui l'avait été jusqu'au mois dernier.

— Pardon, inspecteur !

Cette fois, c'était un agent en tenue qui venait de reculer contre elle, les bras chargés de dossiers.

— Ma faute, je ne regardais pas.

La marée de paperasses marquant la fin de leur séjour à Tiamat commençait à monter. Des commerçants, des négociants, d'autres résidents étrangers s'inquiétaient déjà de leur avenir, ou de leur manque d'avenir ; ils assiégeaient la police pour obtenir cent permis, formulaires et papiers divers, qu'on exigeait d'eux avant leur départ définitif. Et s'ils se croyaient débordés maintenant, qu'est-ce que ce serait dans quatre ans !... *Oui, débordés,*

débordés, soyons débordés, tout pour ne pas penser à ça...

Mais rien n'assaillait suffisamment son esprit pour chasser bien longtemps les images d'horreur et de douleur. Elle n'avait pas menti en disant à Andradi que son père ne s'était pas volontairement transformé en loque délirante. Ça ne tenait pas debout. Elle connaissait cet homme et quoi qu'il ait été, quoi qu'il ait fait, jamais il n'aurait joué avec de la drogue. Il ne touchait même pas à un paquet d'iestas ! Mais il y avait plus de cinquante trafiquants à Escarboucle capables de verser ou de faire verser une overdose dans une tasse de thé ou un bol de potage.

Et il y avait une personne qui le souhaiterait vivement... Arienrhod. Jerusha avait vu son expression quand elle avait appris l'enlèvement de Moon, la fureur et le désespoir. Elle avait soudain compris pourquoi Moon Marchalaube avait tourné vers elle le visage d'une autre femme, celui de la Reine des Neiges. Une parfaite inconnue n'avait qu'un seul moyen d'être le sosie de la reine... par clonage. Arienrhod avait formé des projets pour cette petite, qui devaient être en rapport avec le Changement imminent, le moment où les extramondiens s'en iraient et rendraient ce monde aux Etésiens. Leurs annales montraient que, dans le passé, toutes les Reines des Neiges avaient tenté quelque chose pour conserver leur pouvoir et garder intact le règne d'Hiver au moment du Changement. D'une façon ou d'une autre, la petite entrait dans les plans de la reine, Jerusha en était sûre. Mais, par inadvertance, elle avait tout gâché. Et Arienrhod n'était pas femme à laisser une offense impunie. Elle s'était vengée sur la police, sur Lioux-Sked ; de cela aussi, Jerusha était certaine, tout comme elle savait qu'elle ne pourrait jamais le prouver. Mais peut-être pourrait-elle découvrir qui avait commis l'acte en soi...

Si la reine ne se vengeait pas sur elle avant ! Elle ravala la boule familière formée dans sa gorge par la tension. C'était elle la responsable ; si Arienrhod voulait punir quelqu'un, ce devrait être elle. Depuis une semaine, elle pouvait à peine boire et manger tant elle craignait de subir ce qui était arrivé à Lioux-Sked. Peut-être était-ce une partie du châtiment : l'attente. Dieux, non, finir ainsi...

— Inspecteur.

Elle sursauta en retombant dans le présent, dans le couloir menant à son bureau, cligna des yeux et vit la figure inquiète de Gundhalinu.

— Ah... BZ. Qu'est-ce que tu fais là ?

— Je vous attendais. (Il se retourna, regarda sur son épaule, puis de nouveau Jerusha, l'air de plus en plus soucieux.) Inspecteur, le commandant est là dans votre bureau... et aussi le Juge Suprême. Je ne sais pas ce qu'ils veulent, mais j'ai préféré vous avertir.

— Le Juge Suprême, répéta-t-elle à mi-voix. Merde... On dirait que l'attente est finie.

Gundhalinu haussa les sourcils.

— Vous savez de quoi il s'agit.

— Pas précisément.

Elle secoua la tête, avec un désespoir glacé au creux de l'estomac. Le Juge Suprême était le magistrat principal du système juridique extramondien, sur Tiamat, le seul ayant le droit de donner des ordres au commandant de la police. Elle ne voyait aucune raison expliquant sa présence dans son bureau... aucune bonne raison. C'était donc la vengeance d'Arienrhod. Allait-on la révoquer, l'arrêter, la déporter ? L'inculper de corruption, de coercition, de perversion sexuelle ? Mille cauchemars de persécutions injustes peuplèrent le couloir silencieux, comme une farandole de démons guettant son passage. *J'aurais peut-être dû monter à bord de ce vaisseau ce matin...*

— Merci de m'avoir prévenue, BZ, dit-elle d'une voix ténue, lointaine.

— Inspecteur...

Il hésita, ses yeux posant la question qu'il n'avait pas le courage de formuler. Elle respira profondément.

— Tout à l'heure. Tu me demanderas ça plus tard.

Elle continua de suivre le couloir, en sachant à chaque pas que c'était la chose la plus courageuse qu'elle avait jamais faite.

Elle les vit, à travers le panneau vitré de sa porte, avant qu'ils la remarquent. Mantagnes, ancien inspecteur-chef et maintenant commandant en exercice, était assis et tapait sur le terminal du bureau avec un embarras mal dissimulé ; le vieux Juge Suprême était assis dans un fauteuil, digne et maigre dans sa toge officielle à col haut. La main de Jerusha glissa quand elle tourna le bouton de cuivre de la porte.

Les deux hommes se levèrent brusquement. C'était tellement inattendu qu'elle resta bouche bée ; elle se ressaisit à temps pour saluer, une fraction de seconde avant Mantagnes.

— Commandant... Votre Honneur...

Le juge s'inclina légèrement ; tous deux restèrent debout. Elle se demanda s'ils attendaient qu'elle s'asseye la première, par un sentiment déplacé de chevalerie. Elle jeta un coup d'œil au vide derrière elle ; si c'était ce qu'ils attendaient, alors ils devaient penser qu'elle s'assiérait par terre.

— Je vous en prie... ne restez pas debout à cause de moi, dit-elle et le ton courtois sonna faux.

Mantagnes contourna le bureau et lui offrit sa propre chaise. La colère qu'elle vit dans ses yeux la hérissa. C'était un Kharemoughi, comme le juge. Les Kharemoughis, en service à l'étranger, s'élevaient généralement jusqu'au sommet ; ce n'était pas étonnant puisque leur monde natal dominait tout. Elle savait qu'à Kharemough les femmes jouissaient d'une égalité relative, car leur société attachait plus de prix à la classe et au talent qu'à la force physique. Mais le service étranger, comprenant une grande diversité de recrues venant de mondes moins éclairés, attirait aussi les Kharemoughis les plus rétrogrades et les plus autocrates. Mantagnes était de ceux-là. Elle ne savait rien d'Hovanesse, le juge, mais ne voyait rien d'encourageant dans son expression. Elle alla s'asseoir à son bureau, sa peur un peu calmée par le territoire familier. Ses yeux allèrent d'un mur à l'autre et elle regretta plus encore que d'habitude de ne pas avoir de fenêtre. Les deux hommes étaient toujours debout.

— Vous devez vous demander pourquoi nous sommes ici, inspecteur Pala-Thion, dit enfin Hovanesse avec une impitoyable banalité.

Elle réprima un brusque et monstrueux fou rire. *Ça, c'est sûrement la litote du millénaire !*

— Oui, en effet, Votre Honneur.

Elle croisa les mains sur le clavier aux lettres grises de son terminal et vit ses phalanges pâlir quand elle les serra dans un geste de prière sans espoir. Elle remarqua un paquet endommagé, sur le coin du bureau, lut son nom et se dit distraitement qu'elle ne connaissait pas cette écriture. Son nom était mal orthographié. *J'espère que c'est une bombe.*

— C'est compréhensible. L'ancien commandant Lioux-Sked et sa famille ont quitté Tiamat aujourd'hui. Vous avez assisté à leur départ ?

— Oui, Votre Honneur. Ils sont partis à l'heure.

— Que les dieux les accompagnent, marmonna le juge en baissant sombrement les yeux sur les vieux carreaux de céramique du sol. Comment a-t-il pu faire une chose pareille à sa famille... et à sa réputation !

— Votre Honneur, je ne peux pas croire...

Elle sentit peser sur elle le regard hostile de Mantagnes et s'interrompit.

Ils veulent le croire ; il n'était pas un Kharemoughi.

Le juge tira d'un coup sec sur son élégant pourpoint. Jerusha lissa subrepticement sa tunique. Elle s'étonnait de le voir si mal à l'aise. Les Kharemoughis étaient faits pour porter l'uniforme ; c'étaient les Newhavenais qui souffraient avec n'importe quelle tenue officielle.

— Comme vous le savez, inspecteur, le commandant Lioux-Sked... Son départ nous laisse sans chef officiel de la police sur Tiamat. Naturellement, nous avons besoin de nommer quelqu'un à ce poste le plus tôt possible, c'est une question de moral de la population. Cette responsabilité m'incombe. Mais, bien entendu, la politique de l'Hégémonie a toujours été de permettre aux souverains locaux de donner leur avis, dans le choix des fonctionnaires qui travailleront le plus étroitement avec eux.

Jerusha s'adossa tandis que l'expression de Mantagnes s'assombrissait encore.

— La Reine des Neiges a demandé — a exigé — que je vous nomme commandant en remplacement...

— Moi ? s'écria-t-elle en se cramponnant aux coins de son bureau. Est-ce... Est-ce une plaisanterie ?

— Une plaisanterie monumentale, dit aigrement Mantagnes. Et nous en faisons les frais.

— Vous voulez dire... vous allez vous incliner ? Et vous voulez que j'accepte le poste ?

— Naturellement, vous l'accepterez, dit Hovanesse d'une voix sans timbre. Si c'est ce qu'elle réclame de la police qui protège son peuple, c'est ce qu'elle aura.

Le ton suggérait qu'à son avis, Arienrhod avait choisi elle-même sa punition. Jerusha se leva lentement, s'appuya sur son bureau et se pencha.

— Vous m'ordonnez de devenir commandant. Je n'ai donc pas le choix.

Mantagnes croisa ses mains dans le dos.

— Vous ne vous êtes pas opposée à être nommée inspecteur, de préférence à des hommes qui le méritaient, pour plaire à la reine, riposta-t-il et c'était la première fois que quelqu'un le reconnaissait ouvertement. J'aurais cru que vous sauteriez sur l'occasion d'être commandant de police, simplement parce que vous êtes une femme.

— Cela vaut mieux que de n'être jamais promue parce que je suis une femme, dit-elle en sentant la pression monter dans son torse jusqu'à ce qu'elle eût l'impression que son cœur s'arrêtait. Mais je ne veux pas de ça ! Bons dieux, je n'aime pas la reine, pas plus que vous ! Je ne veux pas être commandant... pas si je dois être un fantoche !

Un piège, c'est un piège...

— Ce n'est pas à vous d'en décider, commandant PalaThion... à moins, naturellement, que vous ne souhaitiez démissionner, dit le juge. Mais je veillerai à ce que vos doutes concernant votre aptitude à ce poste de commandant soient inscrits au procès-verbal.

Elle ne dit rien, incapable de trouver une réponse appropriée.

Mantagnes porta une main à son col et décrocha les insignes qu'il espérait manifestement porter éternellement. Il les jeta sur le bureau et elle dut avancer vivement la main pour empêcher l'un d'eux de tomber.

— Félicitations, grinça-t-il en faisant un salut réglementaire.

Elle répondit d'un petit signe de tête.

— Vous pouvez disposer... inspecteur Mantagnes.

Les deux hommes quittèrent la pièce sans un mot.

Jerusha se laissa tomber sur sa chaise. Ses mains se refermèrent sur les insignes ailés de commandant, dont les pointes la piquèrent. C'était un coup d'Arienrhod. La vengeance d'Arienrhod. *Commandant Pala-Thion...* La reine l'accrochait pour qu'elle tourne au vent, lui lançait un défi qui, espérait-elle, ruinerait à jamais sa carrière.

Mais, par le Batelier Bâtard, elle n'était pas devenue une Bleue en étant timorée ou en jetant l'éponge. Elle était le commandant Pala-Thion, maintenant ? Eh bien, elle en profiterait ! Avec grand soin, elle épingla les insignes à son col.

— Si tu te figures que tu vas me ruiner, si tu crois que je vais échouer, dit-elle tout haut à la Reine de l'Air, ce sera ta deuxième erreur.

Ses mains tremblaient. *Je n'échouerai pas ! Je vaux n'importe quel homme !* Mais la douleur de vieilles blessures profondes sapait son assurance.

Elle ouvrit le tiroir du milieu et prit machinalement son paquet d'iestas. Soudain la vision de la souffrance de Lioux-Sked passa dans son esprit et elle serra le poing. Elle ferma le tiroir. Depuis l'overdose de Lioux-Sked, elle n'avait pas touché à ses iestas.

Le mystérieux paquet attira de nouveau son attention ; elle le tira vers elle, pour occuper ses mains et son esprit. Elle dénoua la ficelle, retira l'étoffe brune grossière enveloppant un carton. Cela ressemblait à un colis arrivé de l'intérieur, à bord d'un navire marchand ; mais elle ne voyait vraiment personne, là-bas, qui enverrait des paquets à un inspecteur de police.

Elle ouvrit la boîte et souleva avec précaution son contenu, un coquillage de la taille de ses deux mains, avec une des fines pointes de sa crête cassée. Il était de la couleur du lever de soleil et avait été patiemment poli, si bien qu'il resplendissait comme un ciel d'aurore. Elle l'avait vu, et admiré, sur la cheminée, dans le salon de la plantation de Ngenet ran Ahase Miroe... alors qu'elle écoutait crépiter les flammes dans le silence confortable, en buvant le thé fort qu'il lui avait servi, avant qu'elle reparte pour Escarboucle. Cet instant étonnamment paisible lui revint avec vivacité et la calma. C'était ironique de penser que la seule visite agréable dont elle se souvînt, depuis son arrivée sur cette planète il y avait dix ans, c'était ce quart d'heure passé en compagnie d'un homme qui avait probablement transgressé la loi...

Elle insinua les doigts dans le coquillage, sortit de la boîte le rembourrage mais il n'y avait aucun message. Elle soupira, sans trop savoir à quoi elle s'attendait, simplement déçue qu'il n'y ait rien.

— Félicitations pour votre promotion, Geia Jerusha, dit-elle avec lassitude.

Elle reprit le coquillage, ferma les yeux et le tint contre son oreille, comme le lui avait appris Ngenet, pour écouter la voix de la Mer.

18

HÉ ! SPARKS, N'ABANDONNE PAS QUAND T'ES CHAUD. DONNE-NOUS UNE CHANCE DE NOUS REFAIRE.

Le torse hologrammique, au-dessus de la ville ravagée sur la table de jeu, lui lança cette protestation alors qu'il enlevait son casque fragile. Mais il le raccrocha sur le terminal, en se retirant officiellement.

— Navré. Ça devient ennuyeux.

Il sourit, avec une satisfaction nonchalante, en répondant plus aux regards hostiles des autres joueurs qu'à l'ordinateur contrôlant le croupier fantôme. Il glissa sa carte de crédit dans la fente et elle ressortit aussitôt avec la nouvelle somme indiquée, plus d'argent qu'il aurait cru qu'il en existait dans le monde, quelques mois plus tôt. L'idée que tout cela lui appartenait avait presque cessé de l'impressionner, maintenant qu'il savait combien de richesses circulaient le long de la Rue en spirale d'Escarboucle. Il se doutait même de la fortune qui passait par les Portes Noires vers les autres mondes de l'Hégémonie... Il apprenait vite. Mais pas assez vite.

Il quitta la table en titubant, ivre du vin rosé de Samantha, encore assez lucide cependant pour savoir abandonner alors qu'il gagnait. Il connaissait au moins les chances et ses propres limites et c'était pour cela qu'il gagnait de plus en plus souvent. Arienrhod ne le laissait pas manquer d'argent et il passait ses loisirs de Starbuck officiel à le gaspiller dans les saloons et les tripots, du haut en bas de la Rue, à se mettre dans les bonnes grâces de tous les autres amateurs de plaisirs qu'il pouvait supporter. Il écoutait, il posait des questions, il observait toutes les fluctuations, cherchant sans cesse à découvrir d'où venait l'information et où elle allait.

Il luttait pour s'extraire d'un abîme de profonde ignorance et quand le vin et l'odeur de drogue de ces trop nombreuses salles commençaient à lui engourdir les sens, la frustration montait en lui à lui faire mal. Cette ville n'avait plus de plaisirs à lui offrir. Tout ce qui avait enchanté un jeune Etésien existait sans doute encore dans les ruelles du Dédale, mais il ne le voyait plus. Plus il vivait à Escarboucle, plus il méprisait la population qui l'animait.

Il en venait à détester tout et tout le monde, sans savoir pourquoi ; une noirceur assombrissait le passé et l'avenir et même la vue de sa propre figure. Tout... à l'exception d'Arienrhod. Elle comprenait, elle, les ténèbres amassées comme des mares empoisonnées au plus profond de son esprit, elle savait comment le drainer de son hostilité, elle le rassurait en lui montrant que toute âme avait un cœur aussi noir. Arienrhod le consolait, lui apportait la paix. Elle accédait à tous ses désirs... Arienrhod l'aimait. Et la crainte de perdre son amour, de lui faire regretter d'avoir fait de lui le Starbuck, la peur qu'elle se débarrasse de lui comme de son rival, étaient un sombre nuage planant perpétuellement à l'horizon de la mer paisible.

Elle se servait de son vaste système d'espions électroniques et des révélations des courtisans pour compléter la somme de renseignements qu'il lui apportait ; mais les extramondiens ayant réellement quelque chose à cacher avaient des contre-mesures efficaces et il savait qu'elle regrettait les connaissances et la perspicacité d'un vrai Starbuck qui aurait passé toute sa vie parmi eux. Le jour viendrait où elle s'irriterait de son ignorance d'Etésien. Peut-être, ivre de l'instant présent, avait-il perdu de vue, ne fût-ce qu'une fois, ses propres limites...

Sparks repoussa sa carte de crédit dans la doublure de sa ceinture et sa joie se ternit quand il s'éloigna de la table. Il se demanda brièvement, avec mauvaise humeur, s'il était réellement bon au jeu ou si Arienrhod ne veillait pas secrètement sur lui et s'arrangeait pour le faire gagner.

Il chassa cette pensée. Les mains serrées sur sa ceinture, il regarda la masse de têtes enturbannées, de têtes nues, de bonnets, de casques, de coiffures couvertes de pierreries, courbées en adoration maléfique sur les panoramas changeants de leurs divers jeux de hasard. C'était un des tripots les plus élégants, plus luxueux, moins vulgaire et flagrant que les boîtes populaires du bas du Dédale, où se massait une foule d'ouvriers hiverniens. Mais même là, il n'y avait pas de franche joie. Les joueurs riaient et juraient avec la même violence, indifférents à la musique qui brouillait les conversations et assourdissait les sons de la salle voisine. A côté, il y avait les machines à rêver, où l'on pouvait vivre de terrifiantes aventures dans d'autres mondes, commettre n'importe quel crime, connaître n'importe quoi jusqu'au moment de la mort que l'on avait le courage de supporter. Il s'en servait de plus en plus, et elles lui offraient de moins en moins.

Il serpenta entre les tables, vers la sortie, avec la détermination et l'assurance d'un tout autre homme, un homme qui portait un masque et un médaillon d'extramonde sur la poitrine. Sparks Marchalaube était vêtu d'une riche tunique importée et chaussé de hautes bottes ; ses cheveux étaient coupés court à la mode hivernienne... mais c'était l'arrogance innée de Starbuck qui faisait s'écarter les clients sur son passage.

— Tu as l'air d'un homme qui sait ce qu'il veut.

La personne qui ne s'était pas écartée se planta audacieusement devant lui ; le tissu argenté de sa longue robe fendue ne dissimulait rien. Il la regarda et se détourna aussitôt, encore plus que gêné par le manque de vergogne des avances sexuelles, dans cette ville.

— Non, merci, je veux simplement sortir d'ici.

L'argent de la robe, l'instant d'un éclair, lui fit penser à des cheveux blancs argentés... Il passa, en essayant de ne pas la frôler. Il ne désirait aucune femme, à part Arienrhod, qui lui apprenait à désirer des choses qu'il n'avait jamais imaginées. Et l'idée de l'amour tarifé lui paraissait grotesque et perverse, même en sachant que la moitié des hommes et des femmes qui offraient leur corps dans ces lieux étaient des Hiverniens. Blasés ou cupides, ils adaptaient leur laxisme sexuel inné aux appétits mercenaires des extramondiens.

Il y avait aussi des prostituées extramondiennes, contrôlées par d'autres extramondiens plus haut placés dans le réseau du pouvoir englobant le Dédale. Il y avait des mondes, dans l'Hégémonie, où l'esclavage était une réalité acceptée ou tacite, et Arienrhod n'intervenait pas dans les coutumes de ses clients. Certains ne différaient pas des proxénètes locaux (ils étaient simplement plus exotiques aux yeux de Sparks) mais il y avait aussi les zombies, des victimes à louer pour satisfaire les clients qui ne se contentaient pas de rêves. Ils se mêlaient à la foule, presque nus, montrant leurs cicatrices... exhiber serait le mot juste. Ils étaient des morts-vivants, aux yeux creux, marchant comme des somnambules, dans un rêve, dans un cauchemar. Ils étaient drogués, disait-on, ou bien la drogue avait déjà détruit leur cerveau. Arienrhod assurait qu'ils ne ressentaient rien. Et une fois, alors qu'il était particulièrement déprimé, il avait presque...

Mais le souvenir d'avoir été allongé par terre, impuissant, dans une ruelle tandis que quatre trafiquants d'esclaves l'appelaient « joli », avait suffi à dissiper l'humeur noire, tout comme sa flûte avait été brisée cette nuit-là, au point de se demander si c'était vraiment les extramondiens qu'il méprisait ou ce qu'il y avait d'extramondien en lui.

Cette fois encore, Arienrhod avait apaisé sa conscience, écarté ses questions, elle lui avait répété en riant que le mal existerait toujours dans n'importe quel monde, n'importe quel être, parce que, sans le mal, on ne pourrait évaluer le bien...

Sparks respira profondément quand les portes du tripot se refermèrent derrière lui, s'attarda un instant sur la dalle de métal précieux du seuil pour nettoyer ses poumons. Un chat errant le frôla avant de disparaître dans une fissure du mur.

— ... Allez, S'eing, donne-moi une chance.

Quelque chose de familier, et pourtant d'inconnu dans la voix lui fit tourner la tête.

— Je ferais n'importe quoi, bons dieux, n'importe quoi pour sortir de ce trou d'enfer et trouver de l'aide ! Engage-moi...

Celui qui parlait était un extramondien basané, aux épais cheveux noirs, avec une barbe de quelques jours. Il était assis sur une caisse, adossé au mur, en combinaison d'homme d'équipage sans insigne. Un inconnu. Il avait l'air d'un homme fort qui mourait de faim lentement et Sparks voulut se détourner. Mais la voix...

— Tu as une dette, bons dieux, S'eing !

Il regarda l'inconnu se détacher du mur d'un mouvement maladroit et saisir la jambe de pantalon de la combinaison de vol d'un second homme.

Celui-là était un capitaine de cargo, probablement, ou quelqu'un de moins officiel ; un individu lourd à la figure balafrée. Il recula brusquement, en déséquilibrant l'homme assis. Sparks le vit rouler sur la chaussée et comprit, avec une brusque pitié, qu'il avait les jambes paralysées. L'officier balafré rit méchamment.

— De la merde, je te dois, Herne, si tu ne peux pas te faire rembourser !

Les jurons et les malédictions de Herne le suivirent dans la ruelle.

Le nommé Herne ramena laborieusement sous lui ses jambes inertes, indifférent aux regards curieux des passants. Sparks regardait comme les autres, pris au piège du voyeurisme de la pitié. Il s'avança enfin, en hésitant, alors que l'homme tentait de se rasseoir. L'inconnu leva les yeux vers lui et retomba sur les pavés.

— Toi ! (La haine suivit la reconnaissance, comme la nuit le jour.) C'est elle qui t'envoie ? Elle t'a dit où me trouver ?... Ouais, regarde bien, morveux ! Rince-toi l'œil, admire, et n'oublie jamais qu'un jour elle te fera la même chose !

La main de Herne se referma sur une poignée de poussière qu'il rejeta.

— Starbuck, souffla Sparks sans se rendre compte qu'il parlait tout haut. Elle.... elle a dit que tu étais mort.

Il avait compris qu'elle disait qu'il était tombé de plusieurs milliers de mètres dans la mer. Mais il y avait des plates-formes, de la machinerie faisant saillie dans le puits. Une d'elles avait dû amortir sa chute... et briser sa colonne vertébrale. Mieux vaudrait qu'il fût mort... mais il restait en vie. Sparks se sentit soudain délivré d'une tension dans la poitrine, une tension dont il ne s'apercevait maintenant qu'à son absence.

— Je suis content...

La rage convulsa les traits de Herne ; il saisit la jambe de Sparks.

— Fils de pute étésienne ! Si seulement je pouvais mettre les mains sur toi, je finirais ce que j'ai commencé ! cria-t-il et puis sa main retomba. Allez va, profites-en, petit. Je suis encore deux fois l'homme que tu es et Arienrhod le sait !

Sparks se tint tout juste hors de portée, les joues en feu. Le souvenir de ce que Herne lui avait fait, et n'avait pu lui faire là, dans la Salle des Vents, noya toute espèce de compassion comme un insecte dans une coupe d'amertume.

— Tu n'es plus un homme, Herne, plus du tout. Et Arienrhod est toute à moi !

Il tourna les talons et repartit dans la ruelle. Derrière lui, Herne éclata de rire et lui cria rageusement :

— Arienrhod n'est à aucun homme ! Tu lui appartiens et elle se servira de toi jusqu'à ce que tu ne vailles plus rien...

Sparks pressa le pas, sans se retourner, jusqu'au coin

de la Rue. Mais il ne remonta pas vers le palais ; il resta là un moment tandis que sa colère se calmait et le laissait comme vidé, avant de descendre dans le cœur du Dédale. Pendant un long moment, il marcha au hasard, passant devant les bars et les casinos qui étaient devenus pour lui un second foyer, en regardant distraitement les vitrines pleines d'épices et d'aromates importés, de bijoux, de peintures, de cafetans, de terminaux... de centaines de jouets électroniques, des babioles coûteuses et complexes, étalées pour la clientèle du port franc et les yeux émerveillés des autochtones. Jadis, chaque vitrine arrêtait ses pas et une promenade dans le Dédale était un tour au paradis. Maintenant, elles attiraient à peine son regard ; à son insu, le temps avait émoussé l'enchantement et transformé le vin enivrant en vinaigre de la désillusion.

Les ruelles multicolores elles-mêmes, le creuset fécond où les artisans de ce monde et de sept autres donnaient libre cours à leur imagination créatrice, étaient devenues singulièrement ternes, séparées de sa propre réalité. Il n'était plus attiré par le spectacle, les parfums et la musique et, maintenant, la meurtrissure laissée par la mort vivante de Herne lui causait une vive douleur. Environné par le cœur palpitant de la ville qu'il avait voulu découvrir, il s'apercevait que ce qu'il avait tant rêvé de connaître lui échappait. Comme tout ce qu'il avait aimé, tout ce sur quoi il avait compté...

Sa main se referma convulsivement sur la tige d'une sculpture kinétique, dans l'éventaire devant lequel il passait ; des notes discordantes se heurtèrent, bondissant comme des chats. Mais l'aigre musique isotonique s'arrêtait à sa peau, la tige de métal froid l'entraînait dans une autre dimension. Ou peut-être imaginait-il simplement l'irréalité ; malgré tout, cela ne passait pas... *Pourquoi ? Mais qu'est-ce que j'ai ? Qu'est-ce que j'ai ?*

Dégoûté, il lâcha l'objet alors que le sculpteur indigné sortait de son échoppe. Il se remit en marche et s'aperçut seulement alors de l'endroit où ses pas l'avaient mené. C'était la ruelle des Citronniers et, devant lui, il apercevait déjà Destinée Ravenglass assise comme d'habitude sur son seuil, avec ses plateaux et ses fournitures. La maison où il était venu jadis, pour trouver asile, et où il avait été accueilli, sans questions ni exigences. L'endroit où il pouvait toujours revenir, un havre de paix et de création dans un univers indifférent et morcelé.

Destinée n'était pas seule ; il vit sa visiteuse se lever dans un nuage de voiles bleu nuit brodés d'arcs-en-ciel. Il reconnut son amie Tiewe à ses voiles ; il n'avait jamais rien vu d'elle que ses mains d'ébène. Il entendit le doux chant de ses colliers de clochettes dissimulés. Une fois, il avait demandé à Destinée pourquoi elle ne se montrait jamais, pensant qu'elle devait être défigurée ; mais Destinée avait expliqué que c'était une coutume de son monde natal. Depuis, il n'en avait vu que deux ou trois autres comme elle, soigneusement gardées par des duègnes. Tiewe était mal à l'aise en présence des hommes et il éprouva une sorte de satisfaction jalouse à l'idée qu'elle partait parce qu'elle l'avait vu. Destinée avait beaucoup d'amis, mais aucun qui ne fût apparemment plus que cela. Il s'était souvent interrogé sur son célibat.

Alors que Tiewe s'éloignait, accompagnée par sa musique, Destinée tourna la tête, avec un demi-sourire, un froncement de sourcils.

— Sparks ? C'est toi ?

Malkin le chat miaula une affirmation, de sa place sur la marche du seuil.

— Oui. Bonjour, Destinée.

Il s'arrêta devant elle, soudain indécis.

— Eh bien, voilà une gentille surprise. Assieds-toi, ne reste pas planté là comme un inconnu. Tu t'es fait trop rare depuis quelques mois.

Avec une petite grimace de remords, il s'assit, prudemment, parmi les plateaux.

— Je sais. Je suis navré, je...

— Non, non, ne t'excuse pas, dit-elle avec bonne humeur. Après tout, quand suis-je montée au palais pour te rendre visite ?

— Jamais, répliqua-t-il en riant.

— Alors, je devrais être reconnaissante de ta visite. (Elle chercha à tâtons le masque qu'elle avait posé.) Raconte-moi les potins de la cour, ce qu'on porte, comment on joue, à quelles merveilleuses niaiseries on s'intéresse. J'ai besoin qu'on me remonte le moral. Tiewe est inspirée, avec une aiguille et un écheveau de soie, mais elle est si triste... (Elle se détourna, fronça de nouveau les sourcils, tendit brusquement la main vers un plateau et le renversa.) Zut !

Malkin bondit et disparut dans la boutique.

— Attends, laisse-moi...

Sparks se pencha et rattrapa une cascade verte scintillante qui se répandait sur la marche. Redressant le plateau, il le remplit patiemment, calmé par cette modeste tâche. Il lui tendit des perles, trois à la fois, en retrouvant avec bonheur de vieilles habitudes et la paix des jours passés chez elle.

— Tu vois comme tu m'as manqué, dit-elle en souriant tandis que les perles tombaient dans sa main. Pas seulement pour ton aide patiente mais pour tes charmantes chansons étésiennes et la fraîcheur de tes étonnements.

Sparks serra ses mains entre ses genoux et ne répondit pas.

— Est-ce que tu vas rester un moment et jouer pour moi ? Il y a trop longtemps qu'il n'y a plus de chansons dans cette ruelle.

Il ravala une boule dans sa gorge.

— Je... Je n'ai pas apporté ma flûte.

Elle se pencha sur son masque inachevé, attendant une suite. Il se défendit.

— J'ai été trop occupé.

— Je croyais que c'était ce que tu faisais pour la reine... de la musique.

— Plus maintenant. Je... Je fais d'autres choses aussi... D'autres choses.

Elle hocha la tête ; il avait oublié combien était déconcertant le regard de son troisième œil.

— Par exemple, jouer dans les tripots et boire trop de vin au Parallax.

— Comment sais-tu... où j'ai été ? marmonna-t-il sans avouer tout à fait.

— Je te sens. Ton encens est importé de D'doille.

Chaque lieu a son identité et chaque drogue aussi. Et ta voix est un peu pâteuse.

— Dis-moi si j'ai gagné ou perdu.

— Tu as gagné. Si tu avais perdu, tu n'aurais pas ce ton satisfait.

Il rit, mal à l'aise.

— Tu ferais une bonne Bleue.

— Non, répliqua-t-elle en cherchant du bout de son aiguille le trou d'une perle. Pour être une Bleue, il faut un certain sens de supériorité morale ; et je refuse de juger les pécheurs comme moi. Ah, voilà !... Des plumes vertes, s'il te plaît.

— Oui, je le sais, murmura-t-il en tendant les plumes.

— Et c'est pour ça que tu es venu aujourd'hui ? (Elle trempa ses doigts dans de la colle et en imprégna la tige des plumes.) Du moment que tu quittes la table alors que tu gagnes, la reine ne peut s'opposer à ta façon de passer ton temps libre et de dépenser ton argent, n'est-ce pas ?

— Elle veut que je joue, elle me donne l'argent.

Les mots avaient jailli inexorablement ; il sentait monter en lui le secret interdit, sachant que ce n'était plus qu'une question de temps.

— Ah oui ? Tu es donc si fort que ça ? demanda-t-elle comme si elle en doutait.

— Non. Je joue pour apprendre des choses, sur la façon de penser des extramondiens, leurs projets, pour pouvoir lui dire...

— Je croyais qu'elle avait Starbuck pour ça.

— Justement...

Le mur invisible de l'anomie de Sparks semblait les enfermer tous deux dans un lieu de silence absolu, et sa voix, qui aurait dû être fière, portait à peine.

— Je suis Starbuck.

Le léger soupir étonné de Destinée fut son unique réponse, tout d'abord. Puis :

— J'ai entendu dire qu'il y avait un nouveau Starbuck. C'est donc vrai, Sparks ? Toi, un Etésien, un...

Un *gamin*, mais elle ne le dit pas.

— A demi étésien. Oui, c'est vrai.

— Comment ? Pourquoi ?

Les mains de Destinée restaient oisives, sur la bouche béante du masque.

— Parce qu'elle ressemble tant à Moon. Et Moon est partie.

Arienrhod était la seule chose qui n'avait pas changé pour lui, la seule chose entière et réelle, plus réelle pour lui que sa propre chair.

— Elle savait tout de Moon, elle savait ce qu'elle était pour moi. Elle était la seule à pouvoir comprendre...

Les mots douloureux s'échappaient, pour dire ce qui s'était passé (mais pas tout) entre Arienrhod et lui après qu'ils avaient appris l'enlèvement de Moon.

— ... alors j'ai dû défier Starbuck. Parce que j'aime la reine. Et elle me l'a permis parce qu'elle m'aime. Et j'ai été vainqueur.

— Comment as-tu fait pour tuer un homme pareil ?

— Je l'ai tué avec ma flûte... dans la Salle des Vents.

Seulement il n'est pas mort.

— Et tu n'en as pas joué depuis, dit Destinée en secouant la tête, ce qui fit rouler sa natte épaisse sur son épaule. Dis-moi... est-ce que ça en valait la peine ?

— Oui ! s'écria-t-il et il sursauta, surpris par sa propre voix.

— Pourquoi ai-je cru entendre « non » ?

Il serra le bord du plateau de perles, ses muscles se crispèrent mais elle ne le vit pas.

— Je devais être Starbuck. Je devais être le meilleur, sans ça je n'aurais pas été... digne d'elle. Il faut que je sois celui qui compte. Mais je croyais, après avoir gagné le défi, que le reste serait facile ; et ça ne l'est pas. Je croyais que ce serait tout ce que j'ai jamais rêvé.

— Et ça ne l'est pas.

Il secoua la tête.

— Mais qu'est-ce que j'ai fait ? Tout va toujours de travers pour moi... tout ce que je fais.

— Peut-être parce que tu ne devais pas le faire. Tu peux encore retourner en Eté, personne ne t'en empêche.

— Retourner à quoi ? Non. Je ne peux pas ! Personne ne revient en arrière, je le sais maintenant ; nous continuons d'avancer, toujours, et il n'y a jamais aucune raison... Je ne quitterai pas Arienrhod, je ne peux pas. Mais si je ne peux pas être ce qu'elle veut que je sois, je la perdrai quand même.

Herne le savait ; Herne sait tout...

— Tu trouveras un moyen de prendre le pouls des extramondiens. Si tu as été assez malin pour déjouer Starbuck, tu le seras pour prendre sa place. Tu t'habitueras à être lui ; tu commences déjà.

Une nuance, dans ces mots, une tristesse, le surprirent. Il serra le poing, le prit dans son autre main.

— Il le faut. Je dois le croire... avant que la Chasse reprenne.

— La Chasse qui rapporte l'eau de vie ? La chasse aux ondins ?

— Oui...

Il regarda dans le vague, à travers les pavés, à travers le cœur de la ville et le monde, vers les étendues maritimes contrôlées par la noblesse d'Hiver. Il revoyait la Chasse par la pensée : le collier de rochers dénudés disséminés sur le large, le rythme des rouleaux de l'océan murmurant dans le bois du navire, le chant du monde laissé derrière lui. Il se rappelait l'horizon qu'il avait fouillé avec nostalgie... Mais si la Dame le rappelait, il ne pourrait plus entendre Sa voix. Peut-être parce qu'il venait faire du mal aux ondins, ou parce que la Mer n'était que la mer, une étendue d'eau, une solution chimique.

Il avait observé la côte de l'île la plus proche, où la colonie d'ondins en voie de disparition se prélassait sur les galets noirs de la plage... jusqu'à ce que les Limiers les repoussent dans la mer, dans les filets qui se refermeraient sur eux et les noieraient. S'ils ne pouvaient pas refaire surface deux fois par heure, pour respirer, ils mouraient.

Jamais un Etésien ne tuerait un ondin ; ils étaient les enfants de la Dame, nés après que les étoiles étaient tombées dans la mer pour devenir les îles, ses compagnes, la Terre. On disait que le marin qui tuait un ondin par mégarde était frappé de malchance sa vie durant... que le marin qui en tuait un volontairement était noyé par le reste de l'équipage. Il avait entendu d'innombrables histoires d'ondins sauvant des marins tombés par-dessus bord, même des équipages entiers de bateaux naufragés ; il avait vu l'ondin qui vivait dans la rade de l'île de Gateway, son dos bringé traçant comme une couture sur la soie lisse de la surface tandis qu'il guidait les navires parmi les récifs dangereux. Il se rappela les ondins qui les avaient accueillis à l'île de la sibylle. Jamais il n'avait entendu parler d'un ondin qui avait fait du mal...

Mais à cause du bien qu'ils pouvaient faire aux humains — le bien suprême de la jeunesse éternelle — ils devaient mourir. Il avait toujours cru au mythe de l'immortalité des ondins, et que la transmission de leur immortalité aux humains n'était qu'une vieille fable... jusqu'à ce qu'il vienne à Escarboucle. Et là, il avait connu la reine, qui régnait depuis cent cinquante ans... et Arienrhod lui avait mis dans les mains le flacon de liquide argenté visqueux, et il avait laissé vaporiser sa gorge... et s'était rendu compte que, lui aussi, il pouvait rester éternellement jeune.

Il s'était donc laissé faire, payant son immortalité de sa présence, trahissant tout ce qu'il avait été, tout ce à quoi il avait cru, pendant que les Limiers attrapaient et noyaient leurs victimes impuissantes...

Et ils avaient hissé les carcasses à bord en le repoussant, comme l'objet inutile qu'il était, ils s'étaient accroupis, le couteau à la main, pour trancher les gorges mouchetées. Ils recueillaient le précieux sang d'ondin tandis que leurs tentacules rougissaient et que le pont devenait gluant sous les pieds.

Et le rouge retournait à la mer, les corps mutilés suivaient, leurs yeux noirs encore incrédules dans la mort. *La perte... Le gaspillage !* Il s'était détourné, la nausée au cœur, longtemps avant la fin de la boucherie, avait tenté de se perdre dans l'infini de l'océan et du ciel. Mais il ne pouvait échapper au bruit des corps replongeant dans la mer, *trop tard, trop tard,* ni au furieux bouillonnement quand les charognards accouraient, profanaient la pureté bleu-vert avec l'extase de leur festin. La Mère de la Mer, dans son impitoyable sagesse, ne laissait rien perdre et maudissait les gaspilleurs...

— Sparks ?

La voix de Destinée le rappela ; la ville protectrice se referma autour de lui, l'abrita des malédictions de la Dame, nia même leur existence.

— C'était tellement horrible... tout ce gaspillage ! Je ne pouvais... Mais cette fois, je le ferai comme il faut. Je peux dépecer un ondin mort. Je ne suis plus un adorateur superstitieux de la Mère.

Et il se rappelait le dédain des Limiers, bien visible malgré l'absence de mots ; la condescendance apaisante d'Arienrhod quand elle le libéra des démons du doute et du mépris de soi qu'il ramenait à Escarboucle. Et puis elle lui avait tendu le flacon doré d'eau de vie, sans commentaire.

— Non, tu ne l'es plus, en effet. (Encore une fois, le regret.) La mort n'est jamais facile à affronter. C'est pourquoi nous rêvons tous de goûter à l'eau de vie. Et pourquoi nous en prenons parce que notre propre mort est la plus dure de toutes... Nous faisons ce que nous croyons devoir faire.

Elle tendit la main, chercha à tâtons le bras de Sparks.

— Euh... je ne voudrais pas interrompre... C'est une livraison.

Sparks et Destinée se tournèrent vers les deux silhouettes dans la ruelle, l'une miséreuse, l'autre inhumaine...

— Toi !

La tête sans visage du servo Pollux le regardait avec son impassibilité inchangée mais les yeux gris de Tor exprimèrent toute une gamme d'émotions, allant de l'incompréhension au vif chagrin.

— Marchalaube ? hasarda-t-elle en se dandinant d'un pied sur l'autre. Ah, dis donc... Alors, comment ça va, petit ? On dirait que tu ne t'es pas mal débrouillé, hein ? C'est tout juste si je t'ai reconnu.

— Ce n'est pas grâce à toi si j'ai réussi.

— Ouais, enfin... Euh... Salut, Destinée. J'ai finalement réuni ta nouvelle commande de fournitures. Tu veux que Pollux te les range ?

Destinée repoussa ses plateaux, pour dégager un passage vers la porte.

— Je vais lui montrer. Je ne savais pas que tu étais une amie de Sparks, Tor.

— Elle ne l'est pas !

Sparks se leva et s'écarta alors que Pollux se dirigeait automatiquement vers la marche en remorquant une plate-forme flottante chargée. Destinée disparut dans la boutique, en avançant aisément dans son environnement familier, et Pollux la suivit. Mais Sparks barra le chemin à Tor, un bras en travers de la porte.

— Non... Causons un peu. De ce que tu m'as fait au combat de starl. De ce que tu as fait de tout ce que je possédais, après me l'avoir volé.

Tor s'adossa contre la peinture écaillée, regardant tout sauf le visage de Sparks.

— Ecoute, petit, je suis vraiment désolée, tu sais. Ça me faisait mal de te faire ce coup, je t'assure, t'étais si confiant, quoi... et si stupide... Mais je devais ma peau à Hardknot, de la Mer Etoilée, j'avais perdu une partie des rentrées quotidiennes du casino que je devais livrer plus haut et, si je ne remboursais pas, il m'aurait fait payer de mon sang, tu vois ce que je veux dire ? C'était toi ou moi et, entre nous, t'avais besoin d'une leçon.

Elle haussa les épaules et retrouva un peu de son aplomb.

— Qu'est-ce que tu as fait de mes affaires ?

— Au clou, qu'est-ce que tu crois ?

Il rit brièvement.

— Et t'en as retiré combien ?

— Des haricots, qu'est-ce que tu...

Les mots s'étranglèrent dans la gorge de Tor, quand il leva le bras et le lui appliqua sur le cou, pour la clouer contre le mur. Elle se tortilla, tenta de détourner les yeux de quelque chose, dans son regard...

— Mille dieux ! Qu'est-ce qui te prend ?

— J'ai appris la leçon, répliqua-t-il en augmentant la pression. Et, maintenant, tu as une dette, Tor, et je pourrais te la faire payer de ton sang, là, tout de suite.

— Tu... tu ferais pas ça, dis ? (Elle ravala sa salive, leva les mains, se cramponna au bras.) Qu'est-ce que tu...

— Sparks ! Qu'est-ce que tu fais ?

La voix stupéfaite de Destinée... Il cligna des yeux, le brouillard de son orgueil blessé se dissipa et il lâcha Tor.

— Tu n'en vaux pas la peine.

Tor soupira bruyamment et se tâta la gorge.

— Rien... rien qu'un petit malentendu, Destinée. Je te rendrai l'argent, petit, enfin, le jour de paie...

— Laisse tomber.

Il tourna le dos, en se sentant rougir de colère et de gêne, et se demanda si Destinée le voyait. Mais quelque chose que Tor avait dit, dans le flot de ses excuses, lui revint, à la racine de sa mauvaise humeur, et il se retourna vers elle en laissant entrevoir une vengeance calculée.

— D'un autre côté... non, ne laisse pas tomber. Tu as une dette et je vais te dire comment tu peux me rembourser. Et il pourrait même y avoir un petit quelque chose pour toi, si tu sais y faire.

Il tira de sa ceinture sa carte de crédit et la lui mit sous le nez. Elle la regarda sans comprendre, voulut la prendre d'une main hésitante, mais il la lui arracha.

— Tu dis que tu fais le grouillot pour la Mer Etoilée. Tu dois en savoir long sur qui contrôle quoi, dans le Dédale, tu dois entendre pas mal de potins intéressants...

— Oh non, non, petit, non, je ne sais rien, je garde les oreilles fermées. (Elle secoua violemment la tête, ferma les yeux sur la tentation.) Je fais simplement quelques courses, comme ça, contre un petit crédit supplémentaire aux tables, c'est tout.

— A d'autres ! Mais il est possible que tu n'en saches pas assez pour trouver ce que je veux savoir. (Il fut pris d'une inspiration aveuglante.) Je connais quelqu'un qui est au courant, alors ça n'a pas d'importance ! Tu peux lui soutirer les renseignements et moi pas. Tu vas t'en occuper pour moi, t'occuper de lui, tu comprends ?

— Non ! Et d'abord, qu'est-ce que tu fabriques ? Dans quoi tu veux me fourrer ?

— Moi aussi, je travaille pour quelqu'un, quelqu'un... de haut placé. Quelqu'un qui veut savoir ce que fait l'opposition. Et il y a un nommé Herne qui sait tout, seulement il est dans le pétrin. Tu vas aller le ramasser et l'aider, et il sera si reconnaissant qu'il te racontera tout ce que tu veux savoir.

— Ha ! Je connais un Herne, qui jette l'argent par les fenêtres et s'il est dans le pétrin, maintenant, il peut crever. Des copains et lui, ils étaient fous de drogue et il a essayé de... (Le mot refusa de venir ; elle serra les deux mains sur son fond de pantalon.) J'avais déjà plein de bleus dans des endroits que je ne montrerais pas à ma propre mère, quand Pollux l'a arraché à moi et l'a fait changer d'idée... (Elle jeta un coup d'œil derrière Destinée, témoin muet, au flegmatique être de métal.) C'est peut-être qu'une foutue machine, mais il est drôlement plus homme que ceux qui l'ont programmé.

Sparks rit à la vision imaginée de la déconfiture de Herne.

— Il devait vraiment être drogué à mort pour s'en prendre à...

Tor rougit et leva les poings.

— Ecoute voir, Etésien ! On ne plaisante pas d'un truc comme ça avec une Hivernienne !

Il perdit aussitôt le sourire.

— Par la... par les dieux, ce n'est pas ce que je voulais dire ! S'il s'agit du même Herne, tu n'as rien à craindre. Cette fois, il ne risque pas de te causer d'ennuis. Tu le trouveras à côté du Parallax. Je paierai les frais, et tu n'y perdras rien. Fais simplement attention qu'il ne sache jamais pourquoi tu fais ça. Ne parle surtout pas de moi. (Il baissa la voix, en se détournant de Destinée.) Si je n'obtiens pas ce que je veux, tu le regretteras, et même Pollux ne suffira pas pour te protéger.

Tor pâlit ; il fut un peu surpris de constater qu'elle le croyait.

— Retrouve-moi ici à la même heure dans... une semaine.

— Ouais, ouais, d'accord, marmonna-t-elle faiblement en se détachant du mur. Viens, Pollux, on s'en va.

— Tu as raison, Tor.

Il descendit de la marche et la suivit. Elle le frappa en pleine poitrine, par dépit, et s'en alla en se massant la main.

— Ta gueule, tas de ferraille ! Je m'en vais t'échanger contre un chien.

Destinée s'était rassise et décorait le masque nu comme si c'était la seule réalité de l'univers. Elle ne parla pas à Sparks, elle ne leva aucun de ses yeux.

Il oublia sa satisfaction en la voyant s'écarter de lui, comme si elle aussi mettait une distance entre eux, ou comme s'il l'avait fait pour elle.

— Tu disais que je trouverais un moyen de résoudre le problème. Et je l'ai trouvé.

— Oui, probablement.

Elle prit un bout de satin.

— Je croyais que tu ne portais pas de jugements moraux.

— J'essaie. Nous choisissons tous notre propre chemin vers l'enfer. Mais certains choix sont plus faciles à observer que d'autres... Je n'aime pas voir faire du mal à mes amis.

— J'ai dit ça comme ça. Je ne lui ferai pas de mal.

Mais il savait qu'il en avait été à deux doigts, un instant. Et que c'était cet instant que Destinée avait vu.

— La parole d'aujourd'hui est la mort de demain, cita-t-elle à mi-voix. Et je te considère aussi comme un ami.

— Encore maintenant ?

— Oui, dit-elle et elle le regarda mais sans sourire. Fais attention, Sparks. La vie n'est pas tissée d'un seul fil, tu sais.

Il haussa les épaules, sans bien comprendre.

— D'accord. Je te reverrai, Destinée.

Elle sourit enfin, mais ce n'était pas le sourire qu'il attendait.

— Je sais. Dans une semaine... à la même heure.

— Pardon, mon pote, t'aurais pas vu un nommé H-Herne ?

Tor s'interrompit quand l'épave leva les yeux vers elle, avec cette haine inutile d'un animal enchaîné, et elle se rendit compte qu'elle avait déjà vu cette tête. Amaigrie, barbue, c'était malgré tout la même figure, un visage basané d'extramondien, trop beau, avec des yeux aux longs cils, magnifiques et aussi glacés que la mort. Elle hésita un moment, penchée sur l'homme, serrée comme par un étau entre le passé et le présent. C'était Herne, le même Herne, dont les yeux, en la regardant jadis, n'avaient pas vu un être humain mais une chose.

Il ne la reconnaissait pas, il ne trouvait donc rien d'ironique à leurs retrouvailles. Elle recula devant sa puanteur et sa combinaison crasseuse en se rappelant la richesse de son costume, l'autre fois. La drogue avait peut-être fini par rire la dernière, se dit-elle et elle faillit sourire. Il avait à côté de lui une bouteille à moitié vide et une boîte en fer cabossée, contenant une poignée de pièces de monnaie. En arrivant dans la ruelle, elle avait vu un lieutenant Bleu avec des taches de rousseur roses incongrues lui coller une contravention pour mendicité. Mais il perdit son expression d'attente maussade, alors qu'il comprenait à retardement la question ; il la toisa, il examina Pollux du même coup d'œil rapide.

— Je connais peut-être un Herne. Me souviens pas... Pourquoi ? demanda-t-il en secouant la boîte en fer.

Elle fouilla dans sa poche et y jeta quelques pièces.

— Paraît qu'il est dans le pétrin. J'ai peut-être envie de changer ça.

— Toi ? (Il but un coup au goulot, s'essuya d'un revers de main.) Encore une fois, pourquoi ?

— Ça, c'est entre lui et moi, répliqua-t-elle, les bras croisés, en commençant à s'amuser. Alors où il est ?

— C'est moi, Herne, avoua-t-il à contrecœur.

— Toi ? Ha ! Prouve-le !

— Salope !

Elle recula d'un bond, au souvenir de sa force brutale, mais il ne fit que vaciller sur sa caisse et serait tombé si Pollux n'avait pas levé la main droite pour le remettre d'aplomb. Tor, toujours hors de portée, ouvrit des yeux ronds en cherchant à assimiler ce qu'elle venait de voir.

— Ainsi, c'est ça qu'il voulait dire. T'es infirme !

Il grimaça.

— Qui ? Qui t'envoie ?

— Personne d'important. C'est moi qui veux te voir, Herne. C'est de moi que tu ferais mieux de t'inquiéter.

(Elle s'appuya contre Pollux, caressa en souriant sa fraîche épaule de métal.) Qu'est-ce que tu me ferais, à ton avis, si les rôles étaient inversés ?

Un début de doute crispa la joue de Herne. Il examina plus attentivement Tor, puis Pollux. Elle crut un instant voir dans ses yeux qu'il la reconnaissait, ou peut-être n'était-ce que la peur de la reconnaître. Combien d'ennemis un homme pareil avait-il, dans une telle ville ? Et combien de vrais amis dans l'univers tout entier ? Il s'adossa contre le mur, résigné.

— Fais ce que tu veux, je m'en fous, marmonna-t-il avant de boire encore au goulot.

Elle secoua la tête et se rappela Marchalaube et ses propres ennuis, avec un sentiment proche de la camaraderie.

— Non... Simple curiosité, mais comment vont les affaires ? demanda-t-elle en regardant dans la boîte en fer.

— Tout doux.

Elle devinait qu'il se retenait de lui demander quelles étaient les siennes ; la moitié de son corps encore animée était subtilement tendue. Des clients du Parallax passaient devant eux en détournant les yeux.

— T'as drôlement dégringolé depuis la dernière fois qu'on s'est rencontrés.

Il ne se souvenait pas. Elle en était certaine, maintenant, sans trop savoir si elle en était contente ou le regrettait.

— Ça m'est déjà arrivé de mendier. Je n'en suis pas mort.

Elle changea de position, toujours appuyée sur Pollux, et toisa lentement Herne.

— Je crois que ça pourrait t'arriver, ce coup-ci.

Il leva les yeux, les rabaissa ; ne répondit pas.

— Paraît que tu connaissais drôlement ton chemin dans le Dédale avant ton... euh... accident, dit-elle en se demandant comment il en était arrivé là et à cause de qui. Paraît que tu sais vraiment où est la puissance, ici ou en extramonde. Eh bien, pour moi, ça vaut quelque chose.

— Pourquoi ? (vivement).

— Qu'est-ce que ça peut te faire ? répliqua-t-elle en ne

sachant pas ce qui allait sortir de sa bouche qui ne serait pas la vérité. Tu poses beaucoup de questions pour un mendigot.

— Je veux savoir pourquoi une Hivernienne s'y intéresse. Il n'y a qu'un Hivernien...

— Nous sommes des milliers et nous tenons autant que toi à réussir, étranger. (Elle déboutonna une poche, retira sa carte de crédit et la tint devant Herne comme Sparks lui avait mis la sienne sous le nez.) Je n'ai peut-être pas envie de rester éternellement manœuvre. Je veux peut-être ma part du gâteau avant que vous filiez tous en extramonde en l'emportant avec vous.

Avec un vague étonnement, elle s'aperçut que ces mots avaient un sens réel pour elle. Il hocha la tête sans se compromettre, comme s'ils avaient même un sens pour lui.

— Tu dis que ça vaut quelque chose. Combien ?

Il clignait des yeux sur la carte.

— Je n'ai pas grand-chose, mais c'est toujours plus que toi. Est-ce que t'as seulement un endroit où coucher ?

Un seul signe négatif de la tête hirsute et sale. Tor jura.

— Je m'en doutais. Tu peux rester chez moi, pour le moment. T'as besoin de quelqu'un pour te nourrir et nettoyer après toi, n'importe comment.

— J'ai besoin d'argent, pas de quelqu'un pour me torcher le nez ! Tu me fais perdre mon temps.

Il se contorsionna pour se gratter le dos, en grimaçant. Elle le regarda faire.

— C'est merveille que des gens s'approchent assez pour jeter quelque chose là-dedans, dit-elle en poussant la boîte du pied. Qu'est-ce que tu feras quand tes loques grouilleront et te tomberont du dos une nuit ?

— Tu veux me les enlever ce soir, chérie ?

Elle pinça les lèvres puis se força à sourire.

— T'es pas mon type, infirme. C'est Pollux qui fait tout mon sale travail. Il a l'habitude de trimballer des poids morts.

— Tu as raison, Tor, entonna aimablement Pollux.

Il y avait une indéfinissable nuance d'approbation dans la voix atone. Elle s'écarta du robot, un peu mal à l'aise.

Parfois, c'était difficile de se souvenir qu'il n'était rien qu'un appareil de chargement bien programmé.

— Tu pourras avoir le vivre et le couvert tant que tu auras de la valeur pour moi, Herne. A prendre ou à laisser.

A prendre ou à laisser, bougre de salaud. D'un côté comme de l'autre, je suis baisée.

— Je ne peux pas me tenir au courant de ce qui se passe si je ne circule pas. J'ai besoin d'argent pour ça, j'ai besoin d'un moyen...

— Tu auras tout ce qu'il te faut... tant que j'ai ce que je veux.

Tant que Marchalaube respecte son marché avec nous.

Il sourit et ce fut un vilain rictus dans sa belle figure. Il étira les bras, avec précaution.

— Alors tu t'es engagé un conseiller, trésor.

— Je me suis engagé un sac d'emmerdes, maugréa-t-elle et elle vida dans sa main le contenu de la sébile. Allez, Pollux, trimballe-le à la maison.

19

L'absence illimitée de lumière et de vie enveloppait Moon comme un linceul étouffant, la privait de toute sensation. Tombant dans un puits sans fond, elle se croyait la dernière petite étincelle de vie dans un univers où la Mort régnait en monarque absolu... la Mort dont l'intangible étreinte la drainait de sa force et de sa raison. Elle était arrivée en ce lieu hors de la vie en cherchant son amour perdu, par une porte qu'elle avait souvent franchie ; mais cette fois, elle s'était perdue et il n'y avait personne pour répondre à ses cris, pas d'oreille pour les entendre, pas de voix... *Je veux rentrer chez moi !*

— Je veux rentrer chez moi !

Moon se redressa dans son lit, en entendant sa voix se répercuter contre les murs de la petite chambre.

— Moon, Moon... ce n'est qu'un cauchemar. Tu es

en sécurité avec nous, maintenant. Tu ne risques rien.

Les bras d'Elsevier étaient autour d'elle, la berçaient, comme Grandman avait consolé une enfant dans la nuit ; il y avait longtemps, si longtemps...

La pièce assaillait ses yeux clignotants de son douloureux jour artificiel, la tridi encastrée dans le mur déversait du bruit et du mouvement... comme elles l'avaient fait avant qu'elle sombre dans son sommeil agité. Depuis l'épreuve de la Porte Noire, elle ne pouvait rester dans une pièce obscure. Elle ravala une boule de chagrin, reposa sa tête contre l'épaule d'Elsevier, sentit la fraîcheur de l'air dans le dos de sa chemise moite. Lentement, le monde se congela autour d'elle, réaffirmant la place qu'elle y tenait ; son cœur se calma. Elle écouta le bruit de la mer.

— Ça va. Je vais bien, maintenant, murmura-t-elle d'une voix encore frémissante et peu convaincante.

Le cauchemar de la perte de force et de contrôle faisait maintenant partie de son existence éveillée. Elle se redressa de nouveau, s'écarta de la présence rassurante d'Elsevier, glissa derrière ses oreilles des mèches humides.

— Excuse-moi de t'avoir encore réveillée, Elsie. Mais je n'arrive pas...

Elle s'interrompit, honteuse de sa faiblesse, et se frotta tristement les yeux. C'était la troisième nuit de suite que ses mauvais rêves traversaient les minces cloisons de l'appartement. De jour en jour, la fatigue et le souci se gravaient plus profondément dans le visage d'Elsevier. Moon serra les poings.

— C'est stupide. Je suis désolée de t'empêcher de dormir avec mes idioties de...

— Non, Moon, ma chérie, dit Elsevier avec une telle tendresse au fond de ses yeux indigo que Moon en resta muette. Ne t'excuse pas. Rien de ce que tu fais ne peut m'ennuyer. C'est moi qui devrais te demander pardon ; c'est ma faute si tu fais ces rêves, ma faute si tu ne peux porter ton trèfle... (Elle se tourna vers l'emblème de la sibylle, solitaire sur la commode.) Si je pouvais me charger de tes peurs, je le ferais avec joie ; ce serait une mince pénitence pour le mal que je t'ai fait.

— Ce n'est pas ta faute, mais la mienne. Je n'étais pas assez forte pour être une sibylle.

Moon crispa les mâchoires, à se faire mal aux dents. C'était sa faute si elle était passée par la Porte Noire, si elle était sortie différente de son Transfert, une inconnue hantée par une réalité fracturée. Quand ils avaient atteint Kharemough, elle s'était remise à fonctionner, elle était redevenue presque humaine ; mais, malgré tout, quand elle fermait les yeux et ne surveillait pas ses pensées...

Elle avait porté librement son trèfle dans l'astroport sur orbite, heureuse quand des inconnus de mondes dont elle n'avait jamais entendu parler lui souriaient et la saluaient avec respect. Mais un jour un homme l'avait abordée et lui avait demandé de répondre à une question. Elle s'était détournée de lui, prise de panique, et avait refusé... *refusé*. Elsevier l'avait chassé ; mais Moon avait compris alors que jamais elle ne pourrait plus répondre à une question...

— Je... j'irai bien quand je serai rentrée chez moi, à Tiamat.

Où, la nuit, le ciel flamboyait de soleils, où ce n'était pas ce noir néant amer qui consumait jusqu'aux forces vitales d'une étoile, ce vide où même les étoiles étaient minuscules, glacées et désespérément seules. Où la seule chose qui lui importât autant que ce qu'elle avait détruit en venant là restait encore à faire, où la seule personne qui comprendrait ce que c'était de perdre le désir de vivre, Sparks... elle devait le retrouver !

— Encore combien de temps... ?

Elle avait essayé de ne pas poser la question, depuis qu'ils étaient là, car elle avait peur de demander tout en le désirant tous les jours, à chaque heure.

— Alors, tu ne veux vraiment pas rester ? Même après tout ce que tu as vu ?

La profondeur de la déception que Moon devinait dans la voix d'Elsevier lui serra le cœur. Elle avait vu quel mal s'était donné Elsevier pour occuper son temps et son esprit avec les incroyables merveilles de cette ville, cet astroport voguant dans l'espace sur une longe invisible tenue par le monde sous leurs pieds. Elle avait cru qu'Elsevier ne faisait cela que pour dissiper ses craintes, mais elle comprenait maintenant qu'il y avait une autre raison.

— Tu... tu veux réellement que je reste éternellement avec vous ?

— Oui. J'y tiens beaucoup, ma chérie, répondit Elsevier avec un petit sourire hésitant. Nous n'avons jamais eu d'enfants, tu sais, TJ et moi...

Moon baissa les yeux et s'arma de courage pour causer une nouvelle déception.

— Je sais. S'il n'y avait que moi, si je n'étais personne, je resterais avec toi, Elsie.

Elle savait que c'était vrai, même si elle était comme une enfant perdue dans un Festival, ici dans l'île incompréhensible, immaculée, tournant dans le ciel. Elsevier s'était efforcée de faire d'elle une partie de tout ce qu'elle voyait, au point qu'elle commençait à éprouver la fierté nonchalante des extramondiens, qui trouvaient un vaisseau stellaire aussi naturel qu'un navire à voiles, qui trouvaient normales des choses impressionnantes et miraculeuses. A chaque petite merveille technologique que la patience d'Elsevier lui apprenait à contrôler, sa crainte respectueuse des grandes s'atténuait et elle pouvait maintenant se tenir sur le balcon de leur appartement et observer le Marché aux Voleurs comme une véritable extramondienne, une citoyenne de l'Hégémonie, tout à fait chez elle dans cette agglomération interstellaire.

Mais soudain elle s'apercevait qu'elle comprenait enfin ce que Sparks avait toujours essayé de lui faire sentir, elle pensait à ce que ce serait pour lui de se trouver là où elle était... et elle se souvenait qu'elle l'avait abandonné alors qu'il avait besoin d'elle.

— Sparks est toujours à Escarboucle ; je dois aller le retrouver. Je ne peux pas rester ici sans lui. *(Exilée sur une île entourée d'un vide sans vie.)* Je ne peux pas être une sibylle ici. (Elle posa sa main sur le trèfle tatoué à sa gorge.) J'ai quitté mon propre monde alors que j'aurais dû y rester. J'ai manqué à mon devoir, j'ai manqué à Sparks, j'ai manqué... La Dame n'entend pas mes prières, je suis perdue, c'est pour ça que j'ai perdu Sa voix. (Elle laissa tomber ses pieds du lit, les posa sur le plancher froid.) C'est mal. Ma place n'est pas ici. Je n'y serais pas heureuse. On a besoin de moi à Tiamat...

Elle sentait cela avec une singulière intensité. Regardant au fond des yeux indigo d'Elsevier, elle s'efforça de lui faire comprendre cette nécessité, sa nostalgie, son regret. Elsevier joignit les mains, comme elle le faisait quand elle cherchait à prendre une décision.

— Moon... Comment puis-je te dire cela, sinon maladroitement ?... Tu ne peux pas rentrer chez toi.

— Quoi ?

Le cauchemar assombrit la chambre et la figure anxieuse d'Elsevier. Moon projeta la lumière de sa volonté contre les ombres.

— Je peux ! Il le faut !

Elsevier leva les mains, en partie pour implorer, en partie pour se protéger.

— Non... non. Je voulais simplement dire... Je veux dire que tu ne peux pas repartir avant que Cress soit suffisamment remis pour...

Les mots firent défaut, comme une occasion perdue. Moon fronça les sourcils, incertaine ; un voile de doute obscurcissait toujours l'expression d'Elsevier. La jeune fille se frotta la figure, tout son corps s'affaissa, de fatigue et de déception.

— Je sais. Pardonne-moi...

Sa main chercha à tâtons le flacon de tranquillisants sur la table de chevet, mais Elsevier lui saisit le poignet, lui ramena le bras en arrière.

— Non. Ce n'est pas la solution. Et tu ne calmeras pas tes peurs en retournant à Tiamat ; elles te suivront partout, éternellement, à moins que tu apprennes ce que fait réellement une sibylle. Je ne suis pas assez savante pour te l'expliquer mais il y a quelqu'un qui le peut. A la première fenêtre favorable, nous descendrons à terre et nous verrons mon beau-frère. (Elle prit le flacon de comprimés.) C'est quelque chose que j'aurais dû faire depuis longtemps... mais je ne suis qu'une vieille bête. (Elle se leva alors, en souriant de l'incompréhension de Moon.) Je crois que cela nous fera à tous le plus grand bien, de remettre les pieds sur une vraie planète. Peut-être Cress pourra-t-il venir avec nous. Maintenant repose-toi, ma chérie... et fais de beaux rêves.

Elle caressa légèrement la joue de Moon et sortit de la chambre.

Moon ramena ses pieds dans le lit et lissa la couverture mince qui suffisait à la réchauffer. Mais aucun beau rêve ne l'attendait dans cette nuit sans vie qui environnait la ville en suspens et ce monde. Elle regarda se dérouler les événements à peine intelligibles, sur l'écran encastré, l'esprit et le cœur déchirés. Dans ce lieu étranger, personne ne pourrait changer ses rêves, éclairer ses ténèbres, sinon en la laissant repartir chez elle... *chez elle*. Des larmes mouillèrent ses joues et ses paupières se fermèrent.

Moon traversait le Marché aux Voleurs, dans le jour artificiel, serrée dans le tramway bondé de l'astroport avec Elsevier, Silky et Cress flageolant, avec assez de voyageurs maussades pour peupler une île. L'orbite de la station spatiale passait toutes les quelques heures au-dessus d'une fenêtre, un corridor de transport descendant à la surface de Kharemough ; mais ils étaient situés à des centaines ou des milliers de kilomètres les uns des autres, sur la planète. Si l'on manquait un arrêt, on devait attendre une journée entière avant qu'il s'ouvrît de nouveau.

Quand ils étaient montés dans le tramway, il n'y avait pas de place assise mais un homme s'était levé au passage de Moon et lui avait offert inexplicablement sa place. Elle avait souri et l'avait donnée à Cress quand un autre homme s'était levé pour elle. Gênée, elle avait tiré Elsevier pour la faire asseoir, en chuchotant :

— Est-ce qu'ils pensent que je suis malade parce que je suis pâle ?

Elsevier prit un air faussement désapprobateur en tirant sur le bord de la courte tunique jaune sans manches de Moon.

— Non, ma chérie. Au contraire. Mais tu devrais réellement mettre ta robe, dit-elle en effleurant le vêtement bordeaux que Moon portait sur le bras.

— Il fait trop chaud.

Moon tâta le chignon natté qu'elle avait amassé au

sommet de son crâne, en se rappelant les robes volumineuses et les combinaisons de vol moulantes qu'elle avait essayées et rejetées, dans les boutiques du Bazar de Centreville. Maintenant qu'ils avaient quitté le vaisseau, elle avait essayé de porter ses propres vêtements, mais l'air de la station était étouffant, alors elle était aussi peu vêtue que le permettait Elsevier.

— Quand j'étais jeune fille, j'étais couverte de voiles de la tête aux pieds. Cela faisait partie du mystère de la femme, confia Elsevier en arrangeant les plis de son cafetan multicolore, au son argentin de son collier de clochettes. Et je rêvais de tout rejeter pour courir toute nue dans les rues, par les grosses chaleurs de l'été. Mais je n'ai jamais osé.

Moon était cramponnée au dossier du siège, un pas derrière un Silky silencieux et malheureux, sympathisant avec sa détresse d'être pressé dans cette cohue d'inconnus. Elle regardait par les côtés ouverts du véhicule, alors qu'ils passaient d'avenue en avenue, dans le port interstellaire où Elsevier partageait un appartement avec Silky et Cress — et maintenant elle — dans l'élégante claustrophobie du ghetto hors monde de Kharemough. Elle était déjà perdue, incapable de comprendre le plan de cette ville, pas plus qu'elle ne comprenait ses habitants. Tout ce qu'elle savait, c'était qu'elle s'insérait dans un anneau, avec l'astroport au milieu. Les Kharemoughis appelaient cette banlieue hors monde le Marché aux Voleurs et les étrangers qui y vivaient acceptaient ce nom avec un amusement pervers. Kharemough dominait l'Hégémonie parce qu'on y fabriquait les meilleurs articles que pouvait produire la plus haute technologie et Elsevier avait dit un jour, non sans fierté, que « Marché aux Voleurs » était plus une vérité qu'une insulte.

— Mais alors comment es-tu devenue une... comment es-tu venue à Kharemough ? demanda Moon comme Elsevier n'allait pas au bout de sa pensée.

Elle trouvait de plus en plus invraisemblable que cette femme si douce, discrète, ait choisi une carrière défiant qui que ce soit et plus encore les lois interstellaires.

— Ah, ma petite fille, la perte de mes voiles et de ma

respectabilité est une longue histoire ennuyeuse et compliquée.

Mais Moon surprit le petit sourire, au coin des lèvres.

— Fausse modestie.

Cress était tassé sur le siège devant elles, les yeux fermés, les mains pressées sur sa poitrine. Il n'y avait que deux périodes de jour qu'il était sorti de l'hôpital. Elsevier lui effleura l'épaule.

— Ça va, Cress ?

— Très bien, maîtresse. Je suis tout ouïe.

Elle se radossa, avec un petit soupir résigné.

— Eh bien, je suis d'Ondinée, Moon, un monde qui te paraîtrait encore plus incompréhensible que Kharemough, même si le niveau technique y est bien moins élevé. Dans mon pays, les femmes n'étaient pas encouragées...

— Autorisées, rectifia Cress.

— ... à vivre leur vie, pleinement, comme tu l'as toujours fait.

Sa voix planait au-dessus du murmure des conversations comme de la fumée s'élevant dans la brume citadine d'un autre monde, dans un pays hérissé des pyramides-mausolées d'une ancienne théocratie. C'était une terre où les femmes étaient achetées et vendues comme dans une braderie, où elles vivaient dans des appartements séparés, dans la cellule familiale, à l'écart des hommes qui n'étaient pas leurs partenaires mais leurs seigneurs jaloux. Leur vie suivait un chemin étroit tracé par des générations, incomplète mais rassurante et prévisible.

Une jeune fille timide appelée Elsevier — *Obéissance* — avait suivi la voie de la tradition, enveloppée dans des voiles dissimulant son humanité, butant souvent dans les ornières des rites mais sans jamais voir la vie avec assez de recul pour se demander pourquoi. Jusqu'à ce jour, sur la place du temple, où la curiosité l'avait détournée de sa tournée d'offrandes aux autels de ses esprits, pour se mêler à la foule rassemblée et écouter un extramondien fou parler de liberté et d'égalité. Il avait gravi audacieusement les marches du Grand Temple de Ne'ehman tandis qu'une bande de jeunes extrémistes locaux fourraient des tracts dans les mains et les poches de tous ceux qui passaient. Mais la foule s'était mise en colère, le rassemblement tournait à l'émeute quand l'impitoyable Sécurité Ecclésiastique vint rétablir l'ordre ; dans la panique qui suivit, les agents jetèrent tous ceux qu'ils pouvaient attraper dans les camions noirs de la police.

Elsevier était tapie dans un coin du véhicule brinquebalant, écrasée de toutes parts, piétinée, malmenée, ses voiles déchirés, sanglotante, folle de la peur du viol ou de la mort. Mais, soudain, des mains fortes la saisirent, la firent lever, la maintinrent, le dos à la paroi. Affolée, elle sentit le monde se liquéfier autour d'elle, et son corps aussi...

— Ne va pas t'évanouir maintenant, bons dieux ! Je ne peux pas te soutenir éternellement...

Et une gifle.

La douleur perça le mur de sa folie. Elle ouvrit les yeux en gémissant et vit devant elle la figure hagarde et ensanglantée de l'extramondien fou, l'homme responsable de tout cela, le seul homme qu'elle allait aimer toute sa vie. Mais, à ce moment, rien n'était plus loin de sa pensée que l'amour.

— Ça va ?

Il grogna, en recevant un coup violent dans les reins. Les bras rigides, appuyés contre la paroi, il lui faisait un rempart de son corps. Elle secoua la tête.

— Je t'ai fait mal ? Je ne l'ai pas fait exprès.

Il lui caressa une joue et elle eut un mouvement de recul, en ramenant un lambeau de voile sur sa tête.

— Excuse-moi, murmura-t-il en se retenant de nouveau alors que le camion cahotait dans un virage. Tu n'étais même pas là pour entendre mon discours, hein ?

Il fit une petite grimace et, soudain, il parut à peine plus âgé qu'elle. Il marmonna quelque chose d'amer, dans sa propre langue.

— KR a raison, je fais plus de mal que de bien... Ne tremble pas, ils ne te feront pas de mal. Une fois que nous serons à l'inquisition, ils trieront le bon grain de l'ivraie et ils te laisseront partir.

Nouvelle secousse. Elle ne connaissait que trop la réputation de la police de l'Eglise. Ses yeux se remplirent de nouvelles larmes.

— Allons, allons, ne pleure pas, dit-il en essayant en vain de sourire. Je ne leur permettrai pas de te faire du mal. (C'était absurde, mais elle se cramponna à cette promesse, pour ne pas se noyer.) Ecoute... Euh... Puisque tu es là... tu veux entendre mon discours ? C'est peut-être ta dernière chance.

Des gouttes de sueur luisaient dans ses épais cheveux châtains.

Elle ne répondit pas et, prenant son silence pour un acquiescement, il consacra le reste du trajet étouffant vers le jugement à la rafraîchir par son idéalisme sans espoir, à parler de tous les hommes vivant ensemble en frères, des femmes jouissant des mêmes libertés que les hommes, en acceptant la même responsabilité de leurs propres actes... Quand le camion s'arrêta enfin dans un dernier cahot, Elsevier était persuadée qu'il était complètement fou... et merveilleusement beau.

Mais alors les portes s'ouvrirent, laissant pénétrer la dure lumière du jour et les commandements gutturaux des gardiens, qui poussèrent le troupeau de malheureux captifs dans la cour du centre de détention. Elsevier et l'extramondien furent les derniers à descendre et il lui pressa brièvement la main — « Sois courageuse, petite sœur ! » — en lui demandant son nom.

Elle lui parla enfin, uniquement pour lui donner son nom avant que les gardiens le saisissent. Elle l'entendit protester de son innocence, à elle, alors qu'on l'entraînait, et la protestation se terminer par une plainte. De lourdes mains l'empoignèrent à son tour et elle ne vit pas ce qu'on lui faisait. On la poussa dans le poste avec les autres et elle ne le revit plus.

A l'intérieur, elle trouva son père qui l'attendait ; il avait répondu à un appel désespéré de sa duègne, après qu'elle eut été embarquée dans le camion. En pleurant, elle courut se jeter dans ses bras et après bien des menaces et un don considérable aux missions de l'Eglise, il l'arracha à ce lieu d'horreurs, avant que les inquisiteurs ne compromettent définitivement sa réputation.

Pendant près de quinze jours, elle resta enfermée chez elle, n'osant sortir de la maison, tandis que sa terreur se calmait lentement, sans vouloir encore penser à l'extra-mondain fou... réfléchir à ses paroles, à sa bonté en plein chaos... sans même oser se demander s'il était encore en vie. Tout en sachant qu'elle ne le saurait jamais, qu'elle ne le reverrait jamais, elle ne pouvait chasser de sa pensée son souvenir, son fantôme aux yeux brillants.

Et pourtant, elle ne reconnut pas l'homme assis d'un air emprunté sur le banc, sous la treille du jardin, quand sa mère la conduisit à « un prétendant » et la laissa debout, intimidée et incertaine sous le regard avide de cet inconnu. Il était sobrement vêtu d'un costume de ville et d'une cape ; l'ombre d'un chapeau à large bord cachait à demi sa figure. Mais ce qu'elle distinguait de ce visage, vaguement entrevu à travers le voile, était violacé et verdâtre.

Avec appréhension, elle rejeta le voile bleu foncé pour lui montrer sa figure, en gardant les yeux baissés. Elle fit une petite révérence et son collier de clochettes d'argent tinta doucement dans le silence.

— Elsevier. Tu ne me reconnais pas, n'est-ce pas ?

La voix était pâteuse mais laissait nettement deviner sa déception. Il ôta son chapeau. Elle avait déjà reconnu la voix, même déformée, et elle s'assit à côté de lui en laissant échapper un petit cri de surprise.

— Vous ! Ah... sacré Calavre ! s'exclama-t-elle, à peine consciente de jurer.

Il leva une main vers son visage mais sans la toucher ; sa peau basanée était une tapisserie de coupures à demi cicatrisées et de meurtrissures, la ligne aiguë de la mâchoire encore enflée.

— J'ai dit à ton père que j'avais eu un accident, dit-il entre ses dents, avec un sourire des lèvres et des yeux. On m'a mis des fils, pour garder la mâchoire fermée.

Elle fit une petite grimace de compassion, tordit ses mains sur ses genoux.

— Ça ne me fait presque plus mal.

Les inquisiteurs ne l'avaient pas remis aux Bleus mais s'étaient relayés pour le matraquer, pour se venger d'une journée et d'une nuit, avant de le jeter à la rue au petit jour, le laissant s'éloigner tant bien que mal, aussi vite qu'il le pouvait.

— Je ne veux plus y penser...

Il rit, brièvement ; mais bien des années passeraient avant qu'il lui confie ne fût-ce qu'une petite partie de la vérité. Il se tut et la contempla, comme s'il attendait quelque chose.

— Ta mâchoire est ficelée aussi, petite sœur ?

Elle secoua la tête dans un tintement de clochettes.

— Non ! Je... J'ai pensé à vous. Sans cesse. Je croyais ne jamais vous revoir. J'avais peur pour vous. (Elle eut soudain envie de lui prendre la tête, de serrer sa figure meurtrie contre son cœur.) Pourquoi êtes-vous venu ici ?

Elle retournait entre ses doigts un pan de son voile. *Pas comme un prétendant*. Mais elle ne se recouvrit pas la figure ; avec lui, elle n'en éprouvait pas le besoin.

— Je voulais être certain que tu allais bien. Ça va ?

— Oui. Mon père est venu... Vous avez été si bon pour moi. Mon père serait...

— Non. S'il te plaît, ne lui parle pas de moi. Dis-moi simplement que tu as écouté mes idées. Dis-moi que j'ai semé une graine dans ton esprit... Dis-moi que tu veux en savoir davantage.

— Pourquoi ?

Entre toutes les questions et les réponses qui tournaient dans sa tête, ce seul mot s'échappa, qui ne disait rien.

— Pourquoi ? (Mais elle vit dans ses yeux qu'il comprenait.) Eh bien... parce que je veux te revoir.

— Ah ! Je pourrais toucher le ciel avec la main !

Elle pouffa bêtement et plaqua les mains sur sa bouche en voyant son expression. La femme qui s'attirerait l'amour de cet homme devrait d'abord gagner son respect. Audacieusement, elle le regarda dans les yeux, non sans trembler un peu.

— Oui. Je veux en savoir davantage. Revenez, je vous en prie.

Il sourit.

— Quand ?

— Mon père...

— Quand ?

— Demain, murmura-t-elle en baissant les yeux.

— Je viendrai, promit-il.

— Com-combien de femmes avez-vous ? hasarda-t-elle, en s'en voulant de poser la question, et il s'indigna.

— Combien ? Aucune ! A Kharemough, nous n'en avons qu'une à la fois. Une seule suffit pour une vie entière... si c'est la bonne. (Il plongea une main sous sa veste, en tira une poignée de tracts.) Je t'ai apporté ça, parce que je ne peux pas encore parler comme je veux. Mais j'ai écrit celui-là. Tu les liras ?

Elle hocha la tête et ressentit un petit frémissement le long de son bras quand leurs mains se touchèrent.

— Tu as un jardin magnifique, murmura-t-il avec une curieuse nostalgie. C'est toi qui t'occupes des fleurs ?

— Oh non, répondit-elle un peu tristement. Je n'ai le droit de venir ici que dans les grandes occasions. Et on ne me permet jamais de me salir. Mais j'adore les fleurs. Si je pouvais, je passerais tout mon temps ici.

Avec une expression singulièrement résolue, il leva un bras pour cueillir une fleur mauve aux nombreux pétales, sur la treille, et la lui glissa dans les mains.

— Nous mourrons tous, un jour. Mieux vaut une vie de liberté que de mourir sur la vigne.

Elle porta la fleur à son visage, respira son parfum et sourit, plus à lui qu'à ce qu'il disait. Il lui rendit son sourire.

— A demain, donc.

Il se leva, péniblement.

— Vous partez...

— J'ai une réunion à l'université, à Murdy, ce soir, expliqua-t-il et il se pencha vers elle, l'air complice. Je suis un agitateur de l'extérieur, tu sais.

— Vous ne...

— Non, non, plus de discours. Du moins pas avant de pouvoir de nouveau ouvrir la bouche... Au revoir, petite sœur.

Il tira son chapeau sur ses yeux et s'en alla, traversant la cour d'un pas chaloupé, avant qu'elle s'aperçoive qu'elle ne connaissait pas son nom. Elle baissa les yeux sur les tracts de propagande et lut : *« Partenaires dans un nouveau monde », par TJ Aspundh*. Elle soupira.

— Qu'est-ce qu'il t'a donné ? demanda sa mère en regardant les pamphlets d'un air méfiant.

— Euh... des... des poèmes d'amour, répondit Elsevier en les glissant précipitamment dans sa ceinture avant de rabattre son voile. Il en a écrit lui-même.

— Hum. (Sa mère secoua la tête et les clochettes chantèrent.) Mais c'est un Kharemoughi. Il a fait cadeau à ton père d'un vidéocom, pour avoir le droit de te voir. Mon seigneur est très content. Et c'est à lui de décider, finalement, pas à nous.

Elsevier se leva, toute crissante de papiers.

— Pourquoi ? Pourquoi pas à nous ?

Sa mère lui prit la fleur et la ramena dans l'appartement des femmes.

TJ revint fidèlement la voir, un modèle de respectabilité devant les parents, en particulier un rêveur obstiné qui ne tombait pas amoureux de la jeune fille qu'elle était mais de la femme qu'elle serait. Il lui apporta encore de la littérature révolutionnaire déguisée en poèmes d'amour ; mais avant qu'elle commence à explorer ce nouveau monde dont il élargissait chaque jour les horizons, ses tentatives maladroites pour s'affirmer au sein de sa famille aboutirent à la découverte de ses pamphlets cachés et il fut banni de sa vie.

— Mais tu ne les as pas laissés vous séparer ? demanda Moon, penchée sur le dossier du siège. Tu t'es enfuie ?

— Non, ma chérie, murmura Elsevier. Mon père m'a enfermée dans la chambre de la tour parce qu'il en avait peur, avant même que j'y pense. Mais TJ était intrépide. Une nuit, il est revenu en aéroglisseur, il a grimpé jusqu'à ma fenêtre et il m'a enlevée.

— Et tu...

— J'étais affolée ! J'étais beaucoup moins indépendante qu'il le croyait, ou que je ne le pensais. En m'affirmant, je n'avais fait que plaire à quelqu'un d'autre, encore une fois... à lui. Et il avait détruit ma réputation. J'ai failli mourir de honte cette nuit-là. Mais au matin nous étions arrivés à l'astroport et il n'était plus question de revenir en arrière. (Elle contempla la ville, en voyant un autre lieu, un autre temps.) Nous avons toujours été comme ça, toute notre vie, chacun avec notre credo ; pour lui « Sois certain d'avoir raison et va de l'avant », pour moi « Fais ce que tu dois »... Mais même en cette nuit terrible, pas un instant je n'ai douté qu'il avait agi avec le cœur le plus pur, qu'il m'aimait comme je n'avais jamais osé rêver d'être aimée. Je le grondais — des années après — pour avoir commis un tel acte de domination masculine. Il ne faisait qu'en rire en me répétant qu'il essayait simplement d'agir dans le cadre du système... Nous avons été mariés à l'astroport par une de ces horribles machines notariales, et la traversée jusqu'à Kharemough a été notre voyage de noces. Pauvre TJ ! Nous étions à mi-chemin dans la galaxie avant que je lui permette de me toucher. Mais une fois que j'ai appris que tout ce qu'on m'avait enseigné sur mon corps, toute ma vie, était un mensonge, c'était plus facile de croire que j'avais aussi une intelligence et de me meubler le cerveau. Nous étions différents, par bien des côtés... mais nos âmes ne faisaient qu'une.

Elsevier soupira.

Soudain, l'obscurité les enveloppa quand le tramway pénétra dans un des rayons transparents qui enjambaient le vide de la rade aux vaisseaux spatiaux, vers l'astroport, le moyeu de la roue formée par la ville. Moon perdit la vision des images évoquées par Elsevier alors qu'elles se confondaient avec son propre souvenir de feu de bois, de vent, de baisers brûlants, de deux cœurs battant à l'unisson. Les ténèbres vides se glissèrent dans son âme et sa figure devint aussi sombre que son cœur.

— J'aurais bien aimé le connaître.

La figure de Cress s'illumina un instant quand il alluma une de ces herbes épicées que tout le monde fumait.

— Lui parti, dit Silky.

Il parlait un sandhi à peine intelligible, la langue internationale de Kharemough que Moon apprenait avec l'aide d'Elsevier. Mais les pensées derrière ses marmonnements confus étaient aussi opaques pour elle qu'elles l'avaient toujours été.

— TJ t'aurait rendu complètement cinglé, Cress, assura tendrement Elsevier. Il était branché en permanence. Tu te déplaces dans un médium temporel bien plus dense ; tu es plus fait pour être astrogateur.

Cress rit et le rire se changea en quinte de toux.

— Tu sais qu'on t'a dit de ne pas fumer !

Elsevier se pencha et lui prit le roseau incandescent des doigts ; il ne protesta pas.

— Parti, répéta Silky. Parti. Parti...

Comme s'il était obsédé par ce mot.

— Oui, Silky, souffla Elsevier. Les bons meurent toujours jeunes, même s'ils vivent cent ans. (Elle caressa un des tentacules mutilés, posé en travers du dossier de Cress.) Je ne l'ai jamais vu aussi en colère, ni aussi beau que le jour où il t'a arraché à cette baraque de foire à Narlikar. Il souffrait des peines de tout le monde. C'est pourquoi il voulait y mettre fin. Les dieux soient loués, il était si fort ! Je ne sais pas comment il vivait avec cela...

Où est Sparks maintenant, et qui le fait souffrir ? Et pourquoi ne puis-je l'aider ? Les pieds bottés de Moon s'agitèrent sous le siège ; elle regarda Silky avec une soudaine perspicacité involontaire. *Ah, ma Dame... Je ne peux plus attendre !* Ses mains se crispèrent sur le dossier.

— Quand je pense qu'il a rompu tous ses liens avec les extrémistes parce qu'il avait peur pour *moi*... alors que je savais qu'il serait mort avec joie pour ses idées. J'étais furieuse, mais heureuse aussi. C'était un pacifiste, parmi des gens qui ne l'étaient pas. (Elle tira une bouffée du roseau de Cress.) Et puis il s'est mis à la contrebande ! Ah...

Le tramway resurgit à la lumière, au niveau des passagers de l'astroport. Tout le long de leur chemin, il y avait des écrans muraux, avec des dioramas changeants d'autres mondes ; aux niveaux inférieurs du complexe, une quantité inimaginable de marchandises importées de tous ces mondes attendait d'être expédiée à la surface de la planète. D'autres cargaisons innombrables, des industries les plus avancées de Kharemough, transitaient par l'astroport, en échange : il y avait d'autres dioramas, destinés à impressionner les visiteurs qui arrivaient, glorifiant le progrès technologique capable de maintenir d'importants processus de fabrication dans l'espace même. On avait dit à Moon que c'était la plus grande ville flottante, mais pas la seule, au-dessus de Kharemough ; il y avait des milliers d'autres centres de production et d'usines, dont les ouvriers passaient presque toute leur vie dans l'espace, entre la planète et ses lunes. L'idée de vivre toute une existence dans cet isolement noir la hantait et la déprimait.

Le tramway ralentit et s'arrêta dans l'aire d'attente réservée aux voyageurs descendant sur la planète. Moon suivit Cress et Silky sans un mot, dans la foule qui se précipitait pour trouver de la place dans une salle d'embarquement, pendant qu'Elsevier allait aux distributeurs automatiques de billets.

— Ah...

Cress s'installa, en levant les yeux vers les omniprésentes exhibitions vidéo. Ici, elles changeaient d'une scène à l'autre, représentant l'extérieur de l'astroport : tantôt la surface nuageuse de Kharemough, tantôt celle de la lune la plus proche, une peinture abstraite de pollution industrielle ; tantôt l'image étincelante d'un cargo interstellaire, un enchaînement de disques étalé sur la noirceur mate comme un collier de coquillages. Il était assis d'un côté de Silky et Moon de l'autre, pour le protéger des étrangers par le rempart de leur corps ; Silky regardait les passants avec curiosité, leurs lentes allées et venues, comme de l'huile sur de l'eau.

— C'est ce qui me plaît à Kharemough, ils essaient tout le temps de vous occuper l'esprit.

Il y avait une fausse note, dans ces mots nonchalants, alors que les vaisseaux spatiaux passaient rapidement sur l'écran. Elsevier disait que Cress avait été naguère astrogateur pour une grande compagnie de navigation interstellaire.

— Dommage que nous ne puissions voir les vaisseaux du Premier ministre. Mais il ne rentrera pas avant quinze jours. Ça, ce serait un spectacle qui t'en mettrait plein la vue, jeune maîtresse.

Moon baissa les yeux des écrans.

— Pourquoi est-ce que tu m'appelles toujours comme ça ? Mon nom est Moon.

— Quoi ? (Cress la regarda, haussa les épaules.) Je sais, jeune maîtresse. Mais tu es une sibylle, et je te dois la vie. Tu mérites d'être traitée avec honneur. D'ailleurs (avec un sourire) si je me laissais aller, je risquerais de tomber amoureux de toi.

Elle le regarda, un peu ahurie, mais ne sut dire s'il se moquait d'elle ou non. Elle se détourna avec un peu d'humeur, sans savoir comment répondre, et tenta de s'intéresser aux images des écrans.

Des voix désincarnées faisaient des annonces en sandhi et dans une demi-douzaine d'autres langues qu'elle ne connaissait pas. Les idéogrammes du sandhi écrit lui étaient incompréhensibles mais elle apprenait la langue parlée, grâce à des enregistrements qui développaient la mémoire quand on les écoutait. Ils lui préparaient le cerveau avec de la musique, tout en gravant sans douleur les mots dans son subconscient et, maintenant, elle arrivait à comprendre presque tout ce qu'elle entendait. Mais il y avait des nuances dans la langue, comme dans les rapports entre les personnes qui l'employaient. Un strict système de castes gouvernait le peuple de ce monde, définissait le rôle de chacun dans la société, depuis le jour de la naissance. Les extramondiens étaient à l'abri de ces restrictions, du moment qu'ils gardaient leurs distances. Moon avait eu une contravention, malgré les supplications d'Elsevier, pour s'être adressée à un commerçant par sa classification sandhi, au lieu de « citoyen ». Les fautes de conduite plus graves, dans le système, étaient punies de lourdes amendes ou même par la perte d'un standing hérité. Il y avait des magasins, des restaurants, des théâtres distincts pour les Techniques, les Non-Techniques et les Sans-Classe ; les personnes appartenant aux plus hautes et aux plus basses castes ne pouvaient même pas se parler sans intermédiaire. Moon s'était demandé avec indignation, en serrant sa contravention dans sa main, pourquoi les gens supportaient cela. Elsevier n'avait fait qu'en sourire en répondant :

— L'inertie, ma chérie. La plupart des gens ne sont

pas assez malheureux avec le connu pour l'échanger contre l'inconnu. TJ n'arrivait jamais à le comprendre.

Moon se redressa sur la banquette capitonnée quand Elsevier émergea de la foule.

— On embarque déjà. Nous ferions bien d'y aller, dit-elle en montrant avec les imprimantes des billets la porte, dans le fond de la salle d'attente, où les passagers étaient canalisés dans l'inconnu.

Cress et Silky se levèrent ; Moon les suivit, résignée.

— Ne sois pas si triste, jeune maîtresse ; tu ne sentiras rien du tout. Tout est entre les mains des aiguilleurs du ciel, une navette, ce n'est pas comme un vaisseau. C'est plutôt un tacot.

— C'est magnifique, là en bas, Moon. Attends de voir les jardins décoratifs de KR !

— Ce n'est pas un jardin qu'il me faut, Elsie, murmura Moon, les yeux attirés vers la vue de l'espace comme de la limaille de fer vers un aimant. J'ai besoin de rentrer chez moi.

Cress jeta à Elsevier un regard accusateur, indéchiffrable ; elle s'en détourna.

— Attends de connaître KR, Moon. Alors tu comprendras tout.

20

Ils embarquèrent parmi les derniers dans la navette. Moon aperçut vaguement sa forme carrée par le hublot du sas. C'était un vieux clou, comme l'avait dit Cress, sans propulsion autonome. Elle était attirée sur la planète et renvoyée, comme les marchandises, prise entre les mains d'invisibles rayons répulseurs — ou tracteurs — d'un des centres de distribution planétaires. La fenêtre d'expédition était une colonne d'espace vide de trente mètres de large, plongeant dans la zone d'industrie lourde entre Kharemough et ses lunes.

A bord, ils furent conduits vers les rangées de sièges

au-dessus d'un écran central au sol, montrant la surface bleu et kaki de la planète brumeuse ; Moon s'efforça de ne penser qu'à son immensité solide, d'oublier qu'elle était à une distance effroyable. Même là, à bord de la navette, personne ne planait en apesanteur hors de son siège ; les Kharemoughis se vantaient, avec un orgueil dépourvu de subtilité, que la conquête de la gravité était la plus difficile mais qu'ils la maîtrisaient quand ils le voulaient.

Une fois les issues fermées, la navette se libéra de la station et entama sa chute dans le tube de force. Moon resta assise, sourde aux conversations étouffées autour d'elle, incompréhensibles pour la plupart ; elle oublia tout sauf la vision de la surface de la planète qui s'élevait vers eux. Le panorama amorphe, nuageux se précisa et Elsevier désigna à voix basse les mers bleues, les terres ocre et vertes, tellement immenses qu'elles semblaient repousser la mer. Finalement, les eaux disparurent à la vue et il ne resta que des montagnes, des forêts, des terres cultivées... et puis, presque avant que Moon s'en aperçoive, ce fut le mince anneau d'une ville crépusculaire étendant ses cercles concentriques autour d'une grande plaine dénudée et brillante.

— ... le terrain d'atterrissage, dit Elsevier.

Au dernier moment, Moon eut l'impression qu'une autre main géante invisible les cueillait dans les airs, juste avant l'impact sur le quadrillage étincelant des pistes. La navette fut comme balayée dans un des hangars cernant l'aire d'atterrissage et se posa enfin.

La foule des passagers quitta l'intérieur aux couleurs chaudes du bâtiment de l'astroport. Moon ressentit des picotements dans les pieds en foulant ce monde inconnu... à moins que ce soit une mauvaise circulation. La gravité artificielle de la cité spatiale était moins forte que celle à laquelle elle était habituée, et celle-ci l'était davantage ; ses pieds retombaient lourdement, quelle que soit la prudence de sa démarche.

A la surface de la planète, le jour pointait à peine ; il faisait encore froid. Elsevier se frotta les bras sous ses manches ; Moon enfila sa longue robe lie-de-vin et serra la ceinture sans protester. Les Kharemoughis étaient un peuple pudique et Elsevier l'avait avertie que la licence du Marché aux Voleurs n'était pas tolérée à terre. Le lever de soleil s'épanouissait comme une fleur, à l'est, mais au-dessus d'eux, le ciel était encore noir et sans étoiles... Levant les yeux, Moon retint sa respiration. L'obscurité se diaprait de lumière, des écharpes irisées, rose et vert, jaune d'or, bleu glacier, un chatoiement d'arc-en-ciel, de rayons blancs scintillants couronnant un pays de rêve, magique.

— Regarde-moi ça, Silky, dit Elsevier en sandhi, alors qu'elle suivait le regard de Moon, mais ces mots n'étaient pas admiratifs. C'est honteux.

— Tu peux le dire, citoyenne.

Trois passagers de la navette, de minces Kharemoughis basanés, se trouvaient à côté d'eux, attendant un taxi ; l'un d'eux secoua sa tête casquée d'un air dégoûté.

— La pollution ! On croirait la fin du monde. Bons dieux, quand on pense au tonnage de détritus qui flottent là-haut ! Je ne sais pas comment ils veulent que nous fassions notre travail. Il n'y a plus de contrôle de la circulation, on croirait un derby de démolition !

— SN...

Une femme, un autre des trois passagers, lui donna une petite tape sur l'épaule de son uniforme, en riant légèrement.

— Ces citoyens ne sont pas d'ici, dit-elle en haussant les sourcils. Ils n'ont pas à être ennuyés par nos petites plaintes mesquines.

— C'est vrai, ça, vieux, dit le troisième. Tu as vraiment besoin de ces vacances. Tu parles comme un biopuriste.

Le premier, l'air irrité, fourra ses mains dans sa ceinture.

— Qu'est-ce que vous reprochez au ciel ? demanda Moon en baissant les yeux à regret. Il est plein de lumière. *(Comme il doit l'être.)* C'est beau.

Le premier homme la regarda en fronçant les sourcils, puis il sourit malgré lui. Il secoua la tête de nouveau, avec plus de chagrin que de colère.

— L'ignorance est un bienfait, citoyenne. Sois heureuse de ne pas être une Kharemoughie.

Un aéroglisseur ralentit devant eux et ils y montèrent.

— Bienvenue à Kharemough, dit Cress en tiamatain, où les dieux parlent le sandhi.

Il sourit aussi. Elsevier héla le taxi suivant ; le Non-Tech kharemoughi aux commandes regarda leur groupe avec une certaine surprise quand elle demanda le domaine de KR Aspoudh. Elle leva une main gracieuse et lui montra le rubis de sa chevalière, qu'elle portait au pouce. Il se retourna vers ses commandes sans un mot et entama un long cercle autour du terrain.

— Mais qu'est-ce que vous reprochez au ciel ? répéta Moon en regardant par la coupole du taxi.

Les cieux s'éclaircissaient, l'aurore boréale disparaissait dans la lumière du jour.

— La pollution industrielle, répondit Elsevier. Allons-nous éternellement commettre les fautes de nos ancêtres ? L'histoire est-elle héréditaire ou écologique ?

— Joliment dit, approuva Cress assis à côté du pilote.

— Les paroles de TJ, murmura Elsevier, écartant comme un insecte le compliment importun. Kharemough était encore en assez bon état, même après la chute du Vieil Empire, Moon. Il y avait encore une base industrielle, malgré de grandes difficultés, ici comme partout ailleurs, quand ils ont été coupés du commerce interstellaire qui les faisait vivre. Ils ont appris à faire des choses par eux-mêmes, mais d'une façon plus rudimentaire et avec infiniment plus de gaspillage. Ils ont souffert des conséquences de la pollution et du surpeuplement ; ils ont presque détruit leur monde en un millénaire avant d'obtenir la fusion de l'hydrogène propre et de déménager la plupart de leurs industries dans l'espace. Mais, maintenant, ils ont remplacé leurs vieux problèmes par des nouveaux, moins graves pour le moment, mais qui sait ce qu'ils réservent aux générations futures ? La cause et l'effet... il n'y a pas moyen d'y échapper.

Moon toucha le tatouage caché sous son large collier d'émail et regarda, au-delà de Silky, l'océan de vert feuillage au-dessous d'eux. Elle s'écarta de lui pour se pencher, sachant qu'il avait peur de son contact et encore un peu dégoûtée par son étrangeté luisante. Ils avaient survolé l'étroite bande de la ville, en majorité des entrepôts et des ateliers de toute espèce, à ce qu'elle pouvait voir, qui ne s'animaient pas encore à cette heure matinale ; mais pas beaucoup d'immeubles ni de maisons. Ils s'élevaient maintenant au-dessus d'une forêt, trouée çà et là de petites clairières semblables à des parcs contenant des maisons particulières.

— Je croyais que tu disais que cette planète était surpeuplée, Elsie. Elle l'est bien moins que nos îles.

— Elle l'est, ma chère petite, mais ils sont si nombreux à travailler dans les usines spatiales que les habitants de la surface ont toute la place qu'ils veulent. Ils se réunissent autour de centres comme celui que nous venons de quitter, qui distribuent tout ce qu'il leur faut. Plus on est riche, plus on habite loin. KR vit assez loin.

— Il est donc riche ?

— Riche ? dit Elsevier en riant. Abominablement riche ! Tout aurait dû être à TJ, il était l'aîné ; mais il a été censuré et dépouillé de son rang pour sa conduite scandaleuse. Je suis sûre qu'il l'a fait exprès, il avait horreur de ce système de castes. Mais pas KR. Il a toujours été un partisan du statu quo. TJ et lui ne se parlaient même pas.

— Alors pourquoi voudrait-il nous voir ? demanda Moon avec inquiétude.

— Il nous verra, ne crains rien. (Le sourire énigmatique reparut aux lèvres d'Elsevier.) Je ne veux pas que tu aies mauvaise opinion de lui. Il est très bon, simplement il obéit à des principes différents.

— Tous les Kharemoughis sont intolérants, déclara Cress. La seule différence, c'est qu'ils ne le sont pas pour les mêmes choses.

— KR est venu à l'enterrement de TJ et il m'a dit qu'il savait bien qu'il devait tout ce qu'il avait, et ce qu'il était, à TJ qui y avait renoncé. Il a dit que si jamais j'avais besoin de quelque chose, je n'avais qu'à le demander.

— Comment TJ est-il mort ? demanda Moon, d'une voix hésitante.

— Son cœur. Le passage par les Portes Noires est très

pénible pour le corps humain, pour le cœur. Et la déception fatigue le cœur.

Elsevier se détourna, regarda au-dessous d'eux les verts et les rouges sombres de la forêt. De grands éperons de roche grise se dressaient parmi les arbres, comme de gros doigts épais, avec des maisons perchées comme en équilibre précaire au sommet et sur les flancs.

— Ça a été très subit. J'espère que moi aussi, je serai prise par surprise.

Ils perdaient de l'altitude, maintenant, ils descendaient vers un vaste domaine, survolant des tableaux dessinés sur le sol par des massifs de fleurs éclatantes, des arbustes taillés à la ressemblance d'étranges créatures, de fragiles pavillons d'été protégés par des labyrinthes de haies. Le pilote se posa sur une terrasse dallée, devant la demeure principale, une maison grande comme une salle de réunion, tout en courbes douces couvertes de plantes grimpantes, imitant des collines. Il y avait beaucoup de fenêtres, la plupart en verre de couleur reproduisant les formes et les teintes des jardins artistiques. Bouche bée, Moon vit s'ouvrir les deux battants de l'immense porte à fresques.

— Vous voulez que j'attende, citoyens ? demanda le pilote en se retournant, l'air sceptique.

— Ce n'est pas nécessaire, répondit Elsevier et elle lui passa froidement sa carte de crédit.

Moon mit pied à terre avec les autres. Cress s'étira.

— C'est l'endroit rêvé pour une journée à la campagne.

— Plusieurs.

Silky pivotait lentement et contemplait de tous côtés l'étendue des jardins.

Elsevier les conduisit à la porte. Ils étaient attendus par une femme très digne, d'âge moyen, avec des taches de rousseur et une narine percée d'un anneau d'argent. Elle portait une longue robe blanche toute simple serrée à la taille par une large ceinture constellée de turquoises.

— Tante Elsevier ! Quelle surprise inattendue.

Moon ne sut pas si le sourire aimable qui les englobait tous dépassait les lèvres.

— Guère inattendue, marmonna Elsevier. Une des inventions qui ont fait la fortune de mon beau-père était un système électronique qui repère les visiteurs... Bonjour, ALV chérie, dit-elle en sandhi. Quelle chance que nos visites coïncident. J'ai là une amie que votre père aimerait connaître. J'espère qu'il va bien.

Elle effleura le bras de Moon, qui remarqua qu'elle n'employait pas le tutoiement familier.

— Très bien, merci, mais en ce moment, le physicien Darjeeng-*eshkrad* est en consultation avec lui.

La femme en blanc les fit entrer et referma la porte. La lumière filtrant par les vitraux des deux côtés fragmentait la vision de Moon, adoucissait sa soudaine conscience de l'incongruité de leur groupe.

— Permettez-moi de vous installer, en attendant qu'il ait fini.

D'un geste, elle leur indiqua le long vestibule. Moon remarqua qu'elle avait les ongles très longs, sculptés à la lime. Elle leur fit traverser une enfilade de pièces, en montant, et les fit entrer dans un salon où la large fenêtre aux bandes colorées donnait sur les jardins. ALV appuya sur un des boutons d'un tableau de commande encastré près de la porte ; une grande peinture représentant plusieurs Kharemoughis pique-niquant sous des arbres devint un écran plein d'hommes qui se disputaient. Elle indiqua de la tête les monceaux de coussins en tapisserie rouge et violette, les tables basses incrustées d'or et d'améthyste.

— Installez-vous. Les servos sont à votre disposition si vous avez besoin de quelque chose. Et, maintenant, j'espère que vous m'excuserez ; je suis en train de calculer la feuille d'impôts pour père et c'est abominable. Il vous rejoindra dès qu'il le pourra.

Elle les laissa seuls avec la discussion qui se déroulait sur le mur.

— Eh bien, eh bien ! s'exclama Cress avec indignation, en croisant les bras. « Faites comme chez vous, volez l'argenterie. » Les liens familiaux avaient une signification sur Grande Bleue. Tous mes parents...

— Allons, allons, Cress, interrompit Elsevier. Je n'ai vu

cette fille — femme — que deux fois, la première quand elle avait huit ans, la seconde à l'enterrement de TJ. Elle n'a sûrement pas entendu dire beaucoup de bien de nous, entre-temps. Et tu sais ce que les hauts-de-caste pensent des mariages mixtes.

Cress secoua la tête et poussa légèrement un pied de table du bout de sa sandale.

— C'est du travail superbe. Nous tirerions quatre chiffres d'une ou deux de ces pierres, là-haut.

— Voyons, Cress, modère-toi ! Moon ?

Moon sursauta et se détourna de la fenêtre.

— Est-ce que je ne t'avais pas avertie que c'était beau, ici ?

La jeune fille sourit et acquiesça, ne trouvant pas de mots pour exprimer son admiration.

— Crois-tu que tu pourrais rester, être une sibylle ici ?

Le sourire de Moon disparut à demi. Elle secoua la tête, fit lentement le tour de la pièce et s'assit sur une pile de coussins. Elsevier la suivit des yeux mais Moon resta muette. *Je ne peux répondre à aucune question !* Pour changer de conversation, elle montra l'écran alors qu'Elsevier venait s'asseoir à côté d'elle.

— Pourquoi sont-ils en colère ?

Elsevier regarda attentivement les orateurs gesticulants.

— Tiens, c'est le vieux PN Singalu, le leader politique Inclassé. Par exemple, je ne savais pas qu'il était encore en vie. C'est un débat parlementaire ; il y a un interprète, alors ce jeune dandy énervé, sur la droite, doit être un haut-de-caste. Ils ne peuvent pas s'adresser la parole directement, tu sais.

— Je croyais que les Inclassés n'avaient pas de droits du tout.

Moon regarda les deux hommes s'affronter furieusement, de leurs podiums, à travers le terrain neutre de l'interprète au crâne rasé. Ils parlaient sur la fin de ses phrases pour se répondre mutuellement, pendant qu'il répétait ce qu'ils avaient déjà entendu, comme des enfants qui se disputent. A les voir, elle ne pouvait les distinguer l'un de l'autre et se demandait comment ils savaient eux-mêmes lequel était l'inférieur.

— Si, si, ils ont des droits, y compris celui d'être représentés. Simplement, tout ce qui ne leur est pas spécifiquement donné leur est spécifiquement interdit. Et ils ne peuvent être suffisamment représentés pour changer les lois. Ce qui ne les empêche pas d'essayer.

— Comment peuvent-ils gouverner ? Je croyais que le Premier ministre était dans l'espace.

— Oh, il est absolument sur un autre plan. L'Assemblée et lui représentent Kharemough, en ce sens qu'ils représentent le temps où Kharemough commençait à prendre contact avec les autres mondes qui sont devenus l'Hégémonie.

Les Kharemoughis avaient cru qu'ils reconstruiraient le Vieil Empire en microcosme, grâce aux Portes Noires. Mais, en réalité, ils restaient très loin de la sophistication technologique du Vieil Empire et, avec le temps, ils avaient compris qu'une véritable domination sur plusieurs mondes-sujets était impraticable sans transport stellaire plus rapide que la lumière. Leurs rêves impérialistes se perdirent dans l'immensité de l'espace et, sans ce mode de transport, ils durent se contenter de la domination économique, d'une espèce que le reste de l'Hégémonie acceptait de soutenir. Mais le Premier ministre et sa royauté errante poursuivaient ce qu'ils avaient commencé, ils étaient un symbole d'unité, sans que ce soit l'unité de l'Empire. Ils voyageaient de monde en monde, recevaient les hommages comme des demi-dieux, apparemment sans âge, protégés, par la dilatation du temps et par l'eau de vie, de la précession de l'univers extérieur.

— Et ils sont toujours bien accueillis, naturellement, parce que, ironiquement, ils ne sont qu'un fantasme inoffensif.

Les voix des orateurs et la colère avaient monté pendant qu'Elsevier parlait ; sa brusque exclamation choquée retentit dans le silence qui tombait soudain, à un demi-continent de là, dans le palais du gouvernement.

Moon vit l'expression stupéfaite du vieil homme, la totale incrédulité du jeune Tech arrogant. Même l'interprète perdit son impassibilité et resta bouche bée entre eux, regardant à droite et à gauche.

— Quoi ? dit-elle et Cress lui fit écho.

— Il n'a pas attendu ; il n'a pas attendu l'interprète ! expliqua Elsevier, les deux mains plaquées sur ses joues, l'air ravi. Ah, regardez ce vieillard ! Il a travaillé toute sa vie pour un moment comme celui-là, pensant qu'il ne viendrait jamais... Et maintenant ça y est !

Un sourd murmure s'enfla et monta de la salle du parlement ; le jeune Tech tourna les talons et sortit du champ de la caméra, comme un homme en transe. Un personnage en toge grise, à l'air autoritaire, prit sa place et réclama le silence.

— Que s'est-il passé ? demanda Moon en se penchant, les bras autour des genoux, très absorbée.

— Le Tech s'est oublié, souffla Elsevier. Il s'est adressé directement à Singalu, comme à un égal, au lieu de passer par l'interprète. Et devant des millions de témoins !

— Je ne comprends pas.

— Singalu est maintenant un Technicien ! s'écria Elsevier en riant. A Kharemough, il y a une façon de s'élever si quelqu'un d'un niveau supérieur vous hausse à ce niveau, en s'adressant à vous comme à un égal devant témoins. Et c'est ce qui vient de se passer.

— Et si c'était Singalu qui l'avait fait ? Est-ce que le Tech deviendrait un Inclassé ?

Moon observait le vieil homme sec, aux cheveux neigeux, qui se cramponnait à son pupitre et pleurait sans honte, en souriant à travers ses larmes. Elle sentit une boule lui monter à la gorge ; à côté d'elle, Elsevier s'essuyait les yeux.

— Non, non, le Tech l'aurait simplement fait arrêter...

Elle s'interrompit parce que l'homme en gris approchait de Singalu et lui donnait l'accolade, en le félicitant.

— Ah, si seulement TJ avait pu voir, partager ce moment !

— Et partagerait-il aussi le noir moment, quand le jeune homme qui l'a causé rentrera ce soir chez lui et prendra du poison ?

— KR ?

Ils se retournèrent tous vers la porte. Moon vit un

homme qui avait dû être très grand, voûté aujourd'hui sous le poids des ans bien que les Kharemoughis repoussent le seuil de la vieillesse plus habilement que tout autre peuple ne possédant pas l'eau de vie. Elle cligna des yeux, l'examina encore : la peau était comme un vieux parchemin brun et même le long cafetan ne pouvait dissimuler les marques de l'âge. Mais c'était le plus jeune frère de TJ... Comment avait-il pu vieillir à ce point ?

— Oui, KR, dit posément Elsevier. Il aurait aussi partagé ce moment. Même si le jeune imbécile s'est attiré lui-même sa disgrâce, même si vous prenez bien trop à la légère « la mort plutôt que le déshonneur ». Partagez-vous aussi la joie du vieux Singalu ?

Avec Aspoudh non plus, le *tu* familier ne remplaçait pas le *vous*. Il sourit, il rit presque avec bonne humeur.

— Oui, certainement. Il s'est révélé intelligent et capable au fil des ans, et ceci prouve encore que notre système sélectionne pour l'intelligence et l'initiative, en dépit de tout ce que TJ a fait pour tout renverser, pour promouvoir chaque bas-de-classe qui lui souriait.

— Comment pouvez-vous dire cela, KR ? Vous savez que les hauts-de-classe protègent leur pureté comme des vierges ! Votre père était un des esprits les plus brillants de sa génération, et, pourtant, personne ne l'a élevé.

— Mais je l'ai été, fit-il benoîtement observer. Mon père était satisfait ; il savait que cela viendrait, avec le temps.

— Quand il y aurait assez de crédit en banque pour adopter des ancêtres respectables, dit Cress.

L'expression d'Aspoudh resta placide ; Moon devina qu'il ne parlait pas le tiamatain.

— C'est une structure sociale hautement scientifique, parfaitement adaptée à notre orientation technologique. Et le système marche, il nous a élevés hors du chaos de l'espace, à jamais. Il nous a donné un millénaire de progrès stable.

— De stagnation, vous voulez dire, répliqua Elsevier.

Il fit un geste indigné.

— Vous pouvez encore dire cela, après avoir vécu dans le monde le plus avancé de l'Hégémonie ?

— Techniquement avancé. Socialement, vous ne valez guère mieux qu'Ondinée.

Il soupira.

— Pourquoi ai-je l'impression d'avoir déjà entendu cette conversation ?

Elsevier leva et laissa retomber ses mains.

— Pardonnez-moi, KR. Je ne suis pas venue pour parler politique ou vous faire perdre votre temps, ni le mien. C'est l'apolitique que je viens voir en vous et je vous amène quelqu'un qui a besoin de vos conseils.

Elle se leva et vint prendre Moon par la main. Moon resta pétrifiée ; KR Aspoudh s'avançait d'un pas silencieux et elle regardait fixement le trèfle luisant sombrement au bout d'une chaîne, sur sa poitrine.

— Un devin ! Ce n'est pas possible !

Il s'arrêta et inclina solennellement la tête.

— Demandez et je répondrai.

Elsevier dégrafa le collier d'émail, l'ôta du cou de Moon et révéla le tatouage semblable.

— Votre sœur par l'esprit. Elle s'appelle Moon.

Moon porta les mains à sa gorge et se détourna, cachant la trace de sa vocation perdue comme si elle était surprise nue en présence de cet homme. Mais Elsevier la retourna avec fermeté et lui souleva le menton pour la forcer à regarder KR dans les yeux.

— Vous honorez ma demeure, dit-il en s'inclinant encore une fois. Pardonnez-moi si ma conduite vous a déçue et vous a fait honte d'être venue.

— Non, murmura-t-elle en sandhi hésitant, les yeux baissés. Vous ne m'avez pas déçue. Je... je ne suis pas une sibylle. Pas ici, ce n'est pas mon monde.

— Notre vision n'est pas limitée par le temps et l'espace, grâce au miracle de la science du Vieil Empire, dit-il en s'approchant d'elle. Nous pouvons répondre n'importe où, n'importe quand... mais vous ne pouvez pas. Vous avez essayé et vous avez échoué. (Il s'arrêta devant elle, contemplant ses yeux ahuris.) N'importe qui peut voir cela, inutile d'être clairvoyant. Mais pourquoi ? C'est la question à laquelle vous devez répondre pour moi. Rasseyez-vous, et dites-moi d'où vous venez.

Il s'installa sur des coussins, en prenant appui sur une table. Moon se rassit, de l'autre côté de la table ; Elsevier compléta le cercle avec Cress et Silky.

— Je viens de Tiamat.

— Tiamat !

— Oui. Et maintenant la Dame ne parle plus à travers moi parce que je... je n'ai pas tenu mes promesses.

— La Dame ?

Il se tourna vers Elsevier.

— La Mère de la Mer, une déesse. Il vaut mieux que j'explique tout de suite pourquoi nous sommes venus ici, KR.

Elle joignit les mains, se pencha vers lui et lui raconta ce qui était arrivé. Moon vit un sillon se creuser entre les sourcils blancs d'Aspoudh mais Elsevier ne le regardait pas.

— Nous ne pouvions pas la ramener et nous avions besoin d'un astrogateur pour franchir la Porte. Moon étant une sibylle je... je l'ai utilisée, avoua Elsevier en insistant sur le dernier mot. Elle venait à peine de devenir une sibylle et, depuis, elle n'a plus été capable d'opérer de Transfert.

Elle croisa les doigts, se tordit les mains. Un serviteur haut-albedo mécanique apparut sur le seuil et s'approcha de KR, portant un plateau avec de grands verres. KR hocha la tête et le servo posa les boissons sur la table.

— Y a-t-il autre chose, monsieur ?

— Non, répondit le maître avec un geste d'impatience. Ainsi, vous l'avez laissée en Transfert pendant des heures, sans préparation ? Mes dieux ! C'est le genre d'acte irresponsable que j'aurais attendu de TJ. Je m'étonne qu'elle ne soit pas impotente, folle.

— Et alors, qu'est-ce que nous devions faire ? s'écria Cress avec colère. Laisser les Bleus nous arrêter ? Me laisser mourir ?

Aspoudh le toisa, la mine impassible.

— Vous considérez que sa raison était un juste échange ?

Cress baissa les yeux sur le trèfle au cou d'Aspoudh, se

tourna vers l'emblème tatoué sur la gorge de Moon, sans oser la regarder dans les yeux, et secoua la tête.

— Moi, si, affirma Moon en observant le profil de Cress qui se radoucissait. C'était mon devoir. Mais je... je n'étais pas assez forte.

Elle prit le verre givré et but une gorgée ; le liquide effervescent, couleur d'abricot, la fit larmoyer.

— Puisque vous pouvez me dire cela maintenant, je vous considère comme un des êtres humains à l'esprit le plus fortement trempé, et le plus chanceux, que j'aie jamais connus.

Moon entoura de ses mains la fraîcheur apaisante du verre glacé.

— Vraiment ? Alors quand vais-je cesser d'avoir peur de retourner dans l'obscurité ? Quand je sens en moi le Transfert qui commence... c'est comme si je mourais. (Encore une gorgée, encore quelques larmes.) Je déteste le noir !

— Oui, je sais, murmura Aspoudh et il resta un moment silencieux. Elsevier, voulez-vous traduire pour moi ? Je crois qu'il sera important que Moon comprenne parfaitement chaque mot.

Elsevier acquiesça et traduisit en tiamatain, quand Aspoudh se remit à parler.

— Tiamat est... sous-développée. Est-ce que tu comprends où tu vas quand tu es projetée dans l'obscurité ? Est-ce que tu comprends pourquoi tu vois parfois un autre monde ?

Elsevier secoua la tête vers Aspoudh.

— Non. C'est pour ça que je vous l'ai amenée.

Moon regarda par la fenêtre, chercha l'espace.

— La Dame choisit...

— Ah ! Ainsi, sur votre monde, la déesse gouverne, ou du moins vous l'avez toujours cru. Que diriez-vous si je vous apprenais que vos visions ne sont pas un don des dieux mais un héritage du Vieil Empire ?

Moon s'aperçut qu'elle retenait sa respiration puis elle soupira.

— Oui ! Je veux dire... je m'en doutais. Tout le monde ici sait que je suis une sibylle ; comment peuvent-ils savoir ? Vous êtes un devin, et vous n'avez jamais entendu parler de la Dame.

Il y avait longtemps qu'elle n'imaginait plus la Mère de la Mer littéralement, comme une belle femme aux cheveux d'algues, vêtue d'écume, s'élevant des vagues dans une conque tirée par des ondins. Mais, même la force informe, élémentaire qui entrait parfois en contact avec son âme n'aurait pu quitter son élément ni voyager aussi loin. Si, en fait, elle avait jamais ressenti ce contact, en dehors de son propre désir de le sentir...

— Vous avez tant de dieux, vous les extramondiens... Pourquoi en avez-vous tant ?

— Parce qu'il y a tant de mondes ! Chaque monde en a au moins un, et le plus souvent plusieurs. « Mes dieux ou vos dieux, dit-on, qui sait quels sont les vrais ? » Alors nous les adorons tous, par prudence.

— Mais comment le Vieil Empire a-t-il pu mettre des sibylles et des devins partout, si aucun dieu ne l'a fait ? N'étaient-ils pas de simples humains ?

Il tendit la main vers le bol de fruits confits au centre de la table.

— Si. Mais, par certains côtés, ils avaient le pouvoir des dieux. Ils pouvaient voyager directement entre les mondes, en quelques semaines ou quelques mois, et non des années, ils avaient des moyens de transport et de communication d'hyperlumière. Et, pourtant, leur Empire a fini par s'écrouler... ils se sont trop étendus. Du moins, nous le pensons.

Mais, alors même que l'Empire s'écroulait, un remarquable groupe mû par l'abnégation créait un entrepôt, une banque de données du savoir de l'Empire, dans tous les domaines des connaissances humaines. Ces gens pensaient qu'en emmagasinant toutes les découvertes de l'humanité en un lieu unique, central, inviolable, ils atténueraient la chute imminente de leur civilisation et permettraient une reconstruction plus rapide. Et, comme ils devinaient que l'effondrement technique serait quasi total sur bien des mondes, ils avaient imaginé pour leur banque de données les terminaux les plus simples qu'ils pouvaient concevoir : des êtres humains. Des sibylles, des devins capables de transmettre directement leur réceptivité à leurs successeurs choisis, de sang en sang.

Moon caressa la cicatrice à son poignet.

— Mais... comment est-ce que votre sang peut vous montrer ce qu'il y a dans... dans un appareil sur un autre monde ? Je n'y crois pas !

— Appelons cela de la contagion divine. Vous savez ce qu'est la contagion ?

— Oui. Quand quelqu'un est malade, on ne s'en approche pas.

— Précisément. L'état « contagieux » des devins est une maladie créée par l'homme, une réaction biochimique si sophistiquée que nous commençons à peine à démêler ses subtilités. Il crée, ou peut-être implante, certaines restructurations des tissus cérébraux, qui rendent le devin réceptif à un moyen de communication plus rapide que la lumière. Vous devenez un émetteur-récepteur. Vous communiquez directement avec la source initiale des données. C'est là que vous êtes quand vous plongez dans le néant, à l'intérieur des circuits de l'ordinateur et non perdu dans l'espace, ou avec d'autres devins vivant sur d'autres mondes, qui ont des réponses à des questions que le Vieil Empire n'a jamais eu l'idée de poser.

Il leva son verre, dans la direction de Moon, avec un sourire encourageant.

— Tout ce verbiage donne soif.

Elle regarda le trèfle se balancer sur le riche tissu brun tissé d'or de sa toge, elle vit en pensée le sien, exilé, suspendu à un crochet dans une chambre climatisée, tout là-bas dans l'espace.

— Est-ce la maladie qui rend fou, alors ? C'est la mort de tuer une sibylle... la mort d'aimer une sibylle...

Elle s'interrompit et passa la main sur les pierres froides, au bord de la table. Il haussa les sourcils.

— C'est cela qu'on dit à Tiamat ? Nous avons aussi ce dicton mais nous ne le prenons plus littéralement. Oui, chez certains, la « maladie » provoque la folie. Les sibylles et les devins sont choisis pour certains traits de caractère, dont fait partie la stabilité émotionnelle... et naturellement, leur sang peut transmettre la maladie. La salive aussi, mais en général, l'autre personne doit avoir une blessure ouverte pour subir la contagion. De toute évidence, ce n'est pas la mort d'aimer une sibylle, ou un devin, en prenant des précautions sinon vous n'auriez pas vu ma fille tout à l'heure. Je suppose que cette superstition a été imaginée pour protéger les devins du mal, dans des sociétés moins civilisées. Le symbole même que nous portons, le trèfle barbelé, est celui de la contamination biochimique, c'est un des plus vieux symboles connus de l'humanité.

Mais Moon n'avait plus rien entendu après « ce n'est pas la mort d'aimer une sibylle ».

— Alors, Sparks... Nous n'avons pas besoin d'être séparés ! Nous pouvons vivre ensemble ! Elsevier !

Moon serra la vieille femme dans ses bras, à l'étouffer.

— Ah, merci ! Merci de m'avoir amenée ici ! Tu m'as sauvé la vie. Entre la mer et le ciel, il n'y a rien que je ne ferais pour toi !

— Que signifie ? demanda Aspoudh, stupéfait. Qui est ce Sparks ? Un amoureux ?

Elsevier repoussa Moon et la tint à bout de bras.

— Ah, Moon, mon enfant chérie, murmura-t-elle avec une immense tristesse. Je veux te tenir quitte de cette promesse.

Moon secoua la tête, sans comprendre.

— Nous étions voués l'un à l'autre, et il est parti quand je suis devenue sibylle. Mais, maintenant, quand je retournerai, je pourrai lui dire...

— Retourner ? A Tiamat ?

Aspoudh se redressa.

— Moon, souffla Elsevier, nous ne pouvons pas te ramener.

Les mots se précipitèrent, comme un vol d'oiseaux effrayés.

— Je sais. Je sais que je dois attendre...

— Moon, écoute-la !

Cress rompait son silence et ce fut pour elle un choc.

— Quoi ? Mais... tu... Vous disiez que...

— Nous ne retournerons jamais sur Tiamat, Moon.

Nous n'en avons jamais eu l'intention, nous ne pouvons pas. Et toi non plus. Je t'ai menti...

Les lèvres d'Elsevier tremblaient, elle se détournait, cherchant en vain un moyen facile d'avouer.

— C'était un monstrueux mensonge... Je suis... navrée.

Elle lâcha le bras de Moon.

— Mais pourquoi ? Pourquoi ? gémit Moon, en repoussant d'un geste las les mèches légères qui effleuraient son visage. Pourquoi ?

— Parce qu'il est trop tard. La Porte de Tiamat se ferme, devient trop instable pour un petit vaisseau comme le nôtre. Et... Il n'y a pas des mois que nous avons quitté Tiamat, Moon. Il y a plus de deux ans. Le retour sera tout aussi long.

— Ce n'est pas vrai ! Nous n'avons pas passé des années à bord ! cria Moon et elle tomba à genoux alors que la compréhension la privait de ses forces. Pourquoi me fais-tu cela ?

— J'aurais dû le faire tout de suite.

Elsevier avait mis une main sur ses yeux. Cress dit quelque chose à Aspoudh, en sandhi rapide.

— Elle ne vous ment pas, Moon, expliqua KR en reculant un peu comme s'il se dissociait d'eux inconsciemment.

Elsevier traduisit ses paroles d'une voix morne :

— Le temps du bord n'est pas le même que le temps extérieur. Il avance plus lentement. Regardez-moi, regardez Elsevier... et souvenez-vous que j'étais plus jeune que TJ, de beaucoup plus jeune. Moon, si vous retourniez à Tiamat maintenant, vous auriez été absente pendant près de cinq ans.

— Non... Non, non !

Elle se releva, s'arracha à Cress qui essayait de la retenir et traversa la pièce. Devant la fenêtre, elle contempla les jardins, le ciel, en collant son front à la vitre. Son haleine couvrit le verre d'un givre fugace qui l'aveugla.

— Je ne resterai pas sur ce monde. Vous ne pouvez pas me garder ici ! Je me moque s'il y a cent ans... Je veux rentrer chez moi ! (Elle serra les poings, ses phalanges crissèrent sur le carreau.) Comment pouviez-vous me faire cela, alors que vous saviez ? J'avais confiance en vous ! Maudit soit votre vaisseau, je vous maudis, vous et tous vos dieux !

Aspoudh s'était levé, derrière la table basse. Il vint lentement vers Moon.

— Regardez-les, Moon, dit-il à mi-voix. Regardez leur figure et dites-moi qu'ils voulaient détruire votre vie.

Malgré elle, elle se tourna vers les trois autres, encore assis à la table, une face indéchiffrable, une tête honteuse baissée, un visage mouillé de larmes acides. Elle ne répondit pas, mais cela avait suffi. Elle se laissa reconduire à la table.

— Moon, je t'en supplie, comprends, crois-moi, je t'en prie... c'est parce que ton bonheur est devenu important pour moi que je ne pouvais me résoudre à te le dire, gémit Elsevier d'une voix brisée. Et parce que je veux que tu restes.

Moon restait debout, silencieuse, la figure aussi rigide et froide qu'un masque. Elsevier s'en détourna.

— Si tu savais comme je regrette...

— Je sais. Je le sais, mais ça ne change rien, articula Moon entre des lèvres glacées et elle se laissa tomber sur les coussins, sans force et sans pardon.

— Le mal est fait, belle-sœur, dit Aspoudh. Et la question se pose : qu'allez-vous faire pour le réparer ?

— Tout ce qui est en mon pouvoir.

— Notre pouvoir, dit Cress.

— Alors ramène-moi chez moi, Elsevier !

— Je ne peux pas. Toutes les raisons que je t'ai données sont vraies, il est trop tard ! Mais nous pouvons te donner une vie nouvelle.

— Je ne veux pas d'une vie nouvelle. Je veux l'ancienne.

— Cinq ans, Moon, dit Cress. Comment le trouveras-tu, après cinq ans ?

— Je ne sais pas... Mais il faut que je retourne à Tiamat ! Ce n'est pas fini. Je le sens, ce n'est pas fini !

Quelque chose résonnait dans les profondeurs de son esprit, une cloche lointaine.

— Si vous ne pouvez pas me reconduire, il doit y

avoir un vaisseau qui le peut. Aidez-moi à en trouver un...

— Il ne pourrait pas t'emmener non plus, assura Cress. C'est interdit. Une fois que tu as quitté Tiamat, la loi t'interdit d'y retourner. Ton monde est proscrit.

— Ils ne peuvent pas...

Elle s'interrompit, sentant monter sa fureur.

— Ils peuvent, jeune enfant, intervint Aspoudh en levant une main. Mais dites-moi, que voulez-vous dire, ce n'est pas fini ? Comment le savez-vous ?

— Je... je ne sais pas, murmura-t-elle, déconcertée.

— Simplement, vous ne voulez pas croire que c'est fini.

— Non, je le sais ! s'écria-t-elle avec feu. Mais je ne sais pas... comment je le sais.

Il fronça les sourcils, plus consterné que réprobateur.

— Elle ne peut pas, murmura Cress. Le peut-elle ?

— Cela arrive parfois, avoua sombrement Aspoudh. Nous sommes entre les mains de la machine-sibylle. Elle nous manipule parfois à ses propres fins. Je pense que nous devrions au moins essayer d'apprendre si son départ a changé quelque chose.

Moon, comme les autres, fixait sur lui de grands yeux incrédules. A côté d'elle, Cress rit nerveusement.

— Vous voulez dire... l'ordinateur agit de son propre chef ? Pourquoi ? Comment ?

— C'est une des choses que nous cherchons encore à réapprendre. Il peut être diablement insondable, comme vous le savez sûrement. Mais toute chose capable d'effectuer toutes ses fonctions doit bien posséder une espèce d'intelligence.

Moon s'impatientait, écoutant d'une oreille, ne comprenant qu'à demi.

— Comment puis-je apprendre que... si je dois retourner ?

— Vous avez la clef, sibylle. Laissez-moi demander et vous aurez la réponse.

— Vous voulez dire... Non, je ne peux pas ! Je ne peux pas !

Il se mit à genoux, lissa ses cheveux argentés.

— Alors demandez et je répondrai. *Input*...

Ses yeux se voilèrent et il sombra dans le Transfert. Prise par surprise, intimidée, elle bredouilla :

— Dites-moi ce que... ce qui arrivera si moi, Moon Marchalaube, je ne retourne jamais à Tiamat.

Elle le vit cligner des yeux, soudain stupéfait, vit son regard fouiller les recoins de la pièce mouchetée de lumière, revenir se poser sur eux, sur elle seule.

— Vous, Moon Marchalaube, sibylle, vous demandez cela ? Vous êtes la même. La même et pourtant une autre. Vous pourriez être elle, vous pourriez être la reine... Il vous aimait, mais c'est elle qu'il aime maintenant ; la même mais pas la même. Retournez... votre perte est une blessure qui rend amère une chair saine, ici dans le cœur de la ville... une plaie purulente... Le passé devient une continuité future, à moins que vous ne brisiez le Changement... *Stop analyse*.

La tête d'Aspoudh retomba ; pendant un long moment, il resta appuyé sur la table. Enfin il releva les yeux. Il but une gorgée.

— Il semblait... faire nuit, là-bas. Et la salle était remplie de visages inconnus...

Moon prit son verre et but aussi, pour desserrer la main invisible qui la prenait à la gorge. *Il vous aimait, mais c'est elle qu'il aime maintenant*.

— Qu'est-ce que j'ai dit ?

Aspoudh se tournait vers elle, les yeux redevenus clairs, mais les traits tirés. Elle le lui répéta, en butant sur les mots, aidée par les autres.

— Mais je n'ai pas compris...

Je ne comprends pas ! Comment peut-il aimer... Elle se mordit la lèvre. Elsevier lui effleura la main, brièvement.

— Vous pourriez être reine... Votre perte est une blessure... répéta Aspoudh. Je crois que vous aviez une bonne intuition... Personne n'a rempli votre rôle dans une pièce plus importante. Une inégalité a été créée.

— Mais c'est déjà arrivé, dit Elsevier. Est-ce que ça ne signifie pas que cela devait arriver ?

Il sourit en secouant la tête.

— Je ne prétends pas le savoir. Je suis un technocrate, pas un philosophe. L'interprétation n'est pas de mon ressort, grâce aux dieux. Que tout soit fini ou non, cela dépend de Moon.

Elle sursauta.

— Vous voulez dire... il y aurait un moyen pour moi de retourner à Tiamat ?

— Oui. Je le crois. Elsevier vous y conduira, si vous voulez toujours partir.

— Mais vous avez dit...

— Ce n'est pas possible, KR !

— Si vous partez immédiatement et si vous utilisez les adaptateurs que je vous fournirai, vous passerez sans danger par la Porte, avant que Tiamat soit définitivement isolée.

— Mais nous n'avons pas d'astrogateur, protesta-t-elle. Cress n'est pas encore tout à fait remis.

— Vous avez un astrogateur.

Il tourna lentement les yeux vers Moon et elle retint sa respiration.

— Non !

— Non, KR, dit Elsevier, les sourcils froncés. Vous ne pouvez pas lui demander d'endurer encore cela ! Même si elle le voulait, elle ne pourrait pas.

— Elle le peut... si elle y tient assez, murmura Aspoudh en portant une main à son trèfle. Je puis vous aider, Moon, vous n'aurez pas à opérer sans préparation, comme l'autre fois. Si vous voulez retrouver votre ancienne vie, votre pouvoir de sibylle, vous pourrez — vous devrez — faire cela. Nous ne pouvons pas surmonter toutes nos terreurs nocturnes mais vous surmonterez celle-ci, sous peine de ne plus jamais croire en vous-même, de ne jamais utiliser le don précieux que vous possédez, de n'être jamais rien du tout.

La voix dure la piqua au vif. Il croisa les mains, les posa sur la table.

Moon ferma les yeux et l'obscurité l'avala toute. *Mais ce n'est pas encore fini. J'étais destinée à être quelqu'un ! Et il était destiné à être avec moi. Il ne peut pas être perdu, il ne peut pas m'avoir oubliée, ce n'est pas fini...* Le visage de Sparks dissipa les ténèbres comme un soleil levant. C'était vrai, elle devait faire cela ; et elle savait, si elle réussissait, qu'elle aurait la force de résoudre tous les problèmes. Elle ouvrit les yeux, frotta ses bras tremblants et murmura :

— Il faut que j'essaie.

Elle vit le chagrin envahir les yeux d'Elsevier, la crainte informulée.

— C'est tout pour moi, Elsie. Je réussirai.

— Naturellement, ma chérie. (Un fantôme de sourire.) Très bien, nous partirons. Mais, KR... Comment reviendrons-nous, sans elle ?

Un petit sourire secret frémit aux lèvres d'Aspoudh.

— Avec de faux papiers que je vous fournirai aussi. Dans le chaos du grand départ de Tiamat, vous ne serez pas remarqués, pas même... Silky.

— KR ! Espèce de vieux masque ! s'exclama-t-elle presque tendrement, avec un léger rire.

— Je ne trouve pas cela amusant, dit-il avec sévérité. En enseignant à cette fille tout ce qu'une sibylle doit savoir et en la renvoyant à Tiamat, je commets un acte de trahison. Mais j'obéis à une loi plus élevée que toutes celles de l'Hégémonie.

— Pardonnez-moi... Et notre vaisseau ?

— Il sera dans l'espace un digne monument aux rêves de mon frère. Je vous ai dit que vous ne manqueriez jamais de rien, Elsevier. Faites cela et plus jamais vous n'aurez besoin de faire de la contrebande.

— Merci, dit-elle, une étincelle de révolte dans les yeux. Nous comptions d'ailleurs prendre notre retraite, si ce dernier voyage n'avait pas été si désastreux. Cela nous donne une nouvelle occasion de... livrer notre marchandise, après tout.

Aspoudh se rembrunit tout à coup. Cress déplia péniblement ses jambes. En se tournant vers lui, Moon vit qu'il la contemplait mais il se détourna aussitôt et, comme une main d'orphelin, son regard chercha celui d'Elsevier. Il rit jaune.

— Alors ça va être adieu, pas vrai, Elsie ?

Moon se leva et aida Cress à se remettre debout.

— Cress...

— Considère cela comme le paiement de notre dette, jeune maîtresse.

Elsevier se tourna vers Aspoudh mais Moon vit ses traits se crisper dans une expression de refus, avant même que la question soit posée.

— Il n'aura pas de mal à trouver un autre vaisseau. Les astrogateurs sont très demandés dans votre... métier, j'en suis sûr.

— « Il y a contrebandiers et contrebandiers », KR, cita Elsevier.

— Vous voulez dire que tout le monde n'aimerait pas être à bord avec un homme figurant sur la liste noire pour assassinat ?

Aspoudh avait une expression de fer. Moon lâcha le bras de Cress. Il rougit.

— Légitime défense ! C'est dans le rapport ! Légitime défense.

— Un passager drogué l'a provoqué en duel, KR. Cet homme l'aurait tué. Mais le règlement ne fait pas d'exceptions... Vraiment, vous vous figurez que je partagerais un vaisseau avec un assassin ?

— Je ne peux même pas imaginer pourquoi vous avez épousé mon frère, dit Aspoudh dans un soupir de défaite. Très bien, Elsevier. Vous abusez de la promesse que je vous ai faite mais je dois bien avoir une compagnie de transport qui aurait besoin d'un astrogateur.

— Vous parlez sincèrement ? Ah, dieux... Merci, vénérable vieillard... citoyen ! s'exclama Cress en oscillant comme un roseau, et il tourna vers Elsevier un regard brillant, débordant de reconnaissance. Vous ne le regretterez pas.

— Je l'espère, marmonna Aspoudh en s'approchant de Moon. Et vous ne me ferez rien regretter non plus, n'est-ce pas ?

Dans ses yeux, elle vit le sombre reflet de ce que son échec signifierait non seulement pour elle mais pour les autres.

— Non, promit-elle.

— Alors restez avec moi pour quelques jours, pendant que l'on prépare le vaisseau, afin que je vous enseigne tout ce qu'une sibylle doit savoir.

— Très bien.

Elle porta une main à sa gorge.

— KR, doit-elle...

— C'est pour son bien, Elsevier, et le vôtre, que je la garde ici.

— Oui... Oui, bien sûr, vous avez raison. Moon, je... Non, ça ne fait rien, cela n'a pas d'importance. Ce n'est rien.

Elle toucha gauchement la main de Moon, se détourna et marcha vers la porte sans tourner la tête, sans voir la main tendue de Moon. Silky la suivit sans un mot.

Cress sourit, moitié à Moon, moitié à ses pieds.

— Ma foi... Je te souhaite bonne chance, jeune maîtresse. « Tu pourrais être reine. » Je raconterai à tout le monde que je te connaissais dans le temps. (Il osa enfin la regarder en face.) J'espère que tu le retrouveras. Adieu.

Il recula, tourna les talons et sortit rejoindre les autres. Moon contempla la porte en silence, mais elle resta vide.

Moon était seule, sur la balancelle du jardin, et se poussait légèrement du pied. Au-dessus d'elle, la nuit chantait, cent chœurs de nuances colorées se fondant et se transfigurant en un seul. La tête en arrière sur les coussins, elle écoutait des yeux. Si elle les fermait, elle entendait une autre musique, les douces complexités d'une chanson kharemoughie filtrant par les portes ouvertes sur la terrasse, avec le contrepoint des insectes dans les buissons, les cris aigus ou gutturaux d'une étrange ménagerie errant par les allées du parc.

Elle avait passé cette journée comme la veille, à faire les exercices destinés à discipliner l'esprit et le corps, à observer les enregistrements d'information que KR lui avait donnés, à apprendre tout ce que l'Hégémonie savait des devins et sibylles, ce qu'ils faisaient et ce qu'ils représentaient pour les peuples de leurs mondes. Ceux de ce monde-ci suivaient les cours d'une école officielle, où ils étaient logés et protégés pendant qu'ils apprenaient à contrôler leurs transes... comme elle l'avait appris, plus empiriquement, avec Clavally et Danaquil Lu sur une île solitaire.

Mais, en dehors des rigoureuses disciplines de base, Aspoudh et les autres devins de l'Hégémonie apprenaient tout sur le réseau complexe dont ils faisaient partie, l'immense portée du contre-charme technologique du Vieil Empire opposé aux ténèbres envahissantes. Ils comprenaient que le Lieu Néant se trouvait au cœur d'un appareil, quelque part sur un monde que même un devin ou une sibylle ne pouvait nommer, et cela leur donnait la force d'endurer sa terrifiante *absence*, qui avait failli la faire mourir de peur.

Ils apprenaient la nature réelle de leur pouvoir, la capacité non seulement de soulager les fardeaux quotidiens de la vie mais de les alléger, de contribuer au progrès social et technologique de leur monde, plus profondément que le plus grand génie, parce qu'ils avaient accès au génie accumulé de toute l'histoire de l'humanité... si seulement ces peuples avaient la sagesse et la volonté de se servir de leurs connaissances.

On leur enseignait la nature de leur « contagion » insolite, comment se servir de son potentiel pour se préserver du mal, comment protéger leurs êtres aimés de son risque. Une sibylle pouvait même avoir un enfant. Le virus artificiel ne traversait pas les filtres protecteurs du placenta, assurant ainsi la naissance d'un enfant qui n'aurait peut-être pas le tempérament de sa mère mais qui aurait plus de chances que d'autres de devenir devin d'une nouvelle génération. Avoir un enfant... dormir dans les bras du seul homme qu'elle aimerait jamais, savoir qu'ils pouvaient être l'un pour l'autre tout ce qu'ils avaient été...

Moon se redressa, arrachée à sa rêverie par des pas traversant la terrasse. *Mais il en aime une autre, maintenant.* Le souvenir de cette chose qui les séparait à présent, plus qu'un gouffre d'espace et de temps, lui fit brusquement mal alors qu'elle regardait approcher KR.

— Moon, dit-il en souriant. Faisons-nous notre promenade du soir ?

Tous les soirs, ils allaient à travers les jardins au petit pavillon de marbre entouré de colonnes, au cœur d'un labyrinthe de buis, où les cendres des ancêtres d'Aspoudh reposaient dans des urnes. Les Kharemoughis adoraient toute une hiérarchie de divinités, étendant leur principe d'une société stratifiée au royaume des cieux, adoptant le panthéon qui veillait sur les autres mondes de l'Hégémonie. Au premier niveau, il y avait les ancêtres personnels vénérés, ceux dont la réussite ou l'échec déterminait la place de leur enfant dans la société. Aspoudh rendait dévotement hommage à ses ancêtres. Moon se demandait si le succès d'un père permettait de mieux croire à sa divinité.

Elle se leva de la balancelle. Chaque soir, elle l'accompagnait dans sa promenade et, dans le calme des jardins, ils évoquaient les questions que les études de la journée avaient laissées sans réponse.

— Vous n'avez pas froid ? Ces soirées de printemps sont fraîches. Prenez ma cape.

— Non, merci, ça va très bien.

Elle refusait par défi secret. Elle portait une robe sans manches qu'elle avait choisie à la tridi, sur l'émission du guide du consommateur. Il lui semblait que même la vue d'un bras nu gênait ces gens et comme cela l'agaçait de porter plus de vêtements qu'elle ne voulait, elle en portait moins.

— Ah, être élevée à la dure ! dit-il en riant et elle s'assombrit. Vous n'avez pas votre ravissant sourire, ce soir. Est-ce parce que demain vous devez retourner à l'astroport ?

Ils se mirent en marche côte à côte. Moon mesurait ses pas, pour s'accorder à l'allure lente du vieil homme.

— En partie.

Elle baissa les yeux sur ses sandales souples, sentant sous ses pieds les pierres lisses. Silky passerait des heures penché sur eux, fasciné... Elle pensait qu'elle serait même heureuse de le revoir, plus qu'heureuse de voir Elsevier, d'échapper à l'étouffante perfection de ce monde d'une beauté artificielle. Elle aimait ces promenades au crépuscule mais, dans la journée, KR était préoccupé par ses affaires et ALV surveillait ses études, s'assurait que la discrétion était respectée tant qu'une jeune fille d'un milieu discutable demeurait chez son père. ALV la traitait respectueusement à cause du trèfle à sa gorge mais sa seule présence transformait en maladresse le moindre mouvement de Moon, était responsable d'un bol renversé, d'un vase cassé. L'élégance d'ALV rendait fatale une mauvaise prononciation, les questions gauches, le rire inconcevable. C'était un monde qui craignait de se moquer de lui-même, de perdre son contrôle, le contrôle de l'Hégémonie, le contrôle de Tiamat.

— Estimez-vous que vous avez besoin de plus de temps ? Je crois que je n'ai plus grand-chose à vous apprendre... et, malheureusement, le temps presse.

— Je sais. (Devant eux, une créature effrayée hérissa sa collerette d'écailles et poussa un petit cri aigu.) Je sais que je suis aussi prête que je peux l'être. Mais serai-je jamais assez prête ?

Elle avait senti revenir sa confiance en elle et dans le trèfle tatoué, dans le pouvoir qu'elle représentait, tandis qu'elle apprenait la vérité, mais elle n'avait pas encore été capable de commencer un Transfert réel, de peur qu'un échec, maintenant, signifie qu'elle échouerait toujours.

— Vous serez prête, affirma-t-il en souriant. Parce que vous devez l'être.

Elle réussit à sourire aussi alors que l'affirmation résonnait dans sa tête. Il y avait des choses sur le réseau des devins que même les Kharemoughis ne pouvaient expliquer, des anomalies, des phénomènes imprévisibles, comme si la source omnisciente de l'inspiration des devins était en quelque sorte imparfaite. Certaines réponses étaient si complexes qu'aucun expert n'avait jamais pu les rendre claires ; parfois cette source semblait agir dans un but propre, bien qu'en général elle ne fasse que réagir. Cette fois, elle avait choisi d'agir et l'avait désignée pour être son instrument... Elle n'échouerait pas ; elle ne pouvait pas. Mais quel serait son but, si Sparks ne voulait plus d'elle ? *Je le reprendrai. J'y arriverai. Je le peux.* Elle serra les poings, elle s'attacha à cette pensée. *Nous appartenons l'un à l'autre. Il m'appartient.*

— C'est mieux, dit Aspoudh. Et, maintenant, quelle dernière question voulez-vous me poser ? Y a-t-il encore quelque chose d'obscur ?

Elle hocha lentement la tête et posa la seule question qui la troublait depuis le début.

— Pourquoi l'Hégémonie veut-elle garder le secret, à Tiamat, sur la présence de devins partout ? Pourquoi dites-vous aux Hiverniens qu'ils sont mauvais, qu'ils sont fous ?

Il fronça les sourcils comme si elle avait violé un tabou particulièrement fort.

— Je ne peux pas vous l'expliquer, Moon. C'est trop compliqué.

— Mais ce n'est pas juste ! Vous avez dit que les sibylles sont vitales, qu'elles ne peuvent faire que du bien à un monde.

Elle s'aperçut de ce que cela révélait sur les intentions de l'Hégémonie, elle comprit soudain qu'elle avait beaucoup plus appris, ici, que ce qu'on lui avait enseigné.

L'expression d'Aspoudh lui dit qu'il s'en apercevait aussi et le regrettait, parce qu'il était incapable d'y mettre fin.

— J'espère que je n'ai pas fait, et ne ferai pas, trop de mal à mon propre monde, murmura-t-il en détournant les yeux. Vous devez retourner à Tiamat. Je prie que cela ne porte pas malheur à Kharemough.

Elle ne sut que répondre.

Ils quittèrent le sentier embaumé bordé de silliphas en fleur et serpentèrent dans le labyrinthe de buis taillés jusqu'à ce qu'apparaisse le petit mausolée de marbre qui reflétait les teintes pastel du ciel. Aspoudh entra dans la pénombre intérieure ; Moon s'assit sur un banc de marbre humide de rosée. Le parfum de l'encens propitiatoire parvenait à ses narines, porté par la brise du soir ; elle se demanda quelles prières récitait KR Aspoudh à ses ancêtres.

Des oiseaux dont les couleurs auraient été voyantes en plein jour voletèrent sur ses genoux, pastel et gris, en murmurant plaintivement. Elle caressa leurs plumes délicates en se disant que c'était pour la dernière fois, qu'à partir de demain il n'y aurait plus de jardins paisibles mais uniquement la Porte Noire... Elle se frotta les bras, sentant soudain la fraîcheur de la nuit.

21

— Que faites-vous dans mon bureau, citoyen ?

Jerusha fulmina, au-dessus de l'amas de détritus officiels empilés à côté de son terminal et s'entassant sur son bureau, dans tous les coins de la pièce.

— On m'a dit de venir ici. Au sujet de mes permis.

Le boutiquier tritura ses cravates, à mi-chemin entre l'incertitude et la colère.

— On m'a dit que vous m'expliqueriez pourquoi je n'ai pas de nou...

— Oui, je sais. Et mon sergent aurait pu faire les recherches, n'importe quel agent à moitié intelligent !

Dieux, si seulement je pouvais passer une journée sans élever la voix... une heure seulement ! Elle passa une main dans ses boucles noires à reflets roux, les tira.

— Qui diable vous a envoyé ici ?

— L'inspecteur Man...

— ... tagnes, acheva-t-elle pour lui. Eh bien, il vous a mal dirigé. Retournez à la réception et demandez à l'agent de service de se renseigner.

— Mais il dit...

— Insistez !

Elle lui désigna la porte, en baissant déjà les yeux sur le rapport à moitié parcouru attendant son accusé de réception sur l'écran, et appuya sur le bouton de l'interphone.

— Sergent, réveillez-vous un peu et filtrez ces idiots ! Vous êtes là pour quoi, à votre avis ?

— Foutue manière de diriger un monde, foutus...

L'invective se perdit quand la porte se referma sur le boutiquier.

— Pardon, commandant, dit la voix maussade et désincarnée du sergent. J'envoie le suivant ?

— Oui. *(Non. Non, plus personne !)* Et demandez-moi Manta... Non, annulez.

Elle redressa la manette. Il lui serait possible de révoquer Mantagnes, pour son harcèlement, mais alors elle aurait une mutinerie sur les bras, au lieu de ce simple ressentiment. Depuis des années qu'elle avait été promue commandant, sa situation au sein de la police n'avait cessé de se dégrader. *Et il le sait. Il le sait, le salaud...* Elle regarda fixement l'imprimante du rapport, la vue brouillée. Leur principal ordinateur était tombé en panne totalement — il y avait des mois — et avait plongé dans le chaos tout leur système de classement. Encore maintenant, il fonctionnait à peine à la moitié de la normale ; la technologie experte des Kharemoughis eux-mêmes n'avait pu tout réparer parce qu'il leur manquait les pièces critiques... Depuis des mois, elle essayait de remettre de l'ordre dans leurs dossiers ; depuis une heure, elle tentait d'arriver à bout de ce rapport, une demi-minute à la fois, et n'avançait pas. Elle pressa la touche APPROUVÉ et le laissa passer sans le lire. *Je n'avance pas. Je recule, enterrée vivante...* Elle fouilla parmi les paquets froissés, vides, dans son tiroir, pour en chercher un conservant quelques graines d'iesta. *Zut, presque plus rien... comment vais-je tenir jusqu'à ce soir ?*

La porte s'ouvrit, sans répondre à sa question, et le capitaine — *dieux, comment s'appelle-t-il ?* — entra et la salua.

— Capitaine Kerla-Tinde au rapport, commandant, dit-il comme s'il s'attendait à ce qu'elle ait oublié.

Elle était habituée maintenant à la froideur, au ton insolent. Toute la police la détestait, presque jusqu'au dernier agent, et c'était devenu réciproque. La discipline s'était gravement détériorée mais elle ne pouvait révoquer ou dégrader tout le monde... et elle avait essayé tout le reste. Ils ne voulaient pas lui obéir, parce qu'elle était une femme, oui (et maudit soit le jour où elle avait voulu être autre chose), mais aussi parce qu'elle avait pris la place qui revenait de droit à Mantagnes. Et parce que cela avait été le souhait de la reine. Ils la prenaient pour le fantoche de la reine et comment prouver qu'ils se trompaient alors qu'Arienrhod l'avait prise au piège de sa toile d'araignée, la tenait suspendue là entre le ciel et l'enfer, sapait sa volonté de continuer ?

— Qu'est-ce que c'est, Kerla-Tinde ? demanda-t-elle, incapable de maîtriser la dureté de sa voix.

— Les autres officiers m'ont demandé de parler en leur nom, *madame* (en insistant lourdement sur le mot incongru). Nous voulons en finir avec les patrouilles forcées par les officiers, ici en ville. Nous estimons que c'est la mission des agents ; c'est mauvais pour le prestige des officiers d'être contraints de harceler des citoyens dans la rue.

— Vous préférez que les citoyens se harcèlent entre eux ? répliqua-t-elle, les sourcils froncés. De quelle importante mission pensez-vous que vous devriez vous occuper à la place ?

— De notre travail normal ! Nous n'avons déjà même pas le temps de faire toutes les écritures, sans encore avoir à patrouiller.

La large figure de l'officier reflétait celle de Jerusha, froncement de sourcils pour froncement de sourcils. Il regarda fixement les piles de cassettes sur le bureau. Elle suivit son regard.

— Je sais, Kerla-Tinde. J'ai supprimé le plus de paperasserie possible. *(Et vous devriez voir les cicatrices que m'a faites Hovanesse à cause de ça!)* Je sais que la panne de l'ordinateur a tout rendu dix fois pire ; mais, bons dieux, notre principale mission ici est quand même de protéger les citoyens de l'Hégé, et elle sera accomplie.

— Alors donnez-nous quelque chose à faire qui en vaille la peine ! s'exclama Kerla-Tinde en gesticulant vers la vue inexistante de la fenêtre. Et pas ramasser des ivrognes dans le ruisseau. Laissez-nous nous attaquer aux vrais criminels, obtenir des inculpations qui voudront dire quelque chose !

— Vous n'obtiendrez jamais ces inculpations. C'est une perte de temps.

Dieux, c'est moi qui dis ça ? C'est vraiment moi, la même qui me suis tenue là à sa place, qui ai dit ce qu'il est en train de me dire ? Sous le bord du bureau, elle roula nerveusement en boule un paquet d'iestas vide. *Non... je ne suis plus la même.* Mais ce qu'elle venait de lui répondre était la vérité.

Dès qu'elle était devenue commandant, elle avait essayé de s'en prendre aux gros trafiquants dont elle savait qu'ils contrôlaient les réseaux interplanétaires du vice, d'ici, d'Escarboucle. Mais ils avaient coulé entre ses doigts comme de l'eau. Toutes les activités illégales dans lesquelles on arrivait à les surprendre, à Tiamat, se trouvaient techniquement sous le contrôle d'un citoyen de ce monde. Et les Hiverniens étaient gouvernés par les lois de la reine ; Jerusha ne pouvait les toucher sans sa permission.

— Ce n'est pas ce que pensait le commandant Lioux-Sked.

Allons donc ! Mais il ne servait à rien de le dire. Lioux-Sked s'était-il trouvé dans la même impasse exaspérante, ou Arienrhod avait-elle reconstruit la société d'Escarboucle uniquement pour elle ? Elle ne pouvait expliquer cela à Kerla-Tinde, ni le reste d'ailleurs ; ils étaient certains qu'elle était dans la poche de la reine et rien de ce qu'elle dirait n'y changerait quoi que ce soit.

— Vous patrouillez dans la Rue pour une bonne raison, Kerla-Tinde. Vous savez que la criminalité monte en flèche (elle voyait la main de la reine derrière cela, aussi, et elle voyait qu'elle-même en était responsable aux yeux de Kerla-Tinde), à mesure que l'heure du grand départ approche. Alors vous continuerez de patrouiller dans la Rue jusqu'à ce que je vous dise de vous arrêter, jusqu'à ce que le dernier vaisseau soit prêt à décoller de cette planète, car nous n'allons plus recevoir aucun remplacement.

— L'inspecteur-chef Mantagnes n'est pas...

— Mantagnes n'est pas le commandant, nom des dieux ! C'est moi ! cria-t-elle. Et je ne changerai pas mes ordres. Maintenant, sortez de mon bureau, capitaine, avant de redevenir lieutenant.

Kerla-Tinde se retira, sa peau olivâtre sombre d'indignation. La porte se referma sur un nouvel affrontement irrésolu, une nouvelle erreur stupide.

Pas étonnant qu'ils me détestent. Elle se détestait elle-même. Elle regarda l'opacité des fenêtres polarisées, son seul bouclier contre les radiations d'hostilité du poste. Les vitres reflétaient vaguement son image, comme un fantôme dans une transmission hologrammique, une reconstitution défectueuse d'une fausse réalité. Il n'y avait pas de Jerusha, pas de femme, pas de chair humaine ; il ne restait qu'une harpie à la langue acérée, aux nerfs à vif, nourrissant des illusions paranoïaques. Qui diable croyait-elle tromper ? C'était sa propre faute, elle était incompétente, une ratée... un être inférieur, faible, trop émotif, femelle. Elle se renversa en arrière dans son fauteuil, baissant les yeux sur son corps, sachant bien que la vérité ne serait jamais cachée par l'épais uniforme. Et elle n'avait même pas le courage de reconnaître que c'était sa faute, et non un ridicule complot de la reine. Pas étonnant qu'on se moque d'elle.

Et pourtant... Elle avait bien vu la figure de la reine sur une jeune Etésienne. Elle avait bien vu la fureur de la reine en apprenant la perte de cette fille. Et elle avait bien vu Lioux-Sked vautré dans sa propre ordure... sans autre raison concevable que la vengeance de la reine. Non, elle ne perdait pas la raison ! C'était la reine qui la lui volait systématiquement.

Et elle n'y pouvait rien. Rien du tout. Elle avait tout tenté, mais il n'y avait aucune issue, et pendant ce temps elle voyait inexorablement disparaître sa carrière, son avenir, sa confiance en son talent. La fin de leur séjour sur Tiamat marquerait la fin de tout ce qu'elle avait voulu, ce pour quoi elle avait travaillé. Les états de service de son commandement seraient une longue liste d'échecs et de plaintes. Arienrhod la détruisait, pas rapidement, pas comme Lioux-Sked, mais d'une manière qui lui laissait percevoir toutes les douloureuses nuances de sa déchéance.

Arienrhod avait dû se douter qu'elle resterait, qu'elle s'entêterait à défier son destin, comme elle l'avait toujours fait, toute sa vie. Démissionner maintenant, quitter Tiamat, renoncer à sa position, ce serait avouer que tout avait été vain. Mais tout serait vain quand même, quand ils en auraient fini avec ce monde ; et en attendant, même l'infernale parodie de son rêve valait mieux que pas de rêve du tout.

Elle ne pouvait pas riposter, elle avait été incapable de causer à la reine le plus petit inconvénient, en retour. Accidentellement, elle avait déjoué un projet d'Arienrhod pour conserver le pouvoir à l'Hiver. Mais les dieux savaient que cela ne lui avait pas apporté un instant de satisfaction et, depuis lors, elle n'avait absolument rien découvert sur les nouvelles toiles que pouvait tisser la reine. Elle ne doutait pas qu'il y eût d'autres plans, au moins un, mais elle doutait fort que l'Hégémonie, en sa personne, fût capable de l'empêcher d'aboutir. Et cet échec serait le couronnement de sa ruine.

Mais il restait encore un peu de temps. Le combat n'était pas terminé, elle devait se retourner... « Est-ce que tu écoutes, garce ? Je t'aurai ! Par le Batelier Bâtard, je le jure ! Je ne me briserai pas, tu ne peux pas me détruire avant que je... »

La porte se rouvrit et lui renvoya ses mots ; un agent entra et vit d'un seul coup d'œil qu'elle était seule. Il posa une nouvelle pile de cassettes sur son bureau, en la regardant à la dérobée.

— Et alors, qu'est-ce que vous regardez comme ça ?

Il salua et sortit.

Encore un ragot de choix pour les commères de la salle des inspecteurs. Sa résolution vacilla. *Comment peut-on vraiment savoir, comment peut-on dire si on perd la raison ?* Elle tendit le bras au-dessus du terminal, vers la nouvelle pile, mais sa main se referma sur un seul feuillet, à demi caché dessous. Elle le dégagea, lut une seule ligne : LISTE DE GRIEFS. Elle froissa le papier entre ses mains. *Qui l'a mis là ? Qui ?*

L'interphone tinta ; elle pressa le bouton de réception, sans un mot. Elle ne se fiait pas à sa voix.

— Appel radiophonique de l'intérieur, commandant. Un nommé Kennet ou quelque chose comme ça. Vous le prenez ?

Ngenet ? Dieux, elle ne pouvait lui parler maintenant, dans cet état. *Pourquoi diable choisit-il les plus mauvais moments, pourquoi se donne-t-il seulement ce mal ?*

— Et l'inspecteur Mantagnes désire vous voir.

— Passez-moi la communication. *Mais qu'est-ce que je*

vais dire ? Quoi ? Et dites à Mantagnes de... Dites-lui d'attendre.

Elle entendit des parasites d'orage dans le haut-parleur et puis la déformation familière d'une voix familière.

— Allô ? Allô, Jerusha...

— Oui, Miroe ! (Elle se rappelait avec une brusque bouffée de plaisir ce que c'était d'entendre un être humain s'adresser à elle de bon cœur, avec joie... et comprenait soudain que son amitié lui apportait bien plus qu'une simple humanité.) Dieux, quelle joie de vous entendre !

Elle souriait, voilà qu'elle souriait !

— Je ne comprends pas... la transmission est exécrable ! Comment avez-vous... Venir de nouveau à la plantation... un jour ou deux ?... longtemps que nous n'avons pas bavardé.

— Je ne peux pas, Miroe.

Il y avait combien de temps ? Des mois depuis qu'elle avait accepté son invitation, qu'elle lui avait parlé, des mois depuis qu'elle avait consacré un jour ou même une heure, égoïstement, à quelque chose qui la faisait sourire. Elle ne pouvait pas se le permettre, non.

— Comment ?

— Je dis que je... (Elle vit son reflet sur le mur, la figure d'une geôlière, d'une prisonnière dans une cellule. La panique l'effleura d'un doigt glacé.) Oui ! Oui, je vais venir. Je viendrai ce soir !

22

— Ça va comme ça, crétins ! Débrouillez-vous tout seuls.

Tor recula ; avec une grâce sinueuse, espérait-elle contre tout espoir. Révélant par inadvertance plus de peau qu'elle ne le voulait, elle quitta le parcours d'obstacles d'une luminosité surnaturelle. Des vaisseaux hologrammiques et un essaim de météores s'enchevêtraient, intangibles, dans le bonnet crocheté en fil d'or qui maintenait sa perruque noire. La soie de sa combinaison luisait du même bleu qu'un chalumeau ; la peau laissée découverte était d'une teinte lavande macabre dans la pénombre.

Des coups de sifflet et des protestations la suivirent ; elle avait joué avec les clients, comme elle en avait l'ordre, perdu juste assez, regagné un peu plus, juste assez, pour les persuader que les jeux n'étaient pas truqués. *Des poires.* Les jeux n'étaient pas truqués, en général — et elle s'en étonnait — mais ils étaient si compliqués que l'individu moyen était incapable de les comprendre. Quand elle pensait au temps et à l'argent qu'elle avait gaspillés, avec autant d'abandon et de stupidité que tous ces drogués abrutis, elle secouait avec dégoût sa tête noire et frisée. Malgré tout, ce n'était pas si déplaisant, maintenant qu'elle connaissait les codes qui lui permettaient de contrôler secrètement les résultats des parties.

Non, ce n'était pas déplaisant du tout, en aucune façon, de diriger un casino, de s'occuper des affaires, d'être la femme de paille de la Source. Elle était l'hôtesse, la propriétaire en titre, du Cercle de Persiponë, le plus luxueux tripot d'Escarboucle. Et, en dehors de ça, elle s'occupait d'autres trafics discrets de la Source — le chef de la sous-culture criminelle d'extramonde sur Tiamat — car la politique de la reine était de fournir des Hiverniens compétents pour servir de façade à des extramondiens, pour leurs illégalités ; ainsi les seigneurs du vice eux-mêmes pouvaient opérer pratiquement impunément, libres de tout harcèlement de la police de l'Hégé. Tor avait été arrêtée quatre fois par les Bleus alors qu'elle travaillait à gagner la faveur de la Source ; mais ils l'avaient remise à la garde de la reine, qui l'avait tout simplement relâchée.

— Hé !

Elle cligna des yeux dans le ballet des corps mouvants et vit plus nettement l'extramondien qui venait d'entrer par le rideau de minuscules miroirs étincelants, suivi par un zombie.

— Pollux !

Pour renforcer l'appel, elle pressa le signalisateur de son bracelet en criant le nom dans la cacophonie musicale. Pollux apparut à ses côtés, rassurant et solide comme l'acier.

— Ce perverti qui vient d'entrer. Montre-lui la sortie. Nous n'avons pas besoin de sa clientèle.

Elle le montra du doigt, en s'efforçant de ne pas regarder si le zombie était homme ou femme, de ne même pas regarder sa silhouette. Ces êtres l'écœuraient, tout comme la vue de quelqu'un qui aimait à se servir ainsi d'un corps vivant.

— Tu as raison, Tor.

Pollux s'éloigna avec une détermination inexorable. Tor se dit qu'il était un meilleur videur que tous les hommes qui avaient travaillé dans cette boîte ; elle avait pris sur lui un contrat de location longue durée.

Tout avait parfaitement marché... c'en était drôle, même. Herne lui-même... Elle fit demi-tour et alla s'accouder au long bar arrondi, noir comme du charbon. Cette curieuse matière qui absorbait la lumière aspirait la chaleur de son corps ; elle frissonna et se redressa. Plus bas, Herne était assis aux commandes des distributeurs de boissons et de drogues. La meilleure inspiration de Tor avait été de le placer là, où les clients se rassemblaient pour perdre leurs inhibitions en même temps que leurs bons crédits. Ils s'ouvraient mutuellement leur cœur et plus encore à lui ; elle répétait à Marchalaube ce qu'il apprenait, qui après toutes ces années avalait encore tout ça comme un drogué.

Qui diable aurait pu imaginer, ce jour-là dans la ruelle de Destinée où Marchalaube avait failli l'étrangler, que sa mauvaise humeur aboutirait à cela ? Profitant à la fois du savoir-faire de Herne et des contacts de Marchalaube avec quelqu'un de haut placé, Tor s'était élevée plus haut et plus rapidement qu'elle n'avait jamais osé le rêver.

— Hé, Persiponë, bébé, la Source te demande.

Oyarzabal, un des lieutenants de la Source, venait de surgir derrière elle. Il la prit par la taille et s'enhardit dangereusement sous la bavette de l'aguichante combinaison du soir.

Elle maîtrisa l'envie de lui enfoncer un coude dans les côtes. Elle avait appris, à la dure, le tact et l'élégance depuis qu'elle avait quitté les docks d'expédition ; le pelotage faisait partie du territoire.

— Doucement. Tu vas déclencher mon antivol.

Elle repoussa les mains audacieuses, mais pas trop. Oyarzabal était un con ; la preuve : il la préférait aux femmes faciles, chic, qui affluaient dans ce tripot, mais elle ne voulait pas trop le décourager. C'était un ancien petit paysan de Grande Bleue, assez séduisant dans le genre plouc. Elle avait couché quelques fois avec lui et n'avait pas été trop déçue. Elle songeait même vaguement à se faire épouser avant le grand départ et à quitter Tiamat pour de bon.

— Dis donc, qu'est-ce que tu dirais de toi et moi, plus tard...

— Ce soir, je suis prise, dit-elle en s'esquivant puis, radoucie, elle se retourna et sourit. Demande-le-moi demain.

Il rit, exhibant des dents incrustées de strass. Elle se détourna de nouveau, en secouant la tête, puis se fraya un chemin dans la cohue, jusqu'à la porte interdite menant aux bureaux privés de la Source ; il y avait là des salles de réunion gardées, non seulement par des yeux humains dissimulés mais par les systèmes anticurieux les plus perfectionnés et les plus coûteux. Quand elle avait appris que Herne était un Kharemoughi, elle s'était renseignée sur la possibilité d'utiliser son savoir-faire technique légendaire pour lui permettre d'épier et d'écouter les transactions privées de la Source. Mais il n'était pas de taille à se mesurer à des gardes électroniques et Tor avait compris que les Kharemoughis ne sont pas tous nés avec le don de transformer de l'or en terminaux d'ordinateur. Elle devait donc se contenter de surveiller les visiteurs de la Source, et de chercher à deviner ce qu'ils venaient faire... et pourquoi.

Elle n'aimait guère être elle-même la visiteuse. La porte du bureau s'ouvrit quand elle s'en approcha, avec la prévoyance à laquelle elle s'attendait. En clignant des yeux, elle entra lentement. Comme toujours, la pièce était si obscure qu'elle n'y voyait rien. Le lourd parfum douceâtre de l'encens imprégnait l'air. Elle leva une main pour se frotter les yeux mais arrêta son geste avant d'effacer les fleurs délicates peintes sur ses paupières. Sa main retomba. Une forme sombre se matérialisa sur un vague fond rougeâtre : la Source, à contre-jour, qu'elle n'avait jamais vue autrement.

Oyarzabal lui avait dit que la Source souffrait d'une maladie des yeux, et qu'elle ne supportait pas la lumière. Tor ne savait pas si elle devait y croire ou penser simplement que l'homme voulait cacher sa figure. Parfois, quand sa vue s'adaptait vaguement à ce badigeon rouge sombre du mur, elle avait l'impression qu'il était défiguré. Mais elle n'en était pas sûre.

— Persiponë.

Sa voix était un chuchotement rauque et, là aussi, Tor ne savait pas si c'était sa vraie voix. Il parlait avec un accent indéfinissable.

— Je suis là, maître.

Là, dans les ténèbres, sa façon de s'adresser à elle prenait une signification nouvelle, sinistre. Mal à l'aise, elle tira un peu sur sa perruque ; dessous, ses cheveux se hérissaient. Elle savait qu'il y voyait parfaitement dans l'obscurité et, à chaque visite, elle était contrainte de subir son examen.

— Tourne-toi.

Elle pivota sur l'épais tapis dont elle n'avait jamais distingué la couleur, qui était peut-être tout simplement noir.

— C'est mieux... Oui, je préfère. Tu ne seras jamais belle, tu sais ; mais tu apprends à le cacher. Tu as fait du chemin. Je ne croyais pas que tu en ferais autant.

— Oui, maître. Merci, maître.

A moi, il dit ça ! Elle ne lui révéla pas qu'elle commençait à laisser Pollux choisir ses toilettes. Son jugement totalement impartial surpassait son propre goût, pour trouver ce qui tirait le meilleur parti de son corps sans grâce ; avec la perruque et les fards, elle pouvait, comme disait la Source, dissimuler son manque de beauté.

— Mais aussi, qui pourrait être comparé à l'idéal sans souffrir de la comparaison... ?

Il soupira et garda le silence pendant des secondes qui s'étirèrent comme des heures. Une fois, quand Tor avait eu droit à un mince petit rayon de lumière rouge pour lire des instructions, elle avait aperçu un iconocube sur le bureau, un visage de femme. Une femme d'une éclatante beauté d'extramonde, couronnée de cheveux d'ébène dans une résille d'or. Tor avait alors compris, avec un brusque malaise, pourquoi elle avait ces mêmes cheveux, comme toutes celles qui l'avaient précédée, pourquoi cet établissement s'appelait Persiponë, et elles toutes aussi. Elle s'étonnait qu'un homme comme la Source pût aimer, ou même haïr, suffisamment une femme pour en être obsédé et cela l'effrayait de servir de véhicule à cette obsession. Mais les bénéfices la retenaient de le dire.

— Comment vont les affaires, ce soir ?

— Très bien, maître. C'est jour de paie à l'astroport et nous faisons salle comble.

— Le dernier marché a-t-il été bien ? Est-ce que tu as sous la main une... variété suffisante pour satisfaire certains clients particuliers ?

— Oh oui. Coonabarabran était bien là où vous l'avez dit, et il avait tout sur lui. Nous pouvons répondre à n'importe quelle demande, ce soir.

Elle était sûre qu'il connaissait déjà les réponses à ses questions, alors elle répondait toujours franchement. Il ne lui demandait pas de s'occuper de toutes ses affaires ; elle acceptait de conclure les transactions sur la drogue parce qu'elle pouvait se dégager mentalement des conséquences. La Source faisait encore de multiples trafics, dont certains qu'elle ne pouvait digérer. Mais d'autres avaient l'estomac mieux accroché.

— Bien... J'attends ce soir une visite particulièrement importante. Assure-toi que la salle de réunion intérieure est bien gardée et préparée comme il convient. Elle viendra à la porte de côté à minuit. Tâche de ne pas la faire attendre.

— Oui, maître.

Elle ? Il n'y avait guère de femmes, dans la société des

bas-fonds, ayant droit à une telle sollicitude de la Source.

— Ce sera tout, Persiponë. Retourne dans la salle.

— Merci, maître.

Humblement. La porte s'ouvrit et Tor s'esquiva, clignant encore des yeux dans la vive lumière blanche du couloir. Elle soupira quand la porte se referma derrière elle, pas du tout offensée qu'il la trouve peu séduisante, et surtout soulagée. Il était complètement en dehors de ses ambitions et, au fond de son cœur, elle avait grand peur de lui pour toutes les raisons rationnelles, et pour la simple raison qu'un enfant a peur du noir.

Arienrhod suivit la silhouette blafarde de Persiponë dans les corridors secrets du saint des saints de la Source. Les bruits du casino lui parvenaient étouffés par les murs, un sourd grondement, plus une vibration qu'un véritable son qui résonnait dans sa poitrine comme une musique de mort. C'était plus que normal, pensait-elle, que les divertissements sans joie de la foule des joueurs montrent ici leur véritable nature, dans les sombres couloirs du royaume caché de la Source. Devant elle, Persiponë s'arrêta devant une porte fermée semblable à toutes les autres et lui fit signe. Elle s'avança ; Persiponë appuya une main contre le panneau de la porte : le signal d'arrivée, comme si elles n'avaient pas été déjà observées. Elle salua Arienrhod avec une timidité respectueuse et s'éloigna dans le couloir. Arienrhod était certaine que cette femme l'avait reconnue ; elle se demanda ce qu'elle penserait, si elle savait que sa reine considérait également Tor Flânétoile-Persiponë comme un pion de Sparks Marchalaube.

La porte s'ouvrit sur l'obscurité et la reine chassa toutes les autres pensées de son esprit. Elle rejeta en arrière le capuchon de sa cape couleur de nuit et s'avança hardiment, sans attendre d'être appelée. Mais dès qu'elle eut franchi le seuil, la porte se referma hermétiquement derrière elle, la laissant plongée dans les ténèbres totales. Elle fut prise de panique, comme toujours. Ce n'était pas difficile de s'imaginer qu'elle avait pénétré dans une autre dimension, dans l'impitoyable inconnu d'un réseau interstellaire du vice... en dehors du monde qu'elle connaissait et contrôlait. Qu'elle était perdue... Ses espions mécaniques épiaient tous les coins de la ville mais ils ne pouvaient pénétrer dans ce lieu. Il était gardé par une technologie encore plus puissante et perfectionnée, par cette obscurité envahissante qui tentait d'étouffer sa volonté et de détruire son sang-froid. Elle resta figée, raide, jusqu'à ce que la peur s'apaise et qu'elle retrouve sa perspective. *Les ténèbres... un sacré bon truc. J'aurais bien voulu y penser.*

— Votre Majesté honore mon humble établissement.

La voix cassée de la Source (une voix d'outre-tombe, mais n'était-ce qu'un effet aussi ?) murmura les mots d'accueil, avec un accent bizarre.

— Asseyez-vous, je vous en prie. J'aurais honte de laisser la Dame debout.

Arienrhod remarqua qu'il jouait intentionnellement sur les mots, faisait allusion à son héritage barbare. Sans répondre, elle s'avança avec assurance et s'assit dans les profonds coussins du siège en face de lui, de l'autre côté de la table nue. Depuis leur première entrevue, quand elle avait été forcée de tâtonner dans le noir d'une façon humiliante, elle prenait soin de porter des lentilles de contact à amplification lumineuse, chaque fois qu'elle venait le voir. Dans une sorte de camaïeu violacé, elle distinguait des formes du contenu de la pièce, la silhouette incertaine de la Source mais, malgré ses efforts, elle ne voyait rien de ses traits.

— Que désire Votre Majesté ? J'ai un grand stock de délices sensuelles, s'il vous plaît d'en profiter.

Une large main, vaguement déformée, fit un geste.

— Pas ce soir, dit-elle sans lui donner de titre, refusant de reconnaître celui qu'il exigeait de ses autres clients. Je ne mélange jamais les affaires et le plaisir, à moins que ça ne soit absolument nécessaire.

Dans la pièce obscure, tous ses sens étaient aiguisés, et sa vue handicapée luttait pour les dominer.

Un ricanement rauque.

— Quel dommage. Quel gaspillage... Vous ne vous demandez jamais ce que vous manquez ?

— Au contraire, répliqua-t-elle. Je ne manque rien.

C'est pourquoi je suis la reine de ce monde. Et c'est pourquoi je suis ici. J'ai l'intention de demeurer reine de Tiamat quand vous et tous les autres parasites d'extramonde l'aurez de nouveau abandonnée. Mais, afin d'y parvenir, j'ai besoin d'utiliser vos services douteux sur une beaucoup plus grande échelle que par le passé.

— Vous formulez les choses avec une délicatesse ! Comment un homme pourrait-il vous refuser quoi que ce soit ! (Du fer sur du ciment.) Qu'envisagez-vous, Majesté ?

Elle s'accouda sur le bras du fauteuil dont le tissu absorbait les sensations. *Comme de la chair. On dirait vraiment de la chair.*

— Je veux qu'il se passe quelque chose pendant le Festival, quelque chose qui créera le chaos... aux dépens des Etésiens.

— Vous songiez, peut-être, au genre d'accident qui est arrivé à l'ancien commandant de police ? Mais sur une bien plus grande échelle, naturellement. (La voix ne trahissait pas la moindre surprise ; elle en fut à la fois rassurée et troublée.) Des drogues dans l'adduction d'eau, peut-être ?

Mais pourquoi est-ce que ça me dérange à ce point ? Ce n'était pas mon idée.

— Pas de drogues. Mon peuple en souffrirait aussi et je ne le veux pas. Nous devons garder le contrôle. Je pensais à une épidémie, une maladie contre laquelle la plupart des Hiverniens sont vaccinés. Les Etésiens seraient sans protection.

— Hum. (Un vague hochement de tête.) Oui. Cela peut s'arranger. Mais je trahirais grandement l'Hégémonie si je vous donnais le moyen de conserver le pouvoir. Notre intérêt est de laisser les sauvages aux commandes, quand nous partons.

— L'intérêt de l'Hégémonie ne peut être le vôtre. Vous n'êtes pas plus loyaliste que moi.

L'odeur d'encens, dans cette pièce, était trop forte, presque comme si elle cachait quelque chose.

— Nos intérêts coïncident pour ce qui est de l'eau de vie.

Elle perçut son sourire, durcit sa voix, frappa cette informe satisfaction.

— Dites votre prix, alors. Je n'ai pas de temps à perdre avec des ombres.

— Je veux le produit de trois Chasses. Le produit total.

— Trois !

Elle rit sèchement, sans avouer que ce n'était pas plus qu'elle n'attendait de lui.

— Quel est le prix d'une rançon de reine, Majesté ?

L'obscurité qui les environnait était presque tangible dans sa voix ; elle s'aperçut encore une fois qu'elle entendait beaucoup mieux, tenta de compenser par l'oreille l'invisibilité de ses traits.

— Je suis sûr que la police serait enchantée d'apprendre ce que vous projetez pour ce monde. Le génocide est une accusation grave, et contre votre propre peuple ! Mais voilà ce qui arrive quand on laisse régner une femme... Les femmes ne gouvernent pas l'Hégémonie, vous le savez. Il y a beaucoup d'endroits, dans beaucoup de mondes, où même votre arrogance serait brisée, Arienrhod.

Elle crispa les poings en percevant l'avidité inattendue de sa haine, un terrifiant coup de foudre de malédiction entre les rideaux de nuit. Elle distingua une odeur singulière, dans le parfum d'encens... un relent de maladie ou de putréfaction. *Mais il n'osera pas !*

— Ne me menacez pas, Thanin Jaakola. Vous avez peut-être été maître d'esclaves sur Grande Bleue et sans doute êtes-vous responsable de la majorité des misères dans sept mondes différents (laissant bien entendre qu'elle était renseignée) mais jusqu'au Changement, ceci est *mon* propre monde, Jaakola, et vous n'existez ici que parce que je le permets. Quoi qu'il m'arrive vous arrivera, parce que si jamais il m'arrive malheur, vous perdrez votre protection de la police. Je suis sûre qu'il existe de nombreux endroits où vous connaîtriez vous-même l'humiliation. *(Et je suis sûre que vous n'allez pas oublier cela un instant.)* Ce que je vous demande est risqué, oui, mais simple. Je suis certaine que vous pouvez vous en occuper aisément, étant donné vos ressources. Je vous accorde le produit total de la chasse finale de Starbuck... et elle vaut une rançon de reine, pour vous et pour n'importe qui.

L'obscurité amplifiait le bruit de leur respiration, le silence de l'homme. Arienrhod se taisait aussi. Enfin, elle devina une légère inclinaison de tête et il dit :

— Oui, je m'en occuperai pour le prix convenu. Cela me fera plaisir de savoir que vous régnez sur Tiamat, une fois que nous serons partis, sans l'eau de vie pour rester jeune. Régner sur Escarboucle après notre départ... Ce ne sera plus la même ville sans nous, vous savez. Plus du tout la même.

Son rire claqua comme un coup de fouet. Arienrhod se leva sans un mot et ce fut seulement le dos tourné, alors qu'elle quittait la pièce, qu'elle se permit un froncement de sourcils.

— Bons dieux, qu'est-ce que tu fous ?

Tor sursauta d'un air coupable quand la voix la surprit, dans le couloir... la voix de Herne ; elle venait de passer devant la chambre qu'elle lui avait réservée, là dans le casino. La plupart des autres, dans ce couloir, étaient utilisées par les prostituées et leurs clients. Mais un nouveau jour se levait dans le monde extérieur et le corridor était désert ; pour un bref temps de repos, le casino était fermé.

Elle se retourna avec une lenteur voulue pour toiser Herne. Il était lourdement accoté contre le coin de sa porte, ses jambes impotentes prisonnières de l'exosquelette motorisé encombrant qui lui permettait de se déplacet tant bien que mal sans aide. Une courte tunique serrée à la taille, négligemment enfilée par la tête, le couvrait à peine décemment. Elle fronça les sourcils.

— J'ai un important rendez-vous. Qu'est-ce que ça peut te faire, grand-mère ?

— Habillée comme ça ?

Elle baissa les yeux sur sa combinaison. Elle voyait sa figure dans le miroir du souvenir, dépouillée de sa personnalité peinte, sa propre personne terne, lasse de faire semblant d'être ce qu'elle n'était pas, heureuse de voir dépasser ses propres cheveux mous et sans couleur définie de sous la perruque coiffée d'or.

— Pourquoi pas ?

— Il n'y a que toi pour poser une question pareille !

Il ricana avec dégoût, tira sur sa tunique. Il avait les yeux injectés de sang, les traits lourds de fatigue ou de drogue, ou des deux.

— Si je m'habillais pour t'exciter, je ne tirerais pas grand-chose de mon investissement.

Satisfaite, elle le vit pincer les lèvres. Le temps ne l'avait pas rendue comme lui. *Et n'y arrivera jamais.* Elle se rendait à une entrevue avec Sparks Marchalaube, pas à un rendez-vous avec un amant ; le temps l'avait façonnée plus à son image qu'à celle de Herne. Elle avait du mal à se souvenir qu'il avait été ce petit Etésien effrayé qu'elle avait ramassé dans une ruelle. Depuis ce jour, elle avait changé physiquement, au point que parfois elle se reconnaissait à peine ; mais elle savait que, si elle rejetait les artifices, elle se retrouverait aussitôt. Tandis qu'elle avait vu l'âme, ou l'esprit ou le cœur de Sparks Marchalaube lentement suffoqué par quelque chose d'inhumain...

— Et qu'est-ce que tu fais, planté dans le couloir comme une racoleuse ? Tu espionnes les gens pour moi, pas le contraire. Va te dessoûler et dormir. Comment veux-tu faire ton boulot si tu restes debout toute la journée ?

Elle-même aurait bien voulu être endormie dans son élégante chambre, en haut, plutôt que de se rendre à l'aube à une ingrate conférence.

— Je ne peux pas dormir, marmonna-t-il en se frottant la figure sur le bras appuyé contre la porte. Je ne peux même plus dormir ! C'est tous ces foutus...

Il s'interrompit, la regarda brusquement comme s'il cherchait quelque chose. Et puis son expression durcit.

— Ah, laisse-moi tranquille !

— Laisse la drogue tranquille, alors.

Elle s'éloigna. La voix de Herne la rattrapa.

— Qu'est-ce qu'elle faisait ici, hier soir ?

Tor s'arrêta, comprenant qu'il avait vu passer et reconnu la visiteuse de minuit. Arienrhod, la Reine des Neiges. La reine était emmitouflée dans une lourde cape ainsi que son garde du corps, mais Tor était une Hivernienne et elle connaissait sa reine. Elle s'étonnait cependant que Herne la connaisse ou s'intéresse à ce qu'elle faisait.

— Elle est venue pour voir la Source. Je n'en sais pas plus que toi sur ce qu'ils ont fait.

Il rit méchamment et regarda à droite et à gauche dans le couloir.

— Je devine ce qu'ils n'ont pas fait !... Ce sera bientôt le dernier Festival, la fin de tout pour Arienrhod. Elle n'a peut-être pas envie de tout remettre aux Etésiens, après tout.

Il sourit, un sourire de fer plein d'un inexplicable amusement.

Tor ne broncha pas mais elle était frappée par le rappel de l'imminence inévitable du Changement.

— Il en a toujours été ainsi, sans quoi il y aurait... une guerre, ou je ne sais quoi. Nous l'avons toujours accepté. Quand les Etésiens viendront...

Il ricana.

— Les gens comme toi acceptent le Changement. Les gens comme Arienrhod procèdent à leurs propres changements. Est-ce que tu renoncerais à tout, après avoir été reine pendant cent cinquante ans ? Si tu pouvais mettre la main sur les archives officielles, je te parie tout ce que tu veux que chaque Reine des Neiges a tenté de conserver éternellement l'Hiver ici. Et elles ont toutes échoué. (Le sourire revint.) Toutes.

— Qu'est-ce que tu en sais, étranger ? riposta Tor, chassant ces propos d'un geste. Ce n'est pas ton monde. Elle n'est pas ta reine.

— Il l'est, maintenant.

Il leva les yeux mais il n'y avait que le plafond au-dessus de sa tête. Il se redressa, traînant ses jambes inutiles dans leurs cages d'acier, et tourna le dos à Tor.

— Et Arienrhod sera éternellement la reine de mon monde.

23

Le temps s'écoule à rebours. Moon était suspendue comme elle l'avait déjà été, dans le cocon entouré de contrôles au cœur du vaisseau. Tout était pareil, jusqu'à l'image tonnante de la Porte Noire sur l'écran devant eux. Comme si elle n'avait jamais franchi la Porte, comme si elle n'avait jamais mis le pied sur un autre monde, n'avait jamais été instruite aux sources du savoir sous la tutelle d'un inconnu, un devin qui n'avait pas le droit d'exister dans son univers à elle. Comme si elle n'avait jamais perdu cinq ans de sa vie en un seul moment fatal.

— Moon chérie...

Venant d'en haut, la voix d'Elsevier l'effleura en hésitant ; doucement pressante, pleine de tension contenue. L'invisible réseau du cocon avait déjà enveloppé Moon et elle ne pouvait relever la tête vers Elsevier ; elle avait déjà du mal à respirer ou peut-être était-ce sa tension qui se refermait autour d'elle. Elle ferma les yeux, sentit une vibration parcourir le vaisseau, rendant inévitable leur destruction, à moins qu'elle... Elle rouvrit les yeux pour affronter la redoutable face du jugement.

Mais la Porte Noire n'était pas le visage de la mort, simplement un phénomène astronomique, un trou dans l'espace creusé au commencement des temps, retombant sans cesse sur lui-même. La singularité de son cœur résidait dans une autre réalité, maintenant, dans le jour éternel qui, dans l'imagination de Moon, devait être le paradis pour les sombres anges des soleils mourants de cette nuit. Mais, autour de ce cœur inconnu, le tissu de l'espace se retournait comme un gant dans le tourbillon du puits de gravité du trou noir. Entre la réalité extérieure de l'univers qu'elle connaissait et la réalité intérieure de la singularité, il y avait une zone où l'infini était accessible, où l'espace et le temps changeaient de polarité, et il était possible d'y passer sans l'entrave des lois de l'espace-temps normal. Ces limbes étranges étaient criblés de trous de vers, de trous de shrapnells, lointaines cicatrices de la naissance explosive de l'univers, jonchés d'innombrables cadavres d'étoiles mortes. Avec les instruments et les connaissances indispensables, un vaisseau stellaire pouvait se glisser d'un coin à un autre de l'espace connu.

Même les vaisseaux du Vieil Empire, naviguant plus vite que la lumière, avaient utilisé la Porte, parce qu'ils ne pouvaient pas franchir instantanément des distances interstellaires. Et, maintenant, alors que la source la plus proche de l'élément rarissime nécessaire à ces déplacements hyperlumière se trouvait dans un système solaire situé à mille années-lumière de Kharemough, les engins ne pouvaient plus les franchir directement, même en plusieurs semaines ou mois. Ils n'y parviendraient pas avant le retour du vaisseau envoyé par Kharemough dans ce système, qui rapporterait le Nouveau Millénium.

Bien qu'il n'y eût qu'une fraction des radiations du trou noir visible sur l'écran, Moon ne pouvait rien distinguer de ce qu'il y avait au fond du cœur secret, parce que si la lumière tombait dans le trou, elle n'en ressortait plus jamais. L'incandescence aveuglante qu'elle voyait était une image figée à la limite de perception de cet univers. Tous les voyages, toutes choses qui étaient jamais passées par cette Porte — vaisseaux, poussière, vies — s'étalaient en traînée rouge sur l'horizon du temps, en hurlement de détresse retentissant dans tout le spectre électromagnétique et se répercutant à l'infini.

Moon répéta comme une prière la litanie de tout ce qu'elle avait appris. Elle croyait fermement que les devins étaient une vérité universelle, elle croyait à la science et à la sagesse du Vieil Empire, elle croyait que le Lieu Néant n'était pas le pays de la mort, qu'il n'était pas plus effrayant que les circuits inanimés d'un cerveau électronique.

Elle était destinée à faire cela, elle n'échouerait pas. Aucune porte n'était infranchissable, il n'existait pas de gouffre d'espace ou de temps qui ne pouvait être traversé, aucun abîme d'incompréhension ou de foi, tant qu'elle visait fermement son but. Elle fixa ses yeux sur l'écran, absorba l'image dans son être conscient. Elle prononça le mot qui venait enfin à ses lèvres avec une étrange familiarité : *Input*. Et elle plongea dans les ténèbres.

Stop analyse. Le cri de la sibylle, la fin du Transfert, résonna aux oreilles de Moon, de loin, volant sur des ailes d'or dans un tunnel en spirale dont l'autre extrémité se perdait dans le noir absolu. Et la voix ne se tut pas, elle émit des sons qui n'étaient pas des paroles, aigus, mélodieux... un chant. Elle porta les mains à sa bouche, les pressa — s'apercevant seulement alors qu'elle était libre de les bouger — les plaqua sur ses joues, stupéfaite par la sensation et par le silence. Elle s'apercevait maintenant avec une perception renaissante de l'intensité de ces sensations, des muscles tendus, des tendons mis à la torture par leur passage... Le passage ! Le Transfert était fini, fini !

Elle ouvrit les yeux tout grands, avide de lumière. Et la lumière la récompensa par un crescendo de clarté, inonda sa rétine en lui arrachant un cri de joie et de douleur. Clignant des yeux, entre ses doigts, en les humectant de larmes, elle découvrit la figure de Silky en suspens devant elle, comme un miroir déformant, l'opacité laiteuse de ses yeux assombrie par un indéchiffrable intérêt.

— Silky. (Aucun cocon ne les séparait.) Je croyais que j'allais voir la mort...

Elle se pinça, savoura sa propre substance. Dans l'infini du Lieu Néant, elle avait eu des hallucinations, comme avant, elle avait été consumée par ses terreurs les plus primitives. Privé de tous ses sens, son corps n'était qu'un vide ; chair, os, muscles, sang... âme. Et la mort était revenue dans un rêve de ténèbres plus profondes pour lui demander : *Qui possède ton corps de chair et de sang ?* Et elle avait chuchoté : « Toi. » *Qui est plus forte que la vie, la volonté, l'espoir, l'amour ?* « Toi. »

Et qui est plus forte que moi ?

D'une voix tremblante : « Je le suis. »

Et la mort s'était écartée pour la laisser passer...

Revenir par les tunnels en dehors du temps, dans la lumière du jour.

— Je suis la plus forte ! s'écria-t-elle avec un rire joyeux. Regarde-moi ! Je le *suis*... Moi ! Moi !

Les tentacules de Silky se cramponnèrent au tableau de commande entre eux, alors qu'elle détruisait leur équilibre précaire.

— Rien n'est impossible maintenant !

— Oui, ma chérie...

La voix d'Elsevier, au-dessus d'elle, lui fit lever les yeux. Elsevier planait, libérée aussi de son cocon mais pas encore entièrement libre de ses mouvements.

— Tu as retrouvé ton chemin. Que je suis heureuse !

En entendant la faiblesse de cette voix, le visage de Moon s'attrista.

— Elsie ?

Silky et elle s'élevèrent, comme des nageurs maladroits, en se détachant du panneau stabilisé, et retrouvèrent leur équilibre contre les commandes suspendues au-dessus de la tête d'Elsevier.

— Elsie ? Tu vas bien ?

— Oui, oui... très bien. Naturellement.

Elsevier fermait les yeux mais un filet d'humidité argenté coulait de chaque paupière. Elle écarta presque brutalement la main de Moon tendue vers elle. Moon ne sut pas si c'étaient des larmes de douleur ou de fierté, ou les deux. Peut-être ni l'un ni l'autre.

— Par ton courage, tu commences à voir les choses telles qu'elles sont. Maintenant, je dois trouver le courage de terminer ce que nous avons commencé.

Elsevier ouvrit les yeux et s'essuya la figure, comme si elle se réveillait d'un sombre rêve.

Moon baissa les yeux sur un océan d'espace, sur l'écran où aucune Porte ne se présentait maintenant devant eux, où l'on ne voyait que le scintillement rutilant de mille milliers d'étoiles dont faisaient partie les Jumeaux... le ciel familier de Tiamat.

— Le pire est passé, Elsie. Tout le reste sera facile.

Mais Elsevier ne répondit pas et Silky se contenta de la regarder en silence.

24

— Je voudrais bien ne pas avoir à te confier cette mission, BZ ; mais je l'ai remise aussi longtemps que j'ai pu.

A la fenêtre de son bureau, Jerusha regardait dehors le mur aveugle qui était tout son paysage. *Enfermée, enfermée...*

— Ça ne fait rien, commandant. (La voix de Gundhalinu, assis raide au garde-à-vous dans le fauteuil des visiteurs, lui réchauffa le dos.) A vrai dire, je suis heureux de quitter un peu Escarboucle. Certaines personnes ont été un peu trop dures avec les « tire-au-flanc »... ce sera un soulagement de respirer de l'air frais, même si ça me brûle les poumons. (En se retournant vers lui, elle vit son sourire rassurant.) Ils ne me gênent pas, commandant. Je sais que je fais mon travail... et je sais qui se sert de l'incompétence personnelle comme prétexte pour me faire mal voir. Mais je dois avouer que la compagnie d'inférieurs est lassante.

Elle sourit légèrement.

— Tu mérites un repos, BZ, les dieux le savent. Même si ce n'est que pour traquer des voleurs dans la toundra. (Elle vint s'appuyer sur son bureau, avec précaution pour ne pas déranger un monceau de papiers.) Je regrette simplement d'avoir à t'envoyer surveiller la sécurité de l'astroport, parce que je ne sais pas comment je vais me débrouiller ici, sans ton soutien.

Elle baissa les yeux, un peu hontense de l'avouer, mais elle lui était trop reconnaissante de son inébranlable loyauté pour ne pas le dire. Il rit et secoua la tête.

— Vous n'avez besoin de personne, commandant. Tant que vous conservez votre intégrité, ils ne peuvent vous toucher.

Ah, mais si... et ils s'y emploient, tous les jours. J'ai besoin de cet encouragement, comme la vie a besoin du soleil. Mais il ne pouvait le comprendre. Pourquoi n'était-elle pas née avec ce sentiment de suprême conscience de sa valeur, qui semblait inné chez tous les Kharemoughis ? Dieux, ce serait merveilleux de ne jamais avoir besoin de se tourner vers personne pour s'assurer que ce que l'on faisait était bien ! Même quand elle avait promu Gundhalinu inspecteur, il n'avait pas pensé un instant que c'était pour une autre raison que sa compétence d'officier de police.

— Enfin... ce n'est plus qu'une question de mois.

— Quelques mois à peine, avant que tout soit fini, commandant. Vienne le Millénaire ! Quelques mois seulement avant le Changement et nous pourrons abandonner cette misérable boule d'ordures et l'oublier jusqu'à la fin de nos jours !

— J'essaie de ne pas penser si loin... Un jour à la fois, voilà comment je prends les choses.

Distraitement, elle aligna une pile de pétitions. Gundhalinu se leva, le regard vaguement inquiet.

— Commandant... Si vous avez besoin de faire respecter vos ordres quand je serai parti, essayez Krai-Vieux. Il a une carapace dure mais au moins une moitié du cerveau qui fonctionne, et il pense que vous faites un travail honnête.

— Vraiment ? s'étonna-t-elle. (Krai-Vieux était un vétéran de la police, un des derniers qu'elle aurait cru capable de l'accepter volontiers.) Merci, BZ. C'est une consolation.

Elle sourit encore, avec effort.

— Eh bien, je devrais aller faire mes bagages, commandant... Prenez bien soin de vous, madame.

— Prends soin de toi, BZ.

Elle lui rendit son salut et il sortit du bureau. Elle eut le pressentiment déchirant qu'elle le voyait pour la dernière fois. *Assez ! Tu veux lui porter malheur ?* Elle chercha dans sa poche un paquet d'iestas, en contournant le bureau pour répondre à l'interphone.

25

Arienrhod était patiemment assise, les mains posées sur le marbre veiné du large bureau, alors que le dernier des solliciteurs de la journée, locaux ou d'extramonde, lui présentait ses propositions et exposait ses plans. Elle écoutait d'une oreille son massacre de la langue sans lui permettre de parler la sienne, qui devait être l'umik, de D'doille, pensait-elle. Elle connaissait l'umik, une des centaines d'autres langues et dialectes qu'elle avait appris au fil des ans, mais elle aimait forcer les extramondiens à s'exprimer dans sa langue à elle quand ils venaient briguer ses faveurs.

Le marchand continuait de débiter sa litanie de prix de revient du transport et de marges bénéficiaires de plus en plus invisibles. Elle le regardait sans le voir, songeant à l'interminable défilé d'autres gens comme lui, différents mais tous les mêmes. *Combien ?* Elle regretta soudain de ne pas en avoir tenu le compte. Cela donnerait au passé une proportion, un sens de l'absolu. Avec l'âge, tout devenait gris, gris de poussière, flou, absurde, inutile. Elle aurait aimé qu'on lui amène, ne serait-ce qu'une fois, un nouvel extramondien qui ne la regarderait pas en voyant une femme avant une souveraine, une barbare avant un chef d'Etat expérimenté...

— ... le temps de... euh, *sallak*... transit. Ça veut dire que je pourrais faire de bons bénéfices sur les sels, et c'est pourquoi je ne puis offrir que...

— Rectification, maître négociant, dit-elle en se penchant sur le bureau. Le temps de transit d'ici à Tsieh-pun est de cinq mois de moins que ce que vous prétendez, et par conséquent vous êtes exactement en sync avec leur cycle collodaire. Votre transport de sels de manganèse à Tsieh-pun est donc extrêmement lucratif.

Le marchand serra les dents. Arienrhod sourit ironiquement et fit sauter le disque de présentation de son lecteur de cassettes. Elle le lança et le laissa glisser sur le marbre vers les mains tendues de l'homme. Peut-être s'attendaient-ils à trouver en elle une femme naïve et faible, mais ils ne commettaient jamais deux fois cette erreur.

— Il faudrait bien que vous reveniez quand vous aurez refait vos calculs.

— Votre Majesté, je... (Il baissa la tête, craignant de la regarder dans les yeux ; il n'était qu'un vieux drôle arrogant, soudain remis à sa place.) Naturellement, vous avez raison, c'était stupide... euh, simple erreur. Je ne comprends pas comment j'ai pu la commettre. Les conditions que vous proposez seraient... acceptables, maintenant que je vois que je me suis trompé.

Elle sourit encore, sans chaleur.

— Quand vous aurez vu commettre autant d'« erreurs » que moi, maître négociant, vous apprendrez à moins en faire vous-même.

Elle se rappela ses lointains débuts, quand elle butait sur toutes les « erreurs » mensongères que les extramondiens lui débitaient, quand elle devait consulter ses Starbuck pour chaque décision, grande ou petite, importante ou obscure. Et les renseignements qu'elle achetait n'étaient pas toujours ceux qu'il lui fallait... Mais avec les mois, les années, les décennies, elle avait constaté le prix de ses erreurs ; elle n'avait jamais oublié les leçons apprises par expérience et les fautes n'étaient jamais répétées.

— Allons, puisque vous reconnaissez l'erreur de vos calculs, j'irai à l'encontre de mon jugement. Je vous confirme les accords de transport et d'échanges. En fait... (Elle attendit qu'il la regarde de nouveau en face, suspendu à ses paroles.) Maintenant que j'y pense, j'aurais peut-être une petite affaire supplémentaire pour vous. Pour notre bénéfice mutuel, naturellement. Je connais un négociant qui vient d'arriver et qui transporte un petit stock de ledoptra qu'il a l'intention de livrer à Samathe. *(Mais seulement en dernier recours.)* Le ledoptra se vendrait beaucoup plus cher à Tsieh-pun, vous savez. *(Il le sait aussi, mais il ne sait pas que vous êtes au port.)* Contre une commission raisonnable, je veux bien essayer de le persuader que vous serez heureux de le décharger de sa cargaison.

La cupidité apparut sur le visage du marchand, et aussi le doute.

— Je ne suis pas sûr d'avoir assez de stabilisateurs pour une cargaison aussi... *fragile,* Majesté.

— Vous en auriez si vous laissiez à Tiamat le système de bibliothèque informatisée que vous transportez à Tsieh-pun.

Il sursauta.

— Comment savez... Je veux dire... Euh, ce serait illégal.

Raison de plus pour qu'une telle ressource reste chez nous, où l'on en a vraiment besoin.

— Un accident. Un oubli. Ce sont des choses qui arrivent constamment aux marchandises expédiées à travers une galaxie. Cela vous est déjà arrivé, j'en suis sûre.

Elle insinuait plus qu'elle ne savait, en se fiant à sa figure. Il ne répondit pas mais une folle panique apparut au fond de ses yeux noirs.

Oui, je sais tout de vous... Il y a cent cinquante ans que je vois vos semblables...

— Le ledoptra est, de loin, la cargaison la plus rentable. Et quand vous arriverez à Tsieh-pun, quand l'erreur sera découverte, il sera trop tard pour y remédier, la Porte sera fermée. Vous voyez, c'est très simple. Même assez simple pour vous. Le profit... c'est tout ce qui compte, n'est-ce pas ?

Un profit de science pour l'Hiver ; un bénéfice qu'une fortune ne peut rapporter. Elle sourit secrètement en pensant à toutes les connaissances, à tous les bénéfices semblables qu'elle avait accumulés, de la même façon, durant de longues années, stockant discrètement de la technologie et des informations en prévision de la famine future.

Le négociant s'inclina, fouillant encore d'un regard furtif les recoins de la salle.

— Oui, Majesté. Puisque vous le dites.

— Alors je vais arranger cela. Vous pouvez disposer.

Il s'en alla, sans se le faire dire deux fois. Elle se pencha sur son magnétophone pour enregistrer des notes de référence. Quand elle releva les yeux, Starbuck se tenait sur le seuil, les yeux pleins d'admiration.

— Bien... Et c'est tout ?

Arienrhod s'adossa contre les coussins de son fauteuil de bureau, écoutant leur soupir familier alors qu'elle se balançait doucement.

— C'est tout ? répéta Starbuck avec un rire dépité. J'ai passé toute la journée dans la Rue à me casser le cul pour te plaire. Tu trouves que je ne t'apporte pas assez de rumeurs ? Est-ce que cette garce de Bleue n'a pas déjà plus d'ennuis qu'elle ne peut en affronter, sans lui en causer encore ? Est-ce que...

— Il n'est pas si loin, tu sais, le temps où cette question t'aurait fait écharper. (Arienrhod se pencha de nouveau, le menton dans les mains.) Sparks Marchalaube s'épanouissait sous mon sourire et frémissait sous mon déplaisir. Si j'avais dit « C'est tout ? », il serait tombé à genoux et m'aurait imploré de lui confier une autre mission, n'importe quoi, rien que pour me rendre heureuse.

Elle faisait une moue boudeuse mais les mots coupaient comme des rasoirs et la déchiraient.

— Et pendant longtemps, tu t'es moquée de moi en me traitant de poire !

Les poings gantés de Starbuck étaient plantés sur ses hanches mais elle ne réagit pas au défi, elle laissa les mots accomplir leur œuvre ; et au bout d'un moment, il baissa les bras et les yeux.

— Je suis ce que tu voulais que je sois, marmonna-t-il. Je regrette que ça ne te plaise pas.

Oui... et moi donc ! Naguère, en le regardant, elle retrouvait la chaleur d'un été enfui. Mais il avait oublié l'Eté, elle ne voyait plus de passé dans ses yeux verts changeants, ni le sien ni celui de Starbuck. Seulement son propre reflet : la Reine des Neiges, éternel Hiver. *Pourquoi faut-il que je sois toujours trop forte pour eux ? Toujours trop forte... Qu'on m'envoie quelqu'un que je ne puisse pas détruire.*

— Tu ne le regrettes pas ? Tu ne regrettes pas d'avoir laissé cela arriver, de m'avoir fait Starbuck ? Est-ce que je n'ai pas réussi la mission ?

Il ne défiait plus.

— Non, je ne regrette rien. C'était inévitable.

Mais je regrette que cela ait été inévitable... Elle trouva un sourire, une réponse au garçon incertain qui perçait.

— Et tu as très bien agi. *(Trop bien.)* Ote ton masque, Starbuck.

Il enleva son casque noir et le tint sous son bras. Elle sourit à la vue des cheveux flamboyants, à la belle tête inchangée, au visage frais et jeune... Non, pas vraiment inchangé. Plus maintenant. Pas plus qu'elle ne l'était elle-même. Ses yeux cessèrent de sourire, ses lèvres ensuite. Ils se dévisagèrent en silence, pendant un long moment.

Il se dégagea enfin, s'étira, prit une pose d'une grâce féline consciente.

— Tu permets que je prenne un siège ? La journée a été longue.

— Je t'en prie, assieds-toi. Je suis sûre que ce doit être énervant de se vautrer jour après jour dans la dépravation aussi consciencieusement que toi.

Il fronça les sourcils en prenant un des fauteuils ailés dans l'oasis d'intimité entre le bureau et la porte, entre elle et lui.

— C'est d'un ennui mortel ! s'exclama-t-il. Chaque minute me semble durer un an, tout m'ennuie quand je suis loin de toi.

Il se laissa retomber en arrière, agité, sans espoir, en jouant avec la médaille d'extramonde pendue dans l'échancrure de sa chemise de soie.

— Ça ne devrait pas être un tel ennui de causer du tort à la Bleue... à cette femme qui nous a fait perdre Moon.

Elle forçait sa voix à rester froide, indifférente, elle aiguisait son émotion comme une arme pour punir... *qui ?* Il haussa les épaules.

— Ça m'amuserait davantage si je constatais des résultats. Elle est toujours au sommet.

— Naturellement ! Et elle y restera jusqu'à l'amère et horrible fin. Et chaque jour de ce qui aurait dû être une douce victoire, elle le passera en marchant pieds nus sur du verre pilé... Reste ici au palais, demain, et je te laisserai l'observer.

— Non, dit-il en baissant brusquement les yeux sur ses

pieds ; elle vit avec surprise qu'il rougissait. Non, je ne veux pas voir ça, après tout.

Il tâtonna sur son ceinturon incrusté de pierreries, cherchant quelque chose qui n'y était pas, qui n'y était plus depuis longtemps.

— Comme tu veux. Si tu sais ce que tu veux ! dit-elle, mi-critique, mi-inquiète, mais il ne réagit pas, alors elle poursuivit : Je dois dire que Pala-Thion a tenu le coup plus obstinément que je ne m'y attendais. Fragile comme elle est, j'aurais pensé qu'elle aurait déjà quelques profondes fêlures. Elle doit être soutenue par quelqu'un.

— Gundhalinu. Un des inspecteurs. Les autres le détestent à cause de ça mais il s'en fiche, parce qu'il se croit meilleur qu'eux.

— Gundhalinu ? Ah oui... (Arienrhod regarda son magnétophone.) Je n'oublierai pas. Et il y a un autre extramondien, Ngenet, qui a une plantation dans l'intérieur, le long de la côte. Il paraît qu'elle est allée le voir là-bas. Une amitié aux racines douteuses...

Elle lissa ses cheveux en contemplant la fresque derrière Starbuck, la sombre blancheur d'une tempête d'hiver descendant des pics couverts de glace, cachant la vallée et le monde alentour.

— Sa plantation n'a jamais été moissonnée, n'est-ce pas ?

Starbuck se redressa.

— Non. C'est un extramondien. Je croyais que nous ne pouvions pas, à moins...

— C'est exact. Et il paraît qu'il l'interdit formellement ; il est hostile à tout le projet. Alors qu'arriverait-il, je me demande, si tu chassais sur ses réserves et si Pala-Thion ne pouvait pas te punir ?

Il rit, ne montrant plus rien de son ancienne répugnance.

— Une bonne chasse. Et la fin d'un roman ?

— D'une pierre deux coups. La Chasse finale nous rapportera des âmes.

— La Chasse finale... (Starbuck s'adossa dans le coin du fauteuil, les mains jointes.) Tu sais, j'ai entendu quelque chose d'intéressant, dans la Rue. Il paraît que la

Source a reçu une visiteuse à minuit l'autre soir. J'ai entendu dire que c'était toi. Et le bruit court que tu ne tiens pas encore à voir venir la fin de l'Hiver... Qu'est-ce que tu dis de mon oreille ?

— Elle est excellente.

Elle hocha la tête, écoutant le silence qui leur tenait compagnie. Surprise, oui, mais rien qu'un peu. Elle connaissait les sources de renseignement de Sparks, elle savait qu'il employait Persiponë pour utiliser Herne. Elle approuvait même son esprit de ressource. Elle s'étonnait simplement un peu que ses intentions soient aussi évidentes pour tout le monde et se promit de surveiller Persiponë de plus près.

— Eh bien ? demanda Starbuck en appuyant ses mains sur ses genoux. Tu allais m'en parler ? Ou tu voulais me laisser continuer de croire que nous irions tous les deux dans la mer au prochain Festival ?

— Oh ! je te l'aurais dit... un jour. Mais j'aimais assez t'entendre jurer que tu ne voulais pas, ne pouvais pas vivre sans moi... mon plus cher amour.

En quatre mots inattendus, jaillis de son cœur, elle doucha la colère de Starbuck. Il se leva, traversa la salle, contourna la courbe bordée d'argent du bureau, mais elle leva les mains pour le repousser, avec une calme insistance.

— Ecoute-moi d'abord. Puisque tu l'as demandé, je veux que tu le saches. Je n'ai aucune intention de marcher humblement au sacrifice, de voir tout ce que j'ai fait de ce monde jeté à la mer après moi. Je ne l'ai jamais voulu. Cette fois, par tous les dieux qui n'ont jamais eu leur place ici, ce monde ne retombera pas dans l'ignorance et la stagnation quand les extramondiens s'en iront !

— Que peux-tu faire pour l'empêcher ? Quand les extramondiens partiront, nous perdrons notre soutien, notre base de pouvoir. (Il plut à Arienrhod d'entendre ce serment inconscient d'allégeance.) Ils s'en assureront. Et ensuite, nous ne pourrons pas repousser l'Eté, pas plus que nous ne pouvons repousser les saisons. Ce sera de nouveau le monde des Etésiens.

— Tu as subi un lavage de cerveau, affirma-t-elle,

indiquant d'une main lourde de bagues la ville au-delà des murs. Les Etésiens se réuniront ici en ville pour le Festival, ici sur notre territoire. Il nous suffit d'avoir quelque chose qui les prendra par surprise, une épidémie. Une maladie contre laquelle les Hiverniens sont heureusement immunisés, grâce aux miracles de la médecine d'extramonde.

Starbuck grimaça.

— Tu veux dire... Tu pourrais faire ça ? Est-ce...

— Oui, deux fois oui ! Es-tu donc encore tellement lié par ces superstitions de barbares ignorants que tu ne voudrais pas sacrifier quelques Etésiens pour l'avenir de ce monde ? Ils font le jeu des extramondiens, il y a une conspiration entre eux pour nous opprimer, nous, les Hiverniens qui voulons faire de ce monde un allié libre au sein de l'Hégémonie. Et ils ont réussi, pendant un millénaire ! Tu veux qu'ils continuent éternellement ? Est-ce qu'il n'est pas grand temps que notre tour vienne ?

— Si, mais...

— Mais rien. Les extramondiens, les Etésiens... qu'ont-ils fait pour toi, les uns ou les autres, à part te trahir, t'abandonner !

Elle regarda les mots agir, dans les sombres recoins de l'âme qu'elle avait si totalement sondée.

— Rien, murmura-t-il, la bouche pincée en lame de couteau. Tu as raison... Ils l'ont mérité, pour tout ce qu'ils ont fait. (Ses mains se refermèrent sur sa ceinture, des griffes pénétrant dans la chair.) Mais comment peux-tu organiser une chose pareille à l'insu des Bleus ?

— La Source s'en occupera. Il m'a déjà organisé d'autres accidents et coups du sort, même celui qui est arrivé au précédent commandant de la police, révéla-t-elle et Starbuck ouvrit de grands yeux. Ceci sera sur une plus grande échelle ; mais, en échange du produit total de ta Chasse finale, je suis sûre qu'il veillera à ce que ce soit bien fait. C'est un homme d'honneur, dans son genre.

— Mais il faudra que ça se passe avant que les derniers vaisseaux partent. Est-ce que les Bleus ne...

— Avec le Premier ministre ici, et la Porte qui se ferme ? Ils fuiront, ils nous laisseront en plein chaos, en pensant que, sans eux, nous finirons quand même au fond de la mer. Je les connais... Je les ai étudiés pendant un siècle et demi.

Il laissa sa résistance s'échapper dans un soupir.

— Tu les connais mieux qu'ils ne se connaissent eux-mêmes.

— Je connais tout de cette façon, dit-elle en se levant, se laissant enlacer par les bras musclés. Même toi.

— Surtout moi, souffla-t-il dans son cou, sur sa gorge. Arienrhod... tu as mon corps. Je te donnerais mon âme, si tu la voulais.

Elle pressa un bouton sur le bureau, qui ouvrit la porte d'une pièce plus appropriée, tout en pensant avec tristesse : *Je l'ai déjà, mon amour.*

26

— J'ai des corps tièdes, indiqués par ici quelque part, annonça le pilote, Tier-Pardée, émergeant avec une rare animation de son silence maussade. Ça me paraît bon pour des humains. Le long de cette fissure sur la gauche, il y a un couvert de broussailles.

— Motorisés ?

Gundhalinu fourra son roman du Vieil Empire dans la poche de sa lourde capote et se pencha, le harnais de l'engin de patrouille tirant sur son cou. *Enfin, de l'action...* Il regarda par le pare-brise, cherchant avec des yeux humains inadéquats une trace de ce que voyait leur matériel omnivoyant. Il y avait un jour et demi qu'ils traquaient cette bande de voleurs, depuis le raid sur l'astroport. Au départ, la piste était brouillée, mais elle était devenue de plus en plus fraîche. La liste d'objets volés comprenait une caisse de lance-rayons lourds appartenant à la police ; il se demandait comment ils avaient fait pour avoir accès à ça. Les nomades étaient rarement bien armés, c'était pourquoi ils comptaient pour leurs attaques sur la ruse et évitaient les affrontements. Mais ils étaient aussi dépourvus de pitié et de subtilité que le sinistre territoire noir et blanc qui les abritait. Ils avaient tué presque négligemment la poignée d'extramondiens qui étaient intervenus. Gundhalinu entendait bien assurer que leur acquisition ne changeât pas leurs méthodes.

Il baissa de nouveau les yeux sur l'imprimante pour faire ses propres évaluations, tandis que Tier-Pardée s'écriait :

— Oui, chef ! On les a enfin épinglés, ils ont des glisseurs des neiges, là-dessous. Je m'en vais faire du rase-mottes et leur flanquer la colique ! Après ça, nous ne devrions pas avoir de mal à cueillir les salopards, pas vrai, inspecteur ?

Gundhalinu ouvrit la bouche pour une réponse sceptique mais, à ce moment, ses yeux tombèrent sur les indications suivantes de l'ordinateur, à l'instant où le rouge s'allumait... alerte rouge !

— Tirez-nous d'ici en vitesse, nom des dieux !

Il allongea le bras devant Tier-Pardée ahuri et trop lent et ramena le manche à balai pour une montée en chandelle. Il sentit les commandes trembler et résister.

— Allez, bons dieux...

— Inspecteur, qu'est-ce qui...

Tier-Pardée n'acheva pas sa phrase. La foudre d'énergie invisible les frappa par en dessous et les projeta hors du ciel.

Gundhalinu eut une brève impression tourbillonnante noire, blanche et bleue qui se photo-imprima définitivement dans son cerveau, la chute libre vertigineuse le fit tourner comme une roue de loterie avant que les stabilisateurs de l'engin se réintègrent et mettent fin au tournoiement de cauchemar. Mais pas à la chute... ils étaient morts dans le ciel, ils tombaient comme une pierre dans une plongeon silencieux qui se terminerait par leur mort au sol. Il tendit instinctivement la main vers le bouton de redémarrage, appuya encore, encore, jusqu'à ce que son esprit engourdi reconnaisse enfin la raison de ce manque de réaction : le lance-rayons avait fondu le capot du moteur et il n'y avait rien à faire. *Rien*... Tier-Pardée restait assis la bouche ouverte, comme un mannequin de plastique, émettant un son que l'inspecteur prit d'abord pour un rire. Le ciel disparut, il vit la surface moutonneuse de la neige, les crocs noirs de la falaise nue bondirent vers eux...

Ils frappèrent la neige avant la paroi rocheuse et cela les sauva. Elle les enveloppa dans un coussin d'un blanc éblouissant, en amortissant l'impact qui projeta quand même Gundhalinu en avant, si violemment que son casque se cabossa sur le pare-brise souple.

Pendant un long moment, il resta sans bouger, écoutant des cloches, incapable de voir et même de parler. Il savait qu'il avait quelque chose d'important à dire, un avertissement... mais cela n'arrivait pas à se formuler sur sa langue ni même dans sa tête. La cabine lui paraissait étouffante, ce qu'il trouva bizarre puisqu'ils étaient enterrés dans la neige. *Enterrés. Enterrés. Morts et... ?* Il ferma les yeux. Quelque chose empestait. Il avait mal aux yeux... L'air. L'air sentait mauvais, sentait l'enterre... sentait le brûlé.

Ses yeux larmoyaient ; il les ouvrit. La matière isolante qui brûlait. C'était ça. L'avalanche fondait, glissait sur les hublots.

— Pardée. Surcharge. Sors de là.

Les mots étaient inintelligibles, même pour lui. Il secoua Tier-Pardée mais les yeux de l'agent restèrent fermés et, suspendu contre son harnais, il ne bougeait pas. Gundhalinu se débattit avec les boucles de ses sangles et finit par se libérer. Il essaya d'ouvrir la porte ; elle était toujours bloquée par la neige. Il frappa des poings en vain et chaque coup déclenchait dans tous ses os de douloureuses vibrations. Enfin il se coinça en biais et poussa avec les pieds, de toutes ses forces revenues et de toute sa frayeur. La porte commença à céder, centimètre par centimètre jusqu'à ce qu'elle s'ouvre enfin d'un seul coup en le faisant presque tomber dans la neige.

Il se retrouva à genoux dans la boue glacée, sous l'effet du choc, de l'assaut pénible de la chaleur et du froid. Il se hissa sur le côté du vaisseau, força ses jambes en caoutchouc à se raidir et à le soutenir, protégeant du vent la sinistre chaleur du moteur atteignant son point critique. Il fallait qu'il sorte Tier-Pardée de là, qu'il le traîne aussi loin que possible avant que le patrouilleur se transforme en étoile.

Il se pencha dans la cabine, mais quelque chose s'accrocha à son col et le tira en arrière dans la neige. Pas des cloches, cette fois, mais l'horrible musique d'un rire humain se répercutant contre la paroi rocheuse ; horrible parce qu'il savait qu'il en faisait les frais. Il roula sur lui-même, se hissa sur les genoux face à ses tortionnaires et vit, sans la moindre surprise, les guêtres et les parkas blancs, une demi-douzaine de figures pâles, amorphes à demi masquées par des lunettes de bois fendues, comme les yeux globuleux d'une espèce d'insectoïdes. Mais c'étaient bien des hommes, des Hiverniens nomades, des bergers de pfallas rendus larrons par l'occasion, qui avaient troqué leur costume traditionnel aux couleurs vives pour le camouflage des commandos arctiques. Un coup dans le dos mit fin à son examen et le jeta à plat ventre. Quelqu'un le fit rouler sur le côté et le désarma promptement. Un barbu poussa un cri triomphant en brandissant comme un trophée son paralyseur.

Gundhalinu se redressa, essuya sa figure, oublia l'indignité de sa position dans l'urgence de la réalité.

— Tout ça va exploser ! cria-t-il en gesticulant, ne sachant pas s'ils comprenaient bien. Aidez-moi à le sortir de là, il n'y a plus beaucoup de temps !

Il se releva, soulagé d'entendre le murmure de consternation du groupe, et se dirigea vers l'engin de patrouille, mais un autre nomade l'avait précédé ; l'homme se retourna, armé du paralyseur de Tier-Pardée, en riant avec satisfaction.

— Bon à rien, celui-là, c'est tout ce que j'ai trouvé. Fait trop chaud là-dedans, laissez tomber. (Le canon de l'arme se braqua soudain sur la poitrine de Gundhalinu.) Zap, t'es paralysé, Bleu !

Un rire aigu d'adolescent s'échappa de la gorge de l'homme emmitouflé. Gundhalinu s'immobilisa et regarda au-delà du gosse et du canon fileté du paralyseur.

— Il n'est pas mort ! Il est blessé. Il est vivant ! Nous devons le sortir de là...

Son haleine s'élevait, toute blanche, devant lui. Mais l'homme qui l'avait désarmé et un autre lui saisirent les bras, sur un ordre bref. Ils le traînèrent loin de l'engin. Le gosse marchait fièrement derrière eux, sur des raquettes comme les autres, en s'esclaffant chaque fois que son pied brisait la croûte de neige et pataugeait dans la boue.

— Non ! Vous ne pouvez pas faire ça ! Il est vivant, bons dieux, il va être brûlé vif !

— Alors, sois content de regarder et de ne pas être à sa place !

Ils le forcèrent à les accompagner jusqu'à un éboulis de rochers où ils avaient caché leurs glisseurs des neiges. Là, ils s'arrêtèrent et se retournèrent, en s'accroupissant pour regarder. Les deux hommes qui maintenaient ses bras le firent se retourner avec les autres. Il vit le patrouilleur émerger complètement de la neige fondue et une rougeur incandescente s'étaler lentement sur le fuselage cabossé. Il releva la tête, emplit ses yeux du bleu du ciel et pria les dieux de huit mondes différents que Tier-Pardée ne sache pas ce qui lui arrivait.

Mais le ciel était vide et, dans le grand silence blanc du monde d'Hiver gelé, un soleil éblouissant l'aveugla et l'explosion qui suivit oblitéra tous ses autres sens.

Il reprit connaissance péniblement, tout le corps douloureux ; il était adossé contre un rocher et les nomades allaient et venaient en marmonnant, en regardant derrière lui avec une sorte de crainte. L'un d'eux rit nerveusement. La mémoire revint à Gundhalinu, il se rappela pourquoi ils riaient... Il se pencha et vomit dans la neige piétinée.

— Ils t'envoient pour nous tuer et tu ne peux même pas supporter de voir la mort !

Un des nomades s'approcha et lui cracha dessus. Le crachat tomba sur le tissu épais de son uniforme et il le regarda se congeler. Il leva les yeux, sentant l'air froid lui brûler les poumons, honteux de s'être fait cracher dessus par une barbare, une vieille sorcière quadrillée de rides, qui n'était pas digne de toucher le plus inférieur des Inclassés de Kharemough.

Il se hissa sur le rocher, ankylosé et gelé, et se mit

debout pour la toiser de haut. D'une voix furieuse, cassante, il cria :

— Vous êtes tous en état d'arrestation, pour meurtre et vol. Vous retournerez avec moi à l'astroport pour y être écroués.

En entendant lui-même ses mots, il ne put croire qu'il les avait vraiment prononcés. La vieille le regardait avec stupeur. Puis elle éclata d'un rire gras, obscène, en serrant ses bras autour d'elle. Le reste de la bande commença à se refermer autour de lui, sans plus s'intéresser à leur première victime puisqu'elle n'existait plus.

— Vous l'avez entendu ? s'exclama la vieille en levant vers lui une griffe arthritique. Vous avez entendu ce que nous a dit ce pleurard d'étranger à la peau sale ? Il croit qu'on est en état d'arrestation ! Qu'est-ce que vous dites de ça ?

— Faut qu'il soit fou, dit un des hommes en riant.

Gundhalinu avait l'impression qu'il y avait trois hommes et une autre femme, il devinait que l'adolescent était une fille aussi, mais il n'en était pas sûr. Ce foutu monde mettait sens dessus dessous le comportement civilisé, au point qu'il ne pouvait plus rien juger d'après ses propres normes.

Mais il y avait une chose qu'il comprenait assez clairement : il ne se tirerait pas de là vivant. Ils allaient le tuer. L'idée lui donna le vertige ; il s'adossa contre la pierre, les regarda relever leurs lunettes sur le front pour mieux l'examiner et ne vit aucune pitié dans les yeux couleur de ciel, aux cils pâles. L'un d'eux vint tâter la manche de sa capote ; il lui arracha vivement son bras.

— Qu'est-ce qu'on va faire de celui-là, hein ? (Le gosse jouait des coudes, pour mieux voir.) Je peux l'avoir ? Oh oui, donnez-le-moi ! Tu me le donnes, Man ?

Le paralyseur était de nouveau pointé sur lui ; il comprit qu'elle s'adressait à la vieille.

— Pour ma collection.

Il eut soudain la vision de sa tête mutilée plantée sur une perche, comme une pièce de viande dans un macabre frigo de charnier. Son estomac se révulsa encore une fois ; il plaqua sa langue contre son palais. *Dieux !... Ah, dieux, pas comme ça ! Si je dois mourir, que ce soit propre... que ce soit rapide.*

— Tais-toi, sale gosse, grogna la vieille et la fille lui fit une grimace, derrière son dos.

— Moi je dis qu'il faut le tuer tout de suite, shaman, dit l'autre femme. Le tuer salement. Comme ça, les autres étrangers auront peur de revenir ici.

— Si vous me tuez, ils ne cesseront jamais de venir vous traquer ! (Gundhalinu fit un pas et vit deux couteaux jaillir de fourreaux cachés.) Vous ne pouvez pas assassiner un inspecteur de police et espérer vous en tirer. Ils ne cesseront jamais, jusqu'à ce qu'ils vous mettent la main dessus.

Il savait qu'il ne parlait que pour se rassurer parce que ce n'était pas vrai. Il sentit la faiblesse du mensonge, comprit que les autres la sentaient aussi. Il se mit à grelotter.

— Et qui va savoir ce qui s'est passé, hein ? fit la vieille sorcière en riant, en montrant des dents parfaites, aussi blanches que la neige et il se demanda, bêtement, si elles étaient fausses. Nous allons jeter ton cadavre dans une crevasse et la glace moudra tes os. Même tes dieux ne sauront jamais où tu es !

Brusquement, elle ramena l'objet pendant dans son dos et l'enfonça dans la poitrine de Gundhalinu, en le repoussant contre le rocher et en lui arrachant un grognement de surprise.

— Vous vous figurez que vous pouvez nous traquer éternellement sur notre propre territoire, étranger ? Je suis la Mère. La terre est mon amant, les rochers, les animaux et les oiseaux sont mes enfants. Ils me parlent, je connais leur langage. Ils me disent comment chasser un chasseur. Et ils veulent un sacrifice, ils veulent une offrande.

L'opacité de sa folie transformait ses yeux en porcelaine. Gundhalinu regarda le long tube de métal brillant qui le clouait à la pierre et reconnut une torche d'ordonnance à électrons avant que des larmes lui brouillent la vue. Il se redressa avec une dignité rigide en maîtrisant par un effort de volonté ses défaillances physiques. La vieille sorcière recula lentement. Les autres aussi, hors de portée du choc en retour, le laissant seul dans un cercle de neige. Il avait mal à la bouche, à la gorge, aux poumons. Chaque aspiration d'air glacé risquait d'être la dernière mais il ne revoyait pas repasser toute sa vie devant ses yeux, il n'avait aucune profonde révélation d'une vérité universelle... au dernier instant il n'y avait rien, rien du tout...

La vieille femme leva la torche, pressa la détente.

Gundhalinu vacilla sous le choc du coup qui ne le frappait pas ; il rouvrit les yeux qu'il ne se souvenait pas d'avoir fermés, il vit la vieille presser la détente, avec acharnement, sans aucun résultat. Elle marmonnait avec rage, elle secouait l'arme ; des jurons de dépit montaient du cercle de spectateurs avides.

Gundhalinu s'avança d'un pas mal assuré, en tendant les mains.

— Donne... je vais te l'arranger.

De la stupéfaction apparut dans les yeux bleus délavés ; elle mit sa torche hors de portée. Il attendit patiemment, les mains tendues, ouvertes.

— C'est enrayé. Ça arrive tout le temps. Je peux l'arranger, si tu me laisses faire.

Elle fronça les sourcils mais son expression se modifia encore une fois, subtilement, et elle fit un petit signe de tête. Il sentait deux paralyseurs braqués sur lui, il était certain qu'aucune tentative d'évasion ne réussirait. Elle lui fourra la torche entre les mains.

— Arrange-le, alors, si tu es si pressé de mourir, dit-elle sur un ton laissant entendre qu'elle le croyait devenu fou, et il se demanda si elle n'avait pas raison.

Il s'accroupit, se mit à genoux dans la neige et plaça la torche en travers de sa cuisse. Otant ses gants, il décrocha de sa ceinture sa trousse à outils et y prit une tige magnétisée, fine comme un cheveu, qu'il introduisit dans le mécanisme caché avec une paisible assurance. Ses mains moites collaient au métal glacé mais il s'en apercevait à peine. En tâtonnant par des sentiers inconnus, il arriva enfin au carrefour crucial et sépara les deux éléments qui s'étaient coincés. Avec précaution, il retira la sonde, heureux que le problème ait bien été celui qu'il pensait. Après avoir rangé la sonde, en se demandant pourquoi il prenait cette peine, il tendit la torche à la vieille impassible.

— Ça devrait marcher, maintenant. Vous avez tort, tous, de voler des jouets dont vous ne savez pas prendre soin.

Elle lui arracha la torche des mains, emportant une couche d'épiderme. Il grimaça mais ses mains étaient en bois, engourdies, déjà inutiles. Comme sa figure, son cerveau. Il se releva en laissant tomber les gants à ses pieds. Il avait enfin prouvé sa supériorité sur ces sauvages, maintenant il pourrait au moins mourir proprement, honorablement, exécuté par une arme supérieure.

Mais, cette fois, elle ne pointa pas la torche sur lui. Elle se retourna pour viser quelques petits sapins rabougris au pied de la falaise. Elle tira. Il entendit le crépitement électrique du rayon et un léger bruit d'explosion quand un arbuste solitaire se mit à flamber. Des cris d'approbation s'élevèrent autour de lui et la soif de mort reparut sur toutes ces figures sans pitié. La vieille femme s'approcha de lui.

— Tu as bien travaillé, étranger, dit-elle avec un sourire glacial.

Du coin de l'œil, il observait l'arbre en flammes. La fumée montait le long de la paroi, il sentait l'odeur particulière du feu de bois. Mais la chair humaine brûlée avait la même odeur que n'importe quelle viande grillée...

— Je suis un Kharemoughi. Je sais réparer les yeux fermés n'importe quel matériel. C'est ce qui fait de nous autre chose que de simples animaux.

— Mais tu mourras tout comme nous, étranger. Tu as vraiment envie de mourir ?

— Je suis prêt à mourir.

Il se redressa de toute sa taille ; son corps tout entier lui semblait appartenir à quelqu'un d'autre.

Elle leva la torche dont le poids fit un peu trembler ses bras. Sa main se crispa autour de la détente, ses yeux sondèrent l'expression de Gundhalinu ; elle voulait le voir craquer, implorer grâce, mais il aimait mieux mourir que leur donner cette satisfaction... Et il savait d'ailleurs qu'il mourrait quand même.

— Tue-le ! Tue-le !

Les voix impatientes s'élevaient. Il jeta un coup d'œil au cercle de brutes, vit sur le visage de l'adolescente une expression qu'il ne put définir.

— Non, dit la vieille en abaissant la torche, avec un sourire hideux. Non, nous ne le tuerons pas, nous allons le garder. Il réparera le matériel que nous volons à son peuple de l'astroport.

— Il est dangereux, shaman ! protesta un des hommes furieux. Nous n'avons pas besoin de lui.

— J'ai dit qu'il vivrait ! cria la sorcière. Il veut mourir. Regardez-le ! Un homme qui n'a pas peur de mourir est fou et ça porte malheur de tuer un fou.

Elle lui souriait toujours, l'air moqueur.

Gundhalinu sentit son engourdissement magique se dissiper quand il comprit enfin. Ils n'allaient pas lui accorder une mort propre. Ils feraient de lui leur esclave... Il se jeta sur la vieille.

— Non, espèce de répugnants animaux ! Tuez-moi, bons dieux ! Je ne...

Elle leva la torche et le frappa en pleine figure avec le tube. Il tomba dans une congère, du sang lui brûlant la peau, la douleur tournant dans sa tête comme un hurlement. Il cracha dans la neige du sang et une dent et gémit dans ses mains gelées tandis que les nomades s'écartaient de lui. Il entendit la vieille donner des ordres mais n'écouta pas les mots ; il s'en fichait, tout lui était égal.

— Tiens, mets tes gants... abruti.

L'adolescente était devant lui, les agitait sous son nez. Il recula, essaya d'ignorer sa présence et ramassa une poignée de neige pour la mettre dans sa bouche déchirée.

— Bleu ! (Cette fois, c'était le paralyseur de Tier-Pardée qui se pointait sur sa figure.) Tu ferais mieux de m'écouter, Bleu !

Elle lui jeta les gants sur les genoux. Il les enfila lentement, sur des doigts dépourvus de sensations, glacés par le sang. L'idée d'être assommé, traîné vers un glisseur et jeté dedans comme une caisse de pièces détachées était insoutenable. Il se dit qu'il devait se comporter avec toute la dignité possible, jusqu'à ce qu'il trouve comment échapper à ce cauchemar... un moyen, n'importe lequel.

Quelque chose tomba sur son casque, lui glissa sur la figure comme un serpent et se posa autour de son cou. Surpris, il leva les yeux et le nœud coulant se resserra. La fille rit de son expression, l'autre bout de la corde enroulé autour de sa main gantée. Elle la laissa pendre plus mollement, planta ses poings sur ses hanches, l'air arrogant.

— Bon garçon. Man dit qu'elle veut tes mains. Mais elle dit que tout le reste est pour moi, pour mon zoo. (Elle abaissa ses grosses lunettes, cachant à moitié sa figure osseuse.) Mon petit Bleu ! Allez, viens, Bleu ! Et plus vite que ça !

Elle rit encore et tira brusquement sur la corde. Gundhalinu se releva précipitamment, pour la suivre en enfonçant dans la neige, jusqu'aux glisseurs. Ils ne l'avaient pas tué mais il était quand même un homme mort, parce que dans cet instant son monde avait touché à sa fin.

27

Tendue sur son accoudoir, Moon se pencha au-delà du siège moulé d'Elsevier, pour regarder par le hublot du LB. Tiamat apparaissait comme une lune qui se lève, mais infiniment plus belle que dans son souvenir. Chez elle... elle rentrait chez elle et elle avait du mal à ne pas croire que le temps s'était retourné sur lui-même : qu'elle allait tout retrouver comme avant, mieux qu'avant, quand ce cercle bleu nimbé de nuages grandirait et se remplirait de nouveau de la mer infinie. Mais même si ce n'était plus le monde qu'elle avait perdu, elle savait maintenant qu'elle trouverait le moyen de le rendre à son état normal.

— Ecrans verts ?

— Oui.

Elle écouta les questions murmurées d'Elsevier, les réponses laconique de Silky, le rythme réconfortant d'un rite répété d'innombrables fois déjà. Cette entrée dans l'atmosphère de Tiamat n'était ni aussi pénible ni aussi terrifiante que l'avait été leur départ ; elle avait maintenant l'impression qu'une autre avait fait ce voyage de l'aller. Elle n'écoutait que d'une oreille, l'autre partie de son esprit vagabondait du passé dans l'avenir, en éludant l'incertitude du périlleux présent. Rien ne pouvait mal tourner maintenant, tout irait bien. Elle avait franchi la Porte Noire, c'était son destin.

Mais Elsevier avait prévenu par radio un Ngenet incrédule, avant qu'ils ne quittent leur orbite, et avait appris qu'il ne pouvait plus aller au rendez-vous de Shotover Bay, qu'il avait perdu son aéroglisseur depuis cinq ans, après leur dernier rendez-vous manqué. Cette fois, ils devraient prendre le risque plus grand d'approcher de sa plantation, sur la côte au sud d'Escarboucle ; il n'y avait personne d'autre à qui Elsevier se fiait pour leur atterrissage.

Elsevier se... fanait. C'était le seul mot que trouvait Moon pour définir la subtile métamorphose à laquelle elle assistait depuis qu'ils avaient franchi la Porte. Elle avait voulu savoir ce qui n'allait pas, mais Elsevier refusait de répondre ; sans aucune diminution de sa tendresse, elle se repliait sur elle-même et excluait Moon.

Moon en était restée peinée et perplexe, jusqu'à ce que les Jumeaux apparaissent sur l'écran. Elle comprit alors, enfin, ce qu'Elsevier attendait, prévoyait ; la fin qui viendrait en même temps que le nouveau commencement de Moon. La séparation finale de la vie qu'elle avait connue, du vaisseau contenant tant de souvenirs doux-amers. La séparation finale d'une fille adoptive qui aurait pu lui offrir une vie nouvelle, en remplacement de celle qu'elle abandonnait, mais qui ne lui laissait qu'une plus grande perte à supporter.

Un vaste océan de nuages leur cachait maintenant la mer, alors qu'ils perdaient de l'altitude et plongeaient dans le saphir de la haute atmosphère. Bientôt... bientôt ils perceraient le plafond de nuages, bientôt ils verraient leur destination, la longue ligne de la côte occidentale du continent où se trouvait la plantation de Ngenet... et Escarboucle.

— ... rapport un plus... Silky ! Nous sommes dans le projecteur ! Actionne les écrans arrière, un éclair ar...

Un flamboiement bleu-blanc effaça le ciel, plongea dans les yeux de Moon ; la coque métallique frémit autour d'elle et lui fit claquer des dents. *Non, non ; ce n'est pas possible !*

— Ah, mes dieux ! cria Elsevier avec autant de colère que de désespoir. Ils nous ont repérés ! Nous sommes pris, jamais nous ne...

Une nouvelle explosion les secoua, suivie d'un silence. Il fut rompu par la radio :

— Rendez-vous immédiatement ou vous serez détruits. Nous vous tenons dans notre rayon. Vous ne vous échapperez pas.

— Perdre...

La troisième explosion couvrit ce qui était perdu ainsi que le cri de Moon. La quatrième ne leur accordait plus de temps ; le tableau de commande jeta des étincelles et crépita, attaquant tous leurs sens.

— Coupons le contact ! (Elle entendit la voix d'Elsevier se briser ; les mots pénétrèrent à peine dans ses oreilles bourdonnantes.) ... seul espoir... penser que nous sommes déjà morts...

La cabine s'obscurcit avec la soudaineté de la mort mais les yeux clignotants de Moon retrouvèrent la lumière extérieure, virent le bleu, le blanc illimités et l'or fantastique des cieux disparaître tandis qu'ils perçaient la surface des nuages. Elle se cramponna au bord de son siège en comptant chaque battement de son cœur, comprenant à chaque réaffirmation de sa vie qu'il n'y avait pas encore eu de quatrième explosion, celle que, totalement sans défense maintenant, ils ne verraient jamais.

Ils sortirent des nuages aussi brutalement qu'ils y étaient tombés. Elle vit enfin la mer rouler ses flots bleus au-dessous d'eux, un océan de puissance en fusion. Des gouttes de pluie s'écrasèrent sur le large hublot, brouillant comme des larmes le panorama de la mer et du ciel. Et ils étaient encore en vie. Le LB plongeait toujours en décrivant un arc aplati, comme un galet ricochant à la surface d'une mare infinie. Elsevier et Silky s'acharnaient en silence sur les commandes. Moon se taisait comme eux, la voix prise au fond de la gorge, en les aidant comme elle pouvait.

— Maintenant, Silky, les systèmes de secours en...

Subitement, le cône gris fumée au-dessus du siège de Moon lui tomba dessus, coupant net la voix d'Elsevier qui lançait un appel de détresse et sa vue de la surface de la mer montant rapidement vers elle, d'un blanc de glace et d'un gris de fer. Elle était immobilisée contre son gré par un coussin d'air en dilatation et ne résistait pas — c'était impossible — alors que sa paralysie devenait totale. Après une éternité d'attente, la rencontre de la sphère de métal et de la mer grise la secoua, mais vaguement, comme un coup encaissé par quelqu'un d'autre.

Après une autre brève éternité, le coussin la libéra, l'enveloppe fumée se souleva. Elle rejeta les sangles qui la maintenaient et se hissa hors de son siège pour se dresser entre les couchettes des pilotes. L'écran gris s'élevait au-dessus du siège de Silky ; il secoua la tête d'un mouvement très humain. Devant elle, la mer se jetait contre le hublot avec une fureur indignée ; des gouttelettes d'eau glacée suintaient à travers la fêlure étoilée que l'impact avait gravée sur la paroi de verre blindé. Le LB tout entier se soulevait sous ses pieds et le tonnerre de la mer démontée résonnait tout autour d'eux.

Le cône était toujours en place au-dessus d'Elsevier, comme s'il n'était jamais... Moon la regarda brusquement, craignant de voir son visage, incapable de se détourner.

Une traînée rouge maculait l'ébène de la lèvre supérieure d'Elsevier mais elle levait les yeux, la tête reposant contre son dossier.

— Ce n'est rien, ma chérie... rien qu'un saignement de nez... je devais terminer mon appel. Ngenet va venir.

Elle ferma les yeux, respirant à peine, comme si la lourde main de la gravité l'écrasait encore... l'avait déjà écrasée. Elle resta immobile, sans même faire l'effort de lever un doigt, comme une femme qui avait tout son temps.

Moon ravala un soupir, s'étrangla sur un sourire, lui effleura l'épaule avec une tendresse craintive.

— Nous nous sommes posés, Elsie. Tu nous as sauvés. Tout va bien, maintenant ! C'est fini.

— Oui. (Les yeux violets d'Elsevier étaient pleins d'un étrange étonnement, fixés sur quelque chose, au-delà de leur vision.) J'ai si froid...

Un spasme crispa sa figure. Et, soudain, ses yeux furent vides.

— Elsie. Elsie ? (La main de Moon se resserra sur l'épaule, la secoua... la lâcha en n'obtenant pas de réaction.) Silky... Elle n'est pas... Elsie !

Silky l'écarta dans l'espace restreint entre les sièges. Il tendit ses doigts gris-vert tentaculaires pour toucher la figure tiède d'Elsevier, sa gorge... Mais elle ne broncha pas, elle continua de regarder quelque chose d'invisible, jusqu'à ce que les doigts gris passent sur ses yeux, les fermant à jamais.

— Morte.

Le LB se souleva et retomba, les déséquilibrant tous les deux. Affolée, Moon regarda ses pieds qui ne lui obéissaient pas. De l'eau clapotait sur les jambes de sa combinaison pressurisée, de l'eau de mer envahissait la cabine.

— Morte ? (Elle secoua la tête.) Non, elle ne l'est pas. Elsie. Elsie, nous coulons ! Réveille-toi !

Elle secoua le corps sans vie. Des tentacules s'enroulèrent autour de ses bras, la tirèrent sans ménagement.

— Morte !

Jamais elle n'avait vu les yeux de Silky aussi clairs, aussi profonds. Il appuya sur une série de boutons au tableau de bord, répéta le geste.

— Sas ouvert. Coulons. Dehors, va...

Il la poussa vers le sas ; elle chancela alors qu'une nouvelle vague s'engouffrait dans la travée, jusqu'à ses genoux.

— Non ! Elle n'est pas morte ! Elle ne peut pas l'être ! Nous ne pouvons pas l'abandonner !

Elle se cramponna à un dossier.

— Va !

Silky la frappa, la poussa. Elle vacilla et tomba ; une vague la recouvrit et elle émergea en toussant, les poumons en feu, les yeux brûlés par le sel. Tant bien que mal, elle arriva au sas, se retint à un côté de la porte, se retourna une dernière fois. Silky était à genoux dans l'eau bouillonnante, à côté d'Elsevier, la tête baissée, brièvement posée sur son épaule pour un dernier hommage et un adieu.

Il se releva et pataugea vers Moon.

— Dehors !

Les tentacules enveloppèrent de nouveau son bras pour la traîner dans le sas.

Incapable de résister, elle lâcha la porte et plongea avec lui. Elle revit l'ouverture qui avalait la mer comme un noyé sans défense...

— Mon casque ! Je vais me noyer...

Elle voulut retourner dans la cabine mais l'eau lui plaqua les bras contre le corps, l'entraîna, le souffle coupé par le froid qui s'engouffrait par l'encolure de sa combinaison. Le LB s'inclina, rejetant l'eau par le sas et elle fut emportée, projetée contre le cadre de la porte où elle s'assomma à demi avant que le LB les recrache dans l'océan.

La mer se referma sur elle, coupant net son cri. Elle se débattit pour remonter à la surface, émergea à l'air libre, sous la pluie battante. L'eau glacée pénétrait dans sa combinaison.

— Silky !

Elle hurla son nom mais il lui fut arraché par le vent, aussi perdu et désolé que le cri d'un ondin.

Soudain la figure et le torse éclaboussés d'écume de Silky furent près d'elle ; il la soutint alors qu'elle luttait pour rester à flot, alourdie par la combinaison pressurisée qui l'entraînait par le fond. Il avait ôté la sienne et nageait librement dans son élément. Elle sentit qu'il tirait sur la fermeture de sa combinaison, qu'il essayait de la déshabiller.

— Non ! Non, je vais geler !

Elle tenta de saisir les tentacules glissants mais ils lui

échappèrent comme des anguilles. Ses mouvements désordonnés la firent plonger et elle remonta de nouveau en crachant et en toussant.

— Je ne peux pas vivre là-dedans... sans elle, gémit-elle, sachant que, n'importe comment, elle ne survivrait pas, parce que la combinaison se remplissait d'un lest liquide pour la tirer au fond.

Elle comprenait enfin, comme cela n'arrive qu'une fois dans une vie, la poignante ironie du choix du marin : geler ou se noyer.

Silky renonça à la déshabiller et s'appliqua à la maintenir à la surface. Déjà, le froid intense l'envahissait douloureusement, la privait de sa force et de son jugement. Elle aperçut un instant au loin, entre le moutonnement des vagues, la silhouette du LB qui sombrait, et puis il n'y eut plus rien que la mer et le ciel. *Elsevier.* Un sacrifice à la Mer... Moon sentit le sel de ses larmes se mêler à celui de l'eau et à la pluie.

Après un temps indéfinissable, elle se rendit compte que le grain se calmait. Le ciel séchait ses larmes et perdait sa fureur, sa colère abandonna la mer, l'épuisement tarit aussi les larmes de Moon et un pâle soleil glacé apparut entre les nuages. Silky la maintenait toujours fermement ; elle ne pouvait s'arrêter de grelotter et de claquer des dents. Parfois, elle avait l'impression d'apercevoir la côte dans le lointain, impossible à atteindre, sans savoir si c'était une illusion née de la brume ou de son esprit. Elle n'avait plus la force de parler et Silky ne la rassurait que par sa présence. Elle ressentait plus vivement que jamais son étrangeté, mais cela ne changeait rien...

Elle pensait qu'elle devrait lui dire de la lâcher, de ménager ses forces, qu'ils n'avaient aucun espoir d'être sauvés par Ngenet. A la fin, cela reviendrait au même. Mais elle ne pouvait pas former les mots, et au fond de son cœur, elle ne le voulait pas. Mourir seule... mourir... dormir là éternellement. Elle crut sentir la moelle se congeler dans ses os. Elle était trop fatiguée, trop épuisée, le sommeil viendrait, la bercerait dans le sein inexorable de la Mère de la Mer. La Dame était à la fois créatrice et destructrice et, avec un sombre désespoir, Moon se disait que la vie d'un homme ou d'une femme n'avait pas plus d'importance pour Elle que celle du plus petit crustacé rampant dans la vase des profondeurs...

Quelque chose creva la surface de l'eau devant eux et projeta une écume glacée à la figure de Moon. Elle gémit quand le bras de Silky se resserra autour de son torse et cligna des yeux à la tête bringée qui l'observait. Deux, trois autres visages inhumains émergèrent, derrière le premier, à côté, se balançant comme des bouées de pêche sur les eaux scintillantes. Lentement, comme si une bulle montait du fond pour pénétrer son apathie, elle les reconnut : des ondins !

Ils l'entourèrent, la poussèrent avec leurs nageoires antérieures, avec insistance, d'une manière pressante. Elle ne comprenait pas ce qu'ils voulaient d'elle mais savait, avec l'inaltérable confiance de son enfance, qu'ils étaient les enfants de la Dame, venus pour la sauver s'ils le pouvaient.

— S-Silky, dit-elle en claquant des dents. Lâ... lâche-moi.

Il la lâcha ; elle coula comme une pierre, mais aussitôt les grands ondins au pelage luisant la soulevèrent. Des nageoires aux doigts mouillés l'enveloppèrent comme des pétales de fleurs, la retournèrent en l'air, la traînèrent à plat ventre sur le large dos d'un ondin immobile. Crachotante, ahurie, elle se cramponna, la tête à peine hors de l'eau, les pieds traînant encore dans le froid inexorable. Mais l'ondin — un mâle, elle le constata au collier de pelage doré — l'enveloppa dans ses nageoires, lui communiqua sa chaleur comme il aurait réchauffé un de ses petits. Il se mit à fredonner une sorte de berceuse, au rythme des vagues. Trop épuisée pour s'en étonner, Moon posa sa tête sur le long corps soyeux, les mains sous elle, sentant le chant atonal pénétrer son corps frissonnant. Silky et deux autres ondins les entouraient toujours ; mais elle les avait oubliés, elle ne se rappelait rien du passé et ne pensait pas à l'avenir ; son existence se réduisait à l'instant présent.

Pendant combien de temps vogua-t-elle à la dérive, dans

l'étreinte de l'ondin, elle ne le sut et ne voulut jamais le savoir. Le soleil traversa le ciel et descendit vers son rendez-vous avec la mer. Enfin un changement se produisit à la surface de l'eau, l'ombre large d'un bateau apparut devant eux pour les accueillir, le lointain battement de cœur de ses moteurs rompit leur silence, avec de plus en plus d'insistance.

— Moon, Moon, Moon !

Silky répéta son nom, encercla son cou de tentacules ruisselants pour essayer de la faire écouter.

Mais il n'y avait plus de Moon, plus rien que la mer pour lui répondre... la Mer qui réclamait ce qui lui appartenait.

— Moon... Pouvez-vous m'entendre ?

— Non...

C'était plus une protestation contre l'intrusion dans sa paix bienheureuse qu'une réponse à une question. Le monde était une aquarelle informe, ruisselante...

Quelque chose cogna ses lèvres contre ses dents claquantes ; un liquide brûlant, visqueux, coula dans sa bouche et dans sa gorge comme une huile flambante. Elle gémit de plaisir et de refus, le monde aquarellé se congela, prit une forme qui n'évoqua rien dans sa mémoire embrumée, à part la figure penchée sur elle qui mêlait le passé et le présent dans une seule image double.

— M-M-Miroe ?

— Oui, dit-il avec un soulagement infini. Elle nous revient, Silky. Elle me reconnaît.

Elle distingua Silky derrière lui, patiemment accroupi, et l'œil rond d'un hublot.

— Où ? bégaya-t-elle.

Elle avala convulsivement le sirop doux et poivré quand Ngenet pressa de nouveau la tasse contre ses lèvres. Son corps frissonnant, engourdi, était dépouillé de sa combinaison trempée et envelopé dans des couvertures chauffées.

— Sur mon bateau. Repêchée enfin saine et sauve, grâce aux dieux. Nous rentrons à la maison.

Il replaça une compresse chaude sur son nez et ses joues.

— La m-maison... ?

Les vies passée et présente se confondaient.

— A ma plantation, à bon port. Vous avez passé assez de temps à courir les étoiles, et bien assez dans les bras de la Mère de la Mer, enfant des eaux... presque une vie entière. (D'une main calleuse mais tendre, il repoussa sur son front ses cheveux trempés.) Il est temps d'être reconnaissante d'être enfin sur terre.

— El... Elsie...

Le nom lui déchira la gorge. Ngenet se leva du bord de la couchette.

— Je sais. Je sais. Vous ne pouvez rien pour elle, maintenant, que vous reposer et guérir.

Sa voix, la cabine, disparurent dans un lointain inaccessible.

Moon se blottit plus profondément dans le nid de couvertures, se replia sur elle-même, se réduisit à la sensation d'aiguilles brûlantes pénétrant sa chair engourdie par le froid, qui faisaient de nouveau couler le sang dans ses veines remplies de glace, déliaient ses muscles, la libéraient...

28

Jerusha quitta son appartement désert, laissa le pain et les fruits de son repas du soir sur la table, sortit et descendit dans le Dédale. Le crépuscule au-delà des murs, à l'extrémité des ruelles, marquait la fin d'une nouvelle journée insupportable et la promesse d'une autre à subir demain, et après-demain et encore ensuite. Son travail avait été sa vie et, maintenant, cette vie était un enfer. Le sommeil était sa seule évasion, mais le sommeil ne faisait que hâter la venue du nouveau matin. Alors elle marchait sans but, anonymement, dans la foule clairsemée, devant les boutiques, presque toutes vides à présent, qui se cramponnaient encore obstinément à la vie et au profit, qui tenaient jusqu'à la fin.

La fin... Pourquoi ? Pourquoi se donner cette peine ? A quoi bon ? Elle tira sur son front le capuchon de son cafetan de laine rayé, plongeant sa figure dans l'ombre, et tourna dans la ruelle des Citronniers. A mi-chemin, il y avait une herboristerie qu'elle fréquentait, où l'on vendait des plantes médicinales et des épices, où les étagères étaient encombrées de saints du foyer et de charmes contre le mauvais sort, tout cela importé de chez elle, de Newhaven. Elle était allée jusqu'à acheter l'amulette la plus puissante qu'elle avait pu trouver et elle la portait au cou, elle qui s'était toujours moquée des vieux, dans son pays, qui gaspillaient leur argent et leur foi aveugle dans de ridicules objets de superstition. Voilà où l'avait poussée son travail. Mais le satané charme ne lui avait pas fait plus de bien que le reste, et elle avait tout essayé. Rien ne lui faisait de bien, n'avait de sens, n'avait d'effets.

Et, maintenant, le seul qui l'avait soutenue, empêchée de croire qu'elle n'était qu'une lamentable ratée, avait disparu. *BZ... Salaud ! Comment peux-tu m'avoir fait ça ? Comment peux-tu être... mort ?* Elle revenait donc là, en se disant qu'elle ne savait pas pourquoi.

Mais, en arrivant près de la boutique, elle aperçut une tête de connaissance — un flamboiement de cheveux roux — et vit s'approcher Sparks Marchalaube, vêtu comme un holo sexy. Elle l'avait rarement vu, depuis les dernières années, lors de ses visites officielles espacées au palais. Elle s'étonna, en le revoyant, de voir qu'il ne semblait pas avoir vieilli d'un seul jour depuis la première fois, quand elle l'avait trouvé gisant dans cette ruelle il y avait cinq ans. Il faut dire qu'elle s'étonnait aussi qu'Arienrhod le garde (et l'entretienne probablement) chez elle. Lui aurait-elle aussi conservé sa jeunesse ?

Son intérêt devint plus personnel à mesure qu'il se rapprochait ; avec un souci coupable elle supposa qu'il la verrait, la reconnaîtrait même sous son déguisement, lirait dans ses yeux ses mobiles cachés. Elle ralentit, cherchant à dissimuler sa destination jusqu'à ce qu'il soit passé. *Dieux, voilà que je rase les murs comme une criminelle !*

— Bonjour, Marchalaube.

Par défi, elle le salua la première ; elle le vit sursauter et comprit que, si elle n'avait pas parlé, il l'aurait croisée sans la voir. Mais l'expression qui suivit la surprise ne fut pas du tout ce qu'elle attendait, encore moins ce qu'elle méritait : un sourire qui brandissait son insolente jeunesse comme un miroir pour lui montrer, douloureusement, qu'elle vieillissait à chaque jour qui semblait long d'un an. Ses yeux étaient un inquiétant reflet de ceux de la reine, trop sagaces, trop cyniques pour son visage. Ils se tournèrent vers les figurines de dieux et les amulettes dans la vitrine de l'herboriste, et revinrent au porte-bonheur qu'elle avait au cou. Il tirailla avec gêne les multiples cols de sa chemise moulante et ce geste trahit son hostilité.

— Commandant Pala-Thion. Vos dieux ne peuvent vous atteindre ici. Tous les dieux de l'Hégémonie ne pourraient arrêter ce qui vous arrive, même s'ils le voulaient.

Un jet de bile. Jerusha recula d'un pas, frappée par ces mots comme par une vipère, empoisonnée par le venin de ses frayeurs les plus profondes. *Le voudrait-il ? Même lui ? Pourquoi ?*

— Pourquoi, Marchalaube ? Pourquoi vous ? chuchota-t-elle.

— Je l'aimais ; et elle est partie.

La haine flambait. Il baissa les yeux, la repoussa et s'éloigna sans se retourner.

Jerusha resta un long moment pétrifiée, avant de se rendre compte qu'il venait de lui donner la raison. Elle entra alors dans l'herboristerie, égarée, comme une femme envoûtée.

Elle s'arrêta dans la travée étroite entre les étagères poussiéreuses contenant ce qu'elle venait chercher, indifférente à la nostalgie douce-amère de la boutique, au refus têtu de la tradition de Newhaven de se conformer aux normes d'une nouvelle ère ou d'un autre monde. Elle se désintéressa des bouquets de pied-de-dragon, des guirlandes d'herbes aromatiques, de toutes les odeurs caressant ses sens, elle resta sourde à...

— Vous m'avez parlé ?

Elle s'aperçut brusquement, avec agacement, qu'elle n'était plus seule.

— Oui. On dirait qu'ils ont déplacé le louge en poudre. Sauriez-vous où... ?

Une femme brune d'un certain âge, à la peau claire, probablement indigène. Aveugle. Jerusha reconnut la bande sensorielle qu'elle portait autour du front. Elle regarda autour d'elle, vit l'herboriste en grande conversation avec un autre expatrié de Newhaven, probablement, se tourna de nouveau vers l'aveugle.

— Ce doit être contre le mur du fond, je crois.

Elle recula contre le comptoir pour laisser passer l'aveugle, mais la femme ne bougea pas. Elle penchait un peu la tête, comme si elle écoutait.

— Inspecteur... Pala-Thion, n'est-ce pas ?

— Commandant Pala-Thion, riposta-t-elle, rendant le mépris par un mépris non dissimulé.

— Bien sûr. Pardonnez-moi. La dernière fois que j'ai entendu votre voix, vous étiez encore inspecteur. Je n'oublie jamais une voix, mais il m'arrive d'oublier mes bonnes manières.

L'aveugle souriait avec bonne humeur, s'excusait, et, malgré elle, Jerusha sentit s'aplanir son front généralement froncé.

— Il y a près de cinq ans. Ma boutique est à côté... Je suis allée une fois à votre poste de police avec Sparks Marchalaube.

— La fabricante de masques, se souvint enfin Jerusha. Oui, je me rappelle.

Oh oui, je me rappelle ! Sauver ce petit salaud aura été la seconde plus grosse erreur de ma vie.

— J'ai vu que vous lui parliez, dehors. (*Vu ?* Jerusha fut un instant déconcertée et s'efforça de dissimuler son irritation.) Il vient encore me voir de temps en temps ; quand il a besoin d'un abri. Il n'y a plus beaucoup de gens à qui il puisse parler, je crois. Je suis contente qu'il vous ait parlé.

Jerusha ne répondit pas.

— Dites-moi, commandant, êtes-vous aussi désolée

que moi de voir le changement de ce garçon ? demanda l'aveugle sans tenir compte du silence.

Jerusha refusa d'affronter la question, et celle qui la posait ; elle porta une main morbide aux creux de son propre visage changé.

— Je ne le trouve pas changé du tout. On dirait qu'il n'a pas vieilli d'un jour.

Et peut-être n'a-t-il pas vieilli !

— Oh si, oh si... Il a vieilli de cent ans depuis son arrivée à Escarboucle.

— Comme tout le monde.

Jerusha leva un bras et prit une petite bouteille d'huile de viriol noire sur l'étagère, hésita, en prit une seconde. Elle pensa soudain à sa mère.

— Un somnifère, n'est-ce pas ?

La main de Jerusha se referma, jalousement, sur les flacons de plastique.

— Oui.

— Je l'ai senti, dit l'aveugle en grimaçant. Je m'en suis servi. J'avais de terribles insomnies, avant d'avoir mes senseurs de vision. J'ai tout essayé. Sans yeux, je n'avais rien pour me guider dans l'enchaînement du jour et de la nuit... et je n'étais pas bien habituée aux rythmes de Tiamat. Je suppose qu'aucun de nous ne l'est vraiment. Finalement, nous sommes tous des étrangers.

— Sans doute. Je n'y avais jamais pensé... C'est peut-être tout mon problème. Partout où je vais, je suis une étrangère. (Jerusha s'entendait dire tout haut ce qu'elle voulait simplement penser, mais elle secoua la tête, plus rien n'avait d'importance.) Plus je veux dormir, moins j'y arrive. Le sommeil est mon unique plaisir dans la vie. Je pourrais dormir éternellement.

Elle se retourna, essaya de passer devant la femme, pour aller vers l'herboriste à la porte.

— Ce n'est pas ainsi que vous résoudrez vos problèmes, commandant Pala-Thion.

La faiseuse de masques lui barrait le passage, sans en avoir l'air. Jerusha la regarda fixement, les jambes subitement en coton.

— Quoi ?

— Les somnifères. Ils ne font qu'aggraver le problème. Ils suppriment vos rêves... nous devons tous rêver, de temps en temps, ou subir les conséquences. Trouvez une meilleure solution. Il doit y en avoir une. Cela passera. Tout passe, avec le temps.

Elle tendit une main hésitante vers les flacons que tenait Jerusha, pour les écarter.

— Il faudrait l'éternité.

Mais la pression se fit insistante contre sa main, contre sa volonté... Elle sentit ses doigts céder et remettre les flacons sur l'étagère.

— Une sage décision.

L'aveugle sourit, en regardant à travers elle, en elle.

Jerusha ne dit rien, elle ne savait même pas que répondre.

La femme s'écarta enfin, en la libérant en quelque sorte, tout comme elle l'avait inexplicablement gardée prisonnière, passa et alla dans le fond du magasin. Jerusha sortit de la boutique, sans avoir rien acheté ni même adressé la parole à l'herboriste.

Pourquoi l'ai-je écoutée ? Jerusha était à demi allongée, soutenue sur un coude, dans le canapé bas sinueux. Elle s'absorbait dans la sensation de brindilles enveloppées de coton qui montait inexorablement dans son bras engourdi. Chaque fois qu'elle entrait dans cette maison, une paralysie semblait l'envahir, supprimant sa capacité d'agir et même de réagir. Elle regarda les secondes clignoter sur la pendule stérile, encastrée dans du cristal, sur les étagères stériles qui tapissaient le mur du fond. Elle détestait cet endroit, chaque centimètre sans vie. Rien n'avait changé depuis le départ des Lioux-Sked, la même façade isolait les occupants de la réalité hors du temps et de la ville qui l'entourait.

Ils avaient prétentieusement adopté un mode de vie kharemoughi avec un snobisme minutieux : une imitation sophistiquée, raffinée et sans âme d'un mode de vie qu'elle trouvait obscur et sans intérêt. La patine de ses possessions modifiait à peine le décor. Elle les imaginait couvertes de fresques rococo, de moulures baroques, de toute une palette de couleurs voyantes et vulgaires... Elle mit une main sur ses yeux pour échapper à l'impitoyable vérité qui coulait comme de l'eau, mélangeait les couleurs et les faisait couler.

Cette maison pleine de mauvais souvenirs lui avait été imposée, cela faisait partie de son fardeau, de son châtiment. Elle aurait pu riposter, dégager ce mausolée de toutes ses reliques morbides et les remplacer par des choses neuves et vivantes, elle aurait même pu s'en débarrasser, retourner à son vieil appartement encombré et confortable du Dédale. Mais toujours, après sa journée de travail, elle revenait là et ne faisait rien. Rien. Parce que... à quoi bon ? C'était inutile, sans espoir... Elle porta ses deux mains à sa bouche, appuya ses poings sur ses lèvres. *Assez, ils t'observent.*

Elle se redressa, baissa ses mains, courba la tête pour faire retomber le capuchon du cafetan sur sa figure. Les espions de la reine, les yeux de la reine étaient partout... surtout, elle en était sûre, dans cet hôtel particulier. Elle sentait qu'ils la touchaient de leurs mains sales, partout où elle allait, quoi qu'elle fasse. Dans le vieil appartement, elle était libre d'être humaine, d'être elle-même, de vivre comme elle l'entendait... libre de se dépouiller de l'uniforme râpeux et puritain et de se promener toute nue si elle en avait envie, comme elle avait pu le faire dans son monde à elle, comme son peuple le faisait depuis des siècles. Mais ici, elle était toujours exposée, pour le bon plaisir de la reine, et elle avait peur de se révéler, physiquement et mentalement, au mépris invisible de la Garce Blanche.

Elle ramassa le lecteur de cassettes tombé par terre et regarda sans le voir le manuel sur l'analyse ultrasonique qu'elle essayait d'étudier depuis une semaine... quinze jours... une éternité. Elle n'avait jamais aimé la fiction, sous aucune forme ; elle entendait trop de mensonges dans les rues, tous les jours, elle était irritée par les gens qui gagnaient leur vie de cette façon. Et, maintenant, elle ne parvenait plus à se concentrer sur la réalité. Malgré tout, elle ne pouvait tout lâcher et s'évader dans les fantasmes, comme BZ le faisait si facilement et sans remords.

Mais aussi, quand on était un Tech kharemoughi, on vivait dans un monde fantastique, où tout le monde connaissait sa place, où la vôtre était toujours au sommet. Où la vie fonctionnait comme une parfaite mécanique... Seulement, cette fois, la mécanique était tombée en panne et le chaos qui attendait au-dehors s'était précipité pour le détruire.

Elle imagina la vaporisation de l'engin de patrouille, la libération de deux esprits, de ce plan mortel à... quoi ? L'éternité, les limbes, un cycle infini de renaissances ? Qui pourrait croire à une religion quand il y en avait tant, prétendant toutes être la Vérité, et chaque vérité différente ? Elle n'avait qu'un moyen de l'apprendre elle-même... et une partie de son esprit avait déjà franchi sans billet ces eaux noires, parti avec le Batelier et avec son seul ami dans un monde d'ennemis. Son seul ami. *Pourquoi diable ai-je écouté ? Pourquoi est-ce que j'ai remis ces flacons sur l'étagère ?* Elle se leva et le magnétophone retomba par terre sans qu'elle s'en aperçoive. Elle fit un pas vers la porte, s'arrêta, en pleine indécision. Désespérément : *La motivation, Jerusha ! Je voulais laisser ces flacons, sinon elle ne m'aurait jamais fait changer d'avis.* Elle se voûta soudain, les bras ballants, tout le corps engourdi de fatigue. *Mais je ne peux pas dormir ici !* Et il n'y avait pas d'évasion, plus de havre, plus personne...

Ses yeux inquisiteurs tombèrent sur le coquillage couleur d'aurore, posé comme une offrande sur la table-autel de style Empire, à côté de la porte. *Ngenet... Ah, dieux, est-il encore mon ami ?* La paisible solidité de la plantation, ce calme inviolable dans l'œil du cyclone, lui revint à la mémoire. Il y avait plus d'un an qu'elle n'avait pas vu la maison ; elle s'était séparée, consciemment et inconsciemment, du lien relâché et superficiel de ses rares visites à mesure que sa dépression augmentait, que son monde rétrécissait autour d'elle. Elle s'était dit qu'elle ne voulait pas lui montrer quelle aigre mégère elle était devenue... et, pourtant, avec une certaine perversité, elle avait commencé à en vouloir mortellement à Ngenet de ne pas voir qu'elle avait plus que besoin de son abri sûr.

Et maintenant ? *Oui... maintenant !* Quelle espèce de

masochisme aveugle l'enfermait dans son propre tombeau ? Elle traversa la pièce, prit le téléphone, tapa un code, puis un autre et un troisième, de mémoire, pour placer un appel radio vers l'intérieur, à la plantation. Elle marqua la fuite des secondes en pianotant sur le mur pâle jusqu'à ce qu'enfin une voix sans visage lui réponde, déformée par les parasites. *Sale planète !* Toujours des parasites de tempête.

— Allô ! Allô !

Malgré les interférences, elle savait que la voix n'était pas celle qu'elle avait besoin d'entendre.

— Allô ! cria-t-elle en se penchant plus près de l'appareil. Le commandant Pala-Thion, appelant d'Escarboucle. Je veux parler à Ngenet.

— Quoi... Non, il n'est pas là, commandant... en mer.

— Quand rentrera-t-il ?

— Sais pas. Il n'a pas dit... laisser un message ?

— Pas de message.

Tremblante de fureur, elle raccrocha, se détacha du mur.

Elle retraversa la pièce pour aller prendre le coquillage aux couleurs de l'aube, caressa un moment ses courbes satinées d'une main mal assurée. Elle toucha l'endroit où une fragile pointe de la crête s'était brisée. Ses doigts se refermèrent sur la suivante et la cassèrent. Elle en cassa une autre, une troisième ; les pointes tombaient sans bruit sur le tapis. Elle gémit tout bas, comme si elle cassait ses propres doigts.

29

— Tout ce que nous faisons affecte tout le reste.

— Je sais...

Moon descendait avec Ngenet la pente de la colline ocre et argentée vers les prés salés, dont l'herbe ondulait au vent au pied de la maison. La demeure se confondait avec les hauteurs dénudées derrière elle ; sa pierre patinée et son bois blanchi par le sel faisaient autant partie de cette terre que... *que lui*. Du coin de l'œil, Moon examinait tristement son profil, en se souvenant qu'elle l'avait trouvé bizarre la première fois, la dernière fois qu'elle l'avait vu. Cinq ans... C'était vrai, elle voyait cinq années de changement sur la figure de Ngenet ; mais pas sur la sienne.

Pourtant, elle avait changé, vieilli, au moment où elle avait vu s'éteindre la lumière de vie dans les yeux d'Elsevier. La mort l'avait laissée passer, elle, mais avait exigé son tribut. Le chagrin la ballottait, comme la marée houleuse d'un deuil, prisonnière d'une bouteille. Si elle n'avait pas volontairement défié la mort, cette mort ne pèserait pas sur son âme.

— Si Elsevier ne m'avait pas ramenée à Tiamat, elle serait encore en vie. Si j'étais restée à Kharemough avec elle, elle aurait été heureuse...

Soudain, elle ne vit pas Elsevier mais Sparks. *Aucun rêve n'a jamais eu autant d'importance que le mien*. Ses jambes tremblèrent brusquement.

— Mais vous ne l'auriez pas été, dit Ngenet en la regardant, en la retenant d'une main ferme sur la pente abrupte. Et, en vous sachant malheureuse, elle l'aurait été aussi. Nous ne pouvons pas passer notre vie à vivre pour les autres ; ça ne marche jamais: Vous devez être fidèle à vous-même. Elle le savait, sinon vous ne seriez pas là en ce moment. C'était inévitable. La mort est inévitable, même si nous voulons la nier.

Elle leva vivement les yeux et son chagrin le lui montra déformé ; elle se détourna aussi vite.

— Après la mort de TJ, reprit-il, elle n'a plus jamais été la même. Mon père disait toujours qu'elle était la femme d'un seul homme. Pour le meilleur et pour le pire.

Il enfonça les mains dans les poches de son parka, en regardant vers le nord, suivant la ligne de la côte jusqu'à l'horizon voilé de brume blanche où se dressait Escarboucle.

— Moon, tout influe sur tout. J'ai vécu jusqu'à maintenant sans rien apprendre, sauf cela. N'acceptez jamais tous les honneurs... ni tout le blâme. Vous n'êtes pas à blâmer.

— Si ! s'écria-t-elle en secouant la tête avec tristesse.

— Alors commencez à penser à ce que vous pouvez faire pour la remercier ! répliqua-t-il et il attendit la question dans les yeux de Moon. Ne laissez pas votre chagrin tourner à l'aigre. Ne soyez pas si bougrement égoïste ! Vous dites vous-même qu'un devin vous a ordonné de revenir à Tiamat. Et que votre propre esprit vous l'a ordonné aussi.

— Pour aider Sparks, murmura-t-elle en suivant son regard vers le nord.

La femme d'un seul homme...

— Un seul circuit dans une plus vaste mécanique. L'esprit d'une sibylle n'envoie pas de messages à travers la moitié d'une galaxie pour consoler un cœur brisé. Il y a plus que cela dans votre destin.

Il s'arrêta brusquement et lui fit face.

— Je... je sais, murmura-t-elle, soudain craintive en voyant l'ombre d'un nuage passer sur la terre. Je le comprends maintenant (elle le croyait, plus qu'elle ne le comprenait). Mais je ne sais pas pourquoi, si ce n'est pas pour aider Sparks. Oui, quelque chose m'a dit de venir, mais ne m'en a pas dit assez.

— Peut-être que si. Qu'avez-vous appris en allant à Kharemough que vous n'auriez pas appris ici ?

Elle leva les yeux, surprise.

— J'ai appris... ce que c'est que d'être une sibylle. J'ai appris qu'il y a à Kharemough des choses que nous avons le droit d'avoir ici, mais qu'ils nous empêchent d'avoir. (Elle entendit sa voix devenir aussi glaciale que le vent.) Je comprends à quoi croyait Elsevier et pourquoi... Tout cela fait partie de moi. Personne ne peut me le faire oublier. Et je veux tout changer. Mais je ne sais pas comment.

Ses poings se fermèrent dans ses poches. *Sparks... Sparks sait peut-être...*

— Vous découvrirez le moyen, en arrivant à Escarboucle.

Elle sourit.

— La dernière fois que nous en avons parlé, vous ne vouliez pas que j'y aille.

— Je ne le veux toujours pas (d'une voix bourrue) mais

je ne m'adresse plus à la même femme. Qui suis-je pour discuter le destin ? Mon père m'a appris à croire en la réincarnation, que ce que nous sommes dans cette vie est la récompense ou le châtiment de ce que nous avons fait dans la précédente. Si je voulais jouer au philosophe, je vous dirais que lorsque Elsevier est morte, son esprit s'est réincarné en vous, là dans la mer. Un changement marin.

— Je veux croire que... (Elle ferma les yeux, sourit enfin et les rouvrit.) Miroe, vous ne vous demandez jamais ce que vous étiez avant ? Et si tout ne serait pas différent, si nous venions au monde en sachant ce que nous avons à expier au lieu de subir aveuglément un châtiment ?

— C'est le genre de question que je devrais vous poser, sibylle ! dit-il en riant.

Sibylle ! J'appartiens de nouveau. Je suis redevenue entière. Plus entière encore. Sainte... L'air froid lui brûlait les poumons. Elle pressa l'endroit où le trèfle était caché sous son parka, se tourna malgré elle vers le nord, rêvant d'entrevoir ce qu'il y avait au-delà de l'horizon. Le temps du dernier Festival approchait, quand le Premier ministre viendrait pour la dernière fois à Escarboucle. Sa curiosité s'éveilla, à la pensée qu'il la suivait de Kharemough jusqu'ici. Mais elle devait attendre encore quinze jours, qu'un navire marchand relâche dans cette rade pour l'emmener à Escarboucle. Seulement deux semaines et elle saurait... Elle s'aperçut que son cœur battait soudain très fort mais elle ne savait pas si c'était de peur ou de joie anticipée.

Ils passèrent devant les communs où se trouvaient les singuliers ateliers de Ngenet et continuèrent de descendre vers les vastes champs inondés bordant l'étroite plaine côtière, au nord et au sud, jusqu'aux limites de sa concession. Dans ses ateliers, Ngenet bricolait avec une incroyable diversité des moteurs démodés et des vieux outils primitifs, qui auraient paru merveilleux à Moon quelques mois plus tôt mais qu'elle trouvait maintenant sans intérêt. Elle lui avait demandé pourquoi il travaillait avec ça, alors qu'il avait des appareils de la ville qui rendraient infiniment mieux les mêmes services. Il s'était contenté de sourire, en la priant de ne parler à personne de ses manies.

Des ouvriers hiverniens passaient sur des échasses, dans les cultures aqueuses de cheveux-de-mer, une récolte alimentaire bonne à la fois pour les hommes et les animaux, particulière à ce dur climat du nord. Ces gens les saluaient respectueusement ; parfois un homme, une femme adressaient à Moon un sourire supplémentaire, fugace. Ngenet avait dit à son personnel de maison qu'elle était une femme-marin sauvée de la noyade par les ondins. Mais les Hiverniens de l'intérieur, qui vivaient avec la Mer, n'étaient pas aussi éloignés de la foi en la Mère de la Mer qu'elle l'avait toujours entendu dire. Ils l'avaient soignée avec toute la sollicitude due à une miraculée. Les ouvriers agricoles lui avaient appris à marcher sur des échasses, par un après-midi ensoleillé. En équilibre précaire, elle avait fait quelques pas maladroits à sec et comprenait aisément pourquoi ils portaient des costumes étanches quand ils travaillaient dans l'enchevêtrement des herbes inondées.

Elle suivit Ngenet le long des chaussées de pierre surélevées qui quadrillaient les champs ; elle passait par un tunnel de temps, la vue et l'odeur de la mer et de la récolte marine la ramenaient à Neith, à Grandman, à sa mère, à Sparks... au temps perdu. Au temps où l'avenir était aussi certain que le passé, où elle savait qu'elle n'aurait jamais à l'affronter seule. *Le temps perdu*. Elle avait maintenant entendu la voix du nouvel avenir, qui l'appelait d'étoile en étoile, à la Ville du Nord...

Leurs bottes sonnèrent sur la jetée de bois qui avançait dans le bras de mer abrité servant de rade à la plantation. Les eaux de cette baie protégée du vent constant étaient d'un bleu argenté. Moon pouvait encore regarder la Mer sans être brutalement ramenée dans le cauchemar de l'épreuve par l'eau ordonnée par la Dame ; elle en était d'ailleurs étonnée. Mais, plus forte que le souvenir, il y avait la certitude que la Mer l'avait épargnée à la fin. Elle avait survécu. La Mer donnait et reprenait, c'était la manifestation élémentaire de sa grande indifférence universelle. Et pourtant, par deux fois, elle avait affronté cette indifférence, avec son esprit et son corps, et elle avait été épargnée. Un contre-sort inconnu vivait en elle, et tant qu'elle le posséderait, elle n'aurait pas peur.

La surface bleue bouillonna et blanchit quand un couple d'ondins rompit sa paix par l'arc parfait de leurs corps. Elle les regarda sauter et replonger, avant de disparaître dans les profondeurs. Une autre créature fendit les eaux, moins spectaculairement, et s'approcha d'eux à travers la baie : Silky qui, depuis son arrivée, y passait presque tout son temps.

— Que va-t-il faire, Miroe ? Il n'a personne, pas de foyer, dit Moon en se rappelant comment Elsevier et TJ l'avaient trouvé.

— Il est le bienvenu ici, il le sait.

Ngenet embrassait d'un geste ses terres, en souriant du souci de Moon. Elle lui rendit son sourire, se tourna de nouveau vers les eaux calmes, frappée par l'ironie de la présence de Silky parmi les ondins. Les humains de la plantation avaient horreur de son espèce et s'en méfiaient, pas seulement parce que c'étaient des créatures étrangères mais parce qu'elles étaient les Limiers de la Reine des Neiges, qui chassaient et tuaient les ondins. Et Moon avait appris que Ngenet détestait tellement le massacre et voulait tant protéger les ondins qu'il s'était entouré d'employés qui pensaient tous exactement comme lui. Depuis des années, il connaissait Silky, comme camarade d'Elsevier, assez bien pour avoir confiance en lui, mais son personnel le redoutait.

Cependant, les ondins, qui auraient dû être les plus méfiants, l'acceptaient volontiers ; il passait donc le plus clair de son temps dans la mer. Moon n'entrevoyait ses émotions que par l'étroite fenêtre par laquelle leurs deux perceptions contemplaient brièvement le même monde ; il était plus taciturne que jamais et c'était seulement au souvenir des derniers instants à bord du LB qu'elle devinait son chagrin. Il les rejoignit sur la jetée grinçante, tout ruisselant, en se hissant souplement par-dessus la balustrade. Son corps asexué était dépouillé de tout ce qui appartient au monde de l'air mais perlé des joyaux éphémères du monde marin. (Elle avait trouvé bizarre qu'Elsevier et les autres le considèrent comme un mâle alors que, pour elle, ce corps lisse pouvait aisément être femelle.) Il les salua de la tête et s'accouda au garde-fou branlant en laissant traîner ses tentacules. Ses yeux avaient retrouvé leur opacité et cachaient ses pensées.

Dans la baie, trois autres ondins avaient rejoint les premiers pour exécuter des figures de ballet, le reflet et l'image de leur généreuse beauté intérieure. Chaque après-midi, quand elle se promenait de ce côté, les ondins dansaient pour elle sur la mer, comme s'ils fêtaient son retour à la vie. Leur grâce lui donnait une furieuse envie d'être comme eux, comme l'était Silky ; une véritable enfant de la mer, et pas une éternelle fille adoptive...

— Silky, regarde-les ! Si seulement je pouvais échanger ma peau contre la tienne, rien que pour une heure...

— Vous voudriez retourner dans la mer, alors que je vous ai repêchée complètement gelée, violette, et grelottante il y a à peine quinze jours ? s'indigna Ngenet. Je finirai par croire que votre cerveau a été atteint, après tout.

— Non... pas de cette façon. Ah, ma Dame ! Pas de cette façon, plus jamais.

Elle ferma un instant les yeux en frottant ses bras sous son épais parka. Les spasmes de son hypothermie avaient convulsé tous les muscles de son corps et elle en était restée désorientée et infirme. Maintenant qu'elle pouvait de nouveau penser et marcher, elle faisait des promenades de plus en plus longues, chaque jour, en compagnie du patient Ngenet, pour dénouer les nœuds de son corps, retrouver le plaisir de bouger sans avoir mal partout.

— Mon peuple, les miens, ont toujours appartenu à la Mer. Mais lui appartenir *vraiment*, comme eux, juste assez longtemps pour savoir...

Elle s'interrompit. Le ballet des ondins avait pris fin. Ils disparaissaient maintenant, brusquement ; trois têtes effilées au pelage luisant se distinguaient dans la pénombre sous la surface. Leur dos sinueux ondulait comme des algues ; les yeux de jais poli se levèrent vers elle. Les membranes protectrices glissèrent sur l'obsidienne et au-dessus de leurs yeux la crête de poils se hérissa, leur donnant une expression amusée. L'ondin du milieu était celui qui avait tenu Moon comme son propre petit, quand elle était perdue en mer.

Elle se pencha par-dessus la balustrade et tendit une main.

— Merci ! Merci ! cria-t-elle d'une voix émue.

Un par un, les ondins se dressèrent hors de l'eau et vinrent toucher sa main du bout de leur museau avant de replonger.

— On dirait qu'ils comprennent, murmura-t-elle en ramenant sa main ruisselante et glacée pour se hâter de la ganter et de la fourrer dans sa poche.

— C'est possible, vous savez, lui dit Ngenet. Ils ont peut-être compris qu'ils ont sauvé une sibylle et pas simplement un pauvre marin malchanceux. Je ne les ai jamais vus danser ainsi pour un inconnu, ni s'attarder par ici comme ils le font. Ce sont des êtres remarquables.

— Des êtres... ?

Elle se rendait compte de l'ampleur de ce qu'il avait dit et nié en un seul mot. Depuis qu'il l'avait sauvée, elle avait appris bien des choses sur Ngenet, sur ses rapports avec les ondins, son souci de leur sécurité. Il existait même une communication rudimentaire, par signes et par sons, entre l'homme et l'ondin ; c'était ce qui les avait envoyés à la recherche de Moon pour guider à temps Ngenet vers le lieu du naufrage. Mais elle n'avait pas imaginé...

— Vous voulez dire... des êtres humains ? Non ! (Elle rougit, secoua la tête.) Non, je veux dire des êtres intelligents, comme Silky ?

— Serait-ce tellement difficile à croire ?

Une demi-question, un demi-défi. Elle fut surprise par la curieuse intensité de cette voix.

— Non. Mais je n'ai jamais pensé... jamais pensé...

Jamais pensé que je ferais la connaissance d'un étranger d'un autre monde ; jamais pensé qu'il pourrait ne pas être humain ; jamais pensé qu'une sibylle aurait à répondre à une question pareille.

— Vous... vous me demandez de... de répondre ?

Elle avait une voix aiguë, tendue, elle se sentait glisser...
— *Moon ?*
Elle glissait, s'éloignait... *Input.*

30

— *Qu'est-ce que j'ai dit ?* avait-elle demandé ensuite.
— *Vous m'avez tout expliqué sur les ondins*, avait répondu Ngenet en souriant.

Moon se répéta les mots, en plongeant dans le monde marin bleu-vert avec une grâce sinueuse. L'atmosphère liquide résistait, cédait, résistait encore, cédait à la pression de ses mains. C'était le cadeau de Ngenet, pour avoir répondu à sa question muette, pour avoir raffermi sa certitude. Elle savait enfin ce que c'était que d'appartenir totalement à la Mer, totalement, joyeusement, de ne pas être éternellement en équilibre sur la corde raide précaire entre la mer et le ciel, entre deux mondes.

Elle écoutait le murmure rythmé, rassurant, de l'air affluant à chaque inspiration, elle savourait sa chaleur fade passant par la soupape du régulateur. Au loin, le monde de la mer sans limites était voilé d'une brume de sable en suspension. Mais là dans la baie peu profonde, elle y voyait assez bien, elle distinguait la parfaite beauté des ondins et de Silky, ses compagnons, leur forme aérodynamique soutenue par des mains invisibles.

— C'est pour ça que vous chantez !

Sa voix jaillit vers eux dans un nuage de rire, à travers le micro de son embout, sans déformation bien que pour eux elle ne soit qu'une gerbe de bulles. *Parce que vous ne pouvez réprimer votre joie.* Entre ses respirations, les chants des ondins lui parvenaient, ce chant de sirène qu'elle n'avait entendu que dans les légendes et les rêves, un chœur de sifflements, de plaintes, de carillons, de soupirs et de cris, nostalgique, des sons tristes et perdus si on les entendait séparément mais qui s'unissaient pour un cantique de louanges à la Mère de la Mer. Parfois, leurs chants duraient des heures... et c'était réellement des chansons inlassablement entonnées depuis des siècles.

Moon le savait mais leur complexité était telle qu'elle ne pouvait séparer un chant d'un autre ; elle n'était même pas sûre qu'ils avaient une signification, dans le sens qu'en aurait une chanson humaine.

Quand elle avait émergé de son Transfert inattendu, elle avait découvert Ngenet qui lui tenait fortement les mains, sa figure bronzée bouleversée d'émotion. Quand elle le reconnut, il porta à ses lèvres ses mains gantées et les baisa.

— Je le croyais... je l'ai toujours cru, espéré, voulu... Mais jamais je n'aurais osé vous le demander. Et c'est bien vrai ! Je ne sais pas si je dois rire ou pleurer.

— Que... qu'est-ce que c'est ? murmura-t-elle en se secouant, physiquement et mentalement.

— Les ondins, Moon ! Les ondins...

... sont des formes de vie intelligentes, des mammifères utilisant l'oxygène, artificiellement créés par une manipulation génétique, conçus pour servir de réceptacles à un facteur de longévité viral, de classe spéciale IV... Les spécifications biologiques du Vieil Empire étaient interminables, quasi incompréhensibles pour elle. Mais Ngenet lui fit écouter chaque détail qu'il avait gardé dans sa mémoire, gravé au fer rouge, *Une forme de vie intelligente... intelligente...*

Les bras de Moon furent saisis par les tentacules de Silky et il la souleva, lui fit faire une cabriole au cœur du ballet des ondins. Elle vit basculer très loin au-dessus d'elle le plafond bleu de la baie, et le fond sablonneux diffus avec sa tapisserie de crenolides, d'arabesques de petits crustacés. De tous côtés de sa lente spirale, il y avait la vie, des poissons solitaires ou en bancs, familiers et inconnus, chasseurs et chassés. Elle nageait librement parmi eux en compagnie des ondins dans leur territoire ancestral qu'elle venait visiter, les ondins qui en menaçaient peu et n'en craignaient aucun, là dans les profondeurs océanes... qui ne craignaient rien à part la Chasse.

Elle se souvenait d'avoir demandé à Miroe comment les extramondiens pouvaient justifier l'eau de vie, s'ils savaient que les ondins étaient plus que de simples animaux.

— Ils doivent le savoir, si les devins le savent !

— Depuis toujours, les êtres humains se traitent mutuellement comme des animaux. S'ils ne peuvent pas reconnaître un individu intelligent dans la glace, il n'est pas étonnant qu'ils traitent encore plus mal les non-humains, répondit Ngenet en jetant un coup d'œil à Silky, penché d'un air songeur sur la balustrade pour contempler le flux et le reflux de l'eau. Et même si les ondins n'étaient que des animaux, de quel droit les tuerions-nous pour satisfaire notre vanité ? Génétiquement, les ondins sont synthétiques. Ils n'ont dû être à l'origine qu'une expérience et puis le Vieil Empire se sera écroulé avant qu'on puisse généraliser leur « infection bénigne » pour donner la parfaite immortalité aux êtres humains. Mais massacrer les ondins pour l'eau de vie nous fait remonter dans le chaos de la fin de l'Empire, quand ceux qui accaparaient l'immortalité pour eux ne se souciaient pas de ce qu'elle coûtait en vies. La vérité a probablement été étouffée il y a un millénaire, quand l'Hégé a redécouvert ce monde-ci. Alors, maintenant, ils n'ont qu'à s'inquiéter de ce que cela coûte, un point c'est tout.

— Mais... mais pourquoi le Vieil Empire a-t-il rendu les ondins intelligents ?

— Je ne sais pas. Et vous non plus, dit-il en secouant la tête. Il devait y avoir une raison, mais laquelle ? Je sais seulement qu'ils n'ont pas reçu l'intelligence pour devenir victimes de la Chasse !

Ngenet expliqua alors pourquoi il avait eu besoin des services des contrebandiers, et son père avant lui. La tradition avait été transmise par son grand-père, le premier aïeul à naître à Tiamat, qui aimait les ondins comme il aimait ce monde et avait fait de ses terres une réserve. Mais les générations suivantes ne s'étaient pas contentées du rôle passif de protecteurs, ils avaient entamé des hostilités secrètes contre les exploiteurs — au moyen d'avertissements, d'interventions, de sabotages — jusqu'à...

— ... ce jour où les Bleus ont surgi sur vous à l'auberge et ont bouleversé notre vie à tous.

Et il s'était retourné vers le nord, le front plissé par une question inquiète qui n'avait rien à voir avec ses mots.

Car à présent, après cent cinquante ans encore d'exploitation, les extramondiens s'apprêtaient à partir. L'injustice qu'il avait tenté d'empêcher allait prendre fin... le temps de la régression et de l'ignorance reviendrait... une nouvelle demi-révolution de la roue infinie de l'inutilité. Au moins, les Etésiens rendraient aux ondins un espace inviolé, le temps de se reproduire avec une pénible lenteur, de réparer le tort hideux que leurs créateurs leur avaient causé.

Mais le bien et le mal, le temps lui-même ne signifiaient rien pour les ondins, ne formaient aucun concept reconnaissable pour Moon dans leur ordre des choses. S'ils n'étaient pas inquiétés, ils vivaient pendant des centaines, peut-être des milliers d'années. Un ensemble différent de paramètres avait le dessus, dans leur cerveau, ils vivaient pour l'instant présent, pour la beauté éphémère d'une bulle s'élevant dans la lumière et disparaissant, pour l'acte de la création, du devenir. Un artefact durable n'avait pas de besoins, pas de but ; car le chant, la danse, l'acte étaient en eux-mêmes une œuvre d'art, comme une fleur ou une vie, embellie par sa fugacité. Le tangible, le matériel, n'avaient pas plus d'utilité ni de conséquence pour eux que le temps lui-même. Leur vie était infinie, selon les normes humaines, et ils la vivaient en hédonistes, absorbés par la caresse sensuelle de leur passage dans l'eau limpide, dans la chaleur et le froid, les courants et les vagues, le schisme étonnant entre l'air et l'eau, la fluide chaleur du désir, la tiède présence apaisante d'un enfant.

Il y avait peu de choses que Moon pouvait leur communiquer avec des mots, même s'il y avait eu un interprète pour franchir la barrière d'incompréhension. Et pourtant, là parmi eux, même enfermée dans la peau inanimée de sa combinaison de plongée, elle sentait se dissoudre la peau mentale de ses perceptions, de ses valeurs, de ses buts. Elle pouvait écarter le souvenir de ce qui venait de se passer ainsi que l'incertitude de l'avenir, laisser le présent devenir éternité et l'avenir se fondre en écume.

Elle voyait tourner autour d'elle avec exubérance l'ondin qui lui avait servi de mère, elle savait qu'ils étaient tous ses amis, sa famille, ses amoureux, elle sentait qu'elle faisait partie de leur monde hors du temps. Doucement, en hésitant, elle ajouta sa voix à l'harmonie du chant des ondins.

Silky s'approcha d'elle, ses tentacules glissèrent sur ses épaules, entourèrent le tuyau de sa bouteille d'oxygène, tirèrent...

— Silky !

La protestation fut déformée quand elle enfonça les dents dans son embout pour éviter qu'il soit arraché de sa bouche. Elle leva les mains, sentit d'autres tentacules s'enrouler autour d'elle alors qu'elle tentait de protéger son approvisionnement d'air ; elle remonta ses pieds aux palmes encombrantes pour le repousser. Elle s'aperçut alors que deux Silkys se battaient à côté d'elle, vit le couteau sortir du fourreau, derrière l'épaule du faux, se balancer parmi les tentacules comme un serpent aux dents pointues, pris entre les victimes. Elle rua des deux pieds mais pas avant que la lame choisisse une cible et qu'un nuage de sang noir se déploie à l'épaule de Silky.

Elle le prit dans ses bras, essaya de nager hors de portée du tueur, mais les eaux calmes bouillonnaient soudain de corps, alors que les ondins de la colonie se jetaient à la mer, poussés avec les autres en une masse prise de panique. Ils se débattaient autour d'elle, la pressaient de tous côtés, lourdement ; des nageoires, des têtes, des corps la heurtaient et la meurtrissaient. Elle resta cramponnée aux tentacules traînants de Silky en luttant pour remonter à la surface au milieu du chaos. Mais, au-dessus d'elle, dans l'eau plus lumineuse, elle vit la silhouette d'un lourd filet descendant vers eux, l'ombre noire de la double coque d'un navire fendant la surface de la baie. D'autres silhouettes ressemblant à Silky guidaient la chute du filet qui tomba sur elle comme un linceul, l'entraîna vers le fond en pleine claustrophobie démente... *La Chasse ! Non... Ce n'est pas possible ! Pas ici, pas ici...*

Mais il était futile de nier que l'impossible la serrait à la gorge, qu'au-dessous d'elle les ondins étaient massacrés, rendus fous par la douleur et la détresse, qu'ils mourraient tous. Elle lâcha Silky mais resta près de lui, elle le vit hocher la tête et agiter ses tentacules à travers le filet alors qu'elle se cassait en deux et dégainait son couteau de plongée du fourreau fixé à sa jambe. Elle se mit à trancher les mailles, de toutes ses forces ; le filet se déchira sous l'assaut furieux de sa lame, lui offrant un trou assez grand pour s'y glisser.

Elle nagea par la brèche en entraînant Silky, juste au moment où le filet les forçait à plonger parmi les ondins enragés. Mais elle continua de frapper, en se retenant d'une main au bord de l'ouverture, à taillader pour agrandir le trou.

— Par ici ! Ici ! Sortez, sortez, sortez !

Elle criait dans le tumulte de leurs cris, sanglotant de rage. Mais la panique des ondins était sourde à toute pensée cohérente et la poignée qui tomba par le trou était simplement poussée par les efforts désordonnés des autres pour se sauver. Elle chercha parmi eux celui qui avait été sa mère mais ne le trouva pas. Et elle continua de taillader, en jurant, en haletant. Malgré tous ses efforts, les ondins se noyaient ; sans défense, ils se noyaient pour leurs assassins et elle était incapable de les sauver.

Silky s'accrochait au filet à côté d'elle, en nageant maladroitement, assommé par sa blessure ou par les ondes soniques qui désorientaient les ondins. En le regardant, Moon vit deux des Limiers plonger vers lui et le ligoter dans leurs tentacules, lui faire lâcher le filet...

D'autres tentacules entourèrent Moon par-derrière et l'aveuglèrent à moitié, arrachèrent le couteau de sa main alors qu'elle se retournait sur son assaillant. Comme des serpents furieux, ils recouvrirent son masque, trouvèrent le tuyau d'air et lui arrachèrent le respirateur. De l'eau glacée filtra sous le masque et la panique doubla ses forces. Mais les liens de chair du Limier ne lui laissaient pas de place et ce n'était jamais que la force de deux femmes qui se noient.

Pas un instant avant que sa tête ne fende la surface, pas avant que ses poumons brûlants n'aspirent enfin de l'air et non de l'eau salée, elle ne comprit qu'ils n'avaient pas voulu la noyer, qu'ils n'en avaient pas encore fini avec elle.

Elle trébucha, inexplicablement, quand ses palmes se prirent dans les algues du fond ; clignant des paupières sur les larmes brûlantes de l'océan, elle vit de petites vagues lécher la plage et la côte s'élever devant elle. Deux Limiers la propulsèrent sur la terre ferme, la traînèrent en la portant à moitié sur les galets de la plage des ondins. Il n'en restait plus un seul et les Limiers la laissèrent tomber sans plus s'occuper d'elle, toussante et crachante. Elle entendit un autre corps s'aplatir à côté d'elle et vit Silky. Elle se souleva sur ses coudes pour s'approcher de lui, elle essaya en vain de voir sa blessure et, faute de mieux, elle lui serra faiblement l'autre épaule d'un geste rassurant.

Enfin elle s'assit, la gorge à vif déchirée par chaque bouffée d'air pénétrant dans ses poumons congestionnés, arracha son masque et sentit le vent aigre la gifler. Au bout d'un moment, d'autres silhouettes émergèrent de l'eau, plus loin sur la plage, traînant des cadavres d'ondins pour le dépeçage final. Elle enfonça ses poings dans les galets en gémissant tout bas, mais pas sur elle-même.

Plus près d'elle, une étrange apparition en noir observait leur travail, une forme humaine, masculine, avec la tête hérissée de piquants d'une créature de totem. Moon le vit agiter une main et elle perçut vaguement sa voix atone portée par le vent, une voix humaine. Les premiers ondins étaient traînés en haut de la plage ; un Limier s'agenouilla près de chaque cadavre, elle vit scintiller un couteau et le sang jaillir sur la fourrure soyeuse pour se déverser dans un seau. Puis, la grâce enfuie, la vie volée, la joie et la beauté arrachées, le corps de l'ondin fut laissé là, pour pourrir sur sa plage ancestrale et servir de pitance aux charognards.

Les yeux de Moon, noyés de larmes, ne voulaient plus rien voir. Elle avait la nausée, une haine meurtrière l'envahissait. Sa main se referma sur un gros galet, le serra de plus en plus fort ; elle se hissa sur les genoux. A côté d'elle, Silky se redressa, se releva d'un mouvement brusque et s'appuya sur son épaule. Elle l'entendit parler, sans rien comprendre mais en sentant la blessure plus profonde qu'il avait ressentie en voyant ses frères massacrer ses amis. Il s'avança en chancelant un peu, avant qu'elle songe à le suivre. Il se dirigeait vers l'être humain en noir, entouré de ses Limiers.

— Silky...

Elle se releva péniblement, rejeta ses palmes et le suivit, serrant le galet dans sa main.

L'homme en noir se tourna à peine vers eux.

— Arrêtez-les.

Il fit un geste indifférent et trois des Limiers le quittèrent pour barrer le chemin à Silky, l'entourer sans hésitation. Elle entendit une cacophonie de mots inconnus, un marmonnement, puis elle les vit lutter. Des tentacules fouettaient des têtes, des yeux argentés, un couteau brilla...

— Non ! Silky !

Elle s'élança en courant. Le troisième Limier se détacha et l'attrapa, la jeta de côté... et elle vit la lame frapper. Silky tomba comme une pierre parmi les pierres. L'homme en noir se retourna au cri de Moon mais au même instant, elle frappa le troisième Limier de toute sa force et l'assomma. Les autres l'empoignèrent, la maintinrent solidement entre eux tandis que le troisième chancelait, en sang, et venait rabattre son capuchon, dénuder sa gorge. Les cheveux de Moon cascadèrent sur ses épaules ; des tentacules s'y emmêlèrent et lui tirèrent la tête en arrière.

— Arrêtez !

Quelqu'un cria l'ordre. Mais elle n'avait plus de voix, plus de temps du tout, rien qu'un dernier kaléidoscope de nuages et de ciel tandis que la lame ensanglantée mordait déjà sa gorge...

Un choc violent rejeta le Limier loin d'elle, la fit tomber.

— Laissez-la tranquille ! Qu'est-ce que vous faites ?

Les lourdes bottes de l'homme noir l'enjambaient, la protégeaient comme un arbre face à la tempête. Elle leva les yeux mais ne vit que son ombre à contre-jour sur la plage désolée...

— ... parce qu'elle est une sibylle, nom des dieux !

Voilà pourquoi ! Qu'est-ce que vous cherchez, à me contaminer ? Foutez-moi le camp d'ici, et jetez ce couteau à la mer !

Il les chassa d'un geste, s'écarta d'elle quand ils partirent et s'accroupit.

Moon se redressa avec méfiance ; un filet de sang chaud coulait sur le tatouage au creux de sa gorge, s'insinuait dans sa combinaison, entre ses seins.

L'homme en noir... Elle était certaine que c'était un homme maintenant, caché sous un masque. Elle ne voyait que ses yeux et ils étaient gris-vert. Il tendit un gant hésitant vers son cou. Elle eut un mouvement de recul, surprise, mais essuya le sang de son tatouage d'un geste brusque. Elle le vit frémir à la vue du trèfle.

— Dieux ! Est-ce que je deviens fou ?

Il se détourna, parut chercher sur la plage une affirmation, un démenti.

— Tu n'es pas vraie ! Tu ne peux pas ! Qu'est-ce que tu es ?

Il leva de nouveau la main, la prit par le menton pour tenir sa figure devant lui ; la lâcha, caressa sa joue, ses cheveux.

— Pas elle...

C'était presque une supplication.

Elle porta sa main gantée à sa gorge, où la douleur s'étendait d'une oreille à l'autre, du menton à la poitrine, pour lui cacher sa blessure, protéger le trèfle.

— Moon, souffla-t-elle sans savoir pourquoi elle donnait son nom mais heureuse d'avoir encore une voix pour le prononcer. Sibylle... Oui, je le suis ! dit-elle plus durement. Et je dois vous dire que vous avez commis un crime. Vous n'avez pas le droit de chasser sur ces terres. Et aucun homme n'a le droit d'assassiner un être intelligent ! C'est un assassinat ! Un assassinat !

Elle tendait la main vers le carnage sur la plage, sans suivre des yeux son geste. Il le suivit, lui, et son regard revint vers elle, aussi vert et dur que des émeraudes.

— Tais-toi, bons dieux !

Mais les yeux restèrent sur son visage, incrédules, perplexes, et il crispait les mains sur ses genoux.

— Maudite ! Maudite ! Qu'est-ce que tu fais ici ? Comment peux-tu être venue *ici*, pour me voir comme ça ? Après m'avoir abandonné... je devrais te tuer pour ça !

Il se tordit les mains, arracha d'elle ses yeux, lança ses paroles au vent.

— Oui ! Oui, tuez-moi aussi ! Tueur d'ondins, tueur de sibylle, lâche... et maudit vous-même !

Elle tendit vers lui ses mains ensanglantées, pour tenter de l'atteindre, de le blesser, de le contaminer...

Mais sa main n'avait plus de force et retomba, oubliée, quand elle vit enfin le symbole brillant sur le costume noir : le signe du cercle croisé et recroisé, le signe de l'Hégémonie. La médaille qu'elle avait vue tous les jours de sa vie, en Eté... Elle leva de nouveau la main et il ne l'empêcha pas de toucher le symbole. Lentement, très lentement, elle leva les yeux, sachant que dans un instant elle...

— Non !

Sans avertissement, il serra le poing, la frappa violemment et l'expédia dans les ténèbres.

•

31

— Bonjour, Miroe !

En uniforme, arborant son plus beau faux sourire, Jerusha descendit du patrouilleur. Le vent plaqua sur ses épaules ses doigts glacés, tenta d'ouvrir la capote à moitié boutonnée, pour de plus brutales libertés. *Sale temps !* Le sourire vacilla.

— Jerusha ?

Ngenet descendait la pente, alerté par les ouvriers agricoles qui avaient vu arriver l'engin de patrouille. Son sourire de bienvenue parut sincère à Jerusha et le sien devint plus chaleureux. Mais elle surprit l'ambiguïté du regard qui détaillait l'uniforme avant de monter à ses yeux.

— Il y a longtemps.

— Oui, murmura-t-elle, en se demandant si le temps était la raison de son hésitation. Je sais. Comment... comment allez-vous, Miroe ?

— Toujours pareil. Rien n'a beaucoup changé, répondit-il, haussant les épaules, les mains enfoncées dans les poches de son parka. En général, rien ne change. C'est une visite officielle, ou simplement amicale ?

Il regarda derrière elle le patrouilleur vide.

— Un peu des deux, avoua-t-elle en s'efforçant de parler sur un ton léger mais elle le vit pincer les lèvres, imperceptiblement. C'est-à-dire que nous avons reçu un rapport sur un techlegger qui se serait noyé près d'ici *(il y a au moins deux ou trois semaines)* et comme j'enquêtais là-dessus dans la région...

— Le commandant de police fait la chasse aux malfaiteurs dans l'intérieur ? Depuis quand ? ironisa-t-il.

— Eh bien, j'étais la seule dont on pouvait se passer.

Elle rit, un peu penaude, en étirant les muscles de ses joues qui ne servaient plus. Il rit aussi, franchement.

— Allons donc, Jerusha, vous savez que vous n'avez pas besoin de prétexte officiel pour venir ici. Vous êtes toujours la bienvenue... en amie.

— Merci. (Elle comprenait la précision et en était reconnaissante.) Ça fait plaisir d'être considérée comme une personne humaine, pour changer, et non comme une Bleue.

Elle tirailla sa capote, soudain gênée par l'uniforme. *Mon bouclier, mon armure. Que ferai-je quand on me l'enlèvera ?*

— Je... j'ai essayé de vous appeler, il y a une quinzaine de jours. Mais vous étiez absent.

Elle se demanda soudain pourquoi il ne l'avait pas rappelée. *Dieux, qui pourrait lui en vouloir, alors que je ne l'ai jamais fait pour lui ?* Il parut se poser la même question, sans trouver de réponse non plus.

— Je regrette, je ne pouvais... mais je suppose que vous avez été... très occupée.

— Occupée ! Ah, mes dieux ! C'était... le diable et son train !

Elle s'appuya contre le patrouilleur, rabattit la porte et la claqua.

— BZ est mort, Miroe. Mort. Tué par des bandits en dehors de la ville. Et je n'arrive pas à... Je ne peux plus le supporter ! gémit-elle, baissant la tête. Je ne sais pas comment je pourrai retourner à Escarboucle, alors que je ne cesse de me dire que cela vaudrait mieux pour tout le monde, que tout le monde serait heureux si je ne reparaissais jamais. Comme il vaudrait mieux que ce soit moi, qui me sois perdue...

— Par tous les dieux, Jerusha... Pourquoi ne me l'avez-vous pas dit ?

Elle se détourna de la main tendue, et contempla désespérément la mer.

— Je ne suis pas venue ici pour... pour me servir de vous comme d'une poubelle !

— Bien sûr que si. A quoi servent les amis ?

Elle perçut le sourire dans sa voix.

— Non, pas question !

— Bon. Mais pourquoi pas ? Pourquoi ?

Il la prit par le bras.

— Ne me touchez pas, je vous en prie, Miroe.

Il la lâcha et elle sentit son bras picoter encore, du léger contact.

— Je peux me débrouiller. Ça ira mieux. Je peux me débrouiller seule.

Son contrôle ne tenait qu'à un fil.

— Et avec votre façon de vous débrouiller, vous avez envie de mourir.

— Non ! cria-t-elle en abattant son poing sur le métal glacé. Non. C'est pourquoi j'avais besoin de m'évader... Je devais trouver un autre moyen.

Lentement, elle se tourna vers lui, mais les yeux fermés. Il attendit un moment en silence.

— Jerusha... Je connais le genre de pressions que vous avez eu à subir. Vous ne pouvez pas vivre avec cela en gardant tout pour vous. Vous ne pouvez pas y arriver seule. Pourquoi avez-vous cessé de m'appeler ? Pourquoi avez-vous cessé de répondre, même ? Vous n'avez pas confiance en moi ?

Il était presque en colère. Elle pinça les lèvres, réprimant un rire absurde.

— Trop ! Ah, dieux, j'ai trop confiance en vous ! Regardez-moi, je ne suis ici que depuis cinq minutes et déjà je vous ai déballé mes malheurs ! Rien qu'en vous voyant, je craque... Vous voyez. Je ne peux pas m'appuyer sur vous, sans devenir une infirme.

— Nous sommes tous des infirmes, Jerusha. Nous sommes nés infirmes.

Elle rouvrit lentement les yeux.

— Vraiment ?

Il croisait ses mains dans le dos, tourné vers la mer. Le vent fraîchissait, soulevait ses cheveux noirs. Jerusha se voûta sous son épais manteau.

— Vous le savez bien, sinon vous ne seriez pas venue. Montons à la maison.

Elle le suivit sur la pente, en bredouillant de vagues réflexions sur les récoltes et le temps qu'il faisait, laissant toute sa résistance la quitter et rouler vers la mer. Ils passèrent près de l'éolienne grinçante dressée comme une sentinelle solitaire au-dessus des communs. Il s'en servait pour pomper l'eau de son puits ; elle se dit, une fois de plus, que c'était un anachronisme ridicule sur une plantation qui fonctionnait avec des unités d'énergie importées.

— Miroe, je me suis toujours demandé pourquoi vous utilisez ça pour actionner votre pompe.

Il lui jeta un coup d'œil et répondit avec bonne humeur :

— Ma foi, Jerusha, vous avez confisqué mon aéroglisseur. On ne sait jamais, je pourrais perdre mes génératrices.

Ce n'était pas la réponse qu'elle attendait mais elle secoua simplement la tête. Ils arrivèrent à la maison, traversèrent la véranda aux volets-tempête, et pénétrèrent dans la pièce dont elle se souvenait si bien, telle qu'elle l'avait vue la première fois et à chacune des rares soirées volées, depuis, qu'elle avait passées assise en tailleur devant le feu, enveloppée de chaleur et de lumière dorée, absorbée par une partie de chama à la tridi ou racontant des souvenirs d'un autre monde à Miroe, fasciné.

Elle ôta son casque, secoua ses boucles brunes. Ses yeux errèrent sur le confortable bric-à-brac, où des vestiges d'ancêtres d'extramonde, héritage par défaut, voisinaient avec le mobilier indigène grossièrement taillé. Elle s'approcha de la grande cheminée de pierre et se retourna pour se chauffer le dos et faire face à Ngenet.

— Vous savez, après tout ce temps, il me semble que je ne suis jamais partie d'ici. C'est drôle, n'est-ce pas, que certains endroits produisent cet effet ?

Il ne répondit pas mais lui sourit.

— Vous ne voulez pas porter vos affaires en haut ? Je vais vous chercher quelque chose à manger.

Elle reprit le sac à bandoulière à moitié plein de linge de rechange et monta par le vieil escalier. La maison était grande, pleine d'échos d'enfants et de rires, pleine de souvenirs. Sous ses doigts, la rampe avait été usée et polie par d'innombrables mains ; mais les couloirs, les chambres étaient vides et silencieux, maintenant. Il ne restait que Miroe, le dernier de sa lignée, seul. Seul même parmi les Hiverniens qui travaillaient pour lui à demeure. Elle devinait le lien de confiance et de respect existant entre eux et lui, un lien plus solide qu'elle ne l'aurait cru, entre patron et employés, extramondien et indigènes. Cependant, il était toujours entouré d'une espèce de champ intangible de réserve qui le maintenait à part, se suffisant à lui-même. Elle sentait parfois que cela déclenchait des étincelles, contre le sien.

Elle entra dans la chambre qu'elle avait toujours occupée, jeta son sac et son casque sur le lit et les regarda s'enfoncer dans les édredons froissés. Le lit était dur comme du bois — c'était du bois, d'ailleurs — mais elle n'y avait jamais souffert d'insomnies, à chercher le sommeil alors que ses yeux brûlaient sous ses paupières, dans le noir...

Elle ôta son manteau et alla ouvrir l'armoire massive pour l'accrocher. Et s'arrêta, l'attention attirée par la surprenante combinaison de vol chartreuse laissée en tas dans le fond. Elle accrocha machinalement son manteau, ramassa la combinaison et la tint contre elle, puis à bout de bras pour en examiner le contour. Enfin, lentement, elle reprit son manteau et accrocha la combinaison à sa place.

Elle retourna au lit défait, regarda de nouveau les couvertures froissées, ramassa la brosse, sur un tabouret, tira sur quelques longs cheveux blonds. Elle la reposa. Figée, silencieuse, elle revoyait une enfant solitaire aux cheveux bouclés, en caleçon et sandales élimés, accroupie pour observer des wogs argentés nageant dans une petite mare. Le soleil ruisselait sur elle comme du miel chaud, étouffant tous les sons, et le lit du ruisseau desséché, jonché de cailloux blanchis, s'étirait à l'infini...

Elle reprit son casque et son sac sur le lit et descendit rapidement.

— Jerusha ?

Miroe se retourna, de la table basse devant le feu, l'air étonné.

— Je croyais que vous étiez...

— Vous ne m'avez pas dit que vous aviez... d'autres invités, dit-elle, et les mots sonnèrent autrement qu'elle aurait voulu. Je ne resterai pas.

Il changea d'expression, comme un homme surpris en flagrant délit d'oubli très grave. La figure de Jerusha s'était figée, comme un masque.

— Vous ne quittez donc jamais le service ? demanda-t-il à mi-voix.

— Votre moralité ne me tou... ne me concerne pas, service ou non.

— Quoi ? (Une tout autre expression.) Vous voulez dire... C'est ça que vous pensez ?

Le soulagement de Ngenet explosa dans un grand rire.

— Je croyais que vous cherchiez des contrebandiers !

Elle ouvrit la bouche mais il traversa vivement le bric-à-brac, vers elle.

— Jerusha ! Dieux des dieux, ce n'est pas ce que je voulais dire. Ce n'est pas ce que vous pensez. Elle n'est qu'une amie. Pas un amour. Elle est assez jeune pour être ma fille ! Elle est en mer, en ce moment.

Jerusha se détourna, baissa les yeux.

— Je ne voulais pas... vous déranger.

Il s'éclaircit la gorge, souleva un gros coussin fané, le rejeta.

— Je ne suis pas une effigie en plastique, vous savez...

— Je ne l'ai jamais cru.

— Je... Vous avez dit une fois que je n'étais pas stupide. Mais, durant tout ce temps, avec toutes vos visites, je n'ai jamais compris... que vous vouliez quelque chose de plus.

Il leva une main, la toucha comme il ne l'avait jamais fait.

— Je ne voulais pas que vous sachiez...

Je ne voulais pas l'avouer, même à moi ! Elle essaya de bouger, de reculer, de repousser sa main, elle essaya, tremblant comme un oiseau sauvage. Il la lâcha.

— Y a-t-il quelqu'un d'autre ? En ville, dans votre monde, un autre...

— Non, souffla-t-elle, écarlate. Jamais.

— Jamais ?... Jamais ?... Jamais personne ne vous a caressée ainsi (La main glissait sur sa nuque, son oreille, sa joue...) ou comme ça (... sous l'agrafe de sa tunique, à sa gorge... vers les seins...) ni fait ceci ?

Il l'enlaça, la serra contre lui au point qu'elle sentit leurs deux corps se fondre et sa bouche qui venait lui prendre les lèvres.

— Oui... Maintenant...

Un murmure quand le baiser la délivra. Elle retrouva le nectar de la bouche, soudain exigeante.

— Pardon, monsieur ?

Jerusha étouffa un cri et se dégagea par réflexe ; elle vit le vieux cuisinier sur le seuil, le dos tourné.

— Qu'est-ce que c'est ?

La voix de Miroe était rauque.

— Midi, monsieur. Le repas de midi est prêt... mais il vous attendra, monsieur.

Jerusha devina le sourire entendu du cuisinier qui retournait vers l'office. Miroe soupira, essaya de sourire, de froncer les sourcils mais ne réussit qu'à avoir l'air vexé. Il voulut reprendre la main de Jerusha mais elle la lui retira avant qu'il referme les doigts. Il la regarda, surpris. Elle sourit, d'un sourire mal assuré.

— Vous avez posé la question éloquemment, mais vous auriez dû la poser une autre fois, Miroe... Je suis trop près de la fin... ou pas assez.

— Je comprends.

Il hocha la tête, soudain sur la réserve, comme si l'instant passé entre eux, ce moment qu'elle avait attendu si longtemps, ne signifiait rien pour lui. La déception et la honte lui pincèrent le cœur. *Est-ce tout ce que ça aurait été pour vous ?*

— Je ferais mieux de retourner en ville.

Ainsi vous pourrez raconter à vos petites amies hiverniennes que vous avez presque eu le commandant de police à déjeuner.

— Vous n'avez pas besoin de partir. Nous pouvons... faire comme si rien ne s'était passé.

— Vous le pouvez peut-être. Pas moi, plus maintenant. La réalité est trop forte.

Elle enfila sa capote, se tourna vers la porte.

— Jerusha... Vous irez bien ?

Elle fut arrêtée par l'inquiétude qui perçait dans sa voix, revint sur ses pas, de nouveau maîtresse d'elle-même.

— Oui. Même une seule journée hors d'Escarboucle est comme une transfusion sanguine. Peut-être... Je vous reverrai peut-être, au Festival... avant le départ final ?

Elle s'irritait de le demander, alors qu'elle ne le voulait pas.

— Non, je ne crois pas. C'est un Festival auquel je n'ai pas envie d'assister. Et je ne quitte pas Tiamat, j'y suis chez moi.

— Oui, bien sûr, murmura-t-elle en sentant revenir le sourire artificiel, comme une crampe. Eh bien, peut-être... Je vous appellerai peut-être, avant mon départ.

— Je vais vous raccompagner.

— Ne vous donnez pas cette peine, c'est inutile.

Elle mit son casque, serra la jugulaire, ouvrit la grande porte aux gonds de fer et sortit, la poussant entre eux aussi calmement que possible.

Elle était arrivée à mi-pente quand elle entendit Ngenet l'appeler. En se retournant, elle le vit descendre en courant et elle s'arrêta, serrant les poings dans ses moufles.

— Oui ?

— Une tempête arrive.

— Mais non.. J'ai consulté la météo avant de quitter Escarboucle.

— Au diable la météo, si ces salauds voulaient bien quitter un peu leurs simulateurs et regarder le ciel... Elle sera ici demain avant l'aube.

Il montrait le ciel et elle leva les yeux mais elle ne vit rien que quelques nuages pommelés, un pâle halo de brume nimbant les Jumeaux.

— Ne vous inquiétez pas, je serai rentrée avant la nuit.

— Ce n'est pas pour vous que je m'inquiète ! répliqua-t-il en regardant vers le nord.

— Ah !...

Elle sentit sa figure perdre toute expression.

— Cette fille qui demeure ici, elle est en haut de la côte dans un petit bateau. Elle ne doit pas rentrer avant demain dans la soirée. Je l'ai déjà repêchée une fois à moitié gelée et morte, je n'aurai peut-être pas la même chance deux fois. Je ne la retrouverai jamais à temps, à moins...

— Très bien, Miroe. Allons la chercher.

Il hésita.

— Je... Je ne sais pas comment vous demander ça, je n'en ai pas le droit, mais...

— Je comprends. C'est mon devoir de porter secours.

— Non, je vous demande d'être... hors service, en faisant cela. D'oublier que vous avez déjà vu la personne que vous allez voir. (Il sourit, ou grimaça.) Vous voyez, j'ai bien trop confiance en vous, moi aussi.

Il se frotta vigoureusement les bras et elle s'aperçut brusquement qu'il était sorti sans manteau. Et elle se rappela son malaise à son arrivée, en le comprenant enfin.

— Elle n'est pas une meurtrière, elle n'a massacré personne, ni rien ?

— Loin de là ! s'exclama-t-il en riant.

— Alors j'ai une mémoire abominable. Venez, avant de périr de froid. Vous me raconterez la conspiration en chemin.

Ils descendirent au bas de la colline, dans les dents du vent. Jerusha prit les commandes du patrouilleur et vola vers le nord le long de la côte escarpée.

— Bien. Je pense que maintenant je peux me permettre d'assembler les pièces du puzzle. Vous avez bien eu quelque chose à faire avec ce techlegger abattu près d'ici il y a quinze jours. Votre invitée est une contrebandière.

Elle retrouvait avec un certain soulagement les habitudes familières, leurs anciennes relations sans complications.

— Vous avez à moitié raison.

— A moitié ? Alors expliquez.

— Vous vous rappelez les circonstances de notre première rencontre ?

— Oui, dit-elle, revoyant soudain la figure vertueusement indignée de Gundhalinu. Il vous avait réellement épinglé.

— Votre sergent. (Elle le vit sourire avant qu'il se souvienne.) Je suis navré de ce qui est arrivé. Désolé pour vous.

— Au moins, c'était rapide. *(Et c'est là toute la miséricorde que nous pouvons espérer dans cette vie.)* La fille... ? demanda-t-elle avec un soudain pressentiment.

— C'est l'Etésienne qui vous a échappé, celle qui est partie et a quitté ce monde avec les contrebandiers.

— Elle est revenue ? Comment ?

— Ils l'ont ramenée.

Jerusha sentit le patrouilleur tressauter, secoué par un violent courant descendant, et elle régla les commandes.

— Elle est donc revenue illégalement. Où est-elle allée entre-temps ?

— A Kharemough...

— Tiens, tiens. Dites-moi, Miroe, vous êtes sûr que c'est accidentellement qu'elle a été emmenée en extramonde ?

— A cent pour cent ! Que voulez-vous dire ?

— Vous n'avez jamais remarqué que Moon Marchalaube Etésienne ressemblait à la reine de façon frappante ?

— Non. (Indifférence totale.) Voilà des années, d'ailleurs, que je n'ai pas vu la Reine des Neiges.

— Que diriez-vous si je vous révélais que la reine sait qui elle est, qu'elle a été furieuse de sa disparition ? Si je vous disais que tous mes ennuis ont commencé parce que je l'ai laissée échapper ? Si je vous apprenais que Moon Marchalaube est le clone de la reine ?

Ngenet regarda Jerusha avec stupeur.

— Vous avez des preuves ?

— Non, mais je le sais. Je sais qu'Arienrhod a des projets pour cette fille... des plans pour faire d'elle-même, de son autre moi, la Reine d'Eté. Et si elle découvre que Moon est de retour...

— Elles ne sont pas la même personne. Elles ne le peuvent pas, affirma Miroe en fronçant les sourcils. Vous oubliez un détail sur Moon.

— Lequel ?

— C'est une sibylle.

Jerusha sursauta, ses souvenirs confirmant ces mots.

— En effet... Mais cela ne veut quand même pas dire que j'ai tort. Ou qu'elle ne représente pas un danger pour l'Hégémonie.

— Que comptez-vous faire ?

Miroe pivota sur son siège, pour lui faire face. Elle secoua la tête.

— Je ne sais pas. Je ne le saurai qu'en arrivant là-bas.

— Dépouillez ces carcasses, là. Vite... un blanc arrive... abri avant la nuit...

Des aboiements de chiens. Moon sentait le monde affluer et refluer, comme la langue froide de la mer qui léchait ses pieds, ses jambes. Elle ouvrit les yeux en se souvenant qu'elle ne voulait pas les ouvrir ni voir... Mais elle ne vit que le ciel, quelques nuages inoffensifs à la dérive. Elle avait peur de bouger.

— Ça, c'est mort.

— ... coup de chance, la Mère soit louée !... jamais trouvé autant de peaux...

— Louée soit la Reine des Neiges !

Rires.

— Celle-là ne l'est pas.

Une figure cacha le ciel, une tête enveloppée de blanc. Un être s'accroupit, fit asseoir Moon. Elle entendit sa propre voix marmonner, délirer.

— Noir. En noir. Où... Où ?

Elle leva les mains, enfonça les doigts dans la lourde épaule blanche pour se soutenir, et elle vit le cadavre, à côté d'elle.

— Silky !

La silhouette blanche la repoussa et se releva.

— Un de ces foutus défenseurs d'ondins, probable. Elle a dû tuer le Limier. Ils n'ont pas achevé leur travail avec elle.

La voix était jeune, masculine. Moon étirait ses bras pour toucher l'extrémité des tentacules inertes.

— Silky... Silky...

— Alors, achève-le.

Une voix dure, usée par le temps. Moon roula sur le côté alors que le garçon s'accroupissait de nouveau et ramassait un gros galet. Elle tâtonna fébrilement sur la fermeture de sa combinaison, tira, la fit glisser jusqu'à sa taille alors que la pierre menaçait déjà sa tête.

— Sibylle !

Elle lança le mot comme un bouclier. La pierre tomba de la main interdite du gamin. Il rabattit son capuchon et elle vit sa figure perdre son inhumanité, ses yeux suivre d'un air ahuri la traînée de sang séché, jusqu'à la gorge blessée.

— Sibylle, dit-elle en montrant le tatouage, en priant que le dessin soit assez net, qu'il comprendrait.

— Man ! cria-t-il en tombant assis sur ses talons. Viens voir ça !

D'autres silhouettes blanches spectrales l'entourèrent, comme un tribunal de fantômes, se dédoublèrent et scintillèrent devant sa vue brouillée.

— Une sibylle, Man ! Nous ne pouvons pas la tuer.

Une personne mince, féminine, dansait de joie à côté de Moon.

— Je n'ai pas peur du sang de sibylle ! Je suis sacrée. Je vivrai éternellement.

Moon identifia la vieille à sa voix, parmi les combinaisons éblouissantcs.

— Ah, tu crois ça !

La fille repoussa son frère et se pencha pour regarder de près la gorge de Moon. Elle rit nerveusement, se redressa.

— Tu peux parler ?

— Oui...

Moon s'assit, porta une main à sa gorge, une autre à sa figure enflée. Elle jeta un coup d'œil au cadavre de Silky, vit derrière lui d'autres silhouettes blanches armées de couteaux à dépecer, qui mutilaient les corps des ondins morts. Elle vacilla, serra ses genoux contre elle, se cacha ce spectacle. *Je ne l'ai pas vu. Non. C'était quelqu'un d'autre !* Elle gémit ; sa voix était la lamentation dolente d'un chant d'ondin solitaire.

— Alors, je la veux ! déclara la fille en se tournant vers la vieille. Je la veux pour mon zoo. Elle peut répondre à n'importe quelle question !

— Non ! (La vieille la gifla et elle se protégea la tête.) Les sibylles sont malades, les extramondiens le disent. Elles sont menteuses. Tous les devins. Plus de ménagerie, Bloodwed ! Tu nous empestes assez avec ça. Je m'en vais me débarrasser de ces...

— Essaie voir un peu !

Bloodwed décocha une méchante ruade. La vieille hurla et recula en chancelant.

— Essaie voir un peu ! Tu veux vivre éternellement, hein, espèce de vieille folle, alors je te conseille de laisser mes bêtes tranquilles !

— Ça va, ça va, gémit la sorcière. Ne parle pas comme ça à ta mère, sale ingrate. Est-ce que je ne te laisse pas avoir tout ce que tu veux ?

— Comme ça, c'est mieux, marmonna Bloodwed, les poings sur les hanches, en examinant Moon. Toi, je crois que tu vas être exactement ce qu'il me faut !

— Dieux ! Oh ! mes dieux !

C'était plus un juron qu'une prière.

Jerusha se taisait, à côté de Miroe sur la plage sans vie,

écoutait les cris aigus lointains des charognards dérangés. Ses yeux erraient sur les cadavres jonchant les galets, sans vouloir se poser nulle part, enregistrer le moindre détail, incapables de regarder la figure blême de Miroe... Elle ne pouvait prononcer un seul mot ni le toucher, honteuse d'être une intruse, le témoin d'un chagrin qui dépassait son entendement. C'était la Chasse, le sacrifice des ondins... cet abattoir puant sur une plage désolée. C'était cette chose à laquelle elle s'était opposée par principe, sans jamais tenter d'en aborder la réalité. Mais cet homme avait haï la réalité.

Miroe s'éloigna du patrouilleur et serpenta parmi les cadavres des ondins, il examina chaque corps dépouillé et sanglant avec une attention masochiste. Jerusha le suivit en gardant ses distances ; elle serrait les dents au point qu'elle se demandait si elle serait capable de rouvrir la bouche. Elle le vit s'arrêter et s'agenouiller près d'un des corps. Elle s'approcha et vit que ce n'était pas un ondin. Ni un humain.

— Un... Limier mort !

— Un ami mort.

Il souleva dans ses bras le corps inerte du Dillyp, comme un enfant endormi ; elle vit la traînée sombre qu'il laissait sur la plage, regarda Miroe, sans comprendre, qui le portait au bord de l'eau, y entrait sans hésitation et marchait de plus en plus loin, jusqu'à ce que les vagues glacées atteignent sa poitrine. Et là, il laissa l'exilé rentrer sans bruit chez lui.

Quand il revint, Jerusha prit sa capote et la lui jeta sur les épaules. Il la remercia distraitement, d'un signe de tête ; elle crut presque qu'il ne sentait pas le froid. Soudain, elle se souvint qu'il y a cinq ans, un des techleggers était un Dillyp.

— Elle doit être morte aussi, dit-il d'une voix dure et Jerusha s'aperçut alors qu'il n'y avait aucune trace de Moon Marchalaube. Starbuck, les Limiers ont fait ça. La dernière Chasse. Sur mes terres. Et ils les ont laissés comme ça, mutilés... Pourquoi ?

— Arienrhod l'a ordonné.

Cette simple déclaration la brûla, comme un rayon de

lumière vive, car elle ne voyait qu'une raison concevable pour qu'Arienrhod s'en soit prise ainsi à un extramondien, un inconnu. *A cause de moi ? Non, non... pas à cause de moi !*

Miroe se tourna vers elle, comme si sa culpabilité se voyait.

— C'est un crime contre un citoyen de l'Hégémonie, sur sa concession, cria-t-il d'une voix accusatrice. Vous l'avez vu de vos propres yeux. Avez-vous l'autorité pour inculper Starbuck d'assassinat... commandant ?

Elle sursauta.

— Je ne sais pas. Je ne sais plus, Miroe... Mais je vous jure, devant vos dieux et les miens, que je ferai tout ce qui est en mon pouvoir pour y arriver. *(Regardant les corps dépecés.)* Elle détruit tout ce qu'elle touche, la garce... *(BZ disparu dans une boule de feu.)* et je le lui ferai payer, même si je dois en mourir ! Elle ne s'en tirera pas comme ça.. *(La vie de Lioux-Sked brisée.)* Elle se croit intouchable, elle s'imagine qu'elle sera reine éternellement, mais elle ne s'en tirera pas... *(ma propre vie brisée)* même si je dois la noyer moi-même !

— Je ne demande qu'à vous croire, Jerusha, dit Miroe sans sourire et la froide accusation disparut de sa voix. Mais il n'y a plus beaucoup de temps.

— Je sais. (Elle se détourna pour graver volontairement dans sa mémoire l'effroyable ruine d'une créature dont le seul crime était de vivre.) Je n'avais jamais vu d'ondin...

— Vous n'en avez pas vu non plus ici, murmura-t-il d'une voix mal assurée. Pas ces monceaux de chair morte. Ce n'est rien du tout. Vous n'avez pas vu d'ondins tant que vous ne les avez pas vus danser sur la mer, entendu leur chant... Vous n'aurez pas compris la réalité du crime avant de connaître la vérité sur ce qu'ils sont. Ils ne sont pas de simples animaux, Jerusha.

— Quoi ? Qu'est-ce que vous dites ?

Non, ne me dites pas cela. Je ne veux pas le savoir.

— Ils sont des êtres intelligents. Il n'y a pas eu deux assassinats sur cette plage, aujourd'hui, mais cinquante. Et au cours du dernier millénaire...

Elle vacilla, secouée par le vent.

— Non... Non, Miroe, ce n'est pas vrai. Ils ne le sont pas !

— C'est une forme de vie synthétique. Le Vieil Empire leur a donné l'intelligence en même temps que l'immortalité. Moon Marchalaube m'a appris la vérité sur eux.

— Mais pourquoi ? Pourquoi seraient-ils intelligents ? Et comment l'Hégé ne savait-elle pas...

— Je n'en sais rien. Mais je sais que l'Hégé devait connaître la vérité, depuis un millénaire. Quand je l'ai appris, j'ai dit à Moon que je ne savais pas si je devais rire ou pleurer. Maintenant, je le sais...

Il tourna le dos. Jerusha resta muette, sans bouger, attendant que la fragile coupole du ciel s'ouvre et s'écroule, attendant que le poids de l'injustice broie la coquille d'œuf de ce monde de mensonges et la fasse tomber en morceaux autour d'elle... Mais il n'y eut aucun changement sur la mer ou dans les airs, aucune différence dans le profil des falaises ou la suffocante présence de la mort, du gâchis, du deuil.

— Miroe... Revenez au patrouilleur. Vous... vous allez attraper la mort.

— Oui. Les survivants reviendront, avec le temps. J'aurais dû... les laisser tranquilles. Je ne peux pas les aider, je ne peux plus aider les miens. (Il contempla la petite pirogue échouée au bord de l'eau, sa voile qui battait tristement.) Elle m'a fait le cadeau le plus précieux qu'on pouvait me faire, Jerusha : la vérité... Elle m'a dit qu'elle avait reçu l'ordre de revenir ici, qu'un devin l'envoyait. Je ne comprends pas. Je ne peux pas croire qu'une fin pareille était voulue pour elle. Qu'est-ce que tout cela veut dire ?

— Je ne sais pas. Rien, murmura Jerusha en secouant la tête. Tout ce que nous faisons ne signifie peut-être rien. Mais nous devons le tenter, n'est-ce pas ? Nous devons continuer de rechercher la justice... et de préparer la vengeance.

Elle repartit vers l'engin de patrouille, les bras serrés autour d'elle. Quand ils passèrent à côté de la pirogue abandonnée, elle se dit que les Limiers d'Arienrhod avaient détruit son clone... et qu'Arienrhod ne le saurait jamais.

32

— Je me suis fait du souci pour toi quand on a annoncé la tempête.

— Ce n'était rien. Nous l'avons supportée.

Une voix morne. Un rire léger de la reine.

— Combien de mes Starbuck pourraient dire ça sans mentir ?

Sparks ne répondit pas. Etalé sur le lit, inerte, il se regardait dans les miroirs, il observait la reine qui l'observait et dont le reflet se répétait à l'infini. Arienrhod était couchée à côté de lui ; les rondeurs de son corps étaient les replis d'un continent surgissant de la mer, recouvert du champ de neige de ses cheveux. De fines chaînes d'argent ruisselaient de sa taille comme un ruisseau de lumière. Elle faisait pénétrer une huile parfumée dans la peau de Starbuck lentement, avec des doigts experts ; mais il ne réagissait pas. Refusait de réagir à ses caresses les plus intimes, ses suggestions les plus savantes. *Un cadavre... Dieux, aidez-moi, je suis enterrée vivante.*

La main d'Arienrhod glissa de la cuisse de Starbuck tandis que les muscles durcissaient... *rigidité cadavérique.* Elle se retourna sur le ventre, posa sa tête sur sa poitrine et le regarda avec inquiétude. Il vit ses yeux couleur d'agate — la mauvaise couleur — et les ombres dans leurs profondeurs de sagesse sans pitié... des yeux envoûtants qui le retenaient prisonnier dans son propre esprit. Il ferma les siens. *Mais j'ai fait tout cela pour toi, Arienrhod.*

— Tu es donc si fatigué, après tout ?

Elle souleva la médaille d'extramondien sur sa poitrine, la retourna distraitement entre ses doigts ; il perçut un froid ressentiment sous sa sollicitude.

— A moins que tu ne t'ennuies ? Aimerais-tu que nous soyons à trois ?

— Non.

Il la prit dans ses bras et l'attira contre lui, glissa les doigts dans la soie de ses cheveux, lui embrassa les lèvres, les yeux, le creux de la gorge... et n'éprouva rien. Rien. Le fantôme de la fille qui avait surgi pour lui de la mer serait désormais éternellement entre eux et il verrait ses yeux, les vrais yeux, les seuls. Ils l'accuseraient toujours, pleurant des larmes de sang, à jamais...

— Arienrhod (avec désespoir) tu sais que je t'aime ! Tu sais que tu es tout pour moi, tout ce qu'elle a été et plus encore...

Mais ces paroles étaient une plainte. Il la lâcha. Sur lui, Arienrhod se figea.

— Elle ?... Qu'est-ce que tu racontes, mon amour ? Notre Moon ? demanda-t-elle d'une voix douce, voilée. Est-ce qu'elle reviendrait te hanter, après si longtemps ? Elle est partie. Nous l'avons perdue, il y a longtemps. Tu dois l'oublier.

Elle lui caressa lentement les tempes.

— Par tous les dieux, je le croyais !

Starbuck roula sa tête d'un côté et de l'autre sur les coussins, tentant d'échapper à son propre reflet mais il le suivit inexorablement.

— Alors pourquoi ? Pourquoi penses-tu à elle maintenant ? Tu as peur de l'arrivée du Changement ? Je t'ai promis qu'il ne viendrait jamais.

— Je m'en moque !

Après avoir tué les miens... je me moque de tout. Avec précaution il la fit glisser de lui, se retourna, la tête dans les mains. Elle s'assit et la ceinture d'argent tinta sur sa peau.

— Alors quoi... ?

Un peu d'affolement. Elle lui saisit les épaules.

— Tu es à moi, Starbuck, tu es tout ce que j'aime au monde. Je ne te partagerai pas avec un rêve étésien. Je ne t'abandonnerai pas à un fantôme... pas même au mien.

— Elle n'était pas un fantôme ! Elle était réelle !

Il se mordit le poing et les ongles d'Arienrhod s'enfoncèrent dans sa peau.

— Qui ? cria-t-elle en le sachant.

— Moon. (Quelque chose, un sanglot, le secoua.) Moon, Moon, Moon ! Elle était là, à la Chasse, elle est sortie de la mer avec les ondins !

— Un rêve, affirma-t-elle, les sourcils froncés.

— Non, ce n'était pas un rêve, Arienrhod ! cria-t-il en se rejetant sur le dos, l'épaule griffée. Je l'ai touchée, j'ai vu le symbole sur sa gorge... et le sang. J'ai touché le sang... elle m'a maudit.

La mort de tuer une sibylle... la mort d'aimer une sibylle...

— Imbécile ! (Mais pas à cause de sa témérité.) Pourquoi ne me l'as-tu pas dit tout de suite ?

— Je ne pouvais pas. Je...

Elle le gifla et il retomba avec stupéfaction sur les coussins.

— Où est-elle ? Que lui est-il arrivé ?

Il passa une main sur sa bouche.

— Les Limiers... Ils l'auraient tuée. Je les ai empêchés... Je... je l'ai laissée là-bas sur la plage.

— Pourquoi ?

Il y avait un monde de chagrin dans le mot chuchoté.

— Parce qu'elle m'aurait reconnu. Elle aurait su... elle aurait vu ce que je suis !

Les mots lui déchiraient la gorge. Son reflet tournait autour de lui, inlassablement.

— Ainsi, tu as honte d'être mon amour, l'homme le plus puissant de cette planète !

— Oui (et il avait honte aussi de la regarder). Quand j'étais avec elle, j'avais honte.

— Mais tu l'as laissée seule sur la plage, avec une tempête de neige qui menaçait, et tu n'en as pas honte !

Arienrhod serra les bras autour d'elle et frissonna, comme si c'était elle qui avait été abandonnée.

— Je ne savais rien de la tempête, bons dieux, elle n'était pas annoncée !

Tu n'avais qu'à regarder le ciel pour le savoir... Mais il s'était enfermé dans sa cabine pour cacher aux Limiers ses tremblements, sa perte de contrôle, il n'en était ressorti que lorsque la tempête s'abattait sur eux, quand il était trop tard pour penser à autre chose qu'à leur propre survie. Et ensuite... il était bien trop tard pour quoi que ce soit. Il affronta avec colère celle d'Arienrhod.

— Je ne te comprends pas ! Quelle importance a-t-elle pour toi ? Mais si elle est ta parente, tu n'as jamais été proche d'elle. Pas comme moi...

— Personne au monde n'est plus proche d'elle que moi, déclara Arienrhod penchée sur lui. Tu ne l'as pas compris ? Tu n'as pas encore vu... *que je suis Moon ?*

— Non.

Il s'écarta d'elle ; elle saisit la chaîne de sa médaille et le retint.

— Moon est mon clone ! Je l'ai fait élever comme une Etésienne, pour reprendre ma place de reine. Nous sommes absolument identiques, *absolument,* cria-t-elle en se passant les mains sur le corps. Et nous t'aimons toutes les deux, par-dessus tout.

— Ce n'est pas possible...

Il lui effleura le visage, et il comprit que ça l'était. Elles étaient la nuit et le jour, le fer et l'air, la bile et le miel... *Alors pourquoi est-ce que je vous aime toutes les deux ?* Il baissa la tête. *Parce que je vous aime toutes les deux, les dieux me pardonnent !*

— Tout est possible. Même qu'elle me soit revenue, murmura Arienrhod, le regard perdu dans le temps. Mais ai-je toujours besoin d'elle... est-ce que je la veux encore ?... Et toi, mon amour ?

Il se laissa aller contre elle, sentit qu'elle l'enlaçait, le caressait tendrement, d'un geste possessif.

— Non. *(Pas plus que je ne l'ai toujours désirée, elle seule.)* Seulement toi, Arienrhod. Tu m'as fait ce que je suis. Je n'ai besoin que de toi.

Et tu es tout ce que je mérite.

33

— Allez, viens, sibylle ! Viens faire la connaissance de ma ménagerie !

La voix aiguë, pointue de Bloodwed piqua Moon comme un aiguillon, l'attira hors de la foule de badauds à l'entrée de la caverne. Ils s'étaient tous approchés pour la dévisager, la montrer du doigt en marmonnant, lui crier des questions vulgaires auxquelles elle restait sourde, avec tout ce qui restait de volonté dans son corps engourdi : une belle prise, un beau poisson accroché sur la jetée. Mais aucun des nomades n'osait s'avancer assez pour la toucher et ils s'écartèrent devant sa démarche chancelante, comme de l'herbe séparée par le vent. Même Bloodwed ne l'avait jamais vraiment touchée. Moon avait reconnu, cependant, le paralyseur accroché à sa ceinture.

Et même si elle avait eu le courage de tenter de s'échapper, elle ne saurait où aller. Pendant deux jours, ils avaient voyagé à bord des glisseurs des neiges, grimpant dans les hauts plateaux glacés de l'intérieur, jusqu'à ce camp isolé de nomades. Elle n'avait plus de forces pour marcher seule dans les solitudes d'Hiver... à peine celle de traverser l'immense abri de rocher. Des chiens aboyèrent sur son passage, enchaînés parmi les tentes synthétiques aux couleurs vives, et celles, grises et marron, faites de peaux de bêtes. Les tentes parsemaient la caverne comme de grotesques stèles funéraires. Des dizaines de braseros à chaleur perpétuelle, des lanternes chauffaient et éclairaient ces profondeurs ; derrière Moon, les voix des hommes se disputant le butin les emplissaient d'échos. Elle ralentit le pas et tendit ses mains gantées à un brasero, au passage. Mais Bloodwed s'impatienta.

— Allez, dépêche-toi !

Et Moon repartit, trop épuisée et gelée pour protester.

La fille la poussa dans un passage étroit, dans le fond de la caverne, à demi obscur ; elle distingua vaguement de la lumière à l'extrémité. Des miasmes inconnus lui piquèrent les narines comme de la fumée tandis qu'elle avançait à tâtons vers une barrière de bois et de fil de fer. Bloodwed la repoussa, enfonça le pouce dans une lourde serrure. La barrière s'ouvrit, et elle y fit passer Moon.

Moon entra, entendit Bloodwed la suivre et s'arrêta devant sa nouvelle prison. La salle souterraine avait sept à dix mètres de diamètre et un plafond de rocher presque aussi haut ; un brasero incandescent trônait au centre comme un soleil. Tout autour des parois, dans des cages, attachées par des cordes ou des chaînes, il y avait des créatures d'une demi-douzaine d'espèces impossibles à identifier, à fourrure, à plumes, couvertes d'écailles ou d'une peau aux mille replis. Elle plaqua une main sur son nez et sa bouche, écœurée par les relents de leur sordide misère. Elle vit certains prisonniers se tapir dans un recoin, d'autres gronder en montrant les dents, d'autres encore qui restaient apathiques, sans réaction... Elle vit l'être humain couché sur une paillasse contre la paroi du fond, aussi loin que possible de la barrière et des autres.

— La garce ! La garce ! cria soudain Bloodwed.

Moon pivota brusquement, la ménagerie hurla et gronda et Bloodwed partit en courant dans le passage. La barrière claqua derrière elle. Moon se retourna et regarda le corps immobile sur la paillasse. Lentement, elle s'en approcha, en boitant alors que la sensation revenait et brûlait ses pieds engourdis. Les animaux effrayés reculaient dans leurs cages.

Elle arriva près de l'inconnu sans l'avoir réveillé et vit que c'était un homme, un extramondien... un Bleu. Son lourd uniforme était couvert de taches foncées et il portait les guêtres et les bottes sales des nomades. En contemplant sa figure, elle reconnut les traits bien ciselés qu'elle avait si souvent vus chez d'aristocratiques Kharemoughis ; mais cette figure-là était comme du cristal taillé, la peau tirée sur les os. Et il ne se réveillait toujours pas ; sa respiration était oppressée, irrégulière. Elle avança une main hésitante pour lui toucher la joue et la retira aussitôt en sentant la brûlure de la fièvre.

Ses jambes frémissantes cessèrent de la soutenir et elle

se laissa tomber à côté du lit sur le sol glacial. Les animaux s'étaient calmés mais elle sentait leurs yeux effrayés tournés vers elle et leur misère l'écrasait, à faire déborder la coupe de son propre malheur. Elle appuya son front contre le bord du lit de camp et des sanglots secs la secouèrent. *Aidez-moi, ma Dame, aidez-moi... Je détruis tout ce que je touche.*

— Qu'est-ce... qui ne va pas ? (Une main fiévreuse lui ébouriffa les cheveux ; elle se redressa vivement en ravalant ses larmes.) Est-ce... pour moi que vous pleurez ?

Le malade parlait sandhi. Il faisait un effort pour lever la tête ; il avait les yeux rouges, couverts de croûtes, et elle pensa qu'il la voyait à peine.

— Oui, souffla-t-elle.

— Pas besoin...

Une quinte de toux l'interrompit et lui coupa la respiration.

— Regarde-moi ça ! Regarde !

Moon sursauta et se retourna. Bloodwed venait de faire irruption dans la salle, traînant une fille plus grande et forte qu'elle.

— Sens ça ! Je t'avais dit de prendre bien soin d'eux tant que je n'étais pas là !

— Je l'ai fait...

La fille poussa un cri quand Bloodwed la saisit par sa natte et tira.

— Je devrais te frotter le nez dedans, Fossa ! Mais je ne le ferai pas, si tu me nettoies tout ça avant que...

— Oh bon, bon, ça va, grogna l'autre fille en reculant vers la barrière, essuyant ses larmes de douleur. Espèce de sale petite chipie !

— Attends ! Qu'est-ce qu'il a, lui ?

Bloodwed montrait du doigt l'extramondien, derrière Moon.

— Il est malade. Il a essayé de s'échapper quand nous l'avons laissé sortir pour pisser ; il a couru en plein dans le blizzard, tu sais ? Il a tourné en rond et nous l'avons trouvé juste dehors.

La fille fit le signe de la folie et secoua la tête, tout en reculant dans le passage.

Bloodwed vint s'accroupir à côté de Moon et contempla le malade. Elle lui prit brutalement le menton alors qu'il essayait de détourner la tête.

— Hein ? Pourquoi t'as fait ça ?

— Je ne crois pas qu'il vous entende, dit Moon en prenant rapidement la main de l'homme. Il a besoin d'un guérisseur, Bloodwed.

— Est-ce qu'il va mourir ? demanda la fille en s'asseyant sur ses talons, sa colère soudain dissipée. Il n'y a pas de guérisseur, ici. Man faisait ça, mais elle ne va pas bien dans la tête. Elle n'a jamais appris à personne. Tu ne peux pas le sauver ?

— Peut-être... Avez-vous des médicaments d'extramonde ?

— Non.

— Des herbes médicinales, alors, quelque chose ?

— Je peux voler celles de Man. Elles sont vieilles...

Bloodwed se leva avidement.

— Va les chercher.

Moon la regarda partir, étonnée de sa bonne volonté. Elle reprit la main de l'extramondien, chercha le pouls et retint une exclamation en voyant le lacis de cicatrices à son poignet. Elle n'osait en croire ses yeux ; elle reposa le bras avec précaution et garda sa main dans la sienne pendant qu'elle attendait, en essayant de faire le vide dans son cerveau.

— Voilà !

Bloodwed revenait enfin avec un sac en peau décoré de petits os et de bouts de métal. Elle ouvrit le balluchon, l'étala par terre entre elles.

— Activation neutron, dit-elle en agitant les mains. Man disait toujours des mots d'énergie. Tu dis des mots d'énergie, sibylle ?

Il n'y avait aucune malice dans cette question.

— Sans doute.

Moon prit des bouquets de plantes séchées, renifla de petits sacs en plastique transparent remplis de graines et de fleurs. Son espoir l'abandonna.

— Je n'en connais aucune.

— Celles-là, c'est du...

— Non. Je veux dire que je ne sais pas les employer.

KR Aspoudh lui avait parlé du service d'exploration du Vieil Empire, lui avait raconté qu'avant d'ouvrir de nouveaux mondes à des colons humains on avait dû y planter une panacée de plantes médicinales, différentes selon les écosystèmes.

— Dans les îles, nous utilisions beaucoup de plantes marines pour guérir. *(Et nous les appelions les cadeaux de la Dame.)* Il faut que je demande... Non, tu dois demander pour moi, me programmer, tu veux bien ?

Bloodwed hocha avidement la tête.

— Demande-moi leur usage, leur emploi, et souviens-toi de tout ce que je dis, exactement, sinon ça ne servira à rien. Tu le pourras ?

— Bien sûr ! affirma fièrement la jeune nomade. Je peux chanter tous les points de repère de la chanson de la piste. Personne d'autre ne le peut, plus maintenant. Je peux chanter toutes les chansons que j'entends à la radio, même une seule fois.

Moon parvint à esquisser un demi-sourire, un sourire limité par l'ecchymose de sa joue.

— Alors, prouve-le. Demande et je répondrai. *Input...*

Bloodwed s'éclaircit la gorge et se redressa.

— Ô, sibylle, dis-moi... euh... comment employer ces plantes magiques.

Moon prit un paquet d'herbes dans une main et se sentit basculer à la renverse dans le puits d'absence...

... *Clavally.* Elle revint dans la lumière et découvrit un visage qu'elle connaissait. La figure rose et surprise de Clavally, décoiffée, ses épaules nues aussi près d'elle que... *Danaquil Lu.* Elle vit Clavally tirer précipitamment une couverture pour se recouvrir et pensa, vainement, *Danaquil Lu, je suis désolée... Clavally, ce n'est que Moon...* Mais elle ne pouvait troubler leur vie, même en faisant irruption ainsi, ni transmettre ses excuses ou son bonheur de leur réunion, leur demander de l'aide ou communiquer d'une façon quelconque.

Cependant, un petit sourire hésitant se forma sur les lèvres charnues de Clavally comme si elle voyait un message dans les yeux de Danaquil Lu. Elle lui caressa tendrement la joue, toujours souriante, et se rallongea pour attendre patiemment...

— ... *Stop analyse !*

Moon s'affaissa, épuisée, et sentit Bloodwed se précipiter pour la soutenir.

— Tu as réussi ! Tu n'es pas un charlatan !... Réveille-toi ! Tu es réveillée ? Où es-tu allée ?

Moon posa sa tête sur ses genoux.

— Je... j'ai rendu visite à de vieux amis.

Elle ramena ses jambes contre elle, les entoura de ses bras pour se cramponner au souvenir : la seule chaleur, le seul bonheur qu'elle se rappelait.

— Je connais toutes les herbes maintenant, sibylle. Je vais te montrer. Est-ce que tu vas le guérir ?

— Non, murmura Moon, et elle releva la tête à regret, rouvrit les yeux. Je vais faire venir un vrai guérisseur pour employer les plantes. Mais tu devras m'aider, me donner tout ce qu'il me faudra.

Un hochement de tête. Moon se prépara, en se disant qu'elle devait absolument avoir la force de commencer et le Transfert l'aiderait à aller jusqu'au bout. Son corps se révoltait, se refusait à une nouvelle épreuve mais elle savait que, si elle cédait maintenant à la fatigue, quand elle serait remise il serait peut-être trop tard pour l'extra-mondien. Et elle ne voulait pas voir un autre être mourir à cause d'elle. Elle concentra toute son attention sur son visage.

— Bien. Demande-moi comment le soigner. *Input...*

Et elle se lança... Dans une salle antigravité aux murs blancs, où elle observa un groupe d'hommes en combinaison pastel transparente planer en apesanteur, attachés à une table, qui discutaient d'une incompréhensible procédure médicale. Derrière eux, derrière le verre blindé d'une large baie, elle voyait pendre des chandelles de glace d'une gouttière et des projecteurs illuminer un champ de neige...

— ... *analyse !*

Elle revint en elle-même, entendant à peine le signal sec de la fin dans sa tête. Elle respira le fort relent d'une demi-douzaine de plantes inconnues sur ses mains et ses vêtements quand elle tomba en avant. Une brume lui brouillait le visage curieux de Bloodwed et de l'extramondien inerte, les transformant en vision sacrée. Rassurée, elle se hissa sur les mains et les genoux et se traîna vers le brasero au centre de la salle. Quand le dégagement d'énergie devint si intense que son corps ne put en supporter davantage, elle se coucha enfin et s'endormit.

Moon se réveilla avec un sursaut de terreur et regarda les murs insolites qui la cernaient. Des murs de rocher, et non la désolation infinie d'un ciel vide au-dessus d'une plage sans vie, où un exécuteur en noir portait une médaille aussi familière que le visage de son unique amour... Elle se cacha du fantôme derrière le rempart de ses mains, en appuyant sur l'enflure douloureuse de sa figure. *Non, ce n'est pas vrai !*

Un léger chant perlé lui parvint, fit intrusion dans ses pensées, la ramena dans la salle souterraine. Elle laissa tomber les mains, vit les cages et sentit la marée du temps la projeter dans le présent. Quelqu'un l'avait transportée sur un lit de couvertures. La puanteur animale s'était dissipée, on avait dû nettoyer toutes les cages, et l'air sentait fortement les aromates. Il n'y avait pas le moindre bruit au-delà de la barrière ; elle devina qu'on devait être en pleine nuit. Les animaux s'agitaient un peu en dormant et ne la regardaient plus que d'un œil.

— Vous savez que je fais simplement partie de la ménagerie, moi aussi.

Elle se leva, vacilla un moment en voyant trente-six chandelles avant de pouvoir traverser la salle.

L'extramondien était protégé par une demi-tente et emmitouflé dans des couvertures comme un nouveau-né. Un pot de tisane fumait sur un réchaud à son chevet. Moon s'accroupit et lui posa une main contre la joue. *Plus fraîche,* mais elle n'en était pas vraiment sûre.

— Je vous en prie, revenez...

Prouvez que j'ai le droit de vivre, d'être une sibylle. Elle courba la tête et appuya son front contre le cadre dur du lit de camp.

— Vous êtes... vous êtes donc revenue pour moi ?

Elle se redressa et vit l'extramondien qui faisait un effort pour ouvrir les yeux.

— Je... je ne vous ai jamais quitté.

Il fronça les sourcils, comme s'il ne comprenait pas, et elle répéta en sandhi :

— Je ne suis pas partie du tout.

— Ah !... alors je n'ai pas peur. Quand... quand partirons-nous ?

— Quand ? Bientôt... répondit-elle sans savoir ce qu'il demandait. Quand tu auras la force.

Elle employait sans y penser le tu familier.

— Je ne pensais pas que vous seriez si blonde. Restez près de moi... jusqu'à ce moment ?

— Je le promets.

Elle baissa les yeux, vit à côté d'elle, par terre, un bol d'épais bouillon médicinal auquel il n'avait pas touché.

— Il faut boire ça.

Elle lui glissa un bras sous les épaules, le souleva un peu et il dégagea docilement une main de ses couvertures mais ne put tenir le bol. Elle frémit en revoyant les cicatrices à son poignet. Elle lui tint le bol, l'aida à boire mais, quand il eut fini, une quinte de toux le secoua, résonna sèchement dans sa poitrine. Le bol de plastique échappa à Moon et roula sous le lit. Elle tint le malade par les bras, pour lui communiquer sa force, jusqu'à ce que la crise passe et puis encore un peu plus longtemps.

— Tu as l'air... si vraie... si bonne...

Il soupira. Elle le laissa retomber, déjà endormi et resta un long moment près de lui, pour l'observer, avant d'allonger un bras sur le bord du lit, d'y poser sa tête et de fermer les yeux.

— Vous êtes bien réelle.

Les mots accueillirent Moon comme de vieux amis quand elle se réveilla et releva lentement la tête de son bras engourdi. Déconcertée, elle cligna des yeux. L'extramondien était adossé contre le mur, soutenu par des couvertures roulées en boule.

— Est-ce que j'ai rêvé ou bien m'avez-vous parlé en sandhi ?

— Vous n'avez pas rêvé, répondit-elle en sandhi, en remuant ses doigts pleins de fourmis. Je... je n'arrive pas à y croire ! Vous étiez si malade !

Une douce chaleur l'envahit. *Mais le pouvoir est venu par moi et je vous ai guéri.*

— J'ai cru que vous étiez la Voleuse d'Enfants. Quand j'étais petit, ma nourrice me disait qu'elle était pâle comme une aurore boréale... mais vous n'êtes pas un fantôme. Etes-vous... ?

Comme s'il doutait encore un peu de ses sens.

— Non. Si je l'étais, je n'aurais pas si mal, dit-elle en massant les muscles ankylosés de son cou.

— Vous êtes prisonnière aussi, alors... Votre figure... Ils ne vous ont pas... molestée ?

— Non. Ils ne m'ont pas fait de mal. Ils me craignent... jusqu'à présent.

— Ils vous craignent ?

Il jeta un coup d'œil vers la barrière, et ce qu'il y avait au-delà. On entendait les sons lointains d'une nouvelle journée dans le camp, comme l'écho d'un autre monde.

Moon releva le menton ; elle le vit grimacer en découvrant la blessure à sa gorge avant que ses traits s'affaissent.

— Sibylle ?

Elle baissa la tête.

— Dieux, cela va trop vite.

Il se rallongea sur le côté et fut pris d'une nouvelle quinte. Quelque chose de déplacé attira l'attention de Moon. Elle tourna la tête et vit une pile d'étoffe bleu-noir garnie de soutaches, un pichet et un plat de viande séchée.

— Quelqu'un nous a apporté à manger ! s'écria-t-elle, les mains déjà tendues, sans même savoir depuis combien de temps elle n'avait rien pris.

— Bloodwed. Il y a des heures. J'ai fait semblant de dormir.

Moon but longuement au pichet, contenant un liquide blanc-bleu crémeux qui coula dans sa gorge sèche et son estomac contracté comme de l'ambroisie.

— Aaaah... fit-elle et, soudain honteuse, elle se redressa, ramassa le bol en plastique, le remplit et le tendit à l'extramondien.

— Non, je n'en veux pas, protesta-t-il en mettant un bras devant ses yeux.

— Il le faut. Pour guérir, vous devez reprendre des forces.

— Non, je ne...

Le bras retomba, il souleva la tête pour la regarder.

— Et puis oui, après tout...

Il prit le bol avec son autre main et elle y vit aussi des cicatrices. Il surprit son regard mais ne dit rien et porta le bol à ses lèvres. Moon croqua un morceau de viande séchée avant de demander :

— Qui êtes-vous ? Comment êtes-vous arrivé ici ?

— Qui je suis... (Il baissa les yeux sur sa capote d'uniforme, la toucha avec une sorte d'étonnement, comme s'il sortait d'un coma.) Gundhalinu, sibylle. Inspecteur de police BZ Gundhalinu, de Kharemough. Ils ont abattu mon patrouilleur et m'ont fait prisonnier.

— Depuis combien de temps êtes-vous ici ?

— Depuis toujours ! Et vous ? Est-ce qu'ils vous ont enlevée à l'astroport ? D'où êtes-vous ? De Grande Bleue... de Samanthe ?

— Non, de Tiamat.

— D'ici ? Mais vous êtes une sibylle ! Les Hiverniens ne...

— Je suis étésienne. Moon Marchalaube Etésienne.

— Où avez-vous appris le sandhi ?

Il y avait dans cette question une nuance plus inquiétante que la curiosité. Moon fronça les sourcils et hésita.

— A Kharemough.

— Vous êtes proscrite, alors ! Comment êtes-vous revenue ?

La voix de l'extramondien se brisa, trop faible pour conserver le ton autoritaire.

— Comme j'étais partie, avec les techleggers, répondit-elle dans sa propre langue, sans s'en apercevoir tant elle était déconcertée et indignée par l'indignation de cet homme. Et qu'est-ce que vous allez faire, Bleu ? M'arrêter ? Me déporter ?

Elle planta ses poings sur ses hanches, les mains crispées par le ressentiment.

— Je ferais les deux... si j'étais en mesure de le faire.

Il suivit avec obstination, d'une langue à l'autre. Mais bientôt la vertu outragée disparut de sa figure et il rit, d'un rire dur, méchant.

— Mais ne vous inquiétez pas. Ecrasé... à plat ventre parmi l'ordure cosmique, vivant dans un chenil... je ne suis en mesure de rien.

Il vida le bol et le laissa pendre d'un doigt, au bord du lit. Moon le prit, le remplit et le lui rendit.

— Une sibylle contrebandière... Je croyais que vous deviez servir l'humanité, pas vous-même. Ou avez-vous fait faire ce tatouage uniquement pour des raisons commerciales ?

Moon rougit de fureur.

— Ce n'est pas permis !

— La contrebande non plus. Mais on en fait.

Il éternua violemment et renversa le breuvage sur lui, sur elle.

— Je ne fais pas de contrebande ! cria-t-elle en essuyant des gouttes de son parka. Mais pas parce que je trouve que c'est mal. C'est vous qui avez tort, Gundhalinu, vous les Bleus, de laisser vos gens venir ici et prendre ce qu'ils veulent, sans rien nous donner en échange.

Il sourit sans aucune joie.

— Ainsi, vous avez avalé toute crue cette propagande simpliste, hein ? Si vous vouliez... voir ce qu'est vraiment la cupidité et l'exploitation, essayez un monde qui n'a pas notre force de police pour maintenir la paix. Ou pour empêcher les gens comme vous de revenir semer le trouble, une fois que vous avez été en extramonde.

Moon brida sa voix et ne répondit pas. Gundhalinu imita son silence et elle écouta la respiration siffler dans sa gorge.

— C'est mon propre monde. J'ai le droit d'y être. Je suis une sibylle, Gundhalinu, et je servirai Tiamat par tous les moyens dont je dispose. Je peux prouver ce que je suis, quand vous voudrez. Demandez et je répondrai, dit-elle avec dans la voix quelque chose de plus dur que la fierté.

— Pas la peine, sibylle, murmura-t-il, contrit. Vous l'avez déjà fait. Je devrais vous détester, pour m'avoir guéri... Mais savoir que je suis vivant et pas tout seul, voir votre visage, vous entendre parler une langue civilisée, ma propre langue... Dieux, je croyais que je ne l'entendrais plus jamais ! Je vous remercie... Combien... Combien de temps êtes-vous restée à Kharemough ?

— Un mois.

Elle prit encore un morceau de viande séchée, la laissa un moment ramollir dans sa bouche, avant de la faire passer par sa gorge serrée de compassion.

— Mais j'aurais pu rester plus longtemps, toute ma vie, peut-être. Si les choses s'étaient passées autrement.

— Alors, vous vous y plaisiez ? demanda-t-il avidement. Où étiez-vous ? Qu'avez-vous vu ?

— Au Marché aux Voleurs, surtout. Et puis à la ville de l'astroport.

Elle était assise en tailleur et ne se permettait de revoir en pensée que les jours heureux, avec Elsevier, Silky et Cress, bien vivants, heureux de sa présence, le voyage dans la navette vers la surface de la planète, et les merveilleux jardins de KR Aspoudh...

— Et nous buvions du *lith*, nous mangions des fruits confits... Ah, et sur l'écran nous avons vu Singalu élevé au rang de Tech.

— Quoi !

Gundhalinu se redressa, s'adossa au mur et poussa un petit cri de joie. Elle remarqua qu'il lui manquait une dent.

— Dieux des dieux ! Je n'arrive pas à le croire ! Le vieux Singalu ! Allez, vous avez inventé ça, hein ?

Elle se dit que le rire était le meilleur médicament.

— Non, pas du tout, c'est vrai ! C'est arrivé accidentellement. Mais même KR était heureux.

Elle se rappelait les larmes aux yeux d'Elsevier, dans ses propres yeux... Et des larmes revinrent brusquement, cette fois de chagrin.

— Comme ça, vous êtes *passée* chez KR Aspoudh !

dit-il en secouant la tête, les yeux encore mouillés, riant encore. Même mon père ne passait pas à l'improviste chez KR Aspoudh ! Enfin, continuez, et après... ?

— Eh bien nous... Nous avons causé. Il m'a demandé de rester quelques jours. C'est un devin, vous savez...

— Et je sais qu'il y a un tas de choses que vous ne me dites pas, murmura Gundhalinu. Mais... Non, je ne veux pas le savoir. Je ne veux même pas savoir pourquoi KR Aspoudh avait des techleggers chez lui pour le thé. Mais vous auriez pu avoir tout ce que vous vouliez, là-bas... la vie, toutes les choses que vous ne pouvez pas avoir ici. Pourquoi ? Pourquoi avez-vous quitté tout ça et pris le risque de revenir ici ? Je vois dans vos yeux que vous le regrettez !

— Je croyais que je le devais, dit-elle et ses ongles cassés s'enfoncèrent dans la paume de ses mains. Je n'avais jamais voulu aller en extramonde, pour commencer. J'allais à Escarboucle pour retrouver, chercher mon cousin... Mais, quand je suis arrivée à Shotover Bay, j'ai rencontré Elsevier, et là les Bleus ont voulu nous arrêter...

— Shotover Bay ? interrompit Gundhalinu et une expression singulièrement chagrine apparut sur sa figure. L'univers est petit. Pas étonnant que j'ai l'impression... de vous avoir déjà vue quelque part !

Elle se pencha vers lui, avec un début de sourire, et l'examina de près.

— Non... je devais être trop occupée à courir.

Il réprima un sourire penaud.

— Personne ne m'a jamais trouvé inoubliable. Ainsi, vous alliez à Escarboucle. Mais au bout de cinq ans, vous ne voulez plus y aller ? Ce qui a pu arriver à votre cousin est de l'histoire ancienne, à présent.

— Pas du tout ! Quand j'étais à Kharemough, j'ai demandé et le Transfert m'a dit que je devais retourner, que ce n'était pas encore fini, répliqua-t-elle et le froid silence du vide s'enfla en elle et lui coupa le souffle. Mais, depuis mon arrivée, tout ce que j'aimais a été détruit ou blessé...

Elle se tassa sur elle-même, comme pour se cacher.

— Vous ? Je ne comprends pas.

— Parce que je suis revenue ! gémit-elle pour le forcer à la voir telle qu'elle était, comprendre tous les actes et tous les châtiments qui l'avaient impitoyablement amenée dans cet endroit. Je l'ai fait arriver ! Je les ai obligés, ils ont fait ça pour moi. Je suis une malédiction, rien de cela ne serait arrivé sans moi, rien du tout !

— Vous ne l'auriez pas vu arriver, c'est tout. Personne ne gouverne le destin des autres, nous ne contrôlons même pas le nôtre, dit-il en lui posant une main hésitante sur l'épaule. Nous ne serions pas prisonniers ici, je ne serais pas en vie maintenant pour dire... que vous avez tort de vous faire des reproches, si nous le sommes. Est-ce que je m'en ferais, moi ?

Elle releva la tête.

— Mais les ondins ! Même les ondins... Ils étaient en sécurité sur les terres de Ngenet, avant mon arrivée.

— Si Starbuck et ses Limiers braconnaient, vous n'y êtes pour rien. Personne d'autre que la reine n'est responsable. Je pense que vous devez être trois fois bénie, et non maudite, si tout ce que vous rapportez de votre rencontre avec Starbuck est un mal de gorge !

— Starbuck ?... Est-ce... Etait-il... l'homme en noir ? Et qu'est-ce qu'il est ?

Sans demander : *Qui est-il ?*

Gundhalinu haussa les sourcils, retira sa main.

— Vous n'avez jamais entendu parler de Starbuck ? C'est le favori de la reine ! Son Chasseur, son homme de main, son principal conseiller quand elle traite avec nous... son amant.

— Il m'a sauvé la vie, murmura-t-elle en caressant la croûte de sa blessure et elle trouva la force de demander : Qui est-il, Gundhalinu ?

— Personne ne le sait. Son identité est gardée secrète.

Il t'a aimée mais c'est elle qu'il aime maintenant. Les mots du Transfert se répercutaient dans la tête de Moon.

— Maintenant je comprends, je comprends tout... C'est vrai...

Elle se détourna mais les yeux d'émeraude, sous le masque noir de bourreau, la suivirent... la suivirent...

— Quoi donc ?

— Starbuck est mon cousin, souffla-t-elle.

— Ce n'est pas possible, dit calmement Gundhalinu. Starbuck est un extramondien.

— Sparks aussi. Son père en était un. Il a toujours voulu être comme eux, comme les Hiverniens... et maintenant il l'est.

Un monstre. Comment a-t-il pu me faire ça ?

— Vous vous faites des idées. Ce n'est pas parce que Starbuck a eu peur... de tuer une sibylle...

— Il savait que j'étais une sibylle avant même de voir mon symbole ! riposta-t-elle à cette insupportable conviction. Il m'a reconnue, je le sais. Et il portait la médaille ! Celle de Sparks. *(Et il tuait des ondins.* Elle pressa son poing contre sa bouche.) Comment a-t-il pu ? Comment peut-il avoir tellement changé ?

Gundhalinu se rallongea, mal à l'aise et silencieux.

— Escarboucle fait cet effet. Mais si c'est vrai, il a eu au moins assez d'humanité pour vous laisser la vie sauve. Maintenant vous pouvez l'oublier, oublier... au moins un problème.

Il soupira, en contemplant les ombres du plafond. Elle se leva, marcha en rond, d'un pas raide, devant le lit.

— Non ! Plus que jamais, je veux aller à Escarboucle. Il doit avoir eu une raison, pour faire ce qu'il a fait. S'il a changé, il doit y avoir un moyen de le faire changer à nouveau. *(De le regagner. Je ne perdrai pas... pas après être venue si loin !)* Je l'aime, Gundhalinu. Quoi qu'il ait fait, même s'il a changé, je ne peux pas cesser de l'aimer. *(Ni d'avoir besoin de lui, de vouloir le reprendre. Il est à moi, il sera toujours à moi ! Je ne renoncerai pas à lui, et peu importe à qui il appartient ou ce qu'elle a fait de lui...* Elle était atterrée par la vérité, elle se sentait soudain impuissante.) Nous nous sommes voués l'un à l'autre pour la vie et s'il ne le veut plus, il faudra qu'il me le prouve !

Une main se crispa, l'autre serra ce poing. Gundhalinu sourit, mais d'un air incertain. Cependant, en retrouvant malgré lui sa condescendance, il se sentit plus à l'aise.

— Et moi qui ai toujours cru que vous, les indigènes, aviez une vie terne et sans complications... Au moins, à

Kharemough, l'amour a la courtoisie de rester à sa place et de ne pas nous déchirer le cœur.

— Alors vous n'avez jamais été amoureux !

Elle revint s'asseoir par terre à côté de la pile d'étoffe que Bloodwed leur avait laissée et prit distraitement une pièce. C'était une tunique, incrustée de larges bandes de soutache tressée.

— Si vous parlez de l'amour qui consume tout, qui rend aveugle, du coup de foudre, non, je n'ai fait que le lire... dit-il d'une voix un peu radoucie. Mais je ne l'ai jamais vu. Je ne crois pas qu'il existe dans l'univers réel.

— Les Kharemoughis n'existent pas dans l'univers réel.

Elle ôta son parka, dégrafa la fermeture de sa combinaison de plongée et s'en dépouilla ; elle frotta sa peau douloureuse, ses bras meurtris, se gratta le dos. Elle le laissait regarder, tout en voyant qu'il essayait d'être discret et elle prenait un plaisir pervers à sa gêne. Puis elle enfila par la tête sur son sous-vêtement la lourde tunique souple, les guêtres, les bottes fourrées, serra sur ses hanches la large ceinture de cuir peint. Elle caressa la soutache tissée à la main qui garnissait le devant et le bas, de toutes les couleurs du coucher du soleil sur le lainage bleu de nuit.

— C'est magnifique...

La surprise perçait malgré sa plus sombre préoccupation. Elle s'aperçut soudain que ce vêtement était très ancien.

— Oui.

L'expression de Gundhalinu n'était pas celle qu'elle attendait. Mais elle vit l'embarras que cette mine cachait et la honte du Bleu lui fit un peu honte.

— Gundhalinu...

— Appelez-moi BZ. Nous n'avons tous que des prénoms, ici, dit-il en désignant les animaux.

— BZ. Nous devons trouver...

Elle s'interrompit en entendant quelqu'un entrer dans le passage. La serrure grinça, la barrière claqua. Bloodwed la franchit, suivie par un petit enfant aux joues roses ; elle portait une boîte et referma la grille avec son pied. Les animaux s'agitèrent et la regardèrent, la tension rendant leurs mouvements furtifs. L'enfant se dirigea vers les cages et s'assit brusquement par terre devant l'une d'elles. Sans faire attention à lui, Bloodwed traversa la salle.

Moon jeta un coup d'œil à Gundhalinu, vit l'éclat s'éteindre dans ses yeux, l'animation disparaître de sa figure, faire place à une sombre résignation. Mais Bloodwed, radieuse, posa sa boîte et se pencha sur lui, pour l'examiner comme un inquisiteur.

— Je ne peux pas le croire ! Il va bien ! s'écria-t-elle et elle le saisit par la manche, lui secoua le bras. Tu vois, j'ai amené une vraie sibylle, rien que pour te garder en vie, Bleu. Maintenant tu peux finir de me faire la lecture.

Gundhalinu se dégagea, se redressa.

— Fiche-moi la paix !

Il fit tomber ses pieds du lit, soutint sa tête avec ses mains et se mit à tousser. Bloodwed haussa les épaules ; elle se tourna vers Moon en grattant son nez crochu.

— Tu vas bien aussi ? Ce matin, je croyais que vous étiez morts tous les deux.

Un soupçon de respect s'insinuait dans sa voix.

Moon hocha la tête, maîtrisa sa tension, choisit ses mots avec soin.

— Je vais bien... Merci de m'avoir apporté ces vêtements. Ils sont très beaux.

Elle avait du mal à masquer son étonnement. Les yeux bleus de Bloodwed se remplirent un instant de fierté puis elle les abaissa.

— C'est rien que des vieilleries. Ça appartenait à mon arrière-grand-mère. Personne ne porte plus ces trucs-là, on ne sait même plus les faire.

Elle tirailla sur le bord de son parka blanc sale, comme si elle le préférait réellement. Puis elle fouilla dans son carton et en retira un cube de plastique gros comme le poing. Un bruit inintelligible emplit la salle comme de la pluie. Bloodwed se mit à fredonner un air et Moon comprit qu'elle l'entendait dans les parasites de la radio.

— La réception est toujours mauvaise dans cette caverne. Naturellement, ça n'a rien arrangé quand mon Bleu a essayé de démonter ça pour en faire un émetteur, dit-elle en faisant une grimace à Gundhalinu. Tiens, voilà ton dîner.

Elle jeta une boîte en fer sur le lit. Derrière elle, un cri aigu fit sursauter Moon. Le bébé pleurait, en agitant ses mains devant les cages.

— Tu n'as qu'à pas fourrer tes doigts là-dedans, idiot ! Tiens, voilà le tien.

Moon attrapa la boîte au vol, s'assit et fit sauter le couvercle. Le contenu ressemblait vaguement à du ragoût. Elle observa Gundhalinu, qui ouvrait sa boîte, puis elle demanda :

— C'est ton petit frère ?

— Non.

Bloodwed repartit, emportant des poignées de viande et une boîte décorée d'un animal. Elle fit le tour des créatures enchaînées aux encagées pour donner à chacune son repas du soir. Moon les regarda voleter ou s'écarter peureusement de ses mouvements brusques, s'avancer de nouveau avec méfiance dès qu'elle était passée.

Bloodwed revint, la mine maussade, s'assit avec sa propre boîte. Le petit garçon vint la tirer par la veste en pleurnichant. Elle lui fourra une cuillerée de ragoût dans la bouche.

— Tu t'y connais, en animaux ? demanda-t-elle à Moon.

— Pas ceux-là.

Moon se détourna de l'enfant dont la figure était aussi parfaitement rose et blanche que celle d'une poupée de porcelaine.

— Alors tu vas faire ce que tu as fait hier, cette fois pour me parler des animaux, déclara Bloodwed, les sourcils froncés comme si elle attendait un refus. Je crois qu'il y en a qui sont malades aussi. Mais je ne sais pas les soigner non plus... Je veux savoir comment !

Moon acquiesça, acheva son ragoût et se leva.

— Où as-tu trouvé tous ces animaux ?

— Je les ai volés à l'astroport. Ou obtenus de marchands, ou chassés... L'elffox, les oiseaux gris là-bas et les conils. Mais je ne sais même pas comment s'appellent les autres.

Moon sentit les yeux accusateurs de Gundhalinu la suivre quand elle se dirigea vers le premier animal, le plus difficile à affronter, l'espèce de masse de rides frémissante accroupie sur un nid d'herbe sèche. La bête bavait et entrouvrait une large bouche en suçoir. Moon entra dans la cage. Surmontant son dégoût, elle s'accroupit devant l'animal et lui tendit une poignée de miettes, en restant parfaitement immobile.

Les borborygmes se turent progressivement et, au bout d'un long moment, l'animal se traîna, centimètre par centimètre, pour venir lui toucher la main de sa bouche. Elle frémit ; la bête recula brusquement et revint en se traînant lourdement. Elle prit les miettes une par une dans le creux de la main, avec une grande délicatesse. Moon s'enhardit et la caressa ; les replis de peau étaient lisses et frais, comme un coussin de satin bouillonné. La bête se tassa avec contentement en faisant des bulles et en émettant une sorte de ronronnement.

Moon la quitta lentement et s'approcha d'un couple de carnivores élancés qui allaient et venaient dans la cage voisine. Ils couchèrent leurs oreilles, et montrèrent des crocs brillants, très blancs dans leur pelage noir. Ils avaient quelque chose de félin ; alors Moon sifflota doucement, créant cette musique qui, chez elle, attirait les chats ronronnants sur ses genoux. Les longues oreilles poilues frémirent, tournèrent, pivotant comme un radar, et les animaux vinrent à elle, presque à contrecœur, séduits par ce bruit. Elle leur offrit sa main à renifler et son cœur battit de plaisir quand une joue d'ébène se frotta contre ses doigts. Les espèces de chats glissèrent contre les barreaux, réclamant des caresses à petits cris gutturaux.

Avec plus d'assurance, elle passa au reptile ailé à tête de piolet ; puis aux choses allongées, douces comme des plumes, sans tête du tout, à l'oiseau au plumage émeraude et à la crête rubis, tristement couché dans le fond de sa cage. Elle perdit toute notion de temps et d'intention, elle avait simplement besoin de communiquer ne fût-ce qu'un peu avec chaque créature, gagner sa confiance... Quand elle arriva enfin à l'extrémité du circuit, elle trouva Bloodwed qui la regardait d'un air assez envieux, le petit garçon endormi sur ses genoux. Moon se détourna, comprenant ce regard.

— Je... je suis prête à commencer le Transfert, Bloodwed, quand tu voudras.

— Comment tu as fait ça ? Pourquoi est-ce qu'ils viennent à toi et pas à moi ? Ils sont à moi ! Ils sont censés m'aimer !

Chaque mot frappait Moon comme un coup de poing. Cette colère réveilla l'enfant qui se remit à pleurer.

— Il me semble que c'est évident, grommela aigrement Gundhalinu. Elle traite les animaux comme des êtres humains, alors que toi tu traites les êtres humains comme des animaux !

Bloodwed se leva, furieuse, et Gundhalinu se crispa ; mais elle ne dit rien et ne leva pas le poing pour le frapper.

— Bloodwed, tenta d'expliquer Moon, ils ont peur de toi. Parce que... Parce que tu as peur d'eux.

— Je n'en ai pas peur ! C'est toi qui en avais peur !

— Pas de cette façon. Je veux dire... Je n'ai pas peur de leur laisser voir que je les aime bien.

— Ma foi... Je leur donne à manger, je fais tout pour eux ! Qu'est-ce que je dois faire de plus ?

— Apprendre à être... douce avec eux. Apprendre que... que la gentillesse n'est pas de la faiblesse.

Le petit garçon pleurait toujours et s'accrochait à la jambe de Bloodwed. Elle le regarda, lui posa une main hésitante sur la tête puis elle suivit Moon vers les cages.

Moon refit le tour, en commençant encore par la bête ressemblant à un cerveau, l'attira vers ses mains, en fit le point de mire de tous ses sens.

— Interroge-moi sur eux. Demande-moi... *Input*...

Elle entendit la question de Bloodwed et l'emporta en plongeant...

— *... analyse !*

Elle se retrouva assise par terre, épuisée, avec le bébé elffox qui lui suçait la natte. Elle caressa l'épaisse crête blanche, lui retira la natte de la gueule et détacha ses petites griffes pointues de sa tunique, puis le prit à deux mains pour le tendre à Bloodwed.

— Tiens, souffla-t-elle. Prends-le.

Bloodwed avança des mains hésitantes ; le petit elffox ne se débattit pas et ne protesta pas quand Moon le donna. Bloodwed le tint contre elle, presque timidement. Elle rit quand il se glissa dans l'ouverture de son parka et se blottit contre son flanc. Le petit garçon, qui les avait suivies, suçait son pouce et tendait son autre main pour essayer de toucher l'animal.

— Est-ce que je t'en ai dit assez ? demanda Moon en contemplant les cages, encore pleine du souvenir du magasin d'animaux de compagnie, aux ombres vert et or, quelque part sur un autre monde. *Si loin... nous sommes tous si loin de chez nous.*

— Lissop, starls, batwing... (Bloodwed les nomma tous.) Je crois même savoir ce qu'ont ceux-là (en montrant du doigt). Je n'ai pas la bonne nourriture pour eux. Mais tu as été très bien. C'est pas vrai, Bleu ?

Elle serrait dans ses bras le petit elffox, tout contre elle. Gundhalinu sourit à contrecœur et fit un salut militaire.

— Une noble...

Trois paires d'yeux se tournèrent au bruit de pas dans le passage. La barrière s'ouvrit et un homme barbu aux traits lourds apparut. Les animaux battirent en retraite contre les murs.

— Qu'est-ce que tu veux, Taryd Roh ?

La voix de Bloodwed retrouvait sa maussaderie.

— La shaman veut qu'on arrange ça, dit-il en tendant un instrument d'aspect fragile que Moon ne reconnut pas. Dis au Tech, là, de commencer à gagner sa croûte.

— Il est trop malade !

— Il est vivant, grogna Taryd Roh avec un rire gras, en regardant Moon. Et cette jolie petite poupée que tu lui as apportée réveillerait un mort. Tu ne veux pas venir me rendre visite sous ma tente, petite sibylle ?

Une main brutale frôla la joue meurtrie de Moon et lui fit mal. Elle recula, complètement écœurée. Il rit encore et passa devant elle.

— Ecoute voir, Turd ! Fiche-lui la paix et ne la touche pas ! Elle a vraiment le pouvoir...

— Alors, qu'est-ce qu'elle fait ici ? Tu ne crois pas à ces conneries de superstitions, hein, Tech ? ricana la brute en posant devant Gundhalinu l'instrument cassé et une trousse d'outils. Et tâche de ne pas trop t'amuser. Parce que si ce truc ne marche pas demain, je te le ferai manger !

Il donna une chiquenaude sur l'insigne terni, au col de Gundhalinu qui devint blême.

Taryd Roh tourna les talons et retraversa la salle vers la barrière, comme un skule tueur glissant dans une nasse. Bloodwed adressa à son dos un geste obscène.

— Dieux, je le déteste, ce salaud ! Il se prend pour le Premier ministre ou je ne sais quoi, parce qu'il est le préféré de Man ! Il est allé à Escarboucle et il est fou aussi... c'est pour ça qu'elle l'aime tant.

Gundhalinu s'étira sur le lit, aussi lentement qu'un vieil infirme, et tourna la figure contre le mur. Bloodwed alla remettre le petit elffox dans sa cage, presque rageusement. Elle eut l'air de chercher quelque chose qui avait disparu puis elle fit lever le bébé pleurnichard et le traîna vers la barrière et dans le passage, les laissant suffoquer en silence.

Enfin, Moon retourna auprès de Gundhalinu.

— BZ...

Elle savait qu'il ne voulait pas qu'elle pose la question, elle savait qu'elle le devait. Elle lui toucha l'épaule et sentit ses tremblements, même à travers l'épaisse capote.

— BZ...

— Laissez-moi tranquille.

— Non.

— Je ne suis pas un de ses animaux, bons dieux !

— Moi non plus. Alors ne m'excluez pas !

Elle lui enfonça les ongles dans le bras, le força à se retourner. Il roula sur le dos et la regarda sombrement.

— Et je croyais que les choses ne pouvaient pas empirer !

— Alors elles vont peut-être commencer à aller mieux ?

— Ah non ! Ne me dites pas qu'il y aura un avenir. Affronter demain, c'est tout ce que je peux supporter.

Elle regarda l'instrument cassé que Taryd Roh avait laissé par terre.

— Vous savez réparer ça ?

— Les yeux fermés, dit-il avec un pauvre sourire, en levant sa main. Si j'avais deux mains. Mais je ne les ai pas.

— Vous en avez trois !

Moon prit cette main entre les siennes, comme pour un serment. Il dégagea son autre main de la couverture et la posa par-dessus.

— Merci... Taryd Roh... Taryd Roh m'a surpris en train de recâbler les circuits de la radio de Bloodwed. Il m'a passé à tabac et je n'ai pas pu marcher pendant deux jours. Et, dieux, il y a pris *plaisir !...* Je ne sais pas ce qu'il a fait, quand il était en ville, mais il a dû être fameux !

Moon frémit, essuya de sa figure le souvenir de la main de Taryd Roh. Elle regarda celle de Gundhalinu, le poignet couturé de cicatrices.

— Est-ce... pour ça ?

— Tout ! Tout est pour ça ! Je suis un aristocrate, un Tech, un Kharemoughi ! Etre traité comme un esclave par ces sauvages... pire qu'un esclave ! Personne, ayant un peu de fierté, ne continuerait de vivre ainsi, sans honneur, sans espoir. Alors j'ai voulu commettre le seul acte honorable... Mais Bloodwed m'a trouvé avant... avant ma fin.

— Elle vous a sauvé ?

— Naturellement, dit-il avec haine. A quoi bon humilier un cadavre ? Mais un infirme... J'ai cessé de manger, jusqu'à ce qu'elle me dise qu'elle me ferait nourrir par Taryd Roh. Au bout d'un quart d'heure, il m'aurait fait manger de la merde !... Et puis il y a eu la tempête...

Il écarta les mains dans un geste d'impuissance, comme s'il voulait qu'elle sache bien qu'il avait tenté de faire ce qui était bien. Elle avait peur de comprendre.

— Et maintenant ? dit-elle simplement.

— Et maintenant, tout a changé. Je... je dois penser de nouveau à quelqu'un d'autre que moi.

Elle ne sut s'il en était heureux ou fâché.

— Je suis contente que vous ayez échoué. Nous sortirons d'ici, BZ. Je le sais !

Ce n'est pas fini. Elle en était de nouveau certaine. Mais il secoua la tête.

— Ça m'est égal, maintenant. Il est trop tard, je suis resté ici trop longtemps... Mais, pour vous, j'espérerai, dit-il en lui soulevant le menton.

— Il n'est pas trop tard.

— Vous ne comprenez pas. Je suis ici depuis des mois, tout est fini ! Le Festival, le Changement, le départ final... tout le monde est parti en extramonde, à présent, ils m'ont abandonné. A jamais... « Dans mes rêves j'entends mon pays natal m'appeler, et je ne puis répondre... »

— Mais non ! Ils ne sont pas partis ! Ce n'est pas encore arrivé !

Il ouvrit la bouche, aussi stupéfait que si elle l'avait giflé. Il la tira sur le lit à côté de lui, il la secoua presque.

— C'est vrai ? Combien de temps encore ? Combien ? Ah, dieux, dites-moi que c'est vrai !

— Oui, oui... Mais je ne sais pas combien... Enfin, je ne suis pas sûre... Une semaine ou deux, je crois, jusqu'à la fête...

— Une semaine ?

Il la lâcha, retomba sur le dos, passa sa main sur sa bouche.

— Moon... Ah, je ne sais pas si vous êtes le paradis ou l'enfer. Une semaine ! Mais je crois que vous êtes le paradis.

Il l'enlaça brièvement, chastement, la figure détournée. Elle leva les mains quand il la lâcha et le retint, avec une soudaine gratitude.

— Non... Restez comme ça, encore un peu. S'il vous plaît, BZ, j'ai besoin d'encore un peu... Rien que pour un moment, gardez-moi comme ça.

Jusqu'à ce que tout cesse de se noyer dans la laideur. Jusqu'à ce que je croie à l'espoir et sente de nouveau ses bras me serrer.

Gundhalinu sursauta un peu, de surprise et d'une singulière répugnance. Mais il l'encercla, presque machinalement, l'attira de nouveau contre lui pour l'abriter, lui répondre.

Si longtemps... Elle se souvenait des tendres mains de Sparks, comme si cela se passait hier... *il y a si longtemps.* Elle laissa tomber sa tête sur l'épaule de Gundhalinu, se laissa dissoudre, sans penser à rien, hors du temps, contre cette solidité qui donnait de la substance au fantôme d'un autre corps, chassait toute amertume de l'avenir. Au bout d'un moment, elle sentit le bras de Gundhalinu se resserrer, le rythme de sa respiration se modifier, son propre cœur battre plus vite...

— Est-ce que... tu me parleras de temps en temps en sandhi ? demanda-t-il en hésitant et elle sourit contre sa manche.

— Oui, mais je ne le parle pas très bien.

— Je sais. Ton accent est abominable, murmura-t-il en riant tout bas.

— Le tien aussi !

Il posa la tête sur l'épaule de Moon et elle lui frotta le dos, lentement, d'un geste apaisant ; il soupira. Peu à peu, ses bras se desserrèrent et retombèrent, sa respiration se modifia à nouveau. Elle souleva la tête et le vit endormi, un demi-sourire aux lèvres. Elle l'allongea avec précaution, souleva ses jambes pour les poser sur le lit et le recouvrit chaudement. Elle posa un léger baiser sur sa bouche et s'en alla vers son matelas de chiffons.

— Tu l'as réparé, hein ? T'as de la chance, Bleu.

Bloodwed avait ramassé le détecteur de distance que Gundhalinu et Moon avaient réparé à eux deux, durant toute la matinée. Sa voix dissimulait à peine son soulagement, mais il ne perçut que la menace.

— Hé, pourquoi t'as fait ça ?

Des oiseaux blancs s'envolaient des épaules de Moon ; les deux starls allèrent se cacher sous le lit.

— Pour leur donner un peu de liberté, répondit Moon avec plus d'assurance qu'elle n'en éprouvait.

— Ils vont s'échapper ! C'est pour ça que je les garde en cage ! Ils s'échapperaient, les imbéciles !

— Mais non, pas du tout.

Moon tendit les mains pleines de morceaux de pain. Les oiseaux revinrent tourner autour d'elle et se poser sur son bras en se bousculant. Elle caressa leurs plumes frisées.

— Regarde. C'est tout ce qu'ils veulent. Ce n'est pas de les garder en cage qui fera qu'ils seront à toi, si tu sais que tu ne peux jamais ouvrir la porte.

Bloodwed s'approcha et les oiseaux s'envolèrent de nouveau. Moon mit les miettes dans les mains de la jeune nomade mais ces mains se fermèrent, les poings se crispèrent et les miettes tombèrent.

— Des conneries ! Je ne veux pas de ça. Je veux une histoire, Bleu, grogna-t-elle en retournant auprès de Gundhalinu pour s'asseoir sur le lit à côté de lui. Encore des histoires du Vieil Empire.

Il s'écarta ostensiblement d'elle.

— Je n'en connais plus. Tu les as toutes entendues.

— Ça m'est égal. Fais-le ! Lis encore ce livre. Lis-le à elle, elle est une sibylle aussi.

Moon, qui regardait les oiseaux picorer à ses pieds, leva les yeux. Bloodwed lui fit signe.

— Assieds-toi, sibylle ! Ça te plaira. C'est l'histoire de la première, première sibylle et de la fin du Vieil Empire. Il y a des pirates de l'espace, des tas de planètes artificielles, étrangères, des gens inconnus, des superarmes, *zap !*

De l'index, elle désintégra Moon en pouffant.

— Vraiment ? On connaît vraiment l'histoire de la première sibylle ? demanda Moon à Gundhalinu et il fit un geste vague.

— Il dit que tout ça c'est vrai ! Allez, Bleu ! Lis le passage où elle sauve son Véritable Amour des pirates.

— C'est lui qui l'a sauvée ! protesta Gundhalinu en toussant d'indignation.

— Ecoute, tu n'as qu'à le lire !

Elle se pencha ; les starls prirent peur quand elle fouilla sous le lit et se redressa en brandissant un livre.

— Et à la fin, elle croit qu'il meurt et il croit qu'elle est morte ! C'est tellement triste ! s'écria-t-elle avec un sourire gourmand.

— Bloodwed, moi je vais te raconter une histoire, dit

Moon, prise d'une soudaine inspiration ; (Elle s'assit en tailleur et les starls revinrent vers elle, dispersant les oiseaux, pour poser leur museau pointu sur ses genoux.) Mon histoire et celle de mon Véritable Amour, avec des techleggers et Escarboucle.

Et tu écouteras, et tu comprendras. L'inspiration s'empara d'elle, comme une force l'obligeant à parler. Elle abattit toutes les barrières refoulant ses émotions, elle se permit de voir Sparks riant au soleil, d'entendre sa musique sur la mer, de sentir la chaleur de son corps, sa flamme... de ressentir le déchirement de son départ qui lui avait arraché une partie de l'âme. Elle n'omit rien de ce qu'elle avait vu et fait...

(— Tu veux dire que tu ne savais même pas qu'il fallait cinq ans pour aller à Kharemough ? T'étais vraiment idiote !)

... tous ceux qui avaient cherché à l'aider, le prix qu'ils avaient payé.

— Et puis au cou de l'homme en noir, celui qui tuait les ondins, j'ai vu la médaille, sa médaille... C'était Sparks ! Je l'avais enfin retrouvé !

Elle baissa la tête, la main pressée contre sa joue violacée ; elle ne se rappelait que la caresse.

— Tu veux dire... Il est Starbuck ? souffla Bloodwed, médusée. Sainte merde ! Tu veux dire que ton Véritable Amour a tué les ondins et... et tu l'aimes encore ?

Moon hocha la tête en silence, les lèvres tremblantes. *Les dieux me pardonnent, je l'aime encore !* Elle retint sa respiration, fit un effort pour se maîtriser, pour retomber dans le présent et juger de la réaction de la nomade.

Bloodwed s'essuya furtivement les yeux ; elle se gratta la tête, sous ses cheveux coupés court, hérissés comme de la paille.

— Ah, ce n'est pas juste ! Maintenant il va mourir et il ne saura même jamais...

— Quoi ? s'écria Moon.

— Le Changement, expliqua Gundhalinu. Le dernier Festival. La Fin d'Hiver. La fin de la Reine des Neiges... et de Starbuck. Ils seront noyés ensemble... C'est la fin de tout.

Il regardait Moon avec compassion. Elle se dressait sur les genoux, repoussait les starls, rompait le charme qui avait captivé Bloodwed.

— Mère de Nous Tous ! Il ne reste presque plus de temps ! Bloodwed, tu dois nous laisser partir ! Il faut que je le retrouve, il faut que j'aille à Escarboucle avant le Changement !

Bloodwed se leva et sa figure redevint dure.

— Rien du tout ! Je ne fais rien du tout ! Aussi bien, tu as tout inventé pour que je vous laisse partir. Eh bien, il n'en est pas question.

— Tout est vrai ! Starbuck est bien Sparks, et il va mourir... Ce n'est pas possible que j'aie fait tout ce chemin rien que pour ça ! cria Moon, prise de panique. Si je peux aller à Escarboucle, BZ m'aidera à trouver Sparks à temps. Et lui, s'il n'arrive pas à temps là-bas, les siens s'en iront en extramonde et l'abandonneront. Il ne reste même pas quinze jours...

— Et alors dans quinze jours, tout sera fini et tu n'y penseras même plus et lui non plus. Alors autant que vous restiez là avec moi, pour toujours.

Bloodwed croisa les bras, les yeux fulgurants, assombris par la trahison. Moon se releva en sentant les parois rocheuses se refermer sur elle.

— Dans quinze jours, ma vie n'aura plus de signification... Je t'en prie, je t'en supplie, Bloodwed ! Aide-nous !

— Je m'en fiche, même si tout ça c'est vrai ! Tu ne penses pas à moi, alors pourquoi veux-tu que je pense à toi ?

Bloodwed saisit la manche de la tunique de Moon et tira ; le tissu fragile se déchira. Puis elle sortit, en claquant la barrière.

— Je ne comprends pas, murmura BZ d'une voix hésitant entre l'ironie et la détresse. Les histoires que je lis ont toujours un heureux dénouement.

Au milieu de la nuit, Moon ne dormait pas encore ; elle sentit les starls se réveiller soudain à côté d'elle et dresser l'oreille. Elle écouta aussi et entendit des pas venant du camp silencieux. Clignant des yeux dans la lueur du brasero, elle vit que BZ était assis dans son lit et devina qu'il ne devait pas dormir non plus. *Ah, notre Dame, elle a changé d'avis !*

Mais quand la barrière s'ouvrit, la silhouette qui s'avança dans la lumière ne fut pas celle de Bloodwed. Gundhalinu étouffa une exclamation et Moon resta immobile, paralysée.

— Réveille-toi, petite sibylle. Je suis venu pour quelques-uns de tes tours... et pour t'en enseigner deux ou trois de ma façon.

Taryd Roh ricanait, en ôtant son parka. Moon se releva précipitamment. *Il ne croit pas... Mère, je vous implore, ô Mère, faites que je me réveille !* Elle recula peureusement ; le rêve ne se dissipait pas et ses prières n'étaient pas écoutées. Gundhalinu la saisit aux épaules et la tira vers lui.

— Laisse-la, espèce de salaud, à moins que tu veuilles perdre le peu de cervelle que tu as !

Taryd Roh éclata de rire.

— Tu ne crois pas ça, pas plus que moi ! T'en mêle pas, Bleu, sinon je m'en vais te montrer de la vraie douleur !

L'étreinte de Gundhalinu se relâcha, ses mains retombèrent. Moon serra les dents sur un hurlement. Mais dès que Taryd Roh se rua sur elle, il s'élança et le frappa à la gorge d'un coup bien porté.

Malheureusement, Gundhalinu n'avait plus de force et la brute lui bloqua le bras, le tordit et projeta son assaillant sur les cages. Gundhalinu se repoussa du mur mais, avant qu'il ait repris son équilibre, Taryd Roh le terrassa, le fit retomber d'un grand coup de pied. Puis il se précipita de nouveau sur Moon, la prit dans ses bras et l'embrassa brutalement sur la bouche. Elle se débattit furieusement, tenta de détourner la tête et finit par lui enfoncer les dents dans une lèvre jusqu'au sang.

Il cria de douleur et la repoussa. Elle faillit tomber, chancela, recula.

— Tu es maudit, Taryd Roh ! Tu as attrapé la folie de la sibylle ! Il n'y a plus d'espoir pour toi !

Sa voix était aussi aiguë et stridente que les cris des oiseaux blancs tournoyant autour d'elle. Malgré tout, il revint vers elle, la figure en sang, les yeux fulgurant d'une autre sorte de folie. Elle se cramponna à la barrière fermée en hurlant :

— Bloodwed ! Bloodwed !

Il la prit à la gorge. Le souffle coupé, elle perdit la voix, la douleur remonta le long de ses bras, la paralysa. Il lui fit lâcher prise.

Un starl s'attaqua à une jambe de Taryd Roh, enfonça ses griffes dans sa guêtre, dans la chair. Des crocs se refermèrent sur son mollet ; il traîna la bête en rond, en ruant violemment jusqu'à la rejeter contre l'autre starl qui tournait autour d'eux. Mais alors que ses mains se tendaient de nouveau vers la gorge de Moon, il vacilla brusquement et perdit ses forces.

— Salope, gronda-t-il d'une voix terrifiée.

Il porta ses mains à sa tête, chancela et tomba comme une masse, sans connaissance. Moon se pencha sur lui.

— Je t'apprendrai des tours, incroyant ! gronda-t-elle.

Enjambant le corps, elle courut vers Gundhalinu qui se relevait péniblement. Les mains lourdes, elle tenta de le soutenir et remarqua la bosse qui enflait sur son front.

— BZ ! Vous ne vous sentez pas trop mal ?

Il la regarda avec stupeur.

— Si je n'ai pas trop mal, moi ?

Il lui prit la figure entre ses mains, pendant un long moment, avant de l'enlacer, de la serrer contre son cœur.

— Les dieux soient loués... nous sommes sauvés...

— Qu'est-ce qui se passe ?

Bloodwed fit irruption dans la salle et s'arrêta net à la vue de Taryd Roh étalé par terre. Les starls allaient et venaient en grondant des menaces. Elle leva les yeux vers Moon et Gundhalinu, l'air ahuri.

— C'est... c'est vous qui avez fait ça ?

— C'est moi, dit Moon, surprise par son propre calme. Je l'ai contaminé.

Bloodwed resta un instant bouche bée.

— Il est mort ?

— Non. Mais quand il se réveillera demain il... il commencera à devenir fou. Encore plus fou.

Bloodwed contempla la figure de Taryd Roh, puis elle

releva la tête avec une curieuse expression, un mélange d'émotions où la colère hésitait. Elle fouilla sous son parka, prit son paralyseur et régla le cadran. Puis elle se pencha et posa le canon contre la tempe de la brute.

— Non, il ne se réveillera pas.

Elle pressa le bouton ; le corps tressauta. Moon ferma les yeux, Gundhalinu sursauta. Mais elle n'éprouvait aucune pitié, aucun remords.

— Bon débarras, déclara Bloodwed en rengainant son arme. Je lui ai dit qu'il le regretterait s'il te faisait du mal !

Elle les regarda, avec quelque chose de plus profond que la possession, de plus singulier que la frustration.

— On peut dire que tu as réussi ! Quand Man apprendra ça, elle voudra te faire écharper vive, et elle obtient ce qu'elle veut, par ici, je n'y peux rien. Tout le monde la croit sacrée mais elle est simplement folle... Bon. Bon, ça va, ne me regardez pas comme ça ! Je vais vous laisser partir.

Moon vacilla ; la réaction se produisit à retardement et elle tomba à genoux.

Le froid intense d'avant l'aube pinçait Moon, même à travers ses épais vêtements et la cagoule de laine grise tirée sur sa figure. Les étoiles. Au-delà de l'ouverture de la caverne, les étoiles clignotaient sur la coupole noire du ciel, une grosse lune argentait la neige.

— Je n'ai jamais vu d'aussi belle nuit.

— Moi non plus, dans aucun monde, dit Gundhalinu, sous les couvertures thermiques parmi les vivres et l'équipement arrimé à l'avant du glisseur des neiges. Et je n'en reverrai plus, même si je vis jusqu'au prochain millénaire !

Il respira profondément et l'air froid assaillit ses poumons en le faisant tousser.

— Taisez-vous donc, gronda Bloodwed en reparaissant une dernière fois. Vous voulez réveiller tout le camp ? Tiens... (Elle posa quelque chose sur les genoux de Gundhalinu, trois petites cages.) Ramenez-les à l'astroport. Ils sont malades. Je ne peux pas les garder ici.

Elle avait la voix aussi crispée qu'un poing. Gundhalinu poussa les cages sous les couvertures, à côté de lui. Bloodwed retourna vers les autres, entassées à l'entrée de la caverne et ouvrit la première.

— Et je me débarrasse de tous ces sauvages-là, ils ne m'aiment pas, ils ne vous aiment même pas !

Des oiseaux aux ailes grises, ahuris, tombèrent dans la neige, se relevèrent et s'envolèrent en clamant leur liberté. Elle ouvrit la deuxième cage et des conils au pelage blanc sautèrent en masse, se bousculèrent et bondirent au clair de lune sans le moindre bruit.

Bloodwed ouvrit la dernière cage, la secoua ; le petit elffox roula par terre en crachant d'indignation. Elle le repoussa du pied.

— Allez, va-t'en, va-t'en !

Le jeune animal resta assis, bêlant de surprise, sa fourrure argentée tout hérissée ; il se ramassa, se secoua et retourna sur ses pattes incertaines vers la chaleur et la sécurité. Il trouva le pied de Bloodwed sur son chemin, grimpa sur le cuir fourré de la botte en gémissant. Elle jura et le ramassa.

— Bon, ça va... Je garde le reste ! dit-elle à Moon. Mais je sais comment les soigner, maintenant. Ils veulent rester avec moi.

Moon hocha la tête ; elle ne se fiait pas à sa propre voix.

— Je crois que vous avez tout, reprit Bloodwed en caressant maladroitement l'elffox. Même le détecteur de distance. J'espère que tu l'as bien réparé, Bleu !

— Qu'est-ce que vous allez faire, maintenant ? demanda Gundhalinu. Alors que vous n'avez plus personne pour réparer ces instruments, ni aucun moyen d'en trouver d'autres ? Vous ne savez plus vivre comme de vrais bergers ou chasseurs, comme autre chose que des parasites.

— Pas moi ! protesta Bloodwed. Je connais très bien les anciennes façons de vivre. Man ne va pas vivre éternellement même si elle le croit. Je sais prendre soin de moi, et de tout le monde une fois que je commanderai. Je n'ai pas besoin de toi, étranger !... Ni de toi !

Elle se frotta les yeux et, brusquement, elle serra Moon dans ses bras.

— Allez, dépêche-toi de partir d'ici. Et tâche de le retrouver, avant qu'il soit trop tard !

Moon l'embrassa, tous les torts oubliés, pardonnés ; l'elffox se tortilla entre elles.

— Je le trouverai !

Elles poussèrent le traîneau à découvert et Moon s'installa aux commandes. Elle mit le moteur en marche en suivant les instructions données de mauvaise grâce par Gundhalinu.

— Hé, Bloodwed ! cria-t-il en se tordant le cou pour la regarder. Tiens. Je ne crois pas que j'aurai jamais envie de relire ça !

Sans sourire, il lui lança le roman écorné.

— Je ne peux pas le lire, c'est dans ta langue !

— Ça ne t'a encore jamais gênée.

— Fichez le camp d'ici, bons dieux !

Elle brandit le livre comme une menace, mais elle souriait.

Moon alluma le phare et ils entamèrent leur voyage final vers le nord.

34

Arienrhod était assise sur son trône dans la salle d'audience où, avant que deux semaines soient écoulées, elle recevrait le Premier ministre de l'Hégémonie pour une dernière visite officielle. Elle se demanda distraitement s'il la plaindrait. Mais aujourd'hui, il n'y avait que le commandant de police et point n'était besoin de beaucoup d'imagination pour deviner la raison de sa visite. Si PalaThion venait elle-même, c'était un signe que Starbuck avait bien réussi.

Jerusha laissa son escorte parmi les courtisans bavards, à l'autre bout de la salle, pour que les deux hommes n'aient pas à s'agenouiller. Elle-même s'y refusait, maintenant qu'elle était commandant... une petite victoire qu'elle avait remportée, la seule. Arienrhod sourit à part elle, quand Pala-Thion ôta son casque et s'inclina cérémonieusement.

— Majesté...

— Commandant Pala-Thion. Vous avez une mine épouvantable, commandant, vous devez trop travailler. Le départ de votre peuple de Tiamat n'est pas la fin du monde, vous savez. Vous devriez vous ménager, sinon vous allez vieillir avant l'âge.

Pala-Thion la regarda avec une haine mal dissimulée et une détresse à peine perceptible.

— Il y a des choses plus affreuses que de vieillir, Majesté.

— Je ne puis en imaginer aucune. A quoi dois-je cette visite, commandant ?

— A deux choses que je juge infiniment pires, Majesté : l'assassinat et le massacre illégal des ondins, déclara Jerusha comme si elle n'établissait aucune distinction entre les deux. Je viens avec un mandat d'arrêt au nom de Starbuck, accusé de meurtre et de la tuerie d'ondins sur les terres d'un extramondien nommé Ngenet. Il a interdit la Chasse sur sa plantation, comme vous le savez.

Arienrhod haussa les sourcils, avec une surprise qui n'était pas entièrement feinte.

— Un meurtre ? Il doit y avoir une erreur, une explication.

— J'ai vu le cadavre de mes yeux. Et ceux des ondins, dit Pala-Thion en grimaçant, les larmes aux yeux, à ce souvenir. Il n'y a pas d'erreur et il n'y a aucune explication. Je veux Starbuck et je le veux tout de suite... Majesté.

— Naturellement, commandant. Je veux l'interroger moi-même sur les faits dont on l'accuse.

Arienrhod n'avait rien appris de plus sur la fugace réapparition de Moon, depuis le peu de temps où c'était arrivé, mais à présent...

— Sparks !

Elle regarda à travers la blancheur de la salle, vers le coin où il se tenait parmi les courtisans qui venaient faire examiner par la reine leur costume de Festival. Avec toutes les ressources de la fortune, ils s'étaient déjà arrangés pour s'attribuer les exemples les plus magnifiques et les plus originaux de l'art de la faiseuse de masques et s'étaient fait tailler des vêtements assortis. Ils avaient l'air d'un troupeau de beaux animaux biscornus avec leurs masques totémiques de mutants impassibles tournés vers elle, de créatures d'un rêve de drogué.

Sparks répondit promptement à l'appel. Arienrhod le regarda approcher, son justaucorps bleu sans manches et ses chausses serrées soulignant la souplesse de ses mouvements. Mais sa figure était fausse, son masque de chagrin apathique, plus qu'aucun masque de festival faisait de lui un inconnu. Il s'agenouilla devant elle, silencieux et soumis, sans faire la moindre attention à Pala-Thion. Elle ne sut pas si cette grossièreté était voulue ou cachait simplement du remords ; elle savait qu'il se sentait coupable envers cette femme sans jamais avoir compris pourquoi.

— Oui, Majesté ?

Elle lui fit signe de se relever.

— Où est Starbuck, Sparks ?

Il la regarda avec stupeur mais se ressaisit vite.

— Je... Je ne sais pas, Majesté. Il a quitté le palais. Il ne m'a pas dit quand il reviendrait, bredouilla-t-il et il sourit un peu ironiquement, laissant voir sa curiosité à la reine. Il ne me parle pas.

— Le commandant Pala-Thion vient l'arrêter pour meurtre.

— Pour meurtre ? s'exclama Sparks en se tournant vers Jerusha.

Les yeux de Pala-Thion lancèrent du venin quand elle le regarda ; le venin y était encore quand elle les leva vers la reine.

— Comme il a bien choisi son moment !

— Voyons, commandant ! Croyez-vous que je sache lire dans les pensées ? Et que je tolère le meurtre chez mes sujets ! (L'expression de Pala-Thion révélait que l'un ou l'autre ne l'aurait pas étonnée.) Je veux en savoir davantage sur cette affaire. Vous dites que vous avez vu les cadavres de vos yeux ? Les cadavres de qui ?

— J'en ai vu un... si vous ne voulez pas tenir compte de ceux des ondins...

Pala-Thion hésita, comme si c'était davantage pour elle qu'un déplaisant souvenir. Sparks jouait avec les pans de sa ceinture incrustée d'agates, les tapait contre sa cuisse en souriant largement à chacun de ces coups de fouet.

— ... C'était le corps d'un Dillyp.

— Un Limier ! dit la reine avec dédain.

— Non, Majesté. Un Dillyp. Un libre citoyen de l'Hégémonie, un invité du citoyen Ngenet. Il a été poignardé. D'après Ngenet, une autre de ses invités a disparu et elle est présumée morte aussi. C'était une citoyenne de ce monde, une Etésienne nommée Moon Marchalaube. Les corps des ondins ont été mutilés.

— Mutilés ! s'écria Sparks, trop fort.

Arienrhod sentit sur elle le projecteur des yeux de Pala-Thion quand elle prononça le nom de Moon ; *elle soupçonne...* Mais la reine s'y attendait et elle garda son expression poliment dégoûtée.

— Ce nom me dit vaguement quelque chose... Est-ce une de tes parentes, Sparks ?

— Oui, Majesté, répondit-il et Arienrhod le vit serrer les poings. Si vous vous souvenez, elle était... ma cousine.

— Je te présente mes condoléances, dit-elle sans chaleur.

Pala-Thion observait la reine d'un air à la fois stupéfait et déçu.

— Elle était revenue illégalement. Elle avait disparu il y a cinq ans environ.

— Je crois me souvenir de cet incident.

Et je croyais que c'était la fin de tout, mais je me trompais.

— Que voulez-vous dire, ils étaient mutilés ? demanda Sparks. Mutilés comment ?

— J'ai un document filmé, au siège de la police, si vous appréciez ce genre de spectacle, Marchalaube.

— Bons dieux, je ne veux pas parler... Je veux savoir ce qui est arrivé à Moon !

— Sparks, avertit discrètement Arienrhod. Après tout,

commandant, c'est sa cousine. Il est normal qu'il s'inquiète pour elle.

Mais elle était furieuse de voir à quel point il s'inquiétait.

— Ils ont été dépouillés, Majesté, dit Pala-Thion entre ses dents.

— Dépouillés ? (Arienrhod jeta un coup d'œil incrédule à Sparks et ne vit dans ses yeux que de l'incompréhension.) Starbuck ne ferait jamais une chose pareille. Pourquoi la ferait-il ?

— Vous connaissez ses mobiles mieux que moi, puisqu'il est à vous, répliqua Pala-Thion, dangereusement proche de l'arrogance. Qui d'autre aurait les ressources pour noyer à la fois autant d'ondins ?

Je n'aime pas ça ; je ne le comprends pas assez, pensait Arienrhod en caressant les sculptures transparentes sur l'accoudoir de son trône.

— Franchement, commandant, même s'il a fait cela, je ne vois pas pourquoi vous y attachez tant d'importance. Il mourra bientôt, quand le Changement surviendra.

Elle haussa les épaules, avec une résignation fataliste et une ombre de sourire.

— La loi n'entre pas dans ces considérations, Majesté. Et d'ailleurs, ce serait trop facile pour lui.

Sparks se retourna, s'arrêta, passa une main dans ses cheveux. Arienrhod sentit le sang lui monter à la tête.

— Parlez pour vous, extramondienne ! Je vous conseille de vous préoccuper de votre propre sort après le Changement et de nous laisser au nôtre !

— Votre sort et le mien sont liés, Majesté, puisque Tiamat appartient à l'Hégémonie.

Arienrhod eut l'impression que le verbe appartenir était subtilement souligné. Mais, alors même qu'elle parlait, Jerusha perdit son assurance. Elle savait — oui, elle savait — qu'Hiver avait des plans ; mais elle était tout aussi certaine qu'elle n'y pouvait rien.

— Quoi qu'il en soit, je veux interroger Starbuck et j'espère que vous collaborerez avec moi.

Arienrhod baissa les yeux pour démêler les multiples colliers de cristal cascadant sur son fourreau argenté.

— Bien évidemment, je ferai tout pour régler cette affaire irritante. Mais Starbuck est libre, il va et vient à sa guise. Je ne sais pas quand je le verrai.

Pala-Thion sourit d'un air sceptique.

— Mes hommes vont le rechercher aussi. Mais, naturellement, ce serait plus facile pour nous si vous nous donniez son nom.

Arienrhod fit signe à Sparks de monter auprès d'elle et caressa son bras nu. Elle le sentit frémir, comme si sa main le brûlait.

— Navrée, commandant, je ne puis révéler son identité à personne ; ce serait un abus de confiance, le viol de tout le concept de sa position. Mais je le guetterai...

Elle leva la main pour toucher une des boucles de Sparks, l'enroula autour de son doigt. Il la regarda avec une soudaine appréhension. Elle lui sourit et il lui rendit son sourire mais en hésitant.

— Je le découvrirai moi-même. Et, à ce moment, je l'aurai !

Pala-Thion s'inclina protocolairement et sortit de la salle.

Un petit rire échappa à Sparks, un relâchement de la tension.

— En plein sous ses yeux !

Arienrhod rit aussi, sans véritable amusement, en se rappelant le temps où le rire était une chose simple, né de la joie et non de la douleur...

— Dommage, elle n'appréciera jamais ce qui lui a échappé. *(Mais j'ai besoin d'en être certaine.)* Pendant un moment, il faudra que Starbuck porte le masque de tout le monde.

Sparks acquiesça, reprit subitement son sérieux.

— Ça me va tout à fait, grommela-t-il.

— Que s'est-il passé au juste, sur cette plage ? demanda-t-elle, penchée vers lui, le retenant des yeux.

— Je t'ai dit tout ce que je sais, tout ce que j'ai vu ! Nous avons tué les ondins à la manière habituelle, et nous les avons laissés pour que Ngenet les trouve. Nous n'avons rien fait d'autre. Je ne sais pas ce qui est arrivé ensuite. Mais par la Dame, j'aimerais le savoir...

C'était une triste prière nostalgique et pleine de regret. Arienrhod se détourna de lui, en proie à une émotion indéfinissable. *Vraiment ? Eh bien, par tous les dieux, j'espère que tu ne le sauras jamais !*

35

— Yeux de la Dame !

Le glisseur des neiges dérapa et s'arrêta. Gundhalinu répéta pour lui-même le juron exaspéré de Moon. Une nouvelle étendue de terre dénudée, rocheuse, leur barrait le chemin vers le versant exposé d'une autre montagne. Il n'avait jamais vu et ne s'était jamais attendu à voir le territoire au-delà de l'astroport autrement que sous des mètres de neige. Mais Tiamat entrait dans son été orbital, le grand été du Changement, quand les Jumeaux atteignaient le périhélie de leur course autour de la Porte Noire. L'influence gravifique de la Porte accroissait l'activité des deux soleils, dégelait lentement ce monde glacé, rendait progressivement étouffantes les régions équatoriales.

Depuis quelques jours, alors que les voyageurs descendaient des hauteurs sauvages, blanches et noires où campaient les bandits, le temps leur avait souri. Les vastes solitudes étincelantes s'étendaient comme un tapis immaculé au pied des glaciers des pics volcaniques, sous la pureté du ciel. Et, jour après jour, bien que le traîneau se dirigeât vers le nord, la température montait, atteignait zéro, le dépassait quand les soleils étaient au zénith. Leur reconnaissance s'était vite transformée en irritation à mesure qu'ils rencontraient davantage de pierre nue et de toundra bloquant le passage du glisseur des neiges.

Gundhalinu s'extirpa de la pile de couvertures et de peaux de bêtes, se traîna jusqu'à l'avant du traîneau et souleva les patins. A l'arrière, Moon pesa de tout son poids et, à eux deux, ils le tirèrent sur l'interminable pente. Il s'efforçait de ne pas prendre garde au cercle de fer rougi à blanc qui lui serrait la poitrine, de ne pas penser que sa faiblesse forçait une fille â faire tout le travail pénible, qu'elle le faisait avec une grande compétence et sans se plaindre.

Ils atteignirent le sommet de la colline et l'autre versant enneigé. Gundhalinu laissa échapper son souffle et la quinte de toux qu'il avait retenue. Moon le rejoignit pour le ramener sur son siège dans le traîneau.

— C'est encore loin, BZ ? demanda-t-elle, les sourcils froncés, en remontant les fourrures autour de lui comme une nounou inquiète.

Elle n'avait plus d'herbes médicinales et voyait bien que sa toux empirait. Il sourit un peu, secoua la tête.

— Pas trop. Encore une journée, peut-être, et nous y serons.

L'astroport. Le salut. Le paradis. Gundhalinu n'avoua pas qu'il ne se rappelait plus s'ils voyageaient depuis cinq ou six jours. Il refusait de croire que le temps avait été trop long, ses calculs erronés.

— Je crois que nous devrions dresser notre camp là en bas, dit Moon en frissonnant dans le vent glacial du sommet. Les soleils se couchent déjà, il fera trop froid pour vous.

Elle se tourna vers l'infinité de collines descendant vers la mer lointaine, leva les yeux vers le ciel indigo et, soudain, elle s'écria :

— BZ !

Il suivit son regard, sans savoir à quoi il s'attendait, simplement que ce n'était pas ce qu'il découvrait.

Des étoiles tombaient du zénith bleu-noir. Mais pas les étoiles en débris de verre de ce monde hivernal... Celles-ci étaient les étoiles qui brillaient dans les rêves, les étoiles pour lesquelles un homme accepterait de mourir, les étoiles d'empire, de grandeur, de gloire... l'impossible rendu réel.

— Qu'est-ce que c'est ? murmura Moon d'une voix à la fois respectueuse et craintive, celle des innombrables indigènes de sept mondes qui, au cours d'un millénaire, avaient été témoins de ce qu'elle voyait à présent.

Les cinq vaisseaux stellaires grandissaient à chaque battement de cœur, les harmonies de couleur et de forme changeaient selon les parallaxes, créant une complexité comme de la lumière filtrée par des prismes d'eau vive. Gundhalinu regarda les cinq vaisseaux modifier leur formation, se croiser, leurs rayons de feu glacé se dilatèrent et ils dessinèrent une immense étoile, le signe de l'Hégémonie. Les couleurs fulguraient, c'était pour lui une musique qu'il croyait entendre, emplissant le ciel de toutes les teintes, toutes les nuances possibles d'une aurore boréale dans son ciel natal...

— Le Premier ministre ? C'est le Premier ministre ? demanda Moon, les mots étouffés par son masque protecteur et sa main levée.

La gorge sèche, nouée, il fut incapable de répondre.

— Des vaisseaux ! s'écria-t-elle. Rien que des vaisseaux. Comment peuvent-ils être vrais, et si beaux ?

— Ils sont kharemoughis, répondit-il comme s'il disait « l'Empire », comme s'il disait « des dieux ».

Il n'expliqua pas qu'ils n'étaient que des vaisseaux ordinaires camouflés par des projections hologrammiques pour subjuguer un monde sujet. Il regarda Moon éblouie qui souriait. Elle lui toucha la joue et se hâta de regarder de nouveau vers le ciel où la formation se défaisait... les flammes mouraient, les braises tombaient derrière des collines, à peine deux crêtes plus loin.

— Regardez ! Ce doit être l'astroport. Ah, BZ, nous y sommes presque ! Nous pourrions y être ce soir ! Nous arrivons à temps !

— Oui... Bien à temps. Grâce aux dieux.

Il regarda le dernier vaisseau disparaître derrière les hauteurs neigeuses. *Ce soir*...

— Ce n'est pas la peine de nous fatiguer maintenant. Un jour de plus n'aura pas d'importance. Demain, il sera assez tôt.

Elle le regarda avec étonnement.

— Nous n'en avons que pour deux heures. Ce ne sera pas plus dur que de dresser le camp.

Il haussa les épaules, regardant toujours au loin.

— Peut-être...

Il se remit à tousser, étouffa la quinte avec sa main.

Moon lui posa une main gantée sur le front, comme si elle cherchait s'il avait de la fièvre.

— Plus vite vous verrez un guérisseur, un médecin, mieux cela vaudra.

— Oui, nounou.

Elle feignit de lui donner un coup de poing. Il rit, retrouvant sa hâte avide. Quand elle le remit en marche, le glisseur des neiges descendit du sommet dans la vallée, et ils ne virent même plus le reflet de l'atterrissage des vaisseaux. Des heures, quelques heures à peine et il retrouverait le monde des vivants, la vie qu'il croyait avoir perdue à jamais, la vie facile digne d'être vécue. Dieux, oui, il avait hâte d'atteindre l'astroport ce soir !

Il se demanda pourquoi il avait dit « demain » à Moon. *Demain ce sera assez tôt.* Il déplaça sous les couvertures les cages des animaux de Bloodwed qui partageaient la chaleur de son corps ; il n'y en avait plus que deux. L'oiseau vert était mort une nuit, il y avait trois ou quatre jours. Au matin, ils lui avaient creusé une petite tombe dans la neige durcie. *C'est là que je serais sans elle...* Il le lui avait dit, là près de cette tombe, à genoux dans la neige.

Et tous les matins il les lui avait répétés avec ses yeux, à chaque aube nouvelle quand il se réveillait libre, quand il la voyait à côté de lui sous la bulle de la tente, tout près mais sans la toucher, jamais depuis cet unique matin. Il l'avait contemplée dans son sommeil sans défense, regardé les rêves passer sur son visage... Ce ravissant visage et ces cheveux si clairs, étonnamment pâles, plus familiers pour lui, maintenant, que ses propres cheveux bruns. En pensée, il l'avait prise dans ses bras, embrassée sur la bouche pour la réveiller à ce jour nouveau... et dans ces solitudes hors du temps, il était libre comme il ne l'avait jamais été, de son passé et de son avenir, libre de tous les codes rigides réglant son existence. Il dérivait, comme un embryon, il n'éprouvait pas de honte à désirer une jeune barbare aux yeux de brume et d'agate.

Et, à son baiser imaginaire, il l'avait vue se réveiller de ses rêves agités, le regarder avec un sourire ensommeillé. Il avait vu l'éveil s'épanouir, il avait deviné le désir hésitant qui l'envahissait aussi. Mais il n'avait imploré que des yeux et seuls ses yeux lui avaient répondu. Et maintenant, il n'y aurait plus d'autre matin...

Ils franchirent cette dernière colline, souffrant et grelottant, et la clarté diffuse de l'astroport s'étala devant eux comme un lever de soleil de minuit. Le dôme aplati de son complexe souterrain était une vaste meurtrissure sur la plaine, presque une ville en soi ; une lumière surnaturelle nimbait sa surface arrondie. Il n'y avait plus aucune trace de l'atterrissage des vaisseaux stellaires et aucune ouverture ne gâchait la parfaite rondeur de la coupole. Au loin, du côté de la mer, on apercevait l'immense coquillage lumineux d'Escarboucle qui ne dormait pas.

Gundhalinu soupira en s'étirant un peu. Moon restait muette aux commandes ; il se demandait si la vue de son premier astroport la plongeait en transe, quand il se souvint que ce n'était pas son premier. Elle allongea brusquement le bras et lui pressa l'épaule, moins pour le réconforter que pour se rassurer elle-même. Il voulut lui prendre la main mais s'aperçut qu'il ne pouvait refermer les doigts.

— Ne vous inquiétez pas, marmonna-t-il. Nous devrions bifurquer sur la gauche, nous approcher du côté de l'entrée principale. La sécurité sera augmentée au maxi, pour la visite officielle. Je ne veux pas être victime de la prudence.

Elle obéit sans un mot. Devant eux, la coupole grandit peu à peu. Ils étaient encore à cent mètres de l'entrée du terrain quand ils furent inondés de lumière et une voix désincarnée leur ordonna de s'arrêter. Quatre hommes portant l'uniforme bleu que Gundhalinu avait presque oublié s'approchèrent avec précaution ; il savait que d'autres observaient de l'intérieur le glisseur des neiges. Il ne reconnut aucun des hommes, dont la visière de casque était baissée, et cela ne le rassura guère de savoir qu'ils étaient des collègues. Il resta figé, mal à l'aise, se sentant coupable comme s'il était un criminel au lieu d'une victime.

— Vous vous introduisez en territoire interdit, gronda

un policier portant un insigne de sergent. Allez, ouste, fichez le camp, sauvages, et si vous avez amené d'autres voleurs de votre acabit avec vous, remmenez-les avant de nous servir de cible !

Gundhalinu vit rouge.

— Qui diable vous a appris la procédure, sergent ?

— Qui diable veut le savoir ?

Le sergent fit un signe. Deux de ses hommes entourèrent Moon, le troisième traîna Gundhalinu de sa place dans le traîneau, si brutalement que ses genoux fléchirent et il tomba assis dans la neige.

— Laissez-le tranquille, brutes !

— Lâchez-la, bons dieux !

La protestation furieuse de Gundhalinu couvrit celle de Moon qui tentait de courir vers lui ; les deux hommes la tirèrent en arrière. Il rabattit son capuchon et ôta la cagoule qui lui masquait la figure. Puis il fit exprès de parler en klostan, la langue primitive de Newhaven :

— Je m'en vais vous dire qui veut le savoir, sergent ! L'inspecteur de police Gundhalinu !

Le sergent sursauta et remonta sa visière.

— Dieux de dieux...

— Gundhalinu est mort !

Le troisième policier se pencha pour le regarder de près.

— Par le millénaire, c'est bien lui !

Moon se dégagea, courut vers Gundhalinu et l'aida à se relever. Il épousseta ses guêtres et se redressa avec dignité.

— La nouvelle de ma mort a été prématurée, dit-il en s'appuyant lourdement sur Moon.

Le sergent se mit au garde-à-vous. Gundhalinu le reconnut : Tessra-Barde.

— Inspecteur ! Nous pensions que les bandits vous avaient tué, inspecteur. Donnez un coup de main, vous autres...

Gundhalinu secoua la tête et Moon resserra son étreinte protectrice, restant sur la défensive et refusant de se séparer de lui.

— Je vais bien. Je vais très bien, maintenant, dit-il en

oubliant soudain le froid et la fatigue, réchauffé et réconforté par le soulagement.

— Soyez le bienvenu ! Vous arrivez juste à temps, inspecteur.

Un des trois hommes lui serra la main, en regardant Moon avec curiosité. Gundhalinu vit se former des implications.

— Qui est votre païenne d'amie ?

— C'est bon d'être de retour, vous ne pouvez pas savoir ! répondit-il en jetant un coup d'œil à la figure démasquée de Moon, à son expression effrayée. Ma compagne de voyage était prisonnière avec moi. Et, avant que je parle de nous, nous aurions bien besoin d'un repas chaud et de nous asseoir.

Il toussa à se déchirer la poitrine, pour marquer le coup. Tessra-Barde protesta d'une voix hésitante.

— Comme vous le savez, inspecteur, les... euh... les indigènes ne sont pas autorisés dans le complexe.

— Par tous les dieux, sergent ! Si les bandits hiverniens ne s'introduisaient pas à tout bout de champ dans votre foutu complexe, je ne serais pas là à moitié mort ! Et sans cette femme, je ne serais pas là du tout !... Amenez notre traîneau.

Il se dirigea vers l'entrée du tunnel, soutenu par Moon. Les policiers ne protestèrent plus.

Jerusha se frotta les yeux et étouffa un bâillement. Le bourdonnement de cinquante conversations l'assourdissait, s'enflait jusqu'au plafond et retombait en échos. Il y avait au moins vingt heures qu'elle était debout, après une nuit de sommeil interrompu ; même à cette place d'honneur, à la tête de la grande table parmi les demi-dieux de l'Assemblée hégémonique, elle était à bout. Pour le Premier ministre et l'Assemblée, ce n'était pas le milieu de la nuit mais midi, heure du bord, et cela le devenait donc pour tous les délégués qui les accueillaient.

Ce soir, en grand uniforme de parade de commandant de police, alourdi d'assez d'ors, de soutaches et de fourragères pour rivaliser avec le soleil, elle avait serré la main du Premier ministre Ashwini. Elle s'était crue étincelante, jusqu'à ce qu'elle le voie dans sa tenue de cérémonie couverte de pierreries, admirablement taillée pour mettre en valeur son corps encore juvénile. Elle se demandait quel âge il avait, en temps réel. Quatre cents, cinq cents ans ? Arienrhod elle-même devait éprouver un pincement de jalousie à la vue de tout ce qu'il représentait. (Elle était secrètement enchantée que la reine n'ait pas le droit d'assister à ce banquet.) Premier ministre à vie, il avait succédé à son père comme potiche de l'Hégémonie, quelques siècles après que les rêves de Kharemough de domination de tous les mondes furent anéantis par l'ultime indifférence de l'espace-temps galactique. Il l'avait saluée avec une galanterie polie mais elle avait bien vu sa stupéfaction de découvrir qu'elle était une femme. Le Juge Suprême Hovanesse était assis à côté de lui, à présent, mais Jerusha était devenue presque indifférente aux rapports qu'il devait entendre sur elle.

Un serviteur se glissa près de son siège, ôta prestement le sixième ou septième service auquel elle n'avait pas touché et posa devant elle une nouvelle assiette pleine. Elle but une gorgée de thé d'un noir rougeâtre. Il avait infusé jusqu'à ce que la cuillère menace de s'y dissoudre et elle espéra qu'il serait assez fort pour la maintenir éveillée.

— Est-ce que nous vous privons d'une honnête nuit de sommeil, commandant ?

Jerusha, contrite, se tourna vers son voisin de droite, le Premier secrétaire Temmon Ashwini Sirus, un fils naturel du Premier ministre. C'était un bel homme au teint clair, fortement charpenté pour un Kharemoughi, entrant tout juste dans l'âge mûr. Elle en était surprise, car le Premier ministre paraissait plus jeune. Mais c'était moins étonnant que de voir un métis parmi les membres de l'Assemblée, ce bastion de l'arrogance kharemoughie. Apparemment, il s'était taillé une belle réputation de guerrier et d'homme d'Etat sur sa planète natale et, rompant avec la tradition, le Premier ministre l'avait nommé à un poste vacant. Pendant la première heure, elle avait échangé quelques paroles banales avec lui et avec le président de l'Assemblée royalement vêtu, assis à sa gauche, dont le parfum la faisait éternuer. Mais la conversation était morte de belle mort et elle avait été reconnaissante quand leur attention avait été attirée ailleurs.

— Non, naturellement pas, Secrétaire Sirus, dit-elle en se rappelant enfin ses bonnes manières.

— Vous n'avez rien mangé. Après tout le mal que vos meilleurs chefs se sont donné pour nous plaire ! Cette écorce de canawba est excellente.

Linguiste accompli, comme la plupart des Techs de Kharemough, il parlait couramment le klostan. *Mais qu'a-t-il à faire d'autre de son temps ?* Elle lui adressa un sourire insipide. *Ah, dieux, faites-moi sortir d'ici...*

— Je n'ai pas l'habitude de faire des repas de douze services, dans mon travail. (Sa propre langue lui paraissait plus étrangère que le tiamatain, après tant d'années.) Je ne peux plus relever le défi.

Ni aucun autre, d'ailleurs.

— Goûtez le melon, au moins, commandant, conseilla-t-il et elle prit docilement sa cuillère coupante. Savourer de la bonne cuisine est le seul moyen de supporter l'insurmontable ennui de ces réceptions officielles. Et boire de bons alcools...

C'est donc ça qui a délié votre langue. Elle prit une autre bouchée de melon et, contre son gré, le trouva délicieux. *Oh et puis quoi ? Vivre pendant une heure dans un monde de rêve... il faudra que ça te dure toute la vie. Fais semblant de croire que tout s'est arrangé comme tu voulais, que tout ne finira pas avec le départ définitif*. Elle regarda par les grandes baies de la salle la fosse rouge et or du terrain d'atterrissage où les vaisseaux de l'Assemblée s'étaient posés comme des scories ternes, comme des milliers d'autres vaisseaux après la splendeur flamboyante de leur descente. Le quadrillage électrifié des pistes et les hangars périphériques étaient inondés de lumière, comme la surface congelée d'une coulée de lave. Pendant un instant fugace, Jerusha ressentit une bouffée de fierté et de plaisir à la vue d'une des plus incroyables réussites de l'humanité, à l'idée de sa propre présence parmi ses citoyens les plus éminents, de l'avenir encore plus glorieux... du chant de sirène qui l'avait attirée hors de son monde natal. *Et pour quoi... ?* Elle contempla de nouveau le déploiement branchu des tables du banquet, les visages semblables à un feuillage animé agité par le vent, la figure de Sirus, en pensant soudain, douloureusement : *BZ... c'est à toi que cet instant aurait dû appartenir, pas à moi.*

— Dites-moi, commandant, comment se fait-il que vous...

— Faites excuse, commandant... Pardonnez-moi, monsieur le Secrétaire...

Le sergent de la garde faisait irruption entre eux, avec une effronterie déférente. Jerusha s'irrita, sans comprendre la raison de ce ton pressant.

— Qu'est-ce que c'est, Tessra-Barde ?

— Excusez-moi de vous interrompre, madame, mais j'ai pensé que vous aimeriez savoir... L'inspecteur Gundhalinu vient de revenir.

La cuillère de Jerusha retomba sur les pétales de son assiette en forme de fleur.

— Il est mort !

— Non, madame. Je l'ai vu moi-même. Une femme indigène l'a ramené. Un médecin est en train de l'examiner, à l'hôpital...

— Où est-il ?

Jerusha lança la question à un technicien, en arrivant de la salle du banquet dans le cabinet d'auscultation de l'aile de l'hôpital. Elle avait laissé Tessra-Barde donner des explications au Premier secrétaire, en espérant que ses propres excuses avaient été suffisantes mais elle s'en moquait un peu.

— L'inspecteur Gundhalinu...

— Par ici, commandant.

Le technicien, les mains pleines, désigna une porte. Jerusha s'y précipita, croyant à peine à la réalité.

— Gundhalinu !

Il était là et elle cria son nom avec plus d'émotion qu'elle n'aurait voulu.

Il se tourna vers elle, assis, les jambes ballantes sur la table d'auscultation, torse nu tandis qu'un médecin en bleu passait un diagnostiqueur sur sa poitrine. Elle put compter toutes ses côtes, ressortant comme des douves de tonneau sur ses flancs. Elle vit sa figure amaigrie, hérissée de barbe, sa bouche édentée. Il chercha une chemise pour se recouvrir, écarta d'un geste le médecin, ne sut que faire de ses mains et finit par les croiser sur sa poitrine comme un petit garçon honteux.

— Commandant...

Oui, par tous les dieux, c'est toi, BZ... Elle réprima l'envie de perdre toute sa dignité et celle de BZ en l'embrassant comme une mère.

— Eh bien, tu fais plaisir à voir, Gundhalinu ! s'exclama-t-elle en riant.

— Dieux ! Excusez-moi, commandant, je ne voulais pas me montrer comme ça... je veux dire... guère présentable...

— Je m'en fiche du moment que tu es bien vivant, BZ. Et dans ce cas, la cérémonie de là-haut n'est pas sans signification, après tout.

— Aussi vivant que possible.

Il sourit tant bien que mal, se cassa en deux et leva une main pour retenir une vilaine quinte.

— Tu vas bien ? Qu'est-ce qu'il a, docteur ? demanda Jerusha en se tournant vers le technicien, vaguement consciente enfin de la présence d'une quatrième personne dans la salle, silencieusement assise dans le coin.

— Il souffre d'épuisement. D'une pneumo...

— Rien, que quelques antibiotiques ne guériront pas, trancha sèchement Gundhalinu. Et un repas chaud pour mon amie et moi.

Il sourit brièvement à la quatrième personne et fronça des sourcils réprobateurs à l'intention du médecin.

— Je vais voir ce que je peux faire, inspecteur, bredouilla le technicien et il sortit de la salle, la figure absolument dépourvue d'expression, au point que Jerusha se demanda s'il dissimulait de l'irritation ou plus simplement un rire.

— Si j'avais su, je vous aurais apporté mes restes. La première moitié de mon repas officiel aurait nourri la population affamée de toute une planète.

La curiosité fit pivoter Jerusha alors qu'elle parlait,

pour regarder au-delà des armoires et des vitrines pleines d'obscurs instruments la spectatrice muette. Une fille à la peau claire en parka blanc, avec une ecchymose jaunissante sur la joue... une *indigène* ? Jerusha fronça les sourcils. La fille l'examinait, pas avec l'humilité à laquelle elle s'attendait, mais comme si elle prenait sa mesure. Et elle avait quelque chose de familier...

Gundhalinu suivit son regard et parla presque trop vite.

— Commandant, c'est la jeune Etésienne qui m'a sauvé la vie, qui m'a ramené à temps pour le départ final. Moon, venez faire la connaissance du commandant Pala-Thion. S'il y a quelqu'un sur cette planète qui peut vous aider à retrouver votre cousin, c'est elle... J'ai été fait prisonnier par des bandits, madame, ainsi qu'elle. Mais elle...

Jerusha n'écoutait plus. *Moon... Etésienne... Moon Marchalaube Etésienne !* L'innocente enlevée, l'invitée assassinée de Ngenet, le clone perdu de la reine !... *Le clone de la reine.* Oui, elle la reconnaissait, maintenant qu'elle la voyait nettement. Un frisson glacé la parcourut. *Que faisait-elle là ? Comment pouvait-elle être là, être celle qui l'avait ramené ? Pas elle...* Moon s'approcha de Gundhalinu et il lui prit la main d'un geste protecteur. *Ne sait-il pas qu'elle est proscrite ? Il ne se souvient donc pas d'elle ?*

— Commandant Pala-Thion, murmura Moon avec un petit sourire anxieux.

— Qu'est-ce que vous faites...

— Commandant, c'est moi qui l'ai amenée ici, j'en prends la responsabilité...

Gundhalinu s'interrompit en entendant des voix dans l'antichambre. Jerusha vit sa figure s'illuminer et puis ses yeux s'affoler quand il entendit la langue que parlaient ces visiteurs.

— Sacré... ! Commandant... Moon, j'ai besoin de votre manteau, dit-il en lui arrachant le parka.

Elle le lui abandonna, l'aida même à enfiler les manches comme si elle comprenait sa gêne. Il glissa de la table et remonta la fermeture de la veste au moment où le Premier secrétaire et le président de l'Assemblée entraient, traînant une suite élégante d'une demi-douzaine d'invités du banquet avec leurs compagnes. Jerusha les salua et Gundhalinu en fit autant, avec un rictus de fierté.

— Commandant, dit le Premier secrétaire, dès que nous avons appris que l'officier perdu était un des vôtres, nous avons pensé que nous devions venir le féliciter nous-mêmes pour son retour sain et sauf.

Il regarda Gundhalinu, puis Moon et de nouveau l'inspecteur, comme s'il ne pouvait croire qu'un Kharemoughi ait une mine pareille.

— Inspecteur BZ Gundhalinu, *sadhu*.

L'inspecteur refit un salut, comme s'il devait le prouver. Jerusha fut soudain heureuse d'avoir passé ses nuits d'insomnie, ce dernier mois, à apprendre le sandhi parlé. Elle avait encore du mal, cependant, à démêler toutes les complexités des formules protocolaires.

— Technicien du second rang. *Sadhanu bhai*, je... je vous remercie tous d'être venus. C'est un grand honneur, le plus grand jour de ma vie.

— Gundhalinu-*eshkrad*. (L'expression de Sirus s'adoucit au compliment et à l'assurance qu'ils étaient au moins en présence d'un homme de haute naissance.) Vous conférez du prestige à votre caste et à votre famille, en étant déjà inspecteur à un aussi jeune âge.

— Merci, *sadhu*.

Les taches de rousseur de Gundhalinu rougirent. Il essaya de retenir une quinte de toux, en vain, les autres attendirent avec une compassion polie.

— Il était mon meilleur officier et il m'a beaucoup manqué, dit Jerusha en sandhi.

Surpris par l'hommage, et par la langue qu'elle parlait, Gundhalinu lui jeta un coup d'œil qui lui fit plaisir. Moon restait silencieuse, entre eux, un petit sourire secret aux lèvres. Jerusha remarqua la tunique qu'elle portait, dont les couleurs faisaient ressortir l'étrangeté de son teint pâle et de ses cheveux argentés. C'était le costume traditionnel des nomades hiverniens ; elle en avait vu un une fois, exposé comme une rareté dans la vitrine d'un antiquaire du Dédale. *Qui es-tu, fille ?*

Mais elle n'entendit que le Secrétaire Sirus qui se présentait, en levant une main pour le salut kharemoughi. A son nom, Moon se raidit bizarrement. Gundhalinu s'avança, en levant aussi la main. Une seconde de gêne passa entre eux, comme un choc électrique, avant qu'ils se touchent les mains. Jerusha vit que celle de Gundhalinu ne s'ouvrait pas complètement, que ses doigts restaient à demi pliés comme des griffes. Elle vit aussi les cicatrices boursouflées du poignet. *Ah, dieux, BZ...*

Sirus poursuivit les présentations. Gundhalinu resta impassible quand le président parfumé refusa de lui toucher la main. *Croirait-il que c'est contagieux ?* Jerusha fronça les sourcils ; elle savait bien reconnaître un poignet tranché, elle savait que les Kharemoughis, étant ce qu'ils étaient, le reconnaîtraient aussi.

— Vous... vous avez dû passer des moments terribles, perdu dans les solitudes après que votre patrouilleur se fut écrasé, inspecteur Gundhalinu ?

Ces mots de Sirus étaient un tremplin pour une explication.

— Je n'étais pas perdu, Secrétaire Sirus. J'ai été fait prisonnier par les bandits. Ils m'ont très mal traité. (Gundhalinu baissa les yeux sous le poids de leurs regards et serra ses poignets l'un contre l'autre.) Sans cette femme que voici, jamais je ne serais revenu. Elle m'a sauvé la vie. Voici Moon Marchalaube Etésienne, dit-il en la prenant par le bras pour la tirer en avant.

Elle comprit, à son expression, l'honneur qu'il lui faisait et lui sourit, avant de regarder fixement Sirus.

— Une *indigène* ? s'écria le président d'une voix avinée. Une barbare ignorante aurait sauvé un inspecteur kharemoughi ? Ça ne m'amuse pas, Gundhalinu-*eshkrad*, pas du tout !

— Je ne voulais pas être drôle, répliqua Gundhalinu d'une voix soudain calme et glacée. Elle n'est pas une sauvage ignorante. Elle est l'être humain le plus noble, le plus savant qu'il y a dans cette salle.

Il écarta un peu le col de Moon ; elle leva fièrement le menton pour montrer l'estafilade à moitié cicatrisée et le trèfle tatoué. Jerusha fit une grimace. *Par le Batelier, c'est le bouquet !*

Surpris, les spectateurs réagirent instinctivement mais

le président avait trop bu pour se rappeler le respect ou même la politesse.

— Qu'est-ce que ça signifie ? On peut lui mettre une toge et l'appeler *eshkrad*, ça n'en fera pas une technicienne ! Une sibylle dans ce monde...

Il s'étrangla et se tut lorsque quelqu'un le saisit par-derrière et lui marmonna quelques mots secs et inintelligibles. Mais Jerusha, qui observait la fille, la vit rougir comme si elle avait compris, puis s'écarter de Gundhalinu et se tenir très raide.

— Je ne suis qu'une coupe contenant le savoir, dit-elle en mauvais sandhi. Peu importe la pauvreté de la coupe, c'est le savoir de ceux qui y boivent qui me rend savante. Les imbéciles rendent une sibylle stupide, où qu'elle soit.

L'ironie fit frémir Jerusha. Les expressions des Kharemoughis reflétèrent toute la gamme de la stupeur.

— Nous ne voulions pas vous offenser, s'empressa de répondre Sirus. Puisque vous êtes pour votre peuple une personne sacrée, vous avez également droit à notre respect, sibylle. (Un petit sourire contrit.) Mais où a-t-elle appris le sandhi, commandant ?

— Je le lui ai appris, intervint vivement Gundhalinu avant que Jerusha laisse échapper la vérité évidente ; il enlaça Moon et la ramena contre lui. Et avec tout le respect que je dois à l'honorable président, je dois dire que si je faisais d'elle Gundhalinu-*eshkrad*, si elle devenait ma femme, elle accroîtrait le prestige et l'honneur de toute ma caste.

Cette fois, la stupéfaction fut proche de l'horreur. Jerusha sursauta comme les autres ; elle entendit une femme prononcer le mot « scandale ». Sirus parut gêné.

— Gundhalinu-*eshkrad*, vous avez subi une terrible épreuve, nous le comprenons...

Face à l'unanimité de la réprobation, Gundhalinu hésita. Son étreinte se relâcha mais ses mains restèrent sur les épaules de Moon.

— Oui, *sadhu*. Mais je ne supporterai pas qu'elle soit insultée. Elle m'a sauvé la vie.

— Naturellement, dit Sirus en retrouvant le sourire.

Mais vous n'avez quand même pas l'intention d'épouser...

— Elle en aime un autre, avoua-t-il tristement.

Moon, étonnée, le regarda.

— Et, sinon, vous l'épouseriez ? s'exclama le président, indigné. N'avez-vous plus aucune fierté ? Etes-vous si dégénéré ? Dire une chose pareille sans honte ? Alors que vous êtes déjà un suicidé raté ?

Ce mot signifiait aussi « lâche ». Gundhalinu soupira et cela le fit tousser. Il tendit les mains.

— J'ai voulu agir honorablement. Ce n'est pas ma faute si j'ai échoué.

— L'homme supérieur est toujours responsable de ses échecs, pontifia un autre personnage. Un suicidé raté ne mérite pas de vivre.

Gundhalinu perdit le peu d'estime qu'il gardait de lui-même. Il recula de quelques pas jusqu'à la table d'auscultation, comme si cette phrase l'avait atteint physiquement.

— Pardonnez-moi, *sadhanu bhai*, d'être la disgrâce de ma caste et de ma famille, dit-il en n'osant même pas les regarder. Je n'ai jamais mérité l'honneur de votre respect ni même de votre présence. Je ne mérite que votre mépris et votre exécration. Je ne vaux pas plus cher qu'un esclave, qu'un animal rampant.

Jerusha le vit vaciller et se précipita pour le soutenir avant qu'il s'effondre. Sans se soucier des conséquences, elle lança par-dessus son épaule, d'une voix accusatrice :

— Qu'est-ce que vous avez tous ? Que voulez-vous de lui ? Qu'il se tranche encore une fois les poignets ? Vous voulez voir son « honneur » disparaître dans l'évier ? Un des vôtres, un officier de police courageux, dévoué, a vécu un enfer et a eu la force de survivre et tout ce que vous trouvez à lui dire, c'est « Crève » !

— Vous n'êtes pas des nôtres, commandant, lui répondit posément Sirus. Gundhalinu comprend. Mais vous ne le pourriez jamais.

— Les dieux en soient loués !

Elle aida Gundhalinu à se hisser sur la table, sans faire attention aux personnalités qui sortaient de la salle en marmonnant. Elle avait entendu le président de l'Assemblée élever la voix pour traiter Gundhalinu d'un qualificatif réservé aux plus bas des Inclassés. Gundhalinu en tremblait encore.

— Citoyen Sirus !

Jerusha profita de l'intervention de Moon pour se retourner pendant que Gundhalinu se ressaisissait. Sirus hésita sur le seuil et Moon luttait visiblement contre une colère noire en le regardant en face. Elle remporta la victoire et une autre émotion, plus pressante, surmonta la colère.

— Je dois vous parler.

Sirus haussa les sourcils et jeta un coup d'œil furieux à Gundhalinu.

— Je crois que l'on a déjà trop parlé.

Elle secoua la tête d'un air obstiné, faisant danser ses longs cheveux pâles.

— Il s'agit d'autre chose.

— Est-ce comme une sibylle que vous demandez cela ?

— Non. Je vous le demande comme votre nièce.

Sirus resta figé sur le seuil. L'arrière-garde des Kharemoughis se retourna, scandalisée, et disparut dans le couloir. Jerusha clignait des yeux et Gundhalinu s'était redressé.

— C'est au sujet de votre fils, du dernier Festival, ajouta Moon.

Sirus interrogea ses souvenirs, hocha la tête et fit signe à Moon de passer dans la salle voisine. Moon obéit, en se retournant. Gundhalinu la suivit des yeux, comme s'il ne pouvait supporter de la perdre de vue ; il avait une expression désespérée.

— BZ... Inspecteur Gundhalinu !

— Madame.

Il tourna docilement la tête mais son attention resta ailleurs. Jerusha hésita, pas très sûre de ce qu'elle allait faire.

— BZ... Tu n'es pas vraiment amoureux de cette fille, n'est-ce pas ?

— Et si je l'étais, commandant ? répliqua-t-il trop posément. Ce serait peut-être un scandale, mais pas un crime.

— Tu ne te rends donc pas compte de ce qu'elle est ?

Il leva vers elle un regard coupable et ne répondit pas.

— C'est la fille que les techleggers ont enlevée il y a cinq ans, dit-elle en sachant qu'il ne l'ignorait pas. Elle est proscrite, elle est revenue illégalement. Elle devra être déportée.

— Commandant, je ne peux pas...

Il enfonça son poing valide dans la table matelassée.

— Si tu es réellement amoureux d'elle, BZ, ce ne serait pas un problème. Epouse-la, emmène-la comme ta femme.

— Je ne peux pas.

Il ramassa sur la table une sonde acérée et essaya la pointe sur sa main.

— Tu ne vas pas laisser ces snobs hypocrites...

— Il ne s'agit pas de ça. Et ne parlez pas ainsi des dirigeants de l'Hégémonie ! Ils ont parfaitement le droit de me critiquer.

Jerusha ouvrit la bouche et la referma.

— Moon ne voudrait pas m'épouser. Elle est... promise, murmura-t-il en reposant la sonde sur le plateau, d'une voix laissant entendre que ce lien officieux demeurait inconvenant pour lui. A son cousin... le fils du Premier secrétaire Sirus. (Il se tourna de nouveau vers la porte, encore stupéfait.) Elle l'aime. Elle a tenté d'aller à Escarboucle pour le trouver... Il s'appelle Sparks Marchalaube.

— Sparks ?

— Vous le connaissez ?

— Oui, et toi aussi. Nous l'avons sauvé des trafiquants d'esclaves un soir, le jour de ta dernière visite au palais. Ensuite, Arienrhod s'est chargée de lui, elle en a fait un de ses favoris à la cour. Et ça l'a complètement pourri.

Gundhalinu fronça les sourcils.

— Alors, il est possible...

— Qu'est-ce qui est possible ?

— Moon croit qu'il est Starbuck.

— Starbuck ! s'exclama Jerusha en se frappant le front. Mais oui... oui... cela concorde. Merci, mes dieux ! Et merci à toi. Je cherche à savoir qui est Starbuck, pour l'inculper de meurtre et pour avoir tué illégalement des ondins.

— De meurtre !

— Oui. Il a assassiné un Dillyp, ou laissé faire ses Limiers. Et je croyais qu'il avait également assassiné Moon... mais le Dillyp suffit. Cette fois, je vais frapper Arienrhod là où cela lui fera le plus mal !

Ainsi, tu es encore plus pourri que je le croyais, Marchalaube. Elle vit en pensée un jeune garçon meurtri à la flûte brisée, un assassin en noir, en surimpression sur une plage jonchée de cadavres. *Jamais, dans mes plus affreux cauchemars, je n'ai imaginé que tu tomberais si bas.*

— Je... J'ai promis à Moon que nous le trouverions, que nous l'aiderions si nous le pouvions. Et sinon, le Changement aura raison de lui.

— N'en sois pas trop certain. Ainsi, Moon le veut toujours, même après l'avoir probablement vu faire ce qu'il a fait sur la plage ?

Jerusha fut frappée par l'idée déconcertante que Sparks appartenait à la fois à Arienrhod et à Moon, le clone de la reine.

— Comment le savez-vous ?

— Peu importe...

— Elle dit qu'elle l'aime toujours. On ne peut pas s'arrêter tout simplement, après des années... Elle veut simplement savoir s'il l'aime aussi.

Est-ce vraiment tout ? se demanda Jerusha.

— Je ne peux pas la laisser en liberté en ville, BZ. Je regrette mais je ne peux pas prendre ce risque.

— Je ne comprends pas. Elle ne va contaminer personne. Je resterai avec elle jusqu'à ce que nous le retrouvions.

— Et ensuite ?

Il leva les mains, les laissa retomber.

— Je ne sais pas... Commandant, le Changement est pour bientôt et, à ce moment, ça n'aura plus d'importance qu'elle soit allée en extramonde ou non. C'est une chose que les Etésiens détestent. Et elle n'a passé que quelques semaines à Kharemough. Quel mal peut-elle faire ?

— Tu me demandes quel mal elle peut faire, alors qu'elle connaît la raison de son existence ? Si nous arrivons à arrêter Starbuck, elle pourra partager une cellule avec lui. Mais autrement, crois-moi, il vaut mieux pour tout le monde qu'elle ne le revoie jamais, et qu'il ne la voie jamais.

— Je ne puis croire que c'est vous qui parlez ainsi, dit-il d'une voix lourde d'accusation.

— Et je ne puis croire que c'est toi qui prétends qu'elle n'est pas dangereuse, Gundhalinu ! Quelle mouche te pique ?

Ne me pousse pas à bout, BZ ; sois un bon Bleu et ne me force pas à te faire du mal maintenant.

— Je l'aime. Il me semble que c'est quelque chose.

— Plus que ton devoir ?

— Elle n'est qu'une jeune Etésienne innocente ! Pourquoi diable ne pouvons-nous la laisser tranquille ?

La détresse de Gundhalinu sautait aux yeux et Jerusha comprit qu'il était son propre inquisiteur le plus impitoyable.

— Elle n'est pas n'importe quelle Etésienne, BZ. Tu n'as jamais remarqué qu'elle ressemble beaucoup à Arienrhod ?

Il la regarda comme si elle était folle.

— Je parle sérieusement, BZ. J'ai toutes les raisons de croire que la reine a réussi à se faire cloner. Et son unique raison de le faire, c'est parce qu'elle ne veut pas qu'Hiver finisse. (Elle donna sans omettre un détail ses preuves indirectes.) Alors, tu vois... Moon est une sibylle. Je ne peux pas laisser Arienrhod mettre la main sur... sur elle-même, posséder une arme aussi mortelle. Elle fait tout ce qu'elle peut pour se cramponner à son pouvoir. *(Et pour continuer de corrompre tout ce qu'elle touche dans ce monde.)* Et moi je fais tout ce que je peux pour qu'elle ne s'en tire pas. Y compris garder Moon hors de sa portée.

— Je n'arrive pas à y croire... Moon... Moon ne ressemble à personne. Elle n'a rien d'Arienrhod ! Elle est pleine de tendresse, de pitié, de compassion pour tous et tout... et chacun le sent en elle. S'il y a la moindre étincelle d'honnêteté ou de noblesse dans un être, elle en fait un brasier. Tout le monde l'adore, on ne peut s'en empêcher.

— Pour l'amour des dieux, BZ, personne n'est aussi parfait !

— Si, elle. Allez simplement lui parler.

— Je ne veux même pas la regarder, si elle est tout ce que tu prétends. Pas étonnant qu'on dise que l'amour est aveugle... Ta perspective est désynchrone, BZ, c'est tout. Tu as besoin d'un solide repas et de beaucoup de sommeil, et de temps pour te rendre compte que tu es de retour dans le monde auquel tu appartiens.

D'un geste brusque, il frappa le plateau d'instruments qui tressautèrent et scintillèrent.

— Ne me traitez pas avec condescendance ! Je sais ce que je suis et ma place n'est plus ici ! Je ne suis pas digne d'être inspecteur de police, je ne suis pas digne d'appartenir à l'espèce humaine. Tout ce que je veux, c'est tenir la seule promesse que je suis encore capable de tenir, à la seule personne qui ne se moque pas de ce que je suis devenu. Et, maintenant, vous venez me dire qu'elle est un monstre, que je dois l'empêcher d'avoir ce qu'elle veut alors que c'est presque dans ses mains !

— Je te dis que ton devoir d'officier de police est de protéger l'Hégémonie. Elle doit passer en premier. Tu ne peux pas tourner la loi selon tes convenances personnelles. Ça ne marche pas *(et je suis bien placée pour le savoir)*.

— Alors je démissionne.

— Je n'accepte pas ta démission. Tu n'es pas en état de la donner et tu es trop précieux pour moi. J'ai besoin de tous mes hommes, jusqu'à ce que le dernier vaisseau décolle. (Elle savait en le disant qu'il y avait beaucoup plus que cela en jeu : une carrière, la fierté d'un homme, peut-être même sa vie.) Ecoute-moi, BZ, je t'en prie. Tu sais que je ne t'aurais pas dit tout cela si je ne le croyais pas. Arienrhod est un danger ! *(Et un monstre et une maladie.)* Elle est une menace pour l'Hégémonie, alors Moon aussi. Et Starbuck est un dangereux assassin, qui a tué ce qu'était Sparks Marchalaube aussi sûrement qu'il a tué mille ondins. Réfléchis, BZ, pense à ça ! Tu es encore un bon policier, tu ne peux pas nier que tu négliges ton devoir. Et tu ne rends pas service à Moon en la leur livrant.

De la raison parut revenir dans les yeux de Gundhalinu ainsi qu'une sombre résolution. *Reste avec moi, BZ.*

Moon reparut sur le seuil, la figure crispée de dépit et de déception. Derrière elle, Sirus quittait l'antichambre. Jerusha pesta tout bas mais vit avec soulagement que l'expression de Gundhalinu ne changeait pas.

— BZ, chuchota-t-elle, inutile que ce soit toi. Je la ferai arrêter par quelqu'un d'autre. Reste ici et fais-toi soigner. Tu as besoin de repos et...

— Je le ferai.

Il glissa de la table, vacilla un peu sur ses jambes et rassembla ses forces pour faire son devoir.

— On m'a déjà soigné. Je vais bien, commandant. Je dois le faire maintenant, avant de changer d'idée.

Ses taches de rousseur ressortaient comme des étoiles, d'un blanc anémique sur sa peau foncée.

Moon le regarda, fit quelques pas et s'arrêta.

— BZ... ?

— Moon, fit-il d'une voix douce. Moon, vous êtes en état d'arrestation.

36

Moon était blottie tout au bord du siège, collée à la vitre arrondie, tandis que la navette sortait sans bruit de la station de l'astroport. Il y avait une poignée d'autres gens dans le véhicule, en majorité des techniciens quittant leur service et allant rejoindre en ville la foule du Festival. Escarboucle... Elle arrivait au bout du si long voyage, qui lui avait tant coûté. Elle regardait droit devant elle dans l'obscurité traversée d'une progression d'anneaux d'or palpitants et clignait des yeux chaque fois que la navette franchissait un cercle comme une aiguille... elle clignait sans cesse des yeux pour garder la vue claire. Trahie. Trahie !

En proie à une rage impuissante, elle se tordait les mains et sentait les froides menottes s'enfoncer dans ses poignets. Gundhalinu était assis à côté d'elle ; ils étaient séparés par un infranchissable gouffre de trahison et de Devoir. Elle se demandait ce que cette femme lui avait dit ou s'il avait toujours eu cette intention. Elle se détourna vivement en voyant qu'il l'observait. Il y avait de la détresse dans ses yeux, ils étaient doux et compatissants, ce n'était pas l'acier sans miséricorde de l'inspecteur Gundhalinu, contre lequel elle aurait pu riposter avec une rage bien franche. Elle ne supportait pas de voir sa douleur, elle avait peur de s'y perdre, de se laisser attirer dans le souvenir de ces yeux trop humains qui lui caressaient la figure à l'aube, qui la désiraient, qui demandaient sans jamais exiger... le souvenir de son propre regard quand elle avait failli répondre... presque...

Qu'il souffre ! Sale menteur, salaud, j'avais confiance en vous. Comment pouvez-vous me faire ça ? Elle se tapait le front contre la vitre, en cadence. Il l'emmenait en prison ; et dans quelques jours, les siens l'emmèneraient de ce monde à jamais, il l'abandonnerait à un exil éternel sur une autre planète. Il avait même menti à Pala-Thion en racontant qu'il avait été soigné, afin de se charger lui-même de cette mission. Et elle l'avait entendu se porter volontaire — oui, volontaire ! — pour arrêter aussi Sparks, pour faire pénitence en laissant son unique amour être inculpé de meurtre et jeté dans une colonie pénitentiaire dans un monde d'enfer, jusqu'à la fin de ses jours... si on le trouvait à temps. Et si on ne le trouvait pas...

Elle avait tout dit au Premier secrétaire Sirus en essayant de ne pas le détester, et elle avait vu l'écho lumineux d'un temps lointain, en ce même monde, qui paraissait émaner de lui quand elle lui parlait de son fils, de la médaille portant son nom...

— Il l'a toujours portée, il a toujours voulu être comme vous, apprendre les secrets de l'univers.

Il avait ri, surpris, il voulait savoir où était son fils à présent, s'ils pourraient se voir. En hésitant, elle lui avait dit qu'il verrait Sparks à la cour de la reine. Comme Sparks, Sirus était né à la suite des fêtes d'une visite officielle de l'Assemblée à Samathe ; à la visite suivante, le Premier ministre avait emmené avec lui, par caprice, son fils adulte. Elle voyait les possibilités pour son propre fils se former dans l'esprit de Sirus et, à la fois craintive et pleine d'espoir, elle avait dit le reste.

— ... et Starbuck sera sacrifié avec la reine à la fin du Festival, à moins qu'on le sauve... Vous pouvez le sauver ! Il est le petit-fils du Premier ministre, votre fils, personne n'oserait l'exécuter si vous ordonniez de lui laisser la vie sauve !

Mais Sirus avait reculé, avec un triste sourire.

— Je regrette, Moon... ma nièce. Sincèrement. Mais je ne peux pas vous aider. Je le voudrais mais... Il n'y a rien que je puisse faire. Nous ne sommes que des figures de proue, Moon ! Des images, des idoles, des pantins. Nous ne gouvernons pas l'Hégémonie, nous la décorons simplement. Il vous faudrait changer le Changement lui-même, et ce rite est bien trop important pour en transgresser les règles selon ma volonté.

— Mais...

— Je regrette, dit-il en soupirant. S'il y a quelque chose que je peux faire pour vous aider qui soit en mon pouvoir, je le ferai, vous n'aurez qu'à me le faire savoir. Je regrette que vous m'ayez révélé cela.

Et il l'avait laissée seule.

Seule... De toute sa vie, jamais elle ne s'était sentie si seule. La navette ralentit, émergea dans la lumière au bout du tunnel et s'arrêta dans un soupir. Moon vit une immense salle, une plate-forme brillamment illuminée, aux murs bariolés de couleurs vives, un décor de fête futile et sans cœur. Le quai était désert, à part trois gardes solidement armés ; l'accès à l'astroport était encore plus strictement limité ce soir en raison de la visite. Ils étaient arrivés à Escarboucle mais elle n'en avait aucune impression réelle.

Les techniciens descendirent en riant, en se bousculant ; un ou deux se retournèrent avec curiosité, avant de traverser le quai. Gundhalinu se leva, en toussant, et la fit mettre debout, toujours sans lui adresser la parole. Elle le suivit dans la direction prise par les techniciens, tête basse, perdue dans le silence de questions sans réponses. A l'extrémité de la plate-forme, il y avait des ascenseurs de diverses tailles. Les techniciens en avaient déjà pris un. Gundhalinu portait toujours sa capote tachée de sang et un casque d'emprunt ; les gardes examinèrent ses papiers avec plus de vigilance qu'ils ne regardèrent sa prisonnière.

L'ascenseur monta, monta interminablement et Moon finit par sentir son estomac vide se révulser. Il n'y avait pas de paliers, pas d'arrêts. La cabine montait dans la colonne creuse d'un des pylônes de support d'Escarboucle, dans le cœur de la ville basse où les marchandises arrivaient de toute l'Hégémonie ou partaient... mais plus pour longtemps.

Enfin la porte s'ouvrit automatiquement quand ils atteignirent le niveau de la ville. Ils furent immédiatement assaillis par le bruit, les couleurs, la folie ambiante. Des hommes et des femmes passaient en dansant une farandole, au rythme tonitruant d'un orchestre invisible ; des indigènes et des extramondiens emplissaient les bars, envahissaient les docks, tous costumés, présentant les contrastes les plus ahurissants. Moon eut un mouvement de recul. Gundhalinu aussi tandis que la cacophonie blessait ses sens accoutumés au silence de la neige.

Gundhalinu jura en sandhi, rompant son propre silence par légitime défense. Il prit le bras de Moon, la poussa hors de l'ascenseur avant que la porte se referme et la conduisit en rasant les murs, dans la foule en délire ; ils passèrent ainsi devant d'innombrables entrepôts, là où commençait la rue animée. Enfin il s'arrêta en découvrant un abri dans une oasis de calme, entre deux immeubles. Il poussa résolument Moon contre le mur.

— Moon...

Elle détourna la tête... *Ne me dites pas que vous regrettez... non !*

— Je regrette. Je devais le faire.

Il lui prit les mains ; il appuya son pouce sur la serrure creuse, entre les menottes, et elles s'ouvrirent. Il les ôta et les jeta. Avec stupeur, elle regarda ses poignets, les secoua, leva les yeux vers Gundhalinu.

— Je croyais... j'avais cru...

— C'était le seul moyen que j'avais de vous faire entrer en ville, de franchir le cordon de sécurité, une fois que le commandant vous avait reconnue, avoua-t-il et il s'essuya la figure d'un revers de main.

— Sainte Mère ! BZ... Vous mentez trop bien !

Il réprima un sourire, ôta le casque et le caressa presque avec respect.

— Et voilà pour le bon Bleu Gundhalinu... Personne ne comprend que ça ne me va plus.

Avec une expression dure, il se baissa et posa le casque par terre.

— Personne n'a besoin de savoir, BZ ! Est-ce que vous ne pourriez pas dire que je vous ai échappé dans la foule ?

Il se redressa, la bouche mince comme une estafilade, les yeux brûlants ; elle comprit que ce n'était pas la catalyse mais seulement le précipité de son changement.

— Le commandant m'a dit ce qu'elle sait de votre cousin. Nous ne pouvons pas le joindre au palais mais elle dit qu'il rend visite à une femme, appelée Ravenglass, dans la ruelle des Citronniers. C'est un point de départ qui en vaut un autre.

Il s'écarta d'elle, parut même s'écarter de lui-même pour se réfugier en terrain neutre.

— Je pense que nous pouvons y aller comme nous sommes, personne ne nous regardera dans cette cohue... Mais nattez vos cheveux. Ils sont trop comme... trop voyants.

Elle obéit sans comprendre.

— Cramponnez-vous à moi, ne me lâchez pas, ne vous séparez pas de moi dans cette foule. Nous devons traverser la moitié de la ville, en montant constamment.

Il tendit sa main valide. Moon la prit et la serra fortement. Ils remontèrent lentement la rue, sans cesse bousculés, poussés, entraînés par la liesse débordante d'Escarboucle. Les Hiverniens s'amusaient avec une sorte de désespoir sans vergogne ; c'était leur dernier Festival. Quant aux Etésiens, ils fêtaient avec joie la venue du Changement qui remettrait leur monde d'aplomb. La vue des bottes et des cirés en kleeskine, des visages burinés des innombrables îliens venus faire ce pèlerinage, fit monter des larmes de nostalgie aux yeux de Moon et lui serra la gorge. Elle cherchait malgré elle des visages de connaissance, toujours déçue jusqu'à ce qu'elle aperçoive une chevelure flamboyante, un jeune homme en ciré qui s'éloignait. Elle se débattit pour échapper à Gundhalinu mais il ne la lâcha pas. Secouant la tête, il continua de la traîner dans la rue et elle ne tarda pas à s'apercevoir qu'il y avait près de cent Etésiens roux à la dérive dans l'océan de visages.

Des vendeurs ambulants vantaient leur marchandise, des farandoles s'organisaient spontanément, des artistes et des musiciens grimpaient sur des caisses et des perrons pour se produire. C'était le milieu de la nuit mais personne ne faisait de différence entre minuit et midi, Moon moins que tout autre. Le Premier ministre était arrivé et désormais les réjouissances deviendraient de plus en plus débridées jusqu'à la nuit des masques.

Des boutiquiers extramondiens vendaient le reste de leurs stocks pour une bouchée de pain, ou en faisaient cadeau, entassaient sur leur seuil des vêtements, des produits alimentaires, des bibelots. EMPORTEZ TOUT. Des Hiverniens se pavanaient, chargés d'amulettes, en plein milieu de la chaussée étincelante de feu glacé hologrammique. Moon poussa un cri quand un pétard éclata près d'elle, écrivit son nom dans les airs avec un pétilleur incandescent qu'elle trouva subitement dans sa main. Des bagarres, de véritables batailles rangées se livraient dans les ruelles alors que la tension, l'atmosphère électrique du Festival explosaient en violences diverses. Moon dut se battre pour ne pas être séparée de Gundhalinu quand une altercation éclata près d'eux et que son instinct l'y poussa. Mais un Bleu en tenue, au casque étincelant, intervint et Gundhalinu changea de direction en pressant le pas.

Tout en montant, Moon était gagnée par la folle gaieté générale, elle cédait au vertige de l'optimisme, riait d'être bousculée parce qu'elle était enfin à Escarboucle, parce que c'était un lieu d'inimaginables délices. Elle était arrivée à temps, elle arrivait au moment du Changement, alors que les probabilités perdaient toute signification et que tout devenait possible. Elle était venue pour trouver

Sparks, pour changer le Changement, et elle y parviendrait.

Mais elle s'aperçut que, de plus en plus, c'était elle qui traînait Gundhalinu, qui le tirait dans le courant d'humanité, car il se fatiguait, il perdait ses forces dans la même proportion qu'elle s'en découvrait de nouvelles. Elle retomba sur terre en se retournant, en voyant sa figure en sueur, en entendant sa toux ; elle se souvint qu'il avait renoncé aux soins et au repos pour l'aider. Mais, comme elle ralentissait, il secoua la tête et la poussa en avant.

— Nous y sommes presque.

Ils arrivèrent enfin à la ruelle des Citronniers. Moon trouva un magasin encore ouvert et demanda au boutiquier s'il connaissait Destinée Ravenglass. Il la regarda avec un curieux étonnement ; elle referma le col de sa tunique sur le tatouage.

— Destinée est juste à côté, ma petite demoiselle, mais vous ne la trouverez pas chez elle. Elle livre ses masques, un peu partout en ville. Revenez demain, vous aurez peut-être plus de chance.

Moon hocha la tête, muette de déception. Gundhalinu s'appuya contre le mur.

— Avez-vous quelque chose... un remède contre la toux ?

— Ma foi, il ne me reste pas grand-chose, répondit le marchand. Une amulette de bonne santé ?

Gundhalinu grogna et se détacha du mur.

— Venez, allons faire le tour des tripots.

— Non, dit Moon en le retenant. Trouvons d'abord un endroit où dormir. Nous reviendrons demain.

— Vous en êtes sûre ?

Moon hocha la tête, en mentant mais elle savait que, sans lui, elle serait complètement perdue dans cette ville.

Ils trouvèrent enfin un refuge chez l'ancienne logeuse de Gundhalinu, une femme maternelle, dodue, qui le prit en pitié dès qu'elle fut certaine qu'il n'était pas un fantôme. Elle les installa dans les chambres qui appartenaient à son grand fils.

— Je sais bien que vous ne volerez rien, inspecteur Gundhalinu !

Il fit une grimace, dès que la porte se referma sur eux.

— Elle n'a pas l'air de se soucier de ce que je vous ai amenée ici avec des intentions immorales.

Moon baissa la tête.

— Qu'est-ce que ça veut dire ?

Il sourit ironiquement.

— Rien, je suppose, dans cette ville. Dieux, j'ai hâte de retrouver l'eau chaude ! De me sentir de nouveau propre !

Il passa dans la salle de bains et bientôt elle entendit couler l'eau. Elle mangea sa part du pâté de poisson qu'ils avaient mendié dans la rue, assise près de la fenêtre le dos tourné à la chambre, une pièce comme toutes celles d'Hiver, prise entre la Mer et les étoiles. L'appartement était au premier étage et elle contemplait le Festival de haut, regardait la foule s'écouler comme du sang dans les artères de la ville. Tant de monde... tant de gens...

Coupée de toute cette vitalité artificielle, elle sentait ses forces l'abandonner de nouveau, désespérait de croire qu'elle reverrait un jour ce seul visage parmi des milliers. La machinerie des sibylles l'avait ramenée à Tiamat, à Escarboucle, mais qu'attendait-elle d'elle maintenant ? Aspoudh n'avait rien pu lui dire sur la façon d'agir de la machine, simplement que c'était une des choses les plus imprévisibles et les moins bien comprises de tout ce qu'une sibylle pouvait connaître. Elle s'était crue guidée mais à présent qu'elle était en ville, il n'y avait aucune révélation aveuglante pour l'aider : était-elle abandonnée, oubliée, laissée pour compter les grains de sable sur une plage infinie ? Comment trouverait-elle Sparks sans aucun secours ?

Et si elle le trouvait ? Qu'était-il devenu ? Un tueur impitoyable, faisant le sale travail de la reine d'Hiver, partageant même son lit ? Que lui dirait-elle si elle le trouvait, que lui dirait-il ? Il l'avait déjà repoussée deux fois, à Neith et sur cette grève hideuse... Combien de fois devrait-il lui dire qu'il n'était plus son amant ? Avait-elle réellement tant subi pour l'entendre le lui déclarer en face ? Elle porta une main à sa joue. *Pourquoi est-ce que je ne peux pas renoncer ? Pourquoi ne puis-je l'avouer ?*

La portière de la salle de bains s'écarta et Gundhalinu

reparut, propre et rasé de près mais pudiquement revêtu des mêmes vêtements sales. Il s'étendit en soupirant sur le lit-divan, comme s'il avait épuisé tout le reste de ses forces. Moon s'enferma à son tour dans la petite salle d'eau, pour lui cacher les doutes qu'elle ne pouvait exprimer ni déguiser. Elle prit une douche ; l'eau chaude la détendit mais ne put la débarrasser de son remords.

En simple tunique, elle revint dans la grande pièce, en essuyant ses cheveux et ses yeux ; elle s'attendait à trouver Gundhalinu endormi mais il était à la fenêtre.

Elle le rejoignit. Côte à côte, sans se toucher, en communion silencieuse devant les petits carreaux en losanges, ils contemplèrent la rue, écoutèrent le tumulte du Festival qui faisait vibrer les vitres.

— Pourquoi suis-je venue ici ? Pourquoi est-ce que ça m'a fait venir, alors qu'il n'y avait pas de raison ?

Gundhalinu la regarda, surpris.

— Qu'est-ce que je vais faire, même si je le retrouve ? Je l'ai déjà perdu. Il ne veut plus de moi. Il a une reine... et il est prêt à mourir pour elle.

— Peut-être veut-il Arienrhod simplement parce qu'il ne vous a plus, hasarda Gundhalinu en la regardant, en cherchant sur son visage quelque chose qu'elle ne comprenait pas.

— Comment pouvez-vous dire cela ? Elle est une reine !

— Mais elle ne sera jamais vous, répliqua-t-il en lui effleurant la main. Et peut-être est-ce pour ça qu'il n'a plus envie de vivre.

Elle prit la main hésitante, la pressa, la leva à sa joue, l'embrassa.

— Tu me donnes l'impression... que je vaux quelque chose, alors que je vais à la dérive... que je suis perdue depuis si longtemps, murmura-t-elle en sandhi.

Il tourna la tête et dégagea sa main.

— Ne parlez pas sandhi ! Je ne veux plus jamais entendre cette langue ! Je ne suis pas digne de l'entendre. A la dérive... Moi, pas vous. De l'écume de mer, de la poussière dans le vent, de la boue sous les pieds de mon peuple...

— Taisez-vous ! Assez, assez ! Ne croyez pas cela ! C'est un mensonge. Vous êtes l'homme le meilleur, le plus généreux, le plus noble que j'aie jamais connu ! Je ne vous laisserai jamais croire que...

Il l'attira brusquement contre lui, il pencha lentement sa tête et elle offrit ses lèvres à son baiser. Moon ferma les yeux, elle l'embrassa encore en tremblant, elle sentit ses mains incertaines la caresser alors qu'elle répondait enfin à sa question muette.

— Comment suis-je venu ici ? murmura-t-il. Est-ce que je rêve ? Comment pouvez-vous...

— Je ne sais pas, je ne sais pas, ne me demandez rien. *Parce qu'il n'y a pas de réponse. Parce que je n'ai pas le droit de vous aimer, je ne l'ai jamais voulu... et pourtant je vous aime.*

— BZ... c'est peut-être tout ce qu'il y aura... cela pourrait finir demain.

Parce que vous me donnez la force de continuer à chercher.

— Je sais, souffla-t-il et ses baisers devinrent plus exigeants. Je ne vous demande rien d'éternel... mais laissez-moi vous aimer maintenant.

37

— Starbuck !

Arienrhod répéta le nom : il n'avait pas levé les yeux de sa table de travail. Il releva lentement la tête, l'expression évasive et sombre, repoussa les outils de contrebande, les pièces détachées d'un appareil qu'il démontait avec précaution, couche par couche ; son atelier était plein d'éléments technologiques, dont il prétendait connaître et comprendre certains. Son habileté technique innée avait toujours plu à Arienrhod, jusqu'à présent. Mais, depuis qu'il était revenu de la dernière Chasse fatale, il s'était plongé dans les fantasmes stériles de la mécanique, pour se cacher d'elle et de lui-même.

— Qu'est-ce que tu veux ?

Sa voix n'était ni curieuse ni hostile ; elle ne révélait rien du tout, pas plus que son expression. Arienrhod s'efforça de réprimer son irritation, sachant que seuls la patience et le temps l'arracheraient à sa sombre dépression. Il y avait des semaines qu'il ne s'était pas comporté en homme, qu'il n'avait cherché à faire l'amour, à la caresser, même à lui sourire. Pleine de ressentiment, elle n'avait plus le cœur de supporter sa mauvaise humeur.

— Je veux savoir quand tu achèveras ton devoir de chasseur.

— Mon devoir ?

Il se retourna sur le tabouret à pivot, avec le regard traqué d'un animal cherchant un abri parmi tout le matériel électronique.

— J'ai tout fait, dit-elle amèrement.

— Tu n'as pas payé. La Source attend l'eau de vie. Je pense ne pas avoir à te rappeler que, tant qu'il ne l'aura pas obtenue, nous n'aurons pas d'espoir. Hiver finira et notre vie aussi.

— Et la moitié des Etésiens mourront... L'Eté sera détruit à jamais.

Les yeux verts la dévisagèrent, angoissés et ternes. Elle força son regard à le sonder, à pénétrer son esprit récalcitrant.

— Je l'espère bien ! Et ne prétends pas que c'est la première fois que tu y penses !

Il secoua la tête ; ses longs cheveux roux frôlèrent la chaîne d'argent fermant l'encolure de sa chemise.

— Non. J'y pense tous les jours, même dans mes rêves...

— Jolis rêves, dit-elle sarcastiquement.

— Non ! (Elle se rappela les cauchemars, ceux dont il ne voulait pas lui parler.) Trouve quelqu'un d'autre pour la livraison. J'ai fait mon devoir et ça m'étouffe. J'en ai fini avec le sale travail d'Hiver. Je n'irai pas jusqu'à donner la vie éternelle à cette pourriture d'extramondien, pour qu'il détruise mon propre peuple !

— Tu n'es pas étésien ! Et ce sera ma vie et la tienne que tu paieras ! répliqua Arienrhod, penchée sur l'établi. Tu ne peux pas te replier dans une coquille d'Etésien ; il y a trop longtemps que tu en es sorti. Tu as tué tes ondins sacrés, tu as laissé ton amour ctésien mort parmi les cadavres. Tu as abandonné ton peuple et ta déesse depuis des années... pour quelque chose de meilleur ! Ne l'oublie pas ! Tu es un extramondien, maintenant, et mon amant. Que cela te plaise ou non, tu le seras jusqu'à ta mort.

Starbuck se leva et balaya de la table les pièces en désordre. Arienrhod recula en comprenant qu'il avait bridé sa rage au dernier instant, avant de la frapper.

— J'aime autant mourir tout de suite ! cria-t-il, les poings crispés sur le rebord de la table. Et finir ce que j'ai commencé.

— Sparks...

Le nom jaillit du cœur de la reine, du plus profond où ne parvenait qu'à peine la brûlante douleur de Starbuck. Mais il ne répondit pas. Elle ne pouvait plus l'atteindre ; il l'avait exclue.

— Starbuck !

C'était elle qui souffrait à présent, et cette souffrance se transformait en colère. Il ne la regarda même pas, garda son expression dure, crispée. Il n'avait plus rien de Sparks, dans son regard, il n'y avait qu'un fantôme, celui de Moon, de son autre « moi » perdu. Moon, dont il avait causé la mort, qui avait emporté dans la tombe son amour pour elles deux. Arienrhod sentit cette réalité comme l'échec de son avenir... un échec. Le mot lui fit l'effet d'une brûlure.

— Tu livreras l'eau de vie et je veux que tu le fasses au plus tôt. Ta reine te l'ordonne !

Il pinça les lèvres. C'était la première fois qu'elle le commandait, la première fois qu'il l'y forçait.

— Et si je refuse ?

— Alors je te donnerai aux extramondiens, répliqua-t-elle, refusant de se laisser défier et tirant sur les rênes du contrôle qui lui échappaient. Et tu passeras le reste de ta vie dans une colonie pénitentiaire à regretter de n'être pas mort dans le Changement.

Starbuck resta bouche bée. Ses yeux se posèrent sur la figure de la reine comme des mains d'aveugle, jusqu'à ce qu'il comprenne enfin qu'elle parlait sérieusement. Il capitula, baissant la tête, écrasé par le poids de la haine qu'il ressentait.

Elle sut alors qu'elle pouvait lui faire faire n'importe quoi... et aussi qu'en remportant cette victoire, elle l'avait perdu pour toujours.

38

Moon se réveilla subitement avec un soupir, dans les bras chauds de quelqu'un. *Sparks, j'ai fait un si drôle de rêve...* Elle ouvrit les yeux, sursauta en voyant la chambre inconnue. Elle se souvint alors et regarda à côté d'elle le bras basané aux taches de rousseur roses glissé sous elle. Pendant un instant, son cœur se serra douloureusement ; puis elle sourit, sans remords ni regret, et prit la main de BZ. Elle se déplaça avec précaution dans le lit-divan étroit pour contempler sa figure endormie, en se rappelant comment il l'avait observée dans le silence de l'aube. Elle se souvint des poèmes de son cœur qu'il avait murmurés à ses oreilles émerveillées, alors qu'elle se donnait enfin à lui, mon étoile, mon oiseau blanc, mon jardin sauvage... jusqu'à ce qu'elle crie les mots qu'elle n'avait pas le droit de prononcer mais qu'elle ne pouvait retenir... Je t'aime, je t'aime...

Elle lui caressa la joue mais il ne bougea pas ; elle reposa sa tête sur son épaule. Là, dans cette chambre, dans ce lieu à part, ils avaient partagé un amour et ils s'étaient mutuellement donné quelque chose d'autre, d'aussi précieux, une affirmation de leur propre valeur.

Le tumulte du Festival lui parvenait encore, étouffé mais inchangé, et la lumière filtrant par les carreaux était la même. (« Je n'ai jamais fait cela en pleine lumière, avait-il murmuré. Nous sommes si beaux... Pourquoi avais-je honte ? ») Elle ne savait pas si c'était la nuit ou le jour, ni combien de temps elle avait dormi. Son corps était lourd, paresseux, lui disait que le sommeil avait été trop court. BZ dormait encore profondément, mais elle n'avait plus le temps. Elle se dégagea de ses bras aussi doucement qu'elle le put, sans chercher à le réveiller, certaine qu'elle retrouverait le chemin de la ruelle de la faiseuse de masques. Elle s'habilla et sortit discrètement.

La foule était toujours aussi vibrante, infinie, comme si une équipe de fêtards se mêlait imperceptiblement à la suivante, une roue tournant éternellement. Elle rasa les murs de son mieux, se fraya un chemin à travers les courants humains, autour des éventaires de marchands ambulants et des terrasses de cafés. Au passage, elle s'empara d'un morceau de viande épicée sur une table et l'avala, la gorge serrée.

Elle déboucha enfin dans la ruelle des Citronniers, où la foule était moins dense et moins pressée. Elle trouva l'herboristerie. La boutique suivante était celle de la faiseuse de masques. La porte vert-jaune à double battant était fermée ; elle tambourina du poing au panneau supérieur, de toute sa force.

— Ouvrez ! Ouvrez-moi !

Le panneau s'ouvrit, la surprenant à mi-cri et elle éclata d'un rire triomphant. Une femme d'âge mûr, aux cheveux noirs nattés, les yeux rouges de sommeil la regarda... avec des yeux qui ne la voyaient pas.

— Oui, qu'est-ce que c'est ? demanda-t-elle d'une voix lasse et un peu impatiente.

— Etes-vous... Etes-vous Destinée Ravenglass, la faiseuse de masques ?

— Oui... Mais je n'ai plus un seul masque. Vous devez aller à l'un des magasins, pour les voir. Il y en a dans les entrepôts et les boutiques abandonnées, dans toute la ville.

— Non, je ne veux pas de masque. Je voudrais vous interroger sur... Sparks. Sparks Marchalaube.

La réaction fut celle que Moon attendait, espérait. La femme ouvrit le bas de sa porte.

— Sparks !... Entrez, alors. Entrez donc !

Moon entra et cligna des yeux dans la pénombre de la boutique. Petit à petit, elle distingua des cartons et des paniers empilés dans les quatre coins, des restes de tissu, des formes de visages, des plumes, des perles, des paillettes. Son pied fit rouler une perle et elle la ramassa, la garda dans sa main. Les murs étaient nus, à présent, mais hérissés de clous où une centaine de masques avaient dû être accrochés comme des fleurs rares, deux ou trois jours plus tôt. Le dernier mur n'était pas vide. Il y restait un masque solitaire et elle s'arrêta, médusée par la vision scintillante d'une journée d'été : des arcs-en-ciel brumeux se reflétant dans des bassins, de la mousse en velours émeraude, la soie d'or vert de l'herbe fraîche au flanc d'une colline, les brassées de fleurs sauvages odorantes de vie, de baies et d'ailes d'oiseau mouchetées d'ombre, et au milieu un visage d'une radieuse innocence, émerveillé, couronné par les rayons des soleils jumeaux.

— Est-ce... la Reine d'Eté ? souffla-t-elle.

La femme se tourna instinctivement vers le mur.

— C'est son masque. Qui elle sera, elle-même, c'est encore un mystère connu uniquement des dieux.

— De la Dame, dit Moon sans réfléchir.

— Oui, naturellement.

La faiseuse de masques sourit un peu tristement ; Moon se rendait compte de tout ce que ce masque signifierait pour un Hivernien, et que rien n'était ce qui l'émouvait elle-même.

— Vous l'avez faite si belle, alors qu'en venant elle vous privera de la vie.

— Merci, dit la femme en souriant avec fierté. Mais c'est le prix que doit payer tout artiste, perdre une partie de soi-même chaque fois qu'il crée quelque chose qui lui survivra. Et peut-être, si je la représente belle et bonne, la Reine d'Eté réalisera la prophétie et sera telle pour nous.

— Elle le sera, murmura Moon.

Mais elle ne vous comprendra pas... alors comment le serait-elle ?

— Maintenant dites-moi, Etésienne, pourquoi vous venez me parler de Sparks Marchalaube.

— Je suis sa cousine, Moon Marchalaube.

— Moon ! Attendez... Attendez une minute !

Sans hésitation, la faiseuse de masques passa par une porte, dans une pièce voisine, et revint au bout d'un moment avec un curieux bandeau sur le front.

— Il m'a tant parlé de vous, de vous deux. Venez ici près de la porte, où je vous verrai mieux avec mon troisième œil.

Moon obéit. La femme lui tourna la figure vers la lumière et se figea lentement.

— Sparks m'a dit que vous étiez comme elle... comme elle...

Elle frissonna soudain. Moon, les lèvres sèches, se força à demander :

— Comme qui ?

— Comme Arienrhod, la Reine des Neiges. Mais je vous ai vue dans un autre temps, ailleurs, je ne sais où...

Elle passa une main sur le visage de Moon, apprenant ses traits avec ses doigts sensibles, l'empêchant de poser une autre question. Puis elle la ramena vers une table ronde maculée de colle, entourée de chaises, les seuls meubles de la pièce.

— Où vous ai-je vue, Moon ?

Un gros chat gris sauta soudain sur la table et vint renifler avec curiosité les mains de Moon. Elle le gratta distraitement sous le menton.

— Je ne crois pas que vous m'ayez déjà vue...

Moon ouvrit son poing et posa la perle rouge devant elle. Destinée retint un instant sa respiration.

— Si. Vous êtes une sibylle.

Moon porta vivement les mains à sa gorge.

— Non...

— Votre cousin me l'a dit, ne craignez rien. Votre secret est bien gardé. Et cela veut dire que je peux vous confier le mien.

Destinée abaissa le col montant de sa chemise de nuit et ce fut au tour de Moon de sursauter.

— Vous êtes une sibylle ! Ici ! Mais comment ? Comment osez-vous... ?

Elle se rappelait Danaquil Lu, les cicatrices qu'il portait comme une mise en garde. Destinée se détourna.

— J'avais une clientèle très exclusive. Peut-être suis-je égoïste, je ne fais peut-être pas tout ce que je dois avec mon talent mais... mais j'ai l'impression qu'il est nécessaire que je sois ici, en quelque sorte. Comme une...

soupape, au moins. (Ses mains trouvèrent une plume oubliée sur la table ; elle la prit et la lissa entre ses doigts. Le chat l'observait, en remuant les oreilles.) J'ai des idées bizarres sur les sibylles, voyez-vous ; elles sont peut-être absurdes mais...

— Vous voulez dire... Vous croyez qu'il y a des sibylles dans d'autres mondes ?

La plume retomba, le chat s'en empara.

— Oui ! Ah ! par les dieux, vous l'avez senti aussi ?

— Je l'ai vu, répondit Moon en prenant la main de Destinée qui se tendait vers elle. J'ai rencontré un devin dans un autre monde. Il y a des sibylles et des devins partout, ils font partie du réseau d'information que le Vieil Empire a laissé pour nous aider maintenant. L'Hégémonie nous ment.

— Je m'en doutais... Je savais qu'il y avait autre chose ! Oui, c'est beaucoup plus logique. (Le sourire de Destinée était une chandelle allumée dans l'obscurité.) C'est donc là que je vous ai vue ? Dans un autre monde ? Qui demandiez de ses nouvelles ?

— Oui, j'ai demandé de ses nouvelles ! C'est pourquoi je suis revenue. Ainsi, c'est vous qui m'avez parlé de lui... *(Qui m'avez dit qu'il en aimait une autre...)* dit que ce n'était pas fini, qu'il avait besoin de moi ? Mais comment le savez-vous ? Pouvons-nous rappeler ce que nous disons et voyons ? Je n'ai jamais été appelée.

— Oui, on se le rappelle. Clairement. Cela m'arrive assez souvent et c'est pourquoi je sens que je suis nécessaire ici. C'est peut-être la seule solution à toute la question d'Escarboucle. Et c'est pourquoi j'ai fini par me douter que nous étions plus que ce que l'on prétendait. Comment est-il possible que l'Hégé ne sache pas que ce que nous faisons est réel ?

— Ils mentent sur bien des choses. *(Les ondins... est-ce pour ça qu'ils ne veulent pas de nous à Escarboucle... pour que personne ne puisse prouver qu'ils ont menti au sujet des ondins ? Et sur bien d'autres choses ?)* Mais nous pourrions changer cela, maintenant que nous savons la vérité. Quand les extramondiens s'en iront...

— Alors les Etésiens régneront et ils n'écouteront pas.

— Moi, j'ai écouté, déclara Moon, le regard attiré vers le masque sur le mur. (*Ecouteraient-ils une reine sibylle ?* Un singulier émoi la parcourut comme un frisson.) Destinée, dans le Transfert vous avez dit... vous avez dit que je pourrais être la reine. Qu'est-ce que ça voulait dire ?

— Il y a des années... Je suppose que je voulais dire que vous ressembliez à Arienrhod. Mais... peut-être pas. Je vous ai rappelée, cela me paraissait important. Si vous disputiez la course avec les autres, le jour du choix, vous pourriez être choisie pour reine, qui sait ?

— Dans combien de temps aura lieu le choix ?

— Dans la journée précédant la nuit des masques. Après-demain.

Moon serra ses mains tremblantes l'une contre l'autre, se sentit envahie d'une terrible certitude. *C'est la raison. C'est pourquoi je suis venue. Pour faire de cela un vrai Changement, pour ouvrir le cercle...*

— Oui, je le peux. Je le sais ! C'est mon destin.

Elle voyait étinceler des milliers de possibilités. *Mais ça ne sauvera pas Sparks.* La flamme de la révélation noyée sous l'eau glacée de la vérité. Il n'y aurait pas de renaissance sans mort, elle n'aurait aucun pouvoir tant que la Reine des Neiges ne serait pas morte.

— Mais c'est pour ça que je suis venue ! s'écria-t-elle avec colère et Destinée eut l'air perplexe. Destinée, je suis venue à la recherche de Sparks, je veux l'aider si je le peux. Il a encore besoin de moi, s'il veut de moi...

— Vous savez... ce qu'il est devenu ?

— Oui, je le sais. Je sais tout, répondit Moon en tirant une de ses nattes, à se faire mal. Starbuck.

Destinée hocha la tête, la figure assombrie. Elle prit le chat sur ses genoux.

— Il n'est plus le garçon que vous avez connu. Mais vous n'êtes plus non plus la fille qu'il a laissée en Eté. Et il a vraiment besoin de vous, Moon, désespérément besoin. Il a toujours eu besoin de vous, sinon il ne se serait pas tourné vers Arienrhod. Trouvez-le et sauvez-le si vous pouvez. C'est très important pour moi.

— Et pour moi ! Mais je ne sais pas comment le trouver. C'est pour ça que je suis venue vous voir. Pouvez-vous m'aider, le faire venir ici ? Il n'y a presque plus de temps.

Demain et deux autres jours avant qu'il ne meure... Trois jours, pour fouiller toute une ville.

— Je sais, murmura Destinée en baissant la tête. Mais il vient ici selon son caprice, pas le mien. Et je ne sais pas... Attendez... Il y a quelqu'un qui le voit plus souvent que moi. Elle s'appelle Tor Marchétoile et elle dirige le casino Chez Persiponë. Elle se fait appeler Persiponë, alors demandez-la par ce nom. Vous êtes seule ?

— Non. J'ai quelqu'un, dit Moon en souriant et elle se rendit compte qu'elle était restée absente plus longtemps qu'elle ne le prévoyait. Il faut que je retourne lui dire ce que j'ai appris... Merci de m'aider. Et merci d'être l'amie de Sparks alors que je n'ai pas pu l'être. Que la Dame vous sourie, murmura-t-elle timidement.

— Puisse-t-Elle nous sourire à tous. Mais surtout à vous, maintenant.

Moon regarda une dernière fois le masque sur le mur, avant de sortir de la boutique.

Elle arriva enfin à la pension où elle avait laissé BZ et fit irruption par la porte vitrée, encore haletante de joie et de soulagement.

— Moon !

BZ était dans le vestibule étroit, les pans de sa chemise en loques sortis de son pantalon. Sa logeuse était là aussi et avait l'air de lui tenir tête. Il l'écarta sans ménagement, courut vers Moon, la souleva dans ses bras.

— Dieux ! Où étiez-vous ? Je croyais...

— Je suis allée chez la faiseuse de masques, dit-elle en riant alors qu'il la reposait par terre. Vous ne devriez...

— La faiseuse de masques ? Seule ? Pourquoi ?

Il fronçait les sourcils, l'air réprobateur, mais son expression ne révélait que son inquiétude.

— Je connaissais le chemin. Vous aviez besoin de repos. Je l'ai trouvée. Et, BZ, vous n'allez pas le croire...

Elle s'interrompit en se rappelant la présence de la logeuse. Il se retourna et s'éclaircit la gorge. La grosse femme leva les mains avec bonne humeur.

— Ça va, ça va, inspecteur. Je peux saisir une allusion,

dit-elle en ouvrant la porte de son appartement et elle cligna de l'œil sans aucune subtilité. Il se faisait bien du souci pour vous, ma petite ! Gardez-le bien inquiet, et il ne partira pas en extramonde sans vous, allez !

Sur ce, elle rentra chez elle et ferma la porte. BZ leva les yeux vers le plafond, aussi gêné que Moon. Il l'entraîna plus loin dans le couloir.

— Maintenant, racontez. Vous l'avez trouvée ?

— Oui ! Et... BZ, quand KR Aspoudh est passé en Transfert, c'est elle qui m'a dit de revenir.

Il mit quelques instants à comprendre.

— Elle est une sibylle ? Ici ?

— Oui. La seule, pour toute la galaxie...

— Que lui avez-vous dit ?

Il était soudain en colère et elle le regarda fixement, les yeux assombris par un vieux ressentiment et une déception nouvelle. Elle recula.

— Je lui ai dit que je voulais retrouver Sparks.

Et c'est tout ce que vous avez le droit de savoir.

— Ce n'est pas ce que je voulais dire ! Je... J'avais peur que vous m'ayez quitté... sans même me dire au revoir.

— BZ ! Comment pourrais-je jamais... Oh non, pas cela. Pas à vous !

Elle lui prit les mains, comme une promesse, et l'embrassa tristement. Il la lâcha à regret, soudain absorbé par le désordre de sa chemise.

— Alors, qu'avez-vous découvert ? Est-ce qu'elle l'a vu ?

— Destinée ne sait pas comment le joindre. Mais elle m'a parlé de quelqu'un qui le sait peut-être. Elle s'appelle Persiponë, elle dirige un casino.

Elle pensa qu'il était déçu. Mais il hocha la tête.

— Oui, je connais l'endroit. En haut de la ville, un des plus grands. Nous irons voir.

Il leva les yeux vers l'escalier en colimaçon, vers la chambre qui avait été la leur pour une nuit.

— Juste le temps de prendre mon manteau.

39

— Bonsoir... salut, sexy... bienvenue en enfer, grand flambeur...

Tor était nonchalamment adossée à une colonne et accueillait la foule sans visage qui affluait à travers la paroi de miroirs tintants avec une monotonie sans âme. Elle étouffa un bâillement, en grimaçant pour ne pas abîmer son maquillage. L'établissement venait de rouvrir après quelques courtes heures de relâche et de ménage et ne refermerait plus avant la fin de la nuit des masques et le jour du Changement. Elle avait avalé tant d'excitants que cela ne lui faisait presque plus d'effet et ses paupières aux fleurs peintes étaient de plomb. Comme une personne sur le point d'entamer à contrecœur une vie d'ascète, la foule du Festival était insatiable, dans tous ses appétits, et la Source voulait tondre tous ces gens au maximum.

Et ce que voulait la Source, Tor le lui donnait. Il avait touché la montagne bureaucratique de demandes de permissions de son doigt déformé omnipotent, et l'avait fait fondre dans le néant ; il avait donné sa bénédiction au mariage de Tor avec Oyarzabal, sa clef pour l'évasion de ce monde avant que les extramondiens claquent le couvercle sur le cercueil d'Hiver et le clouent hermétiquement. Encore quelques heures interminables et ce casino fermerait pour toujours... enfin, pour toujours en ce qui la concernait. Elle s'aperçut que cet endroit allait lui manquer et s'en étonna. Le casino était plein de gens qui *vivaient*, qui n'avaient pas peur de prendre des risques, venant tous de mondes si divers qu'elle s'y perdait, de mondes sur lesquels elle voulait mettre la main et elle y arriverait, grâce à Oyarzabal et à la Source.

Elle eut un instant de sourde inquiétude, à la pensée qu'elle serait réellement la femme d'Oyarzabal. Le mariage légal des extramondiens semblait aussi lourd et affreux que des chaînes. Etre enchaînée à jamais à Oyarzabal... qui désirait Persiponë, pas Tor Marchétoile.

Allait-elle devoir porter toute sa vie cette foutue perruque, cette coquille factice peinte, jusqu'à ce que ça devienne la réalité ? Oh, et puis après tout... Si elle en avait assez d'Oyarzabal, elle pourrait le perdre assez facilement. Les chaînes sont faites pour être brisées.

— Toi, t'as l'air d'un vrai gagnant... Salut, les amis...

Elle s'interrompit en pleine litanie, bouche bée.

— Votre Majesté !

La jeune fille aux nattes blanches, en tunique de nomade, la regarda d'un air bizarrement interdit, et ce regard suffit à détromper Tor. Mais cette fille resta devant elle, sans prendre garde à la foule qui la bousculait en passant.

— Etes-vous Persiponë ?

— Rien qu'une imitation sans valeur, ma petite. Mais par les dieux, vous êtes une magnifique copie de la reine.

— Je... euh... Destinée m'envoie, dit l'autre sans paraître du tout flattée par la comparaison.

— Dieux, j'espère que non... Ah, vous voulez dire Destinée Ravenglass ?

— Oui. Je suis Moon Marchalaube. Elle dit que vous connaissez mon cousin Sparks.

— Sparks ! Oui, bien sûr. Venez, échappons à la ruée.

Tor, envahie par un soulagement irraisonné, se détacha de la colonne, en se disant qu'elle planait beaucoup trop, ce soir. Elle s'aperçut brusquement que la fille n'était pas seule ; un épouvantail de Kharemoughi la suivait comme une ombre, vêtu d'une capote de Bleu avec un insigne d'inspecteur. Elle eut quelques palpitations, tout aussi irraisonnées, avant de voir que le reste de sa tenue n'avait rien de réglementaire et que la veste était tachée. On aurait dit du sang séché. Cette possibilité ne la rassura pas. *Ne demande rien, ne pose pas de questions !* Elle les précéda et leur fit traverser la salle. Moon ouvrait des yeux ronds de paysanne en voyant les effets lumineux, les accoutrements ahurissants et divers, les jeux, les comportements extravagants ; en entendant le vacarme, la musique assourdissante, les rires d'un tripot de grand luxe. Elle poussa une exclamation inaudible dans le tumulte quand ils traversèrent le débordement d'une Porte

Noire hologrammique et furent entourés d'épaves flambantes.

— Je n'ai jamais rien vu de pareil à Kharemough ! Pas même au Marché aux Voleurs !

Tor se retourna, étonnée ; le Bleu déchu dit avec force :

— Et vous n'en verrez jamais !

Tor haussa les épaules et repartit. Elle les conduisit dans la pénombre d'un couloir tendu de voiles impalpables où les prostituées emmenaient leurs clients, l'endroit le plus calme et le plus isolé qu'elle voyait pour le moment. En cherchant en vain une chambre inoccupée, elle vit que Herne n'était toujours pas sorti de la sienne pour aller prendre sa place au bar. Elle frappa violemment.

— Hé, beauté, tes admirateurs t'attendent ! Allons-y !

La porte s'ouvrit. La figure de joli garçon corrompu apparut, et il la regarda avec une haine ostensible.

— Va donc te faire...

Son regard se posa alors sur Moon et son expression changea, changea encore.

— Mes dieux ! rugit-il furieusement. Qu'est-ce que tu fous ici ? Salope, espèce de sale garce traîtresse ! Je savais que tu viendrais un jour, tu ne pouvais pas savourer ma destruction avant de l'avoir vue de tes yeux !

— Herne ! cria Tor en l'empêchant de se ruer sur Moon. Qu'est-ce qui te prend ? Tu deviens fou ? C'est une inconnue !

— Tu te figures que je ne suis pas foutu de reconnaître Arienrhod ? Je connais ta Reine des Neiges, j'ai couché avec elle pendant des années ! Pas vrai, espèce de sale putain blanche ?

— Je ne suis pas la reine, murmura faiblement Moon.

— Elle ne l'est pas, Herne ! trancha durement Tor. Boucle ta grande gueule et ouvre tes yeux chassieux, pauvre con ! Elle n'est qu'une Etésienne, elle cherche son cousin. Tu ne l'as jamais vue. Et je veux bien parier que tu n'as jamais vu la reine non plus, encore moins baisée. Elle a meilleur goût !

— Qu'est-ce que t'en sais ? Tu ne sais rien d'elle, ni de moi ! riposta Herne en se redressant, en tirant sur sa chemise voyante pour retrouver un semblant de dignité.

J'étais Starbuck... jusqu'à ce qu'elle me rejette pour cette lavette de Marchalaube !

— Marchalaube ! s'exclama Tor, ahurie. Je ne le crois pas !

Ce petit voyou de maître chanteur, qui lui soutirait des renseignements depuis cinq ans... Est-ce qu'il faisait ça pour se mettre dans les petits papiers de la reine ? Etait-ce possible ? Etait-ce possible que Herne ne mente pas sur lui-même non plus ? Est-ce que c'était pour se servir de lui que Marchalaube se servait d'elle ? Elle se frotta la figure, en faisant tomber une paillette, en brouillant son maquillage.

— Sparks Marchalaube est mon cousin, dit Moon sans faire attention à l'examen de Herne. Je sais qu'il est devenu Starbuck. Je veux le trouver avant qu'il soit trop tard.

— Votre cousin ? marmonna Herne. Ouais... Il y a eu une histoire... Vous avez disparu...

Il se gratta la hanche, comme si en se grattant il faisait remonter le souvenir. Toutes les drogues qu'il prenait pour tromper l'ennui et calmer la douleur lui ramollissaient le cerveau.

— Et vous êtes comme elle... Exactement comme elle.

— Ne perdez pas votre temps avec ce menteur de drogué, dit impatiemment le Bleu renégat. Il est fou. Aucun bas-de-caste de Kharemough n'a assez de talent pour devenir Starbuck.

Herne parut le remarquer enfin et il l'examina, en souriant de plus en plus goulûment.

— Je me rappelle le jour où je t'ai appris à t'agenouiller devant la reine, Bleu ! T'étais trop bien pour elle, pour moi, dans le temps, pas vrai, Gundhalinu-*mekru* ? Et regarde-toi maintenant ! T'as dû ramper sur le ventre, *mekritto*. Tu n'es pas digne de m'adresser la parole !

Gundhalinu chercha à se retenir mais les mots lui échappèrent :

— Je suis encore bien meilleur que tu ne le seras jamais, bâtard !

— T'es toujours aussi con, les dieux soient loués !

Herne cracha, juste au moment où la porte d'à côté s'ouvrait.

— Hé, doucement !

La prostituée entraîna vivement son client scandalisé, en faisant les gros yeux au groupe.

— Alors, tu vas descendre travailler, oui ?

Tor planta ses poings sur ses hanches, en le toisant avec colère.

— Non ! Pas avant d'en savoir un peu plus long là-dessus. Savoir pourquoi le sosie d'Arienrhod vient ici à la recherche de l'amant d'Arienrhod.

Il recula avec difficulté dans sa chambre, une parodie de gracieuse invitation. Tor et les autres suivirent.

Elle n'avait encore jamais vu sa chambre et elle avait l'impression qu'elle ne la voyait toujours pas. Il y avait un lit et un placard, comme dans toutes les autres, et c'était tout. Quelques vêtements sales traînaient dans un coin. A part ça, rien, pas de tableaux aux murs, pas de livres ni de cassettes, pas de radio ni de tridi. C'était une chambre pour une nuit, ou pire, une cellule de prison. Herne s'écroula sur le lit, ses jambes encagées droit devant lui. Personne ne fit un geste pour l'y rejoindre ; Moon et Gundhalinu regardaient les jambes en essayant de ne pas en avoir l'air.

— Alors qu'est-ce que vous lui voulez à Sparks Marchalaube après si longtemps, jolie cousine ?

— Nous sommes promis, murmura-t-elle sans broncher devant la sombre insinuation qu'elle lisait dans ses yeux. Je l'aime. Je ne veux pas qu'il meure.

Herne éclata de rire.

— Ah oui ! Ses vœux de fidélité ont été un vrai défi pour Arienrhod. Mais elle finit toujours par avoir ce qu'elle veut. Et vous ?

Moon se raidit, les mains crispées sur sa ceinture.

— J'obtiendrai ce que je veux. Mais je dois d'abord le retrouver. Destinée a dit que vous sauriez peut-être comment, dit-elle en se tournant vers Tor, qui eut l'air de s'excuser.

— Vous venez juste de le manquer. Il est venu voir la Source.

Et je me demande pourquoi. Pourquoi Starbuck viendrait-il ? Pourquoi la reine... ?

— Son complot se corse, dit Herne en ricanant.

Et il savait que Sparks était Starbuck... Tor fronça les sourcils à ses pensées. *Qu'est-ce qu'il sait encore qu'il ne m'a jamais dit ?*

— Je viens de le manquer ?

— Oui, il est venu du palais avec un message, il y a une heure environ.

— Et il est reparti avec une belle paire de Bleus sur les talons, ajouta Herne avec satisfaction.

— Quoi ? s'écria Tor en haussant ses sourcils poudrés d'argent.

— Le commandant, dit Gundhalinu. Elle doit avoir lancé un mandat contre lui, maintenant qu'elle sait qui il est.

— Que lui est-il arrivé ? demanda nerveusement Moon. On l'a attrapé ?

Amusé, Herne grogna :

— Ha ! Ces connards ne sont pas foutus d'attraper un rhume ! Il a disparu dans la foule. Mais s'il est malin, il ne sortira plus du palais où Arienrhod peut le protéger jusqu'au Changement.

— Il ne peut pas ! Il ne peut pas faire ça ! La garce !

Tor vit le Bleu tenter de consoler Moon, la vit se dégager et refaire tomber son bras de ses épaules, elle vit l'expression de Gundhalinu. Herne la vit aussi et sourit ironiquement.

— Ecoutez, dit Tor, non sans scepticisme, si vous tenez tellement à lui, ma petite, pourquoi avez-vous attendu cinq ans pour lui courir après ?

— Il n'y a pas des années, rien que des mois ! cria Moon, les yeux fermés. Ah, pourquoi est-ce que ce n'est pas le contraire ? Pourquoi est-ce que ça devient de plus en plus dur ?

— Parce que vous approchez d'Arienrhod, marmonna Herne, et qu'elle est rapide comme la lumière.

— Elle a été enlevée et emmenée en extramonde il y a cinq ans, intervint Gundhalinu avec irritation. Elle vient juste de revenir. Elle a failli mourir en cherchant à venir à

Escarboucle pour le retrouver. Ça vous suffit, comme preuve d'amour ?

Tor se radoucit malgré elle.

— Ça paraît vous suffire, extramondien. *(Pauvre amoureux transi.)* Et à Destinée aussi. Mais elle va devoir aller au palais si elle veut le trouver, maintenant.

— Elle ne peut pas.

— Pourquoi ? s'exclama Moon. Je peux me glisser dans le palais et le trouver. Si c'est ce qu'il faut que je fasse, je le ferai.

Ses yeux changèrent, se voilèrent comme si elle avait une attaque et quand ils s'éclaircirent, de la résolution y brillait.

— C'est très bien... j'irai là-bas ! Je le dois. Je n'ai pas peur d'Arienrhod.

— Et pourquoi en auriez-vous peur ?

Herne la regardait mais semblait voir autre chose.

— Tais-toi, débauché ! Je vais vous dire pourquoi ! cria Gundhalinu en prenant le bras de Moon. Parce qu'Arienrhod... Parce qu'elle... parce qu'elle est dangereuse... (faiblement ; Tor s'étonna et Moon fronça les sourcils). Elle a des gardes partout et si elle vous surprend, si elle vous voit vous mettre entre elle et Starbuck... Elle fera tout pour vous en empêcher ! Et comment diable allez-vous le retrouver, vous ne pouvez pas demander simplement aux gens s'ils l'ont vu !

— Pourquoi pas ? dit Herne en se faisant l'avocat du diable. Elle a le meilleur déguisement qu'on puisse rêver, la figure d'Arienrhod. Elle peut faire n'importe quoi, personne ne lui posera de questions.

— Et la vraie reine ? demanda Tor.

— Elle reçoit en ce moment les puissants seigneurs de l'Hégé, si je ne me trompe. Et j'ai ici la chose qui vous rendra parfaite dans le rôle.

— Qu'est-ce que c'est ?

Moon s'avança, radieuse d'espoir. Gundhalinu avait l'air furieux. Ses yeux lançaient des éclairs à Herne qui, lui, ne regardait que Moon, en détaillant tout son corps. Tor avait l'impression que des étincelles crépitaient en lui, entre deux pôles opposés.

— Passe une heure avec moi, Arienrhod, et ce sera à toi.

Moon pâlit, se transforma en statue d'albâtre. Les taches de rousseur de Gundhalinu devinrent écarlates.

— Qu'est-ce que tu vas faire, Starbuck ? gronda Tor en lui donnant une méchante bourrade. Lui apprendre à jouer aux cartes ?

Herne se tourna vers elle. Quand elle vit ce qui se passait sur sa figure, elle eut presque pitié de lui.

— Pour l'amour des dieux, Herne, ne sois pas une ordure, pour une fois dans ta vie ! Fais quelque chose pour prouver que tu as le droit de vivre.

La moitié supérieure du corps de Herne frémit d'une émotion refoulée ; mais l'instant passa et il regarda de nouveau Moon.

— Là-dedans, dit-il en montrant le placard. Ouvrez.

Elle alla tirer la porte et vit des vêtements, de la drogue, des bouteilles à moitié vides, et puis une étagère entièrement vide, à part un petit objet noir.

— C'est ça, là. Apportez-le.

Elle le lui apporta et le tendit en gardant ses distances. Il prit l'objet au creux de sa main, comme si c'était vivant, caressa sa surface lisse d'une main hésitante. Il toucha une touche de couleur, puis une autre et une troisième. Trois notes différentes retentirent.

— Qu'est-ce que ça contrôle ? demanda Gundhalinu.

— Le vent, répondit Herne en les regardant tous avec fierté. Dans la Salle des Vents du palais d'Arienrhod. Il n'en existe qu'un seul autre et c'est elle qui l'a. Vous pourrez arriver ainsi au cœur du palais, sans éveiller le moindre soupçon... Je vous apprendrai à vous en servir, et vous dirai où chercher Starbuck.

— En échange de quoi ?

Les mains de Moon la démangeaient du désir de reprendre la boîte noire mais son expression se préparait pour un refus. Herne sourit ironiquement.

— Pas de conditions. Ça vous revient de droit... et comment pourrais-je jamais vous refuser ce que vous voulez ? Ou vous donner quelque chose que vous ne voulez pas, d'ailleurs, en dépit de tous mes efforts...

Dieux, il la prend réellement pour la reine ! pensa Tor. Mais un soupçon de compassion se glissa dans les yeux de la fausse reine et elle dit calmement :

— Si jamais il y a quelque chose que je puisse vous donner...

Herne baissa les yeux sur ses jambes paralysées et atrophiées.

— Aucun être humain ne peut me les rendre.

— Bon, écoutez, si vous allez au palais, intervint Tor, vous ne pouvez pas y aller comme une réfugiée. Venez, je vais vous trouver quelque chose de royal, ou du moins qui vous couvrira mieux que ça.

— Moon, vous ne pouvez pas aller au palais ! Je vous l'interdis ! cria Gundhalinu en lui barrant le passage quand elle se retourna.

— Je dois y aller, BZ, je le *dois* !

— Vous perdez votre temps, vous risquez votre... âme, en allant là-bas. Il est devenu complètement pourri, renoncez, oubliez-le ! supplia-t-il. Pour cette fois, écoutez-moi ! Vous êtes obsédée par un rêve, un cauchemar... réveillez-vous, pour l'amour des dieux ! Croyez-moi, je ne vous le demande pas par égoïsme, Moon. Je ne me soucie que de votre sécurité... vous êtes tout ce que...

Elle secoua la tête en se détournant.

— N'essayez pas de me retenir, BZ. Vous ne le pouvez pas.

Elle passa devant lui et il ne fit pas un geste. Tor la conduisit hors de la chambre.

Gundhalinu regarda longtemps la porte, en boutonnant son manteau ; le froid l'avait soudainement envahi. Il sentait les yeux de Herne vriller son crâne et n'avait pas la force de se retourner pour les affronter.

— Vous connaissez la vérité sur elle, n'est-ce pas ? dit enfin Herne. Vous savez qu'elles sont une seule et même personne, Arienrhod et elle.

— Non ! cria Gundhalinu en pivotant, écrasé du remords de savoir.

Herne sourit et crut la réponse que les yeux trahissaient.

— C'est ce que j'ai compris. Elle est le clone de la reine, elle ne peut pas être autre chose.

— Vous en êtes sûr ?

Gundhalinu posa la question machinalement, malgré lui, sans même en avoir l'intention. Herne haussa les épaules.

— Arienrhod est la seule à en être sûre. Mais je le suis à peu près. Ce n'est pas sa fille, elle ne manque jamais de prendre l'eau de vie. Et elle n'a jamais laissé un homme avoir cette emprise sur elle.

— Ça vous rend stérile ? demanda Gundhalinu, surpris.

— Tant qu'on en prend... peut-être définitivement, au bout de cent cinquante ans. Qui sait ? De quoi rire, n'est-ce pas ? Ça rend aussi les guérisons plus lentes. Ça a même tué quelques personnes, confia Herne avec un petit rire amusé. Ça en rend d'autres un peu folles, « déformation de la personnalité » ou je ne sais quelle connerie. Du moins c'est ce que prétendent les pleurnicheurs, les miséreux. C'est le pouvoir qui rend fou, pas la drogue. Quel effet ça fait d'être un miséreux, Gundhalinu-*eshkrad* ?

Gundhalinu ne répondit pas ; une image de Sparks Marchalaube coiffé d'un casque hérissé de pointes s'interposait à sa vue. Il fit un pas.

— Donnez-moi la boîte de contrôle, Herne. Vous n'allez pas envoyer Moon dans cette fosse aux serpents.

Herne bougea légèrement et un paralyseur apparut dans sa main.

— Bougez pas, Bleu. Allez donc vous adosser au mur, à moins que vous ne vouliez vraiment ce que vous demandez.

Gundhalinu recula, son propre paralyseur oublié lourd comme du plomb sur sa hanche, sous son manteau. Il s'appuya contre le mur et fut secoué par une quinte de toux qui lui donna le vertige.

— Vous permettez... que je m'asseye ?

Sans attendre de réponse, il se laissa glisser le long du mur et s'assit par terre.

— Vous devriez voir un médecin, dit Herne sans compassion. Quand un Tech s'assied par terre, il est pratiquement mort.

— Je ne peux pas...

Gundhalinu rouvrit son manteau, soudain trop chaud. *Pas avant que ce soit fini.*

— Vous voulez dire qu'on vous traque aussi. Tous vos vieux copains blanc-Bleus. Vous êtes en cavale avec une proscrite, vous n'avez pas un ami au monde, vous avez fichu en l'air votre carrière et votre position, traîné votre honneur dans le ruisseau, et tout ça par amour !

Gundhalinu leva les yeux, la figure brûlante, ouvrit la bouche. Herne rit et répliqua d'une voix ruisselante de vitriol, en sandhi :

— On ne me la fait pas. Je suis un Kharemoughi... Vous êtes vraiment mordu, hein ? Qu'est-ce qu'elle vous a promis ? Son corps ?

— Rien du tout, *mekru !*

— Rien ? Vous êtes encore plus con que je le croyais.

— Je suis responsable de tout ce qui m'est arrivé, déclara dignement Gundhalinu en se redressant, en se débattant contre sa fureur, contre l'atroce vérité qui la provoquait. C'était ma décision. J'accepte les conséquences d'un acte raisonné.

Herne éclata de rire.

— Bien sûr, elle peut vous faire croire ça ! C'est son pouvoir. Elle est capable de vous faire croire que vous pouvez respirer dans le vide. C'est logique, hein, espèce de crétin raisonneur ? Vous la désirez tant que plus rien d'autre ne compte. Vous pourriez l'avoir à votre disposition, déportée. Mais non, vous l'aidez à retrouver son amant ! Dieux, c'est Arienrhod tout craché ! Et elles veulent le même homme, le seul qu'elle a jamais désiré assez pour en venir à se haïr elle-même. L'ultime inceste. Si ce n'est pas là la preuve qu'elles sont la même... la preuve de toute l'histoire !

Herne se penchait, tête basse, les doigts enfoncés dans le lacis maintenant ses jambes. Gundhalinu sentit le dégoût le prendre à la gorge.

— C'est ce que j'attendais de vous, que vous abaissiez tout à votre propre niveau, pour tout souiller. Vous êtes incapable de faire mieux, pas même de comprendre ce que vous profanez et détruisez.

— Comment pouvez-vous le savoir ? grogna Herne en relevant la tête.

— Vous ne comprenez même pas pourquoi je veux aider Moon plus que je ne veux m'aider moi-même. Parce que vous ne savez pas ce qu'elle est... (Gundhalinu ferma les yeux, perdu dans le souvenir.) Oui, elle s'est fait aimer. Mais elle ne l'a pas cherché. Elle a pris en donnant... et c'est ce qui change tout.

Par défi, Herne brandit la boîte de contrôle.

— Pourquoi croyez-vous que je vais lui donner ça ?

— Par vengeance.

Herne baissa de nouveau la tête sans répondre.

— Jamais un clone n'est à la parfaite image de l'original. Même des jumeaux identiques ne sont pas la même personne, et ceux-là ne sont pas créés par un intermédiaire. Le contrôle du clonage est loin d'être aussi précis. On ne peut obtenir qu'une recréation imparfaite.

— Une copie défectueuse...

— Oui. Mais pourquoi ne serait-elle pas améliorée par les différences, perdues ou gagnées, par inadvertance ?

Herne parut réfléchir à la question. Il se gratta la mâchoire.

— Peut-être... Si vous êtes tellement sûr que Moon n'est pas la même, pourquoi ne lui dites-vous pas la vérité ?

— J'ai essayé... (Gundhalinu secoua la tête et regarda ses poignets coupés, ses doigts qui n'obéissaient plus.) Comment puis-je lui dire une chose pareille ?

— Un suicide raté, murmura Herne.

Gundhalinu se hérissa, se redressa sur les genoux, mais il vit alors que Herne ne cherchait pas à l'insulter.

— C'est elle qui vous a poussé à ça ?

C'était de la simple curiosité, sans rancœur. Herne pinçait ses attelles, comme un harpiste. Gundhalinu retomba assis.

— Non. Elle m'a montré que j'avais une raison de continuer de vivre. (Il trouva bizarre de ne pas s'étonner davantage de dire cela à un Inclassé, assis par terre dans un bordel.) Jamais de ma vie je n'avais cru possible de survivre sans garder intacte l'armure de l'honneur. Et pourtant, me voici... dénudé devant l'univers. Et ça fait un mal de chien, mais peut-être tout simplement parce que je ressens tout plus nettement.

Et je ne sais pas encore si je le veux.

— Vous vous y habituerez, dit aigrement Herne. Vous savez, c'est une chose que je n'ai jamais pu piger, comment vous, les Techs, pouvez avaler du poison chaque fois que la vie vous flanque un coup de pied au cul. Vous seriez mort cent fois, si vous étiez passé par où je suis passé... Mille fois !

Gundhalinu frémissait à l'idée d'être pris au piège dans l'esprit de Herne.

— Vous avez raison. Dieux, ce serait un sort pire que la mort.

Herne le considéra avec un noir dégoût, avec la haine impitoyable de la moitié de la population de son monde, jusqu'à ce qu'il sente s'écrouler sa fragile arrogance et qu'il baisse les yeux.

— Oui. « La mort plutôt que le déshonneur » est un privilège de riches. Tout comme l'eau de vie... *(Mais la vie, ou la mort, n'appartient à personne.)* Dans le temps, je pensais qu'il n'y avait rien de plus important pour moi que ma vie, que rien ne me ferait jamais comprendre les faibles comme vous qui la rejettent. La survie primait tout, peu importait comment on survivait...

— Primait... ?

Gundhalinu, la tête appuyée contre le mur, relevait le temps passé. Sa langue explorait distraitement le trou laissé par une dent. Il suivit le regard de Herne vers l'exosquelette qui encerclait la partie inférieure de son corps, en comprenant ce qu'impliquait la perte de ce qui avait fait de Herne un homme à ses propres yeux, aux yeux du monde auquel il appartenait.

— Vous n'êtes pas obligé de rester ici, vous savez. Vous pourriez vous faire guérir à Kharemough.

— Au bout de cinq ans ? s'écria Herne, avec sur le bout de la langue tous les arguments, toutes les réponses qui avaient dû tourner et retourner dans sa tête.

Personne n'est riche à ce point. Surtout pas moi ! Je n'ai même pas de quoi quitter ce foutu glaviot de planète.

— Adressez-vous aux autorités. Elles ne vont pas abandonner un extramondien qui ne veut pas rester.

— Ouais, bien sûr... (Herne tira une bouteille de sous son lit, la déboucha et but au goulot sans en offrir.) Est-ce que vous avez une idée, Bleu, du nombre de mandats lancés contre moi, chez nous ? Et dans un tas d'autres endroits. Si vous vous figurez que je vais suer du sang dans une foutue colonie pénitentiaire jusqu'à la fin de mes jours, vous êtes complètement fou !

Il but encore, longuement.

— Alors, on dirait que vous n'avez guère le choix. *(Et vous ne le méritez probablement pas.* Mais Gundhalinu éprouva un peu de compassion soudaine, inattendue. *Saints ancêtres ! Et si j'étais né dans son corps, lui dans le mien... ?*) Je suis navré.

Herne s'essuya la bouche.

— Vraiment ? Et vous ? Vous allez retourner ? Les laisser vous révoquer, vous jeter en prison pour ça ? Non, bons dieux, non ! Vous allez probablement plaider la démence, le crime passionnel, vous avez agi par amour. Par amour ! L'amour est une maladie !

Sa main tremblait autour du goulot de la bouteille.

La mort d'aimer une sibylle... la mort de ne pas l'aimer. Gundhalinu toussa, retardant sa réponse. *Que vais-je faire ? Je ne sais pas...* L'avenir s'étendait comme une mer infinie.

— Demandez-le-moi demain...

Il se tourna vers la porte. Quelqu'un entrait. Persiponë, suivie par une silhouette dissimulée sous une cape et un capuchon. Persiponë s'écarta pour la laisser passer et releva délicatement le capuchon.

— Moon ?

Gundhalinu se dressa sur les genoux, s'appuya contre le mur, se releva. Moon était devant lui, la figure subtilement transformée par l'art du maquillage, pas barbouillée de fards sans goût comme celle de Persiponë mais embellie, luminescente, d'une beauté nacrée qui effaçait le souvenir qu'il avait du visage pâle et nu d'une indigène de l'intérieur. Ses cheveux relevés étaient retenus par une résille d'argent et de perles d'or. Tor lui ôta la cape, révélant une longue robe couleur de miel enveloppant son corps comme des herbes folles ondulant au vent, le moulant sans ostentation, retombant en plis souples d'un corsage de dentelle ivoire qui se confondait sensuellement avec sa peau. Un large collier de perles opalines cachait le symbole secret sur sa gorge.

BZ resta sans voix, éperdu d'admiration.

— Je me sens idiote, BZ, dit-elle en secouant la tête, plus radieuse que jamais.

— Ma dame... (Comme un seigneur de l'Empire, il lui prit la main, l'effleura de son front. *Et reine des pieds à la tête.*) Devant toi, je m'agenouillerais avec joie.

Moon sourit sans comprendre. C'était son sourire à elle, pas celui d'Arienrhod.

— Qu'est-ce que tu en penses, Herne ? demanda fièrement Persiponë qui portait sur le bras la tunique de nomade de Moon. Est-ce qu'elle passera ?

— C'est toi qui lui as fait ça ?

Elle haussa modestement une épaule.

— Oh... Pollux m'a donné un coup de main. Il a bon goût, pour une mécanique.

Herne posa sa bouteille par terre.

— Arienrhod n'aime pas cette couleur... Mais elle passera. Dieux, oui, elle passera ! Venez, Majesté.

Il tendit les mains. Gundhalinu fronça les sourcils, sans lâcher Moon.

— Ne l'appelez pas comme ça !

— Il vaut mieux qu'elle s'habitue. Je ne vous ferai pas de mal, bons dieux ! Je ne vous toucherai même pas... Laissez-moi simplement vous regarder un moment.

Il laissa retomber ses mains. Moon lâcha celle de Gundhalinu et s'avança. Elle se retourna lentement, gênée par sa jupe mais plus par le regard de Herne. Il la dévora des yeux, la consuma, mais elle attendit avec une patiente dignité, sans protester, en permettant sans subir. Le moment s'éternisa et Gundhalinu observa, sans pouvoir analyser ses sentiments. Il se crispa quand Herne se leva brusquement, vacilla... et retomba lourdement, péniblement sur un genou devant Moon.

— Arienrhod...

Il murmura quelque chose, que personne n'entendit à part elle. Gundhalinu jeta un coup d'œil à Persiponë qui ouvrait de grands yeux, aussi stupéfaite que lui. Elle fit le geste de la folie, secoua la tête.

— Je sais, Starbuck, dit Moon avec pitié et elle aida Herne à se rasseoir sur le lit en le hissant avec une force très peu royale.

Herne se détourna en se rappelant soudain qu'il avait un public ; sa figure se durcit.

— Tu as eu tort, Marchalaube... Quand j'étais à terre, tu aurais dû me donner des coups de pied. Arienrhod a horreur des perdants, dit-il avec un plaisir masochiste. Maintenant, écoutez bien, pendant que je vous dis le reste.

— Vous avez toujours l'intention de l'aider dans cette entreprise ? demanda Gundhalinu avec indignation.

Herne eut un sourire énigmatique.

— C'est à la porte du chasseur que le gibier est le plus en sécurité. Vous devriez savoir ça, Bleu.

Moon se retourna, prise entre deux expressions. *Ou bien as-tu simplement peur de le lui refuser ?* Gundhalinu soupira ; cela lui fit mal dans la poitrine.

— Alors, ce sera parce que je suis le portier.

Moon sourit et il ne vit rien d'autre.

40

— Ah ! mon pauvre dos !

Tor s'étira dans l'intimité du magasin du casino. Les mots résonnèrent sur les murs nus ; il n'y avait presque plus de provisions et les clients faisaient de leur mieux pour achever de vider la pièce.

— Allez, Pollux, sors-moi de là cette dernière caisse de tlaloc avant qu'ils aient la langue noire. (Elle bâilla et entendit dans sa tête le craquement de ses mâchoires. *Vide ?*) Je perds enfin la raison !

— Tu as raison, Tor.

Lourdement, Pollux traversa la pièce, obéissant comme un chien fidèle. Elle pouffa, ivre de fatigue.

— Je jurerais que tu fais ça exprès ! C'est pas vrai ? Tu peux me dire...

— Tu as raison, Tor.

Pollux heurta la caisse. Tor perdit le sourire, ses émotions dégringolèrent de leur altitude.

— Ah, merde, Polly, qu'est-ce que je vais devenir sans toi ? Tu vas vraiment me manquer, espèce de vieux tas de ferraille ! Il n'y a que deux choses qu'Oyarzabal peut faire pour moi que tu ne peux pas, et une fois que j'aurai quitté ce caillou, il n'en restera qu'une... que n'importe quel homme peut me donner. Pas étonnant qu'il soit jaloux.

Elle remit sa perruque d'aplomb, rit tristement. Oyarzabal lui avait dit qu'il l'épouserait uniquement si elle acceptait d'abord de se débarrasser de Pollux. Elle avait dit oui et senti qu'un nouveau maillon se forgeait dans la chaîne qu'il façonnait pour faire d'elle son esclave. *Il veut ce que je suis... alors pourquoi essaie-t-il de le changer ?* Elle repoussa sa perruque, la remit d'aplomb.

— Zut, qui est-ce qui va me garder propre, d'abord ? Trimballer des caisses, transformer les mangeuses de poisson étésiennes en reines, c'est tout un pour toi, hein ? Tu ne te poses jamais de questions sur toi-même, Pollux ? Est-ce que tu peux vraiment faire tout ça sans jamais te demander comment ni pourquoi ? Ou si la gosse va sauver son amant des griffes de la reine, ou si elle est folle de vouloir une ordure comme Sparks Marchalaube ?

La tête sans visage du robot la contempla avec un simulacre d'attention mais il ne dit rien. Elle lui montra le poing.

— Aaaah ! Je dois vraiment avoir perdu l'esprit. Tu ne sais même pas que je suis ici ; qu'est-ce que ça pourra te faire que je n'y sois plus ? Alors pourquoi est-ce que je m'inquiète ? (D'un coup de pied rageur, elle écarta un carton vide de son chemin.) Quand tu en auras fini avec ça, reviens chercher le dernier baril de sève fermentée, et installe-le pour Herne.)

Pour Starbuck. Le vieux Starbuck et le nouveau Starbuck ; je les connais tous les deux. Et la jumelle de la reine. Grâce aux dieux, je vais bientôt quitter Escarboucle, avant de me mettre à marcher à reculons.

Arrivée à la porte, elle entendit des voix dans la pièce de l'autre côté du couloir, celle dont la porte était aussi discrètement verrouillée que la chambre forte de la banque de Newhaven, celle qu'elle n'avait jamais ouverte. Mais, en ce moment, ses voyants étaient verts, elle n'était pas gardée et même légèrement entrouverte et elle reconnut une des voix, celle d'Oyarzabal. Pollux s'éloignait dans le couloir dans un fracas métallique, sans faire attention, et elle traversa impulsivement pour aller pousser la porte.

Une demi-douzaine de têtes se tournèrent vers elle, tous des hommes, tous des extramondiens. Elle en reconnut immédiatement trois, des lieutenants de la Source ; Oyarzabal s'approcha, irrité et même légèrement affolé.

— J'avais dit de verrouiller cette porte ! gronda un des inconnus.

— Ça ne risque rien, c'est elle qui dirige cette boîte, elle est au courant de tout, répliqua Oyarzabal et il chuchota à Tor : Qu'est-ce que tu fais là ?

Elle le prit par le cou, étouffa ses protestations sous un baiser mouillé.

— J'ai faim de mon homme, c'est tout.

Et s'il y a une chose que je ne supporte pas, c'est une porte verrouillée.

— Merde, Persiponë ! Pas maintenant, grommela-t-il en se dégageant. Nous avons à faire un gros travail pour la Source, ici en ville. Plus tard, je...

— Quelque chose pour la reine ?

— Comment le sais-tu ?

Un ballon d'essai...

— Ma foi... Tu viens de dire que je suis au courant de tout, dit-elle en lui faisant une grimace qu'il ne vit pas. Je ne veux pas te faire mentir. J'ai vu Starbuck rendre visite à la Source, aujourd'hui, alors j'ai pensé que la reine l'avait envoyé, dit-elle, marquant un autre point.

— Tu sais aussi qui est Starbuck ?

— Bien sûr. Je suis hivernienne, n'est-ce pas ? Et je travaille pour la Source, tout comme toi, répliqua-t-elle en le regardant en face. Alors de quoi s'agit-il ? Qu'est-ce que la reine achète, une dernière surprise pour sa soirée d'adieu ? Tu peux me le dire. Je suis ta femme, presque.

Haussée sur ses semelles plate-forme, elle regardait par-dessus l'épaule d'Oyarzabal le groupe d'hommes gesticulant autour de la dalle stérile d'une table. Elle remarqua que la salle était un laboratoire tout équipé. Elle s'était toujours demandé comment la Source faisait pour avoir constamment en réserve une telle variété de plaisirs illégaux, même quand on ne pouvait en obtenir par les fournisseurs normaux... Sur la surface lisse de la table de conférence, il y avait une lourde cassette de métal. Sur le couvercle et les côtés, un mot, AVERTISSEMENT... Et le trèfle barbelé d'une sibylle. Elle eut soudain la chair de poule.

— Eh bien, ouais, on pourrait dire qu'elle prépare une espèce de surprise pour les Etésiens, dit-il en riant. Mais ne va pas tracasser ta jolie tête avec ça. Tu as joué ton jeu et tu vas venir en extramonde avec moi, d'ailleurs. Tu te fous de ce qui arrivera ici après ton départ, pas vrai ?

Elle se tortilla, mal à l'aise, entre ses bras.

— Qu'est-ce que tu veux dire ?... Dis donc, pourquoi y a-t-il le symbole des sibylles sur cette boîte, hein ? Ça veut dire... « contamination biologique » non ? Qu'est-ce qu'il y a là-dedans ? Des microbes ? Une maladie, du poison ?

La voix de Tor s'élevait.

— Tais-toi, tu veux ! Parle moins fort...

Il la secoua avec colère. Elle se débattit, prise de panique.

— Qu'est-ce que vous allez faire ? Tuer les gens ! Vous allez tuer mon peuple ?

— Rien que les Etésiens, bons dieux. Pas les Hiverniens, Perse, ils ne risqueront rien, la reine le veut comme ça.

— Non, tu mens ! Ça va tuer aussi les Hiverniens, la reine ne voudrait pas vous laisser nous tuer ! Tu es fou, Oyar, lâche-moi ! Pollux, au secours, Pollux...

Les autres se levèrent, accoururent et les fortes mains d'Oyarzabal la maintenaient toujours prisonnière. Désespérément, elle leva un genou ; Oyarzabal se cassa en deux en hurlant et la lâcha...

Le rayon du paralyseur la frappa dans le dos et elle tomba contre la porte qu'elle referma en glissant sur le sol.

41

— Il vaut mieux que vous m'attendiez ici, BZ.

Moon s'arrêta au milieu de la cour séparant la Rue de la porte du palais. La nuit était retombée derrière les murs-tempête de la ville mais, même là, de joyeux fêtards dansaient et chantaient, des musiciens jouaient. A cet endroit de la Rue, les gens étaient plus éblouissants, plus exotiques, couverts de bijoux, poudrés d'or ; les splendeurs importées d'une demi-douzaine de mondes rivalisaient pour émerveiller Moon. Sa défroque royale lui parut presque terne et elle la cachait, ainsi que sa figure. Les vêtements dépenaillés de BZ étaient de plus en plus grotesques et déplacés mais il se cramponnait avec une obstination illogique à sa capote d'uniforme.

— Je ne vous laisserai pas entrer là sans moi, déclara-t-il, essoufflé après avoir monté la longue spirale de la Rue. La reine...

— La reine, c'est moi, répliqua-t-elle en feignant le dédain. Vous vous oubliez, inspecteur... Par notre Dame, qu'est-ce qu'elle va faire ? Me couper la tête ? (Elle rit, mais il resta de glace.) Voyons, BZ, comment est-ce que je pourrais expliquer votre présence là-dedans ?

Elle se tourna vers la porte gardée, et son cœur se serra. Il lui montra sa carte de policier et son paralyseur.

— J'ai ça. Ils me donnent un air considérablement plus réglementaire, assura-t-il en agrafant le col de son manteau.

— Non. Je vais là pour chercher Sparks, BZ. (Le serrement de cœur devint douloureux. De toute sa volonté, elle força les yeux de BZ à rester sur elle alors qu'il voulait se détourner.) Quoi qu'il arrive, je dois le faire seule. Je ne le pourrais pas...

Devant un autre amant. Ses lèvres frémirent. Cette fois, il se détourna.

— Je le sais. Et je... je ne peux pas voir ça. Moon, je veux votre bonheur, croyez-moi, mais... ça ne rend pas les choses plus faciles, bons dieux !

— Plus dures, oui. Ça les rend plus dures.

— L'entrée... Laissez-moi au moins vous accompagner jusque-là. Les gardes s'étonneraient si vous n'aviez pas une escorte. Et je resterai ici en haut de la Rue, jusqu'à ce que vous ressortiez... et, sinon, je saurai pourquoi.

Elle hocha la tête sans un mot. Ils traversèrent le tourbillon de la farandole et elle sentit ses espoirs et ses regrets comme aspirés dans le maelström d'inquiétude... *Tu es la reine, sois la reine, cesse de trembler !* Elle retint sa respiration quand les gardes au grand portail massif les regardèrent approcher. Ils étaient armés de paralyseurs, comme l'avait prédit Gundhalinu. *Ah ! notre Dame, m'entendez-vous ?...* avant de se souvenir que ce n'était pas une déesse qui la guidait mais simplement un appareil, une machine qui lui disait qu'elle devait y aller.

A la seconde où elle fut certaine que les gardes allaient l'interpeller, elle rejeta son capuchon, redressa la tête et essaya de croire assez fortement pour qu'ils croient eux-mêmes.

— Votre Majesté ! Comment avez-vous...

Celui de gauche se reprit, leva une main à sa poitrine et courba la tête. L'autre garde, une femme, l'imita et leur casque de style extramondien brilla dans la nuit. L'immense porte noircie par le temps s'ébranla.

Moon tourna vivement la tête, en sentant son expression se défaire, vers Gundhalinu qui la regardait avec le respect voulu... et un chagrin qu'elle seule pouvait voir.

— Merci de votre collaboration, inspecteur Gundhalinu.

Il s'inclina.

— A votre service, Majesté. Si vous avez encore besoin de moi, vous n'aurez qu'à m'appeler.

Il insistait sur chaque mot ; ses mains tremblaient convulsivement. Il salua et tourna les talons pour se perdre dans la foule.

BZ ! Elle faillit le rappeler et se retint, en se tournant vers la porte ouverte à deux battants, le sombre vestibule luisant qui l'attirait, la fin du voyage. Les gardes jetèrent subrepticement un coup d'œil à la silhouette miteuse de Gundhalinu. Moon serra sa cape autour d'elle et entra dans le palais.

Elle traversa comme un fantôme le hall désert, le léger frôlement de ses chaussures souples trahissant sa réalité. Elle mit des œillères à ses sens, craignant de s'arrêter, de se perdre dans les solitudes cristallines hypnotiques de sommets violet foncé et de vallées couvertes de neige, le domaine d'Hiver ornant les murs interminables du corridor. Devant elle, elle percevait, toujours plus précis, le murmure de la Salle des Vents. Elle serrait d'une main froide et moite la boîte de contrôle que Herne lui avait donnée.

Il s'était mis à transpirer et ses mains avaient tremblé quand il lui avait expliqué ce qu'elle trouverait là, le vent captif, les formations nuageuses, l'unique pont étroit enjambant la fosse. La fosse dont il avait presque fait le tombeau de Sparks, son rival, la fosse qui l'avait détruit... à cause d'Arienrhod. Elle avait défié ses propres lois en intervenant pour sauver Sparks, et laissé Herne prisonnier d'un corps brisé, l'âme rongée par un amour-haine impitoyable.

Moon arriva au bout du couloir qui s'ouvrait sur l'air... une vaste étendue gémissante, turbulente, au-dessus d'elle, des spectres de nuages pâles se tordant et frémissant sous les caresses d'un amant surnaturel. Elle se sentit devenir minuscule quand le reflux glacial de l'air extérieur découvrit son intrusion, souffla gloutonnement autour d'elle, tirailla sa cape. Au-delà des murs, des milliers et des milliers d'étoiles étincelaient de blancheur dans la forge rougeoyante de la nuit mais là, il n'y avait aucune chaleur, aucune lueur à part le reflet verdâtre du puits de service béant, à ses pieds... aucune miséricorde.

Elle fit un pas, puis un autre, vers la mince ligne de noir absolu au-dessus de l'abîme. *Il ne m'a pas dit que ce serait obscur !* La peur la fit hésiter, les doigts sur la suite de touches de la boîte de contrôle à son poignet... la séquence qui, d'après Herne, lui ouvrirait un tunnel de calme dans le vent. *Aurait-il menti sur tout ?* Mais elle n'était pas l'objet de la passion démente de Herne, seulement sa copie. Si sa présence ici avait un intérêt pour lui, c'était uniquement comme instrument de sa vengeance.

Elle fit encore un pas, puis un autre, et finit par arriver, grelottante, au bord de la fosse. Le courant ascendant humide montant du puits la surprit et la repoussa sur la plate-forme. Il apportait l'odeur de la mer, forte et douce-amère, une odeur de poisson, de sel, de goémon. Elle poussa un cri d'étonnement et le vent emporta sa voix.

— Dame !

Le souffle de la Mer la repoussa encore une fois, elle se prit les pieds dans la longue jupe étrangère, reprit son équilibre, instinctivement, comme un marin dans un coup de roulis... seulement un matelot, pas une reine.

Relevant la tête, elle vit les rideaux diaphanes non plus comme des nuages, capricieux et incontrôlables, mais comme des voiles faséyant dans le vent marin. Et dans sa main, dans la petite boîte, elle tenait le gouvernail qui la piloterait à travers ce puits de la Mer. Les courants ascendants la repoussèrent encore, comme pour un dernier avertissement.

— J'irai !

Elle pressa le premier bouton, entendit la première note de la séquence, sentit l'air se calmer autour d'elle. Et, avec l'adresse de cent générations qui l'avaient précédée, de tout un peuple qui avait défié la mer et les étoiles, elle posa le pied sur le pont sans parapet et se mit en marche. A chaque troisième pas, elle jouait une nouvelle note, en prenant soin que chaque pas ne soit ni trop court ni trop long, en se concentrant entièrement sur la séquence, le schéma, le rythme.

Quand elle atteignit le centre du pont, la lueur verdâtre se fit plus brillante et Moon sentit une présence sans nom, perçut une voix silencieuse, l'écho d'un lieu et d'un temps lointains... le chant entendu dans la grotte de la sibylle. Elle avança plus lentement, et puis s'immobilisa, hypnotisée par la beauté surhumaine, emprisonnée dans l'instant. Ses doigts se détendirent sur la boîte, la note stridente et aiguë diminua et se tut... Une brusque rafale la frappa, la fit tomber à genoux, son propre cri brisa le prisme du charme envoûteur et la libéra. Elle se releva précipitamment, retrouva fébrilement la note sur la boîte de contrôle et se mit à courir, en pleine panique, sentant encore l'appel insidieux dans son esprit, mais de plus en plus faiblement.

Elle arriva de l'autre côté et s'arrêta, haletante, égarée, sur la terre ferme. Ce n'était pas un lieu de choix ! Comment pourrait-il la reconnaître ?... Elle se souvint vaguement que, quelque part, dans cette ville, Danaquil Lu avait été appelé par la machine-sibylle. Etait-ce ce même puits de la Mer qui avait chanté pour lui ? Moon secoua sa cape, s'éloigna du rebord en silence et, tournant le dos à l'abîme, elle sortit de la Salle des Vents.

Elle choisit un autre couloir, suivant les artères du palais dont Herne lui avait dessiné le plan et qu'elle avait appris par cœur. Elle entendit de nouveau une musique, humaine, cette fois, les accents d'une ravissante chanson poétique de Kharemough jouée par un quintette à cordes. Elle revit en pensée les jardins d'Aspoudh, l'étincelante splendeur de l'aurore boréale dansant dans un ciel de velours. Elle arriva au pied d'un grand escalier recouvert d'un tapis, qui menait à l'immense salle occupant la moitié du premier étage du palais ; c'était de là que venait la musique... ainsi que deux serviteurs surpris qui s'inclinèrent et passèrent rapidement.

Elle se hâta aussi, jusqu'au palier où se trouvait l'entrée de la salle d'honneur, où ce soir la reine recevait le Premier ministre et les membres de l'Assemblée. Moon monta jusqu'au deuxième étage ; Herne lui avait dit que les appartements de Starbuck étaient là. Elle savait qu'il devait être encore à la réception, probablement, mais elle n'osait entrer dans la salle où Arienrhod en personne était le pôle d'attraction.

En quittant l'escalier, elle fut surprise de réentendre la musique et découvrit une minuscule alcôve à demi cachée, un balcon dominant la salle. Elle se demanda si c'était un poste de guetteur, mais il n'y avait personne pour le moment. Elle s'avança sur la pointe des pieds jusqu'à la balustrade et se pencha hors de l'ombre, le cœur battant et certaine que tous les yeux allaient se poser sur elle comme des projecteurs.

Quand elle découvrit l'immensité de la salle, elle oublia tout, elle n'était plus qu'une mouche sur le mur pour la masse des invités de la reine. De pâles aristocrates hiverniens et des Kharemoughis basanés se mêlaient librement, la somptuosité de leurs vêtements atténuant le contraste de leurs origines. Ils festoyaient nonchalamment à de longues tables surchargées des derniers produits de l'art culinaire d'Hiver, des délices éclectiques de la gastronomie indigène et d'extramonde. Moon eut soudain l'eau à la bouche en se rappelant l'unique et maigre repas qu'elle avait pris au casino, il y avait des heures. De grosses boules de miroir à facettes suspendues au-dessus d'elle tournaient lentement, perpétuellement, en faisant pleuvoir sur la foule une neige de lumière multicolore.

Les yeux de Moon firent le tour de la salle ; elle remarqua le cordon de sécurité tout le long des murs et se demanda si le commandant de police était là ce soir. Elle lui jeta par la pensée une malédiction, pour ce que la justice rigide de cette femme avait fait à BZ, ce qu'elle aurait pu faire à sa propre vie, à celle de Sparks. Elle crut apercevoir un instant le Premier secrétaire Sirus, mais la figure disparut aussitôt dans un groupe rassemblé pour un toast.

Nulle part elle ne voyait de femme ressemblant à une reine... ou lui ressemblant. Et nulle part d'homme en noir à la figure masquée comme un bourreau, ni de garçon aux cheveux flamboyants qu'elle reconnaîtrait partout, en dépit de tous les changements. Il n'était donc pas là ? Avait-il déjà quitté la salle, le trouverait-elle dans son appartement ?

Elle s'écarta de la balustrade, le cœur battant comme les ailes d'un oiseau capturé. *Je te trouverai, je...*

— Ainsi, te voilà ! Tu ne peux pas résister au plaisir d'espionner tes invités, même ce soir ?

Une voix d'homme derrière elle, un peu pâteuse, hostile. Moon se figea, sentit sa figure virer au cramoisi de la culpabilité. Elle pinça fortement les lèvres, serra les dents et se retourna, espérant que sa rougeur passerait pour de la colère. La tête haute, elle rassembla les plis de sa robe.

— Comment osez-vous parler... Sparks !

Les plis de la jupe lui échappèrent ; elle vacilla.

— Qui veux-tu que ce soit ? grommela-t-il dans un hoquet. Ta fidèle ombre d'homme.

Il s'inclina dangereusement. Elle leva les mains, les joignit, les serra pour ne pas les tendre vers lui.

— Sparks ! C'est moi.

Il fronça les sourcils, comme s'il entendait une plaisanterie d'un goût douteux.

— Je l'espère bien, Arienrhod, à moins que je ne sois pas assez ivre pour m'évader du cauchemar de la réalité...

Les yeux chassieux, clignotants, il se pencha vers elle et se frotta les bras à travers les crevés de ses manches. Elle fit un effort pour forcer les mots à franchir sa gorge sèche :

— Pas Arienrhod. Moon. C'est moi, Moon, Sparkie...

Elle le toucha enfin, sentit à son contact une décharge électrique remonter dans son bras.

Il se détacha brutalement, comme si elle l'avait brûlé.

— Espèce de garce ! Fiche-moi la paix, Arienrhod, ce n'est pas drôle, ça ne l'a jamais été !

Il retourna dans le couloir. Moon le suivit dans la lumière, en essayant à tâtons de dégrafer son collier.

— Sparks ! Regarde-moi ! (La fermeture s'ouvrit, le collier tomba dans ses mains.) Regarde-moi !

Il se retourna, de mauvaise grâce ; elle porta une main à sa gorge. Il revint vers elle, en clignant des yeux. Elle vit toute couleur disparaître d'un seul coup de son visage.

— Non ! Dieux, non... elle est morte. Tu es morte ! Je t'ai tuée !

Il la montrait du doigt en s'accusant.

— Non, Sparks. Je suis vivante, s'écria-t-elle en lui

prenant une main pour la tirer, la poser sur son épaule. Vivante ! Touche-moi, crois-moi... Tu ne m'as pas fait de mal.

Ou si tu m'en as fait, je ne m'en souviens plus.

Il cessa de résister, sa main se referma lentement sur l'épaule de Moon, glissa le long de la manche jusqu'au poignet. Il baissa brusquement la tête.

— Ah, mes mille dieux... Pourquoi es-tu venue ici, Moon ? Pourquoi ? cria-t-il farouchement, avec angoisse.

— Pour te trouver. Parce que tu avais besoin de moi. Parce que j'ai besoin de toi... parce que je t'aime. Je t'aime...

Elle le prit dans ses bras, appuya la tête contre son torse. Mais il lui dénoua les bras, la repoussa brutalement.

— Ne me touche pas ! Ne me touche pas !

Moon trébucha, secoua la tête. Elle se plaqua les mains sur les joues et sentit vaguement la douleur de sa meurtrissure.

— Sparks, je... Parce que je suis une sibylle ? Mais ça n'a pas d'importance, Sparks ! Je suis allée en extramonde depuis, j'ai appris la vérité sur les sibylles. Je ne te contaminerai pas. Tu n'as pas à avoir peur de me toucher. Nous pouvons être ensemble comme nous l'avons toujours été.

Il la regarda fixement, ostensiblement incrédule.

— Comme nous étions ! Deux simples petits Etésiens, empestant le poisson, avec nos filets qui sèchent au soleil ? (Elle hocha la tête, en hésitant, sentant son cou résister au mouvement menteur.) Et je ne dois pas avoir peur que tu me contamines ! (Nouveau hochement de tête, sincère.) Et si je te contaminais, moi ? Hein ?

Il se frappa la poitrine, la força à le voir comme il voulait être vu : en chemise de satin feu aux élégants crevés, montrant des rubans de peau entre les rubans de soie, avec de lourds bijoux au cou et aux poignets, semblables à des chaînes d'esclave, en culotte serrée qui ne laissait rien ignorer.

— Tu... tu es encore plus beau que dans mes souvenirs.

Elle disait la vérité, noyée par une soudaine vague de désir qui l'effraya. Il se couvrit les yeux.

— Tu ne sais donc pas ? Pourquoi ne veux-tu pas comprendre, dieux des dieux ? C'est moi que tu as vu sur cette plage, qui tuais les ondins ! Je suis Starbuck... tu ne sais pas ce que ça veut dire, ce que je suis ?

— Je le sais, murmura-t-elle, la voix brisée. *(Un assassin, un menteur... un inconnu.)* Je sais ce que ça veut dire, Sparks, mais ça m'est égal. (Parce que le prix qu'elle avait payé pour cet instant était bien trop élevé pour des ruines et des cendres.) Tu ne le vois pas ? Ça m'est égal, ce que tu as vu, ou fait, ou été... maintenant que je t'ai trouvé, ça n'a plus d'importance pour moi.

Le temps, la mort, le passé n'existent pas, à moins que je les laisse nous séparer.

— Pas d'importance ? Ça ne te fait rien que je sois l'amant d'une autre depuis cinq ans ? Ça ne te fait rien, le nombre d'ondins sacrés de la Dame que j'ai massacrés pour rester éternellement jeune avec elle ? Ça ne te fera rien d'apprendre où je suis allé aujourd'hui avec le produit de notre dernière Chasse, ni ce qui va arriver dans quelques heures, à cause de ça, à ton peuple puant le poisson ? Ton peuple et le mien ? Et ça ne te fait rien du tout que je sois Starbuck ?

Il la saisit par le bras, le tordit. Elle recula, partagée entre le dégoût et la colère, incapable de répondre ni même de se débattre quand il la traîna dans le couloir.

Il s'arrêta devant une porte, frappa la serrure de la main, ouvrit d'un coup de pied et la tira à l'intérieur. Une vive lumière blessa les yeux de Moon. Il referma la porte, la verrouilla avec ses empreintes. Moon trouva son reflet sur tous les murs. Elle leva les yeux et se vit au plafond la tête en bas ; elle les baissa trop vite et chancela dans les bras tendus de Sparks. Il lui sourit, mais c'était un sourire qu'elle ne lui avait jamais vu et qui lui glaça le sang.

— Sparks... Qu'est-ce que c'est que cette pièce ?

— Qu'est-ce que tu crois, cousine ?

Il la retourna entre ses bras pour lui faire voir l'immense lit au centre. Elle voulut se débattre mais il la serra plus fort et chercha à lui prendre un sein.

— Ça fait longtemps pour toi, hein, ma jolie ? J'ai bien vu ça quand tu m'as regardé là dehors. Ainsi, tu as fait tout ce chemin pour être la maîtresse de Starbuck, hein ? Ma foi, de toutes les manières que tu voudras, mon chou...

Il ouvrit brusquement sa chemise et elle vit des cicatrices, comme de minces vers blancs le long de ses côtes.

— A ton service.

— Ah ! notre Dame, non...

Elle lui mit une main sur le flanc pour cacher ces traces.

— Non ? Alors nous ferons ça vite fait et sans complications, comme les Etésiennes en ont l'habitude.

Il la traîna vers le lit et l'y poussa, puis il la cloua de son corps au matelas. Elle garda les lèvres serrées sous sa bouche, résista à ses baisers grossiers, ravala un cri quand il lui serra douloureusement un sein.

— Ça ne devrait pas être bien long, marmonna-t-il en tâtonnant sur la fermeture de son pantalon, sans la quitter des yeux un instant.

— Sparks ! Ne fais pas ça ! Tu ne le veux pas, dit-elle en arrivant à dégager une de ses mains pour lui caresser la figure avec une tendresse désespérée. Et je ne...

— Alors pourquoi est-ce que tu ne luttes pas, bons dieux ? cria-t-il et il la secoua avec violence. Contamine-moi, sibylle ! Prouve que tu es quelque chose que je ne pourrai jamais être ! Bats-moi, mords-moi, fais-moi saigner... rends-moi fou !

— Je ne veux pas te faire de mal.

Elle leva les yeux vers son propre visage au plafond. Les cheveux de flamme de Sparks, son corps la recouvraient et elle ne voyait que la figure de Taryd Roh qui s'affaissait, ses yeux qui se voilaient, et puis l'image de Sparks identique... *trop facile, trop facile !* Elle respira profondément.

— Je le peux ! Crois-moi, je le peux. Je peux te rendre fou. Mais je ne veux pas te faire de mal. (Elle ferma les yeux, se détourna, sentit le poids du corps de Sparks l'étouffer.) Elle t'a fait assez de mal à cause de moi.

Les yeux opaques, un mur, il lui saisit le menton et la tourna vers lui.

— Ne gaspille pas ta pitié avec moi, sibylle, parce que tu n'en recevras pas en échange. Tu es avec Starbuck. Tu voulais Starbuck et il n'y a rien au monde de plus vil que lui.

Mais cette fois, ce fut Sparks qui baissa les yeux sous le regard de Moon et elle comprit soudain que même s'il avait voulu aller jusqu'au bout, son propre corps s'y était refusé.

— Je voulais Sparks ! Et je l'ai trouvé. Tu ne portes pas de couronne de pointes, pas de masque noir, il n'y a pas de sang sur tes mains. Tu n'es pas Starbuck ! Jette-les, Sparks, tu n'as plus besoin de les porter.

— Je ne suis pas Sparks ! Et tu n'es même pas Moon...

Il secoua la tête, un frisson les parcourut tous deux.

— Nous sommes des fantômes, des échos, des âmes perdues, prisonniers dans les limbes, des damnés de l'enfer.

Il lui lâcha enfin le menton.

— Sparks... Je t'aime, je t'aime. Je t'ai toujours aimé. (Tendres, murmurés, haletants, les mots étaient un charme pour apaiser une mer en furie.) Je sais ce que tu as fait, mais je suis ici. Parce que je te connais. Je sais que cela devait être ainsi. Je ne serais pas là si je ne croyais pas que nous pouvons à nous deux rattraper le temps perdu et réparer les torts. Si tu ne le crois pas, alors renvoie-moi... Mais d'abord va te regarder, regarde-toi dans la glace ! Ce n'est que toi, là, rien que moi à côté de toi. Nous sommes l'éveil, pas le cauchemar.

Lentement, il se détacha d'elle, roula de côté, la contempla.

— Qu'est-ce... qu'est-ce qui est arrivé à ta joue ? C'est moi qui t'ai fait ça ?

Elle leva une main vers les vestiges jaunis de l'ecchymose et baissa la tête.

Il sauta du lit, pâle, sans expression, et marcha vers son reflet impassible. Il y appuya sa main, son front et Moon vit tout son corps se tendre comme un ressort.

— Sparks...

Il serra les poings et les abattit contre la glace, envoyant voler les débris de son image dans une grêle scintillante. Il recula, se retourna... Elle vit le sang ruisseler sur sa main comme un éclair fourchu.

Elle bondit hors du lit et courut vers lui pour lui prendre la main, la serrer, étancher le sang.

— Non ! cria-t-il presque joyeusement. Non ! Laisse-la saigner ! Tu ne comprends pas ? Je suis vivant ! Je suis vivant, Moon...

Il laissa échapper une espèce de rire qui n'en était pas un et ses yeux devinrent de la couleur des émeraudes, débordant de larmes. Il leva sa main ensanglantée vers sa figure mouillée.

— Moon, ma Moon à moi, murmura-t-il en la reprenant dans ses bras mais sans violence, sans autre douleur que celle du soulagement et de la renaissance. Vivant. Je revis...

Un brasier s'enflamma soudain en Moon. Elle dégrafa sa cape, la laissa tomber, se pressa encore plus près de lui. Ses doigts trouvèrent les crevés de la chemise, lui caressèrent la peau, tiède et lisse, découvrirent ses muscles souples. Il lui caressa les flancs, les hanches, le dos, la ramena lentement vers le lit, l'attira à côté de lui sur les draps frais, avec une tendresse infinie, cette fois.

— Non, laisse-moi... laisse-moi...

Il l'embrassa, doucement, fit glisser sa robe de ses épaules, le long de son corps, la lui ôta et elle eut l'impression que ses mains chantaient sur sa peau. Il se déshabilla ensuite, l'air gêné ; elle essaya de ne pas voir ses cicatrices.

Ils se rallongèrent ensemble et, en levant les yeux, elle ne vit à présent que l'instant reflété et le désir de son cœur. Ils se reprirent, lentement, presque timidement, redécouvrant les joies secrètes qu'ils avaient connues en Eté. Le temps s'envola en spirale vers l'infini, Moon devenait la source de l'univers alors qu'il consacrait chaque partie de son corps à la réalisation de ses plaisirs. Il l'emmena au bord de l'extase avec un art qu'il n'avait jamais possédé et l'y maintint, planant dans les airs... la laissa tomber dans de glorieuses flammes d'où elle renaissait comme un phénix... inlassablement. Emportée au-delà de ses rêves, perdue dans le temps, elle lui répondait de son mieux, murmurait les mots d'amour immémoriaux qui ne savaient exprimer sa joie, réagissant instinctivement avec l'énergie passionnée que son désir si longtemps inassouvi libérait. Enfin ils retombèrent ensemble, consumés par le brasier, tièdes et doux comme des cendres dans les bras l'un de l'autre. Complets dans leur amour, entiers l'un dans l'autre, ils s'endormirent.

42

— Moon... Moon, réveille-toi !

Elle soupira, rêvant dans les braises tièdes, et garda les yeux fermés, craignant un peu de les ouvrir.

— Si, il le faut, insista Sparks. Nous ne pouvons pas rester ici plus longtemps. La réception va bientôt prendre fin. Nous devons quitter le palais avant qu'Arienrhod me cherche partout... Mais la police me cherche aussi, ajouta-t-il peureusement.

— Je le sais. Nous trouverons un endroit où tu pourras rester jusqu'après le Changement.

— Le Changement ! s'exclama-t-il et il se raidit dans les bras de Moon. Ah, mes dieux... Ah, notre Dame !

Il se redressa, les poings crispés. Moon s'assit à côté de lui, brusquement réveillée, craintive. Pâle d'angoisse, il se tourna vers elle.

— Il n'y aura pas de Changement, si Arienrhod a les mains libres. Elle va déclencher une peste, ici en ville, qui tuera presque tous les Etésiens.

— Mais comment ? Pourquoi ?

— Elle a engagé un extramondien pour faire ça, un homme qu'on appelle la Source. Il fait beaucoup de son sale travail, il a même fait empoisonner le commandant de la police. Je l'ai payé aujourd'hui, en eau de vie... Elle veut rester reine et garder Hiver ici pour toujours. Voilà pourquoi.

Moon ferma les yeux, concentra sa pensée sur l'énormité de l'horreur pour ne pas voir la main de Sparks, qui y avait participé.

— Nous devons empêcher ça !

— Je sais, dit-il en rejetant les couvertures. Va chez les Bleus, Moon, et raconte-leur tout. Ils peuvent l'empêcher, s'il n'est pas déjà trop tard... Par les Yeux de la Mère ! Comment ai-je pu...

— Sparks, interrompit Moon, prise de panique en se rappelant pourquoi elle ne pouvait non plus aller à la police. J'ai été en extramonde. Et ils le savent.

— Ils te déporteront !

— Oui... Mais il faut qu'ils sachent.

— Alors nous irons tous les deux. Peut-être... Ils nous laisseront peut-être rester ensemble.

Il lui enlaça les épaules, laissa glisser sa main le long de son dos et elle eut la chair de poule. Rapidement, elle sauta du lit, sachant que si elle hésitait jamais elle ne pourrait se séparer de lui.

— Oui. Nous ferions bien de partir tout de suite.

Brusquement, elle se souvint que BZ l'attendait dehors et ferma un instant les yeux, pour cacher leur expression.

Ils s'habillèrent en silence. En quittant la chambre des miroirs, Moon jeta un dernier coup d'œil derrière elle avant que la lumière s'éteigne. Ils suivirent rapidement le couloir et s'aperçurent que maintenant la grande salle était obscure et silencieuse. Sparks serra les dents, prit un air furtif.

— Sparks... Souviens-toi que nous sommes chez nous, ici !

Elle remonta son capuchon pour cacher le désordre de sa coiffure et prit un port de reine. Il la regarda, approuva mais resta troublé. Ils descendirent, se glissèrent discrètement devant la porte ouverte de la grande salle, où des serviteurs fatigués faisaient disparaître les vestiges du banquet, et arrivèrent enfin à la Salle des Vents, pleine d'ombre et de gémissements, de vaisseaux fantômes éternellement à la dérive.

— Comment as-tu traversé la fosse ? chuchota Sparks et machinalement, Moon chuchota sa réponse.

— Avec ceci.

Elle leva le bras, lui montra la boîte de contrôle à son poignet. Il ouvrit des yeux ronds.

— Seule Arienrhod...

— Herne. Herne m'a montré comment m'en servir.

— Herne ! Mais comment... ?

— Plus tard... Je te raconterai tout, dit-elle alors que le souvenir lui revenait du chant qui l'avait envoûtée sur le pont. Aide-moi simplement à traverser, maintenant, et ne me laisse pas m'arrêter, quoi qu'il arrive.

Elle respira profondément et il acquiesça, mais de nouveau inquiet, sans comprendre de quoi elle avait peur.

Ils s'approchèrent du bord de la fosse, du pont. Moon sentit la respiration de la Mer, froide et humide contre sa figure congestionnée ; elle s'apprêta à presser la première touche de la séquence apaisante. Mais Sparks se retourna, pour un dernier regard vers le sombre passé. Elle tendit les mains, en proie à des doutes subits.

Au même instant, l'air turbulent s'emplit de lumière, la salle se transforma. Clignant des yeux sans comprendre, ils se serrèrent l'un contre l'autre.

Ils n'étaient pas seuls.

— Arienrhod ! souffla Sparks.

Moon vit une femme, à l'entrée de la salle, entourée de courtisans richement vêtus et de gardes du palais. En se retournant, elle en vit d'autres qui attendaient au-delà du pont.

La reine ! Cette femme que Sparks appelait Arienrhod marchait lentement vers eux, ses traits se précisaient lentement. Moon vit les cheveux, d'un blanc de lait comme les siens, sculptés en chignon compliqué et couronnés d'un diadème... Elle vit la figure, son propre visage comme si elle se regardait dans une glace.

— C'est vrai...

Sparks ne répondit pas ; il ne regardait pas devant lui mais à droite et à gauche, cherchant le moyen de fuir.

Arienrhod s'arrêta devant eux et Moon perdit la notion de tout ce qui n'était pas la fascination du regard d'agate de la reine plongé dans le sien. Il n'y avait rien de sa propre stupéfaction dans les yeux de la reine. Elle eut l'impression qu'Arienrhod avait attendu éternellement ce moment.

— Ainsi, tu es venue enfin, Moon. J'aurais dû savoir que tu survivrais. J'aurais dû savoir que tu ne laisserais rien te détourner de ton but.

Arienrhod sourit avec une indiscutable fierté, curieusement teintée d'envie.

Moon soutint posément son regard, restant impassible. Mais à un niveau plus profond, elle sentait une vibration, comme un champ sonique, qui la désorientait. *Elle m'attendait... comment savait-elle que je devais venir ?*

— Oui, Majesté. Je suis venue chercher Sparks.

Elle parlait comme elle aurait lancé un défi, sachant instinctivement que cette femme saurait l'apprécier. La reine rit, un rire aigu, le bruit du vent agitant des feuilles couvertes de glace ; et, dans les échos déconcertants de ce rire, elle demanda :

— Tu viens m'enlever mon Starbuck ?

Sparks leva les yeux vers elle, vers les courtisans alors qu'elle dévoilait son secret ; mais ils étaient trop loin pour entendre ce qui se disait dans les soupirs de la fosse.

— Ma foi, tu es la seule qui le puisse, dit la reine et, encore une fois, Moon perçut l'envie secrète. Mais tu ne le garderas pas longtemps. Tu l'as vu hésiter. Tu ne crois tout de même pas qu'il pourrait se contenter d'Eté alors qu'il a appartenu à Escarboucle ? Non, enfant de mon esprit... tu n'es encore qu'une enfant. Une femme incomplète, une maîtresse pitoyablement inexpérimentée.

— Arienrhod ! cria Sparks d'une voix déchirée par l'angoisse. Non...

— Si, mon amour. J'ai été émue. Tu étais très tendre avec elle. (Elle sourit et Moon rougit, outragée et humiliée.) Je sais tout ce qui se passe dans ma ville, vois-tu. Tu me déçois, Starbuck. Je ne peux pas dire que je sois surprise, cependant, et je veux bien te pardonner. Tu comprendras que c'était une erreur, quand tu auras eu le temps d'y réfléchir.

Elle lui offrait les mots, avec douceur, sans sarcasme. Elle leva une main et les gardes s'approchèrent, s'alignèrent en demi-cercle au bord de la fosse.

— Escortez Starbuck à ses appartements, et veillez à ce qu'il y reste.

Sparks sursauta.

— C'est fini, Arienrhod ! Tu sais que je suis libre, quoi que tu fasses pour me garder ici. Je ne changerai plus jamais. Tu ne me toucheras plus... (Il laissa échapper un long soupir frémissant.) A moins que tu laisses partir Moon. Laisse-la partir maintenant, et je ferai tout ce que tu voudras.

Moon ouvrit la bouche, fit un pas, mais il l'arrêta d'un coup d'œil. Elle suivit son regard pressant vers l'extrémité du pont... *pour les avertir...*

— Une fois que nous aurons causé, seules. Si elle veut toujours partir, je ne la retiendrai pas, promit Arienrhod en leur tendant les mains, avec franchise.

— Quoi qu'elle te dise, ne l'écoute pas. Promets-le-moi, promets-moi de ne pas croire ce qu'elle te dira !

Les gardes entourèrent Sparks. Moon voulut le toucher mais Arienrhod observait, comme elle avait observé... Sparks lui tendit les bras mais cette même certitude le retint et ses mains retombèrent. Les gardes l'emmenèrent.

Moon resta seule entre la reine et l'abîme. Le vent la léchait, aggravant le froid de son chagrin ; elle cacha ses frissons sous sa cape.

— Je n'ai rien à vous dire.

Les mots tombèrent de sa bouche comme des pierres. Elle tourna le dos à la reine, fit un pas vers le pont. *Ne pense pas, n'y pense pas. Tu n'as pas le choix.*

— Moon... mon enfant. Attends ! (La voix de la reine l'accrocha comme un hameçon.) Oui, je vous ai vus, mais tu n'as pas plus à en avoir honte que de voir ton propre reflet.

Furieuse, Moon se retourna.

— Nous ne sommes pas la même !

— Si. Et combien de fois une femme a l'occasion de se regarder faire l'amour... ? Il ne te l'a pas dit, Moon ? Il n'a pas pu ?

La reine tendait de nouveau les mains, avec une sorte d'espérance. Moon la regarda sans comprendre, la vit sourire.

— Eh bien, c'est mieux ainsi. Il vaut mieux que je te l'explique moi-même... Tu es à moi. Tu fais partie de moi. Je connais ton existence depuis le jour de ta conception, j'ai veillé sur toi toute ta vie. Je voulais te faire venir ici auprès de moi, il y a déjà des années ; c'est pour cela que je t'ai fait envoyer ce message à propos de Sparks. Et puis tu as disparu et j'ai cru que je t'avais perdue à jamais. Mais tu es enfin revenue.

L'intensité de la voix d'Arienrhod faisait reculer Moon ; elle sentit le vent l'avertir. *Dame, est-elle folle ?* Elle tira sur les pans de sa cape.

— Comment savez-vous tant de choses sur moi ? Pourquoi vous souciez-vous de moi ? Je ne suis personne.

— Moon Marchalaube n'est personne, murmura Arienrhod. Mais toi, tu es la femme la plus importante de la planète. Sais-tu ce qu'est un clone, Moon ?

Moon essaya de se rappeler, secoua la tête.

— Un... un jumeau ?

Elle ressentait un singulier picotement, juste sous son épiderme. *Mais vous êtes la reine depuis toujours.*

— Plus que des jumeaux, encore plus proche. Un ovule, un ensemble de gènes, prélevés sur mon corps et stimulés pour reproduire une personne identique.

— Sur votre corps, souffla Moon, en se tâtant d'une main hésitante comme si le sien devenait subitement celui d'une étrangère. Non ! J'ai une mère... ma grand-mère m'a vue naître ! Je suis une Etésienne !

— Naturellement, tu es étésienne... Je voulais que tu sois élevée ainsi. Je t'ai fait implanter dans la matrice de ta mère au dernier Festival, en même temps que d'autres clones chez d'autres réceptrices. Mais tu es la seule qui ait survécu, la seule parfaite. Viens, ne reste pas au bord...

Elle s'approcha pour prendre Moon par le bras et l'éloigner de la fosse béante. Moon essaya de se dégager, mais son corps appartenait à la reine... et il obéit, raide, inanimé, une chose faite de technologie et de magie. *Nous sommes semblables... tout le monde le voit, tout le monde.*

— Pourquoi... vouliez-vous tant de clones, étésiens, pas hiverniens ? demanda-t-elle, refusant de se compter parmi eux.

— Je n'avais besoin que d'un seul. Mon rêve était de me remplacer par toi, quand je mourrai au Changement. Par moi-même... mais élevée de manière à comprendre la mentalité étésienne, à savoir la manipuler. Je t'aurais fait venir ici, je t'aurais tout expliqué il y a des années, pour que tu aies le temps de t'adapter à ton véritable héritage. Mais j'ai cru t'avoir perdue à tout jamais... et j'ai trouvé Sparks à ta place. (Moon se raidit mais Arienrhod était repliée sur elle-même.) Alors j'ai pensé que je n'avais pas besoin de mourir, que je pourrais continuer de vivre, moi-même, et perpétuer l'Hiver avec moi. J'ai conçu un autre plan pour cela ; je n'avais plus besoin de toi. Mais je veux encore t'avoir, j'ai toujours voulu t'avoir ici auprès de moi. Ma propre fille... à moi et à personne d'autre.

Soulevant le menton de Moon, la reine lui leva la figure... *Personne d'autre...* Moon regarda au fond des yeux d'Arienrhod, écouta la voix qui lui parlait comme une mère, elle contempla le jeune visage, se vit dans la glace... les yeux qui l'entraînaient dans l'infinie spirale du temps... *Qui suis-je ? Qui suis-je ?*

— Je suis étésienne ! Et vous voulez tuer mon peuple !

Arienrhod eut un brusque mouvement de recul, l'instant de tendresse brisé.

— Il t'a dit ça... Quel imbécile ! Il ne voit pas que ce n'est pas son peuple, ni le tien, Moon. Tu es moi. Tu es une Hivernienne de cœur, tout comme Sparks est un extramondien ! Tu as été en extramonde, tu sais comment l'Hégémonie nous oppresse, tu as vu ce qu'elle nous refuse, ce qu'elle garde pour elle en nous exploitant. N'est-ce pas ?

Elle exigeait une réponse. Moon leva les yeux, vit la mort d'innombrables ondins parmi les innombrables étoiles.

— Le Changement doit être changé.

— Alors tu comprends comment l'absurde superstition antitech des Etésiens nous maintient enchaînés alors que les extramondiens sont partis. Jamais nous ne nous libérerons de leur domination à moins d'avoir le temps de développer une technologie de base bien à nous. Sinon, comment garderions-nous seulement le peu de ce que les extramondiens nous laissent, si nous ne détruisons pas le processus du Changement ?

— Pas en détruisant mon peuple !

Mon peuple, c'est mon peuple ! Moon effaçait l'image-reflet d'Arienrhod, la cachait avec les souvenirs de sa famille, de son enfance, de son univers des îles.

— Comment, alors ? insista patiemment Arienrhod. Comment les convaincrons-nous autrement, ou les convertirons-nous ?

Pourtant, elle avait l'air d'écouter réellement, de s'attendre à une véritable alternative.

— Je suis une sibylle, dit Moon le cœur serré de faire cet aveu à la Reine des Neiges mais elle le savait déjà. Quand je leur dirai la vérité sur ce que je suis, quand je leur prouverai, ils m'écouteront.

Déçue, Arienrhod fronça les sourcils.

— J'aurais cru que tu perdrais ton obsession pour ces mômeries religieuses, après être allée en extramonde. Il n'y a pas plus de Mère de la Mer pour te farcir la tête de sornettes sacrées qu'il n'y a mille dieux de l'Hégémonie, sinon pour servir de jurons aux extramondiens.

Une rafale de vent monta de la fosse, apportant une odeur d'algues. Moon frissonna malgré elle sous sa cape. Mais Arienrhod, enveloppée de voiles diaphanes, rit de sa peur.

— Les sibylles ne sont pas...

Moon s'interrompit. *Elle ne connaît pas la vérité. Elle ne peut pas savoir...* Elle comprit soudain qu'elle avait une arme secrète et qu'elle avait failli la révéler. Son assurance revint ; elle s'efforça de rester impassible, de crainte qu'Arienrhod lise son secret dans ses yeux.

Mais la reine était absorbée par son dessein.

— Je sais pourquoi tu voulais être une sibylle. Parce que tu ne pouvais pas être reine. Mais tu le peux, maintenant... (Une lueur brilla dans l'agate translucide de ses yeux.) Oublie l'Eté ! Tu peux partager tout un monde avec moi, un monde à jamais d'Hiver. Rejette ton trèfle et porte une couronne. Tranche les liens qui te retiennent à ces bigots à l'esprit étroit, sois libre de penser librement et de rêver. (Elle rejeta dans l'abîme un symbole invisible.

Moon sentit la morsure du vent dans son dos.) Ils ne t'accepteront jamais comme une des leurs, pas plus qu'ils n'auront confiance en ce que tu es à présent. Il est trop tard pour les sauver, d'ailleurs. Les rouages ont été mis en mouvement. Tu ne peux pas empêcher leur destin, tu ne peux rien y changer... Accepte-le. Règne avec moi, comme tu aurais régné après moi. Nous bâtirons ensemble notre rêve d'un nouveau monde. Nous pouvons réussir ensemble, nous partagerons tout...

Etincelante de passion, la reine tendit les bras. Moon leva ses deux mains, hypnotisée par l'indéniable réalité de son propre moi, son moi original... formé à l'image de sa créatrice...

— Arienrhod, dit Arienrhod.

Moon recula en se rendant compte qu'Arienrhod ne la voyait pas, ne comprenait pas que les mots destinés à enjôler, à séduire, frappaient et meurtrissaient son autre moi comme des pierres. Son égoïsme ne lui laissait voir que ce qu'elle voulait voir... elle-même. *Et vous vous trompez.* Une inébranlable et profonde certitude, plus forte que sa croyance, s'empara de Moon comme si elle avait été mise à l'épreuve à son insu et avait prouvé sa valeur.

— Et Sparks ? demanda-t-elle, entendant sa propre question, cassante comme de la glace, répondre aux espérances de la reine. Allons-nous le partager aussi ?

L'expression placide d'Arienrhod s'altéra mais elle hocha la tête.

— Pourquoi pas ? Comment pourrais-je être jalouse de... moi-même ? Me refuser quelque chose ? Il nous aime toutes les deux, comment peut-il s'en empêcher ? Pourquoi devrait-il le nier ?

Comme si elle devait se forcer à le croire.

— Non.

Arienrhod eut un curieux sursaut.

— Non ? Non quoi ?

— Plus jamais, déclara Moon, en se redressant comme si les mots lui donnaient une force infinie. Je ne suis pas Arienrhod.

— Mais si, tu l'es, voyons, insista la reine, parlant

comme à une enfant obstinée. Nous avons les mêmes chromosomes, le même corps, le même homme et le même rêve. Je sais que ce doit être difficile à accepter pour toi, alors que tu ne t'es jamais doutée... Je ne voulais pas que cela arrive de cette façon. Mais comment peux-tu nier la vérité ?

Moon faiblit, mais sa certitude durcit sa résolution.

— Parce que je sais que ce que vous comptez faire est mal. C'est mal. Ce n'est pas la bonne manière.

— Pourquoi serait-ce mal de changer le monde pour le rendre meilleur, alors qu'on a le pouvoir de le faire ? Le pouvoir du changement, de la naissance, de la création... Tu ne peux pas séparer ces choses de la mort et de la destruction. C'est la voie de la nature, la nature du pouvoir... son inexorabilité, son amoralité, son indifférence.

Moon leva la main vers le symbole à sa gorge.

— Le vrai pouvoir, c'est le contrôle. Savoir que l'on peut faire n'importe quoi et ne pas le faire uniquement parce qu'on peut. Des milliers d'ondins sont morts pour vous permettre de conserver votre pouvoir tant que les extramondiens étaient ici, et maintenant des milliers d'êtres humains vont mourir pour que vous puissiez le garder quand ils seront partis. Je ne vaux pas mille vies, ni cent, ni dix, ni même deux... et vous non plus. Si je dois croire qu'être ce que je suis signifie que je détruirais Sparks et ceux qui m'ont tout donné, alors jamais je n'aurais dû naître. Mais je ne le crois pas, je ne le *sens* pas, s'écria farouchement Moon. Je ne suis pas ce que vous êtes, ni ce que vous croyez que je suis, ni ce que vous voulez que je sois. Je ne veux pas de votre pouvoir. J'ai le mien !

De nouveau, elle se toucha la gorge. Arienrhod fronça les sourcils et sa colère glaça Moon.

— Ainsi, ils étaient tous imparfaits, ratés... même toi. J'ai toujours cru que je pouvais fournir ce qui te manquait... mais non ; personne ne peut te le donner. Tu es faible, sans courage. Grâce aux dieux, je n'ai plus à compter sur toi pour atteindre mon but.

Moon baissa les yeux sur ses mains, ses poings crispés.

— Alors nous n'avons vraiment plus rien à nous dire, après tout. Vous avez promis que je pourrais partir.

Elle fit un pas vers le pont, le cœur battant.

— Moon ! Attends ! cria Arienrhod en la rattrapant, en la saisissant pour la faire revenir. Peux-tu réellement me laisser ainsi ? Si facilement ? Il n'y a donc aucun moyen pour nous de partager autre chose que notre fierté obstinée ? Tu devrais être la seule, entre tous, à comprendre tout ce que personne d'autre n'a jamais pu toucher en moi, les choses que je n'ai jamais pu donner à personne d'autre. Donne-moi un peu de temps, et peut-être apprendrai-je à atteindre ce qui est inaccessible en toi.

La voix de la reine s'était radoucie. Moon vacilla : une enfant sans père ni mère entendait sa propre voix crier son éternelle solitude, tentait d'accaparer sa force et de la doubler, mère et fille en une seule personne. Mais sa pensée lui montrait Sparks, le corps et l'esprit balafrés, et ce que son silence final lui avait fait jurer.

— Non, nous ne pouvons pas. Il ne reste plus de temps.

Arienrhod rougit ; la douceur disparut de sa figure, elle redevint la dame de fer inflexible. Elle leva la main comme pour gifler Moon mais saisit à la place son large collier et tira violemment, rompant les fils.

— Tu crois pouvoir m'arrêter. Alors pars, si tu le peux ! Mes courtisans savent que tu es une sibylle étésienne, dit-elle en faisant signe aux Hiverniens qui attendaient toujours patiemment au-delà du pont et derrière elles. Et ils savent que tu es venue ici déguisée à mon image, pour commettre une trahison. Si tu arrives à leur faire croire que tu n'es rien de tout cela, alors tu mérites de partir librement... et de faire partie de moi.

Elle tourna brusquement les talons et repartit seule vers les appartements du palais.

Quand elle s'approcha, les courtisans s'avancèrent, s'inclinèrent devant elle au passage et vinrent entourer Moon. Elle suivit des yeux Arienrhod, qui ne se retourna pas, jusqu'à ce qu'elle la perde de vue au-delà du mur mouvant des figures vindicatives.

43

— Alors, commandant ? J'espère que vous avez apprécié le banquet de la reine ?

L'inspecteur-chef Mantagnes, qui n'espérait pas du tout cela, interrompit sa conversation avec le sergent quand Jerusha entra dans le calme du siège de la police, en quittant les rues bruyantes. Pratiquement tous les policiers étaient dehors, soit pour protéger le Premier ministre, soit pour patrouiller dans la fête. Les deux hommes la saluèrent mollement ; elle leur rendit machinalement leur salut. Mantagnes examina d'un air envieux son uniforme de parade. Elle savait qu'il avait passé la soirée à fulminer parce qu'il n'était pas à la réception, à sa place, qu'il était écarté aux yeux de ses compatriotes kharemoughis de la position qui lui revenait de droit.

— Je n'aime pas perdre mon temps, alors qu'il y a tant de travail, répliqua-t-elle en les toisant et elle enleva sa cape écarlate, dégrafa son col. Vous êtes relevé de votre commandement intérimaire, inspecteur.

— Oui, madame.

Il salua encore mais ses yeux rappelèrent à Jerusha qu'elle n'entendrait plus cela bien longtemps. *Oui, espèce de salaud, votre heure va venir.* Le rapport violent et défavorable de l'inspecteur-chef sur elle, ses manœuvres ambitieuses, l'assuraient que ses états de service seraient présentés sous le jour le plus noir. Ce poste marquerait la fin de sa carrière, elle perdrait son ancienneté et son rang, balayés sous le tapis de la réprobation officielle. Jamais plus elle n'aurait une chance d'obtenir un commandement ; elle serait expédiée dans un avant-poste perdu au bout de nulle part (reconnaissant sombrement qu'il y avait des endroits pires qu'Escarboucle). Et elle y pourrirait jusqu'à la fin de ses jours.

Dieux, j'en ai assez de l'arrogance des Kharemoughis ! Elle roula sa cape en boule, tout en se dirigeant vers son bureau. *Si j'ai encore à voir une foutue tête dédaigneuse de*

Technocrate... Le visage de BZ s'interposa et elle ralentit. *Encore une tête.* Elle aurait donné tout au monde pour la voir maintenant, à côté d'elle. Mais il n'était pas arrivé avec sa prisonnière. Elle se dit qu'elle aurait dû s'en douter... mais comment diable pouvait-elle savoir que Gundhalinu, lui ! préférerait s'enfuir avec cette fille ? *Parce que c'était évident !* Elle avait signalé dans son rapport qu'il était malade, qu'il n'était pas responsable de ses actes, et les dieux savaient que c'était sans doute plus vrai qu'elle ne voulait l'admettre.

Et, ce soir, elle avait vu Sparks Marchalaube, faisant ouvertement étalage de son immunité là, au banquet, buvant immodérément. Et Arienrhod, sereinement belle comme toujours, sereinement indifférente à son sort imminent alors qu'elle allait et venait parmi ses sujets et ses maîtres supposés... bien trop indifférente. *La garce ! Qu'est-ce qu'elle manigance ?*

— Bons dieux, qu'est-ce que ça fait là ?

Elle s'arrêta ; son regard alla de Mantagnes au policier-robot, le polrob immobile comme un arbre à la porte de son bureau.

— Pourquoi n'es-tu pas en service ? lui demanda-t-elle directement et comme il ne répondait pas, elle comprit qu'il n'était pas branché.

— Il fonctionne mal, expliqua Mantagnes avec irritation. Il est arrivé ici il y a un moment, avec une histoire incohérente sur sa loueuse hivernienne qui aurait été attaquée par des hommes de la reine. Probablement un dérangement dû à un syndrome de fin de bail. Il aurait besoin d'une révision complète. C'est absurde de laisser des indigènes ignorants s'occuper même de l'entretien partiel d'appareils sophistiqués comme celui-là.

— Même des indigènes ignorants s'étonneraient de devoir apporter à la police leurs servomécanos sans cerveau pour la moindre vis qui foire, grommela Jerusha.

Elle tourna machinalement la manette de mise en marche sur le torse du polrob, plus par exaspération que par curiosité et vit les voyants des senseurs s'allumer dans le crâne de plastique et d'acier. Elle jeta un coup d'œil à sa plaque d'identité : « Unité Pollux. »

— Qui est ta loueuse ?

— Merci, commandant !

Surprise, elle recula.

— S'il vous plaît, écoutez-moi, commandant. C'est urgent et je ne peux pas...

— Oui, oui, réponds simplement aux questions.

Jamais elle n'avait pu s'habituer à leurs voix.

— Ma loueuse est Tor Marchétoile Hivernienne, Tiamataine, sexe féminin, propriétaire en titre du casino de Persiponë.

Le robot frémissait d'impatience.

— Tu dis qu'elle a été attaquée par la garde de la reine ? Ça ne te regarde pas.

— Non, commandant. Par des extramondiens. Par son fiancé...

— Une querelle d'amoureux !

— ... un certain Oyarzabal, employé du casino, et ses compagnons. Elle m'a appelé au secours et ils l'ont assommée avec un paralyseur. Je n'ai pas pu lui porter secours parce que la porte était verrouillée. Alors je suis venu chercher de l'aide ici.

— Tu sais pourquoi ils l'ont attaquée ? demanda Jerusha, son intérêt éveillé.

— Pas clair, commandant. Elle a peut-être gêné une activité illégale.

— Qui contrôle le casino ?

— Un certain Thanin Jaakola, sexe masculin, natif de Grande Bleue.

— La Source ?

Elle sentait que même Mantagnes écoutait, derrière elle.

— Oui, commandant.

— Rapporte tout ce que tu leur as entendu dire.

— OYARZABAL : Rien que les Etésiens, bons dieux, Perse. Pas les Hiverniens, ils ne risqueront rien ; la reine le veut comme ça. MARCHÉTOILE : Non, tu mens. Ça va tuer les Hiverniens aussi, la reine ne voudrait pas vous laisser nous tuer. Tu es fou, Oyar, lâche-moi. Pollux, au secours, Pollux.

Jerusha écoutait, irritée par la voix nasillarde, jusqu'à

ce que la signification des mots pénètre son esprit, se résument à deux : *la reine*.

— Dieux de dieux ! J'ai trouvé ! J'ai trouvé ! Sergent ! cria-t-elle et, en se retournant, elle le vit près d'elle. Contactez les douze hommes les plus rapprochés du casino de Persiponë, dites-leur de s'y rendre immédiatement et de cerner l'établissement ! Mantagnes...

— Qu'est-ce que ça signifie, commandant ?

Elle ne savait pas s'il était indigné ou effrayé. Laissant tomber sa cape par terre, elle vérifia le chargement de son paralyseur.

— Une question de vie et de mort. Arienrhod achète sa propre vie au prix de la mort de la moitié de cette ville, ou je ne suis pas commandant de police ! répliqua-t-elle et il resta bouche bée. Unité Pollux, espérons que tes prières et les miennes seront entendues ! Dieux, pourvu qu'il soit encore temps !

Elle claqua l'épaule métallique.

— Je vous en prie, commandant, secourez Tor. Je me suis attaché à elle.

Elle hocha la tête, croyant difficilement à ce qu'elle entendait.

— Mantagnes, vous réclamez tout le temps de l'action. Allons la trouver.

— Vous comptez y aller vous-même, commandant ? demanda-t-il, plus ahuri que critique.

Elle rit enfin.

— Je ne manquerais pas cela pour la sainteté !

44

— Alors, sibylle, tu menaces notre reine ?

Un homme parlait enfin ; Moon sentait le regard des courtisans furieux brûler le tatouage de sa gorge.

— Et il t'est interdit de venir en ville. On nous a conféré l'honneur de veiller à ce que tu ne recommences jamais.

Moon recula vers le pont, en s'efforçant de chasser le souvenir de ce qui était arrivé à Danaquil Lu.

— Je vais quitter le palais. Si vous me touchez, je vous contaminerai. N'essayez pas de me retenir...

Sa voix se brisa.

— Nous n'essaierons pas, sibylle, répliqua-t-il d'un air gourmand. Passe le pont, vas-y !

Il rit et cela transforma sa maigre figure en tête de mort. Ils riaient tous, maintenant, avec une malice d'ivrognes ou de drogués, de gens qui venaient de fêter la fin de leur monde et savaient qui en rendre responsable. L'homme prit quelque chose dans une poche cachée de sa longue robe et le brandit ; l'objet ressemblait à un doigt noir.

— Traverse la fosse.

Moon recouvrit de sa main la boîte de contrôle, en regardant l'objet qu'il tenait sans savoir ce que c'était, simplement que c'était menaçant. Mais elle devait franchir le pont ; elle devait essayer. Il n'y avait pas d'autre issue. Maladroitement, elle dégrafa sa cape de velours brodée d'or, la plia en trois, le nombre sacré de la Dame, et s'avança vers le bord éventé de l'abîme, d'un air de défi. La cape, sur ses épaules, la gênait, mais c'était un présent digne de la Mère de la Mer, si Elle attendait dans le fond. Affamée d'un tribut, ou d'un sacrifice...

Dame, guide-moi ! Moon lança la cape en murmurant une prière, entendit les rires des nobles courtisans derrière elle. Les courants gonflèrent le velours, l'emportèrent en tourbillon et la cape voleta comme un oiseau en plongeant dans la verte obscurité du puits.

Moon pressa la première touche de la séquence et s'engagea sur le pont. Les Hiverniens l'observèrent en marmonnant mais sans bouger. Elle fit retentir une autre note, marchant toujours, osant à peine respirer. A l'extrémité du pont, d'autres courtisans attendaient ; elle essaya de ne pas les voir... de ne pas baisser les yeux, de ne pas écouter les litanies démoniaques autour d'elle ni les cris de peur dans sa tête...

Mais quand elle atteignit le centre du pont, le chant envoûtant de la sibylle l'envahit encore une fois, la ralentit, berça ses craintes, émoussa son instinct de conservation. *Non !* Elle se figea, laissa sa terreur monter et contre-attaquer avant que le chant pût maîtriser son cerveau. Mais, alors qu'elle s'immobilisait, elle vit les Hiverniens devant elle porter tous le même doigt creux à leurs lèvres... des *sifflets* ! Pour contrôler les vents... Et elle comprit enfin : ils allaient tourner les vents contre elle, c'était ainsi qu'elle mourrait, sans qu'une main humaine verse son sang !

Moon se jeta à plat ventre sur l'étroite passerelle au moment où le chœur des sifflets entrait en collision avec son cercle de calme et le brisait. Le vent la balaya, la déchira. Mais, dans le tumulte, montait le chant de sibylle, comme l'air paisible dans l'œil d'un cyclone, la clarté d'une étrange folie lui emplit l'âme. Hypnotisée, paralysée, elle plongea dans un refuge caché sur un autre niveau d'existence...

Pourquoi ? Pourquoi est-ce que cela m'appelle ici ?

— Quelle est la réponse ? cria-t-elle follement. Quelle est la réponse ?

Tu peux répondre à n'importe quelle question, sauf une, lui avait dit Elsevier. Pas *Qu'est-ce que la Vie ?* ni *Y a-t-il un Dieu ?...* La question à laquelle elle n'avait pas le droit de répondre était : *Où est ta source ?* Et à ce moment, chancelant au bord d'une éternité de folie ou de mort, elle sut qu'enfin la réponse était donnée ; qu'elle avait de nouveau été choisie par le pouvoir vivant dans son esprit : *Source, fontaine, puits... ici, ici, ici !* Sous ce puits qui plongeait dans la mer, sous cette pointe d'épingle de ville piquée sur la carte du temps, aussi secrète que la pierre sous la mer gardienne de ce monde des eaux, se trouvait la machine-sibylle. Et elle seule le saurait. Elle sentit son esprit capituler sous l'ultime assaut du savoir et plonger dans le puits de vérité, elle poussa un cri en sentant son corps perdre tout contrôle pour le suivre...

Comme un dormeur réveillé en sursaut d'un rêve, Moon revint en elle-même, couchée sur le pont, haletant bruyamment dans l'air paisible. *Paisible !* Elle pressa une main contre sa bouche, se releva lentement sur les genoux. Il n'y avait plus de vent du tout, rien qu'un souffle paisible soupirant autour d'elle. Les Hiverniens restaient bouche bée de l'autre côté de l'abîme, leurs sifflets pendant de leurs mains inertes. Elle osa se détourner, regarder au-delà des rideaux de vent tombant mollement dans l'accalmie de la mer, les murs-tempête au-delà. Ils étaient fermés, supprimant le flot des contre-courants glacés du monde extérieur, fermant hermétiquement leur unique accès au puits, au cœur d'Escarboucle et à elle. Elle retomba, appuya son front contre la passerelle, en un geste de reconnaissance.

Enfin, elle se releva péniblement et repartit. Elle marcha lentement, pour ceux qui l'observaient et à cause de ses jambes mal assurées. Les expressions des Hiverniens rivalisaient maintenant de terreur et de stupeur ; elle releva fièrement la tête, les mit au défi de la laisser passer.

Et certains s'écartèrent, reculèrent, mais d'autres devinrent plus furieux encore, ivres de haine et rendus fous à la vue d'une Etésienne arborant la figure de leur reine, possédant le pouvoir d'une déesse. Elle vit parmi ceux-là la perche de fer avec son cercle d'épines de métal, le collier de sorcière qui avait lacéré la gorge de Danaquil Lu. Le collier s'approcha d'elle pour l'empêcher de quitter le pont.

— A genoux, sibylle, ou plonge dans la fosse ! cria celle qui le tenait, une femme enturbannée couverte de bijoux, en poussant la perche vers elle.

Elle fit un pas en arrière, les bras ballants.

— Laissez-moi passer ou je vais...

Au même instant elle les vit se retourner, elle entendit des pas précipités nombreux descendant le corridor d'entrée vers la Salle des Vents. Tout aussi brusquement, le croissant d'espace vide entre les courtisans se remplit de silhouettes humaines... mais vêtues de laine et de kleeskine : *des Etésiens* ! Ils avaient la figure aussi furieuse que les Hiverniens une seconde plus tôt, ils étaient armés de couteaux et de harpons. Ils la dévisagèrent, seule sur le pont, sans changer d'expression.

— La voilà ! C'est la reine !

Moon vit un visage qui ne faisait pas partie des autres, un homme qui se frayait un passage dans cette foule avec une détermination désespérée.

— BZ ! hurla-t-elle dans le tumulte alors que les deux groupes enragés se heurtaient, et elle attira son regard, le sentit comme une caresse.

Gundhalinu repoussa un dernier Etésien et se fit assez de place pour dégainer son arme et la montrer bien haut à la foule.

— Arrêtez ! Arrêtez !

Il saisit par l'épaule la harpie brandissant la perche, la lui arracha et la lança violemment dans la fosse.

— Ça suffit, Hiverniens. Reculez... dégagez... tous !

— De quel droit viens-tu intervenir chez nous, étranger ? C'est une affaire d'Hiver, la loi d'Hiver...

— Ça, c'est sûr, marmonna BZ en se tournant de nouveau vers Moon alors qu'il ménageait pour elle une brèche dans le mur humain. Cette femme est en état d'arrestation, elle est à moi.

Moon surprit le léger clin d'œil et sourit malgré elle.

— C'est la reine, inspecteur Gundhalinu ! cria rageusement un Etésien. Et elle est à nous. Elle n'ira nulle part avant le Changement.

Les mots étaient implacables.

— Ce n'est pas Arienrhod ! C'est une Etésienne, une sibylle ! Regardez sa gorge ! cria BZ en faisant un geste. Si vous voulez Arienrhod, vous devrez passer par là...

Suivant son propre mouvement, il regarda pour la première fois l'ampleur de la salle calme et perdit toute expression.

— Qu'est-ce... ?

— Qu'est-ce que vous voulez à notre reine, éleveurs de poissons ? glapit la femme au turban qui avait perdu tout contrôle en perdant le collier de sibylle. Vous n'avez pas le droit de venir au palais tant qu'il appartient encore à l'Hiver !

— C'est nous que votre reine veut ! cria un Etésien. Elle cherche à nous tuer et nous ferons en sorte qu'elle ne s'en tire pas comme ça ! Et qu'elle s'en aille à la Dame pour la troisième fois !

Moon écoutait sans bouger, éperdue de bonheur, de joie en entendant l'accent grasseyant d'Eté.

— Je suis Moon Marchalaube Etésienne, dit-elle d'une voix sourde. La reine est à l'intérieur. Traversez par le pont maintenant ! Tant que j'y suis, vous ne risquerez rien.

Elle leur fit signe d'avancer et BZ la regarda avec stupéfaction.

La foule s'approcha avec plus d'assurance, en voyant son trèfle et mit sa confiance dans le symbole. La foi de Moon vacilla lorsque le premier Etésien la rejoignit sur le pont, mais l'air resta au repos ; l'Etésien sourit brièvement et inclina la tête au passage. Un par un, les autres suivirent, marchant nerveusement mais poussés par le furieux désir d'atteindre leur but. Moon attendit que le dernier eût mis le pied sur la terre ferme, de l'autre côté, avant de quitter enfin le pont. Les Hiverniens reculèrent de mauvaise grâce, en les surveillant, Gundhalinu et elle. Elle se retourna quand elle fut près de lui et entendit derrière elle un gigantesque soupir. Elle vit alors les murs-tempête s'ouvrir comme des ailes langoureuses, elle sentit se lever les vents glacés, les rideaux s'animèrent et se gonflèrent. La fosse gémit et gronda, empestant la mer.

— Dieux ! Père de tous mes ancêtres, souffla BZ. C'était vous qui reteniez le vent. Comment... comment avez-vous fait ?

Il gardait une certaine distance entre eux. Moon serra ses bras autour d'elle.

— Je ne peux pas vous le dire. Je ne le sais même pas. *C'est à Escarboucle et je ne pourrai jamais le dire. A personne. Jamais personne ne doit savoir.* Elle descendit au fond de la fosse par la pensée, jusqu'à la mer et dessous, dans l'écorce même de la planète où se trouvait l'ultime réceptacle de la sagesse humaine, l'omniscience secrète.

— Emmenez-moi d'ici, BZ. Ce n'est pas un endroit pour une sibylle. Les Hiverniens ont raison, c'est trop dangereux.

Elle sentait, comme des attouchements physiques, les regards hostiles et incrédules des courtisans.

BZ l'escorta hors de la Salle des Vents avec une correction réglementaire, dans le couloir et jusque dans l'immense vestibule décoré de paysages du règne d'Hiver. Personne ne les suivit. BZ maintenait toujours une petite distance entre eux. Moon se secoua mentalement, chercha dans les fragments éblouissants des dernières heures le terrible secret qui avait tout primé jusqu'à ce qu'elle descende du pont.

— Que faisaient-ils ici, les Etésiens ? Est-ce qu'ils vous ont dit ce qu'Arienrhod *(qui a failli me tuer !)* a fait ?

Il secoua la tête, absorbé pour le moment dans la contemplation de ses pieds.

— Je n'y ai rien compris ; ils étaient trop pressés. Je crois qu'ils n'en savaient même rien. Il suffit d'une rumeur ridicule pour mettre le feu aux poudres.

— Ce n'est pas une rumeur, c'est vrai. Et ils ne l'empêcheront pas en la retenant prisonnière. Elle a engagé des extramondiens pour déclencher une peste.

Moon lui lança cela sans réfléchir. Il s'arrêta net.

— Quoi ? Comment savez-vous... ?

Il s'interrompit, entrevoyant les possibilités.

— Sparks me l'a dit.

— Sparks... Ainsi, vous l'avez trouvé. Et c'est... et vous et lui, vous vous...

— Oui.

— Je comprends...

Il s'appuya contre le mur et, prenant prétexte d'une quinte de toux, il garda la tête détournée pendant un long moment. Elle comprit que ce n'était pas à cause de ce qu'il avait vu dans la Salle des Vents qu'il hésitait à la toucher.

— Il n'est pas sorti avec vous.

— La... Arienrhod nous a surpris. Elle l'a repris.

Moon se retourna, le cœur déchiré. Mais l'incitation d'une prescience étrangère l'éperonna encore une fois : *Laisse-le. Laisse-le. Pars tout de suite...*

— Il ne risque rien, maintenant que les Etésiens sont là pour garder la reine. Ils ne le connaissent pas, assura-t-elle, se fiant au pouvoir qui la protégeait pour qu'il le protège aussi. Je dois empêcher la peste. Je sais qui s'en est chargé. Sparks m'a tout dit. Je dois aller avertir quelqu'un, la police...

— Il ne vous a donc pas donnée aux ennemis des sibylles ? demanda BZ comme si son esprit refusait d'abandonner cette idée.

Il essuya son front sur sa manche, ouvrit son col.

— Non. C'est Arienrhod.

— Arienrhod ! Mais je croyais qu'elle...

Il n'acheva pas sa phrase, c'était inutile. Elle sentit sa muette compassion se tendre vers elle, prit distraitement une mèche de ses cheveux, l'enroula autour de son doigt, la tira.

— Nous étions neuf, BZ... et aucun de nous ne lui convenait. Nous n'étions pas ce qu'elle voulait que nous soyons. Alors elle... elle nous a abandonnés, jetés. (Moon leva une main, pour un adieu à sa propre âme perdue. Mais des rayons ensoleillés pénétrèrent soudain sa vision embrumée.) Vous saviez. Vous étiez au courant, pour moi. Pourquoi m'avez-vous laissée venir, avez-vous eu confiance en moi ici ? Si vous avez toujours su ?

— J'ai toujours su qu'elle ne vous avait pas créée à son image. Croyez-vous que je passerais tellement de temps avec vous et que je ne sentirais pas la différence entre vous deux ? dit-il en souriant avec plus d'assurance. Et bientôt elle va maudire sa hâte à se débarrasser de vous. Allons, partons et dites-moi ce que vous savez du complot.

Moon se remit en marche, les cicatrices du chagrin réchauffées par sa confiance apaisante ; ils s'approchèrent de la porte monumentale du palais, de la fin d'Hiver. Elle raconta tout ce qu'elle savait, en se forçant à maintenir son esprit sur la voie étroite à travers les solitudes. Les battants s'ouvrirent, laissant pénétrer la force vitale de la ville, les aspirèrent de nouveau dans son tourbillon d'animation. Il n'y avait plus de garde royale à l'entrée mais un groupe d'Etésiens belliqueux, accroupis pour faire le guet à leur tour. Moon resta tout près de BZ, dans son ombre, jusqu'à ce qu'elle se rende compte qu'ils ne savaient pas du tout à quoi ressemblait la reine. Elle en vit un ou deux regarder son trèfle avec étonnement.

— Qu'est-ce qui vous a fait venir au palais, BZ ? Comment avez-vous su que j'avais besoin de vous ?

— Je n'en savais rien. Quand les Etésiens ont surgi, je me suis dit que j'avais assez attendu. Alors j'ai exhibé ma carte et je me suis transformé en escorte de police. (Il saluait de la tête au passage les Etésiens qui s'écartaient.) Cet insigne va me manquer...

La légèreté de sa voix était bien fragile et elle se brisa. Il se remit à tousser, avec des râles déchirants. Enfin, il s'arrêta quand ils atteignirent le no man's land entre la garde étésienne et les badauds.

— Ecoutez, Moon, dit-il en s'essuyant les yeux, encore à bout de souffle. Il faut que j'affronte les accusations... tôt ou tard, n'importe comment. Il faut que je retourne, autant en finir tout de suite. Je rapporterai tout ce que vous m'avez dit au premier homme de patrouille que je verrai. Inutile de prendre le risque de vous rendre vous-même. Votre peuple est ici ; parlez-leur de vous et de Sparks avant qu'ils apprennent qu'il est Starbuck. Ils vous aideront alors que j'en suis incapable.

Il pinça fortement les lèvres, comme s'il craignait d'en dire plus. Elle porta une main à sa bouche.

— BZ... Comment pourrais-je...

— Vous ne pouvez pas, alors n'essayez pas. Laissez-moi simplement aller...

Il commença à s'éloigner mais ses genoux fléchirent. Il tomba, au ralenti, et resta inanimé sur les pavés blancs.

45

Tor était assise dans un coin, adossée au mur comme une molle poupée de chiffon ; la lumière blanche et crue du laboratoire enfonçait des lances dans ses yeux larmoyants. Elle savait que, derrière le mur, dans son dos, une immense ville s'étendait grouillante d'une foule indifférente à sa folie ou à sa perte, indifférente à sa propre perte. Mais aucun vacarme de fête ne parvenait dans la pièce stérile, aucun rire, aucune musique, aucun cri. Les murs étaient insonorisés, et aucun de ses cris, à elle, ne les franchirait, même si elle avait la force de crier. Elle se débattait, vainement, silencieusement, contre les liens invisibles de sa paralysie. Il faudrait attendre au moins une heure encore avant que son système nerveux reprenne suffisamment de contrôle pour bouger un seul doigt ; et elle était sûre qu'il ne lui restait pas autant de temps à vivre. *Ah ! dieux, si seulement je pouvais hurler !* Le hurlement se répercuta dans sa tête jusqu'à ce qu'elle s'imagine que ses yeux allaient exploser... et elle gémit, un faible petit miaulement pitoyable, le plus beau son qu'elle eût jamais créé.

Oyarzabal lui jeta un coup d'œil, de la table où il était assis sous les brûlants projecteurs de la défaveur. Sa large figure aux favoris broussailleux exprimait la même inquiétude que celle de Tor ; il se détourna d'elle vivement. Le nonchalant débat irréel, sur les moyens les plus efficaces de déclencher en ville une épidémie, se poursuivit dans un bourdonnement monotone de ruche maudite. Un des autres était allé parler à la Source. *Oyarzabal, espèce de foutu salaud, fais quelque chose, fais quelque chose !*

Oyarzabal suggéra de polluer l'adduction d'eau. Cela fut rejeté et jugé inefficace.

Hanood, celui qui était allé consulter la Source il y avait une éternité, revint et reverrouilla la porte avec un soin exagéré. Le bourdonnement d'insectes se tut. Toutes les têtes se tournèrent pour entendre le verdict du juge, celle de Tor comme les autres.

— Eh bien ? demanda un des hommes qu'elle ne connaissait pas.

— Il dit de nous débarrasser d'elle, naturellement, répondit Hanood en la désignant du menton. On flanque son cadavre à la mer et personne ne sera foutu de savoir comment elle a disparu, dans tout ça. On dit que la Mer n'oublie jamais, mais Escarboucle oubliera.

Ce disant, il désignait d'une main l'inaccessible réalité derrière le mur. Tor gémit encore mais cette fois le miaulement resta prisonnier dans sa gorge.

— Non, bons dieux, ce n'est pas vrai ! s'exclama Oyarzabal en se levant d'un bond. Je vais l'épouser, je vais l'emmener ! Il le sait, il ne dirait pas de se débarrasser d'elle !

— Tu discutes mes ordres, Oyarzabal ?

La voix rauque, désincarnée, de la Source lui tomba dessus du haut des airs ; ils levèrent tous les yeux, machinalement. Oyarzabal fléchit, mais sa résolution résista.

— Vous n'avez pas besoin de tuer Persiponë. Je ne vais pas rester les bras croisés et laisser faire ça, dit-il et ses yeux hésitants fouillèrent les murs, les recoins du plafond. Il doit y avoir un autre moyen.

— Est-ce que tu insinues que je devrais te tuer aussi ? Ton incompétence est responsable de cette situation, après tout. N'est-ce pas ?

La main d'Oyarzabal se glissa vers l'arme, sous le pan de son gilet de cuir. Mais il était seul contre cinq et jamais il ne prenait de risques suicidaires.

— Non, maître ! Non... mais... mais elle va être ma femme. Je ferai en sorte qu'elle ne parle pas.

— Tu te figures que maintenant qu'elle sait ce que tu fais ici, Persiponë va encore vouloir t'épouser ? répliqua la voix de plus en plus glaciale. Elle n'est peut-être qu'un animal amoral mais te détestera quand même pour ça. Tu ne pourras jamais avoir confiance en elle.

Ah ! dieux, Ah, Source, laissez-moi simplement parler ! Je lui promettrai n'importe quoi ! De la sueur ruisselait le long des côtes de Tor.

— Et je ne pourrai jamais me fier à toi, Oyarzabal. A moins que tu me prouves ta loyauté. (La voix s'interrompit, parut sourire, et Tor frémit.) Mais je ne suis pas entièrement sans pitié pour ta position. Alors, je vais te donner le choix. Persiponë meurt ou elle reste en vie. Mais si elle a la vie sauve, tu devras prendre des mesures pour t'assurer qu'elle ne témoignera jamais contre nous.

L'espoir soudain d'Oyarzabal retourna derrière les nuages.

— Qu'est-ce que ça veut dire ?

Il osa la regarder, mais se détourna aussitôt.

— Ça veut dire que je veux qu'elle soit incapable de dire ce qu'elle sait, quoi qu'on lui fasse. Je pense qu'une petite injection de xetydiel ferait l'affaire.

— Ah merde ! Vous voulez dire, la transformer en zombie ? s'exclama Oyarzabal. Il ne lui restera plus de cerveau !

Un des autres pouffa.

— Qu'est-ce que t'as à te plaindre, sans volonté et à toi ! Depuis quand est-ce qu'une femme a besoin d'un cerveau ?

Ah ! notre Dame, aidez-moi... aidez-moi ! pria Tor, en se retournant vers la foi de ses ancêtres, abandonnée pour les mille dieux indifférents des extramondiens traîtres. *J'aime mieux mourir. J'aimerais mieux mourir.*

— Tu vois tous les ennuis que causent les femmes quand elles s'accordent trop de liberté, Oyarzabal, vois donc l'ennui où te plonge cette femme stupide avec sa curiosité. Et pense aux ennuis que la reine est sur le point de causer à son propre monde, insista la Source d'une voix grinçante comme une lime sur du métal. Alors, fais ton choix : morte ou sans cerveau. Et choisis pour toi, par la même occasion.

Oyarzabal serra les poings et les rouvrit ; son regard fit le tour de la salle, des cinq autres figures et il ne vit que l'évidence.

— D'accord. Mais je ne veux pas qu'elle soit tuée, je ne veux pas voir ça. Je la veux vivante.

Tor gémit encore, sentit un filet de salive couler au coin de sa bouche. Un frisson parcourut ses jambes — *bougez, bougez !* — mais ce fut tout.

— Dans ce cas, je puis m'occuper des besoins de la dame.

Le volontaire, porte-parole du groupe de techniciens, était C'sunh, un biochimiste, expert en drogues ; il se leva, contourna la table et s'approcha d'une des armoires d'acier. Tor, qui ne pouvait plus le voir, l'entendit manipuler des flacons, des instruments, mais le nuage sifflant dans sa tête commençait à couvrir tous les autres bruits.

Oyarzabal se dandinait d'un pied sur l'autre, tête basse,

comme s'il ne s'attendait pas à ce que tout se passe si vite, si irrévocablement. Tor l'assassinait des yeux.

— Dois-je pratiquer l'injection maintenant, maître ? demanda le biochimiste en revenant, une seringue à la main.

— Oui, occupez-vous de ça, C'sunh, répondit calmement la voix. Tu vois, Persiponë, tu ne gagnes jamais. C'est toujours la même chose.

Tor vit C'sunh s'approcher d'elle, elle vit tout ce qu'elle avait devant les yeux devenir doré ; les parasites dans sa tête l'assourdissaient. Oyarzabal regardait aussi, il observait Tor, les bras ballants, les yeux vitreux.

On tambourina lourdement à la porte. Le chimiste s'immobilisa en entendant une voix étouffée crier :

— Police ! Ouvrez au nom de la loi !

Tous les hommes bondirent de la table, en se regardant, en levant les yeux au plafond, d'un air affolé.

— Les Bleus !

— Maître, il y a des Bleus dans le casino ! Qu'est-ce qu'on fait ?

Mais aucune réponse ne leur parvint et une sensation bien trop aiguë pour être perçue comme un son vrilla le cerveau de Tor. Les autres plaquèrent leurs mains sur leurs oreilles.

— Ils annulent les verrous ! Faites quelque chose, bons dieux ! Achève-la, C'sunh !

Le chimiste se tourna vers Tor, la figure convulsée de douleur, le mince cylindre de plastique à la main. Brusquement, Oyarzabal lui courut après, lui empoigna le bras mais alors deux autres lui sautèrent dessus et C'sunh se pencha sur Tor. Elle eût enfin la force de prononcer un mot, un seul, le dernier...

— Non !

La porte s'ouvrit à la volée et un flot bleu se précipita ; la pièce fut aussitôt remplie d'une demi-douzaine de policiers en tenue.

— Les mains en l'air ! Et que personne ne bouge !

Des armes se braquaient sur eux, de tous côtés ; C'sunh se redressa lentement et se détourna de Tor.

— Lâchez ça !

Le chimiste baissa les yeux, laissa tomber la seringue et Tor frémit en la voyant tomber à quelques centimètres de sa jambe nue.

— Tiens, tiens, par exemple ! Le docteur C'sunh ! s'exclama le commandant de police en personne. Il me semble que vous êtes depuis toujours sur nos fiches. C'est un vrai plaisir de vous rencontrer enfin en chair et en os.

Elle sourit largement en lui claquant des menottes aux poignets. Ses hommes faisaient de même pour Oyarzabal et les autres. Elle vint se pencher sur Tor, l'examina, son regard tomba sur la seringue, par terre. Elle sourit de nouveau.

— Eh bien, Tor Marchétoile, on dirait que vous avez hâte de nous dire quelque chose. Et moi, j'ai hâte de l'entendre. Hé, Woldantuz ! Venez par ici et faites une piqûre à cette femme. De la bonne espèce.

Elle adressa à Tor un clin d'œil rassurant tandis qu'un des policiers s'approchait et s'agenouillait à côté d'elle. Tor ressentit à peine la brûlure de l'antidote alors qu'une tête encore plus inattendue remplaçait celle du commandant. « Pollux ! » Le mot ne se forma pas tout à fait mais elle reprenait le contrôle d'elle-même ; elle sentit les sensations remonter à travers toutes les couches de son esprit, comme une ruée de drogue.

— Tor. Tu vas bien ?

— Qu'... qu'est-ce... que tu dis ? haleta-t-elle.

— Tor. Tu vas bien ? répéta-t-il sur le même ton monocorde.

Il se baissa, lui offrit son bras quand elle essaya de se relever. Elle le prit avec reconnaissance et se hissa sur ses pieds.

— Ouf !

Ivre de soulagement, elle porta une main à sa tête, lourdement appuyée contre Pollux. Elle enfonça les doigts dans le duvet frisotté de sa perruque et la déplaça distraitement... en entendant de nouveau les derniers mots que lui avait adressés la Source. Elle referma sa main, arracha la perruque et la jeta par terre.

— Depuis quand est-ce que tu as un vocabulaire, espèce de boîte en fer-blanc ?

Elle recula, examina le non-visage impassible du robot, et un sourire de triomphe lui fendit la figure.

— Par les flammes d'enfer, je le savais ! Espèce de faux jeton ! Pourquoi est-ce que tu ne parlais jamais, avant ?

— Rien qu'une petite plaisanterie, Tor.

— Ha ! Voilà le genre de rigolade qu'on peut attendre d'une mécanique. Et il y a longtemps que tu peux parler comme ça ?

— Depuis que j'ai été programmé à l'académie de police, à Kharemough.

— La quoi ?

— Annule ça, Pollux, ordonna le commandant, les sourcils froncés. Tu as vraiment besoin d'une révision... Quant à vous, Marchétoile, vous pouvez remercier Pollux pour votre sauvetage in extremis. Et je crois que j'aurai à le remercier plus encore, quand vous me direz que je ne me trompe pas en imaginant ce qui se passe ici.

D'un geste, elle désignait le labo et le groupe de prisonniers.

— Merci, Pollux, murmura Tor en lui frottant affectueusement le torse et, sentant ses jambes faiblir de nouveau, elle expliqua : Ils allaient déclencher une peste et tuer tous les Etésiens.

Jerusha hocha la tête ; ainsi c'était bien ce qu'elle pensait.

— Qui l'a commandé ?

Tor baissa les yeux.

— La reine ?

Surprise, Tor acquiesça, inexplicablement honteuse d'avouer cela à des extramondiens.

— C'est ce qu'ils ont dit.

— Je m'en doutais, dit le commandant avec un sourire méchamment satisfait, sans plus voir personne. Je l'ai enfin battue ! A moins...

Un autre Bleu, un inspecteur, entra et elle s'interrompit pour l'interroger avidement :

— Alors ?

Mais Mantagnes secoua sombrement la tête.

— Nous l'avons manqué, commandant.

— Jaakola ? Comment diable avez-vous pu...

— Je ne sais pas ! s'exclama-t-il, aussi furieux qu'elle. Quand nous avons fait irruption dans son bureau, il n'y était plus. Nous avons cherché partout, une mouche n'aurait pas pu se cacher là-dedans ! On continue de chercher. Mais il devait avoir une issue secrète, que nous n'avons pas encore trouvée.

— Il ne quittera pas la planète ! Nous l'aurons.

— N'y comptez pas trop, conseilla Mantagnes, tête basse, l'air désabusé.

— Eh bien, qu'il tâche de trouver une bonne cachette, pour échapper à une inculpation de tentative de génocide ! Woldantuz, mettons tous ces beaux spécimens dans le bocal qui leur convient. Nous avons au moins toutes les preuves. Et un témoin. Marchétoile, j'aurai besoin de votre témoignage.

— Comptez dessus, Bleue, promit Tor.

Son désir de vengeance flamba quand C'sunh passa devant elle. Deux autres suivirent avant qu'elle voie Oyarzabal. Il fit arrêter le policier qui le tirait.

— Probable que je ne vais pas t'emmener avec moi, finalement. Pas là où je vais.

— Tu voulais me transformer en végétal, espèce de foutu salaud ! C'est tout ce que tu as jamais voulu ! lui cria-t-elle, écartant Pala-Thion pour se planter devant lui. J'espère que tu y resteras jusqu'à ce que tu pourrisses. J'espère même que tu ne verras jamais plus une seule femme !

Elle se souvint soudain qu'à la dernière seconde, il avait tenté enfin d'arrêter C'sunh, et que ces quelques secondes gagnées avaient tout changé.

— Je ne voulais pas que tu meures, c'est tout. J'aimais encore mieux t'avoir comme ça que de t'avoir morte.

Il se pencha sur elle ; le Bleu le retint. Elle croisa les bras.

— Parle pour toi ! Comme ce n'est jamais qu'à toi que tu penses !

Il se détourna, regarda le commandant.

— Si vous voulez que je vous dise tout ce que je sais

là-dessus, vous n'avez qu'à demander. Je vous raconterai tout.

Elle hocha la tête et un des prisonniers jura tout bas. Tor se dit que la vie d'Oyarzabal ne vaudrait pas un crédit d'ivrogne, désormais, où qu'on l'envoie.

Et maintenant, plus question pour elle de quitter ce monde, quoi qu'elle fasse. *Ah, dieux, pourquoi est-ce que je ne fais jamais rien de bien ?* Elle serra fortement ses bras autour d'elle, parce qu'il ne restait personne pour la réconforter, personne qu'elle pût tenir dans ses bras. Elle sentit le regard de Pala-Thion posé sur elle et trouva dans ses yeux une compassion inattendue. Tournant imperceptiblement la tête, le commandant regarda Oyarzabal puis passa outre.

Tor fit quelques pas, toujours en se serrant, en se protégeant, et s'approcha d'Oyarzabal. Elle l'embrassa brièvement sur la bouche, recula et quand il voulut suivre, les Bleus le retinrent.

— Adieu, Oyar.

Il ne répondit pas. Les Bleus l'emmenèrent hors de la salle. Tor retourna auprès de Pollux. *Pourquoi, mais pourquoi est-ce qu'on ne veut jamais de ce qu'on a avant de l'avoir perdu ?*

46

Jerusha se pencha sur le bureau d'écrou pour regarder disparaître le D[r] C'sunh et les autres assassins ratés vers l'aile de détention. *Ah, douce vengeance !* Mais il n'y avait aucune douceur dans son sourire. Elle avait démonté la machination d'Arienrhod au tout dernier instant ; et, même si elle ne pouvait toucher elle-même la reine, elle avait lancé les Etésiens à ses trousses. Elle était sûre qu'ils la garderaient étroitement jusqu'au jour de son exécution. Peut-être y avait-il une justice dans l'univers, après tout.

— Marchétoile !

Tor Marchétoile regarda entre les uniformes bleus des

hommes qui se félicitaient mutuellement ; elle était assise et buvait du thé fort sous le regard attentif de Pollux. Elle se leva de son banc, écarta les policiers et s'approcha du bureau ; Jerusha la considérait avec un intérêt étonné. La combinaison de Tor recouvrait beaucoup moins de peau qu'elle n'en découvrait ; sa démarche était celle d'un docker et elle paraissait indifférente aux regards lubriques des hommes. Une figure pragmatique, pas bien jolie, émergeait du maquillage défait ; ses cheveux mous, sans couleur définie, étaient coupés à la diable, à hauteur des oreilles. *Mes seigneurs, il y a un être humain là-dessous !* Jerusha se souvint qu'un des prisonniers semblait être amoureux de cet être humain. *Merde, pourquoi est-ce que le mal ne peut être mal, et le bien être bien ? Pourquoi est-ce que ce n'est jamais simple ? J'en ai assez du gris*. Elle se secoua quand Tor s'arrêta devant elle.

— Alors, comment ça va ?

Tor haussa les épaules, un bout d'étoffe glissa, elle le remonta.

— Pas trop mal... si on pense...

Elle regarda la porte menant aux cellules.

— Assez bien pour une déposition enregistrée ?

— Bien sûr... Probable que je n'aurai pas à comparaître au procès, hein ?

Le procès aurait lieu dans un autre monde, maintenant. Jerusha sourit, comprenant l'ironie du sort.

— Estimez-vous heureuse. Le D^r^ C'sunh a beaucoup d'amis et ils sont tous en extramonde. Au moins, une fois que nous aurons quitté Tiamat, vous ne risquerez plus rien de ce côté. Votre déposition fera autant de dégâts que vous en feriez en personne, du moment qu'elle est bien enregistrée. Et j'y veillerai, croyez-moi ! J'espère qu'elle suffira à épingler la Source ! S'il...

Elle fut interrompue par l'arrivée d'un nouveau groupe d'inconnus. Non, pas des inconnus. Elle se leva et vit tout le monde se retourner pour la regarder avec surprise.

— Qu'est-ce que...

— Arienrhod ?

— Moon !

Elle s'entendit crier le nom et Tor lui faire écho mais ne

prit pas le temps de s'en étonner. Elle voyait deux solides Etésiens derrière la fille, portant le corps de Gundhalinu.

— Merde... !

Moon hésita en voyant Jerusha contourner le bureau mais elle tint tête résolument alors que les policiers l'entouraient.

— Qui est-ce ?

— Gundhalinu !

— Je croyais qu'il était...

— Il est mort ?

Jerusha attrapa Moon par l'épaule, perdant tout espoir.

— Non !

En la faisant pivoter, Jerusha vit son expression angoissée et la lâcha brusquement.

— Non, il n'est pas mort, mais il est malade, il a besoin d'un médecin.

Moon tendit une main vers lui, sans l'atteindre tout à fait.

— Ça ne vous a pas beaucoup gênée, il y a deux jours !

Jerusha se tourna vers la tête ballottante de Gundhalinu, ses yeux fermés, sa figure exsangue et en sueur. Elle fit signe à deux de ses hommes de le prendre des mains des Etésiens.

— Portez-le au centre médical, vite ! Et avec précaution, bons dieux ! Il m'est plus précieux que des diamants.

Ils l'emportèrent avec précaution. Les deux Etésiens saluèrent Moon, respectueusement, et ressortirent dans la ruelle. Moon ne tenta pas de les suivre, ni de suivre Gundhalinu autrement que des yeux. Elle avait trouvé une longue robe dorée, Jerusha ne savait où, et même avec ses cheveux en désordre tombant sur sa figure sa ressemblance avec Arienrhod était incroyable.

— Vous êtes arrêtée, Marchalaube, au cas où vous l'auriez oublié.

Dieux des dieux, c'est trop pour un seul jour. Elle fit signe à un autre policier. Moon fit une grimace.

— Je ne vous ai pas oubliée, commandant. BZ... L'inspecteur Gundhalinu... Je me suis échappée. Il m'a retrouvée. Il me ramenait ici quand il s'est effondré, dit-elle vivement, sans réfléchir.

Jerusha décrocha les menottes de sa ceinture.

— Mais comment donc ! C'est la plus belle blague que j'ai jamais entendue ! Heureusement, je préfère y croire, pour Gundhalinu.

Elle vit la gorge tatouée de la jeune fille, se souvint brusquement qu'elle était une sibylle et, à contrecœur, elle raccrocha ses menottes.

— Je suppose que ce ne sera pas nécessaire, sibylle. Mais vous n'êtes pas venue ici pour me raconter ça. Pourquoi diable êtes-vous là ?

Moon eut un bref sourire ironique ; l'expression ne lui allait pas. Elle reprit son air grave.

— Je suis venue parce que la reine veut déclencher une peste pour tuer tous les Etésiens de la ville et je sais qui va la déclencher.

— Vous arrivez trop tard, répliqua triomphalement Jerusha mais sa satisfaction disparut quand elle vit la réaction de Moon. Non, je veux dire que nous l'avons déjà empêché. Nous tenons les coupables, ils sont nos hôtes permanents en ce moment.

Elle fit un geste du côté des cellules, radoucie à la chaleur du sourire de la chance. Moon regarda par-dessus son épaule, vers la porte, puis se tourna vers Jerusha, atterrée à la pensée qu'elle avait sacrifié sa liberté pour rien.

— Déjà ? C'est fini ? Ils n'ont pas...

— Non. Les Etésiens ne risquent rien. Arienrhod a échoué et elle est aux arrêts dans le palais. Elle n'échappera pas à votre Dame.

Un agent qui passait la félicita et elle lui sourit. Moon hésita, comme si elle ne savait que craindre, comme s'il y avait d'autres choses qu'elle ne comprenait pas.

— Comment... comment l'avez-vous découvert ? demanda-t-elle faiblement.

— Par hasard, grâce à la collaboration involontaire de...

Jerusha se tourna vers Tor, qui écoutait derrière elle.

— Salut, petite, dit Tor en levant une main et Moon cligna des yeux en la reconnaissant. Hé, Pollux, viens ici !

— Persiponë ? murmura Moon, surprise par la figure

démaquillée et encore incertaine, avant de se tourner vers le polrob qui s'approchait d'elles.

— Pourquoi est-elle arrêtée ? s'indigna Tor, un peu trop impressionnée par son rôle de témoin clef. Ce n'est pas un crime de ressembler à la reine, du moins pas d'après nos lois.

— Ça dépend comment on le fait, marmonna Jerusha. Vous vous connaissez, toutes les deux ?

— Depuis aujourd'hui. Il me semble que ça fait une éternité, dit Tor en secouant la tête avec un sourire forcé. Regarde ce qu'elle a fait de ta belle coiffure, Polly... Alors, qu'est-ce qui s'est passé, cousine ? Vous l'avez retrouvé ? Vous l'avez tiré de ce palais ? Vous avez vu la reine... elle vous a vue ?

— Vous étiez au palais ? s'écria Jerusha et l'accusation officielle retransforma Moon en prisonnière. Pour rencontrer la reine...

Moon sentit le changement et se hérissa, par défi.

— Pour chercher mon cousin ! dit-elle en jetant un bref coup d'œil à Tor et en rougissant un peu. Vous savez... qui je suis, n'est-ce pas, commandant ?

— Oui. Je le sais depuis longtemps.

A côté d'elle, Tor regardait sans comprendre.

— Comme tout le monde, sauf moi, murmura amèrement Moon. J'ai été la dernière à le savoir.

— Moi, je ne le sais toujours pas, dit Tor.

— C'est Gundhalinu qui vous l'a dit ?

— Non, Arienrhod.

Jerusha sursauta.

— Vous l'avez vue ?

— Oui... (dans un souffle). Elle me voulait avec elle pour partager... tout. Même Sparks, dit froidement Moon, rouge non de honte mais de colère. Elle voulait que j'oublie que je me suis promise à lui, que je suis une Etésienne, que je suis une sibylle ! Et, comme je ne voulais pas oublier, elle a essayé de me tuer.

L'amertume l'étouffa. Jerusha fronça les sourcils, de plus en plus étonnée. Moon se frotta les yeux, vacilla ; le commandant se rappela tout ce qu'elle avait subi, en grande partie pour Gundhalinu.

— Asseyez-vous. Pollux, apporte du thé.

Jerusha congédia le dernier garde, effleura le bras de Moon et la conduisit vers le banc le long du mur. Moon la regarda avec étonnement ; elle était surprise aussi. Pollux s'éloigna docilement parmi les trajectoires de l'activité officielle. Tor profita de l'invitation.

— Remplis aussi ma tasse, Polly.

— Vous dites qu'Arienrhod a voulu vous tuer ?

Jerusha se rassit. Moon tomba lourdement sur le banc, en gardant ses distances. Tor se glissa à l'extrémité du siège.

— Elle a dit aux courtisans que j'étais une sibylle et ils ont tenté de me jeter dans la fosse.

Tor se redressa, pour une fois sans voix.

— Son propre clone ?

Jerusha sentit son incrédulité se dissiper alors même qu'elle parlait. *Oui, c'est bien l'Arienrhod que je connais. Pas de concurrence.*

— Je ne suis pas Arienrhod ! cria Moon. Je porte sa figure, c'est tout, dit-elle d'une voix brisée en se griffant les joues comme si elle voulait arracher le masque. Et elle le sait.

Pollux revint et servit le thé à la ronde, avec la parfaite discrétion d'un maître d'hôtel stylé. Jerusha avala une gorgée brûlante et la chaleur lui monta à la tête. *C'est peut-être une ruse, une autre ruse, son arrivée ici.* Mais elle était incapable d'imaginer pourquoi Moon ferait cela.

— Alors, comme ça, ils ont voulu vous jeter dans la fosse ? demanda Tor en regardant fixement la gorge tatouée. Et qu'est-ce qui est arrivé ?

— La fosse n'avait pas faim.

Moon but son thé, une étrange émotion visible sur son visage. Tor parut peinée.

— BZ... L'inspecteur Gundhalinu est arrivé avec les Etésiens et ils les ont obligés à me laisser partir.

— Vous voulez dire que cette grande perche avec vous était un vrai Bleu ? s'exclama Tor.

— Il l'était, répliqua Jerusha en appuyant sa lourde tête casquée contre le mur. J'espère qu'il le redeviendra.

— Il n'a jamais voulu être autre chose, affirma calmement Moon. Ne le laissez pas renoncer, ni tout abandonner. Ne le laissez pas se rendre responsable de ce qui est arrivé.

— Ça, je ne peux pas l'en empêcher. Mais je veillerai à ce que personne d'autre ne le blâme. *(Je peux sauver sa carrière, mais je ne peux pas le sauver de lui-même... ni de vous.)* Dites-moi, reprit-elle, son ressentiment se cristallisant en accusation, par tous les dieux, que trouvez-vous à Starbuck, ce foutu assassin...

— Sparks n'est pas Starbuck, il ne l'est plus, protesta Moon en posant brusquement sa tasse sur le banc, scandalisée par ce mot d'« assassin ». Et il n'était pas au courant des ondins. Mais vous, vous savez.

Par vous, pensa Jerusha.

— Oui. Votre ami Ngenet m'a dit la vérité sur eux.

Mon ami Ngenet... qui avait confiance en vous, et assez confiance en moi pour que je sache tout de vous. Moon secoua la tête, se frotta encore la figure.

— Ngenet ?... Vous deviez le connaître avant. N'importe quelle sibylle connaît la vérité, vous ne pouvez le nier, dit-elle en englobant toute l'Hégémonie dans son accusation. Vous voulez punir Sparks pour avoir tué des ondins sur les terres d'un extramondien, pour vous avoir éclaboussés de sang alors que vous les regardiez mourir, tout en tendant des mains avides pour réclamer l'eau de vie ! Et vous voulez me punir parce que je connais la vérité... comme vous punissez mon monde à cause de votre propre culpabilité !

Tor écoutait de toutes ses oreilles mais Jerusha ne fit rien pour se débarrasser d'elle. Elle serrait une main froide autour du sceau de l'Hégémonie à sa ceinture, sans chercher à répondre. Moon la contempla pendant un long moment de silence. Enfin, Jerusha soupira.

— Je ne fais pas les lois. Je les fais simplement respecter.

Et elle regrettait, en disant cela, d'en dire déjà trop. La déception se lut dans les yeux de Moon. Mais elle ne discuta pas.

— Sparks n'est pas Starbuck ! Il ne l'était pas en Eté et

il n'y aura plus de Starbuck quand l'Hiver sera parti. Arienrhod lui a fait ça et il n'a accepté que parce que... parce qu'elle me ressemblait tant. C'est Sparks qui m'a parlé du complot de la reine. Il venait ici quand elle nous a surpris... Il se moquait de ce que vous lui feriez, ou me feriez, si vous empêchiez notre peuple de mourir.

— S'il veut se faire pardonner les cinq dernières années, il faudra plus que ça. Il lui faudra le restant de ses jours, lança Jerusha d'une voix venimeuse.

— Vous le haïssez à ce point ? Pourquoi ? Que vous a-t-il fait ?

— Ecoutez, Moon, intervint Tor. A Escarboucle, tout le monde a une raison de haïr Sparks Marchalaube ou Starbuck. Y compris moi.

— Alors vous lui avez donné une raison de vous haïr.

Jerusha se détourna.

— Il nous a tous remboursés au centuple.

— Mais, au moins, vous lui devez une chance de prouver qu'il n'appartient plus à la reine ! Il sait tout des plans de la Source, est-ce qu'il ne pourrait pas témoigner pour vous ? Il sait d'autres choses sur la Source, qui peuvent vous être utiles...

— Quoi, par exemple ? demanda Jerusha, intéressée malgré elle.

— Ce qui est arrivé à l'ancien commandant de police. Il a été empoisonné, n'est-ce pas ?

Jerusha resta bouche bée.

— La Source a fait ça ?

— Pour la reine, oui.

— Dieux... Ah, dieux, que j'aimerais enregistrer ça ! *Avec une copie pour l'écouter tous les soirs. Pour me bercer.*

— Assez pour renoncer à notre inculpation ?

Jerusha regarda de nouveau Moon, vit la résolution dans ses yeux singuliers et comprit soudain qu'elle avait été conduite jusque-là les yeux bandés, que cette fille luttait encore pour la vie de son amant et pour la sienne. *Vous avez bien appris les règles de la civilisation, ma petite.* Son ressentiment revint mais périt mort-né. Elle contempla le trèfle tatoué. *Par tous les diables, pendant combien de temps vais-je détester sa figure, alors que rien ne prouve qu'elle a mérité de venir au monde ainsi ?*

— Voulez-vous me laisser aller le chercher et le ramener ici ? demanda Moon en se levant à demi, prévoyant la capitulation.

— Ce ne sera peut-être pas si facile.

Elle se rassit, toute raide.

— Pourquoi ?

— Dès que je l'ai su, j'ai fait savoir du haut en bas de la rue que Sparks était Starbuck. Les Etésiens doivent déjà le savoir. *(Et je serais une hypocrite si je prétendais que ce n'est pas ce que je voulais.)* Ils ne le laisseront pas sortir du palais, maintenant.

— Il ne devait rien risquer ! C'est uniquement pour cela que je l'ai laissé là-bas !

Moon criait à la trahison ; dans le fond de la salle, des têtes se tournèrent. Ses yeux se voilèrent, devinrent des fenêtres vides. Jerusha s'écarta d'elle, de la contagion.

— Non, non ! s'exclama Moon en serrant les poings. Vous ne pouvez pas vous servir de lui et le laisser mourir ! J'ai fait tout cela pour lui... Vous savez que c'est pour ça que je suis revenue ici ! Pas pour vous, pas pour le Changement si ça signifie qu'il doit mourir ! Sparks ne va pas mourir demain...

— Quelqu'un le doit, murmura Jerusha, mal à l'aise, indécise, en s'efforçant de ramener Moon à la réalité. Je sais qu'il est votre amant, sibylle, mais le Changement est plus important que les besoins et les désirs d'une personne. Le rite du Changement est sacré. Si la Mère de la Mer ne reçoit pas son conjoint, la foule qui accourt pour voir ça fera du vilain. Starbuck doit mourir.

— Starbuck doit mourir, répéta Moon en se levant lentement. Je sais. Je sais qu'il le doit. (Elle se passa une main sur le front, la figure convulsée de douleur, comme si elle luttait contre une contrainte ; puis elle se retourna, les traits tirés.) Mais pas Sparks ! Commandant, voulez-vous m'aider à trouver le Premier secrétaire Sirus ? Il m'a promis (elle sourit soudain, cyniquement) de faire tout ce qui serait en son pouvoir pour aider son fils. Et il le fera.

— Je peux le joindre, mais je veux savoir pourquoi.

— Je dois voir quelqu'un, avant, répliqua Moon, sentant vaciller sa résolution. Ensuite je vous le dirai et vous pourrez le lui répéter. Persiponë, où est Herne en ce moment ?

Tor haussa les sourcils.

— Toujours au casino, je suppose... Par tous les dieux ! Je crois que je finis par comprendre quelque chose à cette conversation, s'exclama-t-elle et elle sourit amicalement à Jerusha. Rongez-vous les sangs, Bleue !

47

Jerusha était vautrée sur le canapé bas, dans le salon de son hôtel particulier, un pied par terre pour l'ancrer au plancher, *sinon je risquerais de flotter jusqu'au plafond.* Elle sourit, regardant défiler en pensée tous les événements de la journée, écoutant d'une oreille la fête bruyante dans la ruelle, en s'imaginant que tout cela était pour elle. *Eh bien quoi, la moitié au moins devrait l'être.* Elle dégrafa à demi la fermeture de sa tunique d'uniforme. Pour une fois, elle ne l'avait pas ôtée dès qu'elle était rentrée chez elle, pour une fois elle était heureuse d'être une Bleue et de commander la police.

Elle entendait Moon Marchalaube gémir et soupirer en dormant, dans une des chambres d'amis assombrie. Malgré sa fatigue, cette petite ne trouvait pas non plus le repos dans cette maison. Jerusha n'avait pas dormi du tout et une nouvelle journée commençait déjà, le jour s'était levé au-delà des murs de la ville qui arrêtaient le temps. Mais cela n'avait pas d'importance ; dans quelques jours, elle aurait quitté cet endroit pour toujours. Et, pour une fois, il ne lui était pas désagréable de revivre inlassablement la journée passée, ni d'attendre la nouvelle : il y avait un message sur son enregistreur lui demandant — pas lui « ordonnant » — d'assister à une conférence avec le Juge Suprême et les membres de l'Assemblée. Après avoir déjoué le complot d'Arienrhod, après avoir capturé

C'sunh et rendu la Source bien trop indésirable pour n'importe quel monde... après tout cela, sa carrière meurtrie était de nouveau bien vivante et elle aussi.

Alors que faisait-elle avec une criminelle endormie dans la chambre d'amis ? Elle soupira. Par le Batelier Bâtard, cette fille n'était pas plus criminelle qu'elle. Et elle n'était pas plus Arienrhod qu'elle ne l'était elle-même. Quelle importance que Moon ait des idées séditieuses sur l'Hégémonie ? Gundhalinu avait raison ; que pourrait-elle leur faire, une fois que tous les extramondiens seraient partis ? Jerusha avait beau s'en défendre, le souvenir des ondins et de ce que Moon avait dit du châtiment et de la culpabilité la rongeait encore comme un ulcère. Parce que c'était vrai, vrai, et jamais plus elle ne pourrait le nier, ni l'hypocrisie du gouvernement qu'elle servait. Enfin quoi, après tout, quel gouvernement était parfait ? Elle avait arrêté le bras d'Arienrhod, elle pourrait se dire que si elle fermait les yeux sur Moon ce serait le prix payé par sa conscience pour l'avenir de Tiamat. Elle pouvait même renoncer à poursuivre Sparks, le laisser devenir le chagrin de Moon, s'il donnait le témoignage qu'elle voulait. Et si elle le laissait aller, sa conscience devrait être pure à jamais... Mais elle savait qu'elle ne le serait pas. Elle avait vu dans ce monde trop de choses qu'elle n'aurait jamais dû voir, trop de gens qu'elle avait cherché à classer s'étaient dérobés à ses chaînes psychologiques et avaient vaincu sa résistance. *Certains de mes meilleurs amis sont des fripouilles.*

Elle sourit douloureusement, avec un regret soudain. *Miroe... Adieu, Miroe.* Elle n'avait plus eu de ses nouvelles depuis le jour maudit où ils s'étaient trouvés tous les deux sur cette plage ensanglantée... *Mais ce n'était pas un adieu.* Elle ne devait pas se rappeler cette scène. Elle se redressa sur le canapé en secouant les brumes de son esprit. *Non... Je peux lui dire que j'ai retrouvé Moon, qu'elle va bien, qu'Arienrhod va payer.* Oui, elle devait l'appeler tout de suite, pendant qu'elle avait le temps, avant que les communications soient coupées, avant qu'il soit trop tard. *Appelle-le, Jerusha... et dis-lui adieu.*

Elle se leva, se dirigea d'un pas raide vers le téléphone,

avec une crispation d'estomac et des battements de cœur inattendus. Elle tapa le code, en pestant contre cette subite attaque de trac juvénile.

— Plantation Ngenet, allô ?

Pour la première fois, la voix était absolument claire. C'était une voix de femme, dont la froideur se communiqua à Jerusha.

— Ici le commandant Pala-Thion. Je désire parler à Ngenet.

— Je regrette, commandant, il est parti.

— Parti ? Où ?

Zut, zut, zut, ce n'est pas possible qu'il fasse de la contrebande maintenant !

— Il ne l'a pas dit, commandant, répondit la femme qui paraissait plus embarrassée qu'intrigante. Il a beaucoup de soucis en ce moment, nous nous préparons tous au Changement, ici. Il a pris son bateau et il est parti en mer il y a quelques jours, sans expliquer à personne pourquoi.

— Je comprends...

— Y a-t-il un message ?

— Oui. Trois choses. Moon est saine et sauve. Arienrhod paiera. Et dites-lui... dites-lui que j'ai dit adieu.

La femme répéta le message avec soin.

— Je le lui dirai. Et bon voyage, commandant.

Jerusha baissa les yeux, heureuse qu'on ne voie pas sa figure.

— Merci. Bonne chance à vous tous.

Elle coupa le haut-parleur et se détourna ; elle vit le coquillage sur la table-autel près de la porte, à sa place habituelle, ses pointes cassées témoignant de ce qui avait été, et ne devait pas être. *C'est mieux ainsi... bien mieux qu'il ne soit pas là.* Mais ses yeux brûlaient et débordaient soudain de larmes ; elle ne cligna pas des paupières avant que le réservoir de larmes se ferme, pour qu'aucune n'échappe à son contrôle.

Avec un effort de volonté, elle retourna au téléphone. Gundhalinu... Devrait-elle encore demander de ses nouvelles ? Elle avait déjà téléphoné deux fois au centre médical et on lui avait répondu la même chose à chaque fois :

il délirait, elle ne pouvait pas lui parler. On ne savait pas comment il avait réussi à rester debout, dans son état, malade comme il l'était, mais on ne jugeait pas ses jours en danger. C'était rassurant ! Elle grimaça, s'adossa au mur, se dit que peut-être, quand elle reviendrait de la conférence avec le Juge... Oui, elle devait tout lui dire. Et, en attendant, elle devait faire sa toilette et retourner au siège avant l'heure de son audience.

Elle tira de sa poche un paquet d'iestas et alla à la salle de bains. Moon dormait d'un sommeil agité ; l'épuisement la délivrait de sa peur que Sirus ne puisse faire sortir Sparks du palais. Jerusha n'arrivait toujours pas à croire réellement que le Premier secrétaire de l'Assemblée hégémonique avait accepté de faire une telle tentative, même si Sparks Marchalaube était son fils... un fils qu'il n'avait jamais vu, dont il ne pouvait même pas être sûr qu'il était le sien. Mais il était venu de bon cœur voir Moon et il était parti en promettant d'essayer.

Jerusha trouvait plus inexplicable encore que Moon ait réussi à convaincre le barman kharemoughi infirme de chez Persiponë de prendre la place de Sparks. Dieux, pensa-t-elle, cette petite n'était en ville que depuis deux jours ! Si elle avait vraiment cru que le magnétisme personnel de Moon suffisait à rendre les hommes prêts à mourir pour elle, elle l'aurait enfermée si vite qu'elle n'aurait pas su ce qui lui arrivait. Mais il y avait eu des nuances, des courants profonds dans la conversation de Moon avec les deux hommes, révélant que Herne avait d'autres raisons que de lui plaire simplement... et il suffisait de regarder ses jambes pour en deviner une bonne. Jerusha jugeait, à part elle, que Herne était le genre d'homme dont l'Hégémonie pouvait fort bien se passer ; d'ailleurs, elle n'avait posé aucune question, de peur d'apprendre des choses sur lesquelles elle ne pourrait fermer les yeux.

Jerusha entendit bouger dans la pièce voisine ; elle jeta un coup d'œil par la porte et vit Moon sortir dans le couloir, l'air ensommeillé.

— Vous pouvez rester au lit, sibylle. Le temps passe plus vite quand on ne regarde pas l'heure. Pour le meilleur ou pour le pire. Sirus ne reviendra pas avant un bon moment.

Moon se frotta les yeux, les joues, secoua la tête.

— Je sais... Mais il faut que je me prépare, si je veux participer à la course.

Elle se redressa et ses yeux étaient bien vifs. Jerusha s'étonna.

— La course pour la Reine d'Eté ? Vous ?

— Oui. Je le dois. Je suis venue ici pour gagner la course.

Jerusha frissonna.

— Je croyais que vous étiez venue pour votre cousin Sparks.

— Moi aussi, murmura Moon en baissant les yeux. Ça m'a menti. Ça n'a jamais voulu que je le sauve ; ça n'a fait que se servir de lui, pour s'assurer que j'exécuterais le plan. Mais je ne peux pas m'empêcher d'essayer de le sauver quand même... Et je ne peux pas empêcher la chose de me faire reine.

Dieux des dieux, pensa Jerusha avec un soupir de soulagement et aussi de compassion. *C'est vrai, les sibylles sont un peu folles. Pas étonnant qu'Arienrhod n'ait pas voulu d'elle après tout.*

— J'apprécie votre franchise, dit-elle avant d'enfiler une tunique sur sa peau humide. Je ne vous retiendrai pas si vous voulez essayer.

Mais si vous gagnez, ne me le dites pas ; je ne veux pas le savoir.

48

Moon n'aurait pas cru possible de dégager un espace de la longueur de son bras et de le garder dégagé ne fût-ce qu'un instant dans les sables mouvants de la foule du Festival. Mais, on ne sait comment, de l'ordre avait été mis dans le chaos ; quelque part dans l'apparente surentité informe qu'était le Festival, il existait une structure.

Une voie avait été ouverte le long de la Rue, sur un kilomètre et demi en descendant du palais, et elle était bordée de spectateurs impatients, pressés devant les façades des élégants hôtels particuliers. Les mieux placés étaient là depuis des heures et des Bleus qui patrouillaient nonchalamment du haut en bas de la Rue n'avaient aucun mal à maintenir les badauds. Ils venaient tous assister au commencement de la fin, à la première des cérémonies millénaires du Changement : la course à pied destinée à réduire le nombre de femmes venues rivaliser pour le masque de Reine d'Eté.

Moon était descendue dans la Rue dès que le noyau d'Etésiennes avait commencé à se former autour d'une ancienne de la famille Bonaventure, portant dans ses veines le sang de la dernière lignée de Reines d'Eté de Tiamat. Il était interdit aux femmes de cette famille de devenir reine au Changement mais elles avaient l'honneur et la responsabilité de veiller à ce que tous les rites soient fidèlement respectés. Moon avait tiré un ruban de couleur d'un de leurs sacs, pour nouer autour de son front, le ruban qui lui attribuerait au départ une place en avant, au milieu ou à l'arrière du gros peloton. Le bandeau qu'elle tira était vert : la mer, la couleur qui la plaçait devant, devant les marron, la terre, et les bleus, le ciel. Indifférente à l'animation qui l'entourait, elle le noua autour de sa tête. Naturellement, il devait être vert... comment ne le serait-il pas ? Mais une tension née de la certitude la tenaillait, la serrait comme des tentacules ; afin d'y échapper, elle joua des coudes pour gagner sa place dans les premiers rangs.

Elle regarda autour d'elle, tout en s'efforçant de garder son équilibre parmi cette masse trépignante de rubans vifs et de figures étésiennes avides... dans cette foule d'inconnus. La plupart des femmes venues au Festival dans l'intention de disputer la course pour le choix de la Reine d'Eté avaient revêtu le costume traditionnel des fêtes : une chemise de lainage souple et un pantalon teint aux couleurs de la mer verte, de l'été vert, pour plaire à la Dame. Ils étaient somptueusement brodés de coquillages, de perles et de babioles de négociants, décorés de rubans et de fétiches familiaux. Mais Moon portait la tunique de nomade qu'elle avait rapportée de chez Persiponë, le seul vêtement qu'elle possédât, ses couleurs vives aussi étrangères qu'elle se sentait elle-même parmi ce peuple qui aurait dû être le sien. Elle avait recouvert ses cheveux d'un foulard, pour cacher sa ressemblance avec la reine. Quelques Etésiennes avaient contesté son droit de courir parce qu'elle n'avait pas de totem ni même la preuve qu'elle était vraiment étésienne. Mais alors elle leur avait montré sa gorge et elles avaient reculé. Elle sentait l'ironie de porter ce jour-là un costume hivernien au lieu de celui qui lui revenait de droit mais c'était bien ainsi.

Elle n'avait vu personne de connaissance, ni parmi les coureuses ni dans la foule des spectateurs. Tout en sachant qu'elle ne pouvait guère espérer trouver quelqu'un de Neith ou des îles voisines, elle cherchait quand même et elle était déçue. Le spectacle, les odeurs, les bruits de chez elle l'environnaient ; mais sa grand-mère était trop vieille pour faire le voyage et sa mère... « Les Festivals, c'est pour les jeunes, lui avait-elle dit une fois, avec fierté et nostalgie. Les jeunes qui n'ont pas de bateau à entretenir ni de bouches à nourrir. J'ai eu mon Festival et je garde ce précieux souvenir en moi tous les jours de ma vie. » Et elle avait mis un bras autour de sa fille pour rétablir son équilibre sur le pont mouvant...

Moon gémit en voyant la vilaine vérité cachée dans le souvenir gaiconçu de sa mère. A côté d'elle, une femme s'excusa et s'écarta nerveusement. Moon baissa les yeux sur elle-même alors qu'un espace se dégageait craintivement autour de la sibylle, soudain heureuse que sa mère ne soit pas venue, ne la voie pas dans la course aujourd'hui, quelle qu'en soit l'issue. Sa mère et Grandman devaient la croire morte et Sparks aussi, maintenant ; peut-être était-ce mieux ainsi. Leur temps de deuil devait être passé depuis longtemps. Valait-il mieux qu'elles ne sachent jamais la vérité, ou craindre perpétuellement qu'après en avoir appris une partie, elles apprennent toute la terrible réalité de leurs enfants ? Elle ravala son chagrin, s'étrangla dessus, et se tourna de nouveau vers l'extérieur.

Elle n'était pas l'enfant de sa mère, ni celle d'Arienrhod. *Alors qu'est-ce que je fais ici ?* Prise d'un doute, elle regarda autour d'elle. Elle ne voyait nulle part d'autre sibylle. Serait-elle la seule parmi toutes les Etésiennes de la compétition ? Etait-ce vraiment l'ambition de la reine courant dans ses veines qui lui donnait envie d'être reine elle-même ? *Non, je ne l'ai pas demandé ! Il doit y avoir un changement. Je ne suis qu'un réceptacle.* Elle serra les dents en se répétant le vœu. Si aucune autre sibylle ne participait à la course, peut-être était-ce parce qu'aucune autre ne connaissait la vérité.

Aucune ne sait. Elle voyait sur les visages qui l'entouraient toute la gamme des mobiles et des degrés de désir qui avaient fait venir ces coureuses ; certaines avaient soif de pouvoir (encore que celui d'une Reine d'Eté avait toujours été plus rituel que séculier), d'autres venaient pour l'honneur, d'autres encore pour la vie facile et pour être vénérées comme une incarnation de la Dame ; et quelques-unes simplement pour la joie pure de la compétition, qui faisait partie de la fête, sans souci de gagner ou de perdre. *Et aucune, à part moi, ne sait pourquoi c'est important.*

Elle serra les poings, tous les nerfs tendus, et se poussa encore en avant jusqu'à ce qu'elle aperçoive le ruban plombé marquant le départ de la course. L'aînée des Bonaventure réclama à grands cris le silence et annonça le règlement. Moon n'avait pas à être la première mais simplement dans les trente-trois premières, sacrées, et la course n'était pas longue, destinée à donner leur chance à toutes, pas seulement aux plus fortes. Mais il y avait cent femmes derrière elle, deux cents... elle ne pouvait même pas les voir toutes, de là où elle était.

La Bonaventure les appela à leurs marques et Moon perdit conscience d'elle-même, prise dans la masse qui se précipitait. Par une brèche entre des têtes et des bras, elle observa le fragile ruban qui retenait leur marée, le vit tomber au signal. Toute la masse s'élança, la poussa en avant ; même si elle l'avait voulu, elle n'aurait pu résister. La course de la Reine d'Eté prit le départ.

Moon dansa comme un observateur de récifs sur les

cent premiers mètres, en consacrant tous ses efforts à rester sur ses pieds dans la cohue avant que le nœud de corps commence à se dénouer. A mesure que des ouvertures se présentaient, elle s'y ruait, pas toujours facilement, recevant des coups de coude en représailles. Elle était incapable de voir combien de concurrentes la précédaient, elle ne pouvait que serpenter et bondir, essayer d'en dépasser le plus possible.

Un kilomètre et demi, ce n'était rien, à peine suffisant pour accélérer ses battements de cœur alors que Sparks et elle avaient si souvent fait la course sur les plages infinies de Neith... Mais ce parcours-ci se faisait en montant, sur des pavés durs et non du sable doux. A peine à mi-chemin, elle haletait déjà péniblement et son corps protestait à chaque foulée. Elle chercha combien de temps s'était vraiment écoulé depuis qu'elle avait couru sur le sable étincelant ; mais elle ne se rappelait même pas depuis combien de temps elle avait mangé et dormi assez pour satisfaire un corps d'oiseau. *La peste soit d'Escarboucle !* Il n'y avait plus qu'une dizaine de femmes devant elle, mais elles la distançaient peu à peu. De nouvelles coureuses la rattrapaient, la dépassaient. Elle vit avec inquiétude que l'une d'elles avait un ruban marron... pas vert ; le second groupe de concurrentes arrivait à la hauteur des premières parties ; elle trébucha alors que son esprit cessait un instant de guider ses jambes fatiguées.

Un kilomètre, encore cent mètres, d'autres encore la dépassaient constamment, il y en avait bien trente devant elle, à présent, et un point de côté lui coupait le souffle. *Elles vont me battre... et elles ne savent pas, elles ne savent même pas quel est leur but.* Pour atteindre ce but, elle rassembla ses dernières forces, vit passer dans un éclair la dernière borne, chassa toutes ses autres pensées jusqu'à ce qu'elle ait sous les pieds les dalles blanches de la cour du palais d'Hiver ; la guirlande de l'avant-dernière gagnante fut jetée sur ses épaules.

Haletante, souriante, éblouie, elle fut engloutie par l'extase de la foule, joyeusement félicitée à grand renfort de serrements de mains, de baisers, de larmes. Elle se fraya un passage dans la foule pour aller prendre sa place dans le cercle des gagnantes qui se formait au centre même de la cour. En se retournant, elle entendit puis elle vit le groupe de musiciens vêtus de blanc, portant des guirlandes comme la sienne et un chapeau haut de forme noir avec le blason d'Hiver. Ils étaient suivis par une petite procession d'Etésiens, d'autres membres de la famille Bonaventure portant un dais de filet décoré de coquillages et de verdure, soutenu par des avirons délicatement sculptés de créatures marines.

Sous le dais s'avançait le masque de la Reine d'Eté. Moon entendit les soupirs et les cris d'admiration comme un souffle de vent passant sur la foule, elle retrouva son émerveillement devant tant de beauté... *et son pouvoir, le visage du Changement.* Elle regarda celle qui le portait et sursauta : Destinée Ravenglass. Le cercle s'ouvrit pour la laisser entrer seule ; le reste de la procession fit le tour, en mêlant sa musique à celle des spectateurs.

L'aînée des Bonaventure s'inclina devant Destinée ou devant son chef-d'œuvre.

— L'Hiver couronne l'Eté et le Changement commence. Que la Dame t'aide à choisir sagement, femme hivernienne ; pour toi comme pour nous, dit-elle, sereine dans sa foi, confiante dans le jugement de la Dame.

— J'espère que je saurai choisir, répondit Destinée en s'inclinant aussi, sa robe blanche presque cachée par les rayons de soleil ruisselant du masque posé entre ses bras.

La Dame choisira... Pourquoi Destinée serait-elle désignée pour La représenter, si ce n'était pour choisir à son tour le seul visage, le seul cœur et le seul esprit sachant les secrets qu'elle connaissait de ce monde ? *Mais elle est presque aveugle !* Serait-elle capable de distinguer un visage d'un autre ? Comment saurait-elle ?

L'aînée des Bonaventure se mit à vaciller d'un pied sur l'autre et la tunique en dentelle de perles recouvrant son costume se balança en tintant. Elle psalmodia l'antique incantation de fête et le cercle de femmes s'ébranla lentement, dansant en croisant un pied devant l'autre, entraînant Moon dans la ronde. Elle entendait nettement les versets et les répons hypnotiques de la litanie, aussi profondément ancrés dans sa mémoire, s'enroulant aussi étroitement autour des images les plus primitives que ses plus lointains souvenirs. Il n'y avait pas de véritable rythme, comme dans la plupart des cantiques sacrés, parce que la langue ancienne s'était déformée avec le temps et l'air semblait bizarre à Moon. Elle chantait avec les autres mais une partie de son esprit restait à l'écart, observait le spectacle auquel elle participait si aisément, cette partie qui n'était plus certaine que Destinée la choisirait, aveuglément, sans aide. *Est-ce que le cerveau-sibylle contrôle réellement ce qui se passe ici ? Il me pousse dans la direction qu'il veut mais est-ce qu'il agit par ma main, est-ce qu'il peut vraiment actionner quelque chose qui n'est pas manipulé par des ficelles ?*

— ... Qui nous nourrit de son sein, et fait d'Elle notre tombeau ?

— La Dame nous donne tout ce qu'il nous faut. Nous lui donnons ce que nous pouvons.

Portant le masque, Destinée tournait maintenant en sens inverse, les examinait toutes mais restait impassible. Elle ne me reconnaîtra pas, pensa Moon.

— Qui remplit nos filets, nos bassins et nos ventres, qui emplit notre cœur de chagrin ?

— La Dame nous donne tout ce qu'il nous faut et demande tout ce que nous avons.

Moon se mordit la lèvre, luttant contre la panique, contre les mots, contre l'envie de crier : « Ici, je suis là ! » Elle voulait croire à la prédestination mais elle n'en était plus certaine. Elle ne pouvait se fier au hasard, après être venue de si loin, avoir tant vu. *Elle doit me choisir. Mais comment... ?*

— Les bienfaits de qui font pleurer le ciel, la malédiction de qui confond la mer et l'air ?

— La Dame nous donne tout ce qu'il nous faut, et nous fait ce que nous sommes.

La mémoire de Moon bondit à ce dernier verset et ses deux niveaux de conscience se fondirent en un : *Input !*

— Qui connaît celle qu'Elle appellera, ou ce que sera son destin ?

Le refrain se tut alors que Moon plongeait dans le Transfert, revint avec une soudaine intensité qui l'assourdit. Vacillant sous le choc elle essaya d'ouvrir les yeux. Mais ils étaient ouverts et, malgré tout, le monde qu'elle voyait était à peine moins diffus que le clair de lune, ses bords flous et indistincts. Ses autres sens déformaient tout... parce qu'elle était aveugle ! En une seconde, sa terreur la quitta et elle comprit qu'elle était... Destinée Ravenglass. Et que quelque part, dans cette rangée de figures entrevues, tournant autour de son corps immobile, il y en avait une qui devait être prise à l'autre pôle de ce Transfert...

Elle regarda passer les silhouettes confuses, en se demandant ce qu'elle trouverait, si elle serait capable de reconnaître ce qui prenait forme. Et puis elle en distingua une qui vacillait, soutenue, à demi portée... sur les bras des femmes indistinctes de chaque côté : elle-même. Elle se voyait elle-même. Et Destinée la regardait avec ses propres yeux, chaque œil voyant et reconnaissant son propre visage... Brusquement, Moon sentit son corps d'emprunt se libérer et s'avancer vers son vrai corps, vers le masque présenté devant elle par ses propres mains. Et en se rapprochant d'elle-même, elle vit que le visage était réellement le sien. Il regardait le masque, il la regardait avec étonnement, avec fascination. Elle le prit avec les mains tremblantes de Destinée, émue par sa beauté alors qu'elle le posait fermement sur ses épaules.

Une fois le masque en place, elle se sentit violemment ramenée, à travers le vide du Transfert, dans son propre esprit et entendit son cri qui mettait fin à la transe. En regardant maintenant par les ouvertures du masque, elle vit Destinée, médusée, devant elle, elle sentit ses propres bras encore tenus par ses voisines, elle entendit les acclamations de la foule. Mais elle ne se souvenait que de l'instant où Destinée avait touché la figure qui était de nouveau la sienne.

— Ma figure... J'ai vu ma figure et le masque de la Reine d'Eté...

La foule se pressa autour d'elles, rompit le cercle fragile des mains, balaya toutes les autres concurrentes. Moon perdit son soutien en retrouvant son équilibre ; elle saisit les mains de Destinée et la regarda en face.

— Destinée... C'est arrivé ! J'ai réussi ! Je suis la Reine d'Eté !

— Oui. Oui, je sais. C'était écrit. C'était sûr. Ce doit être la première fois que deux sibylles regardent par les yeux l'une de l'autre et se voient...

Destinée secoua la tête, ses yeux assombris, brillants de larmes. Elle lissa distraitement sa collerette de plumes blanches.

— Vous serez tout ce que doit être une reine que j'ai faite.

Le cœur de Moon se serra soudain.

— Mais pas seule. J'aurai besoin d'aide. J'ai besoin de personnes en qui mon peuple, et le vôtre, puisse avoir confiance. Voulez-vous m'aider ?

La collerette de plumes murmura quand Destinée hocha la tête.

— J'ai besoin d'une nouvelle carrière. Quoi que je puisse faire pour vous aider, ce sera de grand cœur, Moon... Votre Majesté.

Elles étaient dans l'ombre du dais. L'aînée des Bonaventure surgit entre elles, à la fois joyeuse et solennelle. Les autres Bonaventure s'inclinèrent, tout autour d'elle.

— Dame ! Voici vos devoirs pour aujourd'hui : vous devez aller dans le peuple pour montrer que la Nuit des Masques a commencé. C'est le moment d'être insouciant. De se réjouir. Et pour demain, vous avez trois devoirs : descendre aux docks quand l'aube se lève derrière les murs. Livrer l'Hiver à la Mer. Régner à sa place selon la volonté de la Dame.

Livrer l'Hiver à la Mer. Moon se tourna vers le palais.

— Oui... je comprends.

— Venez avec nous, maintenant, et montrez-vous au peuple. Jusqu'à demain, nous sommes tous entre deux mondes, entre l'Hiver et l'Eté, entre le passé et l'avenir. Et vous êtes l'annonciatrice.

La vieille Bonaventure désigna le dais à Moon.

— Destinée, voulez-vous venir avec moi ?

— Oui, bien sûr ! C'est peut-être la dernière fois que j'ai l'occasion de voir mes semblables dans toute leur gloire et je veux en profiter, assura l'aveugle en touchant tendrement son œil artificiel. Tous mes masques, une vie entière de travail, vont s'épanouir et se faner en une nuit... et bientôt ma vue ira se perdre dans la mer en même temps que les richesses d'Hiver, le bien et le mal ensemble.

— Non ! Je vous le jure, Destinée ! Ce sera un vrai Changement ! cria Moon alors que la foule les séparait.

— Moon ! Et Sparks !

Moon tendit les mains vers elle, éperdue, perdue dans la cohue.

— Je ne sais pas ! Je ne sais pas...

Des bras solides la soulevèrent sur une litière décorée de guirlandes et elle fut emportée, sous le dais, le long de la Rue comme une feuille tournoyant dans le courant.

Partout où elle était portée, elle voyait apparaître des masques ; les joyeux fêtards cachaient leur figure, se dépouillaient de leur identité, devenaient leurs fantasmes, tout comme la Reine d'Eté, tout comme elle. Ce soir, il n'y aurait pas d'Hiver ni d'Eté, d'extramondiens ni d'indigènes, de bien ni de mal. Partout il y avait des costumes, de la musique, des visages masqués qui riaient, chantaient et acclamaient la reine. Partout on suivait sa litière, on lui offrait des friandises, des boissons et des cadeaux, ou on cherchait simplement à la toucher pour qu'elle porte bonheur. Son devoir, ce soir, était d'être le joyeux papillon de mai, le symbole du bonheur fugace, parce que son règne ne commencerait que le lendemain, quand le monde redeviendrait réel...

Elle était reconnaissante, car son masque était tout cela pour eux, il lui permettait de faire partie de ce moment et de se dissimuler que le temps passait, que demain effacerait son rire. Parce que si son plan avait échoué, si Sirus manquait à sa parole, demain elle prononcerait les mots et ferait le geste, en tant que Reine d'Eté, et Sparks serait noyé...

49

Ainsi, elle croit vraiment qu'elle sera choisie Reine d'Eté ; elle entend des voix lui dire qu'elle va gagner. Jerusha arpentait lentement la vaste antichambre déserte du Juge Suprême, trop nerveuse pour s'asseoir tranquillement sur un des sièges dépareillés. *A des centaines contre une ? Non, Jerusha, l'univers se moque de ce qu'elle croit... comme toi et tout le monde. Ça n'a aucune importance.*

Dans cette salle triste, nue, rien ne distrayait son esprit des vides flous, où des objets avaient été et n'étaient plus. Bientôt, d'autres gens, d'autres meubles les remplaceraient, quand le Changement atteindrait l'éternelle Escarboucle. *Les choses changent tout le temps mais dans quelle mesure sont-elles vraies ? Est-ce que le choix d'un de nous, quelle que soit son importance apparente, peut faire la moindre différence dans le grand ordre des choses ?* En passant devant une fenêtre, elle vit son reflet en surimpression sur le panorama de la ville en pleine métamorphose et s'examina en silence.

— Commandant Pala-Thion. Vous êtes très aimable d'être venue. Je sais que vous avez été très occupée.

Le Juge Hovanesse venait de surgir sur le seuil et tendait courtoisement la main. Jerusha s'efforça d'oublier qu'on l'avait fait attendre bien après l'heure fixée. Elle salua.

— Je ne suis jamais trop occupée pour parler du bien de l'Hégémonie, Votre Honneur.

Ou du mien. Ou pour voir un homme manger ses mots. Elle lui serra poliment la main et il la fit passer dans la salle voisine. C'était une salle de conférence, avec une longue table formée d'autres plus petites et encombrée de terminaux portables. L'assortiment habituel de fonctionnaires locaux de l'Hégé, qu'elle finissait par tous connaître et détester, étaient assis, entre quelques membres de l'Assemblée, pour la plupart inconnus d'elle. Elle supposa qu'ils avaient dû rédiger le dernier de leurs rapports obligatoires sur tous les aspects imaginables de leur occupation de Tiamat. Même sur une planète aussi peu peuplée et aussi sous-développée, le processus du départ était monumental. Les quelques Kharemoughis présents avaient l'air de s'ennuyer à mourir. *Grâce aux dieux, je suis une Bleue, pas une fonctionnaire.* L'idée lui vint que, depuis qu'elle était commandant, elle n'avait pas été autre chose. *Mais hier, j'étais de nouveau un véritable policier.*

Elle écouta le léger brouhaha de leurs applaudissements, les mains frappant à plat sur la table, et compara cette réception avec celle qu'elle aurait attendue, jusqu'à la veille. La plupart des fonctionnaires affectés à Tiamat venaient de la même région de Newhaven, comme la majorité de la police, car l'Hégémonie estimait que l'efficacité était renforcée par une homogénéité culturelle. Et, au moins pour aujourd'hui, le fait qu'elle soit un des leurs à être honorée en présence de Kharemoughis semblait contrebalancer son sexe féminin. Elle salua dignement, remercia et prit une des chaises dépareillées au bout de la table.

— Comme vous le savez certainement tous, maintenant, déclara le Juge Suprême en reprenant sa place, le commandant Pala-Thion a découvert et déjoué au tout dernier moment une tentative de la Reine des Neiges de Tiamat de conserver le pouvoir...

Jerusha écouta avec gourmandise le rapport, en savourant chaque mot flatteur comme un parfum d'herbes rares. *Dieux, je risquerais de m'y habituer !* Tout en étant un Kharemoughi, Hovanesse sentait bien qu'en sa qualité de Juge Suprême il partageait la gloire, et il en rajoutait. Il buvait souvent une gorgée d'un liquide incolore ; Jerusha se demanda si c'était de l'eau ou quelque chose pour atténuer la douleur d'avoir à lui faire des compliments.

— ... Même s'il y a eu, comme nous le savons tous ici, une certaine controverse sur la nomination d'une femme au poste de commandant de police, je pense qu'elle a prouvé qu'elle était capable de relever le défi. Je ne suis pas sûr que notre choix initial pour ce poste, l'inspecteur-chef Mantagnes, aurait pu faire aussi bien face à la situation, si les rôles avaient été inversés.

Ça, c'est sûr ! pensa Jerusha en baissant les yeux avec une fausse modestie et réprimant un petit sourire.

— Je ne faisais que mon devoir, Votre Honneur, comme j'ai toujours essayé de le faire.

Et sans votre aide, pourrais-je ajouter ! Elle se mordit la langue.

— Néanmoins, commandant, intervint un des membres de l'Assemblée en se levant, vous terminerez votre service ici avec une citation flatteuse sur vos états de service. Vous faites honneur à votre monde et à votre sexe. (Cela fit tousser un ou deux Newhaveniens.) C'est la preuve qu'aucun monde, aucune race et aucun sexe n'a le monopole de l'intelligence ; tous peuvent et doivent contribuer à la grandeur et au bien de l'Hégémonie, sinon également, du moins selon leurs capacités individuelles...

— Qui écrit les graffiti dans sa cervelle ? marmonna aigrement le Directeur de la Santé publique.

— Je ne sais pas, murmura Jerusha derrière sa main, mais il est la preuve qu'en vivant des siècles on n'apprend rien.

Elle vit sa bouche se pincer sur un sourire et il leva les yeux au ciel avec une exaspération complice.

— Voudriez-vous dire quelques mots, commandant ?

Jerusha frémit mais comprit tout de suite que le parlementaire n'avait entendu parler que lui-même. *Mes dieux, faites que je ne m'étrangle pas !*

— Euh... Merci, monsieur. Je n'avais pas l'intention de faire un discours et je n'en ai vraiment pas le temps... *(Mais attendez un peu !)* Cependant, puisque vous êtes tous là et que vous m'écoutez, il y a une question qui me paraît assez importante pour lui consacrer quelques minutes. (Elle se leva et s'appuya sur la table bancale.) Il y a quelques semaines, on m'a fait part d'un fait extrêmement troublant, sur les ondins... ces créatures tiamataines qui nous fournissent l'eau de vie, précisa-t-elle pour ceux qui l'ignoraient ou prétendaient ne pas le savoir. On m'a dit que le Vieil Empire a créé les ondins et les a dotés d'une intelligence de niveau humain. L'homme qui m'a dit cela avait reçu l'information directement par un Transfert de sibylle.

Elle regarda les réactions autour de la table, comme les petites vagues concentriques à la surface d'un bassin ; elle essaya de deviner si l'étonnement était sincère ou si l'Assemblée le savait, si les fonctionnaires étaient au courant, si elle était la seule dans cette pièce à avoir été aveugle... Mais s'ils simulaient leur stupéfaction, ils étaient excellents comédiens. Des murmures de protestation s'élevèrent de tous côtés.

— Est-ce que vous voulez nous dire que l'on prétend que nous avons exterminé une race intelligente ? s'indigna Hovanesse.

Elle hocha la tête, baissant les yeux, marchant sur des œufs.

— Involontairement, bien sûr, sans le savoir, répondit-elle en revoyant les cadavres sur la plage, *mais en les tuant tout de même*. Je suis sûre qu'aucun de vous, ici, aucun membre de l'Assemblée hégémonique, ne permettrait une chose pareille. (Tout en parlant, elle faisait exprès de regarder le plus âgé des Porteurs de l'Insigne, un homme de plus de soixante ans qui devait être là depuis assez longtemps.) Mais quelqu'un l'a su autrefois, puisque nous connaissons l'eau de vie.

S'il savait, cela ne se voyait pas sur sa figure ; du moins elle ne le voyait pas et elle se demanda soudain pourquoi elle y tenait tant. Un des Kharemoughis intervint :

— Vous laissez donc entendre que nos ancêtres ont consciemment caché la vérité, afin d'avoir l'eau de vie pour eux ?

La dure insistance, sur le mot *ancêtres*, ne put échapper à Jerusha qui comprit qu'elle avait fait un faux pas. Critiquer les ancêtres d'un Kharemoughi, c'était comme si l'on accusait d'inceste quelqu'un de son propre peuple. Mais elle hocha la tête avec fermeté et obstination.

— Quelqu'un l'a caché, oui, monsieur.

Hovanesse but une gorgée.

— C'est une accusation particulièrement grave et déplaisante à faire dans un moment pareil, commandant Pala-Thion.

— Je sais, Votre Honneur. Mais je ne vois pas qu'il y ait d'auditeurs plus qualifiés. Si c'est vrai...

— Qui a porté cette accusation ? Quelles sont ses preuves ?

— Un extramondien du nom de Ngenet ; il a une plantation, une concession de terres ici à Tiamat.

— Ngenet ? ricana le Directeur des Communications. Ce renégat ? Il prétendrait n'importe quoi pour porter tort à l'Hégémonie ! Tout le monde le sait dans le gouvernement. La seule attention qu'il mérite de votre part, commandant, c'est une cellule de prison !

Jerusha sourit froidement.

— Il m'est arrivé de l'envisager, dans le temps. Mais il affirme que cette information lui vient d'une sibylle ; elle serait assez facile à confirmer en interrogeant une autre sibylle.

— Je ne porterai jamais atteinte à l'honneur de mes ancêtres en me livrant à un acte aussi déloyal, marmonna un autre Kharemoughi.

— Il me semble, dit Jerusha en se penchant de nouveau sur la table, que l'avenir de la population de ce monde, humaine et non humaine, devrait avoir beaucoup plus d'importance que la réputation de Kharemoughis retombés en poussière il y a un millénaire. Si un tort a été fait, avouons-le et réparons-le. Si nous fermons les yeux sur un massacre, nous ne valons pas plus cher que la Reine des Neiges. Nous sommes pires... éclaboussés du sang d'êtres innocents, par les esclaves et les laquais qui ne font qu'obéir à ce que nous exigeons, tandis que nous les punissons pour notre propre culpabilité en les maintenant à l'Age du Feu !

Effarée par les mots qu'elle entendait tomber de sa bouche, Jerusha retomba sur sa chaise. Un silence de mort accueillit sa péroraison. Immobile, elle avait fortement conscience de sa respiration oppressée et de leur bienveillance qui fondait comme neige au soleil.

— Excusez-moi, messieurs. Je... J'ai commis un impair. Je sais qu'il est dur d'affronter pareille accusation, c'est pourquoi j'ai eu tant de mal à décider de ce que je devais faire, si je devais rédiger un rapport...

— Pas de rapport, trancha Hovanesse.

Elle le regarda, étonnée ; puis son regard fit le tour de la table, la rage froide des Kharemoughis, le ressentiment furieux des Newhaveniens. *Idiote ! Quelle idée de penser qu'ils voudraient regarder la vérité en face ?*

— L'Assemblée examinera cette affaire quand nous aurons quitté Tiamat. Lorsque nous aurons pris une décision, le Centre de coordination hégémonique de Kharemough sera averti de tout changement de politique qui doit être apporté.

— Vous interrogerez au moins une sibylle, dit Jerusha en se tordant les mains sous la table, mourant d'envie d'une poignée d'iestas.

— Nous en avons une parmi nous, à bord, dit quelqu'un sans répondre directement.

Je plains la pauvre fille, avec une clientèle pareille, pensa-t-elle et elle se demanda si cette question-là serait jamais posée une deuxième fois.

— Quoi qu'il en soit, reprit sévèrement Hovanesse, notre décision ne vous concernera pas, Jerusha ; vous passerez le reste de votre carrière, et de votre vie, à des années-lumière de Tiamat, comme nous tous. Nous comprenons votre souci, nous apprécions votre franchise. Mais cette affaire et Tiamat seront désormais de pure forme.

— Sans doute, Votre Honneur. *(Et même la pluie ne tombe pas si elle ne tombe pas sur vous.* Elle se leva et les salua d'un geste raide.) Merci de m'avoir accordé votre temps et de m'avoir invitée. Mais je dois retourner à mes devoirs avant qu'ils deviennent eux aussi purement formels.

Elle tourna les talons sans attendre d'être congédiée et sortit rapidement de la salle. Elle était déjà dans le hall quand Hovanesse la rappela. Elle se retourna, mi-brûlante, mi-glacée, et vit qu'il était seul. Elle distinguait mal son expression.

— Vous n'avez pas laissé à l'Assemblée le temps de vous faire part de votre nouvelle affectation, commandant.

Ses yeux reprochaient à Jerusha son manque de tact et

son ingratitude envers les membres de l'Assemblée, mais il n'en souffla mot.

— Ah oui...

Elle prit machinalement l'imprimante, d'une main engourdie, en se demandant avec inquiétude ce qu'allait être son avenir.

— Vous n'allez pas la lire ?

Ce n'était pas une demande distraite ni même aimable et elle sentit l'engourdissement la gagner tout entière. Elle faillit refuser mais une certaine perversité la retint, la poussa à relever le défi.

— Oui, bien sûr, marmonna-t-elle.

Elle parcourut le papier bulle, un peu au hasard. La police de Tiamat allait être divisée, comme elle s'y attendait, réaffectée sur plusieurs mondes différents. Mantagnes restait inspecteur-chef. Et elle... elle trouva enfin son nom et lut...

— Il doit y avoir une erreur, dit-elle avec le calme de l'incrédulité totale, et elle relut : un commandement de secteur, presque l'égal de sa position à Tiamat, mais à la Base Paradis, à Syllagong, sur Grande Bleue. Il n'y a rien, là-bas, qu'un désert de scories.

— Et la colonie pénitentiaire. L'extraction intensive du minerai est d'une importance considérable pour l'Hégémonie, commandant. Il est question d'y créer une colonie supplémentaire ; c'est pourquoi on y augmente les forces de police.

— Noms des dieux, je suis officier de police ! Je ne veux pas diriger un camp de prisonniers ! protesta-t-elle, la main crispée sur le mince feuillet. Pourquoi suis-je envoyée là-bas ? A cause de ce que je viens de dire, là ? Ce n'est pas ma faute si...

— C'était l'affectation prévue, commandant. Mais à cause de votre réussite, vous avez été promue commandant de secteur.

Il parlait lourdement, avec toute la satisfaction d'un homme qui a toujours vécu d'influences et de renseignements secrets.

— Il est tout aussi important de réhabiliter les malfaiteurs que de les arrêter. Quelqu'un doit le faire et vous avez prouvé votre valeur dans une situation difficile.

— Une impasse ! s'écria-t-elle, en sachant fort bien qu'en discutant elle ne ferait que s'humilier davantage, mais sa colère prit le dessus. Je suis commandant de la police de toute cette planète. Je viens de recevoir une citation flatteuse. Je ne vais pas laisser ma carrière s'anéantir !

— Bien sûr, répliqua-t-il avec condescendance. Vous pourrez en discuter avec les membres de l'Assemblée, mais j'avoue que vous ne vous êtes pas fait d'amis en vous livrant à ces accusations outrageantes et répugnantes. Parlons carrément, commandant ! Nous savons tous deux que vous devez votre place au sommet à l'intervention de la reine. D'ailleurs, la seule raison pour laquelle vous aviez été nommée inspecteur, c'était pour lui plaire. Cette nouvelle position est plus que ce que vous méritez. Vous savez aussi bien que moi que jamais les hommes sous votre commandement, ici, n'ont accepté les ordres d'une femme. *(Mais c'était à cause d'Arienrhod ! Tout va changer, maintenant, a déjà changé !)* Le moral était épouvantable, l'inspecteur-chef Mantagnes me l'a souvent confié. On n'a pas besoin de vous dans la police, on ne veut pas de vous. Que vous acceptiez cette affectation ou donniez votre démission, cela ne regarde que vous. Cela nous est complètement égal.

Il croisa les mains dans son dos et resta planté devant elle comme un mur. Elle se rappelait les flatteuses banalités qu'il lui avait débitées il y avait moins d'une demi-heure. *C'est vous qui avez manigancé ça, vieux salaud ! Je le voyais venir ! Mais après hier j'avais pensé... j'avais cru...*

— Je me défendrai, Hovanesse, gronda-t-elle entre ses dents d'une voix vibrante de fureur. La reine n'a pas pu me détruire et vous n'y arriverez pas non plus.

Mais si, elle a réussi, Jerusha, elle a réussi... Elle tourna le dos et repartit et, cette fois, il ne la rappela pas.

Jerusha quitta le Palais de Justice et redescendit par la ruelle Bleue presque déserte vers le siège de la police. (Même pendant le Festival, les bambocheurs évitaient ce quartier.) Sa première et unique pensée était de s'adresser à ses hommes, de leur exposer son problème, de leur demander leur soutien. Leurs sentiments pour elle avaient changé, à cause de la veille ; elle l'avait vu sur presque tous les visages. Mais avaient-ils assez changé ? Si elle avait le temps, maintenant, elle aurait peut-être une bonne occasion de prouver qu'elle pouvait imposer le respect aussi bien qu'un homme. Mais elle n'avait même pas ce temps. Aurait-elle seulement celui d'essayer de les rassembler derrière elle ? Et même si elle y arrivait... à quoi bon ?

Elle se trouva soudain devant le siège, ce vieux fossile caché devenu si familier. Aucun autre bâtiment, aucun autre poste ne pourrait jamais être aussi détesté ou, elle s'en rendit compte soudain, aussi important pour elle. Mais, où qu'elle aille, si elle y allait sous l'uniforme qu'elle portait à présent, elle serait toujours une étrangère, elle aurait toujours à lutter non seulement pour faire du bon travail mais pour prouver qu'elle en avait le droit. Et il y aurait toujours un autre Hovanesse, un autre Mantagnes, qui ne l'accepterait jamais, qui chercherait à la chasser. Dieux, voulait-elle réellement passer le reste de sa vie de cette façon ? Non ! Pas si elle trouvait autre chose à faire qui fût aussi important pour elle que ce poste, quelque chose en quoi elle pourrait croire. Mais ici il n'y avait rien... rien. Après ce poste, au-delà, elle n'avait pas de vie, pas de but, pas d'avenir. Elle passa devant la porte, alla jusqu'au bout de la ruelle et sortit dans le flot de la fête.

50

Nerveux, manquant de sommeil, Sparks allait et venait comme un étranger dans les appartements de Starbuck. Il ne leur appartenait plus, mais il n'était pas libre de partir. Ses deux entrées privée et publique étaient surveillées, maintenant, pas par les gardes de la reine mais par les Etésiens furieux qu'elle ait voulu arrêter le Changement.

Ils gardaient aussi Arienrhod ; son plan avait été déjoué, il ne savait comment. Mais quand il avait interrogé les Etésiens sur Moon, leur avait demandé si c'était elle qui les avait prévenus, ils n'avaient pas su ou pas voulu lui répondre. Et quand il cherchait à les convaincre de le laisser sortir, qu'il était un Etésien comme eux, ils lui riaient au nez et le repoussaient dans la pénombre de la chambre avec des couteaux et des harpons. Ils savaient qui il était, Arienrhod le leur avait dit. Et ils entendaient bien le garder là jusqu'au sacrifice.

Arienrhod ne voulait pas le laisser échapper. Ses rêves avaient été anéantis, alors ceux de son Starbuck devaient l'être aussi. Si elle mourait, il mourrait demain ; elle l'avait lié à elle aussi indissolublement qu'ils le seraient quand on les jetterait à la mer. Elle était la Mer incarnée et Starbuck Son conjoint, et ils renaîtraient à la prochaine marée... mais dans de nouveaux corps et avec une âme pure, une âme étésienne. C'était ainsi depuis le commencement des temps et même si les extramondiens avaient déformé la légende pour servir leurs desseins, elle demeurait et demeurerait toujours. Qui donc était-il, lui, pour changer le Changement ? Moon avait essayé de l'en préserver mais son destin était plus fort qu'eux deux. Depuis qu'il avait été emmené, il essayait de ne pas penser à ce qu'il y avait eu entre Arienrhod et Moon, quand Moon avait dû enfin apprendre la vérité sur elle-même. Même si elle avait réussi à échapper à Arienrhod, elle n'avait aucun moyen de revenir vers lui en ce moment. Il ne pouvait qu'être reconnaissant d'avoir eu cette dernière heure avec elle, cette dernière consolation du condamné... le point final ironique d'une vie gâchée.

Il fouilla dans un coffre doré, trouva le ballot des vêtements qu'il portait en arrivant au palais, la première fois, et l'ouvrit. Il les étala avec soin sur le tapis moelleux ; au milieu du paquet, il y avait les colliers de perles qu'il avait achetés le deuxième jour de son séjour en ville... et sa flûte. Il la mit de côté, se déshabilla et enfila le large pantalon d'étoffe grossière, la chemise arc-en-ciel assortie aux colliers, en s'habillant comme pour un rite. Il reprit la médaille de son père sur la coiffeuse et la passa à son cou.

Puis, délicatement, il prit sa flûte et s'assit sur le bord du lit de repos aux pieds lourds.

Sparks porta la flûte à ses lèvres, la rabaissa, la gorge trop sèche. Il s'efforça de s'humecter la bouche, sentant se calmer le bourdonnement du sang à ses tempes. Levant de nouveau le fragile coquillage, il posa ses doigts sur les trous et souffla dans l'embouchure. Une note frémissante s'éleva, comme un esprit tout étonné d'être libéré d'un silence qu'il avait cru éternel. Le souffle manqua à Sparks et il ravala un peu de salive ; mille mélodies lui emplissaient la tête, cherchaient à s'évader. Il se remit à jouer, en hésitant, en se trompant de doigté, crispé, les oreilles blessées par les dissonances. Puis, progressivement, ses doigts se détendirent, le flot de musique pure ruissela, jaillissant de nouveau du fond de son être pour le ramener vers le monde qu'il avait perdu. Arienrhod avait tenté de détruire sa dernière réunion avec Moon, de lui voler même ça, comme elle l'avait privé du plaisir que procurait toute beauté ou toute joie qui ne venait pas d'elle ; mais elle avait échoué. La promesse et la foi de Moon étaient aussi pures que le chant et son souvenir emportait toute honte, cicatrisait toutes les blessures, redressait tous les torts...

Il leva les yeux et le charme fut rompu ; la porte gardée s'ouvrait soudain devant lui. Deux silhouettes entrèrent, en longue cape et capuchon. La deuxième marchait lentement, d'une façon un peu grotesque. La porte se referma derrière elles.

— Sparks Marchalaube Etésien...

Sparks cligna des yeux, leva un bras pour augmenter l'intensité lumineuse de la lampe suspendue.

— Que me voulez-vous ? Ce n'est pas l'heure...

— C'est l'heure... avec vingt ans de retard.

Le premier arrivant, celui qui marchait sans peine, avança dans le cercle de lumière et rejeta son capuchon. Sparks vit un homme d'un âge mûr plutôt juvénile, un extramondien. Un Kharemoughi, pensa-t-il à première vue, mais avec un teint plus clair, une charpente plus lourde, une figure plus ronde. Cette figure... une impression de déjà vu...

— Après vingt ans, il est grand temps de nous connaître, Sparks. Je regrette simplement que le décor ne soit pas plus propice à une joyeuse réunion.

— Qui êtes-vous ? murmura Sparks en se levant.

— Je suis ton premier ancêtre.

Les mots pénétrèrent dans l'esprit de Sparks, mais sans signification, et il secoua la tête.

— Je suis ton père.

Quelque chose, dans le pronom, paraissait incomplet, comme si l'inconnu n'exprimait pas tout ce qu'il éprouvait.

Sparks se rassit ; la tête lui tournait, le sang refluait de sa figure.

L'inconnu — son père — dégrafa sa cape et la jeta sur une chaise ; il portait dessous une simple combinaison de vol gris argent, avec l'insigne et le collier d'un membre de l'Assemblée hégémonique. Il s'inclina, l'air un peu gauche malgré sa grâce, comme s'il ne savait trop par où commencer.

— Premier secrétaire Temmon Ashwini Sirus.

Le second homme — un serviteur ? — se retourna, s'éloigna en boitillant et disparut dans la pièce voisine, les laissant seuls.

Sparks rit, pour couvrir un autre son.

— Qu'est-ce que c'est, une blague ? C'est Arienrhod qui vous envoie ? demanda-t-il en recouvrant de sa main sa médaille d'extramonde.

Il la serra entre ses doigts, crispa son poing dessus... en se rappelant combien elle l'avait taquiné et tourmenté, en lui répétant qu'elle savait à qui la médaille appartenait, qu'elle connaissait le nom de son père, en lui débitant des mensonges.

— Non. J'ai expliqué aux Etésiens que je venais voir mon fils et ils m'ont indiqué où tu étais.

Sparks ôta la chaîne de son cou et la jeta aux pieds de Sirus. Incrédule, la voix dure, il s'écria :

— Alors ça doit vous appartenir, héros... parce que c'est sûr que sa place n'est pas au cou de Starbuck ! Vous avez un sacré cran, de venir ici me tourner le couteau dans la plaie... voilà votre récompense. Emportez-la et allez-vous-en.

Il ferma les yeux, pour ne pas voir une ressemblance. Il entendit Sirus se baisser et ramasser la médaille.

— « A notre noble fils Temmon... » (La voix résonnante devint ténue.) Comment va ta mère ? Je lui ai donné ceci pendant la Nuit des Masques... ton héritage.

— Elle est morte, étranger, répliqua Sparks, en rouvrant les yeux pour observer l'expression de Sirus. Je l'ai tuée !... Elle est morte en me donnant le jour.

Le visage de Sirus marqua le chagrin et la stupeur.

— Morte en couches ? souffla-t-il comme si sa peine était sincère, mais Sparks ne fut pas convaincu.

— Oui. Nous n'avons pas toutes les facilités modernes, en Eté. On ne les aura plus ici non plus, après le Changement, grommela Sparks en passant les mains sur l'étoffe rugueuse de son pantalon. Mais qu'est-ce que ça pourra me faire ? Et à vous !

— Mon fils... Mon fils...

Sirus tournait et retournait la médaille entre ses doigts.

— Que puis-je te dire ? Le Premier ministre est mon père ; ton propre grand-père. Quand il est revenu me chercher, tout a été très simple. Son sang dans mes veines me rendait royal aux yeux de mon milieu, faisait de moi un chef, me donnait le droit de régner, me promettait le succès et le bonheur. En revenant à Samanthe, il m'a donné cette médaille et il m'a pris avec lui à l'Assemblée... Je l'ai donnée à ta mère parce qu'elle ressemblait tant au peuple de la mienne, avec ses yeux aussi bleus qu'un lac de forêt et ses cheveux semblables au soleil... Elle m'a retransporté dans mon monde natal, pour une nuit, alors que j'étais seul et que j'en étais si loin.

Il se leva, tendit la main, offrit la médaille brillante qui tournoyait au bout de la chaîne.

— Ceci était à elle. C'est à toi et ça le sera toujours.

Sparks sentit ses os se dissoudre et son corps se transformer en fumée.

— Salaud ! Pourquoi venez-vous ici maintenant ? Où est-ce que vous étiez, il y a des années, quand j'avais besoin de vous ? J'attendais que vous reveniez. J'ai tout fait pour être ce que je pensais que vous seriez, pour que vous vouliez de moi en me voyant. (Il écarta les bras, comme pour embrasser toutes les énigmes technologiques qu'il avait si laborieusement résolues, si vainement.) Mais, à présent, alors que tout est fini, que j'ai gâché ma vie... vous venez me voir comme ça !

— Sparks, ta vie n'est pas gâchée. Ta vie n'est pas finie. Je viens... réparer, dit Sirus en hésitant et Sparks se retourna lentement vers lui. Ta cousine Moon m'a parlé de toi. C'est elle qui m'envoie.

— Moon ?

Le cœur de Sparks lui monta à la gorge. Sirus lui sourit, un sourire encourageant, rassurant.

— Tu vois ? Ton esprit inspire cette réunion et son cœur en attend une autre, je crois... Maintenant que je connais ta cousine, je sais que tu appartiens à une excellente lignée... Maintenant que j'ai affronté sa confiance en toi, rien au monde ne peut me faire honte de t'avoir pour fils.

Le regard de Sirus se détourna, se porta sur les divers instruments et appareils, les témoins muets de leur même sang, de leur même héritage.

Sparks se leva quand son père s'approcha de lui. Sirus lui remit la médaille autour du cou, en le regardant au fond des yeux.

— Tu tiens plus de ta mère, mais je vois que tu as le besoin du Technicien de savoir pourquoi. Comme je voudrais qu'il y ait une réponse à toutes les questions...

Il posa une main hésitante sur l'épaule de Sparks, comme incertain qu'elle serait acceptée. Mais le fils regarda aussi son père dans les yeux, savoura l'instant et le contact de la froide cellule où une partie de son être, restée captive pendant des années, s'ouvrait enfin à la lumière et à la chaleur.

— Vous êtes venu... Vous êtes venu me chercher... Père...

Il prononçait ce mot qu'il n'avait jamais espéré entendre tomber de ses lèvres ; il posa sa main sur celle de Sirus, sur son épaule, et s'y cramponna comme un enfant.

— Père !

— Très touchant ! ricana l'autre homme en sortant de

la pièce voisine. Et maintenant, si ça ne vous fait rien, Votre Sainteté, j'aimerais bien en finir.

Irrité, Sparks lâcha Sirus et se retourna brusquement pour voir l'intrus ôter sa cape.

— Herne ! Qu'est-ce...

Avec un mauvais sourire, Herne s'avança péniblement, ses jambes paralysées enfermées dans l'exosquelette.

— La Voleuse d'Enfants m'envoie. Je suis ta doublure, Marchalaube.

Sparks se tourna vers son père.

— Qu'est-ce qu'il raconte ? Qu'est-ce qu'il fait ici ?

— Ta cousine Moon me l'a amené. Elle dit qu'il accepte de prendre ta place au sacrifice du Changement.

— Ma place ? Lui ?... Toi ? Pourquoi est-ce que tu ferais ça pour moi ? s'exclama Sparks, sans oser espérer...

— Pas pour toi, Marchalaube ! Pour elle. Elles se ressemblent plus que tu ne le crois. Bien plus... Moon savait. Elle savait de quoi j'avais besoin, ce que je voulais. Arienrhod, l'estime de moi-même... et, pour finir, le dernier rire. Et elle m'a tout donné. Dieux, j'ai hâte de voir la tête d'Arienrhod quand elle s'apercevra qu'elle a été volée, de tout ! Elle sera à moi, éternellement, après tout... ce sera un enfer et un paradis suffisants, pour elle et moi. Va-t'en retrouver ta pâle copie, Marchalaube, et j'espère qu'elle te contentera. Tu n'as jamais été digne d'une vraie femme.

Il tendit la cape. Sparks la saisit, la jeta sur ses épaules, l'agrafa.

— Façon de parler, je suppose, marmonna-t-il.

Son père lui donna un petit bocal d'une crème brune.

— Frotte ça sur ta figure et tes mains, pour que les gardes te prennent pour un Khameroughi.

— Un des élus de la Galaxie, ricana Herne.

Sparks s'approcha d'une glace et passa docilement le colorant sur sa peau, en se regardant disparaître. Il voyait derrière lui Sirus qui attendait, Herne qui tournait autour de la pièce, en reprenait possession, il voyait Starbuck dans son élément, et un fils avec son père... deux hommes différents, aimant la même femme qui n'était pas la même, qui l'aimaient maintenant pour ses différences. L'un d'eux prêt à retourner à la vie, l'autre à mourir...

Il acheva de se colorer la figure, rabattit le capuchon et retourna auprès de Sirus.

— Je suis prêt, dit-il en souriant enfin à son père.

— Fils d'un Premier secrétaire, petit-fils d'un Premier ministre... tu es bien fait pour le rôle. Y a-t-il quelque chose que tu veuilles emporter ?

Sparks se rappela la flûte, sur le canapé, et alla la prendre.

— C'est tout.

Il jeta un bref coup d'œil à tous les appareils et se détourna.

— Herne...

Sirus dit humblement quelque chose en sandhi et le répéta pour Sparks :

— Merci de m'avoir donné mon fils.

Sparks respira profondément.

— Merci.

Herne croisa les bras, avec une joie que Sparks ne comprit pas très bien.

— A votre service, *sadhu*. Tâchez de ne pas oublier que vous me devez tout. Et maintenant, sortez de chez moi, salauds. Je veux profiter de mes appartements et il ne me reste pas beaucoup de temps.

Sirus frappa à la porte ; elle s'ouvrit. Sparks se retourna vers Herne, dans son élément, à sa place. *Adieu, Arienrhod...* Sirus sortit avec son serviteur boiteux, laissant Starbuck seul.

51

Moon fut emportée par la foule du bout de la Rue à l'autre, jusqu'aux docks grinçants des bas-fonds d'Escarboucle où la ville s'ouvrait sur la mer. Arrivée là, la procession présenta des offrandes à la Mère de la Mer et libéra enfin Moon, après une éternité compressée en quelques heures, pour qu'elle passe jusqu'à l'aube sa Nuit des Masques comme elle le voulait. *Jusqu'à l'aube*.

Elle remonta par la Rue vers l'hôtel particulier de Jerusha Pala-Thion, en repoussant des adorateurs ivres, des prétendants avides dans la cohue costumée, sentant tout autour d'elle monter la fièvre et les passions. Mais cette énergie débordante lui faisait ressentir plus vivement sa solitude, cette solitude qui risquait de durer toute sa vie.

La nuit tombait au bout de la ruelle quand elle arriva enfin chez Pala-Thion et frappa à la porte. Jerusha lui ouvrit, vêtue d'une longue robe droite au lieu de son uniforme. Elle sursauta en apercevant la Reine d'Eté.

Moon ôta son masque et le tint dans ses bras, sans rien dire.

— Mes dieux...

Pala-Thion secoua la tête, comme si ce coup venait s'ajouter à tous les autres qui l'avaient assommée. Elle s'écarta, laissant entrer Moon dans la maison, à l'abri de la foule en délire.

Moon traversa le vestibule, entra dans le salon, le cœur battant, en cherchant...

— Non, rien encore, lui dit Jerusha en la suivant. Il n'est pas revenu.

— Ah !...

— Il n'y a pas de retard.

Moon hocha la tête, en silence, et posa le masque de Reine d'Eté sur le canapé.

— Déjà trop lourd pour vous ? demanda Jerusha ironiquement.

Moon se retourna et lut la lassitude, la désillusion qui ternissaient les yeux de Pala-Thion.

— Non... Mais demain à l'aube, si Sparks n'est pas... N'est pas...

— Avez-vous gagné ce masque honnêtement ? demanda Jerusha avec brusquerie, comme si elle attendait réellement une réponse franche, et Moon rougit.

— Je *devais* le gagner.

Jerusha fronça les sourcils.

— Vous voulez dire que vous croyez réellement que vous étiez prédestinée, sibylle ?

— Oui. Je l'étais. Je devais faire cela. Et je l'ai fait. Pour quelque chose de bien plus important que vous ou moi, commandant. Et je crois que vous savez... Voulez-vous toujours m'arrêter ?

Moon présentait ses mains ouvertes, en geste de défi, tout en observant l'expression hésitante de Pala-Thion. Jerusha se frotta les bras, sous les manches de son cafetan.

— Cela dépend de la réponse que vous allez me donner. J'ai une question, sibylle.

— Demandez et je répondrai, murmura rituellement Moon, en réprimant sa surprise.

— Sibylle, dites-moi la vérité, toute la vérité sur les ondins.

L'étonnement suivit Moon dans le puits de vide noir du Lieu Néant tandis que le cerveau de l'ordinateur remplaçait le sien pour apprendre la vérité à un autre extramondien.

Mais, sous cette vérité, il y en avait une autre, plus profonde, informe, qui surgit des ténèbres de la vision, pour elle seule. Elle vit les ondins, pas tels qu'ils étaient, jouets innocents, inconscients, de la Mer, mais tels qu'ils avaient été initialement créés : souples, intelligents, portant en eux le germe de l'immortalité. Le premier pas vers l'immortalité pour toute l'espèce humaine... et plus encore. On la leur avait donnée pour une raison précise, on leur avait donné l'intelligence pour la même raison, qu'elle était seule à connaître : la machine-sibylle, le répertoire secret de tout le savoir qui se trouvait là à Tiamat, sous Escarboucle, sous la mer. Elle vit les ondins régner pacifiquement sur ce monde aquatique, gardiens du cerveau-devin, possédant toutes les connaissances qui l'entretiendraient et le feraient fonctionner. Les savants du Vieil Empire responsables de ce projet avaient espéré que le réseau des devins et des sibylles gagnerait suffisamment de temps pour perfectionner l'immortalité humaine, ou neutraliserait au moins la carie qui rongeait l'Empire de l'intérieur.

Mais la décadence avait touché ce monde en premier, sous forme de petits royaumes qui s'étaient coupés du pouvoir atrophiant et dont les pillards à courte vue voulaient une immortalité imparfaite pour eux, tout de suite, s'ils ne pouvaient posséder la parfaite immortalité. Les propres sujets de l'Empire se mirent à massacrer les ondins et les empêchèrent de remplir leurs devoirs, détruisant le réseau de devins avant qu'il puisse vraiment se constituer. Le Vieil Empire s'écroula totalement, irrévocablement, sous son propre poids... mais le mortel secret dévoilé de l'eau de vie persista, ressuscita avec la montée de l'Hégémonie et le cycle de massacres recommença. Les ondins avaient alors perdu toute compréhension de leur raison d'être et ils étaient retombés dans leur union primitive avec la mer. Les colons humains, luttant pour se créer là un nouveau foyer, ne comprenaient pas davantage le secret sous la mer ; ils rendaient pourtant hommage au vestige de son souvenir, représenté par la Mère de la Mer, et jugeaient sacrés ses enfants immortels.

Le réseau des devins continua de fonctionner, en dispensant son savoir à la civilisation infirme qui se relevait des ruines du Vieil Empire, mais ses réponses devenaient obscures et exaspérantes... Et Moon vit enfin qu'il avait perdu un aspect encore plus profond de son pouvoir. Les manipulations maladroites qui l'avaient guidée pour accomplir sa volonté n'étaient pas un hasard, n'avaient jamais voulu être un phénomène unique. Les devins et les sibylles avaient été conçus pour être autre chose que de simples transmetteurs d'un savoir de seconde main ; ils étaient destinés à devenir les agents d'un nouvel ordre social, destinés à apporter la stabilité, à ramener l'humanité à la civilisation dont ils avaient fait partie. Et leur fonction s'était presque perdue, en même temps que la clarté des données originales.

Mais elle, Moon, était devenue la Reine d'Eté, comme le voulait le cerveau-sibylle. Et maintenant qu'elle l'était, le monde pourrait reconstruire tout ce qui avait été détruit. Elle était le dernier espoir du cerveau-sibylle ; il avait consacré toutes ses ressources faiblissantes à la guider dans sa recherche. C'était uniquement en inversant sa désintégration qu'il pourrait recommencer à fonctionner pleinement, et seulement alors il l'aiderait à mettre fin à jamais au cycle de domination de l'extramonde. Il continuerait de la guider mais ce serait à elle de réaliser l'idéal...

— *Stop analyse !*

Moon vacilla alors que le Transfert la libérait. Jerusha la soutint et la conduisit vers le canapé.

— Ça ne va pas trop mal ? demanda-t-elle en guettant sur sa figure un signe de compréhension.

Moon secoua la tête et s'affaissa sous le poids de la dernière révélation.

— Ah ! notre Dame...

Un gémissement, en comprenant vers qui elle lançait sa prière.

— Comment... Comment puis-je changer mille ans d'erreur ? Je suis seule, je ne suis que Moon...

— Vous êtes la Reine d'Eté, et une sibylle. Vous avez tous les outils qui vous sont nécessaires. Ce n'est qu'une question de temps... En aurez-vous assez, avant que l'Hégémonie revienne ?

Moon releva lentement la tête et Pala-Thion se détourna.

— Non. Je ne vais pas vous arrêter. Comment pourrais-je vivre avec tant de mort, et vivre avec moi-même ? Et pour quoi...

Moon mit un moment à se rendre compte que ce que Pala-Thion avait entendu n'était que ce que Ngenet avait appris et non ce qui avait été chuchoté dans son esprit, là dans les ténèbres secrètes. Ce que Jerusha considérait comme un défi n'était pas le vrai, pas une rivalité de simple force technologique, mais un tout autre défi, sur un plan tout à fait différent, aux répercussions infiniment plus grandes... un changement qui se répercuterait dans toute la galaxie. Pala-Thion avait quand même compris qu'il y avait un défi, que son issue exigerait de souffrir et de mourir, et cela suffisait. Moon hocha la tête.

— Cela a plus d'importance pour plus de gens que je ne saurais dire.

Pala-Thion sourit légèrement.

— Ma foi, c'est une consolation.

Elle fit quelques pas dans la pièce et alla prendre le

coquillage sur la table à côté de la porte. Elle le tint entre ses mains pendant un long moment, le dos tourné.

Moon s'allongea sur le canapé ; elle était en plomb, l'esprit engourdi, elle se demandait comment elle survivrait à l'aube du lendemain pour affronter les longues années à venir.

— Il faut que je retourne à...

Pala-Thion s'interrompit en entendant frapper à la porte. Moon se redressa en se tordant les mains. Jerusha disparut dans le vestibule. La porte s'ouvrit, des gens entrèrent...

— Vous !

La voix atterrée d'un homme trahi. Une voix qu'elle connaissait... Moon se leva, s'élança. Elle vit trois silhouettes à contre-jour, sur le seuil, une tête rousse nimbée d'or.

— Du calme. Ne soyez pas si pressé, Sparks, dit Pala-Thion en lui saisissant le bras d'une main de fer alors qu'il tentait de fuir dans la ruelle. Si c'était un traquenard, vous seriez dans ma prison, pas chez moi.

— Je... Je ne comprends pas...

— Moi non plus... pas tellement.

Elle le lâcha. Sirus était à côté d'elle, avec un sourire rassurant.

— Sparks...

Il sursauta.

— Moon !

Elle lui tendit les bras et il entra dans le salon ; le reste du monde cessa d'exister pour leurs deux cœurs.

— Ah, Moon ! Moon ! souffla-t-il contre son oreille et il étouffa sous un baiser ce qu'elle voulait dire.

— Sparkie...

Elle goûta des larmes.

— Sparks...

Tous deux se retournèrent à la voix de Sirus.

— Je dois te laisser, maintenant. A présent que tu es en de bonnes mains.

Il sourit tristement. Sparks se sépara de Moon et s'avança vers son père. Le cœur déchiré, Moon les regarda s'embrasser pour la dernière fois, avant que Sirus reparte dans le tumulte de la rue. Pala-Thion ferma la porte et regarda Sparks. Il se força à soutenir son regard.

— Je vais vous dire ce que je sais de la Source. C'est ça que vous voulez, n'est-ce pas, pour me laisser aller... c'est tout ce que vous voulez ? demanda-t-il comme s'il n'arrivait pas à y croire.

Elle hocha la tête mais son expression resta sombre. Il ferma les yeux.

— Ecoutez, commandant... Je ne sais pas pourquoi vous faites ça... sinon que ce n'est pas pour moi. Mais je tiens à vous dire que je regrette... Je sais que ça ne sert à rien, que ça ne change rien, que ça ne veut même rien dire, mais... je regrette.

— Ça veut dire quelque chose, Marchalaube.

Elle parut surprise que ce soit vrai.

— Il y a au moins une chose que je peux faire pour vous, dit Sparks avec brusquerie.

Il traversa la pièce, arracha du mur l'affreuse pendule géométrique, la jeta par terre et la piétina, à la stupéfaction de Moon. Puis il sourit en se frottant les mains.

— Si vous avez détesté cette pendule sans savoir pourquoi, voilà la raison. Un émetteur subsonique à l'intérieur. Il se peut qu'il y en ait d'autres que j'ignore.

Il revint auprès de Moon et lui prit la main comme s'il avait peur qu'elle disparaisse. Jerusha pensa aux années de souffrance inutile, de doute de sa propre raison... en comprenant que c'était enfin fini.

— J'ai toujours voulu transformer ce musée en véritable salon. Mais, je ne sais pas, je ne l'ai jamais fait... (La lassitude désabusée revint sur sa figure, à croire qu'elle ne l'avait jamais quittée.) Eh bien, Moon. Vous avez tout ce que vous êtes venue chercher ici ; j'en suis heureuse. Une fois que Sparks aura témoigné, vous aurez tous deux cessé d'exister pour moi. Ce sera la fin des problèmes que vous m'avez posés... J'espère que vous pourrez résoudre les vôtres, maintenant.

Elle passa devant eux et disparut dans le fond de la maison.

— Qu'est-ce qu'elle a voulu dire ? demanda Sparks.

Moon secoua la tête, sans croiser son regard.

— Elle veut sans doute parler de tout ce qui s'est passé depuis un an. *(Cinq ans !)* Et de tout ce qui va se passer ici, après le Changement.

Elle se tourna vers le masque de la Reine d'Eté. Il suivit son regard.

— Qu'est-ce que c'est que ça ?

— Le masque de la Reine d'Eté, murmura-t-elle, et il s'écarta brusquement d'elle.

— Il est à toi ? Tu l'as gagné ? Non ! Ce n'est pas possible ! Tu n'as pas pu gagner... à moins d'avoir triché !

Moon vit son reflet, le reflet d'Arienrhod dans ses yeux.

— J'ai gagné parce que c'était mon destin ! Je le devais... et pas pour moi-même !

— Je suppose que tu as fait ça pour Tiamat ! C'est ça qu'elle disait toujours, aussi.

Il s'écarta plus encore.

— Je suis une sibylle, Sparks, et c'est pour cela que j'ai gagné. Oui, j'aime Tiamat... et Arienrhod l'aime aussi. Plus que quiconque, elle a vu ce qu'était ce monde, ce qu'il est devenu, ce qu'il va cesser d'être. Et elle t'aimait, tu ne peux pas le nier.

Sparks baissa les yeux. Moon ressentit dans sa poitrine deux douleurs différentes.

Pala-Thion revint, en uniforme, et sortit de la maison sans rien dire. La porte s'était ouverte et refermée, les coupant de nouveau des réjouissances extérieures. Moon caressait les longs rubans du masque de la Reine d'Eté. Son masque...

— Sparks, je t'en prie, comprends que c'est juste. Le fait que je sois Reine d'Eté s'inscrit dans quelque chose de beaucoup plus grand, beaucoup plus important que toi ou moi. Je ne peux pas te l'expliquer maintenant... (Elle savait, le cœur gros, qu'il n'avait jamais été destiné à savoir, qu'il avait toujours été ennemi de la sagesse informe qui la guidait.) Mais nous devons mettre fin à l'exploitation de Tiamat par l'extramonde. A Kharemough, j'ai rencontré un devin, j'ai appris qu'il y a des sibylles et des devins dans tous les mondes du Vieil Empire. Leur raison d'être est d'aider ces mondes à reconstruire et à réapprendre. Je peux répondre à n'importe quelle question.

Elle vit ses yeux s'arrondir et changer d'expression.

— Et à Kharemough, j'ai commencé à voir ce que tu as toujours vu, à propos du progrès, de la technologie, de la... magie de ce que font les extramondiens et qui n'est pas de la magie pour eux. Ils comprennent tellement plus que... Ils n'ont pas à avoir peur de la maladie, des os cassés, de l'accouchement. Ta mère ne serait pas morte... Nous avons le droit de vivre ainsi nous aussi, sinon il n'y aurait pas de sibylles dans ce monde.

Il la regarda avec nostalgie, rêvant de ce qu'elle avait vu qu'il ne verrait jamais.

— Notre peuple est heureux comme il est, bougonna-t-il. S'il se met à chercher la puissance, à vouloir ce qu'il n'a pas, il finira comme les Hiverniens. Comme nous.

— Qu'est-ce que tu nous reproches ? Nous voulons savoir, nous demandons notre héritage. C'est tout. Les extramondiens cherchent à nous faire croire que c'est mal de ne pas nous contenter de ce que nous avons. Mais ce n'est pas pire que d'en être exagérément satisfait. Le changement n'est pas mauvais, le changement, c'est la vie. Rien n'est tout bon ni tout mauvais. Pas même Escarboucle. C'est comme la mer, elle a des marées, le flux et le reflux... Ce que tu choisis de faire de ta vie n'a pas d'importance, à moins que tu aies le droit de choisir n'importe quoi. Nous n'avons pas le choix. Et les ondins n'ont même pas le droit de vivre.

Et ils doivent vivre, ils sont la clef de tout.

— Bon, bon, ça va, j'ai compris. Quelqu'un doit essayer de changer tout ça. Mais pourquoi nous ? demanda Sparks, une main serrant sa médaille. Tu sais... Mon... mon père m'a dit qu'il pourrait nous faire quitter Tiamat. S'arranger pour nous emmener à Kharemough. Ce serait si facile...

— Ils n'ont pas besoin de nous à Kharemough. On a besoin de nous ici. (Revoir Kharemough, le Marché aux Voleurs, le ciel nocturne : *Ce serait si facile. Même si nous semons mes graines ici, nous ne verrons jamais la moisson, nous ne saurons jamais si nous avons gagné ou perdu...*) Et nous devons quelque chose aux deux mondes, que nous ne pouvons rembourser qu'ici.

— Il y a des choses qui ne peuvent jamais être remboursées, murmura Sparks en allant à la fenêtre et Moon vit quelqu'un, dehors, agiter la main en passant. Et devoir rester ici, à Escarboucle, dans ce palais... Je ne sais pas si je pourrai le supporter, Moon. Je ne peux pas repartir de zéro, dans ce même endroit où j'étais...

— Regarde cette foule dans la rue. C'est la Nuit des Masques, la nuit de la transition. Personne n'est plus ce qu'il était, ni sera... nous ne sommes rien, notre potentiel est infini. Et quand les masques sont ôtés, ils emportent nos péchés, ils nous laissent libres d'oublier et de repartir du bon pied.

Et de prouver à l'esprit-sibylle que tu es tel que je te vois, que tu ne portes pas un masque de mort...

— Après ce soir, rien ne sera plus pareil, insista-t-elle en se rapprochant de lui. Pas même Escarboucle. Les Etésiens vont arriver, l'avenir avance. Ce sera un monde neuf, pas celui d'Arienrhod. (*Mais il sera aussi le sien, il le sera toujours*, pensa Moon sans le dire.) Et je te promets de ne plus jamais remettre les pieds au palais.

Et je ne dirai jamais à personne pourquoi.

Il la regarda avec surprise et quand il crut à ce qu'il voyait, le soulagement illumina sa figure. Mais il soupira malgré tout et elle sentit toujours cette distance entre eux.

— Ça ne suffit pas. J'ai besoin de temps... le temps d'oublier, de croire de nouveau en moi, en nous. Une nuit ne suffit pas. Une vie entière ne suffira peut-être pas.

Il se tourna encore une fois vers la fenêtre. Moon regarda dehors aussi, incapable de le contempler, regarda la foule mouvante, floue, des taches d'huile irisées sur la mer. Elle pensa qu'il ne pleuvait jamais, ici, qu'il devrait pleuvoir... Il n'y avait pas d'arcs-en-ciel.

— J'attendrai, souffla-t-elle, la gorge serrée. Mais ce ne sera pas si long. (Elle trouva les mains de Sparks sur l'appui, les serra.) Ce soir, mon devoir est d'être heureuse, affirma-t-elle, l'ironie plissant sa bouche. Ce devait être notre Festival, à garder éternellement dans notre souvenir. C'est le dernier Festival et nous ne l'oublierons pas. Veux-tu sortir et mettre fin à notre vie comme nous le devons ? Peut-être, si nous faisons un effort, pourrons-nous faire de cette nuit un souvenir inoubliable ?

Il hocha la tête ; un sourire hésita sur ses lèvres.

— Nous pourrions essayer.

Elle se retourna vers le masque de la Reine d'Eté, le vit recouvert d'autres figures, les nombreuses vies sacrifiées pour qu'il soit à elle... Un visage.

— Mais d'abord... je dois aller dire adieu à quelqu'un.

Elle se mordit la lèvre, à se faire mal : une contre-douleur. Sparks se retourna.

— Qui ?

— Un extramondien... Un inspecteur de police. Je me suis enfuie du camp des nomades avec lui. Il est à l'hôpital.

— Un Bleu ? s'exclama-t-il et il essaya de rattraper son indignation. Alors ce doit être plus qu'un Bleu, un ami.

— Plus qu'un ami, murmura Moon faiblement, puis elle regarda Sparks en face, espérant qu'il comprendrait.

— Plus qu'un...

Il fronça brusquement les sourcils et rougit.

— Comment as-tu pu... ? Comment as-tu... Comment ai-je pu ? Nous...

Sa voix se brisa. Elle baissa les yeux.

— J'étais perdue dans la tempête et il était mon ancre marine. Et j'étais la sienne. Quand un être vous aime plus que vous ne vous aimez vous-même, on ne peut s'empêcher...

— Je sais, dit-il en laissant sa colère fuir dans un soupir. Mais... maintenant ? Toi et lui ? Et moi ?

Elle passa une main sur les broderies vives de sa tunique de nomade.

— Il ne m'a rien demandé pour toujours. (Elle savait bien qu'il ne le pouvait pas.) Il a toujours su que personne ne passerait jamais avant toi, ou ne se placerait entre toi et moi, ou prendrait ta place pour moi. (Même s'il avait voulu essayer, avait essayé. Elle vit la figure de Gundhalinu s'interposer entre elle et les traits tirés de Sparks.) Personne ne le peut. Il m'a aidée à te retrouver. *(Il a renoncé à tout, il m'a tant donné, et moi que lui ai-je donné ? Rien.)* Et puis il m'a quittée, sans rien demander. Je dois m'assurer qu'il... qu'il va bien, qu'il ira bien, quand il partira d'ici.

Sparks rit et le rire lui déchira la gorge.

— Et nous ? Est-ce que nous irons bien, quand ils seront partis ? Quand nous devrons vivre avec leur souvenir qui regarde par-dessus notre épaule, pour nous rappeler que nous avons rompu notre serment, notre promesse... que nous les avons violés et encore violés ?

— Nous prêterons un nouveau serment. Pour nos âmes ressuscitées... demain. (*Après cette nuit. Après l'aube.* Elle alla reprendre le masque de la Reine d'Eté.) Mais je pense que nous n'avons jamais violé l'ancien, au fond de notre cœur.

Il l'embrassa, rien qu'une fois, avant qu'elle remette le masque.

— Et toi ? Il te faudrait un masque ?

— Non, répliqua-t-il. Je n'en ai pas besoin. J'ai déjà ôté le mien.

52

— Ma foi, c'est sûrement pas comme ça que je pensais passer la Nuit des Masques !

Tor s'interrompit pour se fourrer dans la bouche une nouvelle pâtisserie au miel et à l'alcool dont elle avait les mains pleines, pour tenter d'engourdir son corps et son esprit avant la fin du monde prochaine. Elle remit son masque en place et se cramponna à la masse solide de Pollux, une ancre de sécurité dans la foule qui commençait à se clairsemer.

— Sûrement pas avec un tas de ferraille comme gros câlin et un avenir d'écailleuse de poisson. Merde, j'ai le mal de mer dans une baignoire. Et j'ai horreur du poisson, bons dieux !

Elle hurlait et une voix lui répondit :

— T'es pas la seule, ma vieille !

Une silhouette masquée fit un geste de dégoût avant de disparaître après sa compagne d'un soir dans un entrepôt abandonné. Tor les suivit des yeux avec envie ; Pollux regardait droit devant lui dans la Rue. Presque tout le monde avait déjà trouvé une âme sœur provisoire.

— Je regrette que les choses aient mal tourné pour toi, Tor, dit soudain Pollux. Si tu veux passer ton temps avec une personne, ça ne me gêne pas.

Tor lui jeta un coup d'œil, avec l'idée tout à fait irrationnelle que ça l'ennuierait beaucoup.

— Non, va, je peux faire ça n'importe quand... Mais c'est la dernière nuit où je t'aurai.

Il ne répondit pas. Ils avaient fait un voyage sentimental aux docks et autour des entrepôts de la basse ville, parce qu'elle s'était dit qu'elle préférait passer la dernière nuit de son monde dans le quartier de son enfance, de ses origines, à se rappeler sa jeunesse, à revivre le temps où elle n'avait jamais aspiré à tout ce qu'elle avait fini par devenir. Elle espérait que si elle pouvait se le rappeler quand il n'existerait plus, sa perte ne lui causerait pas autant de peine.

Elle se demanda qui dirigeait le casino, ce soir, ou s'il restait seulement quelqu'un. Même Herne avait disparu, par la singulière magie de Moon Marchalaube. Tor était retournée juste le temps d'emporter les quelques effets qu'elle voulait conserver, des jours où elle était Persiponë, et les avait laissés chez son demi-frère. Il y avait longtemps qu'elle ne l'avait pas vu et il n'était pas là ce soir non plus, il était déjà parti à la fête ; d'ailleurs, ils n'avaient jamais été très proches.

— Ce soir, Polly, tu es le seul qui se rapproche d'un ami, dit-elle en soupirant. Tu l'as peut-être toujours été. (Elle s'assit sur une vieille caisse, à l'aise dans sa combinaison d'autrefois, dans son vieux quartier.) Tu n'as jamais râlé, même quand je te faisais travailler dur, quand je t'engueulais... Bien sûr, tu ne pouvais pas te plaindre, probable, alors qu'est-ce que ça prouve, hein ? (Elle mangea un autre gâteau. Pollux était patiemment assis sur son trépied, devant elle. Elle vit un voyant rouge se mettre à clignoter sur sa poitrine ; l'information se court-circuita dans sa tête et passa inaperçue.) Est-ce que tu n'as jamais de peine, vraiment, tu ne ressens jamais rien, quelque part à l'intérieur ? Est-ce que je ne t'ai jamais blessé, ou offensé, ou quelque chose ? Bons dieux, j'espère que je ne t'ai jamais offensé alors que tu as toujours été si bon pour moi...

Elle renifla, les yeux larmoyants.

— Tu ne pouvais jamais m'offenser, Tor.

Elle leva les yeux vers la face impassible, en essayant d'interpréter la signification de ce ton monotone.

— Tu parles sincèrement ? Je veux dire, c'est bien vrai ? Tu... Tu m'aimes bien ?

— Je t'aime mieux que bien. Oui. Oui, Tor.

— Eh bien, tu m'en diras tant ! Je croyais que tu n'étais pas censé aimer les gens, que tu ne pouvais pas. Ressentir quoi que ce soit, je veux dire. J'ai toujours cru que tu étais... euh... bête, quoi. Sans vouloir t'offenser.

— Je contiens un ordinateur sophistiqué, Tor. Je suis programmé pour ne pas juger, sauf en matière légale. Mais il est difficile de ne pas juger, à mon niveau de complexité. J'ai besoin d'une réadaptation constante.

— Ah !... Ma foi, finalement je crois que j'ai toujours su que tu n'étais pas simplement un appareil de levage. Parce que, dans le fond, qu'est-ce qu'un appareil de levage saurait sur ma coiffure ? Ou... comment est-ce qu'il irait rapporter aux Bleus tout ce qui se dit dans la Rue ? Ou me sauverait la vie... Euh, Polly ? dit-elle en lui tapotant le torse. On a quand même passé de bons moments tous les deux, hein ? Tu te souviens quand le vieux Prinçorage t'a affecté à moi ? Bon Dieu, ce que je pouvais être fière ! Etre chargée de toi, c'était le plus grand honneur de ma vie, tu sais ? Qui se serait douté... Mais dans un sens, ça l'était peut-être. Je n'avais pas de regrets, alors. Ma foi, je ne sais pas... Je crois qu'il me faudra longtemps pour comprendre ce que ça a été pour moi, d'être Persiponë, murmura-t-elle en contemplant ses mains qui n'étaient plus calleuses. Dis donc, qu'est-ce que c'est que ce voyant qui clignote sur toi ? J'ai oublié de faire quelque chose pour toi ?

— Non, Tor. Cela signifie que mon contrat expire.

Elle se leva en chancelant, sous le choc de la surprise.

— Ah... Ah, je sais. Oui, enfin je savais qu'il expirait ce soir mais...

Mais je croyais que personne ne s'en apercevrait, peut-être. Elle mangea goulûment le dernier gâteau alcoolisé, froissa le sac et le jeta rageusement. Le Festival jonchait la rue de détritus et de papiers gras, à perte de vue.

— Tu veux partir maintenant ?

— Non, Tor, répondit Pollux en la regardant de son air impassible. Mais si je ne suis pas bientôt au siège de la police, je cesserai de fonctionner et deviendrai paralysé.

— Ah, je ne savais pas. Alors on ferait bien d'y aller, peut-être.

Elle prit le gros bras anguleux pour remonter dans la rue, pour reprendre leur ascension. De temps en temps, elle se retournait, jusqu'à en avoir le vertige.

— Qu'est-ce qui va t'arriver maintenant, Polly ? Où est-ce que tu vas aller ?

— Je ne sais pas où je serai envoyé, Tor, mais je serai reprogrammé d'abord, avec de nouvelles données. J'oublierai tout ce qui s'est passé ici.

— Tu veux dire que tu vas oublier Escarboucle ? Tout ça ?

— Oui, Tor. Tout ce qui n'est pas essentiel. Tout. Tout, répéta-t-il en se tournant vers elle. Est-ce que tu m'aimes, Tor ?

— Eh bien... Oui, bien sûr. Qu'est-ce que j'aurais fait sans toi, toutes ces années ?

Mais cela ne suffisait pas, elle le comprit en le regardant, même s'il n'y avait rien à voir sur sa figure.

— Non, je veux dire, je t'aime beaucoup, vraiment. Comme un véritable ami. Comme une vraie personne. En fait, si tu n'avais pas été une mécanique, tu sais, j'aurais même pu peut-être... Tu sais, quoi, conclut-elle avec un rire embarrassé.

— Merci, Tor.

Il fit un mouvement qui était presque une inclinaison de la tête et ils repartirent.

Quand ils arrivèrent près de la ruelle Bleue, ils croisèrent une petite foule de gens qui descendaient la rue dans un joyeux tumulte de musique et de rires.

— Regarde, Polly, voilà la Reine d'Eté ! Voilà l'avenir que nous croisons.

Parmi la ménagerie de masques, il y avait une figure qui n'était pas cachée, une figure singulièrement familière couronnée de cheveux flamboyants... Sparks Marchalaube ? s'étonna Tor et elle essaya de mieux voir, mais déjà il se perdait dans la foule qui s'éloignait. Non... Elle secoua la tête, refusant d'y croire, parce que ce n'était pas possible. Pas possible.

Pollux ralentit le pas et se tourna vers l'entrée de la ruelle Bleue.

53

Jerusha soupira et se renversa contre le dossier de sa chaise, au bureau du service de nuit, les yeux errant autour de la pièce vide. Presque tous les hommes étaient dehors, en cette dernière nuit du Festival, pour maintenir l'ordre en effectuant leur dernière mission en ce monde, la plus exaspérante.

N'ayant rien à fêter, elle n'avait pas le cœur à regarder le reste du monde sans elle. Elle était donc restée à son poste. Il y avait eu peu de gros problèmes et elle avait été surprise par la longueur et l'ennui écrasant de cette nuit. Vide... il n'y avait pas d'autre mot. Elle soupira encore et augmenta le volume de sa radio, pour noyer l'avenir. Dieux, était-ce pire de ne pas savoir ce qu'elle allait devenir, ou de le savoir avec certitude ?

Tor Marchétoile se redressa et se frotta les yeux, sur le banc où elle s'était endormie deux heures plus tôt. Ivre morte, plutôt. Jerusha l'avait senti d'un bout à l'autre de la salle quand elle avait ramené Pollux, à moins que ce soit le robot qui l'ait amenée, larmoyante d'une ivresse sentimentale, empestant l'alcool. Le polrob était immobile à l'extrémité du banc, et avait l'air de veiller sur elle.

Jerusha avait du mal à croire que l'on puisse éprouver des sentiments pour un robot, ivre ou non. Mais qui sait ? Tor devait avoir perdu plus qu'un robot, ces derniers jours. Si elle voulait passer ces dernières heures dans sa compagnie mécanique, ou à se droguer pour oublier, c'était son affaire.

Jerusha prit un paquet d'iestas, ce qu'elle avait osé toucher de plus fort depuis cinq ans. Elle envoyait un message à la famille de Lioux-Sked, à Newhaven, pour lui dire ce qu'elle avait enfin appris... en espérant que ça leur ferait plus de bien qu'à elle.

— Qu'est-ce que... ? bredouilla Tor en s'asseyant brusquement. Ouille... ?

Elle bâilla, se prit la tête puis l'estomac à deux mains et gémit :

— Je risque de ne pas vivre jusqu'à ce que l'Eté arrive.

Jerusha sourit faiblement, penchée sur le clavier de l'ordinateur.

— Si vous avez envie de vomir, allez aux toilettes, ne faites pas ça ici.

— Bien sûr, marmonna Tor, la tête dans les mains. Quelle heure est-il, d'abord ?

Jerusha jeta un coup d'œil à sa montre.

— Bientôt l'heure pour moi de descendre aux docks.

Elle tapa un ordre sur la fréquence de communication pour rappeler quelques hommes, pour garder le poste en son absence et l'accompagner à sa dernière mission sur cette planète.

— Vous voulez dire, pour le... sacrifice ? demanda Tor, et Jerusha hocha la tête. Hum. Ma foi, vous savez, je voudrais simplement dire... Merci de m'avoir laissée garder Polly ici jusqu'à la fin du contrat. Je sais bien que vous savez que j'ai entendu... vous savez.

Un geste vague.

— Ne me le rappelez pas.

Jerusha se leva lourdement, s'étira. *Négligente, Pala-Thion, tu as négligé ton devoir*, pensa-t-elle en y prenant un plaisir pervers.

— Enfin, bref, Polly et moi...

Tor s'interrompit et se tourna vers Pollux alors que

quelqu'un, un grand extramondien, entrait dans le poste. Jerusha se retint au coin de son bureau.

— Miroe !

Il s'arrêta au milieu de la salle.

— Jerusha, murmura-t-il avec autant de stupeur qu'elle. Je ne pensais pas vous trouver ici... mais je ne savais pas où vous chercher.

Il avait l'air de ne pas savoir quoi lui dire. Il était vêtu comme un simple matelot hivernien et avait une barbe de plusieurs jours.

— Eh oui, toujours à mon poste, Miroe. Jusqu'au Nouveau Millénaire.

— J'avais peur de ne pas arriver à temps à Escarboucle. Il faisait mauvais le long de la côte, dit-il et elle vit qu'il était très fatigué. Un jour de plus et c'était trop tard, vous étiez tous partis.

Elle secoua la tête en s'efforçant de chasser toute émotion de son visage et de sa voix.

— Non. Demain, nous cessons techniquement d'exister ici, mais nous avons besoin encore de quelques jours, pour nous assurer que nous n'oublions rien de capital. Que faites-vous ici, Miroe ? Vos gens ont dit... Ils m'ont dit qu'ils ne savaient pas où vous étiez allé.

— C'était une décision soudaine, répondit-il en fouillant des yeux les recoins vides de la salle. Je n'avais pas l'intention de faire ce voyage. Les dieux savent que je n'en ai pas le temps. Il reste trop de... préparatifs à faire... expliquer à mes gens comment faire les choses à la nouvelle manière, la nouvelle vieille manière.

Jerusha eut l'impression d'entendre plus qu'elle ne comprenait, peut-être plus qu'elle ne voulait savoir.

— Vous partez en extramonde ? demanda Tor, soudain intéressée et Ngenet, qui n'avait pas remarqué sa présence, lui jeta un coup d'œil. Vous cherchez une femme, beau brun ?

Il eut l'air totalement ahuri.

— Peut-être, mais pas une femme qui voudrait quitter Tiamat. Parce que je reste à Tiamat.

Il se tourna de nouveau vers Jerusha et traversa la salle.

— Ah ? fit Tor, moins déçue qu'incrédule. Merci de

l'avertissement. Qui voudrait épouser un cinglé ? Pas vrai, Pollux ?

— Tu as raison, Tor.

Elle rit bruyamment, sans raison apparente.

Jerusha était appuyée à son bureau.

— Ainsi, vous allez vraiment rester ici jusqu'à la fin de vos jours ? Eternellement, dit-elle, affreusement déçue sans s'en sentir le droit. Vous ne venez pas pour être emmené...

— Non. Tiamat est ma patrie, Jerusha. Rien n'a modifié mes sentiments à ce sujet. Et je suppose que rien ne vous fera changer de sentiment non plus, sur votre départ de Tiamat, dit-il comme si c'était une certitude.

— Rien...

Elle perçut la faiblesse, l'instant d'hésitation au lieu de l'assurance. Il s'y attendait sans s'y attendre. Il hocha la tête, résigné, et il n'insista pas ; il acceptait simplement sa décision, comme il l'avait déjà fait la dernière fois. Comme si cela n'avait pas d'importance.

— Alors pourquoi êtes-vous venu ? dit-elle avec un peu trop de force. Vous disiez que vous ne vouliez pas voir le Festival.

— C'était vrai, riposta-t-il sur le même ton sec. Je suis venu vous dire adieu. C'est la seule raison.

La seule raison ? Elle se sentit rougir, de surprise et de gêne. *Merde, Ngenet ! Je ne vous comprends pas du tout !* Mais elle ne pouvait se résoudre à demander une explication, puisqu'il n'en donnait pas.

— Je... euh... Je suis contente que vous soyez venu. Je suis flattée que vous ayez fait un tel voyage, rien que pour me dire adieu.

Jetant un coup d'œil à Tor, elle vit s'ouvrir le fossé entre elle et Miroe et le combla.

— Parce qu'ainsi je peux vous annoncer la nouvelle en personne. Votre amie Moon est bien vivante.

— Moon ? (Il secoua la tête, repoussa ses cheveux sur son front.) Comment ? Je ne puis croire...

Il rit et elle aperçut en lui quelque chose de vivant, qu'elle avait cru mort à jamais ce jour-là sur la plage.

— Elle a été enlevée par des nomades hiverniens mais

elle leur a échappé, en même temps qu'un de mes inspecteurs qu'ils gardaient prisonnier.

— Elle est donc ici, en ville ?

Il regarda soudain du côté de la porte, vers le fond du poste.

— Où est-elle ?

— Pas en prison, Miroe. A ma connaissance, elle règne sur le Festival avec son cousin Sparks. Elle est la Reine d'Eté.

Il fut stupéfait et Tor aussi, derrière lui. Mais son expression se modifia vite, devint plus intime.

— Et l'on n'aurait pu choisir de reine plus parfaite. Merci, Jerusha.

— Moi ? Je n'y suis pour rien.

— Si, c'est entièrement grâce à vous. Vous auriez pu l'empêcher.

Elle faillit sourire.

— Non. Je crois que personne n'aurait pu l'empêcher.

— Peut-être... Et elle a retrouvé son cousin Sparks, alors ? Après tout ce temps ?

— Et l'a arraché au boudoir de la Reine des Neiges. Il était Starbuck.

— Dieux... ! Starbuck ! lança-t-il et le mot fut aussi ignoble sur ses lèvres que sur celles de Jerusha. Et... Et Moon ?

— Je sais. Bizarre couple, une sibylle, un monstre. Mais je connaissais le garçon avant qu'Arienrhod mette ses griffes sur lui... et Moon aussi. C'est toujours ce garçon qu'elle voit, même en connaissant la vérité. Elle a peut-être raison, peut-être pas, qui sait ? Ce n'est pas à nous de juger, grâce aux dieux.

— Alors vous l'avez laissé aller ? Ça n'efface pas ce qu'il a fait. Ça n'y change rien.

Il y avait une soif de vengeance dans la voix de Ngenet. *Ainsi, vous feriez passer la vengeance avant la justice, si la blessure était assez profonde. Même vous ! Et moi qui vous prenais pour un saint !* Jerusha n'était pas désillusionnée mais soulagée de comprendre enfin qu'il était humain, qu'il avait droit à des émotions humaines, des sentiments humains, des défauts humains.

— Je sais, Miroe... Et ils le savent aussi. Au plus beau jour de leur vie, ce sera entre eux comme une tombe ouverte, emportant leur bonheur comme la fumée d'un bûcher funéraire.

Elle voyait le souvenir de ce que Starbuck avait fait aux ondins lutter contre la tendresse de Ngenet pour Moon. Il baissa enfin les yeux, poussa un soupir, accepta.

— Et, Miroe, j'ai fini par avoir la vraie coupable, Arienrhod. C'est elle qui le lui a ordonné. Et elle a tenté de s'emparer de la ville en déclenchant une peste chez les Etésiens. Mais elle n'a pas réussi et, à l'aube, tout à l'heure, son règne anormalement prolongé connaîtra sa fin anormale.

Ngenet releva la tête.

— Elle a essayé de faire cela ? La Reine d'Hiver ?

— Je vous ai dit ce qu'elle était. Et je vous ai dit que je ferais payer les vrais coupables. J'ai tenu ma promesse.

Mais pas celles que je me suis faites.

— Alors, je vous dois encore des remerciements, pour avoir veillé à ce que justice s'accomplisse. La vraie justice, pas la justice aveugle... Lors de notre dernière rencontre, comme à la première... Qu'allez-vous faire maintenant, Jerusha ? Quelle est votre prochaine affectation ?

Elle s'éloigna brusquement du bureau.

— Je suis envoyée sur Grande Bleue.

Elle se mit à marcher en rond, à petits pas, en tirant sur les manches de sa tunique. Ngenet haussa les sourcils.

— Mais où ? Pas dans les camps de scories, j'espère ? plaisanta-t-il et elle pivota, piquée au vif.

— Si ! C'est là que je suis envoyée. Je suis chargée de la colonie pénitentiaire.

— Quoi !

Il rit, mal à l'aise, incapable de croire que ce n'était pas aussi une plaisanterie.

— Je ne ris pas.

Ngenet reprit son sérieux.

— Vous... A la tête d'un endroit pareil ? Est-ce qu'on a une si mauvaise opinion de Tiamat qu'une colonie pénitentiaire soit considérée comme une promotion ?

Il regardait fixement le bureau, comme s'il en attendait

une explication. Elle couvrit d'une main l'insigne de commandant à son col, en se disant que c'était d'elle que l'on avait si mauvaise opinion.

— Non, Miroe. Disons simplement que c'est un exemple de justice aveugle.

— Vous voulez ce poste ?

— Non. C'est une impasse, une insul...

Elle se retint, ravala le mot. Il se caressait la moustache, butant contre l'incompréhensible.

— Vous ne pouvez pas vous plaindre ? Après tout, vous êtes commandant de police...

Ce fut au tour de Jerusha de rire malgré elle.

— Je ne suis qu'une blague, voilà ce que je suis. Je vais où l'on m'envoie, ou je démissionne.

— Eh bien, démissionnez.

— Ah, la barbe, à la fin, c'est tout ce que j'entends des hommes ! Renoncez... renoncez... vous n'êtes pas à la hauteur ! Eh bien si, j'y suis ! J'attendais mieux, de vous, mais j'aurais bien dû savoir...

— Jerusha, je vous en supplie ! Ne me transformez pas en chose !

— Alors ne me traitez pas comme un objet.

— C'est justement ce que je ne veux pas ! Et c'est ce que vous deviendrez en commandant dans un endroit comme ça... où l'on traite les êtres humains comme des animaux, où l'on finit par devenir soi-même un animal. Ça détruira votre humanité ou votre raison. Et je ne veux pas garder le souvenir de votre départ vers cet enfer, ni vous imaginer...

Il écarta ses grosses mains, dans un geste d'impuissance.

— Alors que voulez-vous que je fasse ? Toute ma vie, j'ai voulu devenir quelqu'un, faire quelque chose qui en vaille la peine, quelque chose d'important. Et d'être officier de police, j'en avais la possibilité. Ce n'était peut-être pas exactement ce que j'espérais, mais qu'est-ce qui l'est, d'abord ? Rien...

— Vous estimez que ce que vous allez faire là-bas en vaut la peine ? ironisa-t-il, les mains enfoncées dans ses poches.

— J'ai déjà répondu à cela. Avec le temps, je pourrai peut-être me faire transférer. Et d'ailleurs, que puis-je faire d'autre ? Il n'y a rien d'autre.

— Vous pourriez rester ici.

Une invitation incertaine... Elle secoua la tête, sans le regarder.

— Pour faire quoi ? Je n'ai pas l'étoffe d'une poissonnière, Miroe.

Dites-moi qu'il y a autre chose. Mais s'il y avait une réponse, il ne put la donner, retenu par l'arrivée de deux des hommes qu'elle avait rappelés. Ils avaient des confettis du Festival dans leurs cheveux et une expression quelque peu martyrisée mais ils la saluèrent avec assez de respect. Elle rendit le salut, tira sur sa tunique et remit de l'ordre dans ses idées.

— Mettez-vous en tenue officielle ; vous irez à la cérémonie du Changement avec moi, dès que Mantagnes arrivera.

Leur figure s'illumina à la pensée d'avoir des places au premier rang pour le sacrifice humain et ils s'en allèrent en jetant des regards curieux à Tor. Jerusha se souvint de sa présence, avec irritation, mais s'aperçut que Tor s'était rendormie. A côté d'elle, Miroe regardait le plancher, la mine sombre.

— Vous allez assister au... sacrifice ? A la mort de la Reine des Neiges ?

Elle hocha la tête, mal à l'aise bien qu'elle eût vécu depuis si longtemps avec cette pensée. La mort de la Reine des Neiges. Un sacrifice humain. Dieux ! Et, pourtant, elle se demandait pourquoi l'exécution publique, bien propre, d'une femme qui la méritait amplement paraissait plus terrible que la mort vivante dans l'endroit où on l'envoyait elle-même. Une société capable de subir une reconstruction totale avec seulement deux exécutions avait cependant bien de la chance, les dieux le savaient.

— C'est mon dernier acte officiel comme représentante de l'Hégémonie, nous remettons pour ainsi dire les clefs de son royaume à la nouvelle reine. (*Et nous regarderons Arienrhod se noyer, avec regret.* Elle baissa les yeux, hésita.) Viendrez-vous, Miroe ? Je sais que ce n'est pas un spectacle auquel vous avez envie d'assister, alors je ne le demande pas à la légère.

— Oui, je viendrai. Vous avez raison, jamais je n'aurais pensé vouloir assister à une chose pareille. Mais, sachant ce que je sais d'elle, maintenant... Il paraît que ce doit être une catharsis, voir mourir le symbole vivant de l'ordre ancien, quelque chose dont tout le monde a besoin pour laver l'âmc de toute laideur. Enfin... Je n'aurais jamais cru que j'en aurais besoin... mais je ne vaux pas plus cher que les autres, après tout.

— Bienvenue au club, dit Jerusha sans sourire tout à fait. Je reviens tout de suite.

Elle alla chercher dans son bureau sa cape et son casque. Quand elle revint, Mantagnes attendait, hautain, condescendant, répondant à son appel. Elle lui rendit froidement son salut et lui donna l'ordre de la remplacer à son poste. Avant de sortir, elle secoua Tor.

— Réveillez-vous, Hivernienne. Le jour va se lever.

Tor se redressa en frottant sa figure ensommeillée.

— Je descends à la cérémonie du Changement, lui dit Jerusha en radoucissant sa voix. Je ne sais pas si vous voulez y aller. Dans ce cas, venez avec nous.

Tor secoua la tête, s'étira ; ses yeux s'éclaircirent.

— Ouais... Je crois que oui, après tout. Je ne peux pas rester ici éternellement, n'est-ce pas ? (Elle se leva, se tourna vers Pollux qui n'avait pas bougé.) Autant que j'aille assister à la fin du monde, Polly ; il n'y en aura pas d'autre. Et si je ne vois pas ça, je risque de ne pas y croire.

— Adieu, Tor, dit-il d'une voix encore plus métallique et morne que d'habitude. Adieu.

— Adieu, Polly. Je ne t'oublierai pas. Fais-moi confiance.

— Je te fais confiance, Tor.

Le polrob leva une main, imitant un geste d'adieu.

— Adieu, répéta-t-elle en reculant lentement.

Jerusha, qui les observait, vit Tor s'essuyer furtivement les yeux avant de les suivre hors du siège de la police.

54

Arienrhod prit place sur la pile épaisse de fourrures blanches, dans le chariot de cérémonie en forme de nef, dans la cour du palais. Elle assumait calmement son rôle rituel, avec un contrôle parfait, avec cent cinquante ans de royauté derrière elle. Les acclamations railleuses de la foule des Etésiens retentirent autour d'elle, aussi inévitables que la mort et les lamentations des Hiverniens. Leurs cris rappelaient les gémissements de la fosse, où la mer attendait... comme la Mer l'attendait ce matin. Cette faim serait enfin assouvie.

Starbuck était déjà installé parmi les fourrures argentées, assis comme une statue d'obsidienne avec son masque et son costume noirs. Elle fut surprise de le voir là avant elle. *Tu as toujours été si impatient, mon amour. Mais je ne pensais pas que tu le serais pour cela. Parce que je ne le suis pas, pas du tout.* Elle sentit un poids alourdir son cœur.

— Bonjour, Starbuck. J'espère que tu as bien dormi.

Il détourna la tête quand elle essaya de le regarder dans les yeux et ne répondit pas.

— Ainsi, tu crois que tu ne me pardonneras jamais ? Jamais, c'est bien long, Sparks. Et l'éternité, c'est ce que nous allons passer ensemble.

Elle mit tendrement un bras autour de lui, à travers l'épaisseur de la cape, et le sentit tressaillir, ou frissonner. Ses épaules, sous le lourd tissu et le cuir, parurent plus larges à Arienrhod qu'elle ne se les rappelait. *Rien qu'un garçon, avec la force d'un homme... et les faiblesses. Au moins, nous resterons éternellement jeunes...*

Elle se força à croire ce qu'elle avait toujours cru, qu'elle préférait mourir que vivre dans un monde où il lui faudrait être pauvre, malade, vieille...

L'escorte de courtisans hiverniens se rassembla autour du chariot, tous vêtus d'une robe blanche informe, dissimulés par des masques blancs reproduisant les créatures totémiques de leurs familles. Six d'entre eux s'attelèrent aux brancards pour tirer le chariot et se mirent en marche ; les autres, portant tous quelque objet précieux d'extramonde, formèrent tout autour un rempart humain pour protéger au moins en partie leur reine de la vue, des insultes, des ordures lancées par les Etésiens le long du cortège. Leur position, ce travail d'esclave était à la fois un honneur et une sorte de pénitence.

Arienrhod disposa les plis de son ancienne cape de plumes qui se confondait avec la blancheur des fourrures, celle qu'elle portait dans toutes les cérémonies, qu'elle avait portée lors de tous ses défis à Starbuck, depuis un siècle et demi. Dessous, elle était vêtue d'une simple robe blanche. Le blanc, la couleur de l'Hiver, la couleur du deuil. Ses cheveux tombaient librement dans son dos comme un voile, tressés de diamants et de saphirs. Elle n'avait pas de masque — et elle était la seule — pour que tout le monde soit bien certain qu'elle était réellement la Reine des Neiges.

Je suis la Reine des Neiges ! Pour la dernière fois, elle regarda défiler les hôtels particuliers richement décorés de la noblesse, elle imagina l'aspect qu'ils auraient, dépouillés de leur élégance d'extramonde, se rappela les loyaux services de leurs nombreux occupants, ses courtisans au fil des ans. Et encore aujourd'hui. Tournée à droite et à gauche, elle contemplait sa suite en écoutant le chant de défi extramondien qu'ils chantaient tous, pour lui rendre hommage et couvrir le bruit de la foule. Une poignée de ces hommes formant sa garde d'honneur étaient aussi vieux qu'elle mais aucun aussi bien conservé. Ils avaient prouvé à maintes reprises leur loyauté et leur utilité et avaient toujours été bien récompensés, alors que les moins utiles et les moins dociles vieillissaient, exilés à la campagne. Elle savait qu'aujourd'hui ils la pleuraient sincèrement, comme tous les Hiverniens en larmes et que, comme les Hiverniens, ils pleuraient surtout sur eux-mêmes. Mais c'était humain. Il n'y en avait pas un, parmi eux, qu'elle regrettait de quitter ; elle en avait apprécié et respecté beaucoup mais elle n'avait éprouvé pour aucun une véritable amitié, un sentiment capable de résister au temps. Il n'y en avait qu'un qu'elle aimât vraiment et celui-là, elle ne le quittait pas. Elle voulut poser une main sur le genou de Starbuck recouvert par la cape ; il la repoussa vivement, avant qu'elle retombe mais, au bout d'un moment, comme pour s'excuser, il lui enlaça la taille. Elle garda son sourire jusqu'à ce qu'une tête de poisson tombe dans les fourrures, à côté d'elle.

Ils arrivaient déjà au Dédale. Elle s'étonna : la ville était-elle donc si petite ? Baissant les yeux sur les ruelles bondées, elle vit les façades aveugles des magasins abandonnés. Elle contemplait tout cela pour la dernière fois, comme si c'était la première, avec la même netteté, chaque image aussi parfaite et fraîche qu'une promenade dans la neige immaculée. La première et la dernière fois, chacune était pareille, sans rien de commun avec les innombrables passages entre les deux.

La similitude était littérale aussi : la foule du Festival, les bâtiments abandonnés, à moitié vides. Mais la première fois qu'elle avait vu Escarboucle, c'était à la fin du règne d'Eté, quand elle était arrivée de la plantation de sa famille pour le premier Festival depuis cent ans, pour assister au retour des extramondiens et pour rivaliser dans le choix de la prochaine reine. Elle appartenait à une noble famille hivernienne, mais elle avait grandi presque à la frontière d'Eté, dans un milieu à peine plus civilisé que ne l'était celui des Etésiens. Tous les appareils et les objets d'extramonde qui étaient maintenant si courants pour elle avaient paru étranges et merveilleux à la petite paysanne naïve qu'elle était.

Elle avait assez vite appris l'utilité des cadeaux que les extramondiens apportaient à ce monde, la singulière magie de la technologie, les coutumes étranges, les vices inconnus. Et elle avait appris, aussi, ce que les seigneurs condescendants réclamaient en échange, de son monde et d'elle, elle avait appris, péniblement, comment prendre sans donner, comment donner sans se soumettre, comment tirer du sang d'une pierre. Elle avait pris son premier Starbuck, un homme dont elle ne se rappelait plus les traits étrangers, dont elle avait oublié le nom depuis longtemps. Des dizaines avaient suivi, jusqu'à ce qu'elle trouve celui...

Et, pendant ce temps, elle avait vu Escarboucle se transformer en astroport prospère, elle avait continué d'apprendre, d'année en année, l'utilité de la technologie, la fragilité de la nature humaine, d'apprendre tout sur l'univers en général et sur elle-même en particulier. Dix existences suffiraient à peine à lui enseigner tout ce qu'elle aurait pu apprendre, et elle n'en avait eu que deux à peine. Mais elle avait enfin compris que ce monde était une prolongation d'elle-même ; immortel comme ne pourrait jamais l'être un corps humain. Elle avait conçu le projet de lui laisser un héritage quand son règne prendrait fin... de le rendre libre de continuer à apprendre et à se développer quand elle ne le pourrait plus.

Mais elle avait échoué. Elle n'avait pas pu conserver la clef de l'avenir de Tiamat, elle avait été incapable de réaliser son projet, de le guider elle-même ; et elle n'avait pas su garder Moon, alors que Moon était son dernier espoir... Et, en même temps, elle avait perdu la perspective de son propre avenir. Jadis, elle avait vécu comme les Etésiens, mais il y avait bien trop longtemps. Elle ne pouvait imaginer un retour en arrière, se passer de tout, vivre de nouveau comme les barbares. Même si les Etésiens n'étaient pas autorisés à détruire toute la technologie qui demeurerait à Escarboucle, la ville et Tiamat tout entière cesseraient quand même d'être ne fût-ce qu'un hologramme flou de l'escale interplanétaire prospère qu'elles avaient été.

Arienrhod avait cru, autrefois — ancrée dans sa certitude, que Moon, son clone, serait sa réincarnation — qu'elle irait de bon gré au sacrifice. Elle jouerait jusqu'au bout le rôle traditionnel et la mort ne serait qu'une nouvelle et dernière expérience pour un corps qui avait goûté à toutes les sensations imaginables. Elle ne regretterait pas de quitter la vie, parce que la vie qu'elle connaissait aurait cessé d'exister.

Mais, après avoir perdu Moon, après avoir trouvé Sparks, après avoir conçu de nouveaux plans fondés sur elle-même, elle avait perdu tout cela de vue. Elle avait oublié que son amant et elle devraient vieillir et se résigner à une vie dure, afin de garder en vie l'Hiver et son héritage. Non, pas oublié, elle l'avait négligé parce que le grand but, la grande chance d'immortalité surpassait tout.

Cependant, elle avait échoué, totalement, absolument. Elle allait finir à jamais, dans ce petit matin, devenir une des nombreuses reines oubliées qui avaient vécu et étaient mortes pour rien. Et elle n'était pas prête à mourir ainsi ! Non, non, pas sans laisser son héritage à l'avenir ! Elle les maudissait tous, tous ces bâtards d'extramondiens, qui avaient ruiné son projet d'avenir, pour garder le leur intact. Elle maudissait les imbéciles qui procéderaient joyeusement à leur purge de la science... Elle se tourna à droite et à gauche, frémissant d'une rage impuissante.

— Qu'est-ce qu'il y a, Arienrhod ? Tu as enfin compris que c'était la fin ?

Elle se figea, les yeux sur Starbuck.

— Qui es-tu ?

A peine chuchotés, les mots étaient plus forts que les hurlements de la foule.

— Qui es-tu ? Tu n'es pas Starbuck !

Elle s'arracha au bras qui l'encerclait. *Sparks... Ah, dieux, qu'as-tu fait de lui ?*

— Je suis Starbuck. Ne me dis pas que tu m'as déjà oublié, Arienrhod, dit-il en lui serrant la main dans une poigne d'acier. Ça ne fait que cinq ans.

Il tourna sa tête masquée pour qu'elle puisse voir ses yeux, des yeux marron impitoyables frangés de longs cils noirs...

— Herne ! Ce n'est pas possible... Dieux, tu ne peux pas m'avoir fait ça ! Espèce d'infirme, tu es mort, tu ne peux pas être ici, je ne le permettrai pas ! *(Ah, Sparks... Sparks, où es-tu ?)* Je vais leur dire que tu n'es pas le vrai Starbuck !

— Ils s'en moqueront, répliqua-t-il et elle sentit son sourire. Ils veulent simplement un extramondien à jeter à la mer. Ils se moquent de son identité. Tu le devrais aussi.

— Où est-il ? demanda-t-elle, affolée. Où est Sparks ? Qu'est-ce que tu lui as fait ? Et pourquoi ?

— Ainsi, tu l'aimes tant que ça ! gronda Herne. Au

point de le vouloir dans la tombe avec toi ? (Un rire noir.) Mais pas assez pour le laisser vivre sans toi... ou avec ton autre « moi ». Cupide jusqu'au bout. J'ai changé de place avec lui, Arienrhod, parce qu'il ne t'aime pas assez pour mourir pour toi... et moi si. (Il pressa contre son front la main qu'il tenait.) Arienrhod... Tu m'appartiens, nous faisons la paire, tous les deux. Tu n'es pas faite pour cette lavette ; il n'a jamais été assez homme pour t'apprécier.

Il la lâcha et elle cacha ses mains sous sa cape.

— Si j'avais un couteau, Herne, je te tuerais moi-même !

Je t'étranglerais de mes mains... Il rit encore.

— Tu vois ce que je veux dire ? Qui d'autre que moi voudrait passer l'éternité ainsi ? Tu as déjà essayé de me tuer une fois et je regrette que tu n'aies pas réussi. Mais tu m'as raté et maintenant je réaliserai mon vœu, et aussi ma vengeance. Je vais t'avoir éternellement à moi, rien qu'à moi, et tu passeras ton éternité à me haïr pour ça. Et, comme tu disais, mon amour, l'éternité c'est long.

Arienrhod s'enveloppa dans sa cape, se replia sur elle-même, ferma les yeux pour ne plus le voir. Mais le chant des courtisans ne pouvait couvrir les lamentations et les railleries de la foule ; il s'introduisait dans ses pores et alourdissait son désespoir d'une substance et d'un poids mortels.

— Tu ne veux pas savoir comment j'ai fait ? Tu ne veux pas savoir qui m'en a persuadé ?

La voix moqueuse de Herne se mêla aux voix de la foule. Elle ne répondit pas, sachant qu'il le lui dirait quand même.

— C'est Moon. Ton clone, Arienrhod, ton autre « moi ». Elle a tout arrangé, elle a fini par te l'enlever quand même. Elle est ton clone, pas de doute... personne d'autre ne sait comme toi imposer sa volonté.

— Moon...

Arienrhod serra les dents et garda les yeux fermés. Pour la première fois de sa vie, ou du moins depuis bien longtemps, elle était assaillie par la peur de perdre le contrôle d'elle-même en public. Rien d'autre que cela ne pouvait la briser, rien d'autre que perdre tout ce qui avait un sens. Et savoir que ce dernier coup lui était porté par elle-même ! *Non, bons dieux, cette fille n'a jamais été moi... c'est une étrangère, une ratée !* Mais elles l'avaient aimé, toutes les deux... Sparks avec ses yeux d'un vert d'été, avec ses cheveux et son âme de feu.

Et, non seulement ce double défectueux de son âme l'avait défiée, avait échappé à sa malédiction, mais elle avait repris, volé Sparks ! Et remplacé par... par ce... Elle jeta un coup d'œil à Herne, en se griffant les bras. Au même instant, elle huma un air marin, vif et salé ; ils arrivaient dans la ville basse. La fin du voyage de sa vie était en vue. *Ah, faites, faites que ça ne finisse pas comme ça !* Elle ne savait pas à qui elle adressait sa prière, pas aux dieux creux d'extramonde, pas à la Mer des Etésiens... si, peut-être à la Mer qui était sur le point d'accepter le sacrifice de sa vie, qu'elle croie ou non à la vieille religion. Elle n'avait mis sa foi en aucune autre puissance que la sienne, depuis qu'elle était reine mais, à présent que cette puissance lui était retirée, elle prenait conscience de son accablante impuissance, suffocante comme les eaux froides de la mer...

Le cortège arriva à la dernière pente, au bas de la Rue, et descendit par la large rampe vers la rade qui s'étendait sous la ville. L'éternelle foule était encore plus dense, un mur d'humanité, massif, une muraille de têtes d'animaux grotesques. Les litanies et les lamentations montaient à la rencontre d'Arienrhod, des acclamations accueillaient l'apparition du chariot roulant en éveillant des échos dans l'immense caverne marine. Le froid humide de l'extérieur la fit soudain frissonner, mais son visage conserva sa fierté.

Devant elle, au-dessous, elle voyait des tribunes décorées de banderoles rouges, au bout de la jetée, des gradins bondés de dignitaires extramondiens et de notables influents des grandes familles étésiennes. A la tribune d'honneur, la mieux placée, elle aperçut le Premier ministre et les membres de l'Assemblée, déjà démasqués comme si leur dignité leur interdisait de participer à ce rite païen, qui la regardaient approcher, sans sourire. Elle eut une impression de déjà vu. Oui, elle avait déjà vu ce tableau, plus d'une demi-douzaine de fois, mais seulement une fois comme celle-ci, la première, quand elle était la nouvelle reine au pied de la jetée et regardait passer par ce même chemin la dernière des Reines d'Eté... et l'envoyait triomphalement dans les eaux glacées.

Tout le reste, tous les autres Festivals, n'avaient été que des répétitions en costumes de dernier Changement, celui-ci. On avait choisi la Reine d'un Jour selon les mêmes règles rituelles anciennes, pour qu'elle règne sur la Nuit des Masques et fasse ce trajet à l'aube. Mais on n'avait donné à la mer, sur son ordre, que deux effigies et aucune vie humaine.

Seuls les membres de l'Assemblée et elle étaient restés inchangés, comme le rite lui-même, au cours de ces autres Festivals, durant ces longues années. Mais cette dernière fois verrait sa fin et la fin de tous ses efforts pour se libérer d'eux, tandis que le système qu'ils symbolisaient et eux-mêmes persisteraient éternellement. Elle crispa les mains sur l'étoffe soyeuse de sa robe, en rêvant de pouvoir tous les entraîner avec elle. Mais il était trop tard, trop tard pour tout.

Elle vit enfin la Reine d'Eté, debout sur la jetée dans l'espace découvert entre les tribunes drapées de rouge, l'eau amère clapotant derrière elle. La surnaturelle beauté de son masque éveilla une admiration importune dans le cœur d'Arienrhod. Mais il avait été fait par une Hivernienne ! Et qui savait quelle figure d'îlienne sans grâce et peu méritante se cachait dessous ? Quel solide corps de paysanne et quel esprit stupide dissimulait l'étincelant cocon de filet de soie verte ? L'idée que cette figure, cet esprit allaient remplacer les siens lui donna la nausée.

Herne était silencieux, à côté d'elle, silencieux comme elle. Elle se demanda à quoi il pensait en regardant l'élite de son monde natal, la mer qui l'attendait. Sous le masque, elle ne devinait rien de son expression et le maudissait. Elle pria on ne sait quoi qu'il regrettât son impulsion suicidaire, à présent, qu'il éprouvât un peu du désespoir et des regrets qui la rongeaient, là dans les ruines de son ambition. *Que la mort soit l'oubli, alors ! Si je dois la pas-*

ser avec ce symbole de tous mes échecs, savoir que j'ai échoué serait pire que tous les enfers combinés des mécréants extramondiens !

Le chariot avait roulé aussi loin que possible dans l'espace découvert le long du quai. Les courtisans ralentirent, s'arrêtèrent, déposèrent les brancards. Lentement, ils tournèrent trois fois autour de leur reine, en jetant leurs offrandes d'extramonde à l'arrière du chariot, en entonnant le dernier chant d'adieu à l'Hiver. Enfin ils s'inclinèrent très bas et elle entendit leurs sanglots et leurs plaintes malgré le vacarme de la foule. Ils commencèrent à s'éloigner. Certains portèrent à leurs lèvres le bas de sa cape, en passant près d'elle pour la dernière fois. D'autres osèrent même lui toucher la main — les plus vieux, les plus fidèles d'un siècle et demi — et leur chagrin la toucha profondément, davantage qu'elle ne s'y attendait.

Ils furent remplacés par un cercle d'Etésiens, masqués aussi, chantant aussi un cantique à la venue des jours dorés. Elle ferma son esprit et n'écouta rien. Eux aussi tournèrent trois fois autour d'elle, en jetant leurs propres offrandes dans le chariot, des colliers primitifs de cailloux et de coquillages, des bouées de pêche multicolores, des gerbes de verdure fanée.

Leur cantique fini, un grand silence s'abattit sur la foule et Arienrhod put entendre les grincements et les craquements des innombrables navires au mouillage, qui recouvraient l'eau comme une immense nappe de bois, de toile et de métal résonnant. Escarboucle les dominait, comme un orage menaçant mais là, au bord des sous-structures de la ville, elle voyait, au-delà de son ombre, l'étendue vert-de-gris du large. La mer infinie... éternelle... était-ce étonnant qu'on la vénère ? pensa-t-elle, en se rappelant le temps lointain où même elle avait cru à la Mer.

Le masque de la Reine d'Eté s'interposa entre elle et la mer ; la femme s'avançait entre les brancards pour lui faire face.

— Votre Majesté.

La Reine d'Eté s'inclina et Arienrhod se souvint qu'elle était toujours la reine, jusqu'à la mort.

— Vous êtes venue.

Elle trouva la voix curieusement hésitante, singulièrement familière. Elle inclina légèrement la tête, hautaine et royale, en reprenant le contrôle de la seule chose qui lui appartînt encore. Elle se rappela la réponse rituelle.

— Oui. Je viens pour être changée. Je suis la Mer incarnée ; ainsi que change la marée et que le monde change de saison, je dois les suivre. L'Hiver a eu sa saison... la neige se dissout sur le visage de la Mer et d'elle renaîtront les douces pluies.

Sa voix résonna clairement et se répercuta sous la ville. Le rite était enregistré par des caméras cachées et diffusé sur des écrans sonores installés dans toute la ville.

— L'Eté suit l'Hiver comme la nuit succède au jour. La mer rejoint la terre. Ensemble, les deux moitiés deviennent unité ; qui peut les séparer ? Qui peut leur refuser leur place ou leur temps quand leur temps est venu ? Ils sont nés d'un pouvoir plus grand que celui d'ici-bas. Leur vérité est universelle !

La Reine d'Eté leva les bras pour saluer la foule. Arienrhod sursauta légèrement. Elle n'avait jamais dit ce texte, elle ne l'avait jamais entendu. La foule murmura ; Arienrhod se sentit mal à l'aise.

— Qui vient avec vous pour être changé ?

— Mon bien-aimé, dit-elle posément, dont le corps est comme la terre, accouplé avec la Mer. Ensemble sous le ciel, nous ne serons jamais séparés.

Le vent froid lui brûlait les yeux. Herne ne disait rien, ne faisait rien, il attendait stoïquement.

— Qu'il en soit ainsi, alors !

La voix de la femme se brisa curieusement. Elle tendit les mains et deux Etésiens de sa suite y placèrent un petit bol d'un liquide foncé. La Reine d'Eté en offrit un à Herne, qui le prit de bon gré, et l'autre à Arienrhod.

— Voulez-vous boire à la miséricorde de la Dame ?

Les lèvres d'Arienrhod se raidirent contre la réponse mais elle finit par accepter. Le bol contenait une drogue puissante qui endormirait ses craintes et sa perception de ce qui allait venir. A côté d'elle, Herne souleva son masque noir, porta le bol à ses lèvres et fit une grimace.

Arienrhod leva le sien. Elle avait toujours eu l'intention de le refuser, ne voulant pas perdre une seconde du moment où son triomphe éclaterait aux yeux de tous. Mais à présent, elle préférait l'oubli.

— A la Dame.

Elle respira le parfum puissant des herbes aromatiques, sentit leur amertume lui brûler la bouche et l'engourdir. Elle avala le breuvage, anesthésiant sa gorge ; et la seconde gorgée fut aussi insipide que de l'eau.

Quand elle rendit le bol vide, des Etésiens s'approchèrent, apportant les cordes qui les lieraient tous deux au chariot et l'un à l'autre, indissolublement. La terreur se congela dans sa poitrine, la panique lui brouilla la vue. Elle guetta fébrilement l'engourdissement total. Herne faillit résister quand les Etésiens posèrent les mains sur lui ; ses muscles se bandèrent et durcirent et sa faiblesse donna des forces à Arienrhod. Elle resta parfaitement immobile et docile quand les Etésiens lui ligotèrent les mains, les pieds, lièrent solidement son corps à celui de Herne et entourèrent de cordes le chariot lui-même. Il avait beau avoir la forme d'un bateau, Arienrhod savait qu'il y avait des ouvertures à l'avant et à l'arrière, sous le monceau de fourrures et d'offrandes, et qu'il coulerait presque immédiatement. Elle ne put s'empêcher de tirer sur ses liens, ni de tenter de s'écarter de Herne. Il tourna vers elle sa figure démasquée mais elle refusa de le regarder.

La Reine d'Eté revint devant eux mais se tourna vers l'eau pour réciter la dernière invocation à la Mer. Quand elle eut fini, le silence de la foule persista, le silence de l'attente. D'un moment à l'autre, elle donnerait le signal. Arienrhod sentait une léthargie rêveuse l'envahir mais son esprit restait encore bien trop lucide. Elle se demanda si c'était le résultat voulu. Au moins, maintenant, son corps serait trop pesant pour la trahir et lui accorderait, qu'elle le veuille ou non, de la dignité dans la mort.

Mais au lieu de s'écarter, la Reine d'Eté se tourna de nouveau vers elle.

— Votre Majesté, dit-elle d'une voix étouffée mais

étonnamment pressante, voudriez-vous... voir la figure de la Reine d'Eté avant de mourir ?

Arienrhod ouvrit de grands yeux stupéfaits, Herne aussi. La tradition voulait que la nouvelle reine ne se démasque pas, pour se dépouiller de ses péchés, avant que l'ancienne ait été engloutie par la mer, ce qui était le signal attendu par le foule pour l'imiter. Mais cette femme s'était déjà écartée une fois du rite... Arienrhod se demanda si elle était stupide... ou s'il y avait autre chose.

— J'aimerais voir votre visage, oui, dit-elle en forçant les mots à franchir ses lèvres de bois.

La Reine d'Eté s'approcha davantage du chariot, où la foule ne pouvait la voir. Lentement, elle porta les mains à son masque et le souleva.

Une cascade de cheveux argentés tomba sur ses épaules. Arienrhod regarda fixement le visage dévoilé. Le cercle d'Etésiens resta bouche bée, aussi. Ils murmurèrent entre eux, médusés, en voyant ce qu'elle voyait... face à face avec elle-même.

— Moon...

A peine un souffle pour la trahir. Elle resta raide, parfaitement immobile, comme s'il n'y avait là rien d'insolite, rien de remarquable, d'incroyable, d'impossible. Pas en vain, pensa-t-elle. Ça n'a pas été en vain !

— Dieux, marmonna Herne. Comment ?... Comment as-tu fait, Arienrhod ?

Elle se contenta de sourire.

Moon secoua ses cheveux avec un sourire de pardon, de défi, de compassion.

— Le Changement est venu... à cause de vous, malgré vous, Majesté.

Elle rabaissa le masque sur sa tête. Autour d'elle, les Etésiens reculaient, leurs yeux allaient de l'une à l'autre, partagés entre la stupéfaction et la peur.

— La reine ! Elles sont toutes les deux la reine...

Un signe, un présage... Le tatouage de sibylle était bien visible à la gorge de Moon ; ils le montrèrent du doigt en murmurant encore. Herne rit, difficilement.

— Le secret est éventé... enfin ! Elle est allée en extramonde ; elle sait ce qu'elle est.

— Quoi ? Qu'est-ce qu'il y a, Herne ? demanda Arienrhod en essayant de tourner la tête.

— Il y a des sibylles et des devins partout ! Tu ne l'as jamais su, n'est-ce pas ? Tu ne t'en es jamais doutée ! Et tous ces empaillés (un geste vers les extramondiens dans les tribunes) ne soupçonnent rien du tout !

Ces mots et le rire affreux la laissèrent sans voix.

Des sibylles et des devins partout ? Seraient-ils authentiques ? Non, ce n'est pas juste, il reste encore trop à apprendre !... Mais tout n'a pas été en vain...

Le double chœur de lamentations et d'exécration reprit de plus belle, aussi inexorable que le rite du Changement ; la foule s'impatientait, attendant le sacrifice. Tout le débordement de chagrin, de reproches, d'hostilité, de ressentiment et de peur se déversait dans ce fragile bateau, sur les deux êtres sans défense qu'ils étaient, Herne et elle, pour qu'ils emportent ce flot avec eux à la fin de la cérémonie. Elle ne tentait plus de s'écarter de Herne, elle était enfin reconnaissante de partager l'épreuve avec quelqu'un, ce dernier moment... de ne pas passer seule dans un autre plan. Elle avait eu trop de visions du paradis, trop de l'enfer, pour choisir entre elles. *J'espère que nous ferons le nôtre.*

Elle tourna son regard vers l'extérieur, une dernière fois, pour regarder Moon au passage du chariot. Elle était tendue, toute droite, comme si elle allait prononcer une impardonnable malédiction, qu'elle ne pourrait jamais reprendre. Arienrhod se demanda pourquoi cela lui faisait mal. Elle devrait se réjouir... Mais elle était incapable de se rappeler pourquoi, ni même si c'était vrai. Elle se ressaisit, avant que Moon prononce la phrase fatale, pour avoir son dernier mot :

— Mon peuple... (la voix à demi couverte par les cris) l'Hiver est parti ! Obéissez à la nouvelle reine... comme vous obéiriez à la vôtre. Car elle est la vôtre désormais.

Elle baissa la tête, n'accrochant que le regard de Moon.

— Où... est-il ?

Moon inclina imperceptiblement la tête, un pincement de jalousie au cœur, mais elle accorda à sa mère-clone cette dernière requête. Arienrhod suivit son regard et vit

Sparks parmi les Etésiens honorés, à côté de la place vide de la Reine d'Eté dans la tribune d'honneur. Mais il fermait les yeux, pour se cacher l'instant de la séparation, ou pour qu'elle ne le voie pas, pour la dernière fois... *Il m'aime... Il m'aime quand même !* Elle regarda de nouveau Moon. *Ils m'aiment tous les deux !* Elle fut infiniment surprise, confondue par l'indifférence de la vie à la raison ou à la justice.

Les yeux brûlants de Herne la guettaient quand elle retourna la tête ; il savait à qui elle pensait au dernier moment.

— Pour toujours... Herne.

Il secoua la tête.

— Nous sommes éternels. Comme ceci. Comme la mort. La vie... c'est ce qui ne dure pas.

— Nous vivons lorsque quelqu'un se souvient de nous. Et ils ne m'oublieront jamais, maintenant...

Parce que sa réincarnation avait déjà pris sa place. Il ne lui restait plus de volonté pour regarder Moon ou Sparks. *Ne regarde jamais en arrière.*

Moon leva les mains vers la Mer et cria comme une mouette dans la tempête d'impatience de la foule.

— Dame Mer, Mère de Nous Tous, accepte nos présents et rends-les-nous neuf fois, accepte nos péchés et apporte-nous le renouveau, accepte l'âme de l'Hiver et qu'il... renaisse. Que le printemps vienne à l'Eté !

Le chariot s'ébranla et bascula un peu quand les Etésiens le poussèrent ; Arienrhod vit se rapprocher la surface huileuse. C'était la marée haute et l'eau s'étendait juste au-dessous du bord de la jetée comme un miroir déformant. *Ainsi soit-il. Ça n'était pas en vain.* Les hurlements et les gémissements de la foule étaient un hymne à l'avenir, des louanges à sa mémoire. Le chariot pencha, elle regarda droit devant elle, cherchant son reflet alors qu'il glissait...

55

Moon vit le chariot frapper l'eau, plonger et émerger, elle l'entendit, elle sentit l'impact vibrer dans ses os. La foule continuait de pousser des rugissements hideux. Le char en forme de bateau dériva dans le courant, s'éloigna de la jetée en s'enfonçant lentement, en se balançant et en tournant ; elle finit par voir la figure de Starbuck et celle de la Reine des Neiges, Arienrhod... elle-même, sereine et droguée, liée à son amant infirme dans une grotesque parodie d'étreinte. L'embarcation se mit à tournoyer rapidement en se remplissant. Moon essaya de fermer les yeux mais ses paupières refusèrent de s'abaisser et elle fut comme hypnotisée par cette danse de mort sur l'eau. Elle se rappelait sa propre épreuve par la mer, elle se souvenait de tout ce qui l'avait amenée là, de tous les sacrifices. Et elle ne pouvait quand même pas se détourner...

Le bateau tangua brusquement, les visages se tournèrent encore une fois vers la foule et, en un clin d'œil, tout disparut. Moon cligna des yeux, plusieurs fois, mais rien ne reparut. La mer s'étalait, immuable, imperturbable, avec tout juste quelques épaves de brindilles pour indiquer qu'Elle acceptait les offrandes de son peuple. Les hurlements de la foule s'enflèrent comme une tempête et les bas-fonds tremblèrent. Moon contemplait les lentes ondulations des rouleaux, aussi fluides et impassibles que la Mer elle-même.

Un Etésien s'avança enfin, lui effleura le bras d'une main hésitante. Moon frissonna et reprit sa respiration.

— Dame ?

Il s'inclina quand Moon se tourna enfin, il reconnut son rôle de Mère de Mer incarnée, mais sans employer le terme extramondien artificiel du protocole royal.

— Le Démasquage...

— Je sais.

Elle hocha la tête, jetant un dernier coup d'œil à la mer. *Bon voyage, bon port.* Elle quitta le bord de la jetée pour retourner vers la foule. *« Dame »... Je suis la reine !*

— La reine... La reine... La reine est morte ! Vive la reine !

Les cris des Etésiens retentissaient dans la tête de Moon comme une moquerie. Elle plaça les mains sous son masque, des mains moites et froides comme le vent sous la ville.

— Mon peuple...

Son corps résistait, se refusait soudain à dévoiler sa figure ; elle sentait le danger déconcertant qu'elle avait entrevu dans les yeux des Etésiens qui étaient à côté d'elle sur la jetée. Maintenant, sa ressemblance avec Arienrhod allait sauter aux yeux de tous, et surtout des extramondiens. Si jamais ils soupçonnaient la vérité... Elle secoua la tête, retrouvant les mots qu'elle devait adresser à la foule :

— L'Hiver est passé, l'Eté revient enfin. La Dame a accepté notre offrande et nous la rendra neuf fois. La vie qui était est morte, qu'elle soit rejetée comme un vieux masque, une coquille vide. Réjouissez-vous tous et que ce soit un nouveau commencement !

Elle souleva le masque de sa tête.

Toute la foule, à ce moment, ne devint qu'une : Hiverniens, Etésiens et extramondiens confondus. Les cris de joie, le bruissement d'innombrables masques arrachés allèrent crescendo, d'innombrables visages furent délivrés pour un moment des chagrins, des péchés et des craintes passés. Elle fut soulevée par l'adulation de la foule, portée dans son cœur. Ce monde allait être libre !

Mais, alors qu'elle parlait encore, tenant le masque très haut, la voix de la foule changea ; le sous-sol caverneux résonna des cris d'un peuple qui voyait une chose dépassant son entendement mais qu'il ne pouvait nier...

— Arienrhod... Arienrhod !

Moon sentit tourner à l'aigre la superstition étésienne, sentit l'incrédulité se répandre comme une folie dans la foule, elle l'imagina qui se répercutait dans toute la ville. Elle savait qu'elle devait y mettre fin immédiatement. La peur de tout perdre avant même de l'avoir eu. Mais comment... comment les calmer ? Comme pour une prière, elle pressa une main sur le signe à sa gorge, le symbole de la sibylle...

— Peuple de Tiamat, enfants de la Mer ! cria-t-elle en tirant sur son encolure pour révéler le tatouage. Je suis une sibylle ! Voyez mon signe... Je sers fidèlement et loyalement la Dame. Mon nom est Moon Marchalaube Etésienne et je le resterai en étant votre reine. Le gardien de toute sagesse parle par ma bouche, mais seulement à vous. Demandez et je répondrai et jamais je ne parlerai faussement !

Un silence tomba et dura et s'appesantit quand les échos se turent ; tous les yeux de la ville étaient sur la gorge de Moon, dans la réalité ou sur les écrans. Les Hiverniens restaient muets d'indécision, les Etésiens de respect devant l'indéniable preuve de la transmutation de la reine, du symbole de sa renaissance et de sa sainteté. Du coin de l'œil, Moon vit la singulière expression qui passait sur le visage des dignitaires extramondiens dans les tribunes, à la vue de ce signe sous cette figure...

En continuant d'observer, la respiration oppressée, elle vit cette expression se transformer en toute une gamme d'émotions : amusement horrifié, fascination, dégoût du spectacle qu'ils venaient de voir... mais aussi malaise et incertitude. Nulle part elle ne vit de remords, de respect, de véritable compréhension de ce qui venait de se passer.

Elle s'avança enfin, retourna vers sa place dans la tribune d'honneur parmi les aînés des Etésiens. Sparks l'attendait à la place réservée au conjoint de la reine ; ses cheveux flamboyants étaient pour elle un phare... Il avait les traits tirés, comme la corde d'un arc. Elle prit place en silence à côté de lui et se détourna encore une fois de la foule pour regarder les branchages sur la mer. Et la foule attendait toujours, en murmurant.

— Ils attendent quelques mots de vous, Dame, lui souffla une des Bonaventure qui avait été son guide rituel.

Moon sentait aussi une brume de malaise chez les Etésiens. Elle hocha la tête, en se demandant, comme elle l'avait fait toute la nuit dans le tumulte de la fête, quels mots pourraient forcer le peuple à écouter. Comment transformait-on tant de gens, sans perdre leur confiance ? Mais ces mots devaient exister...

Ils lui vinrent subitement, pas du singulier gardien de son esprit mais de la force de sa propre émotion.

— Peuple de Tiamat, la Dame m'a bénie une fois, en me donnant quelqu'un pour partager ma vie, dit-elle en regardant Sparks et en prenant sa main froide et inerte. Elle m'a bénie deux fois, en faisant de moi une sibylle, et une troisième fois, en me faisant reine. Depuis hier, j'ai beaucoup réfléchi à mon destin et à celui de ce monde, que nous partageons tous. Je prie qu'Elle me montre le chemin, pour que je fasse sa volonté et pour que je sois son symbole vivant. Et Elle m'a répondu.

D'une manière dont je n'aurais jamais osé rêver. Moon jeta un coup d'œil à la mer en songeant au secret caché au fond de ses eaux sombres.

— Je sais qu'il y a une raison, pour qu'Elle se montre à vous sous les traits d'une sibylle, à travers moi. Je ne connais pas encore tout le schéma de l'avenir mais je sais que c'est pour le créer pleinement qu'il me faut de l'aide, l'aide de vous tous et surtout des autres sibylles et devins. L'Eté est arrivé à Escarboucle et cette ville n'est plus fermée aux devins, leur place est ici, plus encore que vous ne pouvez l'imaginer. Iliens, quand vous rentrerez dans vos foyers, demandez à vos sibylles et à vos devins de faire le voyage jusqu'ici, s'ils le peuvent, non pas pour rester mais pour venir à moi et apprendre leur rôle dans les desseins de l'avenir.

Elle s'interrompit pour écouter les chuchotements de la foule, essayant de deviner si ses paroles et elle-même étaient acceptées. Elle jeta un coup d'œil aux Etésiens dans la tribune, autour d'elle, et fut soulagée de voir leur surprise bienveillante. Les Hiverniens s'irriteraient, elle le savait instinctivement et pour avoir vu leur peur et essuyé leur mépris. Puis elle se tourna de nouveau vers les extramondiens en sachant quel risque elle prenait en lançant cette invitation, quel équilibre délicat elle devait conserver tant qu'ils arpenteraient encore ce monde.

— Si je parais m'écarter des eaux traditionnelles de la Reine d'Eté et m'aventurer dans des profondeurs inconnues, ayez quand même foi en moi. Essayez de vous souvenir que je suis choisie par la Dame et que je ne fais que respecter sa volonté... (et elle parlait avec assurance, certaine de dire la vérité). Elle est mon navigateur et elle trace ma voie selon des étoiles singulières *(plus étranges que celles qui brillent au-dessus de nous).* Mon premier commandement de nouvelle reine (et elle s'adressait aux extramondiens, sentant son pouvoir lui monter à la tête, l'énergie chanter dans ses veines) est que tous les biens d'extramonde que possèdent les Hiverniens ne seront pas jetés à la mer. Entendez-moi ! cria-t-elle pour imposer silence à la foule. Les objets fabriqués par les extramondiens offensent les eaux, ils étouffent la mer et la souillent. Elle ne demande que trois choses de chaque Hivernien et il choisira son offrande à sa guise. Le temps... Le temps s'occupera du reste !

Elle s'arma de courage pour faire face à la colère des Etésiens. Mais il n'y eut qu'une petite risée de détresse, un courant ténu avec ici et là le rire ou les applaudissements joyeux de quelque Hivernien stupéfait. Moon respira profondément, osant à peine croire... *Ils ont confiance en moi ! Ils m'écoutent... Ils feront ce que je dis !...* et elle comprit enfin ce qu'Arienrhod avait toujours su, que le pouvoir, comme le feu, peut aisément se libérer et détruire ce qu'il devait préserver. Ses mains se resserrèrent sur la balustrade.

— Merci, mon peuple, dit-elle en s'inclinant pour le saluer.

Les Etésiens des tribunes l'entouraient, respectueusement résignés, mais Sparks la guettait comme un chat, avec méfiance, mal à l'aise comme s'il la sentait prendre conscience de son pouvoir.

Elle se détourna vivement et fit un effort pour rester impassible quand elle vit le Premier ministre descendre des gradins pour venir reconnaître officiellement son règne, rendre l'hommage hypocrite d'un souverain fantoche à un autre. Alors qu'elle l'observait, elle vit aussi le Premier secrétaire Sirus parmi les membres de l'Assemblée, qui posait sur elle un regard sceptique et inquiet. Elle donna un léger coup de coude à Sparks, lui indiqua des yeux son père et le vit faire un effort pour répondre au sourire de Sirus. Et puis il abaissa les yeux sur son grand-père, quand le Premier ministre entama son discours.

Les allocutions du Premier ministre, du Juge Suprême de Tiamat et d'une demi-douzaine de dignitaires dont elle ignorait la fonction, furent brèves et condescendantes. Elle les écouta patiemment, protégée de leur arrogance par sa science secrète mais elle voyait dans leurs yeux le soupçon et la méfiance que son propre discours avait éveillés. Le Juge Suprême la regarda trop longuement et d'un œil trop perçant, mais se contenta de prononcer de banales félicitations, comme les autres, et de faire la louange du rite et de la tradition qui feraient retomber tranquillement son peuple dans l'ignorance. Il la pressa de ne pas s'écarter des voies traditionnelles, de prendre garde aux conséquences. Elle lui sourit.

Il fut remplacé par la dernière personne qui devait lui rendre hommage, le commandant de police. Quand Pala-Thion croisa le Juge Suprême, Moon remarqua un échange de répliques muettes, entre eux, et lorsque le commandant s'inclina devant elle, elle vit ses yeux ternes.

— Votre Majesté, murmura Pala-Thion, le regard un peu éclairci levé vers Moon à cette balustrade drapée d'écarlate, toutes mes félicitations.

Chaque mot lui semblait incongru. Moon sourit plus sincèrement.

— Merci, commandant. Je crois que je suis aussi surprise d'être ici que vous l'êtes de m'y voir.

Elle se sentait soudain gauche, comme si elle parlait par la bouche d'une autre. Pala-Thion haussa imperceptiblement les épaules.

— J'en doute beaucoup, Majesté. Mais qui sait ?... dit-elle puis elle éleva la voix. Votre Majesté, la reconnaissance de votre position de Reine d'Eté met fin à ma mission ici et à toute responsabilité de police en ce qui concerne ce qui se passera à Tiamat, ainsi qu'à tout gouvernement officiel par l'Hégémonie pour cent ans, jusqu'à ce que nous revenions au prochain Changement.

Le maintien de l'ordre sera désormais sous votre responsabilité.

— Je sais, commandant. Merci des services rendus à mon peuple... et particulièrement aux Etésiens, pour les avoir sauvés de la peste. J'ai envers vous une dette que je ne puis rembourser...

Deux dettes, pensa-t-elle en se penchant au-dessus de la balustrade. Pala-Thion baissa les yeux, les releva.

— Je ne faisais que mon devoir, Majesté, murmura-t-elle avec une surprenante expression de gratitude.

— Tiamat regrette de perdre une véritable amie comme vous, et moi aussi. Nous avons peu de véritables amis dans cette galaxie. Nous avons besoin d'eux tous.

Pala-Thion sourit un peu ironiquement.

— Les amis se révèlent aux moments les plus inattendus, Majesté. Mais parfois on ne les connaît que trop tard. Il en va de même pour les ennemis, répondit-elle et elle baissa la voix. Soyez prudente, Moon, jusqu'à ce que le dernier vaisseau ait quitté l'astroport. Ne cherchez pas à faire arriver l'avenir hier. Il n'y a pas seulement votre peuple qui se demande ce que vous êtes vraiment. Vous seriez en prison, en ce moment, si le Juge Suprême ne savait pas que cela provoquerait une émeute... La seule raison pour laquelle on vous a laissée modifier le rite, c'est que ça ne changera rien du tout.

Moon cligna des yeux, les mains blêmes sur l'étoffe rouge.

— Que voulez-vous dire ?

— L'Hégé a des moyens de s'occuper des receleurs de tech, quand elle s'en va. Ne la sous-estimez jamais, pas une seule seconde. C'est le meilleur conseil qu'une amie puisse vous donner.

— Merci, commandant, dit Moon en carrant ses épaules, cherchant à masquer sa détresse. Mais même cela ne m'arrêtera pas.

Parce que les ondins sont la véritable clef.

Pala-Thion s'inclina, se tourna vers les siens, le long de la jetée, hésita, puis elle se rapprocha de Moon et parla très bas :

— Majesté, je crois à ce que vous voulez faire. Je crois

que c'est juste. Je veux que rien ne l'empêche. Je veux même vous aider et je... Je vous offre mes services, mes connaissances, mon expérience, le reste de ma vie, si vous voulez les accepter. Si vous me permettez de les employer à une chose à laquelle je crois.

Moon devina que la prière de Pala-Thion était plus urgente, plus pressante, allait plus loin que ses mots.

— Vous voulez dire... Vous voulez rester ? A Tiamat ?

Son chuchotement lui parut stupide et fort peu royal. Sparks fronça les sourcils et la regarda avec stupeur. Mais Pala-Thion, toute à sa propre vision, ne remarqua rien.

— Pas à Tiamat telle qu'elle était. Mais à la nouvelle Tiamat qui pourrait être.

Ses grands yeux noirs levés demandaient, exigeaient une promesse.

— Vous êtes le commandant de police... le poing de l'Hégémonie. Pourquoi ?

Moon secoua la tête, certaine de la sincérité de Pala-Thion, sentant s'échapper les sables mouvants de la réalité.

— C'est le temps du Changement, répondit Pala-Thion avec simplicité.

Sparks se pencha sur la balustrade.

— Ça ne suffit pas ! Pas si vous voulez passer le reste de votre vie à intervenir dans la nôtre !

— Qu'est-ce qui suffira, alors ? Quelle preuve est-ce que je vous ai demandée, Marchalaube ?

Il se détourna et ne répondit pas. Pala-Thion s'adressa de nouveau à Moon.

— Il me faudrait une vie entière pour vous expliquer la cause de mon changement. Mais, croyez-moi, j'ai des raisons.

— Et vous devrez passer toute votre vie ici, à le regretter si vous changez d'avis. Etes-vous bien sûre de le vouloir ?

— Non...

Pala-Thion jeta un nouveau coup d'œil aux extramondiens qui attendaient dans les tribunes, à des années-lumière du monde dont elle rêvait.

— Si ! Qu'est-ce que j'ai à perdre ? Oui !

Elle sourit enfin, Moon aussi.

— Alors restez. J'aurai besoin de tout ce que vous voulez donner, commandant...

— Jerusha.

— Jerusha.

Si ce monde vous a changée, alors il peut se changer... nous pourrons le changer... Je le peux. Moon tendit la main. Pala-Thion lui saisit le poignet, à la manière indigène.

— Je ne serai pas quitte de ceci, dit-elle en désignant son uniforme, tant que le dernier vaisseau ne sera pas parti d'ici ; mais aucun de vous ne sera libre non plus. Ensuite, j'en aurai fini avec l'Hégémonie, j'appartiendrai de tout cœur à l'avenir.

Moon hocha la tête.

— Et maintenant, avec votre permission, Majesté, je vais vous quitter. Pendant que j'ai encore le courage de remplacer mes vieilles erreurs par de nouvelles, je vais dire certaines choses qui doivent être dites à un homme qui ne peut pas s'exprimer.

Moon acquiesça sans bien comprendre et regarda Pala-Thion traverser seule l'espace découvert, vers les rangs des extramondiens. Dès que Jerusha eut disparu, elle éleva de nouveau la voix pour annoncer la fin des cérémonies, du Festival, de l'Hiver... et le début du Changement.

Un froid crépuscule porté sur les ailes du vent tombait sur les bas-fonds suintants des docks et des mouillages, où l'aube glaciale avait vu le Changement arriver à Escarboucle. Moon marchait avec Sparks, traînant derrière elle une suite discrète, dans les grincements et les soupirs des navires agités, les échos diffus des voix de leurs équipages fatigués. L'embouteillage d'embarcations hiverniennes et étésiennes, qui avaient couvert toute la surface de la mer, avait déjà diminué de moitié ; l'exode post-Festival des Hiverniens et des Etésiens avait commencé.

Les Etésiens reviendraient bientôt ; le Changement leur donnait le signal d'un nouvel exode vers le nord et ils quitteraient les côtes équatoriales pour remplir le domaine de l'Hiver. A mesure que Tiamat se rapprocherait de la Porte Noire et que l'activité solaire des Jumeaux s'intensifierait, les basses latitudes deviendraient inhabitables, la mer se retournerait contre eux, sa vie aquatique se réfugierait dans les profondeurs des hautes latitudes et forcerait la population à en faire autant.

Les Hiverniens devraient partager avec elle l'éparpillement des îles et les vastes étendues océanes qui leur avaient appartenu, à eux seuls, et partager aussi une nouvelle existence précaire, sans le soutien extramondien. La noblesse quitterait la ville pour retourner dans ses plantations, qui n'étaient guère que des frontières pour la Chasse, et en faire une base préservant le fragile équilibre de la vie à laquelle les extramondiens les abandonnaient.

Et, au sein de ce chaos cyclique, Moon allait devoir créer un ordre nouveau.

— Je croyais qu'une fois arrivée à Escarboucle, mes problèmes seraient résolus. Mais ils ne font que commencer.

Son haleine plaintive se givra. Même là où ils marchaient tous les deux, apaisés par la présence de la mer, elle sentait peser sur elle le fardeau de l'avenir comme le poids de la ville au-dessus d'eux. Elle s'accouda à une vieille rambarde blanchie par le temps et contempla l'eau marbrée d'un vert-noir. Sparks se pencha à côté d'elle, silencieux comme il l'avait été durant toute la journée, essayant de tirer le meilleur parti de ce qu'il ne pouvait changer, d'accepter que le Changement agît sans discrimination et confondît ses favoris et ses victimes.

— Tu as des partisans, maintenant. Et tu en auras d'autres. Tu ne seras pas seule. Tu les auras toujours autour de toi, dit-il d'une voix maussade, en s'écartant un peu d'elle.

Elle savait que tous ceux sur qui elle devrait compter maintenant n'ignoraient pas ce qu'il avait été ; et, même s'ils cessaient de le haïr, ils le lui rappelleraient toujours, et n'empêcheraient pas qu'il continue à se haïr lui-même.

— Personne ne règne seul... Pas même Arienrhod.

— Je ne suis pas Arienrhod ! s'écria-t-elle, comprenant

trop tard que ce n'était pas ce qu'il avait voulu dire. Je croyais que tu...

— Il ne s'agit pas de ça !

— Je sais.

Mais elle savait qu'une partie de Sparks verrait toujours Arienrhod quand il la regarderait, parce qu'Arienrhod serait toujours là, devant ses yeux, toujours là pour leur faire craindre de se regarder franchement. Elle essuya la rosée du soir sur sa figure. Au-delà du surplomb de la ville dominatrice, elle voyait la bande horizontale du couchant à l'ouest, un arc-en-ciel agonisant.

— Quand verrons-nous jamais un autre arc-en-ciel, maintenant ? Allons-nous devoir vivre toute notre vie sans en voir un ?

Quelque chose brisa la surface de l'eau au-dessous d'eux, faisant doucement intrusion dans la conversation. Moon vit une tête bringée luisante s'élever vers elle. Elle retint sa respiration, elle entendit la protestation involontaire de Sparks...

— Non !

— Sparks !

Elle lui saisit le bras alors qu'il voulait reculer, le retint.

— Attends ! Reste.

— Qu'est-ce que tu veux me faire, Moon ? gémit-il.

Mais elle ne répondit pas, se baissa en l'entraînant avec elle, l'attira ; les broderies perlées de son châle vert diaphane tintèrent sur la jetée de bois. Elle tendit le bras jusqu'à ce qu'elle sente sous sa main le corps foncé de l'ondin.

— Qu'est-ce que tu fais là ?

L'ondin solitaire la regarda de ses yeux d'ébène impassibles, comme s'il n'avait aucune réponse, même pas dans son propre esprit. Mais il ne s'enfuit pas, il se maintint sur place à petits coups de nageoires, battant en cadence l'eau sombre où flottaient des épaves. Il se mit à chanter tristement, une seule voix d'un chœur perdu, d'un refrain oublié. *Les chants... pourquoi chantez-vous ? Est-ce davantage que des chants ? Pourraient-ils dire votre utilité, votre devoir, votre raison d'être, si vous pouviez seulement comprendre ?* Moon sentit soudain son cœur battre. Ngenet !

Ngenet l'aiderait à apprendre. Et si elle avait raison, à lui enseigner comment leur apprendre...

Elle l'avait aperçu dans la foule, aujourd'hui, elle avait vu sur son visage la fierté et l'espoir, mais elle n'avait pas pu le rejoindre. Et elle avait vu aussi le souvenir impardonnable dans ses yeux quand il avait découvert Sparks à côté d'elle. Elle gardait la main de Sparks serrée, elle la retenait contre sa résistance tremblante, la tirait au-dessus de l'eau. Il gémit, comme si elle lui approchait la main d'un feu. L'ondin les regardait tour à tour, énigmatiquement ; et puis il replongea dans l'eau sombre sans toucher Sparks.

Moon le lâcha, regarda sa main étendue au-dessus de l'eau de son propre accord. Lentement, Sparks la ramena vers lui, la regarda fixement, appuyé contre la balustrade.

Moon entendit derrière eux les murmures incrédules de sa suite étésienne, les omniprésentes Bonaventure qui avaient semblé la suivre en essayant de la guider toute la journée. Elle s'était attiré leur hostilité par sa désobéissance, en se dérobant au rite qu'elles attendaient et elle savait que leurs antécédents royaux pouvaient en faire de dangereuses ennemies à l'avenir. Elle leur en voulait encore plus, maintenant, alors qu'elle avait besoin de ce moment de solitude avec Sparks, dans l'intimité de son chagrin. Elle comprenait enfin qu'en devenant reine, elle ne gagnait pas sa liberté absolue mais la perdait.

— La Mer n'oublie jamais. Mais la Mer pardonne, Sparks, murmura-t-elle. Il faut simplement du temps.

Elle lui caressa les cheveux, lui prit le menton, encadra sa figure mouillée de larmes avec ses mains humides et froides, sentant sa honte comme un nouveau petit glaçon de doute.

— Une vie entière ne suffira pas.

Une dague, plongée par lui-même. Il ne serait jamais à sa place ici, ni ailleurs, tant qu'il n'aurait pas fait la paix avec lui-même.

— Ah, Sparks ! La Mer est témoin que tu tiens mon cœur, toi seul, maintenant et à jamais.

Elle prononça le serment comme un défi, les mots seuls répondant à son besoin de combler le vide qui était en lui.

— La Mer est témoin...

Il répéta les mots tout bas ; sa force, sa résistance l'abandonnèrent.

— Sparks... La journée est finie, ici, même si elle ne finit jamais à Escarboucle. Trouvons-nous un abri pour ce soir, où nous pourrons oublier que je suis reine, où je pourrai l'oublier... (Elle regarda par-dessus son épaule le groupe des Bonaventure. Mais demain ?) Demain tout reprendra sa place. Demain, nous serons délivrés d'aujourd'hui, et ensuite...

Elle écarta ses cheveux de ses yeux et contempla de nouveau la mer assombrie, où il ne restait aucune trace du sacrifice de l'aube. La Mer demeurait, sublime dans Son indifférence, miroir imperturbable de la vérité universelle. *Aujourd'hui ne finit jamais à Escarboucle... demain viendra-t-il vraiment un jour ?* Moon vit l'avenir mourir sous l'eau noire, l'avenir qui ne naîtrait jamais, si elle échouait, si elle trébuchait, si elle faiblissait un seul instant...

— Sparkie, j'ai peur, souffla-t-elle farouchement à son oreille.

Il la serra contre lui et ne répondit pas.

56

Jerusha se tenait dans la flamboyante lueur d'enfer de l'aire d'embarquement illuminée de rouge, sous le vaste parapluie du vaisseau en suspension. Le dernier vaisseau, embarquant les derniers de ses officiers de police, les derniers extramondiens à quitter Tiamat. Durant la frénésie des quelques jours passés, les vaisseaux de l'Assemblée s'étaient déjà placés sur leur orbite planétaire, en compagnie d'autres vaisseaux en position pour prendre à leur bord les marchands irréductibles et les réfugiés épuisés du Festival, amenés par les navettes.

Elle subissait patiemment les inventaires, vérifiait et revérifiait les rapports et les bordereaux, essayait de s'assurer que personne n'était oublié, que rien d'important n'était laissé inachevé, qu'on emportait bien tout ce qui devait l'être. C'était sa responsabilité de veiller à ce que le travail soit consciencieux, complet. Elle avait fait de son mieux, surveillé tous les hommes pour qu'ils ne laissent aucun appareil, aucun système, aucun terminal accessible. Et cela, tout en sachant, avec une sorte de double vue singulière, que le lendemain elle essaierait de défaire tout ce qu'elle avait fait aujourd'hui.

Mais, par les dieux, je ne me faciliterai pas la tâche ! Elle savait que si elle achevait, sur un acte de trahison, la carrière qui avait été tout pour elle, jamais elle n'arriverait à bâtir une vie nouvelle sur ses fondations. *Rien de ce qui vaut la peine d'être possédé ne s'obtient facilement.* Elle se détourna du chargement des fournitures diverses, du groupe d'uniformes bleus, de l'amoncellement de caisses attendant au pied de la rampe de chargement du vaisseau. L'aire d'embarquement, le vaisseau, le complexe bourdonnant de l'astroport palpitant comme un organisme vivant, tout ce qu'ils symbolisaient, elle y renonçait. Pas dans un an, ni dans un jour, mais dans moins d'une heure tout cela serait derrière elle, l'abandonnerait. Elle y renonçait... pour Escarboucle. Et, avant de quitter l'espace de Tiamat, le dernier vaisseau stellaire enverrait le signal à haute fréquence qui détruirait les fragiles microprocesseurs faisant fonctionner pratiquement tous les appareils technologiques restant sur la planète. Les spéculateurs de Tech amasseraient en vain et Tiamat retournerait au niveau technique zéro. Elle se rappela avec une soudaine incongruité la vue d'un moulin à vent sur la colline solitaire, dans la plantation de Ngenet. Pas tout à fait zéro, pensa-t-elle, en se souvenant qu'elle n'avait pas la moindre idée de la raison pour laquelle il gardait une chose pareille. *Il n'y a pire aveugle que celui qui ne veut pas voir.* Elle sourit brusquement.

— Commandant ?

Elle retomba dans le présent, s'attendant à une nouvelle demande ou vérification.

— Oui, je... Gundhalinu !

Il salua. Son sourire illumina sa figure décharnée ; son

uniforme lui pendait sur le corps, comme s'il avait été emprunté.

— Mais qu'est-ce que tu fais là ? Tu devrais être...

— Je suis venu dire adieu, commandant.

Elle posa la télécommande d'ordinateur sur le bureau de fortune, fait de quelques caisses.

— Ah...

— Kerla-Tinde m'a dit que vous aviez donné votre démission, que vous restiez à Tiamat ?

Il paraissait ahuri, semblait attendre un démenti.

— C'est vrai. Je reste ici.

— Pourquoi ? Votre réaffectation ? J'ai appris ça, aussi, dit-il d'une voix sourde de colère. Ça ne plaît à personne, commandant.

Moi, j'en connais deux ou trois qui doivent être fous de joie.

— En partie seulement.

Elle fronça les sourcils, à travers Gundhalinu, à la pensée de la police potinant sur sa démission comme des vieillards dans un jardin public. Après avoir estimé qu'il ne servirait à rien de se plaindre, elle avait ravalé sa fureur ; mais elle était incapable de dissimuler son humiliation aux autres. Et elle avait refusé de discuter de sa démission avec qui que ce soit, peut-être par crainte qu'on cherche à la faire revenir sur sa décision, ou par peur qu'on ne le tente pas, elle ne savait trop.

— Pourquoi ne m'avez-vous rien dit ?

— Mes dieux, BZ ! s'exclama-t-elle en riant. Vous aviez assez d'ennuis sans que j'en rajoute !

— Seulement la moitié des ennuis que j'aurais eus si vous ne m'aviez pas couvert, commandant, dit-il avec sincérité. Je sais que, sans vous, je n'aurais plus le droit de porter cet uniforme. Je sais quelle importance il avait pour vous... bien plus que pour moi, jusqu'à maintenant, parce que je n'ai jamais eu à me battre pour lui. Et voilà que vous y renoncez... Si je pouvais, je ferais tout au monde pour vous aider à faire changer cette affectation, mais je... Je ne suis plus le fils de mon père. Je ne suis plus que l'inspecteur Gundhalinu. Et c'est à vous que je dois d'être au moins cela... Mais tout ce que je peux faire en échange, c'est vous demander pourquoi. Pourquoi ici, à Tiamat ? Je ne vous reproche pas de démissionner mais... Enfin quoi, n'importe quel monde de l'Hégémonie vaut mieux que celui-ci, si vous voulez vous refaire une nouvelle vie. Au moins, s'il ne vous plaisait pas, vous pourriez le quitter.

Elle secoua la tête, avec un petit sourire résolu.

— Je ne suis pas de ceux qui abandonnent, BZ. Je ne ferais pas ça si je n'avais quelque chose de mieux qui m'attendait, quelque chose de mieux à faire. Et je crois l'avoir trouvé ici, aussi improbable que cela paraisse.

Elle leva les yeux vers la rangée de hautes fenêtres donnant sur les pistes, la grande salle vide où Ngenet Miroe guettait, invisible, le départ de l'Hégémonie, attendant le moment où Jerusha ferait totalement et irrévocablement, enfin, partie de ce monde. Perplexe, Gundhalinu suivit son regard.

— Vous avez toujours détesté ce monde, encore plus que moi. Au nom des dix mille dieux, qu'est-ce que vous avez pu trouver qui...

— Je ne jurerai plus que par une déesse, désormais, murmura-t-elle. Et je travaillerai pour Elle, je suppose.

Il la contempla et parut comprendre tout à coup.

— Vous voulez dire... la Reine d'Eté ? Vous parlez de Moon... Vous et Moon... ?

— Tout juste. Comment as-tu deviné, BZ ? Qu'elle avait gagné.

— Elle est venue à l'hôpital me voir ; elle me l'a dit, répondit-il d'une voix blanche. J'ai vu le masque de la Reine d'Eté. On aurait dit un rêve. (Il leva les mains, parut caresser un souvenir, ferma un instant les yeux.) Elle était avec Sparks.

— Tu es sûr que ça va aller, BZ ?

— Elle me l'a demandé aussi, avoua-t-il en rouvrant les yeux. Un homme sans armure est un homme sans défense, commandant. Mais peut-être est-il plus libre. Ce monde... Ce monde m'aurait brisé. Mais Moon m'a montré que, même moi, je pouvais plier. Il y a plus en moi, plus dans l'univers que je ne l'imaginais. De la place pour tous les rêves que j'ai faits, et tous les cauchemars...

des héros dans les ruisseaux et dans le miroir, des saints dans les déserts glacés, des fous et des menteurs sur le trône de la sagesse et des mains affamées qui se tendent et ne seront jamais remplies... Tout devient possible, quand on a trouvé le courage de reconnaître que rien n'est certain.

Il sourit d'un air un peu contrit ; Jerusha l'écoutait en silence, avec perplexité.

— La vie me paraissait claire comme du cristal, commandant, précise, claire et parfaite. Mes fantasmes restaient dans mes poches, à leur place. Mais à présent... Ces bords purs et tranchants brisent la lumière en arcs-en-ciel et tout devient mou et indolent. Je ne sais plus si j'y verrai clair un jour.

Une nuance de nostalgie réapparut dans sa voix.

Mais grâce à cela, tu es un meilleur Bleu. Jerusha le vit fouiller du regard l'immensité du terrain en contrebas et se poser sur une issue voisine, comme s'il espérait que sa nouvelle vision lui ferait apparaître Moon une dernière fois.

— Non, BZ. Elle n'est pas ici. L'astroport est un territoire interdit pour elle.

Il reprit brusquement ses esprits.

— Oui, madame. Je connais la loi.

Mais cela apprit à Jerusha qu'il comprenait maintenant que même les lois de la nature sont imparfaites ; que les lois des hommes ne le sont pas moins que les hommes qui les ont faites, qu'il se rendait même compte de ce que Moon était et de ce qu'elle, Jerusha, voulait l'aider à accomplir... et qu'il fermait les yeux.

— C'est peut-être pour le mieux, dit-il sans y croire.

— Je prendrai soin d'elle pour toi, BZ.

Il rit timidement, l'écho d'une caresse.

— Je sais, commandant. Mais quelle force dans la galaxie est plus forte qu'elle ?

— L'indifférence, répondit Jerusha en se surprenant elle-même. L'indifférence, Gundhalinu, est la force la plus puissante de l'univers. Elle dépouille de sa signification tout ce qu'elle touche. L'amour ni la haine ne peuvent rien contre elle. Elle laisse la négligence, la déchéance et la monstrueuse injustice faire des ravages. Elle n'agit pas, elle permet. Et c'est cela qui la rend si puissante.

Il hocha la tête lentement.

— Et c'est pourquoi, peut-être, les gens veulent faire confiance à Moon. Parce que les choses ont de l'importance pour elle et les gens aussi. Et quand elle les touche, ils savent qu'ils ont de l'importance pour eux-mêmes.

Il leva les mains devant lui, regarda les cicatrices attendant toujours d'être effacées.

— Elle rend mes cicatrices invisibles...

— Tu pourrais rester, BZ.

Il laissa retomber ses mains.

— Non... Il fut un temps... Mais plus maintenant. Ce n'est pas seulement ma vie qui a changé. Ma place n'est plus ici, à présent. Non, soupira-t-il, il y a deux mondes que je n'espère plus jamais revoir. Celui-ci, et le mien.

— Kharemough ?

Il s'assit, en déséquilibre, sur une caisse.

— Mon peuple verra à jamais mes cicatrices, même quand elles auront disparu. Mais quoi, il m'en reste six à choisir. Et qui sait ce que je trouverai, là où je vais ?

Mais son regard restait fixé sur l'issue déserte, cherchant ce qu'il ne retrouverait plus jamais.

— Une carrière distinguée...

Elle pressa un bouton à sa gorge quand son communicateur émit un nouveau signal.

Gundhalinu resta assis, observant patiemment le chargement de la dernière cargaison, le dernier rapport transmis à Jerusha, la confirmation relayée au cœur du grand vaisseau. Ils attendirent ensemble que les derniers des policiers aient salué Jerusha pour la dernière fois, en lui souhaitant bonne chance d'un air emprunté avant de retourner vers le monte-charge. Gundhalinu le désigna de la tête.

— Vous n'allez pas monter à bord pour remettre votre dernier rapport ?

Elle secoua la tête, le cœur soudain serré par une main impitoyable au moment de la coupure.

— Non. Je n'en ai pas le courage. Si je monte à bord maintenant, je ne sais pas si je pourrai redescendre, malgré ma certitude d'avoir pris la bonne décision. (Elle lui tendit la télécommande.) Tu pourras leur donner le signal « paré » à ma place, inspecteur Gundhalinu. Et, tiens...

Elle dégrafa de son col ses insignes de commandant et les lui donna.

— Ne les perds pas. Tu en auras besoin un jour.

— Merci, commandant. (Les taches de rousseur de Gundhalinu devinrent écarlates et elle sourit. Il serra dans sa bonne main les petites plaques de métal comme si c'était un trésor rare.) J'espère les porter aussi honorablement que vous.

Il leva sa main déformée pour un salut kharemoughi machinal ; elle y appuya la sienne en signe d'adieu.

— Adieu, BZ. Que les dieux te sourient, où que tu ailles.

— Et à vous, commandant. Puissent vos arrière-arrière-petits-enfants et les leurs vénérer votre mémoire.

Elle se tourna vers les lointaines fenêtres obscures où Ngenet attendait et sourit secrètement. Elle se demanda ce que ses arrière-arrière-petits-enfants diraient à la sienne, le jour de leur retour.

Gundhalinu souleva de la caisse avec effort son corps de convalescent et fit un salut parfait. Elle le rendit... le dernier salut réglementaire de sa carrière, l'adieu à une vie et à une galaxie.

— N'oubliez pas d'éteindre les lumières.

Il s'éloigna vers les autres policiers qui attendaient, déjà dans le monte-charge et le retenant pour lui. Elle tourna le dos à ses hommes, à ce monte-charge béant comme une bouche ouverte pour l'appeler, la traiter de folle.... Aussi rapidement qu'elle le put sans courir, elle quitta le terrain.

Jerusha trouva Ngenet qui la guettait, à la porte de l'auditorium abandonné. Elle le rejoignit devant le mur de verre blindé donnant sur le terrain et la masse inerte du vaisseau solitaire, seul dans la vaste fosse rougeoyante comme eux-mêmes étaient seuls. Miroe parla rapidement, la félicita sur sa compétence, posa des questions anodines, à voix basse comme s'il assistait à une cérémonie religieuse. Elle lui répondit distraitement, entendant à peine ce qu'ils se disaient.

Le vaisseau resta longtemps à son ancrage — un temps que l'attente rendait plus long — et elle laissa Ngenet écouter avec son casque les dernières manœuvres de chargement, les officiers de bord effectuer leurs dernières vérifications et psalmodier la check-list.

— Parée, citoyenne Pala-Thion ?

Jerusha sursauta en entendant la voix du capitaine s'adresser directement à elle.

— Oui, oui, je suis parée.

Citoyenne. Une déception irrationnelle lui pinça le cœur.

— Tout est paré, capitaine.

— Vous êtes sûre de vouloir rester ici ?

Miroe la regardait, attendait. Elle respira profondément, hocha la tête... répondit :

— Oui, j'en suis sûre, capitaine. Mais merci de poser la question.

Pendant quelques secondes encore, la vie et le bruit continuèrent, dehors, et puis le communicateur se tut. Elle resta longtemps parfaitement immobile, comme si elle s'écoutait mourir, avant de détacher la délicate petite toile d'araignée de son casque.

Ils virent au-dessous d'eux les lumières hologrammiques de la séquence d'allumage passer sur la coque du vaisseau et s'éteindre : un avertissement muet. Elle regarda jusqu'à ce qu'elle ait mal aux yeux, guettant le mouvement.

— Regardez. Ils décollent.

Elle vit alors le mouvement, elle aussi, elle vit tout le vaisseau trembler quand le quadrillage de répulseurs de l'astroport entra en action, et il commença à s'élever lentement, dans une vague déformation de l'air. Il monta, monta vers la partie de la coupole protectrice de l'astroport qui s'ouvrait comme une fleur sur le champ d'étoiles d'un rouge plus profond. Le vaisseau passa dans l'obscurité extérieure où, très loin dans l'espace, il rejoindrait le convoi d'une douzaine d'autres, une partie d'une vaste flotte formée de dizaines et de dizaines d'autres. De là, leurs fusées propulseuses les emporteraient par la Porte Noire et ils la franchiraient, pour ne plus jamais revenir du vivant de Jerusha dans ce monde.

La coupole se referma, cachant les étoiles.

Jerusha regarda en bas l'étincelant quadrillage du terrain, baissa les yeux sur elle-même, debout dans l'immense salle obscure, seule, comme un vieux meuble laissé pour compte. *Ah, mes dieux*... Elle vacilla et laissa tomber sa tête dans ses mains.

Miroe la soutint, en hésitant.

— Jerusha... Je vous promets... Vous ne le regretterez pas.

Elle hocha la tête, pinça les lèvres.

— Ça va bien. Ou plutôt, ça va aller, quand j'aurai repris haleine... Comme un nouveau-né.

Elle lui sourit, timidement ; et il soutint ce sourire, lui donna plus de force.

— Votre place est ici, à Tiamat. Je l'ai su dès le premier instant où je vous ai vue. Mais j'ai dû attendre que vous le sachiez aussi... J'ai cru que vous n'y arriveriez jamais.

Il parut soudain embarrassé.

— Pourquoi n'avez-vous pas dit quelque chose, n'importe quoi, pour m'aider à comprendre ? s'exclama-t-elle, presque exaspérée.

— J'ai essayé ! Dieux, comme j'ai essayé !... Mais j'avais peur de vous entendre dire non.

— Et moi, j'avais peur de dire oui, avoua-t-elle en se tournant de nouveau vers la fenêtre. Mais j'ai appartenu aussi à cet astroport. Et vous aussi... Notre place n'est plus ici, Miroe, dit-elle avec un soupir. Nous ferions mieux de partir avant qu'on le ferme comme un tombeau.

Il sourit, rassuré.

— C'est un pas dans la bonne direction. Nous ferons les autres peu à peu... pas à pas. Quand vous serez prête, dit-il gravement.

— Je suis aussi prête que je le serai jamais, Miroe. Quoi que l'avenir nous réserve.

Elle sentit revenir sa surexcitation et son courage et une chaleur lui envahir les joues quand il la toucha.

— Ça va être intéressant, dit-elle, et elle rit brusquement. Vous savez, Miroe, chez moi, ce n'est pas précisément une bénédiction de dire « Puissiez-vous vivre à une époque intéressante ».

Il sourit, puis il se mit à rire et ils retournèrent tous deux à travers les salles et les couloirs déserts vers Escarboucle... Ils rentrèrent chez eux.

Romans policiers

BOILEAU-NARCEJAC
Les victimes (1429★★)
Une inconnue avait pris la place de sa maîtresse.

Usurpation d'identité (1513★★★★)
Des pastiches étincelants de tous les grands auteurs policiers.

Maldonne (1598★★)
Il est toujours dangereux de jouer un personnage dans la vie.

CASPARY Véra
Laura (1561★★★)
Peut-on s'éprendre d'une morte sans danger ?

DEMOUZON
Mouche (882★★★)
Un détective de province projeté dans les milieux parisiens du cinéma.

Un coup pourri (919★★★)
Une trop jolie blonde pour un « privé ».

Le premier né d'Egypte (1017★★★)
A chaque nouveau meurtre, il raye un nom.

Le retour de Luis (1081★★★)
Un non-lieu c'est bien, mais si c'est pour se faire descendre après...

Adieu, La Jolla (1207★★★)
Elle était belle et aussi dangereuse qu'un serpent à sonnettes.

Monsieur Abel (1325★★)
Un vieil homme solitaire peut-il jouer au redresseur de torts ?

Section Rouge de l'Espoir (1472★★)
L'explosion révèle l'existence d'un nouveau groupe terroriste.

Quidam (1587★★★)
Rimbault contemple le carnage : un véritable cauchemar.

FALK Franz-Rudolf
On a tué pendant l'escale (1647★★★)
L'atmosphère étouffante d'un port du Moyen Orient.

FARRELL Henry
Qu'est-il arrivé à Baby Jane ? (1663★★★)
Le face-à-face tragique de deux anciennes stars.

GARDNER Erle Stanley
La jeune fille boudeuse (1459★★★)
On l'a vue tuer, mais elle est innocente.
Sur la corde raide (1502★★★)
Perry Mason sera-t-il rayé du barreau ?
La nièce du somnambule (1546★★★)
Tuer en état de somnambulisme, est-ce un crime ?
L'œil de verre (1574★★)
Pourquoi voler un œil de verre ?
Le canari boiteux (1632★★★)
Le canari aurait-il été témoin du meurtre ?
La danseuse à l'éventail (1668★★★)
Un cheval peut-il être témoin à charge ?

GRUBB Davis
La nuit du chasseur (1431★★★)
Il poursuit ses victimes en chantant des psaumes à la gloire du Seigneur.

LEBRUN Michel
L'Auvergnat (1460★★★)
Dans son bistrot, tous les paumés de la nuit.
Pleins feux sur Sylvie (1599★★)
Il est parfois dangereux d'être une star.

MAC CLOY Helen
Le miroir obscur (1430★★★)
A-t-elle le pouvoir de se dédoubler ?

McDONALD Gregory
Fletch (1705★★★)
Un homme cherche à se faire assassiner.

Fletch, à table (1737★★★)
Une location avec cadavre de femme nue en prime. *(déc. 84)*

MACDONALD Ross

Un regard d'adieu (1545★★★)

La peur se tapit derrière les façades des riches villas californiennes.

Le frisson (1573★★★)

Elle s'enfuit le jour de son mariage.

L'affaire Wycherly (1631★★★)

Ou la disparition d'une jeune fille.

Le corbillard zébré (1662★★★)

Burke Damis : coureur de dot ou assassin ?

La face obscure du dollar (1687★★★★)

Le kidnappé serait-il le kidnappeur ?

MacGERR Pat

Un faubourg d'Elseneur (1446★★★)

Une pièce de théâtre dénonce un meurtre.

MASTERSON Whit

La soif du mal (1528★★★)

Que peut un homme seul contre la conspiration du mensonge ?

MEYER Nicholas

La solution à sept pour cent (1473★★★)

Stupéfiante aventure de Sherlock Holmes.

QUEEN Ellery

La ville maudite (1445★★★)

Est-il coupable ou cherche-t-il à racheter un crime ancien ?

Il était une vieille femme (1489★★★)

Une comptine rythme des meurtres insensés.

Le mystère égyptien (1514★★★)

... ou la crucifixion d'un maître d'école.

Et le huitième jour (1560★★★)

Ellery pris pour Dieu par des fanatiques.

La maison à mi-route (1586★★★)

Un seul corps pour deux morts différents.

Le renard et la digitale (1613★★★)

Tout l'accuse ... Ellery le croit innocent.

La décade prodigieuse (1646★★★)

Un meurtre peut-il obéir aux Dix Commandements ?

Griffes de velours (1675★★★)

Quelle sera la prochaine victime du Chat ?

Coup double (1704★★★)

Une jeune sauvageonne débarque dans la vie d'Ellery.

Le mystère du grenier (1736★★★)

Seul un oiseau a été témoin du crime.

(déc. 84)

QUENTIN Patrick

La veuve noire (1719★★★)

Il se sentait prisonnier d'une machination mortelle. *(nov. 84)*

SADOUL Jacques

L'héritage Greenwood (1529★★★)

Amanda était riche, jeune, belle et dénuée de tous scrupules.

La chute de la maison Spencer (1614★★★)

La vie d'une enfant de dix ans est menacée.

SAYERS Dorothy

Poison violent (1718★★★)

Lord Peter décide d'épouser une femme accusée de meurtre. *(nov. 84)*

SYMONS Julian

La splendeur des Wainwright (1432★★★)

Est-ce son fils ou un imposteur ?

Les dessous de l'affaire (1488★★★)

On n'empoisonne vraiment bien que dans la bonne société anglaise.

Achevé d'imprimer sur les presses de l'imprimerie Brodard et Taupin
58, rue Jean Bleuzen, Vanves. Usine de La Flèche,
le 14 septembre 1984
6876-5 Dépôt Légal septembre 1984. ISBN : 2 - 277 - 21707 - 7
Imprimé en France

1707
★★★★★

Editions J'ai Lu
27, rue Cassette, 75006 Paris
diffusion France et étranger : Flammarion